U0136020

中國古典四大名著主題與表達研究
原生態客觀主義文學經典

「紅樓」夢醒

孫定輝　著

蘭臺出版社

本書得到四川外國語大學中國語言文學重點學科經費獎勵

引言[1]

原生態客觀主義文學經典。

與古今中外迥異，中國古典四大名著秉承史傳文學原生態客觀傳統，依據原生態客觀存在，設計眾多原生態主題性人物及其原生態人格個性，設計情節，多線索形式全面鋪展，表達原生態客觀社會政治、歷史、文化等主題。筆者名之為原生態客觀主義文學。

明性主題與原生態客觀隱性主題。

秉承史傳文學原生態客觀傳統，中國古典四大名著不僅多維思想視角共存，而且作家刻意設置了明性主題與原生態客觀隱性主題，處於雙重主題共存狀態。四大名著明性主題是作家遵照封建社會主流思想意識形態，刻意設計的明顯的主題，而原生態客觀隱性主題則是作家秉承史傳文學傳統表達的原生態客觀社會政治、歷史、文化等主題。就二者關係而言，體現社會主流意識形態的明性主題似乎是華彩包裝，而原生態客觀隱性主題則是深沉主體內核，是文本真正的主題；表面上作家似乎誇讚明性主題，而眾多主題性人物在封建社會某種典型處境中體現的人格個性及其轉折和結局展示的原生態客觀隱性主題恰好證明：明性主題被原生態客觀隱性主題批判，諷刺，否決，而且是作家刻意而為。

---

[1] 在進行本課題研究同時，筆者開設了《古典文學專題：明清小說與四大名著》選修課。有學生將筆者的教案《古典文學專題：明清小說與四大名著》考去，2010 年上了百度文庫和豆丁網。筆者向百度和豆丁投訴後，該剽竊文檔被撤下。特此聲明。

　　古今中外小說、影視、戲劇均處於明性主題單一存在狀態，因而我們對四大名著作家確定的明性主題非常敏感，被其蒙蔽，而沒有準確抓住眾多主題性人物，對這些主題性人物在某種社會政治、歷史文化典型處境中的人格反應進行人格分析，進而發掘出作家刻意設計的批判否決明性主題的原生態客觀社會政治、歷史、文化隱性主題。此亦「隱性主題」之所以成為「隱性主題」。

　　曹翁雪芹先生撰寫紅樓女兒悲劇人生，名之為「夢」。讀紅樓，深感此夢非夢，但又有一些不知底裡，似乎無法解釋的似真似假的夢幻。紅樓非夢？非夢即社會現實悲劇，誰製造了這些悲劇現實？紅樓有夢？誰製造了那些似真似假的夢幻？目的何在？這就是主題所在。

　　請觀「紅樓」，夢幻為明性主題，非夢為原生態客觀隱性主題。

　　紅樓一夢，醒來！

目　次

導論：研究的出發點和方法

　　古典四大名著卓絕非常，其主題研究，眾說紛紜，各有其切入點，各有所得，但其主題的研究怎樣才能切入四大名著自身，發掘其主題，得到學界和讀者的廣泛認同？這是一個「難題」，也是本書的「實際意義」和「理論意義」。古典四大名著主題的研究，至今沒有學界公認的定論，筆者以為其主要原因有三，也是筆者研究的切入點和方法及研究的結果。

一、文學批評主題分析的關鍵

　　文學批評主題分析的關鍵在：主題性人物的確定與人格分析方法。

　　高爾基說：「文學是人學。」此言揭示了文學的本質。更準確地說：文學是訴諸語言的形象的人格展示學。文學寫作的關鍵在：理解人，洞察人及其社會、歷史、文化，提煉主題；設計人物個性，設計線索，安排情節展示個性以吸引受眾，表達

主題。文學批評主題分析的關鍵在：找准作品的主題性人物，對人物在某種處境中的人格反應進行人格分析，發現其促使情節發生，推動情節發展，導致故事結局的種種人格因素。這些人格因素與處境就是主題所在。主題性人物是在某種處境中促使情節發生，推動情節發展，導致故事結局的人物。

因而，找准主題性人物之後，小說主題分析的第二步是對主題性人物在某種處境中的人格反應進行人格分析。對人的理解與分析要從其人格個性組合的四大本能、三大品性去把握。

一、四大本能。凡人皆有動物性的四大天生本能：生存、趨利避害、性本能、權利意志。人類一切行為、言語、心理都受四大本能驅動，這四大本能是人類一切言語、行為、心理活動的最基本的原始驅動力。

1、生存是人的第一本能。生存第一，貪生怕死，因而躲避危險，絕境求存，饑餓需要食物，乾渴需要水，寒冷需要溫暖，疲勞需要睡眠等等，都是生存本能的體現。

2、趨利避害是人的第二本能，是生存本能的必然結果。受生存本能的需要驅動，人必定有趨利避害的第二本能，怎樣做才更能適應生存，就怎麼做。

3、性本能是人的第三本能，主要表現為性欲，性交，對性對象的尋覓、爭奪、佔有和保護，以及對後代的撫養和保護。

4、權利意志本能與上述三大本能相關，表現為三個層面：

（1）平等權利意志本能。視自己生存、趨利避害、性本能為自己不可剝奪的權利意志。自尊，不甘心受人欺辱，俯身人下，要求社會機遇、權力和利益的平等共用。「人人生而平等」就是人類權利意志本能的直接表達。因生而不平等，故而有「生而平等」的本能反應。

（2）自由權利意志本能。總是意欲按照自我意志行事，並

將自我意志作為自我自由權利訴諸於社會，行使於社會，其基本要求是思想、言論、行動的自由。弗蘭克林‧羅斯福說「哪兒有自由，哪兒就是我的祖國」，就是人類之自由權利意志本能的直接表達。

（3）支配權利意志本能。與平等自由本能相關，人均有支配人群、社會、世界依隨自我意志運轉的欲望，即通常所謂稱王稱霸的「野心」，只不過因其本性，其強度差別甚大。《史記》記載陳勝揭竿起事，大喊：「帝王將相寧有種乎？」目睹秦始皇巡遊全國的儀仗威風，項羽說：「彼可取而代也！」劉邦說：「嗟乎！大丈夫當如此也！」這一類本性強傲者佔有世界，支配社會，以他們為中心運行的權利意志欲望就特別強烈。

二、三大品性。社會中人皆有本性、歷史文化品性、社會品性等三大品性。處境刺激人的四大本能，而人的本性、社會品性、歷史文化品性不同，其人格個性迥異，其在同一處境中的人格反應也迥異，故而情節變化不同，結局不同。

1、要從人的本性理解人，洞察人。本性指人由父母血緣基因決定的天性。（瑞士）榮格心理類型有八類劃分：思維外傾與內傾型、情感外傾與內傾型、感覺外傾與內傾型、直覺外傾與內傾型。[1]（美）蘇姍‧贊諾斯按照古典九宮圖將人劃分為月亮型（孤獨，柔弱、笨拙、固執，心懷恐懼）、金星型（天生的追隨者、依附者，喜氣洋洋）、水星型（主動敏捷，協調，主要特徵為虛榮）、火星型（具有權利與破壞性傾向，當然有正面的火星，也有反面的火星）、木星型（生性快活幽默，接受一切）、土星型（嚴肅、自信、宰制，有領導能力）等十四

---

[1] 黃希庭《人格心理學》。上海：三聯出版社。2007 年 10 月。頁 272-273。

種人格類型[2]。然而人的個性有的比較簡單，有的非常複雜，且因其處境、文化品性、社會品性而變異，非上述人格類型所能囊括。

　　一個人的基因本性不同，其四大本能欲望的表現方式和力度也不同。在生存艱難時，生性狹隘殘暴的人，可能選擇搶劫；生性懦弱的人會乞討；生性放達，有智慧的人，會想法積極謀生。

　　2、要從人的歷史文化品性理解人，洞察人。每一個人都是自身所在國家、民族、地區、階級、階層、集團的歷史文化傳統的造物，也是自身經歷的造物。歷史文化品性指人無意識中，或有意識中所承繼的國家、民族、地區、階級、階層、集團的歷史文化傳統、是人對自我的一種自我認可，即一個人認為我之為我，我之是我的意識。人的文化品性會壓抑，或慫恿人的本能和本性。一個人的文化品性不同，其本能本性的表現方式和力度也不同。基督徒、佛教徒、真主教徒、儒士、隱者等等在某種處境中人格反應不同，人生遭際、結局就不同。

　　3、要從人的社會品性理解人，洞察人。社會是一部機器，人是社會的產品。社會政治制度、經濟制度與相應的文化制度造就人的社會品性。社會品性指人的社會身份（包括人所處國家的社會政治、經濟、文化制度、區域、種族、家族、家庭、階級、階層、職業、收入等等）對人的規定和限制。人的社會品性使人的本能本性表現方式和力度也不同，也影響到人的文化品性。封建專制社會生產三類人：主子、奴才、奴隸，當然也有極少數因其本性強傲和堅守文化品性而拒絕做奴隸、奴才

[2] 蘇珊・贊諾斯（劉蘊芳譯）《人的類型》。北京：新華出版社。2003 年 1月。

的另類人物。民主社會的人們普遍具有民主、平等、自由、自尊的社會品性。

　　請注意：人的四大本能是天生的，是人類行為的第一驅動力；人類一切行為都與四大本能驅動相關。社會現實處境刺激人的本能，人的本性、文化品性、社會品性不同且組合相異，其人格個性反應也迥然相異，而且面對社會現實處境的刺激，一個人的本能反應、本性反應、文化品性反應、社會品性反應有時候是諧調統一的，更多的時候是衝突分裂的。

　　四大名著深受中國古代史傳文學傳統影響，依據原生態客觀，設計眾多主題性人物及其原生態人格個性，表達原生態客觀主題。只有找准促使情節發生，發展，轉折，導致故事結局的主題性人物，對人物進行人格分析，發現其在某中處境中促使情節發生，發展，轉折，結局的種種主題性人格因素，方能確定四大古典名著之主題。

二、四大名著的史傳文學傳統

　　四大名著的史傳文學傳統：原生態客觀主義文學。

　　西方小說與中國近現代小說主題性人物比較單一，容易確定，一般而言人物人格個性比較平面，故而其主題分析相對比較容易。四大名著秉承中國史傳文學傳統，依據原生態社會客觀，設計眾多原生態主題性人物，表達原生態社會政治、歷史、文化等主題。這些主題性人物雖有主次之分，但在某種處境中其人格個性之表現、轉變、結局都是主題的一部分，或與主題相關。只有對這些主題性人物進行人格分析，發現這些人物在某種處境中促使情節發生、推動情節發展、轉折，導致故事結局的種種人格因素，才能確定四大名著的主題。四大名著完全秉承了史傳文學原生態客觀傳統。

關於中國古典小說的起源，大體有四種說法。

一、稗官說。小說「蓋出自稗官」，來自班固《漢書‧藝文志》。稗原意為葉子似稻，節間無毛，雜生於稻田中的雜草，人稱「稗子」。「稗官」是非正統的民間小官。稗官收集雜聞軼事，是民間下言上達的管道。因稗官也收集民間故事，因此也稱小說家，其作品稱稗官野史，簡稱稗史、稗記。然而，稗官所採集的民間故事，只是「小說」中比較微小的一部分。

二、方士說。其依據是張衡《西京賦》所言「小說九百，本自虞初」。漢武帝追求長生不死，嗜好方術，寵信方士，而方士將行術、方術故事形諸文字便是最初的小說。然而，方士只是方術故事的作者，方術故事只是小說中的一種。

三、神話說。源自魯迅先生《中國小說史略》。先生以為中國小說：「探其根本，則亦猶他民族然，在於神話與傳說。」魯迅以後的郭箴一《中國小說史》、劉大傑《中國文學發展史》、吳祖緗《關於我國古代小說的發展和理論》都以神話傳說為中國古代小說的源頭。神話對小說有影響，小說創作三要素——思想、故事、人物在神話中已經具備了，比如《山海經》中的《夸父追日》、《精衛填海》等。上古神話是中國古典小說講神怪傳統的源頭，但不是中國小說的主流源頭。

四、史傳說。小說起源於人與社會的需要。人是有情感反應和理性思維的動物，所見所聞所想，如果刺激其感覺、情感，激發其理性思維，他必定要將其所見所聞所感所想進行還原客觀的形象表達，訴諸於人。最初的小說就是人們記載於書面的描述自己所見所聞而有所思所想所感的人物、事件、奇景、奇遇的文體，這在《山海經》、《詩經》均有，然而中國小說的真正主流源頭是史傳，或稱「史傳小說」。

西方小說直接起源於神話史詩。古希臘之神以人為摹本，

是神化的人，或者說人化的神。人與神同一時空，同樣的生理、心理、行為、語言。《荷馬史詩》以神為人物行為的驅動力，而人物及其情節則是主體，是詩體形式的小說、戲劇。這樣的神話史詩演變為以人物對白、動作為主的戲劇，以語言文字刻畫人物，描述情節為主的小說是自然而然的事。與古希臘不同，上古中國人與神疏離，神以自然為摹本，以泛自然為神，以自然萬象為神意符號，沒有如古希臘《荷馬史詩》之類的神話史詩。中國最初成型的以人為主體的小說不是神話史詩，而是「史傳」。

　　錢鍾書先生論《左傳》之記事說：「史家追敘真人實事，每須遙體人情，懸想事勢，設身局中，潛心腔內，忖之度之，以揣以摩，庶幾入情合理，蓋與小說、院本之臆造人物，虛構境地，不盡同而可相通也。」[3]

　　中國漢民族歷史意識早熟。殷周設置有專職史官，以人物言論、事件記述歷史。《禮記‧玉藻》說：「動則左官書之，言則右官書之。」《漢書‧藝文志》：「左史記言，右史記事。」西方寫史是概略的敘事，中國寫史也概略敘事，但又有「史傳」。「史傳」就是解說歷史，即依據「史」加以想像，將其情節化、形象化，具有文學虛構成分，可稱之謂「史傳小說」。《左傳》就是「左丘明解說《春秋》經義」。《春秋》中一段非常扼要的「經」，他加以再造想像地一「傳」，就成了非常形象的「小說」。《左傳》、《國語》、《戰國策》許多篇章均如此，如《春秋左傳》「元年經」中一句僅僅九字的簡扼敘事：「夏，五月，鄭伯克段于鄢。」在「元年傳」中卻擴張為七百三十六

---

[3] 錢鍾書《管錐編（第一冊）》。上海：三聯出版社。2007 年。頁 272—273。

字的紀實小說：

初，鄭武公娶於申，曰武姜，生莊公及共叔段。莊公寤生，驚姜氏，故名曰寤生，遂惡之。愛共叔段，欲立之，亟請於武公，公弗許。及莊公即位，為之請制。公曰：「制，巖邑也，虢叔死焉；他邑唯命。」請京，使居之，謂之京城大叔。祭仲曰：「都城過百雉，國之害也。先王之制，大都不過參國之一；中，五之一；小，九之一。今京不度，非制也，君將不堪。」公曰：「姜氏欲之，焉辟害？」對曰：「姜氏何厭之有！不如早為之所，無使滋蔓！蔓，難圖也。蔓草猶不可除，況君之寵弟乎！」公曰：「多行不義，必自斃。子姑待之。」既而大叔命西鄙北鄙貳於己。公子呂曰：「國不堪貳，君將若之何？欲與大叔，臣請事之。若弗與，則請除之，無生民心。」公曰：「無庸，將自及。」大叔又收貳以為己邑，至於廩延。子封曰：「可矣！厚將得眾。」公曰：「不義不暱，厚將崩。」

大叔完聚，繕甲兵，具卒乘，將襲鄭。夫人將啟之。公聞其期，曰：「可矣！」命子封帥車二百乘以伐京。京叛大叔段，段入於鄢。公伐諸鄢。五月辛醜，大叔出奔共。書曰：「鄭伯克段於鄢。」段不弟，故不言弟；如二君，故曰克；稱鄭伯，譏失教也；謂之鄭志，不言出奔，難之也。遂置姜氏於城穎，而誓之曰：「不及黃泉，無相見也！」既而悔之。穎考叔為穎谷封人，聞之，有獻於公。公賜之食，食舍肉。公問之。對曰：「小人有母，皆嘗小人之食矣，未嘗君之羹，請以遺之。」公曰：「爾有母遺，繄我獨無！」穎考叔曰：「敢問何謂也？」公語之故，且告之悔。對曰：「君何患焉！若闕地及泉，

隧而相見，其誰曰不然？」公從之。公入而賦：「大隧之中，其樂也融融！」姜出而賦：「大隧之外，其樂也洩洩！」遂為母子如初。

君子曰：「潁考叔，純孝也，愛其母，施及莊公。《詩》曰：『孝子不匱，永錫爾類。』其是之謂乎？」

　　這就是以史為本寫就的史傳小說。故而中國史傳有用語言形象地反映歷史，且富有想像、虛構、創造性的文學特點。完全虛構的故事，如《戰國策・魏策・唐雎不辱使命》：

秦王使人謂安陵君曰：「寡人欲以五百里之地易安陵，安陵君其許寡人！」安陵君曰：「大王加惠，以大易小，甚善；雖然，受地於先王，願終守之，弗敢易！」秦王不說。安陵君因使唐雎使於秦。

秦王謂唐雎曰：「寡人以五百里之地易安陵，安陵君不聽寡人，何也？且秦滅韓亡魏，而君以五十里之地存者，以君為長者，故不錯意也。今吾以十倍之地，請廣於君，而君逆寡人者，輕寡人與？」唐雎對曰：「否，非若是也。安陵君受地於先王而守之，雖千里不敢易也，豈直五百里哉？」

秦王怫然怒，謂唐雎曰：「公亦嘗聞天子之怒乎？」唐雎對曰：「臣未嘗聞也。」秦王曰：「天子之怒，伏屍百萬，流血千里。」唐雎曰：「大王嘗聞布衣之怒乎？」秦王曰：「布衣之怒，亦免冠徒跣，以頭搶地爾。」唐雎曰：「此庸夫之怒也，非士之怒也。夫專諸之刺王僚也，彗星襲月；聶政之刺韓傀也，白虹貫日；要離之刺慶忌也，蒼鷹擊於殿上。此三子者，皆布衣之士也，懷怒未發，休祲降於天，與臣而將四矣。若士必怒，伏屍

二人，流血五步，天下縞素，今日是也。」挺劍而起。
秦王色撓，長跪而謝之曰：「先生坐！何至於此！寡人
諭矣：夫韓、魏滅亡，而安陵以五十里之地存者，徒以
有先生也。」

　　布衣之士唐雎慷慨赴義，視死如歸，此文美甚！但此為明
顯的虛構故事。秦王以五百里疆土交換安陵君之安陵不見史
實，更不知為何？唐雎帶劍上殿，也不合秦國禮賓制度。據秦
制，大臣、來賓進殿覲見秦王都必須解下佩劍等兵器，且非詔
不得上殿。荊軻刺秦王嬴政，只能藏匕首於匣內的圖內。圖窮
匕首見，秦王被荊軻繞殿追殺，秦大臣目睹危局卻無刀劍相救，
且無命不敢上殿相救。《史記‧奇俠列傳》記載：「荊軻逐秦王，
秦王環柱而走。羣臣皆愕，卒起不意，盡失其度。而秦法，羣
臣侍殿上者不得持尺寸之兵；諸郎中執兵皆陳殿下，非有詔召
不得上。方急時，不及召下兵，以故荊軻乃逐秦王。」

　　可以說，春秋戰國時期的《左傳》、《國語》、《戰國策》、
漢代的《史記》許多篇章均是小說性質的史傳或者說史傳性質
的小說，基本依據真實存在的歷史人物、事件而寫，人物眾多，
事件繁複，以對歷史最為真實的原生態客觀描述，還原原生態
歷史客觀為宗旨，只不過文學描述與史料簡述交錯，繁簡不一，
沒有統一的人物、線索、情節的設計和安排。

　　西方小說與中國近現代小說以理想人和理想國裁判人世，
追求理想人和理想國，人物真、善、美，假、醜、惡區分，對
比分明。四大古典名著完全秉承史傳文學傳統：多維度思想視
角共存（作家自我思想視角也在其中），依據原生態客觀設計
眾多主題性人物及其原生態人物個性，多線索形式全面鋪展，
表達原生態客觀社會、歷史、文化主題，而且既不虛美，也不
隱惡，把作家自我傾向性愛憎隱藏在人物言行、情節和場面中，

自然流露，一心追求讀者自己去推究、辨識、判定、揭秘。這是四大名著與西方小說和中國近現代小說的根本區別，更是中國四大名著的卓絕之處。筆者名之為原生態客觀主義文學。

三、四大名著主題的雙重共存狀態

四大古典名著主題的雙重共存狀態：作家刻意設計的明性主題與原生態客觀隱性主題。

筆者以為四大名著主題分析爭論不休，其主因在其文本處於明性主題與原生態客觀隱性主題的雙重共存狀態，而且是作家刻意而為。

明性主題是文本作家確定的明顯的主題。古今中外文學作品大多處於明性主題單一存在狀態，比較容易確定，得到廣泛認同。

秉承史傳文學傳統的四大古典名著與眾不同，不僅多維思想視角共存，而且作家刻意設置了明性主題與原生態客觀隱性主題，處於雙重主題共存狀態。四大名著明性主題是作家遵照封建社會主流思想意識形態，刻意設計的明顯的主題，而原生態客觀隱性主題則是作者秉承史傳文學傳統，依據原生態客觀存在，設計眾多原生態主題性人物及其原生態人格個性，設計情節，多線索形式全面鋪展，表達的原生態客觀社會政治、歷史、文化等主題。此主題，是作家自我人格、思想、意識的表達。

就二者關係而言：體現社會主流意識形態的明性主題似乎是華彩包裝，而原生態客觀隱性主題則是深沉主體內核，是文本真正的主題；表面上作家似乎誇讚明性主題，而眾多主題性人物在封建社會某種典型處境中的人格反應，導致其情節發生、發展、轉折、結局展示的原生態客觀隱性主題恰好證明：

明性主題被原生態客觀隱性主題批判，諷刺，否決，而且是作家刻意而為。設身處地，我們應該理解，在專制獨裁社會，一個作家要批判獨裁者之統治制度及其統治文化，只得選擇此寫作方法把自己與觀點隱蔽起來，一如英國電影《V字仇殺隊》中V先生所言：「政治家用謊言掩蓋裝飾真相，文學家用謊言揭露批判真相。」

古今中外小說、影視戲劇均處於明性主題單一存在狀態，因而我們對四大名著作家確定的明性主題非常敏感，被其蒙蔽，而沒有準確抓住眾多主題性人物，對這些主題性人物在某種社會政治、歷史文化典型處境中的人格反應進行人格分析，進而發掘出作家刻意設計的批判否決明性主題的原生態客觀社會政治、歷史、文化隱性主題。此亦「隱性主題」之所以成為「隱性主題」。

古典四大名著均處於作家刻意設計的「明性主題與原生態客觀隱性主題雙重共存狀態」，且各有其思想出發點和藝術奧妙，且原生態客觀隱性主題是四大名著統領全篇的真正的主題。

以上三點是筆者研究古典四大名著主題的切入點。只有找准那些在某種處境中促使情節發生，推動情節發展、轉折，導致故事結局的主題性人物，對人物進行深入的人格分析，發現其在某種處境中促使情節發生，推動情節發展、轉折、導致故事結局的種種人格因素，而這些人格因素與相應的處境就是主題所在。我們才能發現被明性主題（即封建轉社會主流思想文化意識）所遮蔽的文本客觀存在的原生態客觀隱性主題，評價這兩種主題及其奧妙。此下，筆者論曹翁雪芹在《紅樓夢》刻意設計的明性主題與原生態隱性主題。

四、曹雪芹與《紅樓夢》明性主題和原生態客觀

隱性主題

曹翁雪芹（1715-1763）清代小說家。名霑，字夢阮，號雪芹，又號芹圃、芹溪。祖籍遼陽，先世原是漢族，後為滿洲正白旗「包衣」人。

雪芹的曾祖曹璽任江寧織造，曾祖母孫氏做過康熙帝玄燁的保姆。祖父曹寅做過玄燁的伴讀和御前侍衛，後任江寧織造，兼任兩淮巡鹽監察御使，極受玄燁寵信。玄燁六下江南，其中四次由曹寅負責接駕，並住在曹家。曹寅病故，其子曹顒、曹頫先後繼任江寧織造。他們祖孫三代四人擔任此職達六十年之久。雪芹自幼在這秦淮風月之地的繁華中長大。

雍正初年，曹家遭受一系列打擊。曹頫以「行為不端」、「騷擾驛站」和「虧空」等罪名被革職，家產被抄沒。曹頫下獄治罪，「枷號」一年有餘。這時，雪芹隨全家遷回北京。曹家一蹶不振，日漸衰微。經歷了生活中的重大轉折，雪芹深感世態炎涼，遠離官場，過著貧困如洗的日子。

晚年，雪芹翁在「滿徑蓬蒿」、「舉家食粥」家境中，潛心寫作《紅樓夢》。乾隆二十七年（1762）幼子夭亡，他悲痛過度，臥床不起，又無錢請醫拿藥。這一年除夕（1763 年 2 月 12 日）去世。

雪芹在《紅樓夢》第一回《甄士隱夢幻識通靈　賈雨村風塵懷閨秀》自述說本書是他「披閱十載，增刪五次」的結果。基本成稿之後才「增刪」，且增刪達五次之多。據此我們可以推定，今傳《紅樓夢》120 回本基本是曹雪芹的手筆，學界所言後二十回為高鶚所作不能成立。在筆者看來，高鶚只是據自我意志，對《紅樓夢》做了不多的刪改。

《紅樓夢》問世兩百多年矣，其主題究竟為何？

曹翁雪芹先生撰寫紅樓女兒悲劇人生，名之為「夢」。讀紅

樓，深感此夢非夢，但又有一些不知底裡，似乎無法解釋的似真似假的夢幻。紅樓非夢？非夢即社會現實悲劇，誰製造了這些社會悲劇現實？紅樓有夢？誰製造了那些似真似假的夢幻？目的為何？這就是主題所在。

細觀紅樓，雪芹翁以佛教「色空」觀為明性主題，以紅樓女兒們悲劇人生為隱性主題；二者一體，是封建專制社會原生態客觀真相：皇權、官權、主子權、族權、夫權製造人間萬般悲劇，而統治文化佛教、道教卻將人間萬般悲劇血色歸結為佛道之空，臆造「太虛幻境」、「真如佛地」以麻痺眾生，且得到大眾信奉。

關於《紅樓夢》主題，學界主要有兩種觀點，但學界沒注意，二者為雪芹先生刻意設計的明性主題與原生態生態客觀隱性主題。

其一、《紅樓夢》處處禪機，處處佛理，主題就是佛教色空觀。

《紅樓夢》有一條體現佛教色空觀、天命觀的線索，表達色空觀主題。此主題是雪芹先生刻意設計的明性主題，其用意在批判封建社會及其宗教文化原生態客觀：封建皇權、官權、族權、夫權、主子權禁錮社會，操控社會，製造種種悲劇，而佛道卻以色空觀欺矇世人，要人們消滅一切生命感覺欲望，視人間萬般悲劇為空，皈依佛道，以求死後進入佛道虛擬的「太虛幻境」、「真如佛地」，而雪芹先生在《紅樓夢》展示的封建社會女兒們的悲劇人生這一原生態客觀隱性主題，正深刻地批判了佛道欺矇世人的「色空觀」：女兒們命運悲劇是封建社會皇權、官權、族權、夫權、主子權禁錮，操控的結果，盡是人間悲哀血「色」，不是「空」，無法「空」。

冷美人薛寶釵借得賈母、王夫人等族權東風，撕裂情癡寶

黛二玉的「木石前盟」，成就自己的「金玉良緣」，致使黛玉淚盡命絕，寶玉削髮出家。被賈母、賈政、王夫人貢獻進宮，禁錮於皇權下的元春早死。因欠孫紹祖三千兩銀子，迎春被父親賈赦嫁給孫紹祖，被丈夫孫紹組虐待致死。因鎮海總制公文求親再加以其統治一方的親戚節度的公文召見，賈政被迫許配探春給鎮海總制的公子，遠嫁海隅不知所終。小甄英蓮被拐子抱走，被賣，被薛蟠打死另一個買主馮淵，枉法強搶進入賈府，而官任蘇州知府的賈雨村卻庇護薛蟠，導致小英蓮被呆霸王強佔，早死。還有秦可卿、晴雯、史湘雲等等女兒的悲劇。這些是「空」嗎？。

　　雪芹先生刻意設計描述惜春、妙玉的出家。身處封建皇權、官權、族權、夫權、主子權社會，女兒生就是奴。「勘破三春景不長」，加以地藏庵姑子的蠱惑，夢想「修修來世或者轉個男身」惜春選擇出家，此為許多女子之所以信佛出家原因。人世間骯髒齷齪，為求身心潔淨，許多人選擇出家，故而雪芹先生刻意設計自命「檻外人」的妙玉的人生遭遇，體現被佛教蒙蔽，逃避現世醜惡，完全沒有意義。妙玉為權貴不容，進入賈府後，靜居攏翠庵自命「檻外人」，但她身心皆在「檻內」：她不能逃避人間世故人情，不能自滅尼姑春心，對寶玉產生情色糾結，其結局是被「檻內」強賊用煙毒熏昏，劫走，投海自盡。一切都在檻內，沒有「檻外」。鐵檻寺老尼唆使鳳姐弄權換錢，致死兩個情種，這不是空！小尼智能兒與秦可卿弟弟秦鐘私情交合，結果秦鐘死，智能兒不知所終，也不能空！普天之下莫非王土，率土之濱莫非王臣，誰能成「檻外人」？然而受佛教蒙蔽的惜春、寶玉依然選擇出家！他倆會涅盤，渡一切苦厄？出家不過是另一種形式的自殺罷了！

　　說「空」不是空，說「幻」不是幻，說「夢」不是夢，說

「命」不是命。雪芹翁在「夢」中哭，在「空」中哭，在「幻」中哭，在「命」中哭，他深知這一切都是皇權、官權、族權、父權、夫權、主子權操控的結果，而佛教道教卻把這一切都歸於「空」，歸於「命」，捏造「太虛幻境」、「真如福地」，且得到大眾信奉，故而第一回甄英蓮父親甄士隱、第五回賈寶玉夢遊「太虛幻境」時，雪芹先生刻意設計太虛幻境大石牌坊鐫刻一副對聯，揭示封建社會佛教、道教：

　　假作真時真亦假；無為有處有還無。

　　此對聯出現在佛教、道教捏造的作為二教象徵的太虛幻境，深刻揭示為封建專制社會服務的佛教、道教：以假為真，以真為假；以虛無為實有，以實有為虛無。

　　《紅樓夢》中貫穿色空觀。在佛教看來，人世萬色皆空，欲想免受人間苦難，惟有要跳出三界（天界、地界、人界）外，不在五行（金木水火土）中，滅六根（無眼耳鼻色身意），去六識（無色聲香味觸法），消滅一切生命感覺，涅盤成石頭。石頭就是佛。這是叫人自殺。故而雪芹翁在《紅樓夢》結尾（第120回）刻意設計已消滅生命感覺成仙的甄士隱（真事隱）與濫污貪官賈雨村（假語蠢言）相遇於「急流津覺迷渡口」，甄士隱將大觀園女兒悲劇「真事隱」入佛道之「太虛情」，賈雨村將紅樓女兒悲劇歸結為佛道之「假語蠢言」，故而此回目名曰《甄士隱詳說太虛情　賈雨村歸結紅樓夢》，直言封建專制政權與佛道統治的中國就是「假語村」。筆者在分析寶黛釵命運悲劇結局時有具體分析。

　　其二、袁行霈先生主編的《中國文學史》（第四冊）採納了學術界廣泛認可的綜合觀點。編者說：「《紅樓夢》是一部內涵豐厚的作品，展示了一個多重層次、又相互融合的悲劇世

界：寶玉與黛玉、寶釵的悲劇；大觀園『千紅一哭』、『萬豔同悲』的女兒國悲劇；封建大家族沒落的悲劇；賈寶玉人生悲劇。」[4]這一分析正確，筆者以為還不夠全面具體準確。

雪芹先生在《紅樓夢》設計有三條主題性線索。

一條是社會處境性線索，即統治天下的皇權、操控一方的官權、控制賈府的族權、父權、夫權、主子權及其劣性濫行，體現展示女兒們身陷的封建權利監獄的社會現實處境。

一條是體現佛教色空觀、天命觀的線索，其目的在表達，批判封建社會及其宗教文化：封建皇權、官權、族權、夫權、主子權禁錮社會，操控社會，製造種種悲劇，而佛道卻以色空觀欺矇人們，要人們消滅一切生命感覺欲望，視人間萬般悲劇為空，皈依佛道，以求死後進入佛道虛擬的「太虛幻境」、「真如佛地」，體現展示紅樓女兒們身陷的封建社會的蒙汗藥文化處境。

以寶黛釵三角情怨為主體主題性線索，全面鋪展，多線索地生動刻畫，展示了在皇權、官權、族權、夫權、主子權制約下兩類女兒們的命運悲劇：在皇權、官權、族權、夫權、主子權社會中清純如水的各種女兒的命運悲劇。被皇權、官權、族權、夫權、主子權社會污染變形異化的各種女兒的悲劇命運。

兩類女兒命運悲劇由曹翁設計，借賈寶玉提出。在第二回《賈夫人仙逝揚州城　冷子興演說榮國府》冷子興對賈雨村聊賈府，引述賈寶玉之言：「女兒是水做的骨肉，男人是泥做的骨肉。」第二十回文中敘述寶玉的「呆意」：「因他自幼姊妹叢中

---

[4]　袁行霈主編《中國文學史》（第四卷）北京：高等教育出版社。2005 年年 7 月第二版。頁 301-303。

長大，親姊妹有元春，探春，伯叔的有迎春，惜春，親戚中又有史湘雲、林黛玉、薛寶釵等諸人。他便料定，原來天生人為萬物之靈，凡山川日月之精秀，只鍾於女兒，鬚眉男子不過是些渣滓濁沫而已。」但後來目睹眾多婚嫁後女子的變異，賈寶玉有另一種感覺，並兩次表達了這一感覺。

其一、第五十八回藕官違規在園子裡燒紙錢祭奠死去的藥官，被春燕的姨媽發現，叱責，但得到寶玉的庇護，雙方積下怨恨。第五十九回藕官向春燕歷數這些老媽子的不是，春燕回答引述了寶玉的話：「是我的姨媽，也不好向著外人反說她的。怨不得寶玉說：『女孩兒未出嫁，是顆無價之寶珠，出了嫁，不知怎麼就變出許多的不好的毛病來，雖是顆珠子，卻沒有光彩寶色，是顆死珠了；再老了，更變得不是珠子，竟是魚眼睛了。分明一個人，怎麼變出三樣來？』這話雖是混話，倒也有些不差。」

其二、第七十七回《俏丫鬟抱屈夭風流　美優伶斬情歸水月》因賈府周瑞老婆等嫉恨作怪，金銀錁私相傳遞的入畫、與表哥戀愛的司棋被趕出賈府，寶玉傷感落淚，目睹周瑞老婆拉著司棋出去，寶玉有如下言論：

> 寶玉又恐她們去告舌，恨得只瞪著她們，看已去遠，方指著恨道：「奇怪奇怪，怎麼這些人只一嫁了漢子，染了男人的氣味，就這樣混帳起來，比男人更可殺了！」守園門的婆子聽了，也不禁好笑起來，因問道：「這樣說，凡女兒個個是好的了，男人個個是壞的了？」寶玉點頭道：「不錯，不錯！」

寶玉此論深刻。人是社會制度的產品，什麼樣的社會製造什麼樣的人。與人世隔離的閨閣女兒，基本純淨如水，而出嫁

進入皇權、族權、夫權、官權、主子權等等權利規範籠罩的社會，大多不可避免被社會污染、變形、異化。當然也有沒出嫁，就因過早涉入權益爭鬥糾葛而被污染變形異化的女子。寶玉認為，有兩類女兒即：清純如水的女兒與被污染的女子。筆者細分紅樓女兒有三類：

清純如水，具有自我意志思想而被扼殺的女兒：林黛玉、晴雯、妙玉、尤三姐、甄英蓮、鴛鴦、司棋。

被輕度污染變形的女兒和女子：元春、探春、迎春、惜春、史湘雲、李紈、五兒。

被重度污染、變形、變性、變態，或投機鑽營，或精神分裂的女子：薛寶釵、王熙鳳、平兒、秦可卿、尤二姐、趙姨娘、襲人等等。

從女兒們命運悲劇操控者的角度劃分有：被族權操控的情癡寶玉、黛玉的悲劇。被族權和皇權操控的元春的悲劇。被族權、官權、夫權操控的探春的命運悲劇。被族權、夫權操控的迎春、史湘雲、李紈的悲劇。被主子權操控的丫鬟平兒、晴雯、襲人、鴛鴦、司棋，與前為戲子後為丫頭的蕊官、芳官、藕官等的悲劇。被官權和主子權操控的甄英蓮的悲劇。

曹雪芹以史傳筆法原生態刻畫人物，「不虛美，不隱惡」。女兒們人格個性不同，處境相同或不同，各有其曲折，各有其悲劇性的命運結局。以賈寶玉、林黛玉、薛寶釵三角愛戀為主要線索，多線索全面鋪開，刻畫展示了封建社會被皇權、官權、族權、夫權、主子權操控的上述三類女兒的命運悲劇。

此下筆者開始評述此三類女兒們的命運。因她們之間或相互糾結，如寶玉、黛玉與寶釵，王熙鳳與平兒，或相互對比牽連，如探春與迎春、尤二姐與尤三姐、晴雯與襲人等，故而將她們一體評述，但有的相對比較獨立，如元春、惜春、鴛鴦、

妙玉等,故而將她們單獨評述。

再請注意,讀懂《紅樓夢》關鍵在理解雪芹先生刻意設計鐫刻於佛教臆造的「太虛幻境」的大石牌坊匾額的一副對聯:

　　　假作真時真亦假;無為有處有還無。[5]

此對聯揭示佛教、道教臆造的「太虛幻境」,將封建皇權、官權、族權、夫權、主子權製造的女兒們的社會性悲劇,歸因於天命,以此神化佛道,蒙蔽人間,真假換位,虛實顛倒:「以假為真,真卻成為假;以虛無為實有,實有卻成了虛無」。目的在麻痺眾生,壓抑禁錮人性,使人皈依佛教、道教,遵守禮教,成為專制權力壓迫下忍氣吞聲的的奴才。此為讀懂《紅樓夢》的關鍵。

封建專制社會及其宗教文化佛教、道教三位一體,「假作真時真亦假;無為有處有還無」。我們能跟著雪芹先生細讀《紅樓夢》辨識真假嗎?孰為虛無謊言?孰為不可回避的真實存在?此即主題所在。歸真為真,還假為假,此為雪芹撰寫《紅樓》的目的所在。

與「假作真時真亦假;無為有處有亦無」相關還有「甄士隱」[6]和「賈雨村」。雪芹翁直指佛教、道教將人世「甄士隱(真

---

[5] 第一一六回賈寶玉夢遊「真如佛地」,其牌樓對聯「假去真來真勝假,無原有是有非無」與此對聯遙相呼應,說佛教以假為真,以真為假,以無為有,以有為無。

[6] 作為甄英蓮父親的甄士隱之名,其義有二:一即上述之「真事隱」。二則為佛教觀念「真士隱」。甄士隱因小女兒甄英蓮被人販子抱走,尋找不得,幾乎瘋癲,跟和尚出家,成為沒有任何生命感覺的和尚,即「真士隱」。

事隱）、入佛道捏造的「太虛幻境」、「真如佛地」等等「賈雨村（假語蠢言）」之中，得靠讀者自己去解析，故而雪芹翁在第一回預示女兒們命運後，結尾他題一絕，自歎發問云：

> 滿紙荒唐言，一把辛酸淚！都云作者癡，誰解其中味？

雪芹翁深感人間骯髒齷齪，悲哀無道，而佛教謊言愚昧眾生且得到廣泛信奉，他深感荒唐，更覺辛酸。人間蒙昧於黑暗，滿人間均癡，惟雪芹心性高潔，才情高絕而非癡。高者必孤，而癡人往往譏笑孤高者：「此人癡傻！」

雪芹翁是人間百態親歷者，他蘊藏於《紅樓夢》中的人間百味，非得細細咀嚼品味方可得其一、二；雪芹翁是偉大的卓絕的人格心理學家、偉大的卓絕的文學家，他在《紅樓夢》中原生態地活生生地刻畫的各種人物在某種處境中人格個性反應，表達之主題，只有深知其人格個性及其演變因果者能解；雪芹翁是一位絕世情癡，情癡所唱，惟情癡能知音，拭淚唱和。我們能跟著雪芹先生辨識「荒唐」，品味「辛酸」，解得「其中味」嗎？能還真為真，歸假為假嗎？

賈府主要人物關係圖

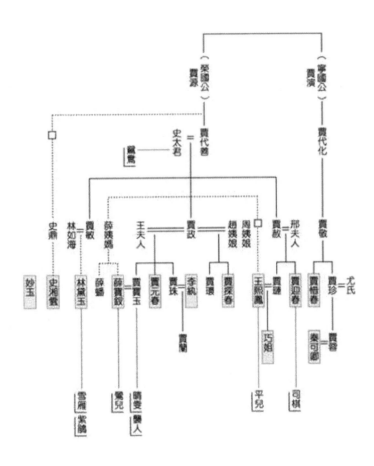

第一章 皇權、官權、族權、夫權、主子權操控的女兒們的命運悲劇

第一節 寶黛釵三角情怨悲劇與人格個性衝突分析

一、寶黛釵三角情怨分析切入點

寶玉、黛玉、寶釵是主要主題性兼線索性人物。《紅樓夢》以冷美人寶釵借得族權「東風」，成就「金玉良緣」，撕裂情癡寶黛「木石前盟」，黛玉焚詩稿，淚盡命絕，寶玉出家為主要線索，揭示同一處境，個性決定命運。要讀懂寶黛釵三角情怨悲劇，切入點有四：

（一）雪芹翁對寶黛釵三角愛戀悲劇的態度。寶黛二玉情癡一對，寶玉有輕度污染，黛玉最為清純，最有才情，最有自我思想意志，也因而是最為孤弱、敏感、短命的女兒，寶釵卻是一個被嚴重污染的封建閨閣典範的極有心計韜略的冷美人。

在第五回《賈寶玉神遊太虛境　警幻仙曲演紅樓夢》〈紅樓夢引子〉，雪芹翁表達了他對黛玉、寶釵的態度：

> 開闢鴻蒙，誰為情種？都只為風月情濃。奈何天、傷懷日、寂寥時，試遣愚衷。因此上演出這悲金悼玉的「紅樓夢」。

通觀《紅樓夢》，「悲金悼玉」即寶釵可悲，痛悼黛玉。第五回關於黛玉、寶釵命運的圖畫和判詞也體現寶釵可悲，哀悼黛玉：

> 賈寶玉再去取那「正冊」看時，只見頭一頁上，畫著是兩株枯木，木上懸著一圍玉帶；地下又有一堆雪，雪中一股金簪。也有四句詩道：
> 可歎停機德，堪憐詠絮才。
> 玉帶林中掛，金簪雪裡埋。

兩詩一畫預示寶釵和黛玉命運，表達雪芹對兩個女兒的評介：薛寶釵「可歎」，林黛玉「堪憐」。「停機德」典故見《後漢書·列女傳》，說東漢樂羊子妻子因丈夫求學半途而廢，便割斷織機上的絹為喻，勸告丈夫堅持讀書以求仕進。這裡借指寶釵屢次勸告寶玉讀書，求功名仕進。「詠絮才」典故出自《世說新語·言語》、《晉書·王凝之妻謝氏傳》。晉代女詩人謝道韞用「柳絮因風起」來描述大雪紛飛的情景，博得眾人稱讚，此後遂用「詠絮才」比喻女子有才華，這裡借指林黛玉絕世才情。後兩句「玉帶林中掛，金簪雪裡埋」配合圖畫，隱喻林黛玉和薛寶釵的命運結局。「兩株枯木」、「木上懸著一圍玉帶」就是林黛玉。黛玉父母雙亡，她被送到姥姥賈府。黛玉清純如水，癡情如水，才情高絕，但在冷美人薛寶釵攻擊下，淚竭情緣盡，絕望而死。

臨死前囑託紫鵑說，自己在賈府沒有親人，要求死後靈柩歸葬江南揚州父母墳塋所在地。她已死的父母不就是「兩株枯木」麼？她不就是那「木上懸著一圍玉帶（黛玉）」麼？

寶釵早早地被社會嚴重污染，進賈府時年僅十四，特會做人，以封建禮教所讚賞的「婦德」，再加以八面玲瓏的言行應對、皇商家庭豐厚財物禮品，贏得賈府上下讚賞。「金鎖」鎖得寶玉，致死黛玉，寶玉出家。寶釵「金」自己也落得「雪裡埋（薛府埋）」。「雪」就是「薛府」，也指冷美人寶釵被自己冷「雪」所埋葬，她可是天下第一「冷美人」。

〈紅樓夢引子〉以後，十二個舞女接著演唱的第一支曲子是關於寶玉、黛玉、寶釵三角婚戀悲劇的〈終身誤〉：

> 都道是金玉良緣，俺只念木石前盟。空對著，山中高士晶瑩雪，終不忘，世外仙姝寂寞林。歎人間，美中不足今方信，縱然是齊眉舉案，到底意難平。

全曲共三句。前兩句是寶玉自述自己在黛、釵之間的選擇。整個封建社會認定至貴之「金」配至尊之「玉」為「良緣」（即薛寶釵的「金鎖」配賈寶玉的「通靈寶玉」），「木石前盟」則指黛玉和寶玉自心自性認定的前世姻緣（即第一回赤霞宮神瑛侍者與絳珠仙草的約定）。世人「都道是金玉良緣」，但寶玉「俺只念木石前盟」。「空對著山中高士晶瑩雪，終不忘世外仙姝寂寞林」表達寶玉被欺騙與寶釵結婚，使得黛玉妹妹情絕淚盡而死之悲苦思念：他「對著」寶釵這「山中高士晶瑩雪（極有心計冷美人薛）」，心身感覺皆「空」，終日想念林妹妹這非凡的「世外仙姝寂寞林」。

最後一句「歎人間美中不足今方信，縱然是舉案齊眉，到底意難平」，則是寶釵的自述。她費盡心機「借東風」成就「金

玉良緣」，但寶玉身心皆戀林妹妹，故而她自歎「美中不足」，即使自己「齊眉舉案」[7]恭敬侍奉，也難使寶玉忘掉林妹妹。這首詩名為「終身誤」，說的就是「終身誤」：薛寶釵「借東風」成功，使賈母、王夫人與薛母不顧黛玉死活，以寶釵假冒黛玉，欺騙寶玉，製造「金玉良緣」，導致黛玉情絕淚盡身死，寶玉出家，薛寶釵自己終身守寡，真真「終身誤」：一誤黛玉，二誤寶玉，三誤她寶釵自己，禍及姨太太襲人。

接著，仙女們「聲韻淒婉」，「銷魂醉魄」的第二支曲子〈枉凝眉〉，極度悲苦地哀唱寶黛愛戀悲劇：

> 一個是閬苑仙葩，一個是美玉無瑕。若說沒奇緣，今生偏又遇著他；若說有奇緣，如何心事終虛化？一個枉自嗟呀，一個空勞牽掛。一個是水中月，一個是鏡中花。想眼中能有多少淚珠兒，怎禁得秋流到冬，春流到夏！

閬苑，指神仙的住處。仙葩即仙花，指林黛玉不同凡俗的純淨美麗。「美玉無瑕」指寶玉不願功名仕進，拒絕做國賊祿鬼，情鐘黛玉的純潔。但最後，奇緣空空，成了「水中月、鏡中花」。夢乍醒，黑暗，無月，也無花。

（二）寶黛二玉與寶釵的人格個性。後有具體分析，在此簡述：

1、從人格血緣基因本性看，有「木石前盟」感覺的寶玉、黛玉是絕世少有的真純情癡，而追求「金玉良緣」寶釵則是極有心計心機理性算度的「冷美人」。

---

[7] 「齊眉舉案」典故出自《後漢書・梁鴻傳》。梁鴻每天為人舂米回來，妻子孟光就準備好了食物，並雙手託盤案，舉至齊眉高，表示恭敬。

2、從人格文化品性看，寶黛「二玉」反正統，追求老莊道家自然清純，有自我意志，追求自我權利，幾乎處處與封建禮教相悖，而寶釵「金」則完全是正統的封建社會禮教「三從四德」的閨閣典範。所謂「三從」就是服從族權、夫權：「在家從父，出嫁從夫，夫死從子」。所謂的「四德」是：婦德（品德貞順）、婦容（形容端莊，穩重持禮）、婦言（言語能隨意附義，不妄言）、婦工（治家之道，包括相夫教子、尊老愛幼、勤儉節約、精於針線等）。寶釵三從四德俱全，但她婚嫁並非完全遵從「父母之命，媒妁之言」。她志在「金玉良緣」，以自己「四德」閨閣典範行為，特善媚人術的言語討好賣乖，再加以皇商家底的財物攻勢，贏得賈母為中心的賈府上下賞讚，「借東風」成就其「金玉良緣」。

3、從社會品性看，寶黛涉世不深，又反封建正統，黛玉父母雙亡，孤身寄棲姥姥賈母賈府，而皇商家庭出身的寶釵則深諳人間公關術，特世俗老道，特有心計、心機，特能討好以賈母為首的族權中心人物惠及上中下其他人等，有高超的媚人術，特注重功名權貴，她是「金」。通常「行為豁達，安分隨時」，「展樣大方，會做人」。送禮送錢，人人喜歡；好言好語，人人喜愛。

在皇權、官權、族權、夫權統治的禮教、佛教禁錮的封建社會，寶黛反正統，癡情相戀，追求自然真純被整個社會詬病，而寶釵正統閨閣典範，世俗老道，擅長媚人術再加以皇商家庭豐厚家底則被整個社會所褒揚。

（三）與上述相關，賈寶玉的「通靈寶玉」與薛寶釵的「金鎖」、「冷香丸」、「牡丹」的象徵意義。

1、通靈寶玉和金鎖是佛教認定的、族權決定的、禮教維護的「金玉良緣」的象徵。寶玉有通靈寶玉，寶釵就有金鎖相

配。玉面鏨有「莫失莫忘，仙壽恒昌」，與之相配的金鎖鏨有「不離不棄，芳齡永繼」，而且二者都來自癩頭和尚和跛腳道士，即所謂茫茫大士、渺渺真人。

這通靈寶玉、金鎖兼有佛教神權、禮教族權、天命的象徵意義，寶黛視之為敵，與之多次發生衝突。

通靈寶玉本是第一回出現的女媧煉石補天未用的石頭，因紅塵動凡心，路過的茫茫大士、渺渺真人將它幻化為一塊美玉，名曰「通靈寶玉」。石頭天生就是佛，沒有任何生命感覺，最符合佛教經典《多心經》所謂「無眼耳鼻身舌意（六根），無色聲香味觸法（六識），無眼界，乃至無意識界，無無明，亦無明盡。乃至無老死，亦無老死盡……遠離顛倒夢想，究竟涅槃」的要求。在封建禮教、佛教看來，人滅「六根」，去「六識」，成為沒有任何生命感覺的石頭，即「通靈悟道」成佛，故而佛教以石頭為「通靈寶玉」。

特別有生命感覺的情癡寶黛二玉與石頭佛相反，更與禮教、族權相悖。第一回說：「只因西方靈河岸上三生石畔，有絳珠仙草一株，時有赤霞宮神瑛侍者，日以甘露灌溉，這絳珠仙草始得久延歲月」。後來神瑛侍者「凡心偶熾」，「下凡造歷幻緣」，絳珠仙子也隨之下凡「把我一生所有的眼淚還他」。西方靈河是雪芹翁虛構的佛教世界的一條極有靈性的河。一對情癡偏偏身處佛教靈河，又降生於佛教、禮教、皇權、官權、族權、夫權嚴密禁錮的作為封建社會貴族典型的賈府，故而雪芹翁用佛教「三生」（前世、今生、來世）悲劇性地確定寶黛二玉因情而生的前世，為情而死的今生，死而共求之來世。「絳珠仙草」暗示黛玉的悲劇命運，「絳珠」即仙草上含苞未放的赤色花蕾。黛玉就是絳珠仙草，雪風吹飄，有綠葉花蕾之香，有凌寒身顫之美，惟有神瑛侍者頂風護理，傾心澆灌。封建社

會以「男女授受不親」為禮。《孟子‧離婁上》曰：「男女授受不親，禮也」。《孟子‧滕文公下》：「父母之命，媒妁之言，鑽隙相窺，逾牆相從，則父母國人皆賤之。」兒女婚嫁權利掌握在族權手中，兒女完全沒有自主權，私自相戀，輕則剃頭遊街示眾，被觀眾唾罵；重則被處死，或吊死，或投河，或沉塘以戒效尤。佛教以男女生情為「淫邪」，其八戒之一就是「戒淫邪」。寶黛癡情，私自相愛與封建社會奉行的禮教、佛教、族權相悖。故而，在封建社會私自相愛，只是不能實現的「木石愆[8]盟」。

2、石頭也象徵一個生命體皈依佛教的過程。石頭在第一回出現。它本是女媧煉石補天剩下的石頭，正自嘆無才補天，眼見一僧一道遠遠而來，聽他們「先是說些雲山霧海神仙玄幻之事，後便說到紅塵中榮華富貴」，它乞求僧道攜帶它入紅塵，「在那富貴場中、溫柔鄉裡受享幾年」。於是茫茫大士、渺渺真人為了使它紅塵悟道，「大展幻術」，將大石登時縮成一塊扇墜美玉，跟著神瑛侍者（賈寶玉）降生賈府，還說「待劫終之日，復換本質」即美玉重新變身石頭，即第一二〇回甄士隱所言「形質歸一」。這樣一來，冷硬石頭成了通靈寶玉，情癡神瑛侍者成了賈寶玉（假寶玉），因在佛教看來，沒有任何生命感覺的石頭與佛通靈，而情癡則是一文不值的假寶玉。第九十四回通靈寶玉眼看寶黛愛情即將毀滅，鐘鳴鼎食賈府即將被抄家破敗，它歷經幻緣，紅塵悟道，形質歸一，從賈寶玉身邊失蹤，回到大荒山無稽崖青埂峰，重新成為石頭，還寫下目睹賈府女兒悲劇的《石頭記》（即《紅樓夢》）。這就是許多人之所以皈依佛門；人間悲劇重重，行藏齟齬，無可奈何，只得

---

[8] 愆：「過錯、罪過」。

變身石頭，皈依佛門。但人真能變身石頭？石頭經歷一番紅塵亂舞，後來回到青埂峰，寫下《石頭記》，說明它不是石頭，只不過遠離人間，回到青埂峰，尋求自然自淨自由。當然，此為許多人出家的原因之一。寶玉出家是因為「終難忘，世外仙姝寂寞林」，惜春出家是因為「勘破三春景不長」，夢想「轉個男身」。

3、「冷香丸」和「牡丹籤」的象徵意義。

寶釵不時服用的冷香丸、抽籤得到的牡丹籤有雙重含義。

（1）「冷香丸」、「牡丹籤」代表佛教「天命」意志。第七回薛寶釵對周瑞家的說，她身上有「胎中帶來的一股熱毒」，癩頭和尚茫茫大士給了一個「海上方」，製成「異香異氣」的冷香丸，發作時吃吃就好。和尚將寶釵天性中的熱毒，變成「冷香」，目的在促成金玉良緣。與「冷香丸」相照應，第六十二回寶釵抽到「冠壓群芳」牡丹籤，預示寶釵借東風即將成功，即天命鎖定，佛教認定，族權決定，禮教肯定金玉良緣。

（2）「冷香丸」、「牡丹籤」象徵寶釵的人格個性。雪芹翁在第八回刻意描述寶釵服用冷香丸，克制「胎中帶來的熱毒」後，發出「一陣陣涼森森甜絲絲的幽香」象徵寶釵的人格個性。作為封建社會閨閣典範，寶釵人格個性「罕言寡語，安分隨時」、「穩重和平」，特善媚人術的討好賣乖，加上皇商家庭豐厚財禮，給人以「甜絲絲」的感覺，贏得元妃、賈母、王夫人、王熙鳳為中心的賈府上下的賞讚，撕裂情癡寶黛「木石前盟」，求得「金玉良緣」，其個性豈不是「甜絲絲」又「涼森森」嗎？第六十二回寶釵抽的「豔冠群芳」牡丹籤，下面鐫一句唐詩題曰「任是無情也動人」。牡丹在中國文化可是富貴的象徵，富貴寶釵能將「無情」做得「動人」，實在是無情的最高境界。

總之，封建社會禮教閨閣典範，皇商家庭特別世俗老道的

為人，且冷而香，可以將「無情」做得「動人」，這就是薛寶釵的人格個性。

（四）理解寶黛釵三角情怨及其個性還得特別注意分析三人所作詩歌。受封建社會禮教佛教色戒的禁錮，寶黛釵之間的三角情怨少有直露的言語、行為衝突，多採用暗示隱射形式，大量蘊含在三人的詩詞歌賦中，旁人不知，他們自解。古人說：「詩言志」，心有所思，情有所感，性有所觸，形之於詩，則詩中有心、情、性。寶黛釵詩詞更如此。

總之，在皇權、官權、族權、禮教、佛教禁錮的封建社會，有自我思想意志的情癡神瑛侍者就是賈寶玉（假寶玉），有自我思想意志的情癡絳珠仙草就是林黛玉（臨殆玉），而遵循禮教、佛教，沒有生命感覺的「石頭」就是「通靈寶玉」，就是佛。與寶玉一樣原本不願功名仕進，執意清純，而後來轉變的（在第一百一十五回出現）講求「文章經濟」的甄府公子也是甄寶玉（真寶玉）。追求自由自然清純愛情就是「木石前盟（木石惢盟」，而族權操控的三從四德閨閣典範的皇商家底的冷美人就是薛寶釵（血保釵、雪豹釵），她嫁給賈寶玉則是「金玉良緣」。這就是封建社會族權、禮教、佛教霸權。

下面，筆者基本遵循《紅樓夢》的敘事順序，具體分析寶黛釵三角情怨及其個性衝突悲劇。

二、寶黛釵三角情怨及其人格個性的具體分析

（一）情癡寶黛與「通靈寶玉」的第一次衝突

「通靈寶玉」就是石頭，石頭就是佛，是族權決定的佛教認定的金玉良緣象徵。它緊隨寶黛，糾纏寶黛，與寶黛多次發生衝突。第三回寶黛一見鍾情與「通靈寶玉」發生第一次衝突。媽媽賈敏病故，家中無人照料黛玉。姥姥賈母憐憫外孫女孤弱，

接來京城賈府。兩個情種，一見鍾情。黛玉對寶玉有「眼熟」感：

> 已進來了一位年輕的公子：頭上戴著束髮嵌寶紫金冠，齊眉勒著二龍搶珠金抹額，穿一件二色金百蝶穿花大紅箭袖，束著五彩絲攢花結長穗宮條，外罩石青起花八團倭鍛排穗褂，登著青緞粉底小朝靴。面若中秋之月，色如春曉之花，鬢若刀裁，眉如墨畫，面如桃瓣，目若秋波。雖怒時而若笑，即瞋視而有情。項上金螭瓔珞，又有一根五色絲條，繫著一塊美玉。黛玉一見，便吃一大驚，心下想道：「好生奇怪，倒像在哪裡見過一般，何等眼熟到如此！」

寶玉對黛玉有「遠別重逢」感：

> 廝見畢歸坐，細看形容，與眾各別：兩彎似蹙非蹙籠煙眉，一雙似喜非喜含情目。態生兩靨之愁，嬌襲一身之病。淚光點點，嬌喘微微。閒靜時如姣花照水，行動處似弱柳扶風。心較比干多一竅，病如西子勝三分。寶玉看罷，因笑道：「這個妹妹我曾見過的。」賈母笑道：「可又是胡說，你又何曾見過她？」寶玉笑道：「雖然未曾見過她，然我看著面善，心裡就算是舊相識，今日只作遠別重逢，亦未為不可。」

通觀《紅樓夢》，寶黛之戀在風情月貌相吸引，更在心性認同，他倆心性敏感，體認萬物以體認自我，體認自我以體認萬物。第三十五回前來請安的通判傅試家兩個嬤嬤議論寶玉的「呆氣」：

> 「我前一回來，聽見他家裡許多人抱怨，千真萬真地有

些呆氣。大雨淋得水雞似的，他反告訴別人『下雨了，快避雨去吧。』你說可笑不可笑？時常沒人在跟前，就自哭自笑；看見燕子，就和燕子說話；河裡看見魚，就和魚說話；見了星星月亮，不是長吁短歎，就是咕咕噥噥的。」

寶黛體認萬物以體認自我，體認自我以體認萬物。他們一起哭花、葬花，一起讀《西廂記》，嚮往自然、自由，而寶玉對妹妹體貼細緻入微，真是一個「護花使者」。就這樣前世有約的絳珠仙草和神瑛侍者，今生在賈府相遇。接著因黛玉，賈寶玉與作為金玉良緣象徵的「通靈寶玉」第一次衝突。緊接其上第三回：

> 寶玉又問黛玉：「可也有玉沒有？」眾人不解其語，黛玉便忖度著因他有玉，故問我有也無，因答道：「我沒有那個。想來那玉是一件罕物，豈能人人有的。」寶玉聽了，登時發作起癡狂病來，摘下那玉，就狠命摔去，罵道：「什麼罕物，連人之高低不擇，還說『通靈』不『通靈』呢！我也不要這勞什子了！」嚇的眾人一擁爭去拾玉。賈母急得摟了寶玉道：「孽障！你生氣，要打罵人容易，何苦摔那命根子！」寶玉滿面淚痕泣道：「家裡姐姐妹妹都沒有，單我有，我說沒趣，如今來了這麼一個神仙似的妹妹也沒有，可知這不是個好東西。」

情癡寶黛一見鍾情，自然與佛教認定的族權決定的金玉良緣象徵的通靈寶玉相互敵對。在情癡看來「通靈」是人之心靈相通，寶玉與妹妹有一見鍾情的「通靈感」，因此他以為妹妹也該有「通靈寶玉」，但「神仙似的妹妹」沒有這「通靈寶玉（石頭）」，他「登時發作起癡狂病來」摔玉，弄得林妹妹當

晚就傷心，淌淚抹眼。這是《紅樓夢》中賈寶玉與通靈寶玉第一次衝突。

寶黛具有與正統相悖之自然清純。玉最為自然純淨無暇，故而雪芹翁為寶黛取名皆有「玉」。也在第三回雪芹翁特意用一首詞表達封建社會對寶玉這類追求自然清純人物的看法：

> 天然一段風騷，全在眉梢；平生萬種情思，悉堆眼角。看其外貌最是極好，卻難知其底細。後人有《西江月》二詞，批寶玉極恰，其詞曰：
>
> 無故尋愁覓恨，有時似傻如狂。縱然生得好皮囊，腹內原來草莽。潦倒不通事務，愚頑怕讀文章。行為偏僻性乖張，哪管世人誹謗。富貴不知樂業，貧窮難耐淒涼。可憐辜負好韶光，於國於家無望。天下無能第一，古今不肖無雙。寄言紈絝與膏粱：莫效此兒形狀！

此詩體現了封建社會主流對寶玉的看法，也是《紅樓夢》中賈府權勢者的看法，也是寶釵的看法。以寶玉不願做國賊祿鬼為「不通事務」，為「潦倒」，「怕讀文章」為「愚頑」，判定如此就是「行為偏僻性乖張」，且無所畏懼「哪管世人誹謗」，最後歎息「可憐辜負好韶光，於國於家無望」。這似乎也是雪芹的自省，他在第一回開篇第一段說：「當此，則自欲將已往所賴天恩祖德，錦衣紈絝之時，飫甘饜肥之日，背父兄教育之恩，負師友規談之德，以至今日一技無成，半生潦倒之罪，編述一集，以告天下。」

真是如此嗎？非也！雪芹翁此敘述不過依循中國史傳小說原生態客觀表述傳統，他自有一觀點，但同時也將封建社會主流的世俗的相反相異的觀點即「賈雨村言（假語蠢言）」羅列出來，供世人評判。《三國演義》對曹操的評述，《水滸傳》

對宋江的評述，《西遊記》對各路菩薩、神仙、妖怪的描述，評價都如此。就如第一回、第五回所言封建專制社會及其文化「假作真時真亦假；無為有處有亦無」，就看讀者能否自辨其真假、有無。

賈寶玉不求功名仕進，拒絕做國賊祿鬼，拒絕與統治者合作，合於孔孟之道。孔子早就表達了自己在「有道」和「無道」之間的選擇。《論語・憲問篇》：「邦有道，穀；邦無道，穀，恥也。」《論語・泰伯篇》「天下有道則見，無道則隱。邦有道，貧且賤焉，恥也；邦無道，富且貴焉，恥也。」

《紅樓夢》中「邦有道」嗎？賈寶玉無意功名仕進，常譏刺功名仕進者為「國賊祿鬼」！這的確是對封建專制官場的正確評斷。《紅樓夢》第四回《薄命女偏逢薄命郎　葫蘆僧判斷葫蘆案》中現身的「護官符」足證此邦官場無道。新任應天知府的賈雨村，要捉拿打死公子馮淵，強搶甄英蓮的薛蟠，門子使眼色不令發簽捉拿。退堂後：

> 雨村因問方才何故有不令發簽之意。這門子道：「老爺既榮任到這一省，難道就沒抄一張本省『護官符』來不成？」雨村忙問：「何為『護官符』？我竟不知。」門子道：「這還了得！連這個不知，怎能作得長遠！<u>如今凡作地方官者，皆有一個私單，上面寫的是本省最有權有勢，極富極貴的大鄉紳名姓，各省皆然，倘若不知，一時觸犯了這樣的人家，不但官爵，只怕連性命還保不成呢！所以綽號叫作『護官符』</u>。方才所說的這薛家，老爺如何惹他！他這件官司並無難斷之處，皆因都礙著情分面上，所以如此。」一面說，一面從順袋中取出一張抄寫的「護官符」來，遞與雨村，看時，上面皆是本地大族名宦之家的諺俗口碑。

　　《紅樓夢》中讀書人有真儒士嗎？沒有！既無孔孟之儒，也無老莊之道，全是國賊祿鬼！賈政賣女兒元春進冷宮，企求潑天富貴，兩次庇護殺人的薛蟠，就是國賊祿鬼，賈雨村更是國賊祿鬼的典型。依附賈府清客一類的讀書人，不過是奴才文人罷了。《紅樓夢》中男子誰高風亮節了？故而賈寶玉執意留身「如水」的女兒叢中，而不願棄身於仕途經濟之道，陷身於「如泥」貪官污吏、國賊祿鬼之中。「質本潔來還潔去」的林黛玉也不勸寶玉讀書仕進以求取功名（第八十一回迫於情勢也勸了一句）。兩情癡只求兩情相守。

　　（二）「金鎖」薛寶釵介入：寶黛釵三角情怨的構成

　　寶釵與寶黛個性恰好相反，她完全是封建社會閨閣典範，處處正統，又是一個早熟的極沉穩持重、世俗老道、極有心計心機的冷美人。第四回《薄命女偏逢薄命郎　葫蘆僧判斷葫蘆案》薛蟠打死馮淵，霸占十四歲甄英蓮，因「賈史王薛」護官符的保護，無憂無慮地帶著媽媽薛姨媽、妹妹薛寶釵進京，進駐賈府。寶釵現身賈府，寶、黛、釵三角情怨關係形成。

　　1、寶釵進賈府只為求配「金玉良緣」。寶黛「木石前盟」，純因心性情相通，而寶釵追求「金玉良緣」，只為金玉相配，即門第相當，家底相配。自古至富者為金，至貴者為玉，出生皇商家庭的寶釵這至富金，求嫁至貴之玉。

　　第四回敘述王氏薛姨媽和兒子薛蟠之所以攜帶寶釵進京，目的有三：「一為送妹待選」，「二為望親（即王姓薛姨媽是京都節度使王子騰與榮國府王夫人的妹妹。此次進京目的也在探親）」，「三因親自入部銷算舊帳，再計新支」。薛家可是「現領內府帑銀行商」的皇商家庭。

　　但第一目的是「送妹待選」。文中說「今上崇詩尚禮，征採才能，降不世出之隆恩，除聘選妃嬪外，凡仕宦名家之女，

皆親名達部，以備選為公主郡主入學陪侍，充為才人贊善之職」。薛姨媽和薛蟠送薛寶釵進京，等待皇帝「採女」進宮，成妃嬪，或公主、郡主入學的「陪侍」，或成「才人、贊善」等，進一步謀求成為嬪妃、皇后，取得世代極頂權勢、潑天富貴。富者為金，貴者為玉，皇上可是金玉至尊。武則天就是由「才人」而成皇后的。寶釵進京的首要目的就是為自己這金，求配至尊至貴之皇帝玉。一家三口進京，適逢王子騰升任九省統制，奉旨出京查邊，薛姨媽一家三口沒有前往大哥王子騰家，而轉身進入二姊王夫人所在的賈府。文中說薛蟠怕住在舅舅家受稽管，不能任意揮霍，想打掃舊屋居住，但薛姨媽王氏沒有選擇住大哥王子騰家，也沒有打掃舊房居住，硬要住進二姊王夫人所在的賈府。薛姨媽王氏為何作此選擇？文中沒有交代，但我們可以推定薛姨媽這一轉身的主要目的：皇上這「玉」沒有「採女」，只得求其次，進二姊王夫人所在的賈府，使寶釵「金」得配二姊王夫人的兒子「寶玉」，成就「金玉良緣」。薛姨媽是王夫人的妹妹，當然知道賈寶玉胎中帶來的通靈寶玉。第二十八回揭示了薛姨媽進賈府的目的：薛姨媽對王夫人曾提過「金鎖是個和尚給的，等日後有玉的方可結為婚姻」等語。

正準備起身，薛蟠見人販子拐賣甄英蓮，他肆無忌憚地打死另一個買主公子馮淵，強搶甄英蓮。因賈府庇護，屁事沒有，一家三人按期啟程進京。

2、薛寶釵求配「金玉良緣」的韜略：「借東風」。薛寶釵進入賈府立即構成寶黛釵三角關係，造成寶黛釵三人情感糾葛，個性衝突。在賈府，薛寶釵佔有絕對優勢：「現領內府帑銀行商」的皇商家庭資本富庶，舅舅王子騰現任京營節度使，薛姨媽是榮國府賈政太太王夫人的妹妹，賈府另一個權勢人物

王熙鳳則是寶釵的表姊。父母雙亡的黛玉唯一可居的是她是賈母外孫女，寶玉是她的表哥，而古人姨表通親是常事。

通觀《紅樓夢》寶釵這金鎖得以鎖住寶玉，主要在她母子倆「借東風」的心計韜略，其方式有三：寶釵封建禮教閨閣典範的人格個性、世俗老道特有心計的高超媚人術、皇商家底的財物攻勢。三者相配合，贏得賈府族權主要人物賈母、王夫人、王熙鳳的認定，贏得賈府平輩姐妹、下人丫鬟僕從的感恩讚賞，成為寶二奶奶的不二人選。東風可不是自然界東方吹來的春風，而是封建社會決定兒女婚事的族權。南宋著名詩人陸遊的名詩《釵頭鳳》痛訴迫使自己與愛妻唐婉離異的「東風」。

陸遊出生於越州山陰一個殷實書香門第之家。母舅唐誠有一女名唐婉，字蕙仙，自幼文靜靈秀，善解人意。兩人青梅竹馬，耳鬢廝磨，均善詩詞，常借詩詞傾述衷腸。兩家父母、親朋好友都以為他們是天造地設的一對。陸家以祖傳鳳釵為信物，定下唐家這門親上加親的姻緣。

洞房花燭之後，陸遊把功名利祿致於九霄雲外。陸遊母親訓斥陸游、唐婉，強令陸遊一紙休書休唐婉回家。母命就是聖旨，陸遊只得遵命。一對鴛鴦，難捨難分，陸遊悄悄另築別宛，安置唐婉，自己見機前往鴛夢重溫，但紙包不住火，陸母斷絕二人來往，並為陸遊另娶一王氏女為妻，徹底斬斷二人悠悠情絲。

母命不可違，陸遊只得參加科舉會試。紹興二十三年（1153），陸遊科舉考試中遭秦檜除名，敗興回到家中。一天陸遊隨意漫步到禹跡寺的沈園。園林深處幽徑上迎面款步走來一位錦衣女子，低首信步的陸遊猛一抬頭，竟是闊別數年的前妻唐婉。此時的唐婉，已由家人作主嫁給了同郡士人趙士程。四目相對，千般心事、萬種情懷，卻無言可述。唐婉與夫君趙士

程相偕游沈園，那邊趙士程正等她餐飲。一陣恍惚之後，已為他人之妻的唐婉留下深深的一瞥之後走遠了，留下了陸遊在花叢中怔怔發呆。沉在舊夢中的陸游循著唐婉的身影追尋而去，來到池塘邊柳叢下，遙見唐婉與趙士程正在池中水榭上進食。隱隱看見唐婉低首蹙眉，伸出玉手紅袖，與趙士程淺斟慢飲。這一似曾相識的場景，看得陸遊的心都碎了，於是提筆在粉壁上題了一闋《釵頭鳳》。「釵頭鳳」就是他曾經的唐婉：

> 紅酥手，黃藤酒，滿城春色宮牆柳。<u>東風惡</u>，歡情薄。
> 一懷愁緒，幾年離索。錯，錯，錯！
> 春如舊，人空瘦，淚痕紅浥鮫綃透。桃花落，閑池閣。
> 山盟雖在，錦書難托。莫，莫，莫！

陸遊寫完此詩，淚流滿面，臨去一瞥，正與唐婉遙遙相望。眼送陸遊離去，唐婉情不自禁來到陸遊滯留徘徊的長廊，一眼看到墨汁未乾的《釵頭鳳》。這釵頭鳳就是她。反覆吟誦，想二人往昔，她淚流滿面，提筆和了一闋詞《釵頭鳳》，題在陸遊的詞後，令後人為之扼腕唏噓：

> 世情薄，人情惡，雨送黃昏花易落。曉風乾，淚痕殘。
> 欲箋心事，獨倚斜闌。難，難，難！
> 人成各，今非昨，病魂常似秋千索。角聲寒，夜闌珊。
> 怕人尋問，咽淚裝歡。瞞，瞞，瞞！

其後唐婉因難忘舊情而早逝，陸遊哀痛終身，思戀終身。可以說《紅樓夢》寶黛二玉悲劇就是陸游唐婉悲劇的小說版。

薛寶釵一進賈府就行使「借東風」成就金玉良緣的心計韜略，但直接具體披露卻在第七十回《林黛玉重建桃花社　史湘雲偶填柳絮詞》。眾人尤其是黛玉都怨摧殘柳絮落花的東風，

惟獨寶釵贊東風。她目睹寶黛相戀，寶玉多次拒絕她的金玉良緣，但她「萬縷千絲終不改」，一心借東風，即得到賈母、元妃、王夫人的欣賞認同。故而眾人尤其是黛玉怨東風，獨獨她這冷香丸目睹春花迎風凋落卻贊東風，並直言借東風：

> 蜂團蝶陣亂紛紛。幾曾隨逝水，豈必委芳塵。萬縷千絲終不改，任他隨聚隨分。韶華休笑本無根，好風頻借力，送我上青雲！

她嘲笑寶黛之愛是「蜂團蝶陣亂紛紛」，而自己就是借東風的「柳絮」：「好風憑藉力，送我上青雲」。

從第三回開始，寶黛釵開始了木石前盟與金玉良緣的爭奪戰。在這一過程中，寶黛共同面對寶釵，雙方發生或明或暗的衝突，同時因黛玉癡情敏感，寶黛之間也發生誤解和小衝突。就在情敵與情癡之間的矛盾糾葛中，漸漸地寶黛心性交融，確定「木石前盟」。面對黛玉敏感譏諷和寶玉的多次拒絕，寶釵不露聲色地借東風，「以三從四德借東風」，「以金銀財物借東風」，「以言辭討好借東風」，討得賈府東風賈母、姨媽王夫人、表姐王熙鳳讚賞，贏得賈府中層各位小姐、公子喜愛，最後撕裂寶黛的木石前盟，成就了金玉良緣。

3、寶釵的「金鎖」與「冷香丸」的出現。此前已述，金鎖、通靈寶玉是族權決定，佛教認定的金玉良緣的象徵。然而這寶釵「金」鎖定「寶玉」與寶釵「冷香丸」個性密切相關。寶黛反正統，追求自然、清純，傾心相愛，寶釵則是三從四德閨閣典範，「冷香丸」是她個性的象徵。她香香地善待賈府借得族權冷冽東風，冷酷地撕裂寶黛木石前盟，冷靜地成就金玉良緣，致死黛玉。

薛寶釵一進賈府，立即構成寶黛釵三角糾葛和個性衝突。

第五回文中說：「寶釵行為豁達，隨分從時，不比黛玉孤高自許，目下無塵，故比黛玉大得下人之心。便是那些小丫頭子們，亦多喜與寶釵去玩。」

黛玉「質本潔來還潔去」，「目下無塵」，給污濁之人的印象自然是「孤高自許」。通觀人世，舉世混濁而我獨清者，必定「高」，高才能免污，而高者必定「孤」。寶釵相反，第五回說她「行為豁達，隨分從時」第八回說她「罕言寡語，人謂藏愚；安分隨時，自雲守拙」。第二十二回說賈母「喜她穩重和平」。「行為豁達，隨分從時」者、「罕言寡語，人謂藏愚；安分隨時，自雲守拙」者，往往給人「穩重和平」的印象，實則這樣的人極有心計。這就是「冷香丸」。

在第八回《賈寶玉奇緣識金鎖　薛寶釵巧合認通靈》雪芹翁刻意設計寶釵金鎖與寶玉的通靈寶玉相遇，設計「冷香丸」象徵薛寶釵的個性。這一日寶玉隨賈母、母親王夫人、王熙鳳等應邀前往寧府看戲。晌午送賈母回榮府，他想起生病的寶釵，前往梨香院，看寶釵：

> 寶玉掀簾一邁步進去，先就看見薛寶釵坐在炕頭上作針線，頭上挽著黑漆油光的髻兒，蜜合色棉襖，玫瑰紫二色金銀鼠比肩褂，蔥黃綾棉裙，一色半新不舊，看去不覺奢華。唇不點而紅，眉不畫而翠，臉如銀盆；眼如水杏。罕言寡語，人謂藏愚；安分隨時，自雲守拙。

寶釵「做針線」，衣著「半新不舊」，唇不點紅，眉不畫翠，即女子「四德」之「婦工」中治家的勤儉節約，精於針線。其「罕言寡語，人謂藏愚；安分隨時，自雲守拙」即「四德」之「婦言（隨意附義，不妄言）」的體現。罕言寡語為了「藏愚」，以免言語違逆不順；「安分隨時」即謹守婦道，馴順應命。對寶

釵而言，表面「罕言寡語，安分隨時」，而骨子裡極有心機、心計。

接著通靈寶玉與金鎖相遇。寶釵這金鎖可是專為鎖寶玉而來的：

> 寶釵因笑說道：「成日家說你的這玉，究竟未曾細細鑒賞，我今兒倒要瞧瞧。」說著便挪近前來。寶玉亦湊了上去，從項上摘了下來，遞在寶釵手內。……正面乃「通靈寶玉」、「莫失莫忘，仙壽恒昌」；反面乃「一除邪祟，二療冤疾，三知禍福」等字。（通靈寶玉是佛教象徵。在佛教看來，男女愛戀就是「邪祟、冤疾、是禍非福」。）寶釵看畢，又重新翻過正面來細看，口內唸道：「莫失莫忘，仙壽恒昌。」唸了兩遍，乃回頭向鶯兒笑道：「你不去倒茶，也在這裡發呆作什麼？」鶯兒嘻嘻笑道：「我聽這兩句話，倒像和姑娘的項圈上的兩句話是一對兒。」寶玉聽了，忙笑道：「原來姐姐那項圈上也有八個字，我也賞鑒賞鑒。」寶釵道：「你別聽她的話，沒有什麼字。」寶玉笑央：「好姐姐，你怎麼瞧我的了呢！」寶釵被纏不過，因說道：「也是個人給了兩句吉利話兒，所以鏨上了，叫天天帶著，不然，沉甸甸的有什麼趣兒。」一面說，一面解了排扣，從裡面大紅襖上，將那珠寶晶瑩、黃金燦爛的瓔珞掏將出來。寶玉忙托了鎖看時，果然一面有四個篆字，兩面八字，共成兩句吉讖，正面「不離不棄」四字，反面「芳齡永繼」四字。寶玉看了，也念了兩遍，又念自己的兩遍，因笑問：「姐姐這八個字倒真與我的是一對。」鶯兒笑道：「是個癩頭和尚送的，他說必須鏨在金器上……」寶釵不待說完，便嗔她不去倒茶，一面又問寶玉從哪裡來。

該段文字內涵有二：

其一、佛教擁護，協助禮教族權成就「金玉良緣」，撕裂「木石前盟」。第一回神瑛侍者與絳珠仙相愛，定下木石前盟，下凡，佛教以為是「風流孽鬼」，故而讓石頭變身「通靈寶玉」跟蹤監視，其正面：「莫失莫忘，仙壽恒昌（即隨身攜帶佛教石頭佛，變身石頭佛，就會仙壽恒昌）」。反面「一除邪祟（佛教以男女愛戀為邪祟）」、「二療冤疾（謹守佛教、禮教治療情苦冤孽）」、「三知禍福（以木石前盟為禍，金玉良緣為福）」。第一回神瑛侍者下凡與絳珠仙草相會，癩頭和尚讓「通靈寶玉」相隨，一路監視，降臨賈府。癩頭和尚再讓冷美人薛寶釵攜帶刻有「不離不棄，芳齡永繼」金鎖，前往賈府，鎖定寶玉，害死黛玉，撕裂寶黛私定的木石前盟，成就禮教族權確定的金玉良緣。

其二、表現薛寶釵個性「冷美人」。目睹寶玉的「玉」所鏨「莫失莫忘，仙壽恒昌」八字與自己金鎖所鏨八字「不離不棄，芳齡永繼」完全是「一對兒」，寶釵心裡一定有佛教命定，金玉相逢的感覺，故而情不自禁「唸了兩遍」，但卻無其他情緒體現，且急忙阻止鶯兒說出癩頭和尚所言「金玉良緣」，足見其個性之「穩重和平」。

接著，雪芹翁讓「冷香丸」出現。這冷香丸也是那癩頭和尚給的，可是成就金玉良緣秘方，即隱射佛教認定族權決定的「金玉良緣」又象徵隱射寶釵的個性。文中說「寶玉此時與寶釵就近，只聞得一陣陣<u>涼森森甜絲絲</u>的幽香，竟不知是何香氣」。寶釵告訴他是一種「丸藥的香氣」，這丸藥名叫「冷香丸」。

「冷香丸」第一次出現是在第七回。周瑞家的送走劉姥姥後，到薛姨媽那裡串門聊天，恰逢寶釵養病服藥。周瑞家的問服什麼藥，薛寶釵說她自幼有喘嗽病，「名醫仙藥，從不見一點兒效」。一個癩頭和尚說這是「胎中帶來的一股熱毒」，給了一

個「海上方」，製成「異香異氣」的「冷香丸」，發作時吃吃就好。寶釵向周瑞家的介紹了「冷香丸」的製作方法：

> 春天開的白牡丹花蕊十二兩，夏天開的白荷花蕊十二兩，秋天開的白芙蓉蕊十二兩、冬天的白梅花蕊十二兩，又要將四種花蕊在次年春分這一天曬乾，用雨水這天的雨水十二錢，白露這一天的露水十二錢，霜降這一天的霜十二錢，小雪這一天的小雪十二錢，放在一起調勻，再加十二錢的蜂蜜，十二錢的白糖，丸了龍眼大的丸子，盛在舊磁壇內，埋在花根下，發病時拿出來吃一丸，用十二分黃柏煎湯服下。

「冷香丸」藥方醫籍未見記載，雪芹翁借此象徵薛寶釵人格個性。她生性有「胎中帶來的一股熱毒」，不時發作。吃了冷香丸，將「熱毒」，變化成令人感覺「一陣陣涼森森甜絲絲的幽香」，頗耐人尋味。

牡丹花味甘苦、辛，性微寒，能清熱涼血，活血散瘀。《本草綱目》謂其「和血、生血、治血中伏火，除煩熱」，並有「花為陰，……能攝陰胞之火」及「白花者補」的說法。荷花性溫，味甘苦，《羅氏會約醫鏡》說：「荷花清心益腎，黑頭髮，治吐衄諸血。」芙蓉花味微辛、性平，《本草》說它「清肺涼血，散熱解毒」。白梅花味酸微微澀，性平無毒，《百草鏡》說既能「疏肝解鬱、理氣和胃，又能「助清揚之氣上升」。「黃柏」也是清熱解毒藥，能清熱燥濕、瀉火除蒸、解毒。

「雨水」這一天的雨水有借東風的意思。「雨水」是二十四個節氣的第二個，即每年二月十九日前後。《月令七十二候集解》說：「正月中，天一生水。春始屬木，然後生木者必水也，故立春後繼之雨水。且東風既解凍，則散而為雨矣。」

意思是說，雨水節氣前後，東風解凍，春雨撒落，萬物萌動，春天到了。

「白露」這一天的露水有借天命靈兆意義。「白露」也是中國傳統二十四節氣之一。此時天氣轉涼，到了白露節，陰氣逐漸加重，清晨的露水隨之日益加厚，凝結成一層白白的水滴，所以就稱之為白露。有句俗話道：「白露白迷迷，秋分稻秀齊。」意思是說，白露節前後若有露，則晚稻將有好收成。飲此露水也取其靈兆意。

「小雪」這一天的雪。「小雪」二十四節氣之一，即十一月的二十二日、二十三日。此節氣前後，天氣陰冷。傳統中醫認為此節氣前後天氣陰冷，而生患抑鬱症者要注重調養。抑鬱症發生多因七情——即喜怒憂思悲恐驚七種情志——所致。而小雪這一天的雪卻有治療功效，能克制喜、怒、憂、思、悲、恐、驚，使自己顯得「行為豁達」、「穩重和平」。

服用冷香丸，將寶釵「胎中帶來的熱毒」，變成「涼森森甜絲絲的幽香」。通觀《紅樓夢》薛寶釵，她行為常常不形於顏色，是極有心計算度的「涼森森」「冷美人」，但給人的表面印象卻是第五回所言「薛寶釵行為豁達，隨分從時」，「穩重和平」，「甜絲絲」得到賈府上下喜愛。

薛寶釵「行為豁達，安分隨時」，「厚重和平」，善待賈府上下甚至包括情敵黛玉，令人感覺「甜絲絲」；骨子裡借賈府族權東風，竊取寶玉，致死林黛玉，而且沒有一丁點的憐憫，可不是表面上「甜絲絲」幽香，骨子裡卻「涼森森」的「冷香丸」嗎？

第十九回《情切切良宵花解語　意綿綿靜日玉生香》雪芹翁刻意設計純情美人林黛玉的自然體香與冷美人薛寶釵冷香丸製成的人工「幽香」相對比。寶玉看望黛玉，怕黛玉睡出病來，

給她解悶：

> 二人對面倒下。……（黛玉勸寶玉別吃胭脂以免舅舅責
> 怪）寶玉總沒聽見這些話，只聞得一股幽香，卻是從黛
> 玉袖中發出，聞之令人醉魂酥骨。寶玉一把便將黛玉的
> 衣袖拉住，要瞧瞧籠著何物。黛玉笑道：「這時候誰帶什
> 麼香呢？」寶玉笑道：「那麼著，這香是哪裡來的？」黛
> 玉道：「連我也不知道，想必是櫃子裡頭的香氣薰染的，
> 也未可知。」寶玉搖頭道：「未必。這香的氣味奇怪，不
> 是那些香餅子、香毬子、香袋兒的香。」
> 黛玉冷笑道：<u>「難道我也有什麼『羅漢』『真人』給我些
> 奇香不成？就是得了奇香，也沒有親哥哥親兄弟弄了花
> 兒、朵兒、霜兒、雪兒替我炮製。我有的是那些俗香罷
> 了！</u>」寶玉笑道：「凡我說一句，你就拉上這些。不給
> 你個利害也不知道，從今兒可不饒你了！」說著翻身起
> 來，將兩隻手呵了兩口，便伸向黛玉膈肢窩內兩脅下亂
> 撓。黛玉素性觸癢不禁，見寶玉兩手伸來亂撓，便笑得
> 喘不過氣來。口裡說：「寶玉！你再鬧，我就惱了！」寶
> 玉方住了手，笑問道：「你還說這些不說了？」黛玉笑道：
> 「再不敢了。」一面理鬢笑道：「我有奇香，你有『暖香』
> 沒有？」寶玉見問，一時解不來，因問：「什麼『香』？」
> 黛玉點頭笑歎道：「蠢才！蠢才！你有玉，人家就有金來
> 配你；人家有『冷香』，你就沒有『暖香』去配她？」寶
> 玉方聽出來，因笑道：「方才告饒，如今更說狠了！」說
> 著又要伸手。黛玉忙笑道：「好哥哥，我可不敢了。」寶
> 玉笑道：「饒你不難，只把袖子我聞一聞。」說著便拉了
> 袖子籠在面上，聞個不住。黛玉奪了手道：「這可該去了。」
> 寶玉笑道：「要去不能。咱們斯斯文文地躺著說話兒。」

說著復又躺下，黛玉也躺下，用絹子蓋上臉。

此段一寫黛玉對「金玉」的敏感，極寫寶黛親密無間，更在將黛玉自然體香與寶釵吃冷香丸而有的「一陣陣涼森森甜絲絲」相對比，極寫黛玉自然之美。寶釵生性有「胎中帶來的熱毒」，吃了佛教冷香丸，硬將熱毒化為「涼森森甜絲絲幽香」，她就是自己精心炮製的「冷香丸」。黛玉生性剔透純香如絳珠仙草之花，自然體香，真奇香。

4、黛玉對「金玉良緣」的「敏感小性」。《紅樓夢》中人、書外評論家大多說黛玉「小性敏感」，但作為情敵，黛玉對「金玉良緣」必然非常小性敏感，對薛寶釵這「金鎖」非常敏感小性，其後還有因賈寶玉收藏「金麒麟」而誤會史湘雲這「金麒麟」，只因為她倆都有「金」，最可能竊奪寶玉。迎春、探春、惜春是寶玉直系親屬，無法構成對寶黛情愛的威脅，而寶釵與寶玉是姨表親，再加上皇商家底與其三從四德閨閣典範和冷香丸人格個性，贏得賈府上下讚賞，黛玉必然敏感。

其一、黛玉對薛姨媽敏感。第七回薛姨媽得到宮花十二支，叫周瑞媳婦送給迎春、探春、惜春、黛玉、熙鳳。看黛玉對薛家特有的敏感小性：

（此時黛玉在寶玉房中）周瑞家的進來笑道：「林姑娘，姨太太著我送花兒與姑娘戴來了。」寶玉聽說，便先問：「什麼花兒？拿來給我。」一面早伸手接過來了。開匣看時，原來是兩枝宮制堆紗新巧的假花兒。黛玉只就寶玉手中看了一看，便問道：「還是單送我一人的，還是別的姑娘們都有呢？」周瑞家的道：「各位都有了，這兩枝是姑娘的了。」黛玉冷笑道：「我就知道，別人不挑剩下的也不給我。」周瑞家的聽了，一聲兒不言語。

薛姨媽叫周瑞媳婦送宮花，說：「你家的姑娘，每人一對，剩下的六枝，送林姑娘兩枝，那四枝給了鳳哥罷。」顯然有親疏。人有親疏，是人情之常。黛玉計較此花，是計較薛姨媽、計較薛寶釵。

其二、黛玉對寶釵敏感，而寶玉親黛遠釵。第八回「通靈寶玉」與金鎖相遇，而且通靈寶玉「莫失莫忘，仙壽恒昌」八字與金鎖「不離不棄，芳齡永繼」八字好成一對兒。接著黛玉也進門來看望生病的寶釵，見寶玉在情敵家中，自然心生幽怨。同桌飲酒，寶玉要喝冷酒，薛姨媽、寶釵要他熱飲，寶玉聽從，引得黛玉多心，借鹿說馬：

> 這裡寶玉又說：「不必燙熱了，我只愛吃冷的。」薛姨媽忙道：「這可使不得，吃了冷酒，寫字手打顫兒。」寶釵笑道：「寶兄弟，虧你每日家雜學旁收的，難道就不知道酒性最熱，若熱吃下去，發散得就快，若冷吃下去，便凝結在內，以五臟去暖他，豈不受害？從此還不快不要吃那冷的了。」寶玉聽這話有情理，便放下冷酒，命人暖來方飲。
>
> 黛玉磕著瓜子兒，只抿著嘴笑。可巧黛玉的小丫鬟雪雁走來與黛玉送小手爐，黛玉因含笑問她：「誰叫你送來的？難為她費心，那裡就冷死了我！」雪雁道：「紫鵑姐姐怕姑娘冷，使我送來的。」黛玉一面接了，抱在懷中，笑道：「也虧你倒聽她的話。我平日和你說的，全當耳旁風，怎麼她說了你就依，比聖旨還快些！」寶玉聽這話，知是黛玉借此奚落他，也無回復之詞，只嘻嘻地笑兩陣罷了。寶釵素知黛玉是如此慣了的，也不去睬她。<u>薛姨媽因道：「你素日身子弱，禁不得冷的，他們記掛著你倒不好？」</u>（寶釵知道寶黛有情，黛玉常因情敏感小性，而

薛姨媽也知道，但臨場感覺不如她的女兒。）黛玉笑道：「姨媽不知道。幸虧是姨媽這裡，倘或在別人家，人家豈不惱？好說就看得人家連個手爐也沒有，巴巴地從家裡送個來·不說丫鬟們太小心過餘，還只當我素日是這等輕狂慣了呢。」薛姨媽道：「你這個多心的，有這樣想，我就沒這樣心。」

寶玉知道黛玉借雪雁說他，是愛他，故而笑。冷美人寶釵大度「守拙」，「藏愚」，故而不去睬她。酒後辭別，黛玉為寶玉穿衣服，故示親密，意在提醒薛寶釵，別做金玉良緣的夢：

小丫頭忙捧過斗笠來，寶玉便把頭略低一低，命她戴上·那丫頭便將著大紅猩氈斗笠一抖，纔往寶玉頭上一合，寶玉便說：「罷，罷！好蠢東西，你也輕些兒！難道沒見過別人戴過的？讓我自己戴罷！」黛玉站在炕沿上道：「囉唆什麼，過來，我瞧瞧罷。」寶玉忙就近前來。黛玉用手整理，輕輕籠住束髮冠，將笠沿拽在抹額之上，將那一顆核桃大的絳絨簪纓扶起，顫巍巍露於笠外。整理已畢，端相了端相，說道：「好了，披上斗篷罷。」寶玉聽了，方接了斗篷披上。

此言語動作如同一對鴛鴦，文中沒有交代寶釵的反應，但她和薛姨媽，心中當不好受。

第九回黛玉對金玉良緣敏感，但寶玉親黛遠釵，只念木石前盟，遠離金玉良緣。看到通靈寶玉及其所鏨刻四字，寶釵心裡定有「金玉良緣」命中註定想法，但寶玉卻沒有，他心在林妹妹。此下第九回寶玉一早上學，辭別行為，親黛遠釵：

辭了賈母·寶玉忽想起未辭黛玉，因又忙至黛玉房中來

作辭。彼時黛玉纔在窗下對鏡理妝，聽寶玉說上學去，
因笑道：「好！這一去，可定是要『蟾宮折桂』去了，我
不能送你了。」寶玉道：「好妹妹，等我下了學再吃飯。
和胭脂膏子也等我來再製。」嘮叨了半日，方撤身去了。
黛玉忙又叫住問道：「你怎麼不去辭辭你寶姐姐來？」寶
玉笑而不答，一徑同秦鐘上學去了。

　　寶玉對黛玉的親，對寶釵的疏，十分明顯。黛玉敏感地急
問：「你怎麼不去辭辭你寶姐姐呢？」是想得到寶玉親黛疏釵的
確定，寶玉「笑而不答，一徑同秦鐘上學去了」就是「答」。

　　緊接著「冷香丸」薛寶釵開始了成就金玉良緣的全面攻勢，
她憑藉皇商豐厚家底、自己精細老道的為人，似乎不聲不響，
香香地贏得賈府上下左右齊聲讚歡，進而攻取族權中心，贏得
賈母這冷東風。

　　（三）薛家和寶釵全面的「金」攻勢　黛玉無法應對，她
只是「玉」

　　第四回進京之前，薛蟠打死公子馮淵，強搶甄英蓮，依仗
賈府權勢庇護，逍遙入京，可見薛家金帶血。薛家有厚重「金」，
賈家是權貴「寶玉」，故而薛家對「金」的顯示，特別誘惑賈
府眾人以「金玉」為「良緣」。第十三回秦可卿因公公賈珍爬
灰而死，全無人倫道德的賈珍「恣意奢華」，選棺材板看不中
杉木。寶釵哥哥薛蟠前來來吊問，將自家木店收藏的自言「沒
人出價敢買」的檣木送給賈珍：

　　　賈珍聽說，喜之不盡，即命人抬來。大家看時，只見幫
　　　底皆厚八寸，紋若檳榔，味若檀麝，以手扣之，玎璫如
　　　金玉。大家都奇異稱讚。賈珍笑問：「價值幾何？」薛蟠
　　　道：「拿一千兩銀子來，只怕也沒處買去。什麼價不價，

賞他們幾兩工錢就是了。」賈珍聽說，忙謝之不盡，即
命解鋸糊漆。賈政因勸道：「此物恐非常人可享者，殮以
上等杉木就是了。」此時賈珍恨不能代秦氏之死，這話
如何肯聽？

櫺木棺材一事，一在暗示「恣意奢華」籌辦秦可卿葬禮的
賈珍爬灰秦可卿，二在顯示薛家皇商家庭之豪富。薛蟠送價值
千兩銀子的棺材，讓賈珍「謝之不盡」，賈府一定人人皆知，
薛家之豪富，使人吃驚。平素薛蟠花錢如流水，而薛寶釵經常
貢奉賈府各種難得物品。第十六回薛蟠得到北方難得的鮮藕、
大西瓜、新鮮的鱘魚、暹羅國進貢的靈柏香熏的暹豬，除了孝
敬薛姨媽，也孝敬老太太賈母、姨父賈政、姨母王夫人。第三
十七回、三十八回寶釵資助湘雲籌辦詩會吟誦菊花。第四十五
回送高等燕窩給病重的黛玉。第九十回資助邢岫煙。第六十七
回薛蟠從南方帶來一些土特產，寶釵除留一份自用，其他全均
分賈府各位公子小姐，一人一份，包括賈環。第七十七回王夫
人為王熙鳳配「調經養榮丸」，寶釵送原枝人參二兩給王夫人。
所以第八十四回賈母、王夫人說到寶玉親事，特別愛錢的王熙
鳳說「一個寶玉，一個金鎖」，是「天配的姻緣」。

黛玉則是「質本潔來還潔去」的「玉」。在第十三回末，
黛玉父親林如海來信，因身染重病，要接黛玉回去。寶黛相別，
賈璉送黛玉登舟回揚州。第十六回《賈元春才選鳳藻宮　秦瓊
卿夭逝黃泉路》黛玉回來，寶黛相見，言語行為一見情深，二
見黛玉遠離污穢男子，質本潔的個性：

> （寶玉）好容易盼到明日午錯，果報：「璉二爺和林姑娘
> 進府了。」見面時彼此悲喜交集，未免大哭一場，又致
> 慶慰之詞。寶玉心中品度黛玉，越發出落得超逸了。黛

玉又帶了許多書籍來，忙著打掃臥室，安排器具，又將些紙筆等物分送與寶釵、迎春、寶玉等。寶玉又將北靜王所贈鶺鴒香串珍珠取出來轉送黛玉。黛玉說：「什麼臭男人拿過的！我不要它。」遂擲而不取。寶玉只得收回，暫且無話。

　　賈珍爬灰秦可卿，兩府人人皆知。黛玉一定聽人說過此事，而且她一定聽人說過賈珍、賈蓉、賈璉、賈赦、薛蟠等等男人的醃臢事，故而以為男人都是「臭」的。此香串來自北靜王。第十五回賈珍浩浩蕩蕩地為秦可卿送殯，設棚路祭的北靜郡王王世榮見到賈寶玉，贈送「前日聖上親賜鶺鴒香念珠」。《紅樓夢》中，除了寶玉，其他男人嫖賭，弄權，濫性爛行，無所不為，都是「臭男人」，包括寶玉父親賈政，那無才無德無貌趙丫頭，怎麼成了趙姨娘？黛玉鍾情寶哥哥，不要其他男人任何東西，也不願自己給寶玉的東西，寶玉給別的男人。倆情癡以互贈為私情物，更不能讓他人沾手。

　　黛玉就是明珠美玉。珠玉者，天寒凝霧而有淚，日暖淚消而有煙，故而（唐）李商隱《錦瑟》描述珠玉之「淚」、「煙」：「滄海月明珠有淚，藍田日暖玉生煙。」（元）王實甫《西廂記》情癡張生描述月下崔鶯鶯為玉人：「待月西廂下，迎風戶半開，拂牆花影動，疑是玉人來。」通觀《紅樓夢》，黛玉就是月光花影中一玉色美人。

　　（四）元妃親釵遠黛：嚮往自然自由，寶黛首次受挫　寶釵世俗老道，精通媚人術

　　第十八回《皇恩重元妃省父母　天倫樂寶玉呈才藻》元妃省親，也是「木石前盟」與「金玉良緣」的比拼。元春題寫了《大觀園記》並《省親頌》等文，要妹等亦各題一匾一詩。寶釵的匾額名與詩，特老道，真一個吹捧專家：

　　　　凝暉鐘瑞　　（匾額）
　　芳園築向帝城西，華日祥雲籠罩奇。
　　高柳喜遷鶯出谷，修篁時待鳳來儀。
　　文風已著宸遊夕，孝化應隆歸省時。
　　睿藻仙才瞻仰處，自慚何敢再為辭？

　　匾額名「凝暉鐘瑞」，即元春得封賢德妃是日光凝聚，瑞象畢集，是天命。

　　第一句「芳園築向帝城西，華日祥雲籠罩奇。」寶釵以風水堪輿奉承元妃。「芳園築向帝城西」說賈府與大觀園之址在皇帝宮城西面。皇帝是太陽，日出於東而隱於西，故而有「華日祥雲籠罩」，瑞象畢集的奇景，即匾額所題「凝暉鐘瑞」。

　　第二句「高柳喜遷鶯出谷，修篁時待鳳來儀。」寶釵以高柳黃鶯、鳳凰來儀恭維元妃。「高柳喜遷鶯出谷（黃鶯從幽谷飛升高柳）」奉承元春入選皇宮，得到皇帝寵愛，得封賢德妃。黃鶯又名黃鸝，身姿羽色特美，鳴聲婉囀，樂築巢於高樹枝端。再以「修篁時待鳳來儀」比擬賈府築造大觀園恭候元妃省親，恭維元妃省親歸來，是鳳凰來儀。

　　第三句「文風已著宸遊夕，孝化應隆歸省時。」寶釵恭維元妃省親如同皇帝駕臨，且體現「文風」「孝化」聖意。「文風已著」，指元妃在大觀園賦詩，體現皇帝提倡文學、重視禮樂。「宸遊夕」[9]本義指「皇帝出宮巡遊」，寶釵借指元春省親，如同皇帝駕到。元妃「歸省」更是皇帝倡行之「孝化」。

　　第四句「睿藻仙才瞻仰處，自慚何敢再為辭？」寶釵吹捧

元妃「睿藻仙才」而「自慚」。睿,智慧。藻,辭藻,泛指詩文。此句說:瞻仰睿智仙才元妃所題匾額和詩,自慚才疏,不敢再作詩啦。

寶釵熟諳媚人術,而黛玉不屑於討好賣乖。文中說「黛玉安心今夜大展奇才,將眾人壓倒,不想元妃只命一匾一詠,倒不好違諭多做,只胡亂做了一首五言律應景罷了」。從媚人討好來說,黛玉的詩可差遠了:

> 世外仙源(匾額)
> 宸遊增悅豫,仙境別紅塵。
> 借得山川秀,添來氣象新。
> 香融金穀酒,花媚玉堂人。
> 何幸邀恩寵,宮車過往頻。

匾額名與詩主題為寫景表達對自然自由的追求:世外方有仙源。

「宸遊增悅豫,仙境別紅塵」說元妃皇帝一般回到賈府,應該感覺,離開皇宮是「別紅塵」,回到自家之「仙境」而「增悅豫」。

「借得山川秀,添來氣象新。香融金穀酒,花媚玉堂人」,即「山川秀」,使得「氣象新」。家人聚集宴樂,山川香風吹入酒中,這酒是自然的穀米酒,故而是「金穀酒」,而庭院花叢襯映玉堂,使女兒「媚」。

最後一句「何幸邀恩寵,宮車過往頻」竟是歎息:元妃何幸得皇帝恩寵,即便回家省親,宮車也頻繁來來往往。此說宮車頻繁,騷擾了這「世外仙源」。

元妃省親回家,黛玉也在現場,目睹她和家人被皇權變形變態,她不再是奶奶的孫女、爹爹媽媽的女兒,而是奶奶、爹

爹媽媽均須跪拜的皇妃。黛玉為元妃姐姐歎息，回到「世外仙源」家中的元妃，身心依然被皇權禁錮騷擾。陶淵明《飲酒》說「結廬在人境，而無車馬喧。問君何能爾，心遠地自偏」，而身為妃子的元春即便回家，也「宮車過往頻」，不得安享自然親情室家之樂。

元妃一定領會黛玉的詩意體貼，也一定是她自己的感覺。她以皇妃身份回家，一路太監跟隨，一路皇家禮儀，不再是姥姥的孫女、父母的女兒，弟妹的姐姐，不能行「家禮」，反而是「賈母等跪止不跌」，弄得她「滿眼垂淚」，攙著賈母、王夫人，三人「只管嗚咽對泣」，其他人「俱在旁圍繞，垂淚無言」。「半日，賈妃忍悲強笑，安慰賈母、王夫人道：『當初既送我到那見不得人的去處，好不容易回家娘兒們一會，不說說笑笑，反倒哭起來。一會子我去了，又不知多早晚才來！』說到這句，不禁又哽咽起來。」

黛玉不討好賣乖，直言不諱，元妃領會其自然自由詩意的體貼憐憫，但心中定不好受，而寶釵精通媚人術，討好賣乖，其對皇權、妃子才情的歌頌可以使她聊以慰藉，麻醉片刻，故而元妃說：「終是薛林二妹之作與眾不同，非愚姊妹所及。」排名「釵黛」，不是「黛釵」。

當然黛玉和寶釵都「詩為心聲」，體現她們完全相反的文化品性，個性嚮往。黛玉嚮往自然自由，目睹沒有自然自由的元春痛苦，故有《世外仙緣》詩。寶釵嚮往皇權，她進京首要目標是進皇宮做才人、妃子、皇后，但未能如願，只得求其次，求配賈寶玉。她目睹元春妃子身份帶來的皇家勢派、賈府尊榮，一定非常羨慕，故有《凝暉鐘瑞》詩。

接著寶釵批評寶玉的詩作，特體現她非常留意元妃的嗜好興致：

時寶玉尚未做完，才做了「瀟湘館」與「蘅蕪院」兩首，正做「怡紅院」一首，起稿內有「綠玉春猶捲」一句。寶釵轉眼瞥見，便趁眾人不理論，推他道：「他因不喜『紅香綠玉』四字，才改了『怡紅快綠』。你這會子偏又用『綠玉』二字，豈不是有意和她分馳了？況且蕉葉之典故頗多，再想一個改罷。」

她要寶玉借用（唐）韓翃詠芭蕉詩「冷燭無煙綠蠟幹」，改「綠玉」為「綠蠟」。寶釵非常敏感留意元妃的忌諱，一味順從討好元妃，又討好寶玉，其言辭中「貴人」等稱謂充滿對元妃的崇拜羨慕，黛玉幫寶玉則完全體現自己的人生嚮往。

寶玉苦思寫成「有鳳來儀」、「蘅芷清芬」、「怡紅快綠」三首，還差一首「杏簾在望」。黛玉見他構思太苦，幫他寫成「杏簾在望」。寶玉三首非常一般，以為黛玉所寫比自己「高得十倍」：

> 杏簾在望
> 杏簾招客飲，在望有山莊。
> 菱荇鵝兒水，桑榆燕子梁。
> 一畦春韭熟，十里稻花香。
> 盛世無饑餒，何須耕織忙。
> 元妃看畢，喜之不盡，說：「果然進益了！」又指「杏簾」一首為四首之冠，遂將「浣葛山莊」改為「稻香村」。又命探春將方才十數首詩另以錦箋謄出，今太監傳與外廂。賈政等看了，都稱頌不已。

與寶釵特善於討好賣乖相比，寶黛都差遠了。寶玉三首詩，全無皇家尊貴，頌揚元妃，其意只在寫自然，嚮往自然，他以為黛玉《杏簾在望》比自己做的「高十倍」，因黛玉一詩生動如

畫，清通如水，音韻如歌，一派自然田園，體現二人的自然自由追求。

首先進入遠行客眼中的是紅杏枝頭酒旗。接著視角擴展，望見山莊：荷塘，白鵝群群，戲水菱葉之下、荇菜之間。晴空中，燕子啾啾，飛翔於桑樹、紫椹、榆樹枝葉之間，繼而唧唧呼鳴，掠空而過，棲落於莊戶人家門梁上的泥巢。莊戶小壩周邊清香冷冽，是一畦畦青綠韭菜；濃香拂面，是廣袤田野稻花開放。自然古樸杏花源就是令人陶醉的杏花村清酒。

此詩盡顯黛玉自然之心、自然之情，對自然而然的嚮往，故而，她不鼓勵賈寶玉讀書以求功名仕進，進入糞坑官場，只要兩情相愛相守，相依杏花源，然而最終杏花零落，杏花女兒死於杏花夢！可悲！可歎！

當然，元妃省親，歌功頌德不可少，最後一句「盛世無饑餒，何須耕織忙」也是口不應心的應景之詞。

寶玉與黛玉一樣嚮往自由自然。第十七回《大觀園試才題對額　榮國府歸省慶元宵》元春省親所需大觀園建成，須要匾額對聯。賈政聽說寶玉在詩詞有「歪才」，故叫上他。來到此處田園荊扉小景，賈政要在此立一碣。眾位題字為「杏花村」，寶玉題字「杏簾在望」，又引古人詩「柴門臨水稻花香」題村名「稻香村」。然後與父親賈政發生關於「自然」的爭論：

> （他們）說著，引眾人步入茆堂，裡面紙窗木榻，富貴氣象一洗皆盡。賈政心中自是歡喜，卻瞅寶玉道：「此處如何？」眾人見問，都忙悄悄地推寶玉，教他說好。寶玉不聽人言，便應聲道：「不及『有鳳來儀』多矣。」賈政聽了道：「無知的蠢物！你只知朱樓畫棟，惡賴富麗為佳，哪裡知道這清幽氣象。終是不讀書之過！」寶玉忙答道：「老爺教訓的固是，但古人常雲『天然』二字，不

知何意?」眾人見寶玉牛心,都怪他呆癡不改。今見問「天然」二字,眾人忙道:「別的都明白,為何連『天然』不知?『天然』者,天之自然而有,非人力之所成也。」寶玉道:「卻又來!此處置一田莊,分明見得人力穿鑿扭捏而成,遠無鄰村,近不負郭,背山山無脈,臨水水無源,高無隱寺之塔,下無通市之橋,峭然孤出,似非大觀。怎似先處有自然之理,得自然之氣,雖種竹引泉,亦不傷於穿鑿。古人云『天然圖畫』四字,正畏非其地而強為地,非其山而強為山,雖百般精而終不相宜……」未及說完,賈政氣得喝命:「又出去。」

黛玉、寶玉要的就是自然清純,然而進入社會,人們大多如寶釵一樣被社會變形異化,而嚮往自然自由有自我意志者幾稀,且成異類。因《杏簾在望》一詩,寶玉、黛玉走得更近,越發認定「木石前盟」,然而精通媚人術的寶釵,討得元妃喜愛,排名「釵黛」,不是「黛釵」,即「金玉良緣」前挺,而「木石前盟」落後。

（五）因「木石前盟」,黛玉敏感小性為「金玉良緣」,寶釵贏取人心

第二十回黛玉因寶玉與寶釵玩,而敏感小性,賭氣回房,弄得寶玉急忙追來向她解釋。正說著,目睹黛玉醋意言行的寶釵走來,醋意反擊,借史大妹妹拉走寶玉。接著寶玉回來勸慰黛玉,二人對白,第一次表白自己的「心」:

> 沒兩盞茶時,寶玉仍來了。黛玉見了,越發抽抽噎噎地哭個不住。寶玉見了這樣,知難挽回,打疊起千百樣的款語溫言來勸慰。不料自己沒張口,只聽黛玉先說道:「你又來作什麼?死活憑我去罷了!橫豎如今有人和你玩,比

我又會念，又會作，又會寫，又會說會笑，又怕你生氣，
拉了你去哄著你。你又來作什麼呢？死活憑我去罷了。」
寶玉聽了，忙上前悄悄地說道：「你這麼個明白人，難道
連『親不隔疏，後不僭先』也不知道？我雖糊塗，卻明
白這兩句話。頭一件，咱們是姑舅姐妹，寶姐姐是兩姨
姐妹，論親戚也比你遠。第二件，你先來，咱們兩個一
桌吃，一床睡，從小兒一處長大的，她是才來的，豈有
個為她遠你的呢？」黛玉啐道：「我難道叫你遠她？我成
了什麼人了呢？我為的是我的心！」寶玉道：「我也為的
是我的心。你難道就知道你的心，不知道我的心不成？」
黛玉聽了，低頭不語，……

　　這是寶黛二人相互間第一次說到「我的心」。緊接著，湘
雲來了，卻再次體現了人心走向。因為湘雲說「愛哥哥」，黛玉
有些吃醋，然後醋言打趣，弄得湘雲「冷笑」，認定寶姐姐是一
個無瑕之人，可是寶黛戀的警鐘，可不是好兆頭。

　　寶釵為何大得人心，就在她特會「做人」。也在這第二十回，
在湘雲來賈府之前，雪芹翁特意設計寶釵面對賈府最大的丑角
趙姨娘和賈環，體現她「做人」。趙姨娘不甘自己半奴半主的姨
娘身份被人歧視，但其行為卑劣，粗魯，全無衡度，時時因風
起浪，卻淹沒自己。女兒探春都遠離她和弟弟賈環，似乎唯獨
寶釵沒有嫌棄她們母子。第二十回，賈環來到寶釵梨香院，見
玩圍棋，也要玩：

　　寶釵素習看他亦如寶玉，並沒他意。今兒聽他要玩，讓
　　他上來坐了一處。一磊十個錢，頭一回自己贏了，心中
　　十分歡喜。後來接連輸了幾盤，便有些著急。趕著這盤
　　正該自己擲骰子，若擲個七點便贏，若擲個六點，下該

鶯兒擲三點就贏了。因拿起骰子來，狠命一擲，一個作定了五，那一個亂轉。鶯兒拍著手只叫「麼」，賈環便瞪著眼，「六——七——八」混叫。那骰子偏生轉出麼來。賈環急了，伸手便抓起骰子來，然後就拿錢，說是個六點。鶯兒便說：「分明是個麼！」寶釵見賈環急了，便瞅鶯兒說道：「越大越沒規矩，難道爺們還賴你？還不放下錢來呢！」鶯兒滿心委屈，見寶釵說，不敢則聲，只得放下錢來，口內嘟囔說：「一個作爺的，還賴我們這幾個錢，連我也不放在眼裡。前兒我和寶二爺玩，他輸了那些，也沒著急。下剩的錢，還是幾個小丫頭子們一搶，他一笑就罷了。」寶釵不等說完，連忙斷喝。賈環道：「我拿什麼比寶玉呢。你們怕他，都和他好，都欺負我不是太太養的。」說著，便哭了。寶釵忙勸他：「好兄弟，快別說這話，人家笑話你。」又罵鶯兒。（接著寶玉來）……如今寶釵恐怕寶玉教訓他，倒沒意思，便連忙替賈環掩飾。

寶釵「素習看賈環如寶玉」，只是從賈環是賈政兒子的身份而言，完全沒有人格個性善惡判斷，即便賈環作弊也偏袒，不勸賈環為善，反以惡為善，非有德姐姐所為。第六十七回哥哥薛蟠從南方帶來一些土特產，寶釵除了留一份自用，其他全均分眾人，一人一份，包括賈環，使得趙姨娘「心中甚是歡喜，想道：怨不得別人都說那寶丫頭好，會做人，很大方。如今看起來，果然不錯。她哥哥能帶來多少東西來。她挨門兒送到，並不遺漏一處，也不露誰薄誰厚。連我們這樣沒時運的她都想到了。要是那林丫頭，她把我們正眼也不瞧，哪裡還肯送我們東西？」接著趙姨娘到王夫人處誇讚道：「難為寶姑娘這麼年輕的人，想得那麼周到，真是大富人家的姑娘，又展樣又大方。

怎麼叫人不敬重呢！怪不得老太太和太太成日家都誇她疼她。」

　　要趙姨娘說好，要賈府都說她好，就是寶釵送禮的目的，最終目的是「金玉良緣」。皇商家庭出生的寶釵年僅十五歲特早熟，磨練得特世故老道，特「會做人，又展樣，又大方」，讓人感覺「甜絲絲」，但骨子裡卻是「涼森森」。第四回哥哥薛蟠打死公子馮淵，強搶被拐賣的甄英蓮，薛姨媽、寶釵任從薛蟠強佔英蓮，帶著可憐英蓮進京進入賈府。第八十六回只因酒館槽頭看了一眼戲子蔣玉菡，哥哥薛蟠就打死了這槽頭。此兩件殺人案，可沒見寶釵與母親薛姨媽絲毫責罵薛蟠，只是急忙依託賈府權勢，利用金銀行賄，買通司法官，判為誤殺。宋江仗義疏財，目的在成為江湖黑道匪道的頭領；薛寶釵和母親「又展樣又大方」贈送錢物，目的在買得賈府上下誇讚，最終目的是成就「金玉良緣」；劉備「以仁德取天下」，薛寶釵「以仁德取寶二奶奶寶座」。這讓寶黛二玉時刻感覺，她表面「甜絲絲」幽香，骨子裡卻「涼森森」，幽冷刺骨。

　　（六）寶釵：「三從四德」閨閣典範

　　寶黛二玉反正統，嚮往自然自由，寶釵卻是正統「三從四德」閨閣典範。第二十一回《俊襲人嬌嗔箴寶玉　俏平兒軟語庇賈璉》寶玉與黛玉、湘雲在賈母處吃飯後，送她二人到瀟湘館安歇。襲人來催了幾次，他二更時方回房睡覺。第二天一早他便披衣趿鞋到黛玉房中，見史湘雲一彎雪白膀子擱在被外，他歎息，完全沒有男女大防地為她遮蓋。然後他洗黛玉和湘雲洗過的洗臉水，千妹妹萬妹妹地央求湘雲給他梳頭。湘雲無奈為他梳頭，但阻止寶玉吃胭脂。古時胭脂由鮮花製成，甜香，男子舔吃胭脂被視為好色。這時襲人過來，喚寶玉回怡紅院洗漱，見寶玉已經梳洗過了，她悶聲回到怡紅院自己洗漱。恰好寶釵來探寶玉行蹤，她們交談，寶釵對襲人心生認同感：

忽見寶釵走來，因問：「寶兄弟哪去了？」襲人含笑道：「寶兄弟哪裡還有在家的功夫！」寶釵聽說，心中明白。又聽襲人歎道：「姊妹們和氣，也有個分寸禮節，也沒個黑家白日鬧的！憑人怎麼勸，都是耳旁風。」寶釵聽了，心中暗忖道：「倒別錯看這丫頭，聽她說話，倒有些識見。」寶釵便在炕上坐了，慢慢地閑言中套問她年紀家鄉等語，留心窺察，其言語志量深可敬愛。

一時寶玉來了，寶釵方出去。寶玉便問襲人道：「怎麼寶姐姐和你說得這麼熱鬧，見我進來就跑了？」問一聲不答，再問時，襲人方道：「你問我麼？我哪裡知道你們的原故？」

襲人在第五回與寶玉偷試雲雨情，這時大談什麼男女交往之禮教限度，不過是表達她自己醋意的托詞。對薛寶釵來說，這一小段體現可豐富了。自從第八回《賈寶玉奇緣識金鎖　薛寶釵巧合認通靈》寶釵看見寶玉的「通靈寶玉」上的「莫失莫忘，仙壽恒昌」與自己金鎖上的「不離不棄，芳齡永繼」構成一對聯，應了癩頭和尚「金玉良緣」的預言。文中沒有直接剖露她心理，但她心中必斷定自己這寶釵「金」，一定配寶「玉」。昨天她與寶玉到賈母房裡見史湘雲，黛玉吃醋怪寶釵「絆住」寶玉，生氣回自己房，寶玉跟去道歉。寶釵吃醋跟來，以史湘雲為藉口，拉走寶玉。今天一大早，她即前來探查寶玉的行蹤。可見，她非常在乎寶玉，然而一聽襲人的話便認為「有些識見」，還「留心窺察」，覺得「言語、志量深可敬愛」。襲人這番話，也讓她自省昨晚吃醋，今一早就來情探寶玉，自省有悖禮教，故而，寶玉一回來，她就走了。這使寶玉詫異地問襲人：「怎麼寶姐姐和你說的這麼熱鬧，見我進來就跑了？」

總之，寶釵這冷香丸的人格個性有三面：

從社會品性來說，她皇商家庭生長，通常「行為豁達，安分隨時」，「展樣大方，會做人」。知道送禮送錢，人人喜歡；好言好語，人人喜愛。

從父母血緣基因本性來說，她本性有「胎中帶來的熱毒」，但又能理性地將這熱毒化為「涼森森甜絲絲的幽香」，是一個理性冷靜，善韜略，有心計的冷美人，給人「穩重和平」感覺，而且能達到「任是無情也動人」的牡丹花境界，實在讓人深感其「涼森森」。

從文化品性而言，她又是遵奉「三從四德」的閨閣典範，時常警醒自己不逾矩，後來也甜絲絲地警醒警醒黛玉。寶釵是閨閣女兒，倘不能說從夫從子，但她特能遵從薛姨媽、賈母、王夫人等等長輩，特有「德、容、言、功」四德：特能貞順端莊，穩重持禮；特能言談隨意附議，見重長議，不妄言；特儉樸節約，勤於針線。此前此後她的言行、衣飾、房間擺設都是「三從四德」的具體化、形象化。

（七）賈母親釵遠黛：寶黛愛戀的重要挫折

第十八回元妃親釵遠黛，第二十回湘雲親釵遠黛，這第二十二回《聽曲文寶玉悟禪機　制燈謎賈政悲讖語》是寶黛情愛悲劇轉折處，也預示了賈府女兒們的悲劇命運。賈府關鍵人物是賈母，她的選擇是寶黛釵三角情愛的關鍵。此回開篇，王熙鳳與賈璉商量薛寶釵十五歲生日事，賈璉要比照黛玉生日給寶釵過生日，「誰想賈母自見寶釵來了，喜她穩重和平，正值她才過第一個生辰，便自己捐資二十兩，喚了鳳姐來，交與她置酒戲。」故而其生日規格遠超黛玉。

寶釵特精通媚人術，討好賣乖不露痕跡，穩重和平，無可挑剔。安排酒戲時賈母問寶釵愛聽的戲文，愛吃的食物，「寶釵深知賈母年老人，喜熱鬧戲文，愛吃甜爛之食，便總依賈母素

日所喜者說了出來。賈母更加歡悅。」

　　接著，王熙鳳在賈母住所的內園搭了戲臺，定了戲文，在賈母的上房排家宴慶賀寶釵生日。這規格可是對黛玉的沉重打擊，使得她一連串神經質小性敏感：

> 　　至二十一日，賈母內院搭了家常小巧戲臺，定了一班新出的小戲，昆弋兩腔俱有。就在賈母上房擺了幾席家宴酒席，並無一個外客，只有薛姨媽、史湘雲、寶釵是客，餘者皆是自己人。這日早起，寶玉因不見黛玉，便到她房中來尋，只見黛玉歪在炕上。寶玉笑道：「起來吃飯去。就開戲了，你愛聽那一出？我好點。」黛玉冷笑道：「你既這麼說，你就特叫一班戲，揀我愛的唱給我聽，這會子犯不上借著光兒問我。」寶玉笑道：「這有什麼難的，明兒就叫一班子，也叫他們借著咱們的光兒。」一面說，一面拉她起來，攜手出去。

　　吃了飯，點戲時，賈母一面先叫寶釵點，寶釵推讓不妥，點了一折熱鬧戲《西遊記》，使「賈母自是喜歡」。鳳姐也點了一出賈母喜歡的謔笑科諢《劉二當衣》，使「賈母果真更又喜歡」。輪到黛玉點戲，卻沒有這算計，文中說「黛玉方點了一齣」，不知戲文名，也沒見說「賈母喜歡」之類。筆者為黛玉叫苦！不知世事？！還是恥於討好賣乖？接著寶玉讚賞寶釵，黛玉更是敏感吃醋：

> 　　至上酒席時，賈母又命寶釵點，<u>寶釵點了一出賈母和她都喜歡的關於魯智深的《山門》</u>。寶玉道：「你只好點這些戲。」寶釵道：「你白聽了這幾年戲，哪裡知道這出戲，排場又好，詞藻更妙。」寶玉道：「我從來怕這些熱鬧戲。」寶釵笑道：「要說這一出『熱鬧』，你更不知戲了。你過

來，我告訴你，這一齣戲是一套《北點絳唇》，鏗鏘頓挫，那音律不用說是好了，那詞藻中有隻《寄生草》，極妙，你何曾知道！」寶玉見說得這般好，便湊近來央告：「好姐姐，念給我聽聽。」寶釵便念給他聽道：「漫揾英雄淚，相離處士家。謝慈悲剃度在蓮台下。沒緣法轉眼分離乍。赤條條來去無牽掛。哪裡討煙蓑雨笠捲單行？一任俺芒鞋破缽隨緣化！」

寶玉聽了，喜得拍膝搖頭，稱賞不已；又讚寶釵無書不知。黛玉把嘴一撇道：「安靜些看戲吧！還沒唱《山門》，你就《妝瘋》了。」說得湘雲也笑了。於是大家看戲。

　　黛玉情癡敏感吃醋非常明確，而寶釵點《山門》則有玄機。寶釵是反對剃度出家的，要討好喜歡熱鬧戲文的賈母，熱鬧戲文特多，為何單點《山門》且喜歡《寄生草》？

　　寶釵點《山門》且喜歡《寄生草》唱詞特能體現她的人格個性。此戲魯智深喝醉酒，闖山門受阻，好一場打鬧。她點此戲意在討好喜歡熱鬧的賈母，更體現她希望世間沒有俠客英雄。魯智深上五臺山進入沙門，就因為金翠蓮受鎮關西欺辱（霸佔金翠蓮，其後攆出家門還要收取從未付出的三千貫典身錢）。他怒髮衝冠，三拳打死鎮關西，逃亡於江湖，再次巧遇已嫁給趙員外的金翠蓮。因追緝急迫，趙員外帶他上五臺山，剃度出家。關於魯智深的京戲、昆曲都比較多，體現其英雄氣魄，尤其是打死欺辱金翠蓮的鎮關西的熱鬧戲文也多，但薛寶釵偏偏喜歡欣賞魯智深這救美英雄哭涕涕出家：「漫揾英雄淚，相離處士家。謝慈悲剃度在蓮臺下。沒緣法轉眼分離乍。赤條條來去無牽掛。哪裡討煙蓑雨笠卷單行？一任俺芒鞋破缽隨緣化！」她哥哥薛蟠可就是打死公子馮淵，強搶甄英蓮的「鎮關西」。所以她希望世上俠客都出家，任他哥哥橫霸天下，故而她喜歡

這《寄生草》一詩：英雄仗義行俠卻苦兮兮哭兮兮，出家做和尚。

寶玉喜歡詞曲「赤條條來去無牽掛」，體現免受人世規則羈絆的自由感，因而讚揚寶釵「無書不知」，導致黛玉撇嘴吃醋。至晚散場時，賈母喜歡小旦和小丑，命人帶進來。鳳姐說小旦像一個人。寶釵「心內知道，卻點頭不說」。寶玉「點了點頭兒不敢說」，還把心直口快的湘雲「瞅了一眼」。湘雲沒提防，說像黛玉，使得黛玉生氣。那時候戲子地位特低，說誰像戲子是侮辱，何況湘雲有金麒麟。寶玉這一瞅即得罪了湘雲、又得罪了黛玉，使自己兩頭吃憋，反落了兩處的數落。寶玉回房，細細品味「赤條條來去無牽掛」，大哭，提筆立占一偈和《寄生草》。這就是回目所言「聽曲文寶玉悟禪機」。寶玉《寄生草》借六祖惠能悟道之語「萬證無法證，無證就是證」表達黛玉不能理解自己愛心的酸楚。

黛玉來怡紅院看動靜，襲人將寶玉所寫的偈子拿給黛玉看。黛玉看了，以為寶玉有參禪出家的念頭，文中說「次日，和寶釵湘雲同看」。黛玉此去見寶釵和湘雲，心中自當有一番反省：自己是寶玉、湘雲所說「小性兒，行動愛惱的人」，應該大度。故而她主動找寶釵、史湘雲商議。黛玉邀請寶釵、湘雲一起前往怡紅院質問寶玉，要寶玉「收了癡心」。

為了阻止寶玉出家之念，為解脫自己「小性」惡名，林黛玉與寶釵暫時組成統一戰線，也是黛玉惟一的一次有心計的讓步。文中說「四人仍復如舊」，但寶釵因元妃、賈母的喜愛而領先。

（八）燈謎：寶黛釵三角情怨

也在第二十二回，元妃從宮中送出一燈謎到賈府，命大家猜。這燈謎謎底就是爆竹，預示元妃命運悲劇：「一聲震得人

方恐，回首相看已化灰。」文中特意首先描述寶釵看此燈謎體現「會做人」：

> 寶釵等聽了，近前一看，是一首七言絕句，並無甚新奇，口中少不得稱讚，只說難猜，故意尋思，其實一見就猜著了。

除了迎春和賈環，寶釵、黛玉、湘雲等都猜中，得到元妃頒賜的禮品，但是接著就是回目所言「制燈謎賈政悲讖語」。賈母乘興要姐妹出燈謎，猜燈謎。文中說賈政看了寶釵的「蓮藕」燈謎，心中自忖：「此物到還有限。只是小小年紀作此等言語，更覺不祥，看來皆非福壽之輩。」故而他心中「煩悶」，「大有悲戚之狀」。實際上，元春、迎春、探春、黛玉、寶玉、寶釵的燈謎均為不祥讖語。在此說說寶黛釵三人的燈謎。

黛玉「更香」燈謎，就是自己的命運感覺：

> 朝罷誰攜兩袖煙，琴邊衾裡兩無緣。
> 曉籌不用雞人報，五夜無煩侍女添。
> 焦首朝朝還暮暮，煎心日日復年年。
> 光陰荏苒須當惜，風雨陰晴任變遷。

黛玉預料自己不過就是「更香」：夫妻「琴邊衾裡兩無緣」，因而「焦首朝朝還暮暮，煎心日日復年年」。「光陰荏苒須當惜，風雨陰晴任變遷」則是她告誡自己要珍惜自己，別管人間風雨陰晴，但她不過一更香，更香的命決定了她「焦首朝朝還暮暮，煎心日日復年年」。

寶玉「鏡子」燈謎也是自我感覺：

> 南面而坐，北面而朝，像憂亦憂，像喜亦喜。

他怡紅院的臥房就有一面大鏡子，賈寶玉應該經常在鏡子裡看見自己因木石前盟而喜，又因金玉良緣而憂。這鏡子就是以賈母為主的族權象徵：我寶玉心向黛玉「南面而坐」，這鏡子卻硬使我「北面而朝」靠近寶釵，使我寶玉因黛玉而喜，因寶釵而憂。

寶釵的蓮藕燈謎，以蓮藕隱射挖苦寶玉，也是曹翁對她婚姻命運的暗示：

> 有眼無珠腹內空，荷花山水喜相逢。
> 梧桐落葉分離別，恩愛雖濃不到冬。

第一句說寶玉這蓮藕「有眼無珠」且「腹內空」，愛荷花黛玉，不喜歡自己，自以為「荷花山水喜相逢」。

第二句有雙重指向。一則寶釵預言寶黛二玉秋天「梧桐落葉」就是寶黛「分別離」：蓮花殘，藕爛，葉枯，「恩愛雖濃」，但「不到冬」。後來果然寶黛被撕裂，黛玉焚稿死去，就在秋末。二則也是暗示寶釵自己的命運暗示。她借得東風，撕裂木石前盟，成就金玉良緣，然後寶玉就在秋季科舉大考之後出家而去，「恩愛雖濃不到冬」，故而賈政看了寶釵的燈謎，以為是不祥「讖語」。當然這也體現賈政特別關注寶釵。

（九）元妃再次親釵遠黛　寶黛葬花

第二十三回《西廂記妙詞通戲語　牡丹亭豔曲警芳心》元妃命太監夏忠到榮府下一道諭：「命寶釵等在園中居住，不可封錮；命寶玉也隨進去讀書。」請注意，元妃首先點名「寶釵」，其他女孩兒都是「等」。這一「諭命」再次體現在爭奪寶玉的競爭中寶釵領先，看來元妃省親時寶釵寫《凝暉鐘瑞》詩恭維吹捧元妃，起了作用。接著曹雪芹刻意設計了寶玉和女兒們對自己的住所選擇，體現她們的個性及其結局：

　　寶玉選住怡紅院。他見「紅」即「怡」，凡美女，他都心怡。黛玉選住瀟湘館，預示她的命運：瀟湘妃子，淚滴滴竹斑斑。寶釵進住蘅蕪院體現她的「冷香」個性：「蘅蕪」即「杜衡、蕪菁」，也冷香。

　　目睹賈母、元妃兩個關鍵人物都喜歡寶釵，深感薄命的黛玉葬花。她葬花就是葬自己，只求「質本潔來還潔去」。在這第二十三回雪芹翁刻意設計寶黛共讀《西廂記》，又一起葬花，象徵寶黛癡情，葬花悲劇不可避免。神瑛侍者寶玉葬花，體現對美的愛憐。黛玉這朵花葬花，體現對美、對純淨的哀憐，也是自憐，故而她專掘一花塚葬清純無染的花，故而一聽寶玉「我就是個『多愁多病的身』，你就是那『傾國傾城的貌』」唐突冒犯之語，就「不覺帶腮連耳的通紅了，登時豎起兩道似蹙非蹙的眉，瞪了一雙似睜非睜的眼，桃腮帶怒，薄面含嗔」。後來的《五美吟》特別體現黛玉為女權呼喊。

　　（十）通靈寶玉作怪：情癡寶玉瘋癲

　　在佛教看來，情癡神瑛侍者就是賈（假）寶玉，石頭就是「通靈寶玉」，就是佛，二者必然衝突。第一次衝突在第三回，二玉一見鍾情，寶玉得知林妹妹沒有玉，他深感「通靈寶玉」不通靈而哭泣，摔玉。第二十五回寶玉因黛玉而生情，在佛教看來就是寶玉「被色所迷」心中無佛，通靈寶玉失靈，寶玉瘋癲。

　　第二十五回名為《魘魔法叔嫂逢五鬼　通靈玉蒙蔽遇雙真》，賈環嫉恨寶玉與彩霞玩鬧，故意用蠟燭燈油燙傷寶玉的臉。王熙鳳挑唆，王夫人叫來趙姨娘，大罵一通。趙姨娘素日嫉恨鳳姐、寶玉，時逢馬道婆進府請安，來到趙姨娘房內。趙姨娘買通馬道婆，商議，把寶玉和王熙鳳「絕了」，好讓賈環繼承家業。於是馬道婆做法，寶玉、鳳姐瘋癲，似乎馬道婆魔法

靈驗了，實則不然。寶玉、鳳姐瘋癲，乃此回目所言「魇魔法」，即寶玉、鳳姐被「聲色貨利」等魔法迷惑，即寶玉迷戀黛玉，鳳姐迷於金錢，故而瘋癲。

寶玉瘋癲，起因不過王熙鳳幾句玩笑，但情癡迷心。黛玉來怡紅院看望被賈環燙傷的寶玉，李紈、鳳姐、寶釵都在場。言談說到暹羅進貢茶，黛玉喜歡。寶玉、王熙鳳將茶送她：

> 寶玉道：「你果然愛吃，把我這個也拿了去吃罷。」鳳姐笑道：「你要愛吃，我那裡還有呢。」林黛玉道：「果真的，我就打發丫頭取去了。」鳳姐道：「不用取去，我打發人送來就是了。我明兒還有一件事求你，一同打發人送來。」
>
> 林黛玉聽了笑道：「你們聽聽，這是吃了他們家一點子茶葉，就來使喚人了。」鳳姐笑道：「倒求你，你倒說這些閒話，吃茶吃水的。你既吃了我們家的茶，怎麼還不給我們家作媳婦？」眾人聽了一齊都笑起來。林黛玉紅了臉，一聲兒不言語，便回過頭去了。李宮裁笑向寶釵道：「真真我們二嬸子的詼諧是好的。」林黛玉道：「什麼詼諧，不過是貧嘴賤舌討人厭惡罷了。」說著便啐了一口。鳳姐笑道：「你別作夢！你給我們家作了媳婦，少什麼？」指寶玉道：「你瞧瞧，人物兒，門第配不上，根基配不上，家私配不上？哪一點還玷辱了誰呢？」（此為王熙鳳代表的國人通行婚姻原則，全無人格考量。）
>
> 林黛玉抬身就走。寶釵便叫：「顰兒急了，還不回來坐著。走了倒沒意思。」（寶釵對此並未當真。）說著便站起來拉住。

眾人各自回房，寶玉要黛玉留下，王熙鳳玩笑推黛玉進門，

於是寶黛獨處：

> 寶玉拉著林黛玉的袖子，只是嘻嘻地笑，心裡有話，只是口裡說不出來。此時林黛玉禁不住把臉紅漲了，掙著要走。寶玉忽然「嗳喲」了一聲，說：「好頭疼！」（注意此為「通靈寶玉」作怪：作為佛教色戒象徵的通靈寶玉反面刻有「一除邪祟，二療冤疾，三知禍福」。在佛教看來，男女愛戀就是「邪祟、冤疾」，會遭禍，故而發作阻止，於是寶玉瘋癲。）林黛玉道：「該！阿彌陀佛！」只見寶玉大叫一聲：「我要死！」將身一縱，離炕跳有三四尺高，口內亂嚷亂叫，說起胡話來了。林黛玉並丫頭們都唬慌了，忙去報知王夫人、賈母處。此時王子騰的夫人也在這裡，都一齊來時，寶玉益發拿刀弄杖，尋死覓活的，鬧得天翻地覆。賈母、王夫人見了，唬得抖衣亂顫，且「兒」一聲「肉」一聲放聲慟哭。於是驚動全家諸人，連賈赦，邢夫人，賈珍、賈政、賈璉、賈蓉、賈芸、賈萍、薛姨媽、薛蟠並周瑞家的一干家中上上下下裡裡外外眾媳婦丫頭等，都來園內看視，登時猶如亂麻一般。正沒個主見，只見鳳姐手持一把明晃晃鋼刀砍進園來，見雞殺雞，見狗殺狗，見人就要殺人。眾人越發慌了。周瑞媳婦忙帶著幾個力大的女人上去抱住，奪下刀來，抬回房去。平兒，豐兒等哭得哀天叫地。賈政也心中著忙。

當下眾人送祟，跳神，捉怪，祈求禱告百般醫治，並不見好。京城親戚們送符水，薦僧道，總不見效。「他叔嫂二人愈發糊塗，不省人事，睡在床上，渾身火炭一般，口內無般不說。」「看看三日光陰，那鳳姐和寶玉躺在床上，越發連氣都將沒了。

闔家人口無不驚慌，都說沒了指望，忙著將他二人的後世的衣履都治備下了。賈母、王夫人、賈璉、平兒、襲人這幾個人更比諸人哭得忘餐廢寢，覓死尋活。趙姨娘外面假作憂愁，心中稱願。」

這時第一回出現的癩頭和尚茫茫大士、跛足道人渺渺真人來了。聽聽他們對通靈寶玉（石頭）說話和「摩弄」：

> 正鬧得天翻地覆，沒個開交，只聞得隱隱的木魚聲響，念了一句：「南無解冤孽菩薩。有那人口不利，家宅顛傾，或逢兇險，或中邪祟者，我們善能醫治。」賈母，王夫人聽見這些話，哪裡還耐得住，便命人去快請進來。賈政雖不自在，奈賈母之言如何違拗，又想如此深宅，何得聽得這樣真切？心中亦希罕，復命人請了進來。眾人舉目看時，原來是一個癩頭和尚與一個跛足道人。見那和尚是怎的模樣：
> 鼻如懸膽兩眉長，目似明星蓄寶光，
> 破衲芒鞋無住跡，醃臢更有滿頭瘡。
> （此肖像特體現佛教的「百忍禪悟」，能忍受自己「破衲芒鞋無住跡，醃臢更有滿頭瘡」，不想辦法改變的傢夥，就是「鼻如懸膽兩眉長，目似明星蓄寶光」禪悟的佛。）
> 那道人又是怎生模樣：
> 一足高來一足低，渾身帶水又拖泥。
> 相逢若問家何處，卻在蓬萊弱水西。
> （此肖像特體現道教被佛教化的「百忍禪悟」，能忍受「一足高來一足低，渾身帶水又拖泥」的人生，不想辦法改變的傢夥，就是家住「蓬萊弱水西」的道家神仙。）
> 賈政問道：「你道友二人在哪廟裡梵修。」那僧笑道：「長官不須多言。因聞得府上人口不利，故特來醫治。」賈

政道：「倒有兩個人中邪，不知你們有何符水？」那道人笑道：「你家現有希世奇珍，如何還問我們有符水？」賈政聽這話有意思，心中便動了，因說道：「小兒落草時帶了一塊寶玉下來，上面說能除邪祟，誰知竟不靈驗。」那僧道：「長官你哪裡知道那物的妙用。寶玉原是靈的，只因為聲色貨利所迷，故此不靈驗了。（佛教點題：寶玉因情迷於黛玉，鳳姐因貨利，故而兩人瘋癲。）你今且取它出來，待我們持頌持頌，只怕就好了。」

賈政聽說，便向寶玉項上取下那玉來遞與他二人。那和尚接了過來，擎在掌上，長歎一聲道：「青埂峰下別來十三載矣！人世光陰迅速，塵緣未斷，奈何奈何，可羨你當日那段好處：

天不拘兮地不羈，心頭無喜亦無悲，

卻因鍛煉通靈後，便向人間覓是非。

（這是呼喚寶玉心中的石頭佛，使他放棄愛情，變身石頭佛。石頭無喜無悲，是無天地拘羈的佛，只因「鍛煉通靈後，便向人間覓是非」，故而寶玉情瘋，就是人心中的石頭佛失靈啦，作怪啦。）

可惜你今日這番經歷呀：

粉漬脂痕污寶光，綺櫳晝夜困鴛鴦。

沉酣一夢終須醒，冤孽償清好散場！

（「粉漬脂痕污寶光」指寶玉癡情，污了石頭佛，使其不通靈，「綺櫳晝夜困鴛鴦」，直指寶黛在瀟湘館如同鴛鴦，故而和尚呼喚「沉酣一夢終須醒，冤孽償清好散場！」即呼喚「沉酣一夢（迷於黛玉）」的寶玉醒來，償清冤孽情債，出家化身石頭。）

念畢，又摩弄一回，說了些瘋話，……至晚間他二人方

漸漸醒來，說腹中饑餓。賈母，王夫人如得了珍寶一般，旋熬了米湯與他二人吃了，精神漸長，邪祟稍退，一家子才把心放下來。

在佛教禮教看來，喜愛萬物，追求自我欲望，都是「邪祟」，男女相愛更是「邪祟」。孔子說「君子愛財，取之有道」，王熙鳳弄權弄錢，愛財無道，是瘋子！但寶黛癡情自由戀愛也是瘋子！佛教以真為假，以假為真，又真假混淆。

（十一）寶黛衝突：黛玉守潔，拒絕成「玩物」

第二十六回《蜂腰橋設言傳心事　瀟湘館春困發幽情》前者說的是小紅與賈芸，後者描述黛玉春思幽情，而寶玉動情，唐突黛玉，觸犯黛玉自尊，導致黛玉情傷：

> （賈寶玉來到瀟湘館），只見湘簾垂地，悄無人聲。走至窗前，覺得一縷幽香從碧紗窗中暗暗透出，寶玉便將臉貼在紗窗上。看時，耳內忽聽得細細地長歎了一聲，道：「『每日家情思睡昏昏！』」寶玉聽了，不覺心內癢將起來。再看時，只見黛玉在床上伸懶腰。寶玉在窗外笑道：「為什麼『每日家情思睡昏昏』的？」一面說，一面掀簾子進來了。黛玉自覺忘情，不覺紅了臉，拿袖子遮了臉，翻身向裡裝睡著了。

黛玉借《西廂記》女主人公的話語，情不自禁思春，被人聽見「紅了臉」，以為羞，此女兒自然春性。接著，黛玉起床「抬手整理鬢髮」，寶玉動情，唐突冒犯女兒自尊：

> 寶玉見她星眼微餳，香腮帶赤，不覺神魂早蕩，一歪身坐在椅子上，笑道：「你才說什麼？」黛玉道：「我沒說什麼。」寶玉笑道：「給你個榧子吃呢！我都聽見了。」

　　二人正說話，只見紫鵑進來，寶玉笑道：「紫鵑，把你們的好茶沏碗我喝。」紫鵑道：「我們哪裡有好的？要好的只好等襲人來。」黛玉道：「別理他。你先給我舀水去罷。」紫鵑道：「他是客，自然先沏了茶來再舀水去。」說著，倒茶去了。寶玉笑道：「好丫頭！『若共你多情小姐同鴛帳，怎捨得叫你疊被鋪床？』」黛玉登時急了，摺下臉來說道：「你說什麼？」寶玉笑道：「我何嘗說什麼？」黛玉便哭道：「如今新興的，外頭聽了村話來，也說給我聽；看了混帳書，也拿我取笑兒。我成了替爺們解悶兒的了。」一面哭，一面下床來，往外就走。寶玉心下慌了，忙趕上來說：「好妹妹，我一時該死，你好歹別告訴去！我再敢說這些話，嘴上就長個疔，爛了舌頭。」

　　正說著，只見襲人走來，說道：「快回去穿衣裳去罷，老爺叫你呢。」寶玉聽了，不覺打了個焦雷一般，也顧不得別的，疾忙回來穿衣服。

　　寶玉愛美，一時動情，情不自禁，唐突冒犯；黛玉動情思春，春心在心，不敢言行。寶玉的話，非禮冒犯，黛玉生氣哭泣，自己「成了替爺們解悶的了」。一般而言，古代女子動情，就鍾情，希望有一個終生依靠。《詩經‧邶風‧擊鼓》女兒歌謠「執子之手，與子偕老」就是經典表白，但是在封建男權社會中女子往往成了男子解悶的玩物。

　　接著，曹翁雪芹以寶玉為線索展示男子解悶招數，形象體現黛玉怕成「解悶玩物」可是來自紈絝子弟、文人雅士的色情濫性。當時襲人傳言「老爺叫你」，嚇得寶玉顧不得林妹妹，回房跟著茗煙走，出門見到的卻是薛蟠。原來薛蟠假借姨父賈政之名，哄騙寶玉出門，參加他的生日聚會。宴席間有詹光、程日興、胡斯萊、單聘仁、馮紫英等貴族公子，有妓女相陪，特

意表現公子們以女子解悶的招:

> 薛蟠笑道:「你提畫兒,我才想起來了。昨兒我看見人家一本春宮兒,畫得很好,上頭還有許多的字。我也沒細看,只看落的款,原來是什麼『庚黃』的。真好得了不得!」
>
> 寶玉聽說,心下猜疑道:「古今字畫也都見過些,哪裡有個『庚黃』?」想了半天,不覺笑將起來,命人取過筆來,在手心裡寫了兩個字,又問薛蟠道:「你看真了是『庚黃』麼?」薛蟠道:「怎麼沒看真?」寶玉將手一撒給他看道:「可是這兩個字罷?其實和『庚黃』相去不遠。」眾人都看時,原來是『唐寅』兩個字,都笑道:「想必是這兩個字,大爺一時眼花了,也未可知。」薛蟠自覺沒趣,笑道:「誰知他是『糖銀』是『果銀』的!」

說到春宮畫,眾人都知道是唐寅的春宮畫。可見,這些紈絝們都熟悉唐寅春宮畫。春宮畫專繪男女性交。明代畫家文學家,江蘇蘇州人唐寅(1470-1523)可是春宮畫老手。因生於明憲宗成化六年庚寅年寅月寅日寅時,故名唐寅,又因屬虎,故又名唐伯虎。他自稱江南第一風流才子,字子畏、伯虎,號六如居士、桃花庵主、逃禪仙吏、魯國唐生、南京解元等。唐寅青樓風流,色遍天下,也畫房中風流事,至今傳世的有《孟宮蜀妓圖》、《班姬團扇圖》、《嫦娥奔月圖》等。唐寅還畫有春宮秘戲《風流絕暢圖》,共有24幅,十分有名,但已失傳。據說《小姑窺春圖》組畫也是他所畫,其中之一今藏日本。畫幅左邊有一對男女隱約帳中做雲雨之歡,門外一個少女在偷看,還情不自禁地把手伸進自己裙中自摸。此春宮畫筆精妙,許多風流名士紛紛題詞其上,(清)陳其年就題寫一首《菩薩

蠻》詞說：「桃笙小擁樓東玉，紅蕤[10]濃染春鬢綠。寶帳縝[11]
垂垂，珊瑚鉤響時。花蔭搖屈戍[12]，小妹潛偷窺，故意繡屏中，
瞬他銀燭紅。」古籍中有幾首清人題唐寅春宮畫的詩作，如：
「雞頭（乳頭）嫩如何？蓮船（小腳）僅盈握；鴛鴦不足羨，
深閨樂正多。」

　　中國歷代貴族、官宦、文人都以青樓嫖妓為風流，李白、
杜甫、白居易都如此，(元)戲劇家關漢卿平生「偶娼優而不辭」。
他的散曲《南呂・一枝花》，自詡「我是個蒸不爛、煮不熟、捶
不扁、炒不爆、響噹噹一粒銅豌豆」，向全社會公開發誓「則除
閻王親自喚，神鬼自來勾，三魂歸地府，七魂喪冥幽；天哪，
那其間才不往煙花路上走」。說的就是自己風流成性，不可改
變，我是流氓，我怕誰！

　　有評論說，這是對封建價值觀念的挑戰，是性解放。封建
貴族文人性解放以女子為玩物，也就是林黛玉所言「成了替爺
們解悶的了」，絕沒有情愛二字。動物就是如此，非常性解放，
雄佔有雌，性盡則丟開，性欲來了再占。人有動物一面，見色
生情，但人也應該有人的一面：因色生情，因情而鍾情，追求
廝守終身的愛情，一如《詩經・邶風・擊鼓》的女兒述求，「執
子之手，與子偕老」。黛玉是絳珠仙草花，寶玉是神瑛侍者，前
世姻緣，心性相投，一見生情，因情鍾情，追求終生廝守，但
因社會世俗慣性，寶玉冒犯黛玉尊嚴。她最怕寶哥哥只是視她
為「解悶」的玩物，讓自己愛戀成空。

　　（十二）人間無情，宿鳥棲鴉有情

---

[10]　蕤（rui）：草木枝花下垂。
[11]　縝（zhěn）：細絲。
[12]　屈戍：開關窗戶的鐵環紐。

　　人間冷漠，人們往往深感動物、植物更有生命的憐憫感。萬物有情，人間無情，寒鴉感傷而鳴驚，桃花因驚美而同豔。寶黛憐憫萬物，萬物憐憫寶黛。第二十六回和第二十七回黛玉再次因寶釵而敏感傷心，但孤孤獨獨，只有宿鳥棲鴉憐憫同情。此上黛玉聽襲人說賈政叫寶玉去，心中也替他憂慮。至晚飯後，聞得寶玉回來了，去詢問寶玉，見寶釵進寶玉的園內去了，自己也隨後走了來。剛到了沁芳橋，只見各色水禽盡在池中浴水，好看異常，因而耽擱了一會兒，再往怡紅院來，門已關了，黛玉叩門。晴雯和碧痕拌了嘴，沒好氣，晴雯把氣移在寶釵身上，抱怨寶釵在此久坐，使她們三更半夜的不得安眠。忽聽又有人叫門，晴雯越發動了氣，說不論任何人，寶二爺吩咐不開門。黛玉聽了這話，不覺氣怔在門外，想自己「父母雙亡，無依無靠，現在他家依棲，若是認真慪氣，也覺沒趣」。一面想，一面又滾下淚珠來了，只聽裡面一陣寶玉與寶釵笑語之聲：

> 　越想越覺傷感，便也不顧蒼苔露冷，花徑風寒，獨立牆角邊花陰之下，悲悲切切，嗚咽起來。原來這黛玉秉絕代之姿容，具稀世之俊美，不期這一哭，那些附近的柳枝花朵上宿鳥棲鴉，一聞此聲，俱忒楞楞飛起遠避，不忍再聽。正是：
> 花魂點點無情緒，鳥夢癡癡何處驚。
> 因又有一首詩道：
> 顰兒才貌世應稀，獨抱幽芳出繡閨。
> 嗚咽一聲猶未了，落花滿地鳥驚飛。

　　就在這牆角，黛玉目睹寶玉送寶釵，想要責問為何不開門，又恐寶玉難處，只得回房，而瀟湘館眾人也冷冷的：

> 　紫鵑、雪雁素日知道黛玉的情性：無事悶坐，不是愁眉，

便是長歎，且好端端的不知為什麼，常常的便自淚不乾的。先時還有人解勸，或怕她思父母，想家鄉，受委屈，用話來寬慰。誰知後來一年一月的，竟是常常如此，把這個樣兒看慣了，也都不理論了。所以也沒人去理她，由她悶坐，只管外間自便去了。那黛玉倚著床欄杆，兩手抱著膝，眼睛含著淚，好似木雕泥塑的一般，直坐到二更多天方才睡了。

紫鵑、雪雁此時對黛玉如同醫生、護士。醫生、護士初見病人死亡，心中也傷感，恐懼，但天長日久，司空見慣，就冷心冷腸。小黛玉，父母早逝，寄身姥姥家，沒有父母兄弟姐妹倚靠，沒有媽媽可言心事。要知道，在封建社會，女兒家唯一可說私房話的是自己母親。黛玉寄身賈府，體貼她的唯有寶哥哥。今天寶哥哥，先以她為解悶玩物，回來又和自己的情敵在一起，不開門，她怎不傷心？！同情不忍者，唯有柳枝花朵上的宿鳥棲鴉。

（十三）寶釵「撲蝶」，黛玉哭花葬花

第二十七回《滴翠廳楊妃戲彩蝶　埋香塚黛玉泣殘紅》緊接其前的第二天。這一天至次日乃是四月二十六日，是交芒種節。凡交芒種節的這日，都要設擺各色禮物，祭餞花神，言芒種一過，便是夏日了，眾花皆卸，花神退位，須要餞行。閨中更興這風俗，所以大觀園中之人都早起來了。

> 且說寶釵、迎春、探春、惜春、李紈、鳳姐等並大姐兒、香菱與眾丫鬟們，都在園裡玩耍，獨不見林黛玉，迎春因說道：「林妹妹怎麼不見？好個懶丫頭，這會子難道還睡覺不成？」寶釵道：「你們等著，等我去鬧了她來。」說著，便撇下眾人，一直往瀟湘館來。正走著，只見文

官等十二個女孩子也來了，上來問了好，說了一回閒話兒，才走開。寶釵回身指道：「他們都在那裡呢，你們找他們去，我找林姑娘去就來。」說著，逶迤往瀟湘館來。忽然抬頭見寶玉進去了，寶釵便站住，低頭想了一想：「寶玉和黛玉是從小兒一處長大的，他兄妹間多有不避嫌疑之處，嘲笑不忌，喜怒無常；況且黛玉素多猜忌，好弄小性兒，此刻自己也跟進去，一則寶玉不便，二則黛玉嫌疑，倒是回來的妙。」想畢，抽身回來，剛要尋別的姊妹去。

作為情敵，黛玉看見寶玉和寶釵接近，就傷心，就是傷春的花，悲秋的葉，而冷美人寶釵見寶黛二玉親密卻理性，冷靜如石，真是「冷香丸」。此也可見，寶釵接近寶玉非因情，也不在乎情，只因和尚所謂「金玉良緣」之命。她借東風，成就金玉良緣，撕裂木石前盟，故而，雪芹先生設計她撲一對雙飛「玉色蝴蝶」：

> 忽見面前一雙玉色蝴蝶，大如團扇，一上一下，迎風翩躚，十分有趣。寶釵意欲撲了來玩耍，遂向袖中取出扇子來，向草地下來撲。只見那一雙蝴蝶忽起忽落，來來往往，將欲過河去了。倒引得寶釵躡手躡腳的，一直跟到池邊滴翠亭上，香汗淋漓，嬌喘細細。

雪芹設計寶釵撲「一雙玉色蝴蝶」具有多重意義：

其一、「一雙玉色蝴蝶」就是寶玉黛玉「二玉」的象徵。寶黛就是那一雙玉色蝴蝶，比翼雙飛，迎風翩躚，寶釵卻是撲蝶者。這一時沒有成功，她借得賈母、元妃、薛姨媽、王夫人這些「東風」，使她撲打雙飛玉蝶成功：雄蝶被她收入囚籠，雌蝶孤零零，悲泣，吐血致死。囚籠裡的雄蝶無法忘記雌蝶，

偷出囚籠，消失在荒野，留下孤苦的寶釵，進入囚籠，守著囚籠，成了囚籠中「涼森森」的「冷香丸」。

其二、如果寶黛二玉見到雙飛玉色蝴蝶，一定讚賞玉蝶比翼雙飛之美、翩躚連翅戀花間之情，絕不會毀其美，滅其情。見到單飛蝴蝶，寶黛定會憐憫其美，且有感其伶仃孤獨之哭。寶玉、黛玉特別有生命感覺，故而，他倆葬花，哭花，寶釵絕對不會葬花，哭花。

接著撲蝶的寶釵聽見寶玉房裡的丫頭小紅要墜兒傳遞私情信物手帕給賈芸的私房話，而寶釵嫁禍黛玉，就是「撲蝶」：

> 寶釵也無心撲了，剛欲回來，只聽那亭裡邊喊喊喳喳有
> 人說話。原來這亭子四面俱是遊廊曲欄，蓋在池中水上，
> 四面雕鏤槅子，糊著紙。寶釵在亭外聽見說話，便煞住
> 腳往裡細聽。只聽說道：（這是丫頭小紅與墜兒關於賈芸
> 的私房情話）……又聽說道：「嗳喲！咱們只顧說，看仔
> 細有人來悄悄地在外頭聽見。不如把這格子都推開了，
> 就是人見咱們在這裡，他們只當我們說玩話兒呢。走到
> 跟前，咱們也看得見，就別說了。」
> 寶釵外面聽見這話，心中吃驚，想道：「怪道從古至今那
> 些姦淫狗盜的人，心機都不錯，這一開了，見我在這裡，
> 她們豈不臊了？況且說話的語音，大似寶玉房裡的小
> 紅。她素昔眼空心大，是個頭等刁鑽古怪的丫頭，今兒
> 我聽了她的短兒，『人急造反，狗急跳牆』，不但生事，
> 而且我還沒趣。如今便趕著躲了料也躲不及，少不得要
> 使個『金蟬脫殼』的法子。」猶未想完，只聽「咯吱」
> 一聲，寶釵便故意放重了腳步，笑著叫道：「顰兒，我看
> 你往哪裡藏！」一面說一面故意往前趕。那亭內的小紅
> 墜兒剛一推窗，只聽寶釵如此說著往前趕，兩個人都唬

怔了。寶釵反向她二人笑道：「你們把林姑娘藏在哪裡了？」墜兒道：「何曾見林姑娘了？」寶釵道：「我才在河那邊看著林姑娘在這裡蹲著弄水兒呢。我要悄悄地唬她一跳，還沒有走到跟前，她倒看見我了，朝東一繞，就不見了。別是藏在裡頭了？」一面說，一面故意進去，尋了一尋，抽身就走，口內說道：「一定又鑽在山子洞裡去了。遇見蛇，咬一口也罷了！」一面說，一面走，心中又好笑：「這件事算遮過去了。不知她二人怎麼樣？」誰知小紅聽了寶釵的話，便信以為真，……

這一小段內涵豐富。體現寶釵謹守男女色戒，且能隨機應變，更揭示她潛意思中「胎中帶來的熱毒」。有學者從精神分析認為，寶釵本來找黛玉，情急說話，自然帶出黛玉，不是有意陷害黛玉。此論大謬，情急之下，寶釵為何不提及他人，而獨獨提及自己的情敵黛玉。這是情急之下的潛意識直覺反應性質地陷害情敵。一時情急之下的直覺反應，最能體現人格之個性、深藏內心的潛意識。

如果寶玉聽到這樣的私情話，一定會對說話者保證自己不會告訴別人，如同第十五回他看見朋友秦鐘與小尼姑智能兒偷情，第十九回他看見自己的小廝茗煙與一個名叫卍兒的丫環私通。如果黛玉聽見這私情話，一定震驚，但一定閉口，回避，走遠了，還會回頭羨慕她們大膽無忌而傷感落淚。寶釵以為這是「姦淫狗盜」，但她穩重和平，不會出面訓誡，告密得罪人，選擇「金蟬脫殼」，但她單單嫁禍黛玉，是惶急之間「胎中帶來的熱毒」潛意識發作。

緊接其上，次日一早寶玉來看林妹妹。黛玉不理睬，自個出門。繼而寶玉聽到黛玉葬花，哭花的《葬花吟》。這葬花吟就是黛玉在族權監控下生命感覺與個性的體現：

花謝花飛飛滿天，紅消香斷有誰憐？遊絲軟系飄春榭，
落絮輕沾撲繡簾。閨中女兒惜春暮，愁緒滿懷無著處。
手把花鋤出繡簾，忍踏落花來復去？柳絲榆莢自芳菲，
不管桃飄與李飛。桃李明年能再發，明年閨中知有誰？
三月香巢初壘成，梁間燕子太無情！明年花發雖可啄，
卻不道人去梁空巢已傾。
一年三百六十日，風刀霜劍嚴相逼。明媚鮮妍能幾時，
一朝飄泊難尋覓。花開易見落難尋，階前愁殺葬花人。
獨把花鋤偷灑淚，灑上空枝見血痕。杜鵑無語正黃昏，
荷鋤歸去掩重門。青燈照壁人初睡，冷雨敲窗被未溫。
怪儂底事倍傷神？半為憐春半惱春。憐春忽至惱忽去，
至又無言去不聞。昨宵庭外悲歌發，知是花魂與鳥魂？
花魂鳥魂總難留，鳥自無言花自羞。願儂此日生雙翼，
隨花飛到天盡頭。天盡頭，何處有香丘？
未若錦囊收豔骨，一抔淨土掩風流。質本潔來還潔去，
不教污淖陷渠溝。爾今死去儂收葬，未卜儂身何日喪？
儂今葬花人笑癡，他年葬儂知是誰？試看春殘花漸落，
便是紅顏老死時。一朝春盡紅顏老，花落人亡兩不知！
寶玉聽了，不覺癡倒。

　　黛玉的《葬花吟》是她在人間陷阱之中的絕情之哭。起因是誤會寶玉以自己為「玩物」，誤會自己到怡紅院而寶玉叫晴雯不開門，但表達則是賈母、元妃寵愛寶釵，木石前盟處處失敗，金玉良緣步步緊逼，「一年三百六十日，風刀霜劍嚴相逼」就是她這朵花的總體感覺，只求「質本潔來還潔去，不教污淖陷溝渠」。賈寶玉同感同悲，兩人心性同，心情通，方知此前為誤會。

　　（十四）木石前盟的第三次挫折：元妃親釵遠黛，再次重

擊寶黛二玉

緊接其上，第二十八回開篇，兩情種哭訴衷腸，誤會冰釋，重新和好。當然在第二十八回，黛玉這朵絳珠仙花，又因寶玉一句「理她呢，過一回就好了」，再次敏感小性，但第二十八回主要敘述元妃送來一百二十兩銀子，要父母初一至初三到清虛觀打三天平安醮，同時送給寶玉和各位妹妹端午節禮物，再次體現她親寶釵，疏黛玉，再次重擊寶黛。看來元妃省親時寶釵吹捧元妃的《凝暉鐘瑞》再次起了作用。看看寶黛的反應：

> 寶玉聽了，笑道：「這是怎麼個原故，怎麼林姑娘的倒不和我的一樣，倒是寶姐姐的和我一樣？別是傳錯了罷？」（這「笑」，當是吃驚的苦笑。）襲人道：「昨兒拿出來，都是一份一份的寫著籤子，怎麼會錯了呢。你的是在老太太屋裡，我去拿了來了。老太太說了：明兒叫你一個五更天進去謝恩呢。」寶玉道：「自然要走一趟。」說著，便叫了紫鵑來：「拿了這個到你們姑娘那裡去，就說是昨兒我得的，愛什麼留下什麼。」（知道妹妹一定在流淚，安撫她。）紫鵑答應了，拿了去。不一時回來，說：「姑娘說了，昨兒也得了，二爺留著罷。」（黛玉不收，絕望！賭氣！）寶玉聽說，便命人收了。
>
> 剛洗了臉出來，要往賈母那裡請安去，只見黛玉頂頭來了，寶玉趕上去笑道：「我的東西叫你揀，你怎麼不揀？」黛玉昨日所惱寶玉的心事，（指寶玉說「理她呢，過一回就好了」）早又丟開，只顧今日的事了，因說道：「我沒這麼大福氣禁受，比不得寶姑娘，什麼『金』哪『玉』的，我們不過是個草木人兒罷了！」（金玉良緣——木石前盟。）寶玉聽她提出「金玉」二字來，不覺心裡疑猜，便說道：「除了別人說什麼金什麼玉，我心裡要有這個想

頭，天誅地滅，萬世不得人身！」黛玉聽他這話，便知他心裡動了疑了，忙又笑道：「好沒意思，白白的起什麼誓呢？管你什麼金什麼玉的！」（苦笑。）寶玉道：「我心裡的事也難對你說，日後自然明白。除了老太太、老爺、太太這三個人，第四個就是妹妹了。要有第五個人，我也起個誓。」黛玉道：「你也不用起誓，我很知道你心裡有『妹妹』。但只是見了『姐姐』，就把『妹妹』忘了。」寶玉道：「那是你多心，我再不是這麼樣的。」黛玉道：「昨兒寶丫頭不替你圓謊，你為什麼問著我呢？那要是我，你又不知怎麼樣了。」正說著，只見寶釵從那邊來了，二人便走開了。（男女之大防，怕見人，而寶釵更是「敵人」。）

寶釵分明看見，只裝沒看見，低頭過去了。（目睹但能視若無睹，這就是冷美人。）到了王夫人那裡，坐了一回，然後到了賈母這邊，只見寶玉也在這裡呢。<u>寶釵因往日母親對王夫人曾提過「金鎖是個和尚給的，等日後有玉的方可結為婚姻」等語，所以總遠著寶玉。</u>昨日見元春所賜的東西，獨她和寶玉一樣，心裡越發沒意思起來。

看來關於「金玉良緣」薛姨媽與妹妹王夫人早有交談，但決定權在賈母，故而母子倆以寶釵封建閨女的典範個性，加以皇商豐厚家底財物，討好賈母和賈府的老爺、太太、小姐，使得賈母為寶釵慶生辰設宴排戲。這一次元妃禮品，獨她寶釵與寶玉同，她覺得「心裡越發沒意思」就是「意思」。賈母、元妃親釵疏黛，意味著金玉良緣即將成配，木石前盟即將破裂。一心謀取「金玉良緣」的寶釵會覺得「沒意思」？古時將婚嫁的男女雙方在婚前一定避而不見，後來寶釵訂婚寶玉，她不是避而不見嗎？故而這「越發沒意思」，應該是「越發感覺不好

意思」。故而這一回因元妃的禮品，再加以寶玉見寶釵之色而動心，再次傷害黛玉：

> （寶玉）忽然想起「金玉」一事來，再看看寶釵形容，只見臉若銀盆，眼同水杏，唇不點而含丹，眉不畫而橫翠，比黛玉另具一種嫵媚風流，不覺就呆了。寶釵褪下串子來給他，他也忘了接。（見異性之美，不覺動情，即如警幻仙子所言「皮膚濫淫之物」，這是男女性本能。但這賈寶玉是意淫者，即警幻仙子所言「天生一段癡情，惟心會而不可口傳，可神通而不可語達」者，他見美女情不自禁，但獨獨鍾情林妹妹，因妹妹而多次情瘋，這可比許多男人強多了。古今許多人佩服柳下惠，因為在一個暴風雨夜裡，他開門讓一美女進屋避風雨。美女冷得受不了，他請美女上炕，擁抱入懷，但「坐懷不亂」。他一定性無能，正常男女沒有不亂的。臺灣第一才子，忠於自己髮妻的美男子臺灣總統馬英九說：「我不說自己能『坐懷不亂』，但我能使美女沒有坐懷的機會。」方是真男子真言。）寶釵見他呆呆的，自己倒不好意思的，起來扔下串子。回身才要走，只見黛玉蹬著門檻子，嘴裡咬著絹子笑呢。（冷笑，苦笑。）寶釵道：「你又禁不得風吹，怎麼又站在那風口裡？」（寶釵不知黛玉冷笑寶玉之呆？得意揚揚而明知故問？）黛玉笑道：「何曾不是在房裡來著。只因聽見天上一聲叫，出來瞧了瞧，原來是個呆雁。」寶釵道：「呆雁在哪裡呢？我也瞧瞧。」（寶釵假意不知寶玉這呆雁，也假意不知黛玉吃醋。）黛玉道：「我才出來，他就『忒兒』的一聲飛了。」口裡說著，將手裡的絹子一甩，向寶玉臉上甩來，寶玉不知，正打在眼上，「噯喲」了一聲。……（第二十九回）話說寶玉

正自發怔，不想黛玉將手帕子扔了來，正碰在眼睛上，倒唬了一跳，問：「這是誰？」黛玉搖著頭兒笑道：「不敢，是我失了手。因為寶姐姐要看呆雁，我比給她看，不想失了手。」（此笑是苦笑。）寶玉揉著眼睛，待要說什麼，又不好說的。

因為木石前盟，而元妃器重寶釵，再加目睹寶釵色動寶玉，黛玉心苦，苦笑。寶釵冷美人有兩勝：一在賈母、元妃器重，元妃所贈物品將她與寶玉並列，將黛玉拉扯下臺。二在姿色也迷人，照樣能迷住寶玉，但她自己卻似乎沒有感覺，穩重和平冷森森非同一般十五歲女孩兒，真可比戰陣呼嘯殺聲中身心不動的冷將軍，而受傷的黛玉自然更加敏感小性，動輒惱人。

賈寶玉處處生情，但最鍾情黛玉妹妹。在他成「呆雁」之前，焙茗來報，說馮紫英大爺有請寶玉。來到馮大爺家，在場的有薛蟠、小旦蔣玉菡、妓女雲兒。這一宴會體現了紈絝子弟的糜爛生活，也敘述了蔣玉菡企圖與寶玉同性戀，但宴飲中賈寶玉第二首詩歌唱出他對黛玉深切的掛念：

> 滴不盡相思血淚拋紅豆，開不完春柳春花滿畫樓。
> 睡不穩紗窗風雨黃昏後，忘不了新愁與舊愁。
> 咽不下玉粒金波噎滿喉，照不盡菱花鏡裡形容瘦。
> 展不開的眉頭，捱不明的更漏：
> 呀！恰便似遮不住的青山隱隱，流不斷的綠水悠悠。

寶玉唱的就是黛玉情愁：滴不盡相思淚因紅豆，因紅豆睡不穩而舊愁，新愁，故而瘦。

（十五）因「金玉良緣」，寶黛與「通靈寶玉」第三次衝突

前此已述，石頭變化的「通靈寶玉」是封建禮教、佛教色

戒的象徵，也是佛教認定的族權決定的金玉良緣的象徵。以「金玉」為良緣是封建社會通行準則，因此心守「木石前盟」的黛玉對金非常敏感。第二十九回賈母帶著賈府男女到清虛觀打醮看戲。所送禮物中有個「赤金點翠的麒麟」。黛玉有兩個敏感。

對寶釵「金鎖」的敏感：

> 寶釵笑道：「史大妹妹有一個，比這個小些。」賈母道：「原來是雲兒有這個。」寶玉道：「她這麼往我們家去住著，我也沒看見。」探春笑道：「寶姐姐有心，不管什麼她都記得。」黛玉冷笑道：「她在別的上頭心還有限，惟有這些人帶的東西上，她才是留心呢。」（黛玉之言所指就是寶釵之金與寶玉之玉。）寶釵聽說，便回頭裝沒聽見。（明知黛玉所指，前一次能聽若無聞，這一次能聽而不聞。）

對湘雲「金麒麟」的敏感：

> 寶玉聽見史湘雲有這件東西，自己便將那金麒麟忙拿起來，揣在懷裡。忽又想到怕人看見他聽是史湘雲有了，他就留著這件，因此手裡揣著，卻拿眼睛瞟人。只見眾人倒都不理論，惟有黛玉瞅著他點頭兒，似有讚歎之意。寶玉心裡不覺沒意思起來，又掏出來，瞅著黛玉訕笑道：「這個東西有趣兒，我替你拿著，到家裡穿上個穗子你帶，好不好？」（怕黛玉敏感，故而臨機一變，真實的謊言。）黛玉將頭一扭道：「我不稀罕。」（黛玉果然敏感。）寶玉笑道：「你既不稀罕，我可就拿著了。」說著，又揣起來。

再加上其後清虛觀張道士為寶玉提親，雖然賈母以寶玉年

幼而推絕，但這使黛玉更覺得自己就是一絲風中飄絮，全無自主權而生病。寶玉也「心中不自在」，去看林妹妹。寶黛兩情癡癡情相愛，都怕情緣落空，但雙方卻不敢說出真心真情，反生情怨情仇。書中對此有一段議論，說的就是封建族權、禮教、佛教禁錮中的情癡心理變態：

> 原來寶玉自幼生成來的有一種下流癡病，況從幼時和黛玉耳鬢廝磨，心情相對，如今稍知些事，又看了些邪書僻傳，凡遠親近友之家所見的那些閨英闈秀，皆未有稍及黛玉者，所以早存一段心事，只不好說出來。故每每或喜或怒，變盡法子暗中試探。那黛玉偏生也是個有些癡病的，也每用假情試探。因你也將真心真意瞞起來，我也將真心真意瞞起來，都只用假意試探，如此「兩假相逢，終有一真」，其間瑣瑣碎碎，難保不有口角之事。

以男女戀愛為「下流癡病」、受「邪書僻傳」蠱惑，是封建社會普遍觀念，構成男女色戒禮教壁壘。正因此寶黛「早存一段心事，只不好說出來」，導致的相互猜忌。兩人因「金玉」發生爭執，黛玉說「你怕阻了你好姻緣」，寶玉摔玉：

> 那寶玉又聽見她說「好姻緣」三個字，越發逆了己意。心裡乾噎，口裡說不出來，便賭氣向頸上摘下通靈玉來，咬咬牙，狠命往地下一摔，道：「什麼勞什子！我砸了你，就完了事了！」偏生那玉堅硬非常，摔了一下，竟紋風不動。（此石頭可是佛教、禮教、族權的通靈寶玉。）寶玉見不破，便回身找東西來砸。黛玉見他如此，早已哭起來，說道：「何苦來你砸那啞巴東西?有砸他的，不如來砸我！」

　　紫鵑、雪雁見寶玉「下死勁地砸那玉」，忙上來奪，又奪不下來，去叫襲人。襲人趕來，奪下玉。襲人、雪雁、紫鵑勸解中，兩個癡情種心中又氣又痛。這事直到驚動賈母、王夫人，方才完結。

　　通靈寶玉是禮教、族權、佛教的象徵。族權決定兒女命運，禮教維護族權，而佛教則以佛教、禮教為不可違逆的「天命」。此前已述，通靈寶玉為癩頭和尚與跛腳道士攜帶，隨同神瑛侍者降生賈府，金鎖也是他倆贈送寶釵，而通靈寶玉所刻「莫失莫忘，仙壽恒昌」與金鎖所刻「不離不棄，芳齡永繼」完全是一對。可見佛教擁護賈母等族權撕裂木石前盟，強定金玉良緣，族權就是命。文中說「那玉堅硬非常，摔了一下，竟紋風不動」，可見與族權、禮教、佛教通靈的寶玉非寶黛所能動搖，打破。

　　「通靈寶玉」作為封建社會禮教、族權、佛教的象徵，完全就是一堵橫梗在男女之間的柏林牆。那時男女私情偷愛，輕者剃頭遊街示眾，受萬人唾罵，重則打死或沉塘溺死，並以奇醜記入地方史。寶黛癡情，但對誰都不敢說，更不敢對賈母這奶奶、姥姥說。第九十六回《瞞消息鳳姐設奇謀　泄機關顰兒迷本性》鳳姐、王夫人，讓寶玉與寶釵訂婚，卻騙寶玉說與林妹妹訂婚。蒙在鼓裡的黛玉從傻大姐口中得知真相，精神崩潰，立即病倒。賈母判定寶黛相戀，但她沒有體貼病重的黛玉，反狠心說：「若是她心中有別的想頭，成了什麼人了呢！我可是白疼她了。」還毒心地說：「這心病也是斷斷有不得的。林丫頭若不是這病呢，我憑著花多少錢都使得。若是這個病，不但治不好，我也沒心腸了。」

　　禮教、佛教、族權就是情癡不可逾越的柏林牆，使兩情癡成了「冤家」。第三十回寶玉前往瀟湘館賠不是，「通靈寶玉」又在他倆心中出現：

寶玉因便挨在床沿上坐了，一面笑道：「我知道你不惱我，但只是我不來，叫旁人看見，倒像是咱們又拌了嘴就生分了似的。要等他們來勸咱們，那時候兒豈不咱們倒覺生分了？不如這會子你要打要罵，憑你怎麼樣，千萬別不理我！」說著，又把「好妹妹」叫了幾十聲。黛玉心裡原是再不理寶玉的，這會子聽見寶玉說「別叫人知道咱們拌了嘴就生分了似的」這一句話，又可見得比別人原親近，因又撐不住，便哭道：「你也不用來哄我！從今以後，我也不敢親近二爺，權當我去了。」寶玉聽了笑道：「你往哪裡去呢？」黛玉道：「我回家去。」寶玉笑道：「我跟了去。」黛玉道：「我死了呢？」寶玉道：「你死了，我做和尚。」黛玉一聞此言，登時把臉放下來，問道：「想是你要死了！胡說的是什麼？你們家倒有幾個親姐姐親妹妹呢！明兒都死了，你幾個身子做和尚去呢？等我把這個話告訴別人評評理。」寶玉自知說得造次了，後悔不來，登時臉上紅漲，低了頭不敢作聲。幸而屋裡沒人。

此言犯「通靈寶玉」色戒大忌，寶玉以黛玉為至愛，她如果死，他就出家。（唐）元稹悼亡妻韋叢《離思五首（其四）》說自己因戀妻而出家：

> 曾經滄海難為水，除卻巫山不是雲。
> 取次花叢懶回顧，半緣修道半緣君。

然而寶黛並未成婚，寶玉此言違反封建社會男女色戒。黛玉「一聞此言，登時把臉放下來」，斥為「胡說」，寶玉也自知「造次」，因而「後悔」，「紅臉」。接著倆情癡和好，「通靈寶玉」又橫梗在寶黛之間：

黛玉雖然哭著，卻一眼看見他穿著簇新藕合紗衫，竟去拭淚，便一面自己拭淚，一面回身將枕上搭的一方綃帕拿起來向寶玉懷裡一摔，一語不發，仍掩面而泣。寶玉見她摔了帕子來，忙接住拭了淚，又挨近前些，伸手拉了她一隻手，笑道：「我的五臟都揉碎了，你還只是哭。走罷，我和你到老太太那裡去罷。」黛玉將手一摔道：「誰和你拉拉扯扯的！一天大似一天，還這麼涎皮賴臉的，連個理也不知道。」

兩個癡情種，寶玉不禁拉拉扯扯，黛玉遵循男女禮教，說他「涎皮賴臉」。這石頭真「通靈」，橫堵寶黛心中。

（十六）寶黛二玉與寶釵第一次直接衝突

一切情怨都因為寶釵金玉良緣，故而緊接其上，寶黛二玉來看賈母。在賈母房裡，寶、黛與寶釵第一次直接衝突，寶釵第一次醋意反擊：

寶玉又道：「姐姐怎麼不聽戲去？」寶釵道：「我怕熱。聽了兩出，熱得很，要走呢，客又不散；我少不得推身上不好，就躲了。」寶玉聽說，自己由不得臉上沒意思，只得又搭訕笑道：「怪不得他們拿姐姐比楊妃，原也富態些。」寶釵聽說，登時紅了臉，待要發作，又不好怎麼樣；回思了一回，臉上越下不來，便冷笑了兩聲，說道：「我倒像楊妃，只是沒個好哥哥好兄弟可以做得楊國忠的！」正說著，可巧小丫頭靚兒因不見了扇子，和寶釵笑道：「必是寶姑娘藏了我的。好姑娘，賞我罷。」寶釵指著她厲聲說道：「你要仔細！你見我和誰玩過！有和你素日嘻皮笑臉的那些姑娘們，你該問她們去！」說得靚兒跑了。寶玉自知又把話說造次了，當著許多人，比才

在黛玉跟前更不好意思，便急回身，又向別人搭訕去了。

寶玉無意傷及薛寶釵有二：寶釵有唐玄宗貴妃揚玉環之肥，而當時流行漢成帝皇后趙飛燕之瘦。寶釵進京首要目的就是像楊玉環似的備選入宮成貴妃，一人得道，雞犬升天，薛姨媽、薛蟠自然皇親國戚，但未能如願。寶玉無意觸及心病，故而她以元妃反諷賈府有妃，但未成宰相的弟弟楊國忠。

接著：

> 黛玉聽見寶玉奚落寶釵，心中著實得意，才要搭言，也趁勢取個笑兒，不想靚兒因找扇子，寶釵又發了兩句話，她便改口說道：「寶姐姐，你聽了兩出什麼戲？」寶釵因見黛玉面上有得意之態，一定是聽了寶玉方才奚落之言，遂了她的心願。忽又見她問這話，便笑道：「我看的是李逵罵了宋江，後來又賠不是。」寶玉便笑道：「姐姐通今博古，色色都知道，怎麼連這一出戲的名兒也不知道，就說了這麼一套。這叫做『負荊請罪』。」寶釵笑道：「原來這叫『負荊請罪』！你們通今博古，才知道『負荊請罪』，我不知什麼叫『負荊請罪』。」一句話未說了，寶玉黛玉二人心裡有病，聽了這話，早把臉羞紅了。

這可是寶釵第一次醋意反擊。她知道寶黛相戀，平素她都是將胎中帶來的熱毒埋在心底的冷香丸：心有金玉良緣之思，但她穩重和平，巧借東風，讓人感覺涼森森又甜絲絲。寶玉以楊貴妃比寶釵，無意得罪寶釵。寶釵胎中熱毒第一次發作，第一次直言反擊，見寶玉「十分羞愧」，便「一笑收住」。寶釵極有心智，見好就收，收斂熱毒，立刻涼森森，非常老練。

（十七）「因麒麟伏白首雙星」：寶黛最終定情

第三十一回《撕扇子作千金一笑　因麒麟伏白首雙星》因

金麒麟引發一番爭論，使得寶玉認定黛玉為知音，確定木石前盟。這一回雪芹特意設計史湘雲與丫頭翠縷說陰陽，無意撿到寶玉丟失的金麒麟。到了怡紅院，賈寶玉要將一直攜帶的金麒麟送給她，卻身上沒有，湘雲方知這金麒麟是寶玉遺失的，就還給他。接著引發的一番爭論，特體現湘雲、寶釵與寶黛二玉心性的區別：寶釵這水完全被污染，史湘雲這水有一點污染，而寶黛二玉堅持不墜入封建官場污水坑：

> 正說著，有人來回說：「興隆街的大爺來了，老爺叫二爺出去會。」寶玉聽了，便知賈雨村來了，心中好不自在。襲人忙去拿衣服。寶玉一面登著靴子，一面抱怨道：「有老爺和他坐著就罷了，回回定要見我！」史湘雲一邊搖著扇子，笑道：「自然你能迎賓接客，老爺才叫你出去呢。」寶玉道：「哪裡是老爺？都是他自己要請我見的。」湘雲笑道：「『主雅客來勤』，自然你有些警動他的好處，他才要會你。」寶玉道：「罷，罷，我也不過俗中又俗的一個俗人罷了，並不願和這些人來往。」湘雲笑道：「還是這個性兒，改不了！如今大了，你就不願意去考舉人進士的，也該常會會這些為官作宦的，談講談講那些仕途經濟，也好將來應酬事務，日後也有個正經朋友。讓你成年家只在我們隊裡，攪得出些什麼來？」
>
> 寶玉聽了，大覺逆耳，便道：「姑娘請別的屋裡坐坐罷，我這裡仔細骯髒了你這樣知經濟的人！」襲人連忙解說道：「姑娘快別說他。上回也是寶姑娘說過一回，他也不管人臉上過不去，他就咳了一聲，拿起腳來就走了。寶姑娘的話也沒說完，見他走了，登時羞得臉通紅，說不是，不說又不是。幸而是寶姑娘，那要是林姑娘，不知又鬧得怎麼樣、哭得怎麼樣呢！提起這些話來，寶姑娘叫

人敬重。自己過了一會子去了，我倒過不去，只當她惱了，誰知過後還是照舊一樣，真真是有涵養、心地寬大的。誰知這一位反倒和她生分了。那林姑娘見他賭氣不理，他後來不知賠多少不是呢。」寶玉道：「林姑娘從來說過這些混帳話嗎？要是她也說過這些混帳話，我早和她生分了。」襲人和湘雲都點頭笑道：「這原是混帳話麼？」

這話讓房外的黛玉聽見了。她本為金麒麟而來，卻聽到這相互認同的知心話：

> 黛玉聽了這話，不覺又喜又驚，又悲又歎。所喜者：果然自己眼力不錯，素日認他是個知己，果然是個知己；所驚者：他在人前一片私心稱揚於我，其親熱厚密，竟不避嫌疑；所歎者：你既為我的知己，自然我亦可為你的知己，既你我為知己，又何必有「金玉」之論呢？既有「金玉」之論，也該你我有之，又何必來一寶釵呢？所悲者：父母早逝，雖有銘心刻骨之言，無人為我主張；況近日每覺神思恍惚，病已漸成，醫者更云：「氣弱血虧，恐致勞怯之症。」我雖為你的知己，但恐不能久待；你縱為我的知己，奈我薄命何！想到此間，不禁淚又下來。待要進去相見，自覺無味，便一面拭淚，一面抽身回去了。

這第三十一回目叫《撕扇子作千金一笑　因麒麟伏白首雙星》前者敘述賈寶玉與晴雯，後者說的就是寶玉在黛玉、寶釵、史湘雲之間決策性選擇。知道史湘雲有一個金麒麟，他特為她留下一個大的呈雄性金麒麟，似乎含情。因這麒麟兩人相會交談，再引出貪官賈雨村、最後引出湘雲和寶釵的「仕途經濟論」，

使得賈寶玉深感林妹妹與自己心性相同，心靈相通，即不願步入腐爛無道官場，做「國賊祿鬼」，只求自己身心清靜的人生選擇。賈寶玉以「國賊祿鬼」論反駁寶釵，在第三十六回：

> 那寶玉本就懶與士大夫諸男人接談，……或如寶釵輩有時見機勸導，反生起氣來，只說「好好的一個清淨潔白女兒，也學得釣名沽譽，入了國賊祿鬼之流。這總是前人無故生事，立言豎辭，原為導後世的鬚眉濁物。不想我生不幸，亦且瓊閨繡閣中亦染此風，真真有負天地鐘靈毓秀之德！」因此禍延古人，除四書外，竟將別的書焚了。眾人見他如此瘋顛，也都不向他說這些正經話了。獨有林黛玉自幼不曾勸他去立身揚名等語，所以深敬黛玉。

敢冒天下之大不韙，戀愛、思想，不作國賊祿鬼，人們都以為他「瘋癲」。正如魯迅小說《藥》中，吃人血饅頭的人們一致認為敢反封建專制皇帝的夏瑜「瘋了！」

第三十六回寶玉與襲人對古人「文死諫，武死戰」有一番議論。寶玉此論，言辭錯雜，有不達意之處，但其「文死諫，武死戰，這二死是大丈夫死名死節。竟何如不死的好！必定有昏君他方諫。……還要知道，那朝廷是受命於天，他不聖不仁，那天地斷不把這萬幾重任與他了。可知那些死的都是沽名，並不知大義」，真言之有理。孔子曰：「君仁臣忠」。即臣子忠於君之仁。孔子又說：「君子之仕也，行其義也。」而非仁義昏庸暴虐之君，即孟子所言當誅殺之「殘賊之人」：「賊仁者謂之賊，賊義者謂之殘，殘賊之人謂之一夫。聞誅一夫桀紂也，未聞弒君也。」忠於賊仁賊義之君，即做國賊祿鬼爾。

故而這「因麒麟伏白首雙星（因麒麟，黛玉收伏白首雙星

寶釵、湘雲）」說的就是因為麒麟引發的關於功名仕進一番話，使得寶玉在黛玉、寶釵、湘雲三者之間的對比，深感黛玉為知心愛人。雖然結局寶釵借東風，成就金玉良緣，撕裂木石前盟，害死黛玉，但寶玉出家，寶釵終身守寡至「白首」，史湘雲嫁人不到兩年，丈夫病故，也終身守寡到「白首」，真是「因麒麟伏白首雙星」。接著寶玉穿衣，外出，看見了黛玉，寶玉衝破「通靈寶玉」的阻礙，第一次向黛玉傾訴愛情，這不僅是男女性貌相愛，更是「質本潔來還潔去」的心性相通。寶玉聽妹妹哭訴，誤會自己，急得出汗：

> 寶玉趕上來問道：「你還說這些話，到底是咒我還是氣我呢？」黛玉見問，方想起前日的事來，遂自悔這話又說造次了，忙笑道：「你別著急，我原說錯了。這有什麼要緊，筋都疊暴起來，急得一臉汗！」一面說，一面也近前伸手替他拭面上的汗。
>
> 寶玉瞅了半天，方說道：「你放心。」黛玉聽了，怔了半天，說道：「我有什麼不放心的？我不明白你這個話。你倒說說，怎麼放心不放心？」寶玉歎了一口氣，問道：「你果然不明白這話？難道我素日在你身上的心都用錯了？連你的意思若體貼不著，就難怪你天天為我生氣了。」黛玉道：「我真不明白放心不放心的話。」寶玉點頭歎道：「好妹妹，你別哄我。你真不明白這話，不但我素日白用了心，且連你素日待我的心也都辜負了。你皆因都是不放心的原故，才弄了一身的病了。但凡寬慰些，這病也不得一日重似一日了！」
>
> 黛玉聽了這話，如轟雷掣電，細細思之，竟比自己肺腑中掏出來的還覺懇切，竟有萬句言語，滿心要說，只是半個字也不能吐出，只管怔怔地瞅著他。此時寶玉心中

也有萬句言詞，不知一時從那一句說起，卻也怔怔地瞅著黛玉。兩個人怔了半天，黛玉只咳了一聲，眼中淚直流下來，回身便走。寶玉忙上前拉住道：「好妹妹，且略站住，我說一句話再走。」黛玉一面拭淚，一面將手推開，說道：「有什麼可說的？你的話我都知道了。」口裡說著，卻頭也不回，竟去了。（因為男女色戒柏林牆，更自知倆情深深，卻自主無權，四周風霜刀劍！無緣啊！）寶玉望著，只管發起呆來。原來方才出來忙了，不曾帶得扇子，襲人怕他熱，忙拿了扇子趕來送給他，猛抬頭看見黛玉和他站著。一時黛玉走了，他還站著不動，因而趕上來說道：「你也不帶了扇子去，虧了我看見，趕著送來。」寶玉正出了神，見襲人和他說話，並未看出何人來，便一把拉住，只管呆著臉說道：「好妹妹，我的這個心，從來不敢說，今日膽大說出來，就是死了也是甘心的！我為你也弄了一身的病，又不敢告訴人，只好捱著。等你的病好了，只怕我的病才得好呢。睡裡夢裡也忘不了你！」襲人聽了，驚疑不止，又是怕，又是急，又是臊，連忙推他道：「這是哪裡的話？你是怎麼著了？還不快去嗎？」寶玉一時醒過來，方知是襲人。雖然羞得滿面紫漲，卻仍是呆呆的，接了扇子，一句話也沒有，竟自走去。

這是在「通靈寶玉」們的障礙下「不說難忍，欲說又羞」的情愛的表達，這是寶玉第一次對黛玉表達了「睡裡夢裡也忘不了你」的愛情。

（十八）寶釵見機而作的個性：「甜絲絲」又「涼森森」

緊接其上，來到怡紅院的寶釵因見機而作，有兩個「甜絲絲」，有一個「涼森森」。她是「冷香丸」嘛。

寶釵對寶玉，此為慣常「甜絲絲」：

> 忽有寶釵從那邊走來，笑道：「大毒日頭地下，出什麼神呢？」襲人見問，忙笑道：「那邊兩個雀兒打架，倒也好玩，我就看住了。」寶釵道：「寶兄弟這會子穿了衣服，忙忙的那去了？我才看見走過去，倒要叫住問他呢。他如今說話越發沒了經緯，我故此沒叫他了，由他過去罷。」襲人道：「老爺叫他出去。」寶釵聽了，忙道：「嗳喲！這麼黃天暑熱的，叫他做什麼！別是想起什麼來生了氣，叫出去教訓一場。」襲人笑道：「不是這個，想是有客要會。」

寶釵對史湘雲兼及寶玉，此為慣常「甜絲絲」：

> （寶釵）因而問道：「雲丫頭在你們家做什麼呢？」襲人笑道：「才說了一會子閒話。你瞧，我前兒粘的那雙鞋，明兒叫她做去。」寶釵聽見這話，便兩邊回頭，看無人來往，便笑道：「你這麼個明白人，怎麼一時半刻的就不會體諒人情。我近來看著雲丫頭神情，再風裡言風裡語的聽起來，那雲丫頭在家裡竟一點兒作不得主。他們家嫌費用大，竟不用那些針線上的人，差不多的東西多是她們娘兒們動手。為什麼這幾次她來了，她和我說話兒，見沒人在跟前，她就說家裡累得很。我再問他兩句家常過日子的話，她就連眼圈兒都紅了，口裡含含糊糊待說不說的。想其形景來，自然從小兒沒爹娘的苦。我看著她，也不覺地傷起心來。」……寶釵笑道：「你不必忙，我替你作些如何？」襲人笑道：「當真的這樣，就是我的福了。晚上我親自送過來。」

　　體貼史湘雲，幫著為寶玉作衣飾，明是替襲人幫忙，也是自居寶玉之妻，真「甜絲絲」。古時，母親為兒女做針線，妻子為丈夫做針線，衣鋪為客人做針線。

　　緊接其上，最能體現寶釵冷森森，又特能見機而作，對金釧「一陣陣涼森森」也是對王夫人的「甜絲絲」：

> 一句話未了，忽見一個老婆子忙忙走來，說道：「這是哪裡說起！金釧兒姑娘好好的投井死了！」襲人唬了一跳，忙問「那個金釧兒？」老婆子道：「哪裡還有兩個金釧兒呢？就是太太屋裡的。前兒不知為什麼攆她出去，在家裡哭天哭地的，也都不理會她，誰知找她不見了。剛才打水的人在那東南角上井裡打水，見一個屍首，趕著叫人打撈起來，誰知是她。他們家裡還只管亂著要救活，哪裡中用了！」寶釵道：「這也奇了。」襲人聽說，點頭讚歎，想素日同氣之情，不覺流下淚來。<u>寶釵聽見這話，忙向王夫人處來道安慰。</u>

　　金釧死，襲人哭，而寶釵沒有反應，「忙」甜絲絲安慰王夫人，對金釧之死涼森森。其意就在討好東風，借東風。看兩人對話：

> 王夫人點頭哭道：「你可知道一樁奇事？金釧兒忽然投井死了！」寶釵見說，道：「怎麼好好的投井？這也奇了。」夫人道：「原是前兒她把我一件東西弄壞了，我一時生氣，打了她幾下，攆了她下去。我只說氣她兩天，還叫她上來，誰知她這麼氣性大，就投井死了。豈不是我的罪過。」（王夫人撒謊：金釧因對寶玉勾引有回應，被王夫人趕出賈府，自覺無臉見人跳井自殺。）寶釵歎道：「姨娘是慈善人，固然這麼想。據我看來，她並不是賭氣投

井。多半她下去住著，或是在井跟前憨玩，失了腳掉下去的。她在上頭拘束慣了，這一出去，自然要到各處去頑頑逛逛，豈有這樣大氣的理！（失足，一種推測性安慰。）縱然有這樣大氣，也不過是個糊塗人，也不為可惜。」（此話可真涼森森，體現寶釵心性冷酷，沒有對生命的憐憫，也非常關鍵，為王夫人解扣。）王夫人點頭歎道：「這話雖然如此說，到底我心不安。」寶釵歎道：「姨娘也不必念念於茲，十分過不去，不過多賞她幾兩銀子發送她，也就盡主僕之情了。」（此為薛家傳統。薛寶釵與哥哥薛蟠相同，一切換算成銀子，第四回為了爭奪甄英蓮，薛蟠打死馮淵，文中說「人命官司一事，他竟視為兒戲，自以為花幾個臭錢，沒有不了的」。）王夫人道：「剛才我賞了她娘五十兩銀子，原要還把你妹妹們的新衣服拿兩套給她妝裹。誰知鳳丫頭說可巧都沒什麼新做的衣服，只有你林妹妹作生日的兩套。我想你林妹妹那個孩子素日是個有心的，況且她也三災八難的，既說了給她過生日，這會子又給人妝裹去，豈不忌諱。因為這麼樣，我現叫裁縫趕兩套給她。要是別的丫頭，賞她幾兩銀子就完了，只是金釧兒雖然是個丫頭，素日在我跟前比我的女兒也差不多。」口裡說著，不覺淚下。寶釵忙道：「姨娘這會子又何用叫裁縫趕去，我前兒倒做了兩套，拿來給她豈不省事。況且她活著的時候也穿過我的舊衣服，身量又相對。」王夫人道：「雖然這樣，難道你不忌諱？」寶釵笑道：「姨娘放心，我從來不計較這些。」（自己的衣服拿去裹屍，國人都忌諱，獨獨寶釵不忌諱？但這解了王夫人的扣，可使王夫人終身不忘。）一面說，一面起身就走。王夫人忙叫了兩個人來跟寶姑

娘去。

一時寶釵取了衣服回來，只見寶玉在王夫人旁邊坐著垂淚。王夫人正才說他，因寶釵來了，卻掩了口不說了。寶釵見此光景，察言觀色，早知覺了八分，於是將衣服交割明白。（寶釵此時無言。四德之婦言：隨意附義，不做違逆之論。）王夫人將她母親叫來拿了去。

寶釵這番言談，真冷心冷腸冷香丸。最能讓王夫人釋懷就是「縱然有這樣大氣，也不過是個糊塗人，也不為可惜」，「十分過不去，不過多賞幾兩銀子發送她」。這就是「冷香丸」薛寶釵，表面上「甜絲絲」，骨子裡「涼森森」，而且極有理性算度，壓抑國人皆有的忌諱，把自己新作的衣服送給死者穿，更為王夫人解扣。

（十九）寶玉再次定情黛玉　黛玉因情生病

第三十四回《情中情因情感妹妹　錯裡錯以錯勸哥哥》因情誘金釧，因與忠親王戲子蔣玉菡深交，寶玉被父親痛打，寶釵、黛玉先後來看，體現兩美女截然相反的個性。

冷美人情微而理重：

> 只見寶釵手裡托著一丸藥走進來，向襲人說道：「晚上把這藥用酒研開，替他敷上，把那淤血的熱毒散開，就好了。」說畢，遞與襲人。（皇商家庭，思慮周到。）又問：「這會子可好些？」寶玉一面道謝，說：「好些了。」又讓坐。寶釵見他睜開眼說話，不像先時，心中也寬慰了些，便點頭歎道：「早聽人一句話，也不至有今日。別說老太太、太太心疼，就是我們看著，心裡也——」剛說了半句，又忙咽住，不覺眼圈微紅，雙腮帶赤，低頭不語了。（有情，但主要在理：「早聽人一句話」，此話即功

名仕進，別在意女兒。）寶玉聽得這話如此親切，大有深意，忽見她又咽住不往下說，紅了臉低下頭含著淚只管弄衣帶，那一種軟怯嬌羞、輕憐痛惜之情，竟難以言語形容，越覺心中感動，將疼痛早已丟在九霄雲外去了。想道：「我不過挨了幾下打，她們一個個就有這些憐惜之態，令人可親可敬。假若我一時竟別有大故，她們還不知何等悲感呢。既是她們這樣，我便一時死了，得她們如此，一生事業縱然盡付東流，也無足嘆惜了。」（寶玉多情，以為天下美女獨鍾情自己。）

此時寶釵有情但理重，體現二者心性迥異：「早聽人一句話」即切望寶玉國賊祿鬼。她全無孔孟「道、仕」之思，孔子曰：「邦有道則仕，邦無道則隱。」而寶玉沒理解此言，僅注目其情，且聯想豐富。男人都如此，殷切希望天下美女都愛自己，寶玉這傢夥更如此，但他並未將寶釵看作唯一的貼心愛人。接著寶釵從襲人口中得知因金釧，寶玉被打與賈環、薛蟠有關（這是寶玉小廝焙茗的猜疑）。看寶釵的應對：

寶釵問襲人道：「怎麼好好的動了氣，就打起來了？」襲人便把焙茗的話悄悄說了。（關於戲子蔣玉菡，他猜測是薛蟠洩底，導致忠親王府追問，導致寶玉挨打。）寶玉原來還不知賈環的話，（賈環對父親賈政說了金釧的死因，也是寶玉挨打原因之一。）見襲人說出，方才知道；因又拉上薛蟠，惟恐寶釵沉心，忙又止住襲人道：「薛大哥從來不是這樣，你們別混猜度。」寶釵聽說，便知寶玉是怕她多心，用話攔襲人。因心中暗暗想道：「打得這個形象，疼還顧不過來，還這樣細心，怕得罪了人。你既這樣用心，何不在外頭大事上做工夫，老爺也歡喜了，

也不能吃這樣虧。你雖然怕我沉心所以攔襲人的話，難道我就不知我哥哥素日恣心縱欲、毫無防範的那種心性嗎？當日為個秦鐘還鬧得天翻地覆，自然如今比先又加利害了。」想畢，因笑道：「你們也不必怨這個怨那個，據我想，到底寶兄弟素日肯和那些人來往，老爺才生氣。就是我哥哥說話不防頭，一時說出寶兄弟來，也不是有心挑唆：一則也是本來的實話，二則他原不理論這些防嫌小事。襲姑娘從小兒只見過寶兄弟這樣細心的人，何曾見過我哥哥那天不怕地不怕、心裡有什麼口裡說什麼的人呢？」襲人因說出薛蟠來，見寶玉攔她的話，早已明白自己說造次了，恐寶釵沒意思；聽寶釵如此說，更覺羞愧無言。寶玉又聽寶釵這一番話，半是堂皇正大，半是體貼自己的私心，更覺比先心動神移。

　　寶釵特知人個性，又特能應對。對寶玉她心想：「你既這樣用心，何不在外頭大事上做功夫，老爺也喜歡了，也不能這樣吃虧。」但知寶玉不愛聽，口頭就輕言「寶兄弟素日肯和那些人來往，老爺才生氣」，直言自己哥哥的缺點，弄得襲人「羞愧」，寶玉覺得這話「堂皇正大」，「體貼」。

　　接著黛玉來了，她就是情癡：

這裡寶玉昏昏沉沉，只見蔣玉菡走進來了，訴說忠順府拿他之事；一時又見金釧兒進來，哭說為他投井之情。寶玉半夢半醒，剛要訴說前情，忽又覺有人推他，恍恍惚惚聽得悲切之聲。寶玉從夢中驚醒，睜眼一看，不是別人，卻是黛玉。猶恐是夢，忙又將身子欠起來，向臉上細細一認，只見她兩個眼睛腫得桃兒一般，滿面淚光，不是黛玉卻是那個？寶玉還欲看時，怎奈下半截疼痛難

禁，支援不住，便「噯喲」一聲仍舊倒下，歎了口氣說道：「你又做什麼來了？太陽才落，那地上還是怪熱的，倘或又受了暑，怎麼好呢？我雖然捱了打，卻也不很覺疼痛。這個樣兒是裝出來哄他們，好在外頭布散給老爺聽。其實是假的，你別信真了。」此時黛玉雖不是嚎啕大哭，然越是這等無聲之泣，氣噎喉堵，更覺利害。聽了寶玉這些話，心中提起萬句言詞，要說時卻不能說得半句。半天，方抽抽噎噎地道：「你可都改了罷！」寶玉聽說，便長歎一聲道：「你放心。別說這樣話。我便為這些人死了，也是情願的。」

黛玉眼睛「腫得桃兒一般」，打在寶玉身上，痛在她的心上。她也因寶玉與金釧調情而痛心，故而她勸寶玉「都改了罷」。寶玉卻說「你放心。別說這樣的話。我便為這些人死了，也是情願的」。可見他並不因自己與金釧調情、蔣玉菡精神同性戀挨打，而覺得羞見林妹妹。古時貴族、文人都這樣，以青樓風月、紅杏出牆為風流，而且《紅樓夢》中王公貴族酷好男風。讀《全唐詩》可知白居易與弟弟白行簡一樣是大色鬼，杜甫也有陪公子攜妓納涼的詩，而且這是男人規則，王熙鳳吃醋賈璉私通多姑娘，賈璉追殺王熙鳳，賈母反怪鳳姐兒吃醋。

眼見黛玉「兩個眼睛腫得桃兒一般，滿面淚光」，寶玉感動。黛玉走後，他命晴雯送給黛玉「半新不舊」的手絹兩張。這可是私情傳遞。黛玉一見而喜、進而悲、又覺可懼：

這裡黛玉體貼出絹子的意思來，不覺神魂馳蕩，想到：寶玉能領會我這一番苦意，又令我可喜。我這番苦意，不知將來可能如意不能，又令我可悲。要不是這個意思，忽然好好的送兩塊帕子來，竟又令我可笑了。再想到私

相傳遞，又覺可懼。他既如此，我卻每每煩惱傷心，反覺可愧。如此左思右想，一時五內沸然。由不得餘意纏綿，便命掌燈，也想不起嫌疑避諱等事，研墨蘸筆，便向那兩塊舊帕上寫道：

其一

眼空蓄淚淚空垂，暗灑閒拋更向誰？
尺幅鮫綃勞惠贈，為君那得不傷悲！

其二

拋珠滾玉只偷潛，鎮日無心鎮日閑。
枕上袖邊難拂拭，任他點點與斑斑。

其三

彩線難收面上珠，湘江舊跡已模糊。
窗前亦有千竿竹，不識香痕漬也無？

那黛玉還要往下寫時，覺得渾身火熱，面上作燒，走至鏡檯揭起錦袱一照，只見腮上通紅，真合壓倒桃花，卻不知病由此萌。一時方上床睡去，猶拿著絹子思索，不在話下。

「私情手帕」引出一番相思、三首情詩就是「病」，在封建社會男女有情就是病，情癡更是重病，日益深沉不可救治。最後在寶釵借東風，成就金玉良緣的當晚，黛玉情絕，臨死所焚詩稿手帕即這兩塊定情手帕。然而，瀟湘館黛玉窗前清淚香痕千竿竹，至今還在哭泣。

（二十）寶釵奉承賈母，賈母讚寶釵：鸚哥為黛玉吟誦《葬花吟》

緊接其上，第三十五回《白玉釧親嘗蓮葉羹　黃金鶯巧結梅花絡》對寶黛釵三角關係而言可是關鍵。因寶玉挨打，薛蟠向寶釵悔罪道歉，薛姨媽和寶釵進園看寶玉，巧遇賈母、鳳姐。

一心借東風的冷美人寶釵承前啟後又一次奉承賈母，贏得賈母回報：

> 寶釵一旁笑道：「我來了這麼幾年，留神看起來，二嫂子憑她怎麼巧，再巧不過老太太。」（多會奉承，身體十六歲，心思五十歲。）賈母聽說，便答道：「我的兒！（就因前後乖巧奉迎，寶釵成了『我的兒』）我如今老了，哪裡還巧什麼？當日我像鳳丫頭這麼大年紀，比她還來得呢。她如今雖說不如我，也就算好了，比你姨娘（即王夫人。）強遠了！你姨娘可憐見的，不大說話，和木頭似的，公婆跟前就不獻好兒。鳳兒嘴乖，怎麼怨得人疼她。」寶玉笑道：「要這麼說，不大說話的就不疼了？」（寶玉這話為黛玉說的。）賈母道：「不大說話的，又有不大說話的可疼之處。嘴乖的也有一宗可嫌的，倒不如不說的好。」寶玉笑道：「這就是了。我說大嫂子倒不大說話呢，老太太也是和鳳姐姐一樣的疼。要說單是會說話的可疼，這些姐妹裡頭也只鳳姐姐和林妹妹可疼了。」賈母道：「提起姐妹，不是我當著姨太太的面奉承：千真萬真，從我們家裡四個女孩兒算起，都不如寶丫頭。」（當然探、迎、惜三春，黛玉都不會奉承。）薛姨媽聽了，忙笑道：「這話是老太太說偏了。」（薛姨媽夢寐以求就是老太太這話。）王夫人忙又笑道：「老太太時常背地裡和我說寶丫頭好，這倒不是假說。」寶玉勾著賈母，原為要讚黛玉，不想反讚起寶釵來，倒也意出望外，便看著寶釵一笑。（苦笑，以為後事不妙。）寶釵早扭過頭去和襲人說話去了。（寶釵扭頭為何？自知賈母這一讚，金鎖距寶玉更近了，心中高興，覺得這時候更需要穩重和平。十六歲的老道。）

　　一如王夫人所說，賈母時常說寶釵好。寶釵好，就在對賈府特能穩重和平地討好賣乖，且能廣施恩惠地收買人心。賈母可是第一次當著寶釵和薛姨媽讚揚寶釵，說她好過黛玉、探春、迎春、惜春「四個女孩兒」。賈母她可是賈府第一威權人物，如果黛玉在場，一定當場暈厥。

　　在瀟湘館，黛玉立於花蔭之下遙望怡紅院，看見李紈、迎春、探春、惜春、賈母、王夫人、邢夫人、鳳姐前望怡紅院看望臥床的寶玉，又想起「有父母的人的好處來，早又淚珠滿面」。紫鵑扶她回瀟湘館。黛玉不知，但她窗前的鸚哥通靈，知道此時薛姨媽與薛寶釵也到怡紅院巧遇賈母。她們之間上述對白，對黛玉而言可謂大事不妙，故而它長嘆吟誦《葬花吟》：

　　一進院門，只見滿地下竹影參差，苔痕濃淡，不覺又想起《西廂記》中所云「幽僻處可有人行？點蒼苔白露泠泠」二句來，因暗暗地歎道：「雙文雖然命薄，尚有孀母弱弟；今日我黛玉之薄命，一併連孀母弱弟俱無。」想到這裡，又欲滴下淚來。不防廊下的鸚哥見黛玉來了，「嘎」的一聲，撲了下來，（見黛玉傷心，鸚兒飛下安慰。）倒嚇了一跳，因說道：「你作死呢，又扇了我一頭灰。」那鸚哥仍飛上架去，便叫：「雪雁，快掀簾子，姑娘來了！」（鸚哥愛黛玉。）黛玉便止住步，以手扣架，道：「添了食水不曾？」那鸚哥便長歎一聲，竟大似黛玉素日吁嗟音韻，接著念道：「儂今葬花人笑癡，他年葬儂知是誰！」黛玉紫鵑聽了，都笑起來。紫鵑笑道：「這都是素日姑娘念的，難為它怎麼記了。」黛玉便命將架摘下來另掛在月洞窗外的鉤上。於是進了屋子，在月洞窗內坐了，吃畢藥。只見窗外竹影映入紗窗，滿屋內陰陰翠潤，几簟生涼。黛玉無可釋悶，便隔著紗窗，調逗鸚

哥做戲，又將素日所喜的詩詞也教與它念。

鸚哥知大事不妙，故長歎吟誦《葬花吟》，弄得黛玉笑。鸚哥可是通靈的鳥，它善聆音，能查理，萬物皆明，知道此時在怡紅院賈母與薛姨媽、寶釵相見，進一步確定了「金玉良緣」，故長歎：「儂今葬花人笑癡，他年葬儂知是誰。」謝謝鸚哥鳥，黛玉妹妹總算笑了一笑。

（二十一）寶玉睡夢拒絕金玉良緣，誓守木石前盟

第三十五回賈母當眾讚寶釵，對寶黛而言，非同小可，在場的寶玉一定心如刀絞。故而第三十六回《繡鴛鴦夢兆絳雲軒　識分定情悟梨香院》，得到賈母讚賞的薛寶釵情不自禁地體現出對寶玉的愛，但受到睡夢中寶玉的拒絕。寶釵來到怡紅院。適逢寶玉午覺，襲人坐在床邊銀針繡織寶玉用的「五色鴛鴦肚兜」。倆人交談，襲人要外出：

> 襲人道：「今兒做的工夫大了，脖子低得怪酸的。」又笑道：「好姑娘，你略坐一坐，我出去走走就來。」說著就走了。寶釵只顧看著活計便不留心，一蹲身，剛剛的也坐在襲人方才坐的那個所在。因又見那個活計實在可愛，不由地拿起針來，就替她作。
> 不想黛玉因遇見湘雲，約她來與襲人道喜，二人來至院中。見靜悄悄的，湘雲便轉身先到廂房裡去找襲人去了。那黛玉卻來至窗外，隔著窗紗往裡一看，<u>只見寶玉穿著銀紅紗衫子，隨便睡著在床上，寶釵坐在身旁做針線，傍邊放著蠅刷子</u>。黛玉見了這個景況，早已呆了，連忙把身子一躲，半日又握著嘴笑，卻不敢笑出來，便招手兒叫湘雲。湘雲見她這般，只當有什麼新聞，忙也來看，才要笑，忽然想起寶釵素日待她厚道，便忙掩住口。知

道黛玉口裡不讓人，怕她取笑，便忙拉過她來，道：「走
罷。我想起襲人來，她說晌午要到池子裡去洗衣裳，想
必去了，咱們找她去罷。」黛玉心下明白，冷笑了兩聲，
只得隨她走了。

這裡寶釵只剛做了兩三個花瓣，忽見寶玉在夢中喊罵，
說：「和尚道士的話如何信得？什麼『金玉姻緣』？我偏
說『木石姻緣』！」

第三十五回贏得賈母嘉贊的寶釵，此時情不自禁為寶玉引
針刺繡五色鴛鴦肚兜。這可是鴛鴦肚兜啊！丈夫午睡，妻子坐
在身旁針繡衣物，用扇子為他扇蚊子，可是古時常見的夫妻情
景。雪芹翁擺明要體現寶玉對「金玉良緣」的拒絕，對「木石
姻緣」的信守。寶釵的行為，源自賈母對她的讚許，寶玉夢話
的拒絕更源自賈母讚許寶釵，寶釵借得東風涼森森，金玉良緣
威脅木石姻緣，因而有此夢話拒絕。

眼見寶釵如此，黛玉先「呆」，後「笑」，這笑當是刺心
的苦笑，也嘲笑平素封建閨閣典範的寶釵，但史湘雲「想起寶
釵素日待她厚道」，就拉著黛玉離開，黛玉只好「冷笑」。寶
黛釵三角戀，顯然史湘雲贊同寶玉和寶釵。

（二十二）寶黛釵「詠白海棠」體現的三角情怨

也因為賈母賞讚寶釵，在第三十七、三十八回探春建議創
辦詩社，大家聚會賞海棠、菊花，寶黛釵三人的《詠白海棠》
均深藏三角情怨。

被賈寶玉夢話「什麼『金玉姻緣』？我偏說『木石姻緣』！」
拒絕「不覺怔了」的寶釵《詠白海棠》：

珍重芳姿畫掩門，自攜手甕灌苔盆。
胭脂洗出秋階影，冰雪招來露砌魂。

淡極始知花更豔，愁多焉得玉無痕？

欲償白帝宜清潔，不語婷婷日又昏。

寶釵借白海棠自述，完全是她的自畫像：

第一句「珍重芳姿晝掩門，自攜手甕灌苔盆。」自己嚴守三從四德，暗地裡澆灌金玉良緣。

第二句「胭脂洗出秋階影，冰雪招來露砌魂。」即自己這白海棠，胭脂一樣白，方得賈母等族權老輩讚賞，有了一點「秋階影」，卻被寶玉夢中拒絕，受黛玉譏笑，挖苦，故有「冰雪招來露砌魂」之感，即自己冰清玉潔不逾矩，卻反招來晨露冷霜。

第三句「淡極始知花更豔，愁多焉得玉無痕？」借白海棠與花對比，反思：自己這白海棠「珍重芳姿晝掩門」的「淡極」，方知黛玉這「花」因比自己這白海棠「更豔」，引得寶玉喜愛；黛玉因情深而「愁多」，弄得「玉有痕」即使得寶玉憐憫，傷感，生情。

那麼寶釵是不是不再「珍重芳姿晝掩門」？不再「淡極」？也要「豔極」、「愁多」使寶玉這玉有「痕」？不！全詩末句「欲償白帝宜清潔」說自己如果欲想求得司秋之神白帝（即賈母）讚賞認可，一定要三從四德不逾矩「宜清潔」。賈母可是白帝司春之神啊，兒女婚嫁權力在她手掌中，故而三從四德不逾矩，一心「清潔」，方可得到報償，成就「金玉良緣」。這司秋白帝就是以賈母為中心的族權。「不語婷婷日已昏」是寶釵自畫像：亭亭玉立，沉默無語，暗算在心中。

寶玉《詠白海棠》則再次拒絕寶釵：

秋容淺淡映重門，七節攢成雪滿盆。

出浴太真冰作影，捧心西子玉為魂。

曉風不散愁千點，宿雨還添淚一痕。

獨倚畫欄如有意，清砧怨笛送黃昏。

第一句「秋容淺淡映重門，七節攢成雪滿盆。」借白海棠寫他對寶釵賓臨賈府的感覺：冷美人「秋容淺淡」但「映重門」；來日不多，不過「七節」[13]，但「雪（薛）滿盆」，即得到賈家合府讚賞。

第二句則表達自己在寶釵和黛玉之間的選擇。「出浴太真冰作影，捧心西子玉為魂」：太真是唐玄宗愛妃楊貴妃，在此暗指薛寶釵，第三十回《寶釵借扇機帶雙敲　齡官劃薔癡及局外》寶玉不是說薛寶釵「怪不得他們拿姐姐比楊貴妃，原來也體豐怯熱」嗎？但在寶玉眼中：寶釵這「出浴太真」只是「冰作影」。「捧心西子」以西施代黛玉，因情生病捧心而行，他這「玉」以之「為魂」。

最後三四句「曉風不散愁千點，宿雨還添淚一痕。獨倚畫欄如有意，清砧怨笛送黃昏。」描述的就是寶黛二玉的相思，相戀、情深卻渺茫無歸而情愁。

黛玉《詠白海棠》體現她對寶玉、寶釵的感覺和自我意志：

半卷湘簾半掩門，碾冰為土玉為盆。

（文中說「看了這句，寶玉先喝起彩來，說：『從何處想來！』」他讀懂詩意了！）

偷來梨蕊三分白，借得梅花一縷魂。

（文中說「眾人看了，也都不禁叫好，說：『果然比別人

---

[13] 中國曆法把一年分為二十四段，每段開始的名為「節氣、節令」。以一年360日計，七節指寶釵到賈府105天，即三個月多幾天。

又是一樣心腸。』」梨蕊之白，梅花傲寒之魂，就是黛玉呀。）

月窟仙人縫縞袂，秋閨怨女拭啼痕。

嬌羞默默同誰訴？倦倚西風夜已昏。

黛玉這首詩才思奇絕，化身白海棠自述。

第一句「半捲湘簾半掩門，碾冰為土玉為盆」。與寶釵「珍重芳姿畫掩門」嚴守男女大防不同，黛玉「半捲湘簾半掩門」，對寶玉開了一半的門。「碾冰為土玉為盆」說自己對寶釵不客氣，將她這「冰」碾作土——寶釵不是冰美人、冷香丸嗎？——而「（寶）玉」則是愛護自己的「盆」。

第二句「偷來梨蕊三分白，借得梅花一縷魂」。黛玉自言與眾不同，面對人世淤穢，自有「梨蕊」之嬌潔，面對賈府族權風霜，自有「梅花」傲寒之一縷香魂。

最後兩句「月窟仙人縫縞袂，秋閨怨女拭啼痕。嬌羞默默同誰訴？倦倚西風夜已昏」。意興突降，愁情凸來，說自己也如嫦娥一樣，幽禁「月窟縫縞袂」——黛玉不是經常為寶玉精心縫製香囊一類的飾物嗎？自己沒有父母，無處可述衷腸，因而「秋閨怨女拭啼痕，嬌羞默默同誰訴？倦倚西風夜已昏」。

因為這首詩的「風流別致」大家都以黛玉詩為首。寶玉推黛玉這首詩，是因他讀懂了黛玉之情思。李紈沒有讀懂寶、黛、釵三詩之詩中話，她獨推寶釵「含蓄渾厚」；守寡多年的她，最自守「含蓄渾厚」，當然推重此詩。寶、黛、釵三人當然能品味詩中話，但是薛寶釵執意「欲償白帝（賈母）」，她這金橫梗在寶黛二玉之間。

（二十三）寶黛釵「詠菊」體現的三角情怨

就在這第三十七回，被寶玉在夢中、詩中拒絕的薛寶釵再一次採取行動，以德服人，讓人人都說她的好話。這一次她行

善討好史湘雲。第三十六回在怡紅院史湘雲目睹寶釵坐在寶玉身邊繡鴛鴦，本想笑，但因「想起寶釵素日待她厚道，便忙掩住口」。史湘雲與賈母都出自史家，故而賈母又稱史太君，是史湘雲的姑奶奶，史湘雲是賈母的侄孫女。第十九回襲人與寶玉言談，說及史湘雲：「自我從小兒來了，跟著老太太，先服侍了史大姑娘幾年，如今又服侍你幾年。……」可見自幼父母亡故的湘雲從小就跟著賈母。第三十七回姑娘們詠菊花，寶玉催賈母接來史湘雲。菊花詩會後，湘雲自薦做東開詩社。當晚，寶釵特邀湘雲到蘅蕪苑安歇。她體貼湘雲「你家裡你又作不得主，一個月通共那幾串錢，你還不夠盤纏呢」，說「這個我已經有個主意。我們當鋪裡有個夥計，他家田上出的很好的肥螃蟹，前兒送了幾斤來。現在這裡的人，<u>從老太太起連上園裡的人，有多一半都是愛吃螃蟹的。前日姨娘還說要請老太太在園裡賞桂花吃螃蟹，因為有事還沒有請呢</u>。你如今且把詩社別提起，只管普通一請。等他們散了，咱們有多少詩作不得的。我和我哥哥說，要幾簍極肥極大的螃蟹來，再往鋪子裡取上幾壇好酒，再備上四五桌果碟，豈不又省事又大家熱鬧了。」使得湘雲「心中自是感服，極讚她想的周到」。

以螃蟹美酒資助史湘雲做東賞菊，一箭多雕，既親近史湘雲又親近了賈母，討好了王夫人，博得賈府上下喜愛，且能得善名。果然第三十八回《林瀟湘魁奪菊花詩　薛蘅蕪諷和螃蟹詠》賈母到場，看到丫頭們煽風爐煮茶，燙酒，從史湘雲口裡得知「這是寶姐姐幫我預備的」。賈母又一次讚揚寶釵：「我說這個孩子細緻，凡事想得妥當。」筵席中賈母、王夫人、王熙鳳、平兒等都吃得非常高興。薛寶釵對賈府諸人「甜絲絲」借東風，就是對寶黛的「冷森森」。吃了螃蟹，賈母等人走了，各位詩人吟菊。請看寶、黛、釵三人的詩。

寶釵的憶菊、畫菊、罵蟹。

憶菊

悵望西風抱悶思，蓼紅葦白斷腸時。

空籬舊圃秋無跡，冷月清霜夢有知。

念念心隨歸雁遠，寥寥坐聽晚砧遲。

誰憐我為黃花瘦，慰語重陽會有期。

此詩易解，即借無菊而憶念菊表達自己閨怨愁思，這菊花就是寶玉。寶釵「愁悶」，「斷腸」，因自家「空籬舊圃秋無跡」不見菊花，惟「冷月秋霜夢有之」。此隱射寶玉對自己多次或詩或夢地拒絕，因而「念念心隨歸雁遠，寥寥坐聽晚砧遲」即心隨暮雁找家歸，寂寞獨坐聽更鈸聲響，盼天明。最後一句「誰憐我為黃花瘦，慰語重陽會有期」，即「誰」憐憫我為寶玉而「瘦」，下一個重陽節欣賞到菊花寶玉。當然這「誰」就是賈母。

畫菊

詩餘戲筆不知狂，豈是丹青費較量？

聚葉潑成千點墨，攢花染出幾痕霜。

淡濃神會風前影，跳脫秋生腕底香。

莫認東籬閒采掇，粘屏聊以慰重陽。

「畫菊」承接「憶菊」，沒有寶玉「菊」就自畫寶玉「菊」，自以為「狂」。盡心刻畫點染成一幅菊花圖，「粘屏聊以慰重陽」。

第三首「罵蟹」則是借罵螃蟹罵寶玉：

桂靄桐陰坐舉觴，長安涎口盼重陽。

眼前道路無經緯，皮裡春秋空黑黃。

酒未滌腥還用菊，性防積冷定須薑。

於今落釜成何益，月浦空餘禾黍香。

在這首詩中，寶釵借罵螃蟹罵寶玉。特別體現寶釵對寶玉並不認同，並沒有真正的愛，只不過她是至富的金，他是至貴的玉罷了。

第一、二句隱射寶玉在祖輩「桂靄桐陰」下，只知「舉觴」喝酒，「長安涎口盼重陽」，而「眼前道路無經緯，皮裡春秋空黑黃」，即不求功名仕進，不知金玉方為良緣，故而只不過「皮裡春秋」罷了，腹內空空，惟有少許「黑黃」內臟。

第三句借烹調螃蟹罵寶玉：寶玉這螃蟹腥臭，吃他還須用酒、菊花「滌腥」，因他對自己「積冷」，吃他還須「薑」以避冷。

末句借螃蟹結局，警告寶玉，要熱心功名仕進，不要像螃蟹一樣「於今落釜成何益，月浦空餘禾黍香」。

寶釵這首詩「眾人叫絕」，「都說是食螃蟹的絕唱，……只是諷刺世人太毒了些。」寶玉也說：「罵得痛快！我的詩也該燒了。」寶玉沒讀懂寶釵的詩中話，不知道罵的就是自己。

寶玉的詩，體現《紅樓夢》第一回確定的「神瑛侍者」對「菊花」有心性認同感。菊花就是黛玉。

訪菊

閑趁霜晴試一遊，酒杯藥盞莫淹留。

霜前月下誰家種，檻外籬邊何處秋？

蠟屐遠來情得得，冷吟不盡興悠悠。

黃花若解憐詩客，休負今朝掛杖頭。

寶玉這神瑛侍者「訪菊」，「采菊」。「菊」就是絳珠仙草黛玉。

第一二句寶玉說自己沒有淹留在「酒杯藥盞」之間，趁霜晨天晴前來「訪菊」。此菊無主，他問菊「誰家種？」獨居「檻外籬邊」怎能度秋？

第三四句寶玉自述穿著「蠟屐」「情得得」地「遠來」，在冷冷秋風中賞菊，吟菊「興悠悠」。最後離別不捨，他將無主美菊掘取，打算回家培育澆灌，對菊花說：「黃花若解憐詩客，休負今朝掛杖頭」說自己采菊而歸，希望菊花理解自己，不要辜負自己。

> ### 種菊
> 攜鋤秋圃自移來，籬畔庭前處處栽。
> 昨夜不期經雨活，今朝猶喜帶霜開。
> 冷吟秋色詩千首，醉酹寒香酒一杯。
> 泉溉泥封勤護惜，好和井徑絕塵埃。

承接其上，神英侍者賈寶玉采菊歸來種菊。菊就是絳珠仙草花黛玉。

第一句說圃圃種菊，甚為殷勤：攜鋤頭，移栽菊於籬笆內外，前庭後院。

第二句敘述種菊之後，有「昨夜不期經雨」之驚，又有菊依然「活」之喜，更有「今朝猶喜帶霜開」之樂。

第三句敘述自己在冷颼颼秋風裡吟菊詩千首，「醉酹寒香酒一杯」，即醉醺醺，把酒酹地，與菊花共飲。

最後一句說自己「泉溉泥封勤護惜」護理菊花，希望與菊花一起，「好和井徑絕塵埃」，即遠離人世，求自由自在的人生。

「絳珠仙草」林黛玉的「詠菊、問菊、菊夢」則自述心中情愁。她就是菊花：

詠菊

無賴詩魔昏曉侵，繞籬欹石自沉音。

毫端蘊秀臨霜寫，口角噙香對月吟。

滿紙自憐題素怨，片言誰解訴秋心？

一從陶令評章後，千古高風說到今。

「詠菊」即頌菊花。

第一二句「無賴詩魔昏曉侵，繞籬欹石自沉音。毫端蘊秀臨霜寫，口角噙香對月吟。」黛玉描述自己詠菊：從黃昏到霜晨詩興來襲入魔，圍繞菊花籬笆，斜倚掩菊岩石。

第三句「滿紙自憐題素怨，片言誰解訴秋心？」直言「詠菊」就是「滿紙自憐題素怨」，誰能解自己這片言所表達的菊花之秋心。

最後一句借陶潛采菊詩，讚揚菊花尋求自然自由的「千古高風」。

問菊

欲訊秋情眾莫知，喃喃負手扣東籬。

孤標傲世偕誰隱，一樣開花為底遲？

圃露庭霜何寂寞，雁歸蛩病可相思？

莫言舉世無談者，解語何妨話片時。

「問菊」就是黛玉問自己。

第一句「欲訊秋情眾莫知，喃喃負手扣東籬。」秋天風雨冷暖，但無人知道，我自己喃喃獨語，扣手東籬問自己這菊花，此後三句均是菊花自問。

第二句問菊花：「孤標傲世偕誰隱？一樣開花為底遲？」即菊花孤標傲世，故而百花盛開於春，而獨獨菊花孤零秋風中，沒有知心者。此問菊猶如《史記》所載漁父問「被髮行吟江畔，

形容枯槁」的屈原為何被放逐？「屈原曰：舉世混濁而我獨清，
眾人皆醉而我獨醒，是以見放。」菊花只因孤標傲世，被司春
之神放逐於秋季。

第三句問菊花，同情，歎息：「圃露庭霜何寂寞？雁歸蛩
病可相思？」菊花寂寞，只有圃庭霜露，雁陣驚寒，蚱蜢秋鳴
相伴。

最後一句「莫言舉世無談者，解語何妨話片時？」即希望
有人能懂自己這孤標傲世的菊花，即便是片言片語，也能解我
黛玉孤標傲世的孤獨。

菊夢

籬畔秋酣一覺清，和雲伴月不分明。
登仙非慕莊生蝶，憶舊還尋陶令盟。
睡去依依隨雁斷，驚回故故惱蛩鳴。
醒時幽怨同誰訴，衰草寒煙無限情。

「菊夢」，黛玉的菊花夢。

第一句「籬畔秋酣一覺清，和雲伴月不分明。」菊花半夜
一覺醒來，只見暗雲蔽月，籬阪秋霧濃。

第二句「登仙非慕莊生蝶，憶舊還尋陶令盟。」菊花並不
羨慕「莊子夢蝶」的「物化登仙」，而「憶舊還尋陶令盟」，
與「采菊東籬下，悠然見南山」的舊友陶令一起，回歸自然。

第三句「睡去依依隨雁斷，驚回故故惱蛩鳴。」但是這只
是菊花一夢，因秋雁叫而夢斷，因秋蟲哀鳴而驚夢。

最後一句「醒時幽怨同誰訴：衰草寒煙無限情！」即說我
黛玉這菊花，幽怨無處可訴，只有將無限情感寄託於衰草寒煙。

寶黛二人菊花詩，對吟對唱。寶玉《訪菊》意在「黃花若
解憐詩客，休負今朝掛杖頭。」希望黛玉這菊花懂得自己的心。

《種菊》，意在「泉溉泥封勤護惜，好和井徑絕塵埃。」精心護惜黛玉這株菊花，希望與她「絕塵埃」，在鄉村大樹古井、田畦草徑間得到自由。而黛玉三首主要自歎自己這菊花「孤標傲世」為世不容，憂心人間沒有陶淵明這樣的知音，不能「采菊東籬下，悠然見南山」，面對只有「衰草寒煙」，無限苦情。這是她對寶玉的回答。

（二十四）薛家母女聯手：討好賈母，征服黛玉

在第四十回《史太君兩宴大觀園　金鴛鴦三宣牙牌令》劉姥姥拿著鄉村瓜果蔬菜，帶著孫子板兒來到賈府謝恩。第二天賈母、王熙鳳帶著劉姥姥遊逛大觀園炫富，來到黛玉所在瀟湘館，賈母見窗紗顏色舊了，要王熙鳳更換。薛姨媽與王熙鳳配合奉承賈母：

> 鳳姐兒忙道：「昨兒我開庫房，看見大板箱裡還有好些匹銀紅蟬翼紗，也有各樣折枝花樣的，也有流雲卍福花樣的，也有百蝶穿花花樣的，顏色又鮮，紗又輕軟，我竟沒見過這樣的。拿了兩匹出來，作兩床綿紗被，想來一定是好的。」賈母聽了笑道：「呸！人人都說你沒有不經過不見過，連這個紗還不認得呢，明兒還說嘴。」<u>薛姨媽</u>等都笑說：<u>「憑她怎麼經過見過，如何敢比老太太呢。老太太何不教導了她，我們也聽聽。」</u>鳳姐兒也笑說：「好祖宗，教給我罷。」賈母笑向薛姨媽眾人道：「那個紗，比你們的年紀還大呢。怪不得她認作蟬翼紗，原也有些像，不知道的，都認作蟬翼紗。正經名字叫作『軟煙羅』。」鳳姐兒道：「這個名兒也好聽。只是我這麼大了，紗羅也見過幾百樣，從沒聽見過這個名色。」賈母笑道：「你能夠活了多大，見過幾樣沒處放的東西，就說嘴來了。那個軟煙羅只有四樣顏色：一樣雨過天晴，一樣秋香色，

一樣松綠的，一樣就是銀紅的，若是做了帳子，糊了窗屜，遠遠地看著，就似煙霧一樣，所以叫作『軟煙羅』。那銀紅的又叫作『霞影紗』。如今上用的府紗也沒有這樣軟厚輕密的了。」薛姨媽笑道：「別說鳳丫頭沒見，連我也沒聽見過。」．

薛家母女處處奉承賈母以圖借東風，得配金玉良緣，然而我們沒有料到，就在這一回黛玉與寶釵的關係似乎發生冬盡春暖花開的轉折。似乎都因寶釵純厚、平和、待人如待己的人格魅力，但實質卻是「冷美人」征服黛玉的心計，賈寶玉對此特別心懷驚覺。劉姥姥再次來賈府，聽從王熙鳳與鴛鴦的指使，飲宴中連連表演喜劇小品，其粗樸村言，討得賈府上下大笑噴飯。席間行酒令，鴛鴦起句，錯的罰酒。寶釵之後，輪到黛玉：

鴛鴦又道：「左邊一個『天』。」黛玉道：「良辰美景奈何天。」寶釵聽了，回頭看著她。黛玉只顧怕罰，也不理論。鴛鴦道：「中間『錦屏』顏色俏。」黛玉道：「紗窗也沒有紅娘報。」……

黛玉此酒令可是來自當時禁書（元）王實甫《西廂記》和（明）湯顯祖《牡丹亭》。《西廂記》是寶玉的小廝茗煙從街上偷買來，偷帶進賈府。寶玉在大觀園裡偷看，適逢黛玉葬花，兩人一起偷看。繼而遠遠傳來梨香院戲子唱《牡丹亭》，黛玉當時醉倒。

「良辰美景奈何天」出自《牡丹亭》之《遊園驚夢》杜麗娘唱詞「原來姹紫嫣紅開遍，似這般都付與斷井頹垣，良辰美景奈何天，賞心樂事誰家院。朝飛暮卷，雲霞翠軒，雨絲風片，煙波畫船，錦屏人忒看的這韶光賤。」表達命運不能自主的悲哀。黛玉下意識以「良辰美景奈何天」表達自己與寶玉雖有「良

辰美景」，對掌握兒女婚嫁權之賈母這「天」，卻無可奈何。

「紗窗也沒有紅娘報」之「紅娘」是《西廂記》中幫助張生與崔鶯鶯衝破困阻終成眷屬的關鍵人物。黛玉提到「紅娘」，就因為她與寶玉沒有紅娘幫助，作成婚姻。

完全無意之間，黛玉以此表達木石前盟的處境：雖良辰美景，但對天無可奈何；雖情賽西廂，卻沒有紅娘。《牡丹亭》、《西廂記》歌頌自由愛情，反封建族權、禮教佛教色戒，揭露批判程朱理學「存天理、滅人欲」的虛偽和殘酷，因此是禁書。黛玉在賈府長輩面前下意識說到上述詩句，在當時可是絕人倫，滅風俗的醜事。作為情敵，寶釵當時只是「回頭看著她」。

在劉姥姥走後的第四十二回《蘅蕪君蘭言解疑癖　瀟湘子雅謔補餘音》再看寶釵如何處理這事，黛玉捫心自問，不得不服。這一回主題就是「蘅蕪君蘭言解疑癖」即寶釵憑藉自己一席蘭香之言，以德服人，消解黛玉對她的疑忌：

> 且說寶釵等吃過早飯，又往賈母處問安，回園至分路之處，寶釵便叫黛玉道：「顰兒跟我來！有一句話問你。」黛玉便笑著跟了來。至蘅蕪院中，進了房，寶釵便坐下，笑道：「你還不給我跪下！我要審你呢。」黛玉不解何故，因笑道：「你瞧寶丫頭瘋了！審我什麼？」寶釵冷笑道：「好個千金小姐！好個不出屋門的女孩兒！滿嘴裡說的是什麼？你只實說罷。」黛玉不解，只管發笑，心裡也不免疑惑，口裡只說：「我何曾說什麼？你不過要捏我的錯兒罷咧。你倒說出來我聽聽。」寶釵笑道：「你還裝憨兒呢！昨兒行酒令兒，你說的是什麼？我竟不知是哪裡來的。」黛玉一想，方想起昨兒失於檢點，那《牡丹亭》、《西廂記》說了兩句，不覺紅了臉，便上來摟著寶釵笑道：「好姐姐！原是我不知道，隨口說的。你教給我，再

不說了。」寶釵笑道：「我也不知道，聽你說得怪好的，所以請教你。」黛玉道：「姐姐！你別說給別人，我再不說了！」寶釵見她羞得滿臉飛紅，滿口央告，便不肯再往下問。因拉她坐下吃茶，款款地告訴她道：「你當我是誰？我也是個淘氣的，從小兒七八歲上，也夠個人纏的。我們家也算是個讀書人家，祖父手裡也極愛藏書。先時人口多，姐妹弟兄也在一處，都怕看正經書。弟兄們也有愛詩的，也有愛詞的，諸如這些《西廂》、《琵琶》以及《元人百種》，無所不有。他們背著我們偷看，我們也背著他們偷看。後來大人知道了，打的打，罵的罵，燒的燒，丟開了。所以咱們女孩兒家不認字的倒好：男人們讀書不明理，尚且不如不讀書的好，何況你我？連做詩寫字等事，這也不是你我份內之事，究竟也不是男人份內之事。男人們讀書明理，輔國治民，這才是好。只是如今並聽不見有這樣的人，讀了書，倒更壞了。這並不是書誤了他，可惜他把書糟蹋了，所以竟不如耕種買賣，倒沒有什麼大害處。至於你我，只該做些針線紡績的事才是；偏又認得幾個字。既認得了字，不過揀那正經書看也罷了，最怕見些雜書，移了性情，就不可救了。」一席話，說得黛玉垂頭吃茶，心下暗服，只有答應「是」的一字。

黛玉「心下暗服」，就在寶釵沒有借此落井下石，而且見好就收，言談款款大度，且坦白自己過去也偷看過，再來一番閨閣典範的「女子無才便是德」，男人「讀書明理，輔國治民」的說教，黛玉不得不服，「只有答應『是』的一字」。然後她們來到稻香村見李紈，說到賈母要惜春畫大觀園一事。玩笑中，寶釵說了一番繪畫技法、所備筆墨顏色，黛玉對寶釵表現出此前

從未有的親近。這一切都在寶玉眼中：

> 黛玉又看了一回單子，笑著拉探春悄悄地道：「你瞧瞧，畫個畫兒，又要起這些水缸箱子來。想必糊塗了，把她的嫁妝單子也寫上了。」探春聽了，笑個不住，說道「寶姐姐，你還不擰她的嘴？你問問她編派你的話！」寶釵笑道：「不用問，『狗嘴裡還有象牙不成』！」一面說，一面走上來，把黛玉按在炕上，便要擰她的臉。黛玉笑著，忙央告道：「好姐姐！饒了我罷！顰兒年紀小，只知說，不知道輕重，做姐姐的教導我。姐姐不饒我，我還求誰去呢？」眾人不知話內有因，都笑道：「說得好可憐見兒的！連我們也軟了，饒了她罷。」寶釵原是和她玩，忽聽她又拉扯上前番說她胡看雜書的話，便不好再和她鬧了，放起她來。黛玉笑道：「到底是姐姐，要是我，再不饒人的。」寶釵笑指她道：「怪不得老太太疼你，眾人愛你，今兒我也怪疼你的了。過來，我替你把頭髮籠籠罷。」黛玉果然轉過身來，寶釵用手籠上去。

這可是好姐妹之間的玩笑、親密，而黛玉話中話更表明她對寶釵的信服。「到底是姐姐，要是我，再不饒人的」這句話頗帶反思自省。真的，如果黛玉聽見寶釵說《西廂記》、《牡丹亭》，雖說不會上告賈母，但定會冷嘲熱諷，讓寶釵難看。第四十五回《金蘭契互剖金蘭語　風雨夕悶制風雨詞》，寶釵前去瀟湘館看望病中的黛玉，一番醫藥飲食的議論關照，令黛玉再次感動，再次反省。寶釵以德服人，見到成效：

> 黛玉歎道：「你素日待人，固然是極好的，然我最是個多心的人，只當你有心藏奸。從前日你說看雜書不好，又勸我那些好話，竟大感激你。往日竟是我錯了，實在誤

到如今。細細算來，我母親去世的時候，又無姐妹兄弟，我長了今年十五歲，竟沒一個人像你前日的話教導我。怪不得雲丫頭說你好。我往日見她讚你，我還不受用；昨兒我親自經過，才知道了。比如你說了那個，我再不輕放過你的；你竟不介意，反勸我那些話：可知我竟自誤了。若不是前日看出來，今日這話，再不對你說。……

其後一番「同病相憐」安慰，又送燕窩的「多情」。寶釵真心關愛，令黛玉感動，自省，然而這真心關愛的目的是以德服人，化敵為友，撕裂寶黛木石前盟，成就金玉良緣。這正是她「冷香丸」個性的體現：「甜絲絲」中又讓人感覺「涼森森」，也即第六十三回寶釵抽到的牡丹籤所言，她這牡丹花能將「無情」做到「動人」的絕境：「任是無情也動人」。

（二十五）寶釵以德對情敵：黛玉感念又疑惑

寶釵自己是三從四德套中人，借黛玉情不自禁口出《西廂記》、《牡丹亭》，她以德服黛玉，並以三從四德套住黛玉。寶玉夜深冒雨來探看，對她細膩關心，而黛玉禁錮於禮教。黛玉呀黛玉，就是在封建禮教束縛下的杜麗娘，有純情春情又不敢明言，只能禁錮在心。

寶玉剛走，蘅蕪院一個婆子送來一大包上等燕窩，還有一包潔粉梅片雪花洋糖，說：「這比賣的強。我們姑娘說了：『姑娘先吃著，完了再送來。』」黛玉睡下，「自在枕上感念寶釵，一時又羨慕她有母有兄；一面又想寶玉雖素習和睦，終有嫌疑。又聽見窗外竹梢蕉葉之上，雨聲淅瀝，清寒透幕，不覺又滴下淚來。」

黛玉「感念寶釵」之德，但因金玉良緣，寶釵「終有嫌疑」，無計可施而下淚。可憐的黛玉，寶釵似乎好，但終究是情敵！而她和寶玉沒有婚姻自主權！權利在賈母、王夫人手中！而賈

母、王夫人、賈府上下都說寶釵好！自己不是處於劣勢嗎？從此以後，黛玉對寶釵有了自相矛盾的雙重態度：感念佩服寶釵之德，又憂疑寶釵有奪走寶玉之心。此前寶釵是發出「一陣陣涼森森甜絲絲的幽香」的冷香丸，此時她更是第六十三回「豔冠群芳」的牡丹，已經達到「任是無情也動人」的極致。

（二十六）寶琴事件：寶黛釵複雜糾葛與春燈謎

第四十九回《琉璃世界白雪紅梅　脂粉香娃割腥啖膻》《紅樓夢》中第一美女，寶釵的表妹薛寶琴來到大觀園。寶琴的哥哥薛蝌帶寶琴進京，準備嫁給梅翰林之子為妻。倆兄妹在路途之中巧遇也前往賈府的邢夫人的兄嫂及其女兒邢岫煙、李紈的寡婦嫂子及其女兒李紋、李綺，三家人一同來到賈府。這可是大觀園女兒大聚會，寶釵吃醋，黛玉卻最傷心，心情最複雜，最心酸。

寶琴是紅樓夢中第一美女，人人都讚寶琴美。先是寶玉讚歎：「老天，老天，你有多少精華靈秀，生出這些人上之人來！……」而「襲人見他又有了魔意，便不肯去瞧。」襲人都要吃醋，黛玉安能不「心酸」？

接著探春說「老太太一見了，喜歡得無可不可，已經逼著太太認了乾女兒了。」賈母還將寶玉未穿的孔雀毛織的金翠輝煌的斗篷讓寶琴穿。賈母如此喜歡寶琴，只要她決意定親寶琴，寶黛愛情立刻墜入深淵，黛玉安得不「心酸」？但面對眾人，黛玉只得強扮笑臉。眼見賈母寵愛寶琴，寶釵說：「你也不知哪裡來的福氣！你倒去罷，仔細我們委屈著你。我就不信我哪些兒不如你。」此為玩笑，因寶釵知道寶琴已定親梅翰林之子，而湘雲說「寶姐姐，你這話雖然是玩話，卻有人真心這樣想呢」直指黛玉，並得到大家默認，而寶釵卻為黛玉解困，而且黛玉的表現也非平常，反而親熱，大度：

寶釵忙笑道：「更不是了。我的妹妹和她的妹妹一樣。她喜歡得比我還疼呢，哪裡還惱？你信口混說。她的那嘴有什麼正經。」（寬厚理性以德服人的好寶釵，急忙為黛玉脫困。請看黛玉面對湘雲的挖苦與寶釵解脫的反應，這一反應讓寶玉不解。）寶玉素習深知黛玉有些小性，（寶玉也不理解黛玉的小性：黛玉的小性只因金玉良緣。）且尚不知黛玉與寶釵之事，（指前此釵黛和好的事。）正恐賈母疼寶琴她心中不自在，今見湘雲如此說了，寶釵又如此答，再審度黛玉聲色亦不似往時，果然與寶釵之說相符，心中悶悶不樂。因想：「她兩個素日不是這樣的好，今看來竟比他人好十倍」。一時林黛玉又趕著寶琴叫妹妹，並不提名道姓，直似親姐妹一般。……寶玉看著只是暗暗地納罕。

湘雲不理解黛玉，以為黛玉天生「小性」。黛玉為何不疑忌秦可卿、襲人、元春、探春、迎春、惜春，而獨疑忌寶釵、有時也疑忌她湘雲，只因為金鎖、金麒麟都非常可能奪走寶玉。這一回她不疑忌這寶琴嗎？當然心中有絕大疑忌，然而眾人都說她小性，以德服人的寶釵多次容忍過她的疑忌小性！湘雲也飽嘗，眼見過她的疑忌小性，現在暗諷她，故而黛玉心中疑忌絕不能再現，讓自己蒙羞，所以她「聲色不似往日」，順著寶釵之言「趕著寶琴叫妹妹，並不提名道姓，直似親姐妹一般」。黛玉是情癡，寶釵是情敵，寶琴更是情敵，她強作歡顏，但心中必定極度酸楚。寶釵為何不疑忌寶琴？只有一個答案：寶釵早知表妹寶琴已經訂婚，不會是自己情敵。

當天晚上寶玉細問黛玉為何與寶釵和好。黛玉告訴她：「誰知她真是個好人，我素日只當她藏奸。」她將酒令中牽連的《西廂記》、《牡丹亭》一事，看望她送燕窩一事，細細告訴寶玉。

說到寶琴，「黛玉想起自己沒有姐妹，不免又哭了。黛玉拭淚道：『近來我只覺心酸，眼淚卻比往年少了些。心裡只管酸痛，眼淚且不多。』寶玉道：『這是你哭慣了，心裡疑惑，豈有眼淚會少的！』」寶玉不是心理學家。黛玉「只覺心酸」就因為寶釵是情敵，且以德服人，深得賈母喜愛，是她的第一情敵，但又不得不佩服其「寬厚心善」，她再不能疑忌，口齒尖利地應對寶釵，心中疑忌，卻要強顏歡笑。這一回又來一個絕色美女寶琴，得到賈府第一權勢人物賈母的喜愛，她怎麼能不「心酸」，但無可奈何又只得順著寶釵，強顏歡笑親近寶琴，這樣一來只會更「心酸」。而她說「近來我只覺心酸，眼淚卻像比舊年少了些許。心裡只管酸痛，眼淚卻不多」。這可是黛玉走向死亡悲劇的一步，第一回那一僧一道所述絳珠仙草以淚還神瑛侍者甘露灌溉之恩，黛玉淚盡日，就是情終人間，身歸花塚時。

接著就是第五十回《蘆雪庵爭聯即景詩　暖香塢雅制春燈謎》女兒們在蘆雪庵聚會吟詩。邢岫煙、李紋、寶琴作詩。黛玉附和眾人，祝賀讚賞寶琴，但情節出現陡轉，讓黛玉陡然再次心酸的是賈母、王熙鳳為寶琴的美而發出的驚歎：

> 賈母笑著挽了鳳姐兒的手，仍上了轎，帶著眾人，說笑出了夾道東門。一看四面，粉妝銀砌，忽見寶琴披著鳧靨裘，站在山坡背後遙等，身後一個丫鬟，抱著一瓶紅梅。眾人都笑道：「怪道少了兩個，她卻在這裡等著，也弄梅花去了。」賈母喜得忙笑道：「你們瞧，這雪坡兒上，配上她這個人物兒，又是這件衣裳，後頭又是這梅花，像個什麼？」眾人都笑道：「就像老太太屋裡掛的仇十洲畫的《豔雪圖》。」賈母搖頭笑道：「那畫的哪裡有這件衣裳？人也不能這樣好！」一語未了，只見寶琴身後又

轉出一個穿大紅猩猩氈的人來。賈母道：「那又是哪個女孩兒？」眾人笑道：「我們都在這裡，那是寶玉。」賈母笑道：「我的眼越發花了。」說話之間，來至跟前，可不是寶玉和寶琴兩個！

寶玉就這樣出現在寶琴身後，真是天地不公，描繪出一幅令黛玉心驚的畫屏。接著黛玉等一行來到賈母房中，她目睹耳聞賈母、王熙鳳有意為寶玉求配寶琴：

賈母因又說及寶琴雪下折梅，比畫兒上還好；又細問她的年庚八字並家內景況。薛姨媽度其意思，大約是要給她求配。薛姨媽心中因也遂意，只是已許過梅家了，因賈母尚未說明，自己也不擬定，遂半吐半露告訴賈母道：「可惜了這孩子沒福，前年她父親就沒了。她從小兒見的世面倒多，跟她父親四山五嶽都走遍了。她父親好樂的，各處因有買賣，帶了家眷這一省逛一年，明年又到那一省逛半年，所以天下十停走了有五六停了，那年在這裡，把她許了梅翰林的兒子，偏第二年她父親就辭世了。如今她母親又是痰症。」鳳姐兒也不等說完，便嗐聲跺腳地說：「偏不巧！我正要做個媒呢，又已經許了人家！」賈母笑道：「你要給誰說媒？」鳳姐兒笑道：「老祖宗別管。心裡看准了，他們兩個是一對。如今有了人家，說也無益，不如不說罷了。」賈母也知鳳姐兒的意思，聽見已有人家，也就不提了。大家又閒話了一會方散。一宿無話。

文中沒有直接描述黛玉的反應，黛玉此刻定然陷身冰窟，全身皆冰，但又不敢哭訴，接著聽說寶琴已經許配人家，心中必定慶幸不已，但黛玉一定暗思：寶琴已許配人家，萬幸，但

還有寶釵,還有「寶瑟」等等。

接著李紈傳賈母的話,要大家製作春燈謎。言為心聲,先看黛玉燈謎體現的寶琴到來贏得賈母喜愛對她的衝擊感:

> 騄駬何勞縛紫繩?馳城逐塹勢猙獰。
> 主人指示風雲動,鰲背三山獨立名。

表面謎底是「走馬燈」。「騄駬」,點謎底「馬」字。騄駬,《穆天子傳》記載為周穆王千里馬「八駿」之一。「馳城逐塹」,點謎底「走」字。「鰲背三山」,點謎底「燈」字。三山,指蓬萊、方丈、瀛洲三座神山。古時正月十五鬧元宵,觀燈猜謎,京都搭起燈山,呈鰲背神山之形,上立各種彩燈,亦稱「鰲山」。

真正的謎底是寶琴給黛玉的感覺:寶琴這小馬,來到賈府,「馳城逐塹勢猙獰」。賈母一語如同風雷,她就上了三山,成了耀眼的神燈。

再看寶釵燈謎表達的感覺:

> 鏤檀鍥梓一層層,豈系良工雕砌成?
> 雖是半天風雨過,何曾聞得梵鈴聲。

表面謎底就是松樹之松果,因形似塔又稱松塔兒。冬季,松塔兒成熟、鱗瓣層層,十分堅硬,暗紫褐色,與檀木、梓木相近,其形如同梵鈴。

真正的謎底是薛寶釵自我歎息:自己「鏤檀鍥梓一層層」,「良工雕砌」,細緻為人,煞費苦心,貌似佛塔梵鈴,但半天風雨吹動,這梵鈴卻沒有響聲,還功虧一簣。明寫松果用心良苦,雖貌似卻未成「梵鈴」;暗寫寶琴無心,卻得到賈母喜愛,梵鈴叮噹一響,如果不是她已定親,頃刻之間就成了寶二奶奶,叮噹一聲砸破她苦心經營的金玉良緣。

　　寶玉風箏燈謎直接體現賈母為自己說親寶琴，他心驚肉跳，擔憂：

　　　　天上人間兩渺茫，琅玕節過謹隄防。
　　　　鸞音鶴信須凝睇，好把唏噓答上蒼。

　　表面謎底是「風箏」，全無自主權的「風箏」最切合賈寶玉此時此刻的心情。他借風箏訴說自己聽到賈母、王熙鳳說親寶琴的感覺。在族權操控下，他和黛玉就是風箏，完全無法操控自己的命運。「天上人間兩渺茫」，無法上天，也無法落地，全憑賈母這些風，吹向何處，命就在何處。「琅玕節過謹隄防」：「琅玕節」即五月十三日「竹節」，是日必有風雨，所以琅玕節，也是雨節，空中飄飛的風箏，當然得小心防備。「鸞音鶴信」指傳遞上帝恩准情侶成婚音信的鸞鳳、鶴鳥。「鸞音鶴信須凝睇，好把唏噓答上蒼」表達他與黛玉「凝睇」盼望傳來上帝恩准木石前盟的「鸞音鶴信」，讓他倆駕夢成真，「好把唏噓答上蒼」──他和黛玉會哭泣跪拜，感謝上天垂恩。

　　文中沒有描述黛玉、寶玉看到對方燈謎的感覺，二人必驚懼又無可奈何。第五十二回寶玉到惜春房中看畫，從一個丫鬟口中得知寶釵和寶琴在黛玉房中，他立即趕到瀟湘館，參與她們說詩。詩會完畢，大家離散。寶玉故意留在後面，與黛玉依依不捨，話中有話：

　　　　寶玉因讓諸姐妹先行，自己在後面。黛玉便又叫住他，
　　　　問道：「襲人到底多早晚回來？」寶玉道：「自然等送了
　　　　殯才來呢。」黛玉還有話說，又不能出口，出了一回神，
　　　　便說道：「你去罷。」寶玉也覺心裡有許多話，只是口裡
　　　　不知要說什麼，想了一想，也笑道：「明兒再說罷。」（同
　　　　經大難，心中有話，但不能說。　）一面下臺階，低頭正

欲邁步，復又忙回身問道：「如今夜越發長了，你一夜咳嗽幾次？醒幾遍？」黛玉道：「昨兒夜裡好了，只咳嗽兩遍，卻只睡了四更一個更次，就再不能睡了。」寶玉又笑道：「正是有句要緊的話，這會子才想起來。」一面說，一面便挨近身來，悄悄道：「我想寶姐姐送你的燕窩——」一語未了，只見趙姨娘走進來瞧黛玉，問：「姑娘這幾天可好了？」黛玉便知她從探春處來，從門前過，順路的人情，忙陪笑讓坐，說：「難得姨娘想著，怪冷的，親自走來。」又忙命倒茶，一面又使眼色給寶玉。寶玉會意，便走了出來。

倆人情愛關切，完全如夫婦，但族權、禮教禁錮使倆人又不能說出心中話。他倆說什麼呢？依據上述情景，他們想說：「我們怎麼辦？幸虧寶琴有婚約在先，我們虛驚一場，但寶釵呢？」寶玉被打斷的「悄悄話」「我想寶姐姐送給你的燕窩——」後面應該是：「是什麼意思？居心叵測的吧？」。後來賈寶玉硬逼著賈母定時定量供應黛玉燕窩，拒絕寶釵的燕窩，擺明就是要她別居心叵測。

第五十二回已知寶琴非情敵，黛玉非常輕鬆大度。當時寶玉、黛玉、惜春、寶釵、寶琴都在黛玉瀟湘館，說下一次的詩社詩題，寶琴反對《詠〈太極圖〉》，說到她見到的一個真真國黃髮女孩，並有她寫的詩詞。眾人都稱奇道異，寶玉央求看看，請看黛玉對寶琴回答的反應：

> 寶琴笑說：「在南京收著呢，此時哪裡去取？」寶玉聽了大失所望，便說：「沒福得見這世面。」黛玉笑拉寶琴道：「你別哄我們。我知道你這一來，你的這些東西未必放在家裡，自然都是要帶來的，這會子又扯謊說沒帶來。

你們雖信，我是不信的。」寶琴便臉紅，低頭微笑不語。

寶釵笑道：「偏這個顰兒慣說這話，把你就伶俐得太過了。」

於是寶釵答應把箱籠清理了，給大家看。黛玉此時已經知道寶琴「你這一來」是嫁給梅翰林之子，不會成為她的情敵，故而有這輕鬆「笑拉道」，故而寶琴臉紅，寶釵也「笑」。然而對寶黛而言，有寶釵橫堵在前、還有其他不知何時突現「寶瑟」等等。木石前盟，前途渺茫啊。

（二十七）因癡情，寶玉再次瘋癲　薛家母女作偽，聯手試探

第五十七回之回目所言《慧紫鵑情辭試莽玉　慈姨媽愛語慰癡顰》，前者言紫鵑假言試探寶玉，情癡寶玉「莽傻」瘋癲為真；後者所言薛姨媽「愛語慰癡顰」為假，實則母女聯手偵探。《紅樓夢》第一回、第五回說佛教「假作真時真亦假」。人世間真假難辨，許多時候，以為真者卻是假，以為假者卻是真；有時候真假參半，有時候假卻以真面目出現，有時候真卻以假面目出現。當事者大多不知真假，茫然苦索，晨思暮想，依舊茫然，不可辨識，一如身在飄渺大海雲霧中，舵盤失靈，左右失據，進退兩難，不知四方前後。

寶玉再次因情而瘋傻，起因在紫鵑。時值初春，寶玉去瀟湘館看黛玉。正值黛玉才歇午覺，他不敢驚動妹妹，向紫鵑詢問妹妹病況，得知「好些了」，就笑念「阿彌陀佛」，見紫鵑穿得單薄，便伸手向她身上摸了摸，說她衣服單薄，紫鵑便說他「動手動腳」，「叫人看著不尊重」等等，說著便起身，攜了針線進別房去了。寶玉「見了這般景況，心中像澆了一盆冷水一般，發了一回呆。因祝媽正來挖筍修竹，便怔怔地走出來，一時魂魄失守，心無所知，隨便坐在一塊山石上出神，不覺流

淚」。雪雁路過，見寶玉在桃花樹下托腮出神，流淚。回到瀟湘館，她問紫鵑，紫鵑知道這一哭因自己而起，連忙出門，找到寶玉，安慰解釋說「那兩句話，為的是大家好」，要寶玉別「賭氣」，「哭出病來唬我」。寶玉說：「誰賭氣了！我因為聽你說得有理，我想你們既然這樣說，自然別人也是這樣說，將來漸漸地都不理我了，我所以想著自己傷心。」

寶玉是情癡，自幼與女兒相處無礙，特別是他與林妹妹同榻起臥，同窗聊天，小臉相挨，秀髮相繚，他也知道男女成人，該有所戒嚴，但又無法接受因此遠他而去的純真純情，故而哭。接著紫鵑提起寶玉硬要賈母給黛玉每天一兩食用燕窩，體貼愛護妹妹。她假言林妹妹要回蘇州，試探寶玉。這給情癡寶玉造成巨大刺激：

> 寶玉笑道：「這要天天吃慣了，吃上三二年就好了。」紫鵑道：「這裡吃慣了，明年家去，哪裡有閒錢吃這個。」寶玉聽了，吃了一驚，忙問：「誰？往哪個家去？」紫鵑道：「你妹妹回蘇州家去。」寶玉笑道：「你又說白話。蘇州雖是原籍，因沒了姑父姑母，無人照看，才來了的。明年回去找誰？可見是扯謊。」紫鵑冷笑道：「你太小看人了。你們賈家獨是大族人口多的，除了你家，別人只得一父一母，房族中真個再無人了不成？我們姑娘來時，原是老太太心痛她年小，雖有叔伯，不如親父母，故此接來住幾年。大了該出閣時，自然要送還林家的。前日夜裡姑娘和我說了，叫我告訴你：將從前小時候玩的東西，有她送你的，叫你都打點出來還她。她也將你送她的打疊了在那裡呢。」寶玉聽了，便如頭頂響了一個焦雷一般。

這時晴雯來找寶玉回怡紅院去。「晴雯見他呆呆的，一頭熱汗，滿臉紫脹，忙拉著他的手，一直到怡紅院中。襲人見了這般，慌起來，……。無奈寶玉發熱事猶小可，更覺兩個眼珠兒直直的起來，口角邊津液流出，皆不知覺。給他個枕頭，他便睡下；扶他起來，他便坐著；倒了茶來，他便吃茶。……（眾人不敢造次去回賈母，請來李嬤嬤）一時李嬤嬤來了，看了半日，問他幾句話也無回答，用手向他脈門摸了摸，嘴唇人中上邊掐了兩下，掐的指印如許來深，竟也不覺疼。李嬤嬤只說了一聲『可了不得了』，『呀』的一聲便摟著放聲大哭起來。襲人忙拉她說：『你老人家瞧瞧，可怕不可怕？且告訴我們去回老太太、太太去。你老人家怎麼先哭起來？』李嬤嬤捶床搗枕說：『這可不中用了！我白操了一世心了！』襲人等以她年老多知，所以請她來看，如今見她這般一說，都信以為實，也都哭起來。」

襲人忙到瀟湘館問紫鵑，黛玉有如下反應：

（襲人）見紫鵑正服侍黛玉吃藥，也顧不得什麼，便走上去問紫鵑道：「你才和我們寶玉說了些什麼？你瞧他去，你回太太去，我也不管了！」說著，便坐在椅子上。黛玉忽見襲人滿面急怒，又有淚痕，舉止大變，便不免也慌了，忙問怎麼了。襲人定了一回，哭道：「不知紫鵑姑奶奶說了些什麼話，那個呆子眼也直了，手腳也冷了，話也不說了，李嬤嬤掐著也不疼了，已死了大半個了！連李嬤嬤都說不中用了，那裡放聲大哭。只怕這會子都死了！」黛玉一聽此言，李嬤嬤乃是久經的老嫗，說不中用，可知必不中用了。「哇」的一聲，將所服之藥一口吐出，抖腸搜肺，炙胃扇肝地痛聲大嗽了幾陣，一時面紅髮亂，目腫筋浮，喘得抬不起頭來。紫鵑忙上來捶背，

> 黛玉伏枕喘息半晌，推紫鵑道：「你不用捶，你竟拿繩子來勒死我是正經！」紫鵑哭道：「我並沒有說什麼，不過是說了幾句玩話，他就認真了。」襲人道：「你還不知道他，那傻子每每玩話認真了。」黛玉道：「你說了什麼話，趁早兒去解說，他只怕就醒過來了。」紫鵑聽說，忙下了床，同襲人到了怡紅院。

黛玉、寶玉倆情癡：寶玉因情迷心，神魂出竅，而黛玉因情傷心傷身，這懸在空中的情就是勒死她的「繩子」。在大觀園冷風冷雨的情夢裡，黛玉天天因情傷心，傷身，寶玉天天因情迷心，神魂出竅。請理解，他倆是癡情種：因情而癡，又知此情是一夢，自己完全無法操控，夢破即情空，一切空！故而彼此敏感，又敏感寶釵、賈母等等。

再看紫鵑來到怡紅院所見寶玉迷魂瘋癲：

> 誰知賈母、王夫人等已都在那裡了。賈母一見紫鵑，眼內出火，罵道：「你這小蹄子，和他說了什麼？」紫鵑忙道：「並沒說什麼，不過說幾句玩話。」誰知寶玉見了紫鵑，方「唉呀」了一聲，哭出來了。眾人一見，方都放下心來。賈母便拉住紫鵑，只當她得罪了寶玉，所以拉紫鵑命她賠罪。誰知寶玉一把拉住紫鵑，死也不放，說：「要去，連我也帶了去。」眾人不解，解問起來，方知紫鵑說「要回蘇州去」一句玩話引出來的。賈母流淚道：「我當有什麼要緊大事，原來是這句玩話。」又向紫鵑道：「你這孩子素日最是個聰明伶俐的，你又知道他有個呆根子，平白哄他做什麼？」

接著下人回林之孝家的、賴大家的來瞧寶玉；

寶玉聽了個「林」字，便滿床鬧起來說：「了不得，林家的人接她們來了。快打出去罷！」賈母聽了，也忙說：「打出去罷。」又忙安慰說：「那不是林家的人。林家的人都死絕了，沒有人來接她的，你只放心罷。」寶玉哭道：「憑他是誰，除了林妹妹，都不許姓林的！」賈母道：「沒姓林的來，凡姓林的我都打走了。」一面吩咐眾人：「以後別叫林之孝家的進園來，你們也別說『林』字。好孩子們，你們聽我這句話罷！」眾人忙答應，又不敢笑。一時寶玉又一眼看見十錦格子上陳設的一隻金西洋自行船，便指著亂叫說：「那不是接她們來的船來了，灣在那裡呢。」賈母忙命拿下來。襲人忙拿下來，寶玉伸手要，襲人遞過，寶玉便掖在被中，笑道：「可去不成了！」一面說，一面死拉住紫鵑不放。

接著大夫來了，診斷此病為「急痛迷心」。寶玉絕世第一情癡，情迷心竅，但又無法自主，時刻都有吹走林妹妹的暴風驟雨，自己卻只能眼睜睜的看著，無能為力。黛玉不時遣雪雁來探聽消息，盡知寶玉情景，「自己心中暗歎」，又「幸喜眾人都知寶玉原有些呆氣，自幼是他二人親密，如今紫鵑之戲語亦是常情，寶玉之病也非罕事，因不疑到別事去」。黛玉「暗歎」之歎是寶玉愛她不捨，又「幸喜」沒有人尤其是賈母、王夫人等人「不疑到別事去」。這「別事」就是指最為封建禮教忌恨的「愛情」。倆情癡一心渴求駕夢成真，又深深恐懼男女色戒柏林牆，故而情深深，疑懼深深，因此黛玉「聞得寶玉如此行景，未免又添些病症，多哭幾場」。紫鵑回來，說「寶玉的心到實，聽見咱們要去就那樣起來」，她勸說小姐「趁早兒老太太還明白硬朗的時節，做定了大事要緊」，「倘或老太太一時有個好歹，……只怕耽誤了時光，還不得稱心如意呢。……

所以說，拿主意要緊。姑娘是個明白人，豈不聞俗語說：『萬兩黃金容易得，知心一個也難求』。」看黛玉的反應：

> 黛玉聽了便說：「這丫頭今兒不瘋了？怎麼去了幾日，忽然變了一個人。我明兒必回老太太退回去，我不敢要你了。」紫鵑笑道：「我說的是好話，不過叫你心裡留神，並沒叫你去為非作歹，何苦回老太太，叫我吃了虧，又有何好處？」說著，竟自睡了。黛玉聽了這話，口內雖如此說，心內未嘗不傷感，待她睡了，便直泣了一夜，至天明方打了一個盹兒。

紫鵑好心，她知道寶黛情深，所以直言奉告，但黛玉自己不敢提及此事，如果自己有娘，她可以悄悄地將這害羞話告訴娘，讓娘去謀劃，爭取得到姥姥的首肯，但親娘去世，沒人可以幫助自己。

寶玉瘋癲，薛姨媽也在現場，反應的確老道。知道寶玉因聽紫鵑說黛玉要回蘇州而瘋傻，薛姨媽是這麼勸說賈母和老太太的：「寶玉本來心實，可巧林姑娘又是從小兒來的，他兄妹兩個一起長大，比別的姐妹更不同。這會子熱剌剌地說一個去，別說他是實心的傻孩子，便是冷心腸的大人也要傷心。這並不是什麼大病，老太太和姨太太只管萬安，吃一兩劑藥就好了。」

薛姨媽多次目睹寶黛親密，此次眼見寶玉聽紫鵑說黛玉回蘇州，就瘋了，聽紫鵑說解釋是「玩話」就清醒，薛姨媽會這麼沒有感覺？就看不出倆少男少女的私情？為了自己閨女，她特怕寵愛寶玉的賈母，立即讓寶黛訂婚，那麼自家閨女的「金玉良緣」就完了，故而身在現場，她立即以寶黛倆兄妹情深，掩蓋寶黛倆情癡之情深。

薛姨媽回家必定與寶釵說過這事，早知寶黛癡情的寶釵一

定更吃醋。就在這第五十七回，幾天後寶釵前往瀟湘館，沒料到母親先到。請看母女倆「假就是真，真就是假」，「任是無情也動人」的卓絕表演：

> 正值她母親也來瞧黛玉，正說閒話呢。寶釵笑道：「媽多早晚來的？我竟不知道。」（母女倆不約而同，各有其目的）薛姨媽道：「我這幾天忙，總沒來瞧瞧寶玉和她。所以今兒瞧他二人，都也好了。」（瞧二人病是假借人情世故，真在觀察捉摸應對。）黛玉忙讓寶釵坐了，因向寶釵道：「天下的事真是人想不到的，怎麼想得到姨媽和大舅母又作一門親家。」（說薛蝌與邢姑娘，為下述言談引子）薛姨媽道：「我的兒，你們女孩哪裡知道，自古道『千里姻緣一線牽』。管姻緣的有一位月下老人，預先註定，暗裡只用一根紅線把這兩人的腳絆住，憑你兩家隔著海，隔著國，有世仇，也終究有機會做了夫婦。這一件事都是出人意料之外，憑父母本人都願意了，或是年年在一處的，以為是定了的親事，若月下老人不用紅線拴的，再不能到一處。比如你姐妹兩個的婚姻，此刻也不知道在眼前，也不知在山南海北呢。」（這話就是對黛玉、寶釵二人說的，但意味不同。對黛玉意味是：小姑娘別自個幻想，一切聽命運安排，別自個苦自個。昨晚她一定以此話鼓勵過傷感的寶釵：『金玉良緣』就是月下老人預先註定紅線，寶黛二人只是癡心幻想，你別愁！）寶釵道：「惟有媽，說動話就拉上我們。」一面說，一面伏在她母親懷裡笑道：「咱們走罷。」（瞧，寶釵此言行當蘊含兩種意味：一則她一定想起昨晚母親的鼓勵言語，故而親昵回報母親；二則黛玉常因父母早死，自孤而傷感，此親母行為刺激黛玉，提示：我有媽媽，別跟我爭

寶玉。）黛玉笑道：「你瞧，這麼大了，離了姨媽她是最老道的，見了姨媽她就撒嬌兒。」（黛玉你還不知道？這是故意做給你看的！）薛姨媽用手摩弄著寶釵，歎向黛玉道：「你這姐姐就和鳳哥兒在老太太跟前一樣，有了正經事就和她商量，沒了事辛虧她開開我的心。我見了她這樣，有多少愁不散的。」（母女配合，刺傷黛玉。）黛玉聽說，流淚歎道：「她偏偏在這裡這樣，分明是氣我沒娘的人，故意來刺我的眼。」（黛玉明白過來，哭了！薛姨媽母女倆達到了目的。黛玉，你不知她們母女倆攜手？）寶釵笑道：「媽你瞧她的輕狂勁，倒說我撒嬌兒。」（如果無意刺黛玉，見黛玉因此傷心當安慰，當收斂，而她反而「笑」黛玉「輕狂」。這笑當是得意之笑！）薛姨媽道：「也怨不得她傷心，可憐沒父母，到底沒個親人。」（似乎同情，實則傷情。）又摩挲黛玉笑道：「好孩子別哭。你見我疼你姐姐你傷心了，你不知道我心裡更疼你呢。你姐姐雖沒了父親，到底有我，有親哥哥，這就比你強了。（繼續刺傷黛玉。）我每每和你姐姐說，心裡很疼你，只是外頭不好帶出來。你這裡人多嘴雜，說好話的人少，說歹話的人多，不說你無依無靠，為人做人配人疼，只說我們看老太太疼你了，我們也亀上水去了。」（這話是為自己圓謊。過去疏遠，因為釵、黛爭「寶」，後來變換策略，寶釵企圖以德服黛玉，讓她感恩而退，順從天命，故有此行此言。）黛玉笑道：「姨媽既然這麼說，我明日就認姨媽做娘，姨媽若是棄嫌不認，便是假意疼我了。」（黛玉特聰明，就看是否假意。）薛姨媽道：「你不厭我，就認了才好。」（此為無奈之言，因話已出。）寶釵忙道：「認不得的。」（寶釵見狀，緊急反應，特老

道。）黛玉道：「怎麼認不得？」寶釵笑問道：「我且問你，我哥哥還沒定親事，為什麼反將邢妹妹先說給我兄弟了，什麼道理？」黛玉道：「他不在家，或是屬相生日不對，所以先說與兄弟了。」寶釵笑道：「不是這樣。我哥哥已經相准了，只等來家就下定了，也不必提出人來，我方才說你認不得娘，你仔細想去。」說著，便和她母親，擠眼兒發笑。黛玉聽了，便也一頭伏在薛姨媽身上，說道：「姨媽不打她我不依。」薛姨媽忙也摟她笑道：「你別信你姐姐的話，她是玩你呢。」寶釵笑道：「真個的，媽明兒和老太太求了她做媳婦，豈不比外頭尋得好？」黛玉便攏上來要抓她，口內笑說：「你越發瘋了！」（寶釵此言分明是傷害黛玉：她不知道自己呆霸王哥哥是第一臭男人？）薛姨媽忙也笑勸，用手分開方罷。因又向寶釵道：「連邢姑娘我還怕你哥哥糟蹋了她，所以給你兄弟說了。別說這孩子，我也斷不肯給他。（薛姨媽也知道此言過分，故而以玩笑開脫，但如果她有權利許配黛玉給呆霸王，她一定願意，既分裂寶黛之戀，又成『金玉良緣』。然而她知道：她想配邢姑娘給呆霸王，邢夫人肯定不願意，想娶黛玉給薛蟠，賈母肯定大怒。）前兒老太太因要把你妹妹說給寶玉，偏生又有了人家，不然倒是一門好親。（繼續以寶琴說親事刺傷黛玉。）前兒我說定了邢姑娘，老太太還取笑說：『我原要說她的人，誰知她的人沒到手，倒被她說了我們的一個去了。』雖是玩話，細想來倒有些意思。我想寶琴雖有了人家，我雖沒人可給，難道一句話也不說？我想著你寶兄弟老太太那樣疼他，他又生得那樣，若要外頭說去，斷不中意。不如竟把你林妹妹定與他，豈不四角俱全？」（說這話，就

是試探黛玉，確定是否寶黛相愛。母女攜手而來就這目的。）林黛玉先還怔怔的，聽後來見說到自己身上，便啐了寶釵一口，紅了臉，拉著寶釵笑道：「我只打你！你為什麼招出姨媽這些老沒正經的話來？」（這是黛玉因情與奮而紅顏，而笑，暴露真情，一定在薛姨媽眼中。）寶釵笑道：「這可奇了！媽說你，為什麼打我？」紫鵑忙也跑來笑道：「姨太太既有這主意，為什麼不和太太說去？」薛姨媽哈哈笑道：「你這孩子，急什麼，想必催著你姑娘出了閣，你也要早些尋一個小女婿去了。」（貼身丫鬟定知姑娘心。這也在薛姨媽眼中，故而有此回復。）紫鵑聽了，也紅了臉，笑道：「姨太太真個倚老賣老的起來。」說著，便轉身去了。黛玉先罵：「又與你這蹄子什麼相干！」後來見了這樣，也笑起來說：「阿彌陀佛！該，該，該！也弄一鼻子灰去了！」薛姨媽母女及屋內婆子、丫鬟都笑起來。婆子們也因笑道：「姨太太雖是玩話，卻到也不差呢。到閒了時和老太太一商議，姨太太竟做媒保成這門親事是千妥萬妥的。」薛姨媽道：「我一出這主意，老太太必歡喜了。」（看到滿屋子的人都笑著贊同，薛姨媽應知瀟湘館人人皆知寶黛癡情，故而她沒有笑。出此言，實在言不由衷。我們知道，此前此後她從來沒有對賈母、王夫人說過這話。為了寶釵，為了寶黛，她真該促成寶黛姻緣。可惜她不知道寶黛情癡，身心一體不可分；撕裂黛玉，寶玉身心皆血，豈可再與她寶貝女兒成金玉良緣？）

這一番關鍵對話因史湘雲的到來被打斷了。回家去後，母女倆一定議論，繼續爭取賈母、王夫人之心，借東風，奪寶玉，成就「金玉良緣」。的確，在賈府，薛家母子以仁德待人，這

一回寶釵來黛玉瀟湘館途中，巧遇穿得單薄的薛蝌未婚妻邢岫煙，詢問得知她姑媽邢夫人叫岫煙省一兩銀子給爹媽，還得拿錢打酒買點心打點婆子丫頭。岫煙錢不夠，就把綿衣當了幾吊錢使用。寶釵感歎不已，要岫煙將二兩銀子都給爹媽，不再給婆子丫頭吃的。要東西，只管找她，並要來當票，自己派丫鬟取回綿衣。可以說，這親戚之間的憐憫體貼真讓人感動，她們母子對黛玉也憐憫體貼，但這憐憫體貼目的在以德服人，橫刀奪寶玉，又讓人感覺母女倆祖傳冷香丸的「一陣陣涼森森甜絲絲的幽香」，而且「任是無情也動人」。

　　第五十八回皇宮老太妃去世，賈母等人皆入朝隨祭，託付薛姨媽照管黛玉。薛姨媽挪至瀟湘館與黛玉同房，「一應藥餌飲食十分精心。黛玉感戴不盡」，與寶釵、寶琴「儼似同胞共出，較諸人更親切」。第五十八回寶玉來瀟湘館瞧黛玉，「瞧黛玉益發瘦得可憐，問起來，比往日也算大好了些。黛玉見他也比先大瘦了，想起往日之事，不免流下淚來，些微談了談，便催寶玉去歇息，調養」。薛姨媽照管黛玉，但沒有履行為黛玉說親寶玉之諾言，可見說親之言是試探，而且薛姨媽在瀟湘館，寶黛二人反而不便。寶黛知道，得到媽媽輔佐的寶釵，更是木石前盟的大敵，故而第六十二回寶釵以射覆形式向寶玉求愛，遭到寶玉直言拒絕。

　　（二十八）寶玉「敲斷玉釵紅燭冷」再次拒絕寶釵　寶釵執意「借東風」

　　第六十二回《憨湘雲醉眠芍藥裀　呆香菱情解石榴裙》寶玉、寶琴、邢岫煙、平兒四人生日，女兒們一起到沁芳亭邊園

子中祝賀四人生日。作覆射字謎[14]遊戲時，寶釵以覆射形式示愛，寶玉以覆射形式直言拒絕寶釵：

> 寶玉可巧和寶釵對了點子。寶釵覆了一個「寶」字，寶玉想了一想，便知是寶釵作戲指自己所佩通靈玉而言，便笑道：「姐姐拿我作雅謔，我卻射著了。說出來姐姐別惱，就是姐姐的諱『釵』字就是了。」眾人道：「怎麼解？」寶玉道：「她說『寶』底下自然是『玉』了。我射『釵』字，舊詩曾有『敲斷玉釵紅燭冷』，豈不射著了。」

　　這一射明擺著是拒絕寶釵，叫她別想「寶玉」、「金玉良緣」。「敲斷玉釵紅燭冷」，即我這「玉」、與你這「釵」不是一對，會被我「敲斷」，即便新婚，「紅燭」也會冷。結局果然如此。文中沒說寶釵與黛玉的反應，寶釵一定傷心，而黛玉一定得到莫大感情慰藉。

　　當晚（第六十三回）怡紅院丫頭們為寶玉夜宴祝壽，請來黛玉、寶釵、史湘雲、李紈。大家抽籤。寶釵抽的籤：

> 大家看，只見簽上畫著一支牡丹，題著「豔冠群芳」四字，下面鐫的小字一句唐詩，道是：「任是無情也動人。」又注著：「在席共賀一杯，此為群芳之冠，隨意命人，不拘詩詞雅謔或新曲一支為賀」。

　　同時小戲子芳官唱的曲子《賞花時》卻是：「翠鳳毛翎紮帚叉，閑踏天門掃落花。」文中寫道：「寶玉卻只管拿著那籤，

---

[14] 古時一種遊戲。其基本方法是藏某物或一人說出一字，以該字隱某物，令對方也以一字射此物。

口內顛來倒去念『任是無情也動人』，聽了這曲子，眼看著芳官不語。」

在中國封建社會，牡丹可是富貴的象徵。皇商豐厚家底的冷美人寶釵，就是「豔冠群芳」的牡丹。「任是無情也動人」是寶釵的人格個性，能將無情做得「動人，可是無情者的至高境界。文中沒有直寫寶玉所想，只描述他「口內顛來倒去念『任是無情也動人』，聽了《賞花時》曲子，眼看著芳官不語。」他一定非常迷惑，無法接受：寶釵竟然是「豔冠群芳」？而且「任是無情也動人」？聽了芳官所唱，他「眼看著芳官不語」，心裡當想：冠壓群芳，就是富貴的「牡丹花開」而「百花失色」，這不是無情得非常動人嗎？而芳官所唱「翠鳳毛翎棨帶叉，閑踏天門掃落花。」即「翠鳳毛翎（鳳姐）棨帶叉（寶釵），閑踏天門掃落花（黛玉）。後來第八十四回果然是「翠鳳毛翎（鳳姐）」「棨」成「帶叉」（說成金玉良緣），撕裂寶黛二玉，黛玉飄然零落，入花塚。

此刻寶玉深知寶釵真是他與黛玉木石前盟的剋星。果然，輪到黛玉抽籤，她默默地想道：「不知還有什麼好的被我抽著方好。」伸手抽出一根畫著一枝芙蓉籤，題著「風露清愁」四字，一句舊詩道：「莫怨東風當自嗟」。「莫怨東風當自嗟」即提醒黛玉不應怨恨賈母這些東風，應嗟歎自己不會討好「東風」，借東風。

接著「只聽有人叫門，老婆子忙出去問時，原來是薛姨媽打發人來接黛玉的」。要吃藥的黛玉就回去了。可見薛家母女倆似乎宅心仁厚，真對黛玉好，但她母女以德服人，奪走寶玉，致黛玉於死地呀！真是「任是無情也動人」呀！

寶釵得「豔冠群芳」的牡丹籤，黛玉得「莫怨東風當自嗟」的芙蓉籤。對此寶釵、寶黛雙方一定印象深刻，以為命中註定：

「東風」助寶釵。故而經歷過尤三姐、尤二姐慘死之後，到第七十回《林黛玉重建桃花社　史湘雲偶填柳絮詞》史湘雲寫成小令《如夢令》吟詠柳絮。黛玉興動，請來眾位姑娘，以柳絮為題，限各色小調。姑娘們小令都與自己命運相關。黛玉的《唐多令》怨「東風」，而寶釵的《臨江仙》讚「東風」，借東風。

黛玉《唐多令》歎柳絮，怨「東風」：

> 粉墮百花洲，香殘燕子樓。一團團，逐對成球。漂泊亦如人命薄，空繾綣，說風流。草木也知愁，韶華竟白頭！
> 歎今生誰舍誰收？嫁與東風春不管，憑爾去，忍掩留。

「粉墮百花洲，香殘燕子樓。一團團，逐對成球。」黛玉借柳絮自歎，她與寶玉被東風摧殘，一如柳絮「粉墮百花洲，香殘燕子樓」，但飄零中依然堅持「一團團，逐對成球」。

「漂泊也如人命薄，空繾綣，說風流。」黛玉借柳絮比擬「人命」而自歎：柳絮漂泊無依如紅顏薄命不能自主，繾綣情愛成空，「風流」只是人們飯後茶餘的笑談。

「嘆今生誰舍誰收？嫁與東風春不管，憑爾去，忍掩留。」黛玉借柳絮自歎「今生誰舍誰收？」。被東風吹飄的柳絮，司春神也無可奈何，只好說「憑爾去，忍掩留」。

被寶玉多次拒絕的寶釵《臨江仙》卻讚這「東風」，執意借東風：

> 白玉堂前春解舞，東風卷得均勻。蜂團蝶陣亂紛紛，幾曾隨流水，豈必委芳塵。
> 萬縷千絲終不改，任它隨聚隨分。韶華休笑本無根。好風憑藉力，送我上青雲。

這首詩洩露寶釵本性「涼森森」。她預料黛玉會死，而寶

玉會忘了她，故而她執意借東風，撕裂木石前盟，成就金玉良緣。

「白玉堂前春解舞，東風卷得均勻。」柳絮慘然飛落，在她看來是「春解舞（春風懂得舞技）」，是「東風卷得均勻」。暗指賈母、王夫人、元妃親近她寶釵，疏遠黛玉，深知她與寶玉方為良緣。

「蜂團蝶陣亂紛紛，幾曾隨流水，豈必委芳塵」（東風吹來，柳絮飄落入水，蜂團蝶陣一時間亂紛紛，但幾曾見蜂蝶緊貼流水，追尋柳絮？蜂蝶委身已成芳塵的柳絮？）暗指賈母、元妃等東風吹得黛玉柳絮般飄落，使得寶玉「蜂團蝶陣亂紛紛」般瘋癲，但黛玉零落，他不會追尋她而去，更不會委身已成塵土的黛玉的。可見她知道寶黛癡情相戀，寶玉因此瘋癲，黛玉因此病重，她預料必死，但寶玉不會隨她而去。

「萬縷千絲終不改，任它隨聚隨分」即柳絮飄落，而自己猶如柳條，萬縷千絲不改金玉良緣的初衷，而寶黛相愛一如蜂蝶柳絮，「任它隨聚隨分」，我並不介懷。

最後「韶華休笑本無根。好風憑藉力，送我上青雲。」寶釵自己也化身柳絮說：春光明媚，你休笑我這柳絮無根，「好風憑藉力，送我上青雲」就是點題：賈母、王夫人、薛姨媽、王熙鳳這些「好風」們，一定會「送我上青雲」！

這就是冷美人冷香丸薛寶釵。明知寶黛木石前盟被撕裂，黛玉會死，但她預料寶玉愛黛玉一如蜂蝶愛柳絮：柳絮落水漂走，蜂蝶不會隨水而去；柳絮成塵土，蜂蝶也不會委身塵土的，還是會屬於她的，故而她「萬縷千絲中終不改」，一心借東風，撕裂木石前盟，成就金玉良緣：「好風憑藉力送我上青雲！」

繼而姑娘們放風箏。寶釵「一連七個大雁」風箏，都飛升起來，真真正正是「好風憑藉力，送我上青雲」。

　　寶玉在黛玉指導下，風箏也飛起來了，但黛玉的風箏，因「風力過大」，她不能控制，只得鉸斷線，「那風箏飄飄搖搖，只管往後退了去，一時只有雞蛋大小，轉眼只剩了一點黑星，再轉眼便不見了。」「寶玉歎息：『可惜不知落在哪裡去了。若落在有人煙處，被小孩得了還好；若落在荒郊野外無人處，我替它寂寞。想起來把我這個放去，叫它們兩個做伴罷。』於是也用剪子剪斷，照先放去。」

　　這倆風箏就是他倆情愛的象徵。最後寶釵借東風成功，撕裂木石前盟，成就金玉良緣，黛玉飄落，寶玉「空對著山中高士晶瑩雪，終不忘世外仙姝寂寞林」而出家，漂泊江湖，尋找黛玉。

　　寶黛二玉倆情癡，你們怨東風，也該借東風啊！如果我是寶玉，我一定在第二天俯身草叢，見林妹妹來了，便起身攔住她，哭求她共謀如何成就木石姻緣。然後選擇一個賈母、王夫人、賈政都在場的時機，林妹妹苦口良言，勸告寶哥哥，潛心科舉功名，我這寶哥哥立馬做出頓悟勵志狀，讓賈政、王夫人、賈母驚喜。接著，林妹妹在旁研墨烹茶，我寶玉頭懸樑，錐刺股地勤奮，賈政、王夫人、賈母會更驚喜。最後我寶玉中了舉，再殿試成了狀元，封官揚州，回賈府說：「非林妹妹不娶！」已經驚暈的賈母、王夫人、賈政當然早有此意。於是寶黛成婚，攜手告別寶釵，倆情癡赴揚州。寶玉做一個清官，黛玉做一個賢妻良母兼著名詩人「絳珠仙子」。如果人間不容清官，寶黛攜手抱子歸隱，小橋門第，流水書香，麥箕高歌，一家三口，詩歌一生，一生詩歌……但這一切，只是我的夢，罷了，罷了！

　　（二十九）黛玉女權宣言《五美吟》　寶釵繼續借東風

　　緊承其上，第六十四回《幽淑女悲題五美吟　浪蕩子情遺九龍佩》前者說黛玉悲吟古代五美女，明確表達了女權思想。

寶玉聽雪雁說黛玉流淚寫詩，然後瓜果祭奠，自想此時非姑爹姑媽祭辰，不知為誰而祭，前往寬解「一處長大，情投意合，又願同生死」的妹妹。兩人言談間「無語對泣」，寶玉發現了黛玉所寫「五美吟」，方知此祭酒是祭祀死於封建社會皇權、族權、男權的五個美女，而《五美吟》就是黛玉的女權宣言和自身人格體現。恰好寶釵走來，寶玉邀請她共讀。

第一首《西施》：

> 一代傾城逐浪花，吳官空自憶兒家。
> 效顰莫笑東施女，頭白溪邊尚浣紗。

譯詩：

> 西施一顧傾城被棄大江逐浪花，惟有吳國宮人憶念她。
> 東施效顰君莫笑，她頭髮白了，還在溪水邊搗衣浣紗。

戰國時越國被吳國打敗，越王勾踐欲滅吳國復仇。西施原是越國若耶溪邊的浣紗女，因貌美被越王勾踐選中，送給吳王夫差，成為蠱惑吳王，滅吳國的工具。《墨子·親士篇》記載後來越滅吳，沉西施於江。所謂越王謀臣范蠡帶著西施歸隱江湖都是後人杜撰。西施有胃病，犯病時常以手掩胸，皺眉，比平時更美又更令人心痛。同村有一醜女東施，模仿西施捂胸皺眉，反而更醜。這就是成語「東施效顰」。

黛玉此詩則將西施與東施對比。歎息西施「一代傾城」之美，卻沒有支配自己命運的權利，成為越王蠱惑吳王夫差的工具，最後落得一個沉江「逐浪花」的悲劇結局。仿效西施被人笑話的東施，雖醜陋，頭髮白了還在若耶溪邊清水浣紗哩。黛玉對美女沒有自我權利的歎惋、控訴在此詩中表現得非常突出：她寧願做一個自由的東施，不願做一個被皇權、族權、夫

權支配的西施。

第二首《虞姬》：

> 腸斷烏騅夜嘯風，虞兮幽恨對重瞳。
> 黥彭甘受他年醢，飲劍何如楚帳中。

重瞳指項羽。《史記·項羽本紀》記載西楚霸王項羽乃重瞳子，即眼中有兩個瞳孔的人。項羽坐騎有烏騅馬，有愛姬名虞，常隨他出征。垓下之戰，項羽被漢軍包圍，夜聞四面楚歌，以為劉邦佔領楚地。二人悲哀對歌，項羽悲歌慷概：「力拔山兮氣蓋世，時不利兮騅不逝。騅不逝兮可奈何，虞兮虞兮奈若何！」虞姬亦歌相和。據《楚漢春秋》記載，虞姬之歌為：「漢兵已略地，四方楚歌聲。大王意氣盡，賤妾何聊生。」後人據此衍成虞姬自刎於帳中的故事。黥布、彭越本為項羽部將，後來卻投降劉邦，為劉邦滅項羽立下大功。後來居功自傲，起兵謀反被誅殺，剁成肉醬。在詩中，黥布、彭越為虞姬和項羽的反襯對比：虞姬因情共死，黥布、彭越背主而亡。

譯詩：

> 烏騅長嘯腸斷離，虞姬和歌哭項羽。
> 黥彭降漢被剁醢，何如虞姬飲劍楚帳中。

黛玉借此表達即便寶黛二玉木石前盟四面楚歌，敗局已定，自己願做虞姬情戀英雄而死，也決不投降。

第三首《明妃》：

> 絕豔驚人出漢宮，紅顏命薄古今同。
> 君王縱使輕顏色，予奪權何畀畫工？

明妃即王昭君，晉時因避晉文帝司馬昭諱，改稱明君或明

妃。據《西京雜記》載，王昭君於西元前五十二年出生於南郡
秭歸縣寶坪村（今湖北省興山縣昭君村）。其父王穰老來得女，
視為掌上明珠，兄嫂也對其寵愛有加。王昭君天生麗質，聰慧
異常，琴棋書畫，無所不精，「娥眉絕世不可尋，能使花羞在上
林」。昭君的絕世才貌，順著香溪水傳遍南郡，傳至京城。西元
前三十六年，漢元帝昭示天下，遍選秀女。王昭君為南郡首選。
元帝下詔，命其擇吉日進京。其父王穰云：「小女年紀尚幼，難
以應命。」無奈聖命難違。西元前三十六年仲春，王昭君淚別
父母鄉親，登上官船順香溪，入長江、逆漢水、過秦嶺，歷時
三月之久，於同年初夏到達京城長安，在掖庭待詔。漢元帝命
畫師畫後宮美女人像，按圖召幸。宮中美女多賄賂畫師，獨昭
君不肯，畫師毛延壽將她的畫像醜化以致不得召見。時匈奴呼
韓邪單于入朝求和親，元帝賜昭君。臨去辭行，漢元帝目睹昭
君貌為後宮第一，後悔但無法挽回。王昭君是否入宮，權不在
自己！是否得幸皇上，權不在自己！最後卻成為兩國統治者相
互贈送的禮品而投身匈奴王！君王「輕顏色」，拘禁紅顏在冷
宮，他還將這「予奪權」給畫工。黛玉此詩譴責的就是以女人
為奴的皇權、族權、夫權社會：自古紅顏多薄命，就因權不在
女兒手掌中。

第四首《綠珠》：

> 瓦礫明珠一例拋，何曾石尉重嬌嬈？
> 都緣頑福前生造，更有同歸慰寂寥。

譯詩：

> 石崇殺妾如拋瓦，何曾憐憫女兒美。
> 綠珠石崇同頑福，同死同穴同寂寞。

　　此詩譴責晉代石崇，諷刺為石崇而死的綠珠。石崇因曾官任南蠻校尉而稱石尉，綠珠是石崇侍妾。第一句說的就是石崇亂殺美人如同拋瓦礫。《世說新語·汰侈》載石崇豪富，生活奢侈，侍妾多，美而豔。他常使侍妾侍酒，客人飲酒不盡，即斬殺侍妾，全無人性。《晉書·石崇傳》記載石崇參與八王之亂被殺。此前孫秀曾向石崇索取綠珠，石崇不給，孫秀即傳晉惠帝令逮捕石崇。石崇對綠珠說：「我今為你得罪。」綠珠乃哭泣跳樓自盡。黛玉揭示綠珠為石崇而死的本質：二人共用前身所造「頑福」，死時當然也「同歸慰寂寥」。

　　與《虞姬》對比，黛玉讚頌為英雄項羽而死的虞姬，貶損為石崇這樣全無人性的傢夥共享無道頑福而死的綠珠。

　　第五首《紅拂》：

　　　　長揖雄談態自殊，美人巨眼識窮途。
　　　　屍居餘氣楊公幕，豈得羈縻女丈夫？

　　紅拂為唐代杜光庭小說《虯髯客傳》中女主人公。

　　第一句「長揖雄談態自殊，美人巨眼識窮途。」說紅拂女慧眼識英雄李靖。紅拂原為隋朝丞相楊素的歌舞妓，常執紅拂侍候，因以為名。後為唐太宗兵部尚書的李靖當時為窮途布衣，拜見楊素。二人交談，李靖獻奇策，騁談雄辯，侍候的紅拂注目李靖，慧眼識英雄。

　　第二句「屍居餘氣楊公幕，豈得羈縻女丈夫。」楊素不採納李靖謀略，李靖憤然離開。當晚紅拂夜奔李靖，倆人結為夫婦，決定離開小人楊素，同往李世民所在的太原。李靖擔心楊素派人追索，紅拂曰：「彼屍居餘氣（只剩一口氣的死屍），不足畏也。」二人當晚上馬馳騁而去，故而黛玉讚歎「屍居餘氣楊公幕，豈得羈縻女丈夫！」

　　李靖輔佐李世民推翻暴虐隋朝，建立唐朝，任兵部尚書、尚書省僕射、封衛國公，紅拂也為衛國夫人。黛玉此詩讚紅拂慧眼識英雄：只因「長揖雄談態自殊」，就有「美人巨眼識窮途」，而「屍居餘氣楊公」，豈能「羈縻」紅拂「女丈夫」！可見黛玉切望能幸遇英雄，慧眼識英雄，跟隨英雄，馳騁天下。真女丈夫也！

　　《五美吟》是黛玉為女性自己決定自己命運呼喊！她情願身為自由醜女東施，不願做帝王交易籌碼的絲毫沒有人生自我支配權的美女西施、王昭君；她發誓自己四面楚歌，也絕不放棄與寶玉締結的木石前盟，情願做事業不成自刎的虞姬；更願是慧眼有幸得識李靖，夫妻相隨，滅暴虐，平天下的紅拂女。這是黛玉的女權主義宣言！更是曹雪芹代表女子發表的女權主義宣言！人們以為寫《第二性》（1949 年出版於法國）的（法）西蒙娜·德·波伏娃為女權主義奠基人，通觀《紅樓夢》（大約寫於 1751－1762 年），曹翁雪芹才是女權主義奠基人。

　　文中說：寶玉看了，讚不絕口，又說道：「妹妹這詩恰好作了五首，何不就名曰《五美吟》！」

　　寶玉獨具慧眼，一定讀懂了這五首詩，而同讀此詩的寶釵也誇讚一番，但只不過以為「善翻古人之意」，「各出已見，不與人同」，「林妹妹這五首詩，也可謂命意新奇，別開生面」。在寶釵看來，黛玉所求不過詩意翻新，而與女權無關。寶釵可完全沒有女權的念頭，她可是皇權、官權、族權、夫權的奴性代表，遵奉三從四德，她不講情感，是「任是無情也動人」的冷美人，是「甜絲絲涼森森」的「冷香丸」，以為門第相當的「金玉」方是「良緣」。

　　寶釵繼續借「東風」，一如《三國演義》諸葛亮七星臺披髮仗劍，念咒借東風。此前交代寶釵「借東風」，其方式有三：

寶釵封建禮教閨閣典範的人格個性、世俗老道特有心計的高超
媚人術、皇商家底的財物攻勢。第七十七回《俏丫鬟抱屈夭風
流　美優伶斬情歸水月》當時王熙鳳生病，配調藥「調經養榮
丸」，需用上等人參二兩，王夫人四處尋找，沒有，一時著急，
要周瑞家的派人上街去買。恰好寶釵在場，她精於市場行情，
世襲皇商家庭出身嘛：

> 周瑞家的方才要去時，寶釵因在坐，乃笑道：「姨娘且住。
> 如今外頭賣的人參都沒好的。雖有一枝全的，他們也必
> 截做兩三段，鑲嵌上蘆泡須枝，摻勻了好賣，看不得粗
> 細。我們鋪子裡常和參行交易，如今我去和媽說了，叫
> 哥哥去托個夥計過去和參行商議說明，叫他把未作的原
> 枝好參兌二兩來。不妨咱們多使幾兩銀子，也得了好的。」
> 王夫人笑道：「倒是你明白。就難為你親自走一趟更好。」
> 於是寶釵去了，半日回來說：「已遣人去，趕晚就有回信
> 的。明日一早去配也不遲。」王夫人自是喜悅，因說道：
> 「『賣油的娘子水梳頭』，自來家裡有好的，不知給了人
> 多少。這會子輪到自己用，反倒各處求人去了。」說畢
> 長歎。寶釵笑道：「這東西雖然值錢，究竟不過是藥，原
> 該濟眾散人才是。咱們比不得那沒見世面的人家，得了
> 這個，就珍藏密斂的。」王夫人點頭道：「這話極是。」

寶釵言語見識，王夫人必定看好。在第三十五回賈母誇寶
釵，薛姨媽假意謙虛，「<u>王夫人忙又笑道：『老太太時常背地裡
和我說寶丫頭好，這倒不是假說。』</u>」這也是借賈母之口表達
自己的意見。

而黛玉則總感覺「東風惡」，會撕裂她和寶玉，故敏感，
故多病，更敏感。第七十九回寶玉在芙蓉花前祭奠死去的晴雯，

自作一篇誄文《芙蓉女兒誄》，前序後歌。黛玉暗中聽見，稱讚此祭文「新奇」，但以為「紅綃帳裡，公子多情；黃土壟中，女兒薄命」一句「未免熟濫」。寶玉在她的指導下改成「茜紗窗下，我本無緣；黃土壟中，卿何薄命」。黛玉就有以下敏感反應：

> 黛玉聽了，忡然變色，心中雖有無限的狐疑亂擬，外面卻不肯露出來，反連忙點頭稱妙，說：「果然改得好……。」一面說話，一面咳嗽起來。

（三十）目睹迎春不幸，黛玉要寶玉讀書自立

　　第八十一回《占旺象四美釣遊魚　奉嚴詞兩番入家塾》嫁給孫紹祖的迎春回家，哭訴色鬼孫紹祖之惡毒。聞知迎春悲劇，「王夫人眾姐妹無不落淚」，無可奈何的王夫人說：「我的兒，這也是你的命。」而「邢夫人本不在意，也不問夫妻和睦，家務煩難，只是面情塞責而已。迎春無奈孫紹祖之惡，只得勉強回去」。邢夫人像沒有這事。寶玉哭求母親：索性回明老太太，把二姐姐接回來，不再回孫紹祖家。王夫人反笑他「發了呆氣」，說「嫁出去的女孩兒潑出去的水」，說女兒「嫁雞隨雞，嫁狗隨狗」。寶玉一肚子氣悶悲哀無處可發洩，走進瀟湘館「便放聲大哭」。黛玉聽寶玉說了迎春的遭遇，「把頭漸漸低了下去，身子漸漸退至炕上，……兩個眼圈兒已經哭得通紅了。」

　　賈政得知迎春苦，其言傳統，可笑：「生女兒不得濟，還是別人家的人；生兒若不濟事，關係非淺。」故而他傳見寶玉，要他學八股文章，要他「學個成人的舉業」。次日一早，賈政親自送不願意作「國賊祿鬼」的寶玉來到家塾，面見主教賈代儒，再次囑託一番：「目今只求叫他讀書、講書、作文章。」寶玉熬到下午放學，急忙去見黛玉，有「死而復生」的感覺。

這時面對賈府男子濫性，家業衰敗，也知道丈夫是女人終生依靠，黛玉悟知寶玉必須自立，方可以操控他與她的命運。對寶玉讀書這個老大難問題，原本讚賞寶玉不做國賊祿鬼的黛玉的態度有了變化：

> 黛玉微微地一笑，因叫紫鵑：「把我的龍井茶給二爺沏一碗。二爺如今念書了，比不得頭裡。」紫鵑笑著答應，去拿茶葉，叫小丫頭沏茶。寶玉接著說道：「還提什麼念書，我最厭這些道學話。更可笑的是八股文章，拿它誆功名混飯吃也罷了，還要說代聖人立言。好些的，不過拿些經書湊搭湊搭還罷了；更又可笑的，肚子裡原沒有什麼，東拉西扯，弄得牛鬼蛇神，還自以為博奧。這拿哪裡是闡發聖賢的道理？目下老爺口口聲聲叫我學這個，我又不敢違拗，你這會子還提念書呢！」黛玉道：「我們女孩兒家雖然不要這個，但小時候跟雨村先生念書，也曾看過。內中也有近情理的，也有清微淡遠的。那時候雖不大懂，也覺得好，不可一概抹倒。況且你要取功名，這個也清貴些。」寶玉聽到這裡，覺得不甚入耳，因想黛玉從來不是這樣的人，怎麼也勢欲薰心起來？又不敢在她跟前駁回，只在鼻子眼裡笑了一聲。

此論誰對誰錯，非常明白。封建專制社會，多國賊祿鬼如賈雨村之流，也有代聖人立言且躬行如王安石另類少數人。八股文中多誆功名，混飯吃且自以為博奧一類，也有代聖人立言少數文章，如黛玉所言「近情近理，清微淡遠」者。文如其人，能作「近情近理」之文者必是「近情近理」之人，定不會是孫紹祖這樣的中山狼；能做「清微淡遠」文者，一定是「輕微淡遠」之人，定不會是將家中女子都淫遍的孫紹祖之流。故而黛

玉改變自己想法，要寶玉讀書，是要他做一個「近情近理，清微淡遠」的人，而非中山狼孫紹祖之流。

就倆情癡而言，黛玉多次對寶玉談及賈府坐吃山空，岌岌可危。男兒當自立自強，方可免大廈傾，樑柱頹而自己流離無所依。前此筆者設想，如果寶黛二人謀畫，在一個聚宴場面，黛玉勸告寶玉功名仕進，寶玉作頓悟狀，從此潛心科舉。一舉成功後，他宣告非黛玉不娶。賈母、賈政、王夫人當然早有此意。這樣成婚後，黛玉隨寶玉前往蘇州上任，寶玉為官廉潔高效，黛玉相夫教子，琴瑟和諧。如果寶玉因清廉而不為世所容，夫妻可攜子隱居林草鳥蝶間，小橋流水相伴一生。然而這一切均是我的夢，也許這也是黛玉的夢，但黛玉在現實中總是噩夢。

現實就是噩夢。專制獨裁專業盛產貪官污吏，故而民諺說：「好人不當官，當官無好人。」《紅樓夢》有好官嗎？沒有！當時的清朝有好官嗎？沒有！民諺說：「三年清知府，十萬雪花銀」。黛玉出此言實在迫不得已，一在寶玉讀書做官能操控寶黛二人的命運，實現木石前盟。二在即使賈府傾塌，寶黛也能自立自理自治。然而，如果寶玉真成進士而為官，墜身官場糞坑，能潔身自好嗎？如果適逢某位親戚薛蟠一樣殺人，身為高官的寶玉能判他死刑？真能成出污泥而不染的荷花？故而孔子說「邦有道則仕，邦無道則隱。」

黛玉贊同寶玉取功名，一在自主人生，二在取得一個近情近理、清微淡遠的人格。

（三十一）現世的噩夢與噩夢的現世：寶黛同驚

第八十二回《老學究講義警頑心　病瀟湘癡魂驚噩夢》黛玉的噩夢。噩夢之前的現實似乎一片吉祥。當時寶玉上學，襲人得到王夫人明示將來是寶玉姨太太，她想到晴雯，「想到自己終生本不是寶玉正配，原是偏房。寶玉的為人，卻還拿得住，

只怕娶了一個厲害的，自己便是尤二姐、香菱的後身。素來看賈母、王夫人光景及鳳姐往往露出話來，自然是黛玉無疑了。那黛玉是個多心人。想到此際，臉紅心熱，拿著針不知戳到哪裡去了，便把活計放下，走到黛玉處去探探她的口氣。」請看襲人、紫鵑、黛玉三女子對話：

> （黛玉讓坐）襲人忙站起來道：「妹妹坐著罷。」因又笑道：「我前兒聽見秋紋說，妹妹背地裡說我們什麼來著。」紫鵑也笑道：「姐姐信她的話！我說寶二爺上了學，寶姑娘也隔斷了，連香菱也不過來，自然是悶的。」襲人道：「你還提香菱呢，這才苦呢，撞著這位太歲奶奶，難為她怎麼過！」把手伸出兩個指頭道：（指璉二嫂子王熙鳳）「說起來比她還厲害，連外頭的臉面也不顧了。」黛玉接著道：「她也夠受了，尤二姑娘怎麼死了！」（黛玉也譴責王熙鳳，同情尤二姐。第六十九回說「然寶、黛一干人暗為二姐擔心，雖都不便多事，惟見二姐可憐，常來了，倒還憫恤她。」襲人就想聽這話。）襲人道：「可不是。想來都是一個人，不過名份裡頭差些，何苦這樣毒？外面名聲也不好聽。（襲人乘勝追擊，此話說給黛玉聽。）黛玉從不聞襲人背地裡說人，今聽此話有因，便說道：「這也難說。但凡家庭之事，不是東風壓倒西風，就是西風壓倒東風。」（這話表面說王熙鳳、夏金桂實則說給襲人聽：如果今後我黛玉是寶二奶奶，你得聽我的，別欺負我。）襲人道：「做了旁邊人，心裡先怯了，哪裡敢去欺負人呢。」（這就是襲人的許諾，回答：我不敢欺負你寶二奶奶的，只希望你別欺負我。）

寶玉、黛玉婚事，八字還沒有一撇，黛玉與襲人就暗語達

成默契，但只是一種可能的感覺預定。這「可能成為寶二奶奶」的愁絲，將黛玉的心懸在半空。正在這時，薛姨媽那邊的一個婆子送一瓶蜜餞荔枝來給黛玉，她的話再次將黛玉的心懸吊在半空：

> 那婆子進來請了安，只是觑著眼瞧黛玉，看得黛玉臉上倒不好意思起來，因問道：「寶姑娘叫你來送什麼？」婆子道：「我們姑娘叫給姑娘送一瓶蜜餞荔枝來。」回頭又瞧見襲人便問道：「這位姑娘不是寶二爺屋裡的花姑娘麼？」襲人笑道：「媽媽怎麼認得我？」婆子笑道：「我們只是在太太屋裡看屋子，不大跟太太、姑娘出門，所以姑娘們都不大認得。姑娘們碰著到我們那邊去，我們都模糊記得。」說著，將一個瓶兒遞給雪雁，又回頭看看黛玉，因笑著向襲人道：「怨不得我們太太說這林姑娘和你們寶二爺是一對兒，原來真是天仙似的。」襲人見她說話造次，連忙岔開道：「媽媽，你乏了，坐坐吃茶罷。」那婆子笑嘻嘻地道：「我們哪裡忙呢，都張羅琴姑娘的事呢。姑娘還有兩瓶荔枝，叫給寶二爺送去。」說著，顫巍巍告辭出去。黛玉雖惱這婆子方才冒撞，但因是寶釵使來的，也不好怎樣她。等她出了屋門，才說一聲道：「給你們姑娘道費心。」那老婆子還只管嘴裡咕咕噥噥地說：「這樣好模樣兒，除了寶玉，什麼人經受得起？」黛玉只裝沒聽見。襲人笑道：「怎麼人到老來，就是混說白道的，叫人聽著又生氣，又好笑。」一時雪雁拿過瓶子來給黛玉看。黛玉道：「我懶怠吃，拿了擱起去罷。」又說了一回話，襲人才去了。

襲人心滿意足地去了，似乎一切吉祥，然而黛玉沒有丁點

興奮。自己和寶玉早已心性相戀,雖然平時賈母待自己也好,鳳姐兒也有寶黛婚配的玩笑話,但這不過玩笑罷了,她們不是曾經要將寶琴許配給寶玉嗎?寶黛未來握在姥姥、王夫人手裡,八字還沒一撇。這心懸愁絲的感覺真不好受,故而晚間卸妝,抬頭看見荔枝瓶,想起婆子的「混話」,「甚是刺心。當此黃昏入靜,千愁萬緒,堆上心來。想起自己身子不牢,年紀又大了。看寶玉的光景,心裡雖沒別人,但是老太太、舅母又不見有半點意思。深恨父母在時,何不早定了這頭婚姻。又轉念一想道:『倘若父母在時,別處定了婚姻,怎能夠寶玉這般人才心地,不如此時尚有可圖。』心內一上一下,輾轉纏綿,竟像轆轤一般。歎了一回氣,掉了幾點淚,無情無緒,和衣倒下。」當晚黛玉果然噩夢吐血;寶玉心有靈犀,也夢魘驚叫生病。噩夢中賈雨村來賈府接林黛玉到湖北,黛玉拒絕。接著:

> 王熙鳳同邢夫人、王夫人、薛寶釵。王熙鳳等都來笑道:「我們一來道喜,二來送行。」黛玉慌道:「你們說什麼話?」鳳姐道:「你還裝什麼呆。你難道不知道林姑爺升了湖北糧道,娶了一位繼母,十分合心合意。如今想著你擱在這裡,不成事體,因托了賈雨村做媒,將你許了繼母的什麼親戚,還說是繼弦,所以著人到這裡來接你回去。大約一到家中就要過去的,都是你繼母做得主。怕的是道兒上沒人照應,還叫你璉二哥送去。」說得黛玉一身冷汗。黛玉又恍惚父親果在那兒做官的樣子,心上急著硬說道:「沒有的事,都是鳳姐姐混鬧。」只見邢夫人向王夫人使個眼色兒:「她還不信呢,咱們走罷。黛玉含淚道:「二位舅母坐坐去。」眾人不言語,都冷笑而去。

黛玉噩夢中的女人都是她親眼目睹其歹毒，心懷疑忌的女人。王熙鳳一雙三角眼，兩彎吊梢眉劣跡斑斑，在鐵檻寺貪財弄權，致死一雙情侶，更為殘忍地是將尤二姐折磨致死。邢夫人和丈夫賈赦不聽賈政勸告，將迎春嫁給孫紹祖，使迎春度日如年，如在監獄，而面對迎春哭訴，邢夫人視若無睹，王夫人也說「嫁雞隨雞嫁狗隨狗」，反罵哭著要求賈母接回姐姐的寶玉「呆傻」！王夫人還直接製造了金釧、晴雯的慘死。寶釵明知寶黛相戀不可離分，而且寶玉不愛她，多次拒絕她，但力圖借東風，橫刀奪愛。接著黛玉在夢中「雙腿跪下去」，哭求賈母。賈母有如此反應：

> 但見賈母呆著臉兒笑道：「這個不干我事。」黛玉哭道：「老太太，這是什麼事情呢？」老太太：「繼弦也好，倒多一副妝奩。」黛玉哭道：「我若在老太太跟前，決不使這裡份外的閒錢，只求老太太救我。」賈母道：「不中用了。做了女人終究要出嫁的，你孩子家，不知道，在此地終非了局。」黛玉道：「我在這裡情願自己做個奴婢過活，自做自吃，也是願意。只求老太太做主。」老太太總不言語。黛玉抱著賈母的腰哭道：「老太太，你向來最是慈悲的，又是最疼我的，到了緊急的時候怎麼全不管！不要說我是你的外孫女兒，是隔了一層了，我的娘是你的親生女兒，看我娘份上，也該護庇些。」說著，撞在懷裡痛哭。聽見賈母道：「鴛鴦，你來送姑娘出去歇歇。我倒被她鬧乏了。」黛玉情知不是路了，求去無用，不如尋個自盡，站起來往外就走。

這就是黛玉感覺中的賈母。黛玉母親死，賈母接來黛玉，見面哭了一回。黛玉病多，但這個姥姥很少看望，勸慰。她不

是一個重情人，最喜歡能討好自己的人，尤其是王熙鳳、薛寶釵。賈府被抄檢，鳳姐放高利貸是罪因之一，導致賈府一敗塗地，而賈母一丁點不怪罪鳳姐，反而分了三千兩體已銀子給病中的王熙鳳。這一回黛玉夢醒吐血，寶玉心神相通，半夜心痛尖叫。探春、湘雲到瀟湘館看望黛玉，感覺恐怖，來見賈母。得知黛玉重病消息，賈母的反應與黛玉夢中的賈母沒有兩樣：

> 賈母聽了自是心煩，因說道：「偏偏這兩個玉兒多病多災的。林丫頭一來二去地大了，她這個身子也要緊。我看那孩子太是個心細。」眾人也不敢答應。賈母便向鴛鴦道：「你告訴她們，明兒大夫來瞧了寶玉，就叫他到林姑娘那屋裡去。」

賈母此「心煩」可是針對黛玉，其言語也暗藏玄機，「偏偏這兩個玉兒多病多災」說的就是她懷疑寶黛相戀，因而多病多災。前此她不是親眼目睹寶玉因聽紫鵑玩笑說黛玉要回蘇州霎間瘋傻的形狀嗎？只不過礙於禮教，不願說破，順著薛姨媽「兄妹情誼」的話，掩飾過去罷了。這「心煩、偏偏」兩詞洩漏她的心機。她說「林丫頭一來二去地大了，她這個身子也要緊」，則明說黛玉到了出嫁年齡，要注意身體以便安排婚事，實則心想倆玉的病必因私自愛戀而起。因此聞噩耗，她並沒有傷心的言語、表情，也沒有移挪老朽尊腿，看望她可憐的外孫女。黛玉噩夢中的姥姥就是現實中她面對的惡姥姥：一堵沒有生命感覺的柏林牆。

夢中眼見賈母無情，黛玉要尋自盡，想到了寶玉：

> 又一想：「今日怎麼獨不見寶玉？或見一面，看他還有法兒？」便見寶玉站在面前，笑嘻嘻地說：「妹妹大喜呀。」黛玉聽了這一句話，越發急了，也顧不得什麼了，把寶

玉緊緊拉住說：「好，寶玉，我今日才知道你是個無情無義的人！」寶玉道：「我怎麼無情無義？你既有了人家兒咱們各自幹各自的了。」黛玉越聽越氣，越沒了主意，只得拉著寶玉哭道：「好哥哥，你叫我跟了誰去？」寶玉道：「你要不去，就在這裡住著。你原是許了我的，所以你才到我們這裡來。我待你是怎麼樣，你也想想。」黛玉恍惚又像果曾許過寶玉的心內忽悠轉悲作喜，問寶玉道：「我是死活打定主意了。你到底叫我去不去？」寶玉道：「我說叫你住下，你不信我的話，你就瞧瞧我的心。」說著，就拿著一把小刀子往胸口一劃，只見鮮血直流。黛玉魂飛魄散，忙用手捂住寶玉的心窩，哭道：「你怎麼做出這個事來，你先來殺了我罷！」寶玉道：「不怕，我拿我的心給你瞧。」還把手在劃開的地方亂抓。黛玉又顫又哭，又怕人撞破，抱住寶玉痛哭。寶玉道：「不好了，我的心沒有了，活不得了。」說著，眼睛望上一翻，咕咚就倒了。黛玉拼命放聲大哭。只聽紫鵑叫道：「姑娘，姑娘，怎麼魘住了？快醒醒脫了衣服睡罷。」黛玉一翻身，卻原來是一場夢。

這場噩夢使黛玉「枕頭濕透」，「肩背身心冰涼」，「痛定思痛，神魂俱亂」，一宿未眠，咳嗽吐痰，「痰中好些血星」。目睹此血，紫鵑難受流淚，勸告道：「姑娘身上不大好，依我說還得自己開解些。身子是根本，俗話說『留得青山在，依舊有柴燒。』況這裡老太太、太太起，那個不心痛姑娘。」這句話，又勾起黛玉的夢來。覺得心頭一撞，眼中一黑，神色俱變，紫鵑連忙端著痰盒，雪雁捶著脊背，半日才吐出一口痰來。痰中一縷紫血，簌簌亂跳。」此後探春、湘雲來看黛玉，黛玉見自己痰中帶血「自己心早灰了一半」，兼以聽（第八十三回）

聞窗外婆子叫罵，她「兩眼反插上去」，「肝腸崩裂，哭暈過去。」

此前親耳聽見寶玉對黛玉哭訴衷情的襲人，在這一夜裡經歷了寶玉夢魘。她來到瀟湘館探聽虛實。聽雪雁告訴黛玉的事，「也唬怔了」，她說了寶玉相應的夢魘：

> 襲人也點點頭兒，蹙著眉道：「終究怎麼樣好呢！哪一位昨夜也把我唬個半死兒。」紫鵑忙問怎麼了，襲人道：「昨日晚上睡覺還是好好兒的，誰知半夜裡一疊連聲地嚷起心疼來，只說好像刀子割了去的似的。直鬧到打亮梆子以後才好些了。你說唬人不唬人？今日不能上學，還要請大夫來吃藥呢。」

倆情癡同心，一疼皆疼。黛玉聽見此話，進一步打聽詳情。襲人怕她「懸心」，沒說什麼，黛玉「又感激，又傷心」，「乘勢問道：『既是魘住了，不聽見他還說什麼？』襲人道：『也沒說什麼。』黛玉點點頭兒，遲了半日，歎了一聲，才說到：『你別告訴寶二爺說我不好，看耽擱了他的功夫，又叫老爺生氣。』襲人答應了，……」於是襲人回到怡紅院，只說黛玉身上略覺不受用，也沒什麼大病。寶玉才放了心。

倆情癡通靈，一起心痛。接著大夫來診看，說寶玉「飲食不調，著了點兒風邪」，黛玉是「六脈皆弦，因平日鬱結所致」。周瑞家的眼看黛玉「臉上一點血色也沒有，摸了摸身上，只剩得一把骨頭」。

黛玉呀，因癡情而病入膏肓，病入膏肓也要護衛寶玉。黛玉夢中感覺表達沒錯，就是薛寶釵、賈母、王夫人、王熙鳳這些傢夥扼殺了她和寶玉的木石姻緣。

（三十二）寶釵借東風成功：賈母暗定「金玉良緣」

　　寶黛噩夢成真。第八十四回、第八十五回情節幾起幾伏，是寶、黛、釵三人婚戀的關鍵章節。此前元春元妃生病，到八十四回痊癒，闔府喜歡。說到寶玉親事，賈母完全就是東風，她往哪兒吹，花兒往哪兒飄，一連串的曲折。

　　第八十四回賈母與兒子賈政說到元妃娘娘惦記寶玉，說到寶玉親事，她說：「也別論遠近親戚，什麼窮啊富的，只要深知那姑娘的脾性兒好模樣周正的就好。」似乎賈母並沒定準寶玉的婚配對象。

　　接著薛姨媽來看賈母，賈母對比評價薛寶釵和林黛玉：

> 「……我看寶丫頭性格兒溫厚和平，雖然年輕，比大人還強幾倍。前日那小丫頭回來說，我們這邊還讚歡了她一會子。都像寶丫頭那樣心胸兒脾氣兒，真是百裡挑一的。不是我說句冒失話，拿給人家做了媳婦兒，怎麼叫公婆不疼，家裡上上下下不賓服呢？」寶玉頭裡已經聽煩了，推故要走，及聽見這話，又坐了呆呆地往下聽。……（接著薛姨媽提及黛玉的病），賈母道：「林丫頭那孩子倒罷了，只是心重些，所以身子就不大很結實了。要賭靈性兒，也和寶丫頭不差什麼；要賭寬厚待人裡頭，卻不及她寶姐姐有擔待，有盡讓了。」

　　賈母親釵遠黛非常明顯，但沒有定準寶釵為寶二奶奶。

　　接著賈政門客王爾調為寶玉提親介紹邢夫人的親戚、前南韶道張大爺「德容功貌俱全」的小姐。次日王夫人、邢夫人、賈母商議這事，邢夫人說「張大爺又說，只有這一個女孩兒，不肯嫁出去，怕人家公婆嚴，姑娘受不得委屈，必要女婿過門贅在他家，給他料理些家事。」賈母未等說完，一口回絕：「這斷使不得。我們寶玉別人服侍他還不夠呢，倒給人家當家去。」

而且她對王夫人說：「你回去告訴你老爺，就說我的話，這張家的親事是做不得的。」

　　賈母喜歡寶釵「性格兒溫厚和平」，「寬厚待人」，但最後促使她決定選擇寶釵的是「金」。

　　飯後邢、王二夫人陪賈母到鳳姐房中，就因為薛家的皇商家業豐厚的「金」，賈母一語定乾坤，撕裂寶黛木石前盟，黛玉死，寶玉出家，寶釵守寡：

> 賈母忽然想起張家的事來，向王夫人道：「你該就去告訴你老爺，省得人家去說了回來又駁回。」又問邢夫人道：「你們和張家為什麼不走了？」邢夫人因又說：「論說起那張家行事，也難和咱們做親，太嗇克（即小氣，捨不得送錢，而薛家相反，揮金如土。），沒的玷辱了寶玉。」鳳姐聽了這話，已知八九，便問道：「太太不是說寶兄弟的親事？」邢夫人道：「可不是麼！」賈母接著因把剛才的話告訴鳳姐。鳳姐笑道：「不是我當著老祖宗、太太跟前說句大膽的話，現放著天配的姻緣，何用別處去找。」賈母笑問道：「在哪裡？」鳳姐道：「一個『寶玉』，一個『金鎖』，老太太怎麼忘了？」賈母笑了一笑，因說：「昨日你姑媽在這裡，你為什麼不提？」鳳姐道：「老祖宗和太太們在前頭，哪裡有我們小孩家說話的地方兒？況且姨媽過來瞧老祖宗，怎麼提這些個，這也得太太們過去求親才是。」賈母笑了，邢、王二夫人也都笑了。賈母因道：「可是我背晦了。」

　　人親不如錢親，人親就是錢親。「金鎖」指薛家錢財多，賈府多曾受享，故而王熙鳳一說「一個『寶玉』，一個『金鎖』」，「賈母笑了、邢、王二夫人也都笑了」。邢夫人自言與親戚張

家無來往，只因張家「嗇克」，即沒有送錢給她，所以對張家沒有好言語。薛寶釵能宋江似的仗義疏財，包括送王夫人人參、送林黛玉燕窩，為邢岫煙贖回當押的衣物等等。她哥哥薛蟠送賈珍楠木棺材，埋葬被爬灰致死媳婦秦可卿。日見窘困的賈府不是最需要這「金鎖」配「寶玉」嗎？再加以賈母特喜歡寶釵這「三從四德」的閨閣典範，還有討好賣乖又顯得穩重和平的媚人術。

　　兩天以後（第八十五回《賈存周報升郎中任　薛文起復惹放流刑》）賈母就定親寶釵的事詢問王夫人，王夫人說：「這事我們都告訴了，姨媽倒也十分願意，只說蟠兒這時候不在家，目今她父親沒了，只得和他商量商量再辦。」

　　寶釵「借東風」終於成功。薛姨媽、薛寶釵不知道寶黛倆情癡嗎？她們當然知道，但母女倆一心想「借東風」，討得賈母歡心，撕碎「木石前盟」，成就「金玉良緣」。在薛寶釵母女、賈母、王夫人、邢夫人、王熙鳳看來：「金玉」才是良緣，而「木石」只是「前盟（愆夢，即有罪的夢）」罷了。

　　（三十三）敲定「金玉良緣」：寶釵與「通靈寶玉」的反應

　　第九十五回文中補敘薛寶釵聽母親告知許配賈寶玉的事。看看冷美人的反應：

> 　　因薛姨媽那日應了寶玉的親事，回來便告訴了寶釵。薛姨媽還說：「雖是你姨媽說了，我還沒應准，說等你哥哥回來再定。你願意不願意？」寶釵反正色地對母親道：「媽媽這話說錯了。女孩兒家的事情是父母作主的。如今我父親沒有了，媽媽應該做主的，再不然問哥哥。怎麼問起我來？」所以薛姨媽更愛惜她，說她雖是從小嬌養慣的，卻也生來貞靜，因此在她面前，反不提起寶玉來。

　　寶釵自從聽此一說，把「寶玉」兩字自然更不提起了。

　　寶釵真是「三從四德」閨閣典範。她用盡心計借東風，就為了金玉良緣，但她沒有表現出一丁點興奮，可見冷美人並不愛寶玉，只不過覺得自己這「金」，配賈府這「玉」是良緣罷了。現今更甚，流行「高富帥」配「富白美」。當然每個人有選擇的自由，你愛情，她愛錢。

　　第八十五回。就在賈母暗中決定金玉良緣的當晚，寶玉項上的通靈寶玉「竟放起光來，滿帳子都是紅的」。他第二天將這異事告訴賈母，「邢、王二夫人抿著嘴笑。鳳姐道：『這是喜信發動了。』寶玉道：『什麼喜信？』賈母道：『你不懂得。今兒個鬧了一天，你歇歇兒去罷，別在這裡說呆話了。』」寶玉憂疑忡忡地回怡紅院。

　　此前已敘，通靈寶玉、金鎖是封建禮教佛教族權的象徵，是族權決定的佛教認定的金玉良緣的象徵，此前多次與寶黛發生衝突，而此回賈母以寶釵定親寶玉，這「通靈寶玉」就放喜信「紅光」，可見佛教認定擁護族權決定的金玉良緣。第九十四回賈母前往怡紅院欣賞一月開花的海棠「花妖」，通靈寶玉就「失蹤」了。第一二〇回已經成為仙人的甄士隱說通靈寶玉的「失蹤」：「那年榮寧查抄之前，釵黛分離之日，此玉早已離世。一為避禍（免於被抄檢），二為撮合，從此夙緣一了（讓寶玉與寶釵成婚，了結命定的金玉良緣，撕裂木石姻緣），形質歸一。」可見通靈寶玉失蹤主要為了「撮合夙緣」。「夙緣」可是佛家所謂「前世因緣」。寶釵「金鎖」和寶玉的「通靈寶玉」都是禿頭和尚和跛足道士所贈，其上的對聯也是他倆所撰，也就是說族權決定的「金玉良緣」是佛祖命定的「夙緣」，故而寶黛迷戀，通靈寶玉就橫阻其間，多次衝突，使寶玉瘋癲，而賈母為寶玉定親寶釵，這通靈寶玉就發紅光報喜，就「離世」以

「撮合」這佛命定的族權決定的金玉「夙緣」；寶黛二玉癡情相戀的木石前盟，非佛命定，非族權操控許可，就被撕裂。

可見在封建社會，族權、禮教、佛教完全一致，只是阻隔情癡男女自由私情戀愛。族權決定的「金玉良緣」就是佛祖認定的天命「夙緣」，沒有感覺感情的石頭就是「通靈寶玉」，自由戀愛的情癡就是「賈寶玉（假寶玉）」、「林黛玉（臨殆玉）」。佛教維護禮教、族權，「假作真時真亦假，無為有處有亦無」，以禮教、佛教、族權為「真」，為「有」，以悖逆禮教、佛教、族權，尋求自主婚姻者為「假」，為「無」，就該死！雪芹先生將專制統治者製造的專制文化揭露諷刺到骨髓了！

讓寶玉知道定親的是賈芸。第二天晚上寶玉上學回來，得到認他為乾爹的賈芸的帖子。封皮不寫「父親大人」，而寫「叔父大人安稟」。這稱呼的變化是說乾兒子還沒有得到寶二奶奶的認可，不敢妄稱寶玉為「父親」，權且稱「叔父」。此信寫寶玉定親的傳聞。寶玉看帖，「皺一回眉，又笑一笑兒，又搖搖頭兒，後來光景竟大不耐煩起來」。然後吃飯也「只是怔怔地坐著」。在襲人哄催下，吃了一口飯，「仍悶悶地歪在床上。一時間，忽然掉下淚來」。第二天見到賈芸，寶玉「發急」，「紅了臉」啐罵賈芸。寶玉蒙在鼓裡，完全不知定親對象是誰，只怕不是林妹妹。接著賈政榮升郎中，賈府慶賀的兩個場景，寶黛相見，而訂婚寶玉的寶釵「失蹤」：

> 寶玉笑著進了房門，只見黛玉挨著賈母左邊坐著呢，（寶玉第一眼看見的就是黛玉，而且在他倆婚戀決定者的旁邊。）右邊是湘雲。地下邢、王二夫人、探春、惜春、李紈、鳳姐、李紋、李綺、邢岫煙一干姐妹，都在屋裡，只不見寶釵、寶琴、迎春（迎春已經賠給孫紹祖、寶琴也待嫁，出嫁後方可見人，這大家都知道。寶釵婚配寶

玉，大家都不知道。）忙給賈母道了喜，又給邢、王二夫人道喜，一一見了眾姐妹，便向黛玉笑道：「妹妹身體可大好了？」黛玉也微笑道：「大好了。聽見說二哥哥身上也欠安，好了麼？」寶玉道：「可不是，我那日夜裡忽然心裡疼起來，這幾天剛好些就上學去了，也沒能過去看妹妹。」黛玉不等他說完，早扭過頭和探春說話去了。（兩情癡言語關切完全如夫妻，且靈犀相通，同時心痛，但黛玉對此害羞。）鳳姐在地下站著笑道：「你兩個哪裡像天天在一處的，倒像客一般，有這些套話，可是人說的『相敬如賓』了。」（此為王熙鳳直覺。「相敬如賓」是古人專說夫妻相愛多禮的成語。但你這鳳姐既然有此感覺，為何不成全二人？反而出主意撕裂倆情癡？一切只因為錢，金鎖配寶玉呀？）說得大家一笑。林黛玉滿臉飛紅，又不好說，又不好不說，遲了一回兒，才說到：「你懂得什麼？」（「不好說」，一語洩底，不好意思。「又不好不說」，不說就是默認，更不好意思！而惶急之間情不自禁反問「你懂得什麼？」表達黛玉對鳳姐不懂愛情，卻玩笑「相敬如賓」的蔑視。）眾人越發笑了。（這一笑是大家以為是。）鳳姐一時回過味來，才知道自己出言冒失，（因為已經金玉良緣。）正要拿話岔時，只見寶玉忽然向黛玉道：「林妹妹，你瞧芸兒這種冒失鬼。」說了這一句，方想起來，便不言語了。招得大家又都笑起來，說：「這從哪裡說起。」黛玉也摸不著頭腦，也跟著訕訕地笑。寶玉無可搭訕，因又說道：「可是剛才我聽見有人要送戲，說是幾兒？」（寶玉情急，想說芸兒貼中所言，但因眾人在此不能言，而且這話可以致林妹妹於死地，也不能說啊！故而他將此消息悶在自己心裡，導致自己

瘋癲。）

（三十四）黛玉最後一次美麗出場

緊接其上，因賈政升遷郎中，一連慶賀了兩日。第三天王子騰和親戚送來一班戲，就在賈母正廳前搭起戲臺，擺著酒宴：

> 上首薛姨媽一桌，是王夫人、寶琴陪著；對面老太太一桌，是邢夫人、岫煙陪著；下面尚空兩桌，賈母叫她們快來。一會兒，只見鳳姐領著眾丫頭，都簇擁著林黛玉來了。黛玉略換了幾件新鮮衣服，打扮得猶如嫦娥下界，含羞帶笑出來見了眾人。湘雲、李紋、李綺都讓她上首座，黛玉只是不肯。賈母笑道：「今日你坐了罷。」薛姨媽站起來問道：「今日林姑娘也有喜事麼？」賈母笑道：「是她的生日。」薛姨媽道：「嗨，我倒忘了。」走過來說道：「恕我健忘，回來叫寶琴過來拜姐姐的壽。」（此為人情之常。）黛玉笑說：「不敢。」大家坐了。那黛玉留神一看，獨不見寶釵，便問道：「寶姐姐可好麼？為什麼不過來？」薛姨媽道：「她原來該來的，只因無人看家，所以不來。」（撒謊，瞞著黛玉兼及大家。）黛玉紅著臉微笑道：「姨媽那裡又添了大嫂子，怎麼倒用寶姐姐看起家來？大約是她怕人多熱鬧，懶怠來罷。我倒怪想她的。」（黛玉卻沒有想到這個似乎待人仁厚的姐姐和姨媽蓄意「借東風」奪走寶玉，要了她的命。）薛姨媽笑道：「難得你惦記她。她也常想你們姐妹，過一天我叫她來，大家敘敘。」（謊話！）

黛玉「略換了幾件新鮮衣服」，就「宛如嫦娥下界，含羞帶笑地出來見了眾人」。這可是她最後一次美麗出場。黛玉啊黛玉，你真不該臨凡來到中國封建專制皇權、官權、族權、夫

權統治的社會，這裡沒有情癡、追求自然自由者的容身處。

（三十五）薛蟠命案：冷香丸的卓絕表演　《猗蘭操》：
寶黛二玉堅守清操

相對於黛玉的清純、「質本潔來還潔去」的人生追求，雪
芹先生在此刻意設計安排薛蟠再次恣意殺人，體現薛家全無人
道，薛寶釵特心冷，世俗老道。緊接其上，正在賈府看戲高潮，
薛家僕人滿頭大汗闖進來，要薛蝌、薛姨媽急速回家。薛姨媽
聽見傳話「嚇得面如土色」，回到家，聽見媳婦夏金桂大哭，
得知薛蟠打死了人。請看薛姨媽、寶釵的反應：

> 薛姨媽同寶釵進了屋子，因為頭裡進門時已經走著聽見
> 家人說了，嚇得戰戰兢兢的了，一面哭著，因問：「到底
> 是和誰？」（首先問對方是否有權貴背景，能否枉法無
> 道！絕不是為死者悲痛。）只見家人回到：「太太此時且
> 不必問那些底細，憑他是誰，打死了總要償命的，且商
> 議怎麼辦才好。」薛姨媽哭著出來道：「還有什麼商議？」
> 家人道：「依小的們的主見，今夜打點銀兩同著二爺趕去
> 和大爺見了面，就在那裡訪一個有斟酌的刀筆先生，許
> 他些銀子，先把死罪撕擄開，回來再求賈府去上司衙門
> 說情。還有外面的衙役，太太先拿出幾兩銀子出來打發
> 了他們，我們好趕著辦事。」（薛家的下人都非常世故老
> 道，將人命換算為錢，何況主子。）薛姨媽道：「你們找
> 著那家子，許他發送銀子，再給他些養濟銀子，原告不
> 追，事情就緩了。」（在薛姨媽眼裡：錢可以操縱一切。）
> 寶釵在簾內說道：「媽媽，使不得。這些事越給錢越鬧得
> 凶，倒是剛才小廝說的話是。」（寶釵更世故老道，懂司
> 法門路。她完全是一個冷血美人，全無對生命的憐憫。
> 其寬厚因為冷血，而非仁德愛心的寬厚。）薛姨媽又哭

道：「我也不要命了，趕到那裡見他一面，同他死在一處就完了。」（這就是薛姨媽，你這狗屁兒子薛蟠可是第二次打死人啊！）寶釵急得一面勸，一面在簾子裡叫人：「快同二爺辦去罷！」（勸母親，再叫人辦事，冷美人能臨危不亂。）丫頭們攙進薛姨媽來。薛蝌才往外走，寶釵道：「有什麼信打發人即刻寄了來，你們只管在外頭照料。」薛蝌答應著去了。

這寶釵方勸薛姨媽，那裡金桂（薛蟠媳婦）抓住香菱，又和她嚷道：「平常你們只管誇他們家裡打死了人一點事也沒有，就進京來了的，如今攛掇得真打死了人。平日裡只講有錢有勢好親戚，這時候我看這也是唬得慌手慌腳的了。……」（依據薛姨媽、寶釵個性，她們不會以此自誇，更不是香菱說的，她自己就是受害者。此言當是薛家下人對金桂誇主子的權勢。）……正鬧著，只見賈府中王夫人早打發大丫頭過來打聽了。薛寶釵雖明知自己是賈府的人了，一則尚未提明，二則事急之時，只得向那大丫頭道：「此時事情頭尾尚未明白，就只聽見說我哥哥在外頭打死了人被縣裡拿了去了，也不知怎麼定罪呢。剛才二爺才打聽去了，一半日得了准信，趕著就給那邊太太送信去。你先回去道謝太太惦記著，底下我們還有多少仰仗那邊爺們的地方呢。」（嫁給權貴，仰仗權貴。這就是薛寶釵。）

　　在第八十六回《受私賄老官翻案牘　寄閒情淑女解情書》「薛姨媽自來見王夫人，托王夫人轉求賈政。賈政問了前後，也只好含糊應了。只說等薛蝌遞了呈子，看他本縣怎麼批了再作道理。」接著賈政「只托人給縣官說情，不肯提及錢物。薛姨媽恐不中用，求鳳姐與賈璉說了，花上幾千兩銀子，才把知

縣買通」。知縣變臉翻案，不顧死者家屬張王氏哭訴，硬判為「誤傷」。

　　曹翁雪芹先生設計薛蟠這一事件，就在體現姓薛的一家三口全無仁德，其對賈府的寬厚，一在報庇護之恩，二在「借東風」，撕裂「寶黛」，企求「金玉」良緣罷了。薛姨媽、此時十七歲的寶釵如此世故老道，冷血！母女聯手，而純淨純情、追求質本潔來還潔去的寶黛，自然不是敵手。

　　薛姨媽再次到賈府通報薛蟠被判為「誤傷」的消息。文中再次表達寶玉心中的疑忌：「又見寶釵也不過來，不知是怎麼個原故。心內正呆呆想呢，恰好黛玉也來請安。寶玉稍覺心裡喜歡，便把想寶釵來的念頭打斷，同姊妹們一起在老太太那裡吃了晚飯。」

　　回到自己房中，寶玉尋找蔣玉菡所贈汗巾。「襲人笑道：『並不是我多話。一個人知書達禮，就該往上巴結才是。就是心愛的人來了，也讓她瞧著喜歡尊敬啊。』寶玉被襲人一提，便說：『了不得！方才在老太太那邊，看見人多，沒有與林妹妹說話，她也不曾理我。散的時候她先走了，此時必在屋子裡。我去就來。』」

　　說到「心愛的人」，寶玉自然想到林妹妹。他一徑走到瀟湘館，對林妹妹解釋因人多而沒有理會她，要妹妹別生氣。倆情癡從黛玉所看的琴書，說到「高山流水，得遇知音」，黛玉怕羞「眼皮兒微微一動，慢慢低下頭去」。寶玉纏著黛玉說琴，使得黛玉「開心」，但「想起心中的事，便縮住口，不肯往下說了」。這時秋紋帶著小丫頭送來一盆蘭花，「黛玉看時，卻有<u>幾枝雙朵兒的</u>，心中忽然一動，也不知是喜是悲，便呆呆地呆看。那寶玉此時卻一心只在琴上，便說：『妹妹有了蘭花，就可以做《猗蘭操》了』。黛玉聽了，心裡反不舒服，回到房

中，看著花想到『草木當春，花鮮葉茂，想我年紀尚小，便像三春蒲柳。若是果能遂願，或者漸漸好起來，不然，只恐似那花柳殘春，怎禁得風催雨送。』想到這裡又滴下淚來。」

　　寶黛不知，撕裂木石前盟的計畫已經悄悄定下，真是「花柳殘春，風催雨送」。看到蘭花，「卻有幾枝雙朵兒的，心中忽然一動，也不知是喜是悲，便呆呆地呆看。」黛玉心中以為必是好兆頭，因而喜，但權在族權，完全無望，故而悲。寶玉要妹妹做《猗蘭操》，而黛玉「心裡反而不舒服」，為何？蔡邕在《琴操·猗蘭操》條目說：「《猗蘭操》者孔子所作也。」其琴曲似訴似泣，如怨如怒，幽聲悱惻。孔子借蘭花寄託自己的人生遭際，自謂才情操守如蘭，故而舉世無視者，不見用於諸侯，恰與寶黛二玉在賈府境遇相同：

> 序
> 孔子歷聘諸侯，諸侯莫能任。自衛反魯，過隱谷之中，見薌蘭獨茂，喟然自傷不逢時，託辭薌蘭，乃止車援鼓之云：
> 引
> 夫蘭者為王者香，今獨茂，與眾草為伍，譬猶賢者不逢時，與鄙夫為倫也。
> 歌詞
> 習習谷風，以陰以雨。之子於歸，遠送於野。
> 何彼蒼天，不得其所。逍遙九州，無有定處。
> 世人暗蔽，不知賢者。年紀逝邁，一身將老。
> 蘭之猗猗，揚揚其香。不采而佩，於蘭何傷。
> 今天之旋，其曷為然。我行四方，以日以年。
> 雪霜貿貿，薺麥之茂。子如不傷，我不爾覯。
> 薺麥之茂，薺麥有之。君子之傷，君子之守。

　　通觀紅樓夢，黛玉就是雪地飄雪中的蘭花，雖然人們讚歎飛雪寒地，惟獨蘭花揚揚奇香，但蘭花自身何不想春季與群花同靚，有識者驚美，而免於獨守孤傲？故而黛玉聽寶玉說做《猗蘭操》，她「心裡反而不舒服」。在封建專制社會，在皇權、官權、族權等等籠罩牢獄中，堅守自我，操守高潔者必是雪地孤蘭。

　　（三十六）冷美人書藏心計　黛玉琴弦斷絕

　　緊承其上，第八十七回《感秋深撫琴悲往事　坐禪寂走火入邪魔》再次體現冷美人寶釵極有心計的個性，一如第六十二回她所抽的籤面所鑴：「任是無情也動人」。一開端，黛玉在瀟湘館收到寶釵打發丫頭送來的一封書信：

　　　妹生辰不偶，家運多艱，姊妹伶仃，萱親衰邁。兼之虓聲狺語，旦暮無休。更遭慘禍飛災，不啻驚風密雨。夜深輾側，愁緒何堪。屬在同心，能不為之潸惻乎？回憶海棠結社，序屬清秋，對菊持螯，同盟歡洽。猶記「孤標傲世偕誰隱，一樣花開為底遲」之句，未嘗不歎冷節遺芳，如吾兩人也。感懷觸緒，聊賦四章，匪曰無故呻吟，亦長歌當哭之意耳。
　　　悲時序之遞嬗兮，又屬清秋。感遭家之不造兮，獨處離愁。北堂有萱兮，何以忘憂？無以解憂兮，我心咻咻。一解。雲憑憑兮秋風酸，步中庭兮霜葉乾。何去何從兮，失我故歡。靜言思之兮惻肺肝！二解。惟鰣有潭兮，惟鶴有梁。鱗甲潛伏兮，羽毛何長！搔首問兮茫茫，高天厚地兮，誰知余之永傷。三解。銀河耿耿兮寒氣侵，月色橫斜兮玉漏沉。憂心炳炳兮發我哀吟，吟復吟兮寄我知音。四解。

　　其內容先說黛玉「家運多艱，伶仃孤苦」，後說自家「慘禍飛災」，其後吟詩四首詠歎：「感遭家之不造兮，獨處離愁。北堂有萱兮，何以忘憂？無以解憂兮，我心咻咻」，而「吟復吟兮寄我知音」似乎就是目的。文中說：「黛玉看了，不勝傷感，又想『寶姐姐不寄與別人，單寄與我，也是惺惺惜惺惺的意思。』」

　　真是這樣嗎？寶釵「借東風」，橫刀撕裂寶黛，自己已經定親寶玉，只因要瞞住寶黛，沒有正式宣佈。她與黛玉有「惺惺惜惺惺」的感覺？此前我們已經斷定寶釵可是一個特世故老道的冷美人，這時候有奪得「寶玉」配「金鎖」之喜，但恰巧遭遇哥哥殺人之難，她尤其怕寶黛知道金玉良緣定親的事，有所行為導致變故，故而這信主要目的在解釋自己因「更遭慘禍飛災」沒有現身賈府，欺瞞黛玉，因為賈探春、惜春、寶玉、黛玉都疑問過寶釵為何不現身賈府。第八十六回《受私賄老官翻案牘　寄閒情淑女解情書》因賈府的權勢和薛家的銀子，薛蟠打死人被判為「誤傷」，訂婚的寶釵不好出面，叫薛姨媽到賈府表達感謝，說薛蟠的事，「大家放心」。李紈請薛姨媽住幾天，薛姨媽惦記著寶釵。「惜春道：『姨媽要惦著，為什麼不把寶姐姐也請過來？』薛姨媽笑著說：『使不得。』惜春道：『怎麼使不得？她先怎麼住著來呢？』李紈道：『你不懂的，人家家裡有事，怎麼來呢？』惜春信以為實，不便再問。」

　　薛姨媽此次回家一定將姐妹們的疑問給薛寶釵說過，故而寶釵以哥哥命案繁忙為自己不現身賈府的理由，矇騙寶黛。她深知黛玉常因自己孤苦而多愁善感，多疾病，此信的目的也在引發黛玉對自家的回想，要她難過。似乎惺惺惜惺惺，骨子裡卻冷森森，真是「無情也動人」，「假作真時真亦假，真作假時假亦真」。

世故老道冷美人一箭雙雕，黛玉果然以為寶釵「惺惺惜惺惺」，又因這信「不勝傷感」，想起自己父母、故鄉江南，「以淚洗面」。傍晚風冷時打開絹包，看見寶玉病時送來的定情舊手帕，上面有自己題詩和當時淚痕舊跡，觸物傷情，操琴吟詩，抒發怨苦深情。

寶玉在惜春房中巧遇妙玉，閒聊著一同走出，聽見瀟湘館方向傳來黛玉叮噹琴聲，聽見黛玉操琴，吟唱四首詩，其中唱道：

> 子之遭際兮不自由，予之遇兮多煩憂。
> 之子與我兮心相投，思古人兮俾無尤。

寶釵寄書信達，達到了自己的目的。黛玉以為寶釵來書，是「惺惺惜惺惺」，故而詩中有「子予」之歎：「不自由」而「多煩憂」，慨歎「之子與我心相投」，古人無出我倆之右。

妙玉聽琴，感黛玉憂思之深，「忽作變徵之聲」，君弦斷裂。以為不祥，妙玉「站起來連忙就走」，「寶玉滿肚疑團，沒精打采歸至怡紅院中」。此弦，乃情癡絳珠鮮花生命之弦！情弦斷，花命絕！

（三十七）黛玉自勉自勵，但因情而死，又因情而生

第八十九回《人亡物在公子填詞　蛇影杯弓顰卿絕粒》林黛玉因情而死，因情又得復生。自此寶黛二玉情癡情深，賈府上下人人均知，但賈母執意拆裂寶黛，至黛玉生命於不顧。

自從賈薔書帖透露寶玉定親的事，寶玉心中惱，但一直沒有確切資訊，更不敢對林妹妹說。一連幾天上學，因父親監查，連黛玉處也不敢去。這一天在家族塾學中，因天冷穿衣，而這一恰好是晴雯所補的雀金裘，寶玉傷感，稱病回家，填詞祭奠晴雯。之後，來到瀟湘館，兩人相見，寶玉心中有疑惑，但不

能說給林妹妹，而黛玉聽得寶玉訂婚的傳言決意絕食而死，這就是本回目所言「杯弓蛇影顰卿絕粒」。請注意黛玉房間新置的詩畫，寶玉心中有話不能說。黛玉聽見傳言的反應：

> 寶玉同著紫鵑走進來。黛玉卻在裡間，說道：「紫鵑，請二爺屋裡坐罷。」寶玉走到裡間門口，看見新寫的一幅紫墨色泥金雲龍箋的小對，上寫著：「綠窗明月在，青史古人空。」（這是黛玉自勉自勵之語：別為古人空傷悲，且觀自家綠窗明月。）寶玉看了，笑了一笑，走入門去，笑問道：「妹妹做什麼呢？」黛玉站起來迎了兩步，笑著讓道：「請坐，我這裡寫經，只剩得兩行了，等寫完了再說話兒。」（寫佛經，是祈求菩薩保佑勘破世情，求得解脫的方式。）因叫雪雁倒茶。寶玉道：「你別動，只管寫。」說著，一面看見中間掛著一幅單條，上面畫著一個嫦娥，帶著一個侍者；又一個女仙，也有一個侍者，捧著一個長長的衣囊似的，而人身邊略有些雲護，別無點綴，全仿李龍眠白描筆意，上有「鬥寒圖」三字，用八分書寫著。寶玉道：「妹妹這幅《鬥寒圖》可是新掛的？」黛玉道：「可不是。昨日她們收拾屋子，我想起來，拿出來叫她們掛上的。」寶玉道：「是什麼出處？」黛玉笑道：「眼前熟得很，還要問人。」寶玉笑道：「我一時想不起來，妹妹告訴我罷。」黛玉道：「豈不聞『青女素娥俱耐冷，月中霜裡鬥嬋娟』。」（《鬥寒圖》是李商隱《霜月》「青女素娥俱耐冷，月中霜裡鬥嬋娟」詩意畫，黛玉勉勵自己：要耐寒，即便在冷霜之中也要比美鬥嬋娟。）寶玉道：「是啊。這個實在新奇雅致，卻好此時拿出來掛。」說著，又東瞧瞧，西走走。
>
> 雪雁砌了茶來，寶玉吃著。又等了一會子，黛玉經才寫

完，站起來道：「簡慢了。」寶玉笑道：「妹妹還是這麼客氣。」但見黛玉身上穿著月白繡花小毛皮襖，加上銀鼠坎肩；頭上挽著隨常雲鬟，簪上一枝赤金匾簪，別無花朵；腰下繫著楊妃繡花綿裙。真比如：

亭亭玉樹臨風立，冉冉香蓮帶露開。（真「嬋娟玉樹仙女」、「青女香蓮素娥」，可悲凡塵不容。）

寶玉因問道：「妹妹這兩日彈琴來著沒有？」黛玉道：「兩日沒彈了。因為寫字已經覺得手冷，哪裡還去彈琴。」寶玉道：「不彈也罷了。我想琴雖是清高之品，卻不是好東西，從沒有彈琴裡彈出富貴壽考來的，只有彈出憂思怨亂來得。再者彈琴也得心裡記譜，未免費心。依我說，妹妹身子又單弱，不操這心也罷了。」（因那天與妙玉在瀟湘館外聽黛玉彈琴，忽作變徵之聲，琴鉉斷裂，而妙玉以為不祥之兆，寶玉故有如上勸說。）黛玉抿著嘴兒笑。寶玉指著壁上道：「這張琴可就是麼？怎麼這麼短？」黛玉笑道：「這張琴不是短，因我小時學撫的時候，別的琴都夠不著，因此特地做起來的。雖不是焦尾枯桐，這鶴山鳳尾還配得齊整，龍池雁足高下還相宜。你看這斷紋不是牛旄似的麼？所以音韻也還清越。」寶玉道：「妹妹這幾天來做詩沒有？」黛玉道：「自結社以後沒大作。」寶玉笑道：「你別瞞我，我聽見你吟的什麼『不可攝，素心如何天上月』，你擱在琴裡覺得音響分外響亮。有的沒有？」黛玉道：「你怎麼聽見了？」寶玉道：「我那一天從蓼風軒來聽見的，……到末了兒忽轉了仄韻，是個什麼意思？」黛玉道：「這是人心自然之音，做到哪裡就到哪裡，原沒有一定的。」（琴音即心音也，琴弦斷，即「情弦」斷也！這應了妙玉之言。）寶玉道：「原來如此。可

惜我不知音，枉聽了一會子。」（寶玉歎息，自己不懂琴技，當時沒能聽出黛玉心音，故而自歎自愧。）黛玉道：「古來知音能有幾個？」寶玉聽了，又覺出言冒失了，又怕寒了黛玉的心。坐了一坐，心裡像有許多話，卻無可再講的。黛玉因方才的話也是沖口而出，此時回想，覺得太冷淡些，也就無話。寶玉一發打量黛玉設疑，遂訕訕地站起來說道：「妹妹坐著罷。我還要到三妹妹那裡瞧瞧去呢。」黛玉道：「你若見了三妹妹，替我問候一聲罷。」寶玉答應著便出來了。黛玉送至屋門口，自己回來悶悶地坐著，心裡想到：「寶玉近來說話半吐半吞，忽冷忽熱，也不知是什麼意思。」

俩情癡心中有話又不能出口。黛玉可以「彈琴」自述，面對情人寶玉卻不能「談情」。寶玉心中更苦，因賈芸的信函透露賈母、王夫人定親事，但又不能對黛玉說，這絳珠仙花知曉，瞬霎間就會零落，而自己全無辦法，故而使黛玉再度疑心。接著雪雁悄悄告訴紫鵑：她從侍書口裡得知寶玉定親知府家女兒的事，還說是王大爺做的媒。黛玉無意中聽見二人悄悄話，情癡因情絕而死：

（紫鵑、雪雁）只見黛玉喘吁吁地剛坐在椅子上，紫鵑搭訕著問茶問水。黛玉問道：「你們兩個哪裡去了？再叫不出一個人來。」說著便走到炕邊，將身子一歪，仍舊倒在炕上，往裡躺下，叫把帳子撩下。紫鵑、雪雁答應出去。她兩個心裡疑惑方才的話只怕被她聽去了，只好大家不提。誰知黛玉一腔心事，又竊聽了紫鵑、雪雁的話，雖不很明白，已聽了七八分，如同將身撂在大海裡一般。思前想後，竟應了前日夢中之讖，千愁萬恨，堆

上心來。左右打算，不如早些死了，免得眼見了意外的事情，那時反倒無趣。……自此以後，有意糟蹋身子，茶飯無心，每日漸減來。寶玉下學時，也常抽空問候，<u>只是黛玉雖有萬千言語，自知年紀已大，又不便似小時可以柔情挑逗，所以滿腔心事，只是說不出來。寶玉欲將實言安慰，又恐黛玉生嗔，反添病症。兩個人見了面，只得用浮言勸慰，真真親極反疏了</u>。

賈母、王夫人請醫調治，但不知其心病。薛姨媽來看，沒見寶釵，黛玉更疑心，「一日竟是絕粒，粥也不喝，懨懨一息，垂斃殆盡」。

就在黛玉昏昏沉沉，苟延殘喘的時刻，紫鵑料無指望，守著哭了一會子，去回老太太。侍書來了，雪雁詢問定親一事的真相。昏迷中的黛玉聽見倆人對話：

> 侍書道：「哪裡就放定了呢？那一天我告訴你時，是我聽見小紅說的。後來我到二奶奶那邊去，二奶奶正和平姐姐說呢，說那都是門客借著這事討老爺的喜歡，往後好拉攏的意思。別說大太太說不好，就是大太太願意，說那姑娘好，那大太太眼裡看得出什麼人來呢。再者老太太心裡早有了人了，就在咱們園子裡，大太太哪裡摸得著底呢？老太太不過因老爺的話，不得不聞問罷咧！又聽見二奶奶說，寶玉的事，老太太總是要親上做親的，憑誰來說親，橫豎不管用。」雪雁聽到這裡，也忘了神，因說道：「這是怎麼說，白白地送了我們這一位的命了！」……

於是情癡因情而復活：

這裡三個人正說著，只聽見黛玉忽然又嗽了一聲。紫鵑連忙跑到炕沿前站著，侍書、雪雁也都不言語了。紫鵑彎著腰，在黛玉身後輕輕問道：「姑娘喝口水罷。」黛玉微微答應了一聲。雪雁連忙倒了半盅滾開水，紫鵑接了托著，侍書也走近前來。紫鵑對她搖搖頭，不叫她說話，侍書只得咽住了。站了一回，黛玉又嗽了一聲。紫鵑乘勢問道：「姑娘喝水呀？」黛玉又微微應了一聲，那頭似有欲抬之意，哪裡抬得起？紫鵑爬上炕去，爬在黛玉旁邊，端著水試了冷熱，送到唇邊，扶了黛玉的頭，就到碗邊，呷了一口。紫鵑才要拿時，黛玉意思還要呷一口，紫鵑便托著那碗不動。黛玉又呷了一口，搖搖頭兒不喝了，喘了一口氣，仍舊躺下。半日微微睜眼說道：「剛才說話的不是侍書麼？」紫鵑答應道：「是。」侍書尚未出去，因連忙過來問候。黛玉睜眼看了，點點頭兒，又歇了一歇，說道：「回去問你姑娘好罷。」侍書見這番光景，只當黛玉嫌煩，只得悄悄地退出去了。

原來那黛玉雖則病勢沉重，心裡卻還明白。起先侍書、雪雁說話時，她也模糊聽見一半句，卻只作不知，也因實無精神搭理。及聽了雪雁、侍書的話，才明白過來前頭的事原是議而未成的，又兼侍書說是鳳姐說的，老太太的主意親上作親，又是園中住著的，非自己而誰？因此一想，陰極陽生，心神頓覺清爽許多，所以才喝了兩口水，又要想問侍書的話。恰好賈母、王夫人、李紈、鳳姐聽見紫鵑之言，都趕著來看。黛玉心中疑團已破，自然不似先前尋死之意了。雖身體軟弱，精神短少，卻也勉強答應一兩句了。……（賈母來探望）說了一回，賈母等料著無妨，也就去了。正是：

心病終須心藥醫，解鈴還須繫鈴人。

黛玉病勢漸退，紫鵑、雪雁高興念佛，回憶此前寶玉因黛玉要回蘇州而瘋，這一回黛玉因寶玉「弄得死去活來」，說寶黛二人是「天配」，而賈母卻致二人於死地：

> （黛玉死而復活，賈府上下議論紛紛。）不多幾時，連鳳姐也知道了，邢、王二夫人也有些疑惑，倒是賈母略猜著了八九分。那時正值邢、王二夫人、鳳姐等在賈母房中說閒話，說起黛玉的病來。賈母道：「我正要告訴你們，寶玉和林丫頭是從小兒在一處的，我只說小孩們，怕什麼？以後時常聽得林丫頭忽然病，忽然好，都為有了些知覺了。所以我想他們若盡攔在一塊兒，畢竟不成體統。你們怎麼說？」王夫人聽了，便呆一呆，只得答應道：「林姑娘是個有心計兒的。至於寶玉，呆頭呆腦，不避嫌疑是有的。看起外面，卻都還是個小孩兒形象，此時若忽然或把那一個分出園外，不是倒露了什麼痕跡了麼？古來說的：『男大須婚，女大須嫁。』老太太想，倒是趕著把他們的事辦辦也罷了。」賈母皺了皺眉，說道：「林丫頭的乖僻，雖也是她的好處，我的心裡不把林丫頭配他，也是為這點子。況且林丫頭這樣虛弱，恐不是有壽的。只有寶丫頭最妥。」王夫人道：「不但老太太這麼想，我們也是這樣。但林姑娘也得給她說了人家才好，不然女孩兒家長大了，哪個沒有心事？倘或真與寶玉有些私心，若知道寶玉定了寶丫頭，那倒不成事了。」

於是賈母吩咐寶玉訂親的事要瞞著黛玉，鳳姐也吩咐賈母所屬眾丫頭，閉嘴免談寶玉定親的事。賈母這老太婆狠毒又弱智（包括王夫人、王熙鳳），僅憑自己好惡，致黛玉於死地。

文中說「解鈴還須繫鈴人，心病終須心藥醫」，但三個繫鈴人卻不解鈴，不因心配心藥治病，反而軋緊鈴繩，投入毒藥，致死倆情癡！毒！

（三十八）寶黛情癡參禪：簽定生死同心盟約

第九十一回《縱淫心寶蟾工設計　布疑陣寶玉妄談禪》前者說薛蟠妻子夏金桂的丫頭寶蟾用計策，幫助夏金桂勾引薛蝌，後者說蒙在陰謀「疑陣」裡的寶黛二玉借說禪定下生死盟約。

因薛蟠殺人案，州道申飭知縣，要親審這一案，薛蟠來信說：「銀子短不得，火速火速。」寶釵因忙亂而生病，一連治了七八天不見好。吃了冷香丸，冷美人方好了。王夫人和賈政說過了老太太生日，要定日子娶寶釵，得到賈母、薛姨媽的讚同。正說著，寶玉進來，「見薛姨媽的情形不似從前親熱」，因而「滿腹猜疑」，去上學。晚間回來，便往瀟湘館。寶玉疑惑寶釵，黛玉則疑他心念寶釵，兩人一番情話參禪，情定生死之前世、今生、來世的三生：

> 黛玉乘此機會說道：「我便問你一句話，你如何回答？」寶玉盤著腿，合著手，閉著眼，撅著嘴道：「講來。」黛玉道：「寶姐姐和你好你怎麼樣？寶姐姐不和你好你怎麼樣？寶姐姐前兒和你好，如今不和你好你怎麼樣？今兒和你好，後來不和你好你怎麼樣？你和她好她偏不和你好你怎麼樣？你不和她好她偏要和你好你怎麼樣？」（最後一問方是她心中的疑惑。）寶玉呆了半晌，忽然大笑道：「任憑弱水三千，我只取一瓢飲。」（鮮花萬朵，我只愛你林妹妹。）黛玉道：「瓢之漂水奈何？」（此言說：瓢無自主權，在族權洪流中，只得從水流？）寶玉道：「非瓢漂水，水自流，瓢自漂耳！」（即我寶玉一定執意不從

賈母命，守定木石前盟。但因情而癡的他沒料到賈母以娶黛玉之名，騙他娶來寶釵。）黛玉道：「水止珠沉，奈何？」（即如果我絳珠因情絕命，木石前盟成空，你怎麼辦？）寶玉道：「禪心已作粘泥絮，莫向春風舞鷓鴣。」（此誓言：如果真有這不幸，我寶玉出家，終身不娶。）黛玉道：「禪門第一戒是不打誑語的。」（要寶玉信守自己的諾言。）寶玉道：「有如三寶。」（即「我的話猶如佛教之佛法僧三寶，絕不是誑語。林妹妹，相信我吧。」）黛玉低頭不語。（不語就是語，發誓情絕時，就是命終時。「不語」就是語，此「低頭不語」，痛斷肝腸！有情者，為林妹妹哭！）

只聽簷外老鴉呱呱叫了幾聲，便飛向東南去，寶玉道：「不知主何吉凶？」（不祥之兆：黛玉情絕身死，香魂歸揚州。）黛玉道：「人有吉凶事，不在鳥音中。」（此言直指：如果有此悲劇結局，罪在賈母、王夫人、寶釵諸人！）

兩人對話因秋紋來找寶玉而被打斷。秋紋說老爺問話，寶玉就回去怡紅院去了。襲人問及他與黛玉的「禪語」。寶玉說：「你不知道，我們有我們的禪機，別人是插不上嘴去的。」這禪機就是生死相愛，生死相愛是人生第一禪悟。

（三十九）賈母定親寶釵：「賞花妖」　「通靈寶玉」失蹤：佛教撮合金玉良緣

第九十四回《宴海棠賈母賞花妖　失寶玉通靈知奇禍》。怡紅院本來枯萎的海棠樹開花。海棠花本三月開，而當時是一月。此為一個謎。賈母以為「喜事」，前往怡紅院，設宴欣賞。「宴海棠賈母賞花妖」，雪芹先生直言賈母訂親寶釵是「賞花妖」。「失寶玉通靈知奇禍」，第八十五回為金玉良緣「放紅光」報喜的通靈寶玉此回之失蹤，因「知奇禍」，即第一二〇

回甄士隱所言「一為避禍（賈府被抄檢），二為撮合，從此夙緣一了（撮合族權決定佛教認定的金玉良緣，撕裂情癡自定的木石前盟，使黛玉死），形質歸一（即照應第一回通靈寶玉之形，恢復石頭之質，重新成為石頭）。」

黛玉卻以為此花盛開是木石前盟「喜事」預兆，寶玉也「因見花開，只管看一回，賞一回，歎一回，愛一回的，心中無數悲歡離合，都弄到這朵花上來了」。唯獨探春以為「草木知運，不時而發，必是妖孽」。

酒宴賞花之後，眾人各自回去，寶玉「通靈寶玉」無緣無故失蹤了。襲人等姑娘分頭尋找，追問，沒有著落，「嚇得個個像木雕泥塑一般」。王夫人限令三天內找到，賈府上下一片忙亂。榮府管理田房的林之孝外出找到測字的劉鐵嘴，測得一個「賞」字回來，解為「償」，以為應到當鋪去尋找贖回。實際上這「賞」指明通靈寶玉是「尚」的「貝」，即和尚的寶貝，與和尚在一起。第一二〇回成仙悟道的甄士隱說此次通靈寶玉失蹤：「那年查抄賈府之前，釵黛分離之日（即因訂寶玉定親寶釵，瞞著黛玉和大家，寶釵閉門在家。此為封建社會婚娶雙方禮儀規矩。），此玉早已離世。一為避禍（賈府被抄檢），二為撮合，從此夙緣一了（撮合佛命定的族權決定的金玉良緣，撕裂情癡自定的木石前盟，使黛玉死），形質歸一（通靈寶玉形之形的石頭重歸石頭之質）。第九十五回為了尋找「通靈寶玉」，邢岫煙請妙玉扶占，結果說：

噫！來無跡，去無蹤，青埂峰下倚古松。欲追尋，山萬重，入我門來一笑逢。

此為通靈寶玉（石頭）給賈寶玉的留言。通靈寶玉知道賈府將被抄檢，佛命定的族權決定的金玉良緣將成，木石前盟將

被撕裂，故而回到它的來處「青埂峰」，因色悟空，寫《石頭記》去了。它要寶玉跟著它走，也變身石頭，「入我門來一笑逢」。

不知賈母已為寶玉訂親寶釵的黛玉得知丟失通靈寶玉，則悲喜交加：

> 且說黛玉先自回家，想起金石的舊話來，反自歡喜，心裡說道：「和尚道士的話真個信不得。果真有金玉良緣，寶玉如何把這玉丟了呢？或者因我之事，拆散他們的金玉，也未可知。」想了半天，更覺安心，把這一天的勞乏竟不理會，重新倒看起書來。紫鵑覺得身倦，連催黛玉睡下。黛玉雖躺下，又想到海棠花上，說「這塊玉原是胎裡帶來的，非比尋常之物，來去自有關係。若是這花主好事呢，不該丟了這玉呀？看來此花開得不祥，莫非他有不吉之事？」不覺又傷起心來。又轉想到喜事上頭，此花又似應開，此玉又似應失，如此一悲一喜，直想到五更，方睡著。

而寶釵冷美人聽說未婚夫寶玉丟了玉，心中驚疑而冷漠：「心裡也甚驚疑，倒不好問，只得聽旁人說去，竟像不與自己相干的」。

從文本表面看，寶玉似乎因丟失「通靈寶玉」而「糊塗」，實則因情而呆傻：自從賈芸書信得知自己已定親，寶玉就陷入絕望的精神折磨，但又不能對林妹妹說，而平時經常聚會的寶釵卻不出面，據此寶玉知道，賈母為他鎖定了寶釵金，而不是黛玉妹妹，他知道木石前盟完啦，林妹妹必死，精神折磨，故而瘋傻。當時正值賈元妃死，賈府忙於進內請安哭靈，而寶玉「不料他自失了玉後，終日倦怠，說話也糊塗了。並賈母等出

門回來，有人叫他去請安，便去；沒有人叫他，他也不動。襲人等懷著鬼胎，又不敢去招惹他，恐他生氣。每天茶飯，端到面前便吃，不來也不要。襲人看這光景不像是有氣，竟像是有病」。便偷空來瀟湘館，求紫鵑要求黛玉「開導開導」二爺。紫鵑告訴了黛玉，「只因黛玉想著親事上頭一定是自己了，如今見了他，反覺不好意思」而沒有去。

　　元妃事畢，賈母看寶玉「竟是神魂失散的樣子」，以為丟了通靈寶玉所致，立即著人張貼告示，賞銀一萬兩尋找。寶玉「只是傻笑」。前已敘，通靈寶玉是封建社會禮教、佛教、族權的象徵，與寶黛多次衝突。第八十五回賈母為寶玉定親寶釵它放紅光報喜，這一回它失蹤，就為了「撮合」金玉良緣，終結「木石前盟」，表明它又特是族權的象徵。禮教、佛教二教維護族權，三位一體，順之者生，逆之者亡。第一一五回從文本表面看，似乎果然應了李鐵嘴測的「賞」字，它跟著一個和尚回來，瘋魔的寶玉大喊「啊呀，久違了！」繼而一番「太虛幻境」夢中禪悟，寶玉確定出家，他的瘋病就好了，即寶玉絕意履行第九十一回與黛玉妹妹簽定的生死盟約：金玉良緣成，黛玉「水止珠沉」，他寶玉「禪心已作粘泥絮，莫向春風舞鷓鴣」出家。

　　（四十）深知寶黛癡情，襲人勸告　毒心賈母，毒心調包

　　第九十六回《瞞消息鳳姐設奇謀　泄機關顰兒迷本性》，因禁於宮中的元春死了，王夫人的弟弟王子騰榮升京官，但在半途感冒風寒，誤用藥物也死了。王夫人悲女哭弟，又為寶玉擔憂，得了心疼病。寶玉「失玉以後神志惛憒，醫藥無效」，賈母叫來賈政，咽哽著說：說她昨日叫賴升媳婦出去給寶玉算命，算命先生說：「要娶了金命的人幫扶他，必要沖沖喜才好，不然只怕保不住。」寶玉因病住在賈母房中，賈政進屋看寶玉，

「見他臉面很瘦，目光無神，大有瘋傻之狀」。賈母又提起和尚之言「金玉良緣」，說：「寶丫頭過來，不因金鎖倒招出他那塊玉來，也定不得。從此一天好似一天，豈不是大家造化。」賈政只得答應了，立刻吩咐收拾屋子，結婚沖喜。族權確定的「金玉良緣」就是「命中註定」。

當時襲人在場，一時有水落歸槽的歡喜，以為寶釵成了二奶奶，自己「可以卸了好些擔子」，但一想到「這一位心裡只有一個林姑娘」，又轉喜為悲，想起寶玉「初見黛玉便摔玉砸玉；況且那年夏天在園裡把我當作林姑娘，說了好些心裡話；後來因為紫鵑說了句玩話兒，便哭得死去活來。若是如今和他說要娶寶姑娘，就把林姑娘撂開，除非他人事不知還可，若稍明白些，只怕不但不能沖喜，竟是催命了！我再不把話說明，那不是一害三個人了麼？」

襲人可真好，想定主意，等賈政出去，她跟隨王夫人到後房，跪下哭著將寶玉素常與黛玉的上述情景說了，要求「想個萬全的主意」。王夫人吃驚，作難，「便將寶玉的心事，細細回明賈母」。請看決策者賈母毒心反應：

> 賈母聽了，半日都沒言語。王夫人和鳳姐也都不再說了。只見賈母歎道：「別的事都好說。<u>林丫頭倒沒有什麼；若是寶玉真是這樣，這可叫人作了難了。</u>」

賈母心毒：外孫女黛玉的死活，她不在乎，只擔憂孫子寶玉。見狀，一心討好賈母的三角眼吊梢眉王熙鳳想出了一個調包計：

> 鳳姐道：「依我想，這件事只有一個掉包的法子。」賈母道：「怎麼掉包兒？」鳳姐道：「如今不管寶兄弟明白不明白，大家吵嚷起來，說是老爺做主，將林姑娘配給他

了。瞧他的神情怎麼樣。要是他全不管，這個包兒也就不用掉了。若是他有些喜歡的意思，這事卻要大費周折呢。」王夫人道：「就算他喜歡，你怎樣辦法呢？」鳳姐走到王夫人耳邊，如此這般地說了一遍。王夫人點了幾點頭兒，笑了一笑說道：「也罷了。」賈母便問道：「你們娘兒兩個搗鬼，到底告訴我怎麼著呀？」鳳姐恐賈母不懂，漏露泄機關，便也向耳邊告訴了一邊。賈母果真一時不懂，鳳姐笑著又說了幾句。賈母笑道：「這麼著也好，只是忒苦了寶丫頭了，倘或吵嚷出來，林丫頭又怎麼樣呢？」鳳姐道：「這個話原只是說給寶玉聽，外頭一概不許提起，有誰知道呢？」

　　王熙鳳只知道一味討好，順從賈母，致黛玉、寶玉於死地而不顧。她是一個不知道愛情的女人，她嫁給賈璉，不過因賈府門第財富與自己金陵王家相配罷了，即第四回應天府門子所言「賈不假，白玉為堂金作馬」，「東海缺少白玉床，龍王請來金陵王」。她當然向賈母推薦「金鎖」鎖「寶玉」，因為薛家「豐年好大雪，珍珠如土金如鐵」，忒合她愛財如命的個性。

　　賈母如此行事，也可見曾是女孩的她不知道愛，沒有經歷過愛，當初嫁入賈府只因「阿房宮，三百里，住不下金陵一個史」，必須入駐「賈不假，白玉為堂金作馬」的賈府。知道「金鎖配寶玉」，林黛玉必死，卻說「林姑娘倒沒什麼」，這話直白地說就是「林姑娘是死是活，不值錢」。賈母最愛討好賣乖的王熙鳳，第一〇五回錦衣軍查抄賈府，其罪因之一就是王熙鳳私自將賈府日用金錢放高利貸，牟取暴利，但賈母並不恨她。第一〇六回王熙鳳因致禍而羞愧生病，第一〇七回面對賈府破落，賈母分配自己私房錢，給了罪魁禍首賈赦、賈政、賈珍各三千兩銀子，說：「只可憐鳳丫頭操了一輩子心，如今弄得精

光，也給她三千兩，叫她自己收著，不許叫璉兒用。如今她還病得神昏氣喪，叫平兒來拿去。」她特地與王夫人去探望病重的王熙鳳，使「貪得無厭」的王熙鳳「今見賈母仍舊疼她，王夫人沒有嗔怪，過來安慰她」而感恩戴德，流涕流淚。鳳姐處處討賈母喜歡，而黛玉卻從來沒有想方設法討好這姥姥啊。主子，可是最喜歡奴才！

作為一個丫頭，襲人都不忍心「金鎖」鎖「寶玉」，「一害三個人」，故而哭告王夫人，而作為母親的王夫人，作為奶奶、婆婆的賈母，作為嫂子的王熙鳳只想著「金鎖」配「寶玉」，硬害了黛玉、寶玉、襲人、寶釵四人。寶釵這冷美人可以說咎由自取，心中無愛，一心富貴配權貴，機關算盡太聰明，害了三人，也使自己終身守寡。

（四十一）「金玉良緣」陰謀洩露　黛玉走向死亡

就在這第九十六回機關洩露，黛玉走向死途。在賈母、王夫人、王熙鳳、薛姨媽商定「掉包計」後的一天，黛玉早飯後帶著紫鵑到賈母這邊來請安。此時黛玉心中以為「木石姻緣」已定，完全不知背地裡的「金玉良緣」。紫鵑回瀟湘館取黛玉的手絹，黛玉獨自走到沁芳橋，聽到昔日她與寶玉葬花處傳來嗚咽的哭聲。黛玉看見一個濃眉大眼丫頭哭，詢問為何傷心？得知一直瞞著她的「金玉良緣」真相，她心肝撕裂，精神分裂：

> 那黛玉此時心裡竟是油兒醬兒糖兒醋兒倒在一處一般，甜苦酸鹹，竟說不上什麼味兒來了。停了一會兒，顫巍巍地說道：「你別混說了。你再混說，叫人聽見又要打你了。你去罷。」說著自己轉身要回瀟湘館去。那身子竟有千百斤重的，兩隻腳卻像踩著棉花一般，早已軟了，只得一步一步慢慢地走將來，走了半天，還沒到沁芳橋畔，腳下愈加軟了。走得慢，且有迷迷癡癡，信著腳從

那邊繞過來，更添了兩箭地的路。這時剛到沁芳橋畔，卻又不知不覺地順著堤向裡走起來。紫鵑取了絹子來，卻不見黛玉，正在那裡看時，只見黛玉顏色雪白，身子晃晃蕩蕩的，眼睛也直直的，在那裡東轉西轉。又見一個丫頭往前走了，離得遠，也看不出是哪一個來。心中驚疑不定，只得趕過來輕輕問道：「姑娘怎麼又回去？是要往哪裡去？」黛玉也只模糊聽見，隨口答道：「我問問寶玉去！」紫鵑聽了，摸不著頭腦，只得攙著她到賈母這邊來。

黛玉走到賈母門口，心裡微覺明晰，回頭看見紫鵑攙著自己，便站住了問：「你做什麼來的？」紫鵑陪笑道：「我找了絹子來了。頭裡見姑娘在橋那邊呢，我趕著過去問姑娘，姑娘沒有理會。」黛玉笑道：「我打量你來瞧寶二爺來了呢，不然怎麼往這裡走呢。」紫鵑見她心裡迷惑，便知黛玉必是聽見那丫頭什麼話了，惟有點頭微笑而已。只是心裡怕她見了寶玉，哪一個已經瘋瘋傻傻，這一個有這樣恍恍惚惚，一時說出些不大體統的話來，那時如何是好？心裡雖如此想，卻也不敢違拗，只得攙她進去。那黛玉卻又奇怪了，這時不像先前那樣軟了，也不應紫鵑打簾子，自己掀起簾子進來，卻是寂然無聲。因賈母在屋裡歇中覺，丫頭們也有脫滑玩去的，也有打盹的，也有在那裡伺候老太太的。倒是襲人聽見簾子響，從屋裡出來，見是黛玉，便讓道：「姑娘屋裡坐吧。」黛玉笑道：「寶二爺在家麼？」襲人不知底裡，剛要答言，只見紫鵑在黛玉身後和她努嘴兒，指著黛玉，又搖搖手兒。襲人不解何意，也不敢言語。黛玉卻不理會，自己走進房來。看見寶玉在那裡坐著，也不起來讓坐，只瞧

著嘻嘻傻笑。黛玉自己坐下，卻也瞧著寶玉笑。兩個人也不問好，也不說話，也無推讓，只管對著臉傻笑起來。襲人看見這番光景，心裡大不得主意，只是沒法兒。忽然聽見黛玉說：「寶玉，你為什麼病了？」寶玉笑道：「為林妹妹病了。」襲人、紫鵑兩個嚇得面目改色，連忙用言語來岔。兩個卻又不答言，仍舊傻笑起來。（這笑比哭更令人心寒心痛，這是精神分裂！以笑當哭，他倆提心吊膽的這一天果然風雪刀劍四面逼來。）襲人見了這樣，知道黛玉此時心中迷惑不減於寶玉，因悄和紫鵑道：「姑娘才好了，我叫秋紋妹妹同著你攙回姑娘歇歇去罷。」因回頭向秋紋道：「你和紫鵑姐姐送林姑娘回去罷，你可別混說話。」秋紋笑著，也不言語，便來同著紫鵑攙起黛玉。

那黛玉也就站起來，瞧著寶玉只管笑，只管點頭兒。（訣別：我黛玉絳珠沉沒入水啦，你寶玉可得信守「禪心已作粘泥絮，莫向春風舞鷓鴣」的諾言。）紫鵑又催道：「姑娘回家去歇歇罷。」黛玉道：「可不是，我這就是回去的時候兒了。」（訣別：我的香魂要回揚州，見父母亡靈了。）說著，便回身笑著出來了，仍舊不用丫頭們攙扶，自己卻走得比往常飛快。紫鵑、秋紋後面趕忙跟著走。

這是黛玉生前與寶玉的最後一面，回瀟湘館，她孤零零走向死亡：

黛玉出了賈母院門，只管一直走去。紫鵑連忙攙住叫道：「姑娘往這邊來。」黛玉仍是笑著隨了往瀟湘館來。離門口不遠，紫鵑道：「阿彌陀佛，可到家了！」只這一句話沒說完，只見黛玉身子往前一栽，哇地一聲，一口血

直噴出來，（接第九十七回《林黛玉焚稿斷癡情　薛寶釵
出閨成大禮》）幾乎暈倒。虧了紫鵑、秋紋，兩個攙扶黛
玉進屋裡來。那時秋紋去後，紫鵑、雪雁守著，她漸漸
蘇醒過來，問紫鵑道：「你們守著哭什麼呢？」紫鵑見她
說話明白，倒放了心，因說：「姑娘剛才打老太太那邊回
來，身上覺得不大好，唬得我們沒了主意，所以哭了。」
黛玉笑道：「我哪裡就能夠死了呢！」這一句話沒說完，
又喘成一處。原來黛玉因方才聽了寶玉、寶釵的事情，
這本是她數年的心病，一時急怒，所以迷了本性。及至
回來吐了這口血，心中卻漸漸地明白過來，把頭裡的事
一字也不記得了。這會子見紫鵑哭，方模糊想起傻大姐
的話來，此時反倒不傷心，惟求速死，以完此債。……
（賈母、王夫人、王熙鳳知道走了風聲，過來看黛玉）
見黛玉顏色如雪，並無一點血色，神氣昏沉，氣息微細。
半日又咳嗽了一陣，看見賈母在她身邊，便喘吁吁地說：
「老太太，你白疼我了！」賈母一聞此言十分難受，便
道：「好孩子，你養著罷，不怕的。」黛玉微微一笑，把
眼又閉上了。

　　見到撕裂寶黛「木石前盟」的姥姥，黛玉還說「老太太，
你白疼我了！」賈母難受說話，她「微微一笑，把眼又閉上了」。
難道她就不恨這個毒心老太婆？寶黛之間，永遠橫亙著一堵男
女隔離的禮教、佛教、族權柏林牆，不可攀越。攀越就是違離
禮教規定的男女人倫，故而倆情癡不能以言相親，更不敢肌膚
相親，見到老太太這個殺手，還不能說心裡話，只得言不由衷，
遵循三從四德，口不從心地說「您白疼我了！」而她最後「微
微一笑，把眼又閉上了」，心裡一定充滿怨苦、仇恨，只求速
死，離開這個心毒的老太婆。

這老傢夥的確心毒。醫生來看了病，說是「抑鬱氣傷肝，肝不藏血，所以神氣不定。」看看這惡雞婆說的話：

> 賈母看黛玉神氣不好，便出來告訴鳳姐等道：「我看這孩子的病，不是我咒她，只怕難好。（咒語！）你們也該替她預備預備，沖一沖，或者好了，豈不是大家省心？就是怎麼樣，也不至於臨時忙亂。咱們家裡這兩天正有事呢。」（老雞婆唯一擔心：黛玉死，會沖犯金寶婚事。）賈母又問紫鵑一回，到底不知是哪個說的，賈母心裡只是納悶，因說：「孩子從小兒在一處玩，好些是有的。如今大了，懂得些人事，就該要分別些，才是做女孩兒的本分，我才心裡疼她。若是她心裡有別的想頭，成了什麼人了呢！我可是白疼她了。你們說了，我倒有些不放心。」因回到房中，又叫襲人來問。襲人仍將前日回王夫人的話並方才黛玉的光景述了一遍。賈母道：「我方才看她還不至糊塗，這個理我就不明白了。咱們這種人家，別的事自然沒有的。這心病也是斷斷有不得的。林丫頭若不是這個病呢，我憑著花多少錢都使得，若是這個病，不但治不好，我也沒心腸了。」

賈母這話說得就是封建禮教規定的男女大防，似乎她非常遵從禮教，但禮教最根本在「仁德、廉恥」，她和賈府其他男人、女人幾乎都沒有仁德、廉恥。薛寶釵哥哥薛蟠兩次打死人，兩次都是倚仗賈府權勢，加上金銀賄賂得以免罪，何曾見他她們有半點仁德、廉恥？

賈母之所以配寶釵給寶玉，一在王熙鳳所言「一個金，一個玉」的「金玉良緣」，二在寶釵的確是「三從四德」閨閣典範，三在寶釵世俗老道，特能討好賈母等人，比如聚會點賈母

喜歡的熱鬧戲曲，宴會點賈母喜愛的甜軟食品，言語奉承等等，而不知世故的清純黛玉卻從無此行。自我意志第一，賈母可以致外孫女於死地，可以對孫子瘋傻視若無睹。

接著王熙鳳試探寶玉，請看她們對寶黛愛情的反應：

> 且說次日鳳姐吃了早飯過來，便要試試寶玉，走進裡間說到：「寶兄弟大喜，老爺已擇了吉日要給你娶親了。你喜歡不喜歡？」寶玉聽了，只管瞅著鳳姐笑，微微地點點頭兒。鳳姐笑道：「給你娶林妹妹過來好不好？」寶玉卻大笑起來。鳳姐看著，也斷不透他是明白是糊塗，因又問道：「老爺說你好了才給你娶林妹妹呢，若還是這樣傻，便不給你娶了。」寶玉忽然正色道：「我不傻，你才傻呢！」說著，便站起來說：「我去瞧林妹妹，叫她放心。」鳳姐忙扶住了，說：「林妹妹早知道了。她如今要做新媳婦了，自然害羞不肯見你的。」寶玉道：「娶過來她到底見我不見？」鳳姐好笑，又著忙，心裡想：「襲人的話不差。提了林妹妹，雖仍舊說些瘋話，卻覺得明白些。若真明白了，將來不是林姑娘，打破了這個燈虎兒，那饑荒才難打呢。」便忍住笑說到：「你好好兒的便見你，若是瘋瘋癲癲的，她就不見你了。」寶玉說道：「有一個心，前兒已經交給林妹妹了。她要過來，橫豎給我帶來，還放在我肚子裡頭。」鳳姐聽著，竟是瘋話（情癡情話，鳳姐以為瘋話，故而第八十四回同驚靈夢生病的寶黛病癒後八十五回相見，相互問候，回鳳姐玩笑寶黛「相敬如賓」，黛玉惶急之間情不自禁反問「你懂得什麼？」表達黛玉深知鳳姐只知權錢，不懂愛情。），便出來對著賈母說。賈母聽了，又是笑，又是疼，便說到：「我早聽見了。如今不用理他，叫襲人好好地安慰他。咱們走吧。」

情癡的話，三角眼吊梢眉、雞婆賈母都以為瘋話，她們不是性情中人。

（四十二）嫁情瘋，冷美人後悔莫及　苦絳珠，香魂歸花塚

就這樣她們一意孤行，當晚邀請薛姨媽決定婚期。王夫人轉達賈母之意，要求寶釵嫁給瘋癲的寶玉，一則賈政放外任，寶玉成親，他方能放心，二則給瘋癲的寶玉「沖沖喜，借大妹子的金鎖壓壓邪氣」，但「並不提寶玉心事」。而薛姨媽「雖恐寶釵委屈，然也沒法兒，又見這般光景，只得滿口應承」。此前費心竭慮求金玉良緣，開弓沒有回頭箭，不好意思反悔，「只得滿口應承」。寶釵也後悔：

> 次日薛姨媽回家，將這邊的話細細地告訴了寶釵，還說：「我已經應承了。」寶釵始則低頭不語，後來便自垂淚。薛姨媽用好言語勸慰解釋了好些話。寶釵自回房內，寶琴隨去解悶。……薛姨媽看著寶釵心裡好像不願意似的，「雖是這樣，她是女兒家，素來也孝順知禮的人，知我應了，她也沒得說的。」

可見寶釵此時感到後悔，悔當初借東風，弄得寶玉瘋癲，黛玉病入膏肓，而自己將嫁給個瘋癲呆傻的寶玉，這出乎她所料。第七十回她在詠柳絮詩預料「白玉堂前春解舞，東風卷得均勻。蜂團蝶陣亂紛紛，幾曾隨流水，豈必委芳塵？」即黛玉這柳絮花被東風吹落入流水，或化為塵土，而蜂蝶寶玉不會「隨流水」追尋黛玉，不會委身成為芳塵的黛玉的。然而現今黛玉病危，寶玉瘋癲，看來寶玉要跟著黛玉去，因而她開始後悔，但後悔莫及。

接著她們準備婚禮，讓黛玉的丫頭雪雁，假扮作黛玉的伴

娘，騙寶玉是與黛玉成親，而與寶釵結婚，沒有誰可憐照料黛玉。「紫鵑等看去，只有一息奄奄，明知勸不過來，惟有守著流淚，天天三四趟去告訴賈母。鴛鴦測度賈母近日比前疼黛玉的心差了些，所以不常去回。況賈母這幾日的心都在寶釵寶玉身上，不見黛玉的信兒也不大提起，只請太醫調治罷了。」黛玉「今見賈府中上下人等都不過來，連一個問的人都沒有，睜開眼，只有紫鵑一人。自料萬無生機」，於是黛玉勉強坐起，焚稿，欲斷癡情：

> 黛玉哪裡坐得住，下身自覺硌硌地疼，狠命地撐著，叫過雪雁來道：「我的詩本子……。」說著又喘。雪雁料是要她前日所理的詩稿，因找來送到黛玉跟前。黛玉點點頭兒，又抬眼看那箱子。雪雁不解，只是發怔。黛玉氣得兩眼直瞪，又咳嗽起來，又吐了一口血。雪雁連忙回身取了水來，黛玉漱了，吐在盒內。紫鵑用絹子給她拭了嘴。黛玉便拿那絹子指著箱子，又喘成一處，說不上來，閉了眼。紫鵑道：「姑娘歪歪兒罷。」黛玉又搖搖頭兒。紫鵑料是要絹子，便叫雪雁開箱，拿出一塊白綾絹子來。黛玉瞧了，撂在一邊，使勁說道：「有字的！」紫鵑這才明白過來，要那塊題詩的舊帕，只得叫雪雁拿出來遞給黛玉。紫鵑勸道：「姑娘歇歇罷，何苦又勞神，等好了再瞧罷。」只見黛玉接到手裡，也不瞧詩，扎掙著伸出那只手來狠命的撕那絹子，卻是只有打顫的分兒，那裡撕得動。紫鵑早已知她是恨寶玉，卻也不敢說破，只說：「姑娘何苦自己又生氣！」黛玉點點頭兒，掖在袖裡，便叫雪雁點燈。雪雁答應，連忙點上燈來。
> 黛玉瞧瞧，又閉了眼坐著，喘了一會子，又道：「籠上火盆。」紫鵑打諒她冷。因說道：「姑娘躺下，多蓋一件罷。

那炭氣只怕耽不住。」黛玉又搖頭兒。雪雁只得籠上，擱在地下火盆架上。黛玉點頭，意思叫挪到炕上來。雪雁只得端上來，出去拿那張火盆炕桌。那黛玉卻又把身子欠起，紫鵑只得兩隻手來扶著她。黛玉這才將方才的絹子拿在手中，瞅著那火點點頭兒，往上一摚。紫鵑唬了一跳，欲要搶時，兩隻手卻不敢動。雪雁又出去拿火盆桌子，此時那絹子已經燒著了。紫鵑勸道：「姑娘這是怎麼說呢。」黛玉只作不聞，回手又把那詩稿拿起來，瞧了瞧又摚下了。紫鵑怕她也要燒，連忙將身倚住黛玉，騰出手來拿時，黛玉又早拾起，摚在火上。此時紫鵑卻夠不著，乾急。雪雁正拿進桌子來，看見黛玉一摚，不知何物，趕忙搶時，那紙沾火就著，如何能夠少待，早已烘烘地著了。雪雁也顧不得燒手，從火裡抓起來摚在地下亂踩，卻已燒得所餘無幾了。那黛玉把眼一閉，往後一仰，幾乎不曾把紫鵑壓倒。紫鵑連忙叫雪雁上來將黛玉扶著放倒，心裡突突地亂跳。欲要叫人時，天又晚了；欲不叫人時，自己同著雪雁和鸚哥等幾個小丫頭，又怕一時有什麼原故。好容易熬了一夜。

李紈得知黛玉病危趕來，她眼中危孤的黛玉：

李紈正在那裡給賈蘭改詩，冒冒失失的見一個丫頭進來回說：「大奶奶，只怕林姑娘好不了，那裡都哭呢。」李紈聽了，嚇了一大跳，也來不及問了，連忙站起身來便走，素雲碧月跟著，一頭走著，一頭落淚，想著：「姐妹在一處一場，更兼她那容貌才情真是寡二少雙，惟有青女素娥可以仿佛一二，竟這樣小小的年紀，就作了北邙鄉女！偏偏鳳姐想出一條偷樑換柱之計，自己也不好過

瀟湘館來，竟未能少盡姊妹之情。真真可憐可歎。」一頭想著，已走到瀟湘館的門口。裡面卻又寂然無聲，李紈倒著起忙來，想來必是已死，都哭過了，那衣衾未知裝裹妥當了沒有？連忙三步兩步走進屋子來。

裡間門口一個小丫頭已經看見，便說：「大奶奶來了。」紫鵑忙往外走，和李紈走了個對臉。李紈忙問：「怎麼樣？」紫鵑欲說話時，惟有喉中哽咽的分兒，卻一字說不出。那眼淚一似斷線珍珠一般，只將一隻手回過去指著黛玉。李紈看了紫鵑這般光景，更覺心酸，也不再問，連忙走過來。看時，那黛玉已不能言。李紈輕輕叫了兩聲，黛玉卻還微微的開眼，似有知識之狀，但只眼皮嘴唇微有動意，口內尚有出入之息，卻要一句話一點淚也沒有了。（痛煞我也！）

李紈的思慮應該是大觀園眾多女兒的想法，她們之所以都沒有來看望慰問黛玉，就在黛玉因情生病，背逆男女大防之禮教，故而「也不好過瀟湘館來」看望黛玉。

得知黛玉病危，平兒來，流著淚，為黛玉準備喪事。第九十八回《苦絳珠魂歸離恨天　病神瑛淚灑相思地》黛玉命絕時，探春方來，目睹黛玉情絕命斷：

> 卻說寶玉成家的那一日，黛玉白日已昏暈過去，卻心頭口中一絲微氣不斷，把個李紈和紫鵑哭得死去活來。到了晚間，黛玉卻又緩過來了，微微睜開眼，似有要水要湯的光景。此時雪雁已去，只有紫鵑和李紈在旁。紫鵑便端了一盞桂圓湯和的梨汁，用小銀匙灌了兩三匙。黛玉閉著眼靜養了一會子，覺得心裡似明似暗的。此時李紈見黛玉略緩，明知是迴光返照的光景，卻料著還有一

半天耐頭,自己回到稻香村料理了一回事情。(這李紈等著黛玉死呢,等得不耐煩。)

這裡黛玉睜開眼一看,只有紫鵑和奶媽並幾個小丫頭在那裡,便一手攥了紫鵑的手,使著勁說道:「我是不中用的人了。你伏侍我幾年,我原指望咱們兩個總在一處。不想我……」說著,又喘了一會子,閉了眼歇著。紫鵑見她攥著不肯鬆手,自己也不敢挪動,看她的光景比早半天好些,只當還可以回轉,聽了這話,又寒了半截。半天,黛玉又說道:「妹妹,我這裡並沒親人。我的身子是乾淨的,你好歹叫他們送我回去。」說到這裡又閉了眼不言語了。那手卻漸漸緊了,喘成一處,只是出氣大入氣小,已經促疾得很了。

紫鵑忙了,連忙叫人請李紈,可巧探春來了。紫鵑見了,忙悄悄地說道:「三姑娘,瞧瞧林姑娘罷。」說著,淚如雨下。探春過來,摸了摸黛玉的手已經涼了,連目光也都散了。探春紫鵑正哭著叫人端水來給黛玉擦洗,李紈趕忙進來了。三個人才見了,不及說話。剛擦著,猛聽黛玉直聲叫道:「寶玉,寶玉,你好……」(此話說:寶玉你好狠心!)說到「好」字,便渾身冷汗,不作聲了。紫鵑等急忙扶住,那汗愈出,身子便漸漸地冷了。探春、李紈叫人亂著攏頭穿衣,只見黛玉兩眼一翻,嗚呼!

香魂一縷隨風散,愁緒三更入夢遙!

當時黛玉氣絕,正是寶玉娶寶釵的這個時辰。紫鵑等都大哭起來。李紈探春想她素日的可疼,今日更加可憐,也便傷心痛哭。因瀟湘館離新房子甚遠,所以那邊並沒聽見。一時大家痛哭了一陣,只聽得遠遠一陣音樂之聲,側耳一聽,卻又沒有了。探春李紈走出院外再聽時,惟

有竹梢風動，月影移牆，好不淒涼冷淡！

「嗚呼，香魂一縷隨風散，愁緒三更入夢遙！」容貌、才情、心性一朵花，就這樣枯萎，凋謝。黛玉年不過十六歲，身心一如蔓草零珠，她說「我這裡並沒有親人」，是對賈母諸人的控訴！她說「我的身子是乾淨的，你好歹叫他們送我回去」，因為賈府上下都不乾淨，心身純淨的她要「質本潔來還潔去」！

（四十三）寶玉癡情，寶釵無情，賈府無情

賈母毒心。第九十八回文中說「當時黛玉氣絕，正是寶玉娶寶釵的這個時辰。」寶玉被騙，「這時寶玉雖因失玉昏憒，但只聽見了娶黛玉為妻，真乃是從古至今天上人間第一件暢心滿意的事了，那身子頓覺健旺起來。──只不過不似從前那般靈透，所以鳳姐的妙計百發百中──巴不得即見黛玉，盼到今日完姻，真樂得手舞足蹈，雖有幾句傻話，卻與病時光景大相懸絕了。」揭開新娘蓋頭，發現新娘不是黛玉而是寶釵：

> 寶玉此時到底有些傻氣，便走到新人跟前說道：「妹妹身上好了？好些天不見了，蓋著這勞什子做什麼！」欲待要揭去，反把賈母急出一身冷汗來。寶玉又轉念一想道：「林妹妹是愛生氣的，不可造次。」又歇了一歇，仍是按捺不住，只得上前揭了。喜娘接去蓋頭，雪雁走開，鶯兒等上來伺候。寶玉睜眼一看，好像寶釵，心裡不信，自己一手持燈，一手擦眼，一看，可不是寶釵麼！只見她盛妝豔服，豐肩軟體，鬢低鬟嚲，眼目閏息微，真是荷粉露垂，杏花煙潤了。寶玉發了一回怔，又見鶯兒立在旁邊，不見了雪雁。寶玉此時心無主意，自己反以為是夢中了，呆呆的只管站著。眾人接過燈去，扶了寶玉仍舊坐下，兩眼直視，半語全無。

　　接著他「口口聲聲只要找林妹妹去」，卻被賈母用「安息香」弄昏，使他「昏沉睡去」，而「寶釵置若罔聞」。

　　寶釵冷心。第九十八回寶玉「索性連人也認不明白了」。「寶釵明知其事，心裡只怨母親辦得糊塗，事已至此，不肯多言。獨有薛姨媽看見寶玉這般光景，心裡懊悔，只得草草完事」。寶釵特冷靜，冷冷地思考，行為：

　　　　寶玉片時清楚，自料難保，見諸人散後，房中只有襲人，因喚襲人至跟前，拉著手哭道：「我問你，寶姐姐怎麼來的？我記得老爺給我娶了林妹妹過來，怎麼被寶姐姐趕了去了？她為什麼霸佔住在這裡？我要說呢，又恐怕得罪了她。你們聽見林妹妹哭得怎麼樣了？」襲人不敢明說，只得說道：「林姑娘病著呢。」寶玉又道：「我瞧瞧她去。」說著，要起來。豈知連日飲食不進，身子那能動轉，便哭道：「我要死了！我有一句心裡的話，只求你回明老太太：橫豎林妹妹也是要死的，我如今也不能保。兩處兩個病人都要死的，死了越發難張羅。不如騰一處空房子，趁早將我同林妹妹兩個抬在那裡，活著也好一處醫治伏侍，死了也好一處停放。你依我這話，不枉了幾年的情分。」襲人聽了這些話，便哭得哽嗓氣噎。
　　　　寶釵恰好同了鶯兒過來，也聽見了，便說道：「你放著病不保養，何苦說這些不吉利的話。老太太才安慰了些，你又生出事來。老太太一生疼你一個，如今八十多歲的人了，雖不圖你的封誥，將來你成了人，老太太也看著樂一天，也不枉了老人家的苦心。太太更是不必說了，一生的心血精神，撫養了你這一個兒子，若是半途死了，太太將來怎麼樣呢。我雖是命薄，也不至於此。據此三件看來，你便要死，那天也不容你死的，所以你是不得

死的。只管安穩著，養個四五天後，風邪散了，太和正氣一足，自然這些邪病都沒有了。」寶玉聽了，竟是無言可答，半晌方才嘻嘻的笑道：「你是好些時不和我說話了，這會子說這些大道理的話給誰聽？」寶釵聽了這話，便又說道：「實告訴你說罷，那兩日你不知人事的時候，林妹妹已經亡故了。」寶玉忽然坐起來，大聲詫異道：「果真死了嗎？」寶釵道：「果真死了。豈有紅口白舌咒人死的呢。老太太、太太知道你兄妹和睦，你聽見她死了自然你也要死，所以不肯告訴你。」寶玉聽了，不禁放聲大哭，倒在床上。

　　冷美人以寶玉癡情為「邪病」，其心冷理性達到極致。文中隨後交代說「寶釵早知黛玉已死，因賈母等不許眾人告訴寶玉，恐添病難治。自己卻深知寶玉之病實因黛玉而起，失語次之，故趁勢說明，使其一痛決絕，神魂歸依，庶可治療。」故而披露黛玉死訊。文中再說「那寶釵任人誹謗，只窺察寶玉心病，暗下針砭。」果然，寶玉昏厥醒來。大夫進來診脈，說：「奇怪，這一回脈氣沉靜，神安鬱散。」眾人都安心。「寶玉終是心酸落淚」，自想尋死，「又恐老太太、太太生氣，又不能撩開。又想黛玉已死，寶釵又是一等人物，方信金玉良緣有定，自己也解了好些」，寶釵於是「心安」。

　　寶玉「癡心總不能解，必要親去哭她一場」，於是寶玉、薛寶釵、賈母、王夫人都去瀟湘館哭黛玉。見到黛玉靈柩：

　　　寶玉一到，想起未病之先來到這裡，今日屋在人亡，不禁嚎啕大哭。想起從前何等親密，今日死別，怎不更加傷感。眾人原恐寶玉病後過哀，都來解勸，寶玉已經哭得死去活來，大家攙扶歇息。其餘隨來的，如寶釵，俱

極痛哭。(為何?畢竟姐妹一場?為自己嫁個瘋子而後悔莫及?或者臨場乾嚎假哭,此可是中國古代禮教喪儀傳統。)獨是寶玉必要叫紫鵑來見,問明姑娘臨死有何話說。紫鵑本來深恨寶玉,見如此,心裡已回過來些,又見賈母王夫人都在這裡,不敢灑落寶玉,便將林姑娘怎麼復病,怎麼燒毀帕子,焚化詩稿,並將臨死說的話,一一的都告訴了。寶玉又哭得氣噎喉乾。探春趁便又將黛玉臨終囑咐帶柩回南的話也說了一遍。賈母、王夫人又哭起來。多虧鳳姐能言勸慰,略略止些,便請賈母等回去。寶玉那裡肯捨,無奈賈母逼著,只得勉強回房。

切莫以為寶釵、賈母、王夫人等心痛黛玉而哭,中國哭喪有假哭的傳統,嚎啕大哭方為孝、為親、為善,哭不出來就假哭,還可以請善於假哭的老哭手來哭。面對靈柩嚎啕大哭,離開靈柩立即笑逐顏開。

寶釵以為寶玉癡情是「邪病」。此前聽三角眼說黛玉死了,「賈母眼淚交流說道:『是我弄壞她了。但只是這個丫頭特傻氣。』」似乎自責,但立即將死因歸於黛玉自己「特傻氣」,「傻氣」即不該癡情,應該無情。的的確確,人間常見癡情者悲而命短,而無情者笑而長壽。面對黛玉靈柩,「賈母哭得淚乾氣絕。鳳姐等再三勸住。王夫人也哭了一場」。聽探春說黛玉臨終囑咐帶柩回南,「賈母、王夫人又哭起來」,似乎悲傷又自責。第九十九回賈母、王夫人、王熙鳳言談又提及黛玉,她們似乎難過,落淚。為了讓賈母、薛姨媽開心,王熙鳳杜撰一個新姑爺寶玉和新媳婦寶釵之間的笑話,轉眼之間她們都笑。說到黛玉臨終之「恨」,她們也笑:

賈母笑道:「猴兒,我在這裡同著姨太太想你林妹妹,你

來慪個笑兒還罷了，怎麼臊起皮來了。你不叫我們想你林妹妹，你不用太高興了，你林妹妹恨你，將來不要獨自一個到園裡去，提防她拉著你不依。」鳳姐笑道：「她倒不怨我。她臨死咬牙切齒倒恨著寶玉呢。」賈母、薛姨媽聽著，還道是玩話兒，也不理會，便道：「你別胡拉扯了。你去叫外頭挑個很好的日子給你寶兄弟圓了房兒罷。」

瞧瞧，黛玉死於她們的毒手，而她們都「笑」。賈母「笑道」黛玉「恨」王熙鳳，要王熙鳳別獨自到園子裡去。一則見這老傢夥心狠心毒，二則見她推脫害死黛玉的罪責，要黛玉魂靈找出「調包計」的王熙鳳算賬，別找她。王熙鳳「笑說」黛玉「她臨死咬牙切齒倒恨著寶玉呢」，一則見這三角眼吊梢眉心狠心毒，二則見她推脫害死黛玉的責任，以為黛玉冤魂不會找她。

可見賈母、王夫人、王熙鳳見黛玉靈柩，她們仁之哭，是變臉假哭，而變臉假哭絕技，是中國古代喪事傳統，更是賈府真傳。第六十三回死了親爹的賈珍和親爺的賈蓉奔喪途中，聽說尤二姐尤三姐來了，「賈蓉便和賈珍一笑」，來到停靈的鐵檻寺，「賈珍下了馬，和賈蓉放聲大哭，從門外便跪爬進來，至棺前稽顙泣血，直哭到天亮喉嚨都啞了方住」。此為無淚乾嚎。賈蓉回家料理停靈的事，立馬嬉笑調戲尤二姐尤三姐。（第六十四回）停靈期間，「賈珍賈蓉此時為禮法所拘，不免在靈旁籍草枕塊，恨苦居喪。人散後，仍乘空尋他小姨子們廝混」。

第一百回寶釵處理雪雁也見其冷森森個性。雪雁本是黛玉丫鬟，為騙寶玉相信新娘是黛玉，賈母、王夫人、薛姨媽要雪雁做伴娘。事後不久寶釵看「那雪雁雖是寶玉娶親這夜出過力的，寶釵見她心地不甚明白，便回了賈母、王夫人，將她配了

一個小廝，各自過活去了。」雪雁為何「不明白」？她因黛玉而瘋傻。第九十七回黛玉氣絕時，因雪雁是隨黛玉從南邊家裡來的，被叫來做寶釵的伴娘，欺騙寶玉。當時黛玉病危，雪雁被平兒帶出瀟湘館。雪雁「聽是老太太和二奶奶叫，也不敢不去」，來到新房：

> 雪雁看見這般光景，想起她家姑娘，也未免傷心，只是在賈母鳳姐跟前不敢露出。因又想道：「也不知用我作什麼？我且瞧瞧。寶玉一日家和我們姑娘好得蜜裡調油，這時候總不見面了，也不知是真病假病。怕我們姑娘不依，他假說丟了玉，裝出傻子樣兒來，叫我們姑娘寒了心。他好娶寶姑娘的意思。我看看他去，看他見了我傻不傻。莫不成今兒還裝傻麼！」一面想著，已溜到裡間屋子門口，偷偷兒的瞧。這時寶玉雖因失玉昏憒，但只聽見娶了黛玉為妻，真乃是從古至今天上人間第一件暢心滿意的事了，那身子頓覺健旺起來，——只不過不似從前那般靈透，所以鳳姐的妙計百發百中——巴不得即見黛玉，盼到今日完姻，真樂得手舞足蹈，雖有幾句傻話，卻與病時光景大相懸絕了。雪雁看了，又是生氣又是傷心，她哪裡曉得寶玉的心事，便各自走開。

此後得知真相，目睹寶玉得知真相的瘋癲痛苦，自家小姐如此慘死，寶玉如此被騙，而自己被逼被瞞著充當騙手，寶釵、賈母、王夫人如此無情，自己孤零零，「又是生氣又是傷心」，雪雁就「心地不甚明白」了。寶釵將她配給一個小廝，不知後事如何。

從此寶玉因為黛玉，時而瘋傻，時而痛哭。特別是在第一〇八回《強歡笑蘅蕪慶生辰　死纏綿瀟湘聞鬼哭》賈府被抄檢

之後，賈母拿出二十兩銀子為寶釵慶生。寶玉見湘雲、寶釵，「只是不見了黛玉，一是按捺不住，眼淚便要下來。恐人看見，便說身上燥得很，脫衣服去，掛了籌出席去了」，襲人跟蹤，來到瀟湘館，痛斷肝腸：

> 不料寶玉的心惟在瀟湘館內。襲人見他往前急走，只得趕上，見寶玉站著，似有所見，如有所聞，便道：「你聽什麼？」寶玉道：「瀟湘館倒有人住著麼？」襲人道：「大約沒有人罷。」寶玉道：「我明明聽見有人在內啼哭，怎麼沒有人！」襲人道：「你是疑心。素常你到這裡，常聽見林姑娘傷心，所以如今還是那樣。」寶玉不信，還要聽去。婆子們趕上說道：「二爺快回去罷。天已晚了，別處我們還敢走走，只是這裡路又隱僻，又聽得人說這裡林姑娘死後常聽見有哭聲，所以人都不敢走的。」寶玉襲人聽說，都吃了一驚。寶玉道：「可不是。」說著，便滴下淚來，說：「林妹妹，林妹妹，好好兒的是我害了你了！你別怨我，只是父母作主，並不是我負心。」愈說愈痛，便大哭起來。

寶玉面對寶釵，思戀黛玉。第一〇一回鳳姐來到寶玉房中，「只見寶玉穿著衣服歪在炕上，兩眼呆呆地看寶釵梳頭。」鳳姐以為「他兩口兒恩愛纏綿」，玩笑一番走了。實則心中只有林妹妹的寶玉「兩眼呆呆地看寶釵梳頭」，心中一定想：「本該黛玉妹妹在這梳妝檯梳頭理妝，怎麼是她？」

繼而寶玉和寶釵回賈母要到舅舅家去。寶玉騎馬先走，派焙茗回來傳話說：「二爺忘了一句話，二爺叫我回來告訴二奶奶：若要去呢，快些來罷；若不去呢，別在風地裡站著。」弄得「賈母、鳳姐並地下站著的老婆子、丫頭都笑了」，「寶釵

飛紅了臉」。賈母以為寶玉「記掛」寶釵，但這話是寶玉經常對病弱黛玉的嘮叨話。此時人在馬上，回首賈府，似乎與黛玉渺然相望於風中，茫然中要焙茗回家，囑咐此癡情夫妻家常話。

寶玉情癡，這也是情癡精神分裂徵兆。故而第一〇四回外任的賈政回家，與家人見面，問王夫人「為何今日短了一人？」「王夫人知是想著黛玉，今以又初到家，正是歡喜，不便直告，只說病著。豈知寶玉的心裡已如刀絞，因父親到家，只得把持心性伺候。」回去的路上，「一路上已滴了好些淚」。回家後要襲人叫紫鵑來，要對她說：「她是我本不願意的，都是老太太她們捉弄的，好端端把一個林妹妹弄死了。」等等，他決意要突破寶釵阻止，祭奠黛玉。

寶釵冷美人，把一切藏進心裡。賈府被抄檢後的第一〇八回賈母對回門來看望她的湘雲說：「你寶姐姐生來是個大方的人，頭裡她家這樣好，她也一點兒不驕傲，後來她家壞了事，她也是舒舒坦坦的。如今在我家裡，寶玉待她好，她也是那樣安頓；一時待她不好，不見她有什麼煩惱。」後天是寶釵生日，她拿出一百兩銀子預備酒飯，請來眾人。寶釵聽老太太丫頭請，說：「薛姨太太來了，請二奶奶過去。」寶釵「心裡喜歡」，去見母親。看她聽了賈母一番言談後的反應：

> 只聽賈母和她母親說：「可憐寶丫頭做了一年新媳婦，家裡接二連三地有事，總沒有給她做個生日，請姨太太、太太們來大家說說話兒。」薛姨媽道：「老太太這些時心裡才安，她小人兒家沒有孝敬老太太，倒要老太太操心。」湘雲道：「老太太最疼的孫子是二哥哥，難道二嫂子就不疼了麼！況且寶姐姐也配老太太給她做生日。」寶釵低頭不語。寶玉心裡想到：「我只說史妹妹出了閣是換了一個人了，我所以不敢親近她，她也不來理我。

如今聽她說的話，原是和先前一樣的。為什麼我們那個過了門更覺得靦覥了，話都說不出來呢？」

「寶釵低頭不語」，真是寶玉所言「靦覥」？寶玉不理解寶釵，我們能理解嗎？薛姨媽對賈母說的話是客氣話，湘雲說的話是安慰寶姐姐的話，關鍵是賈母「可憐寶丫頭」那番話觸動寶釵心中的悲苦，自己費盡心力「借東風」成就金玉良緣，撕裂寶黛，假扮黛玉與寶玉接親，自己薛家因哥哥薛蟠敗落，賈府被錦衣府抄查，衰敗零落，賈寶玉因林妹妹時現瘋傻，⋯⋯她心裡一定悲傷後悔，故而「低頭不語」。果然就在這生日酒宴上，寶玉想起黛玉，「一時按捺不住，眼淚便要下來」，就「掛了籌出席去了」，前往瀟湘館哭林妹妹。

冷美人把一切都掩藏在心底。直接敘述薛寶釵後悔在抄檢賈府之後的一〇六回。賈府一敗塗地，上下悲哀。「王夫人帶寶玉、寶釵過來請安，見賈母悲傷，三人也大哭起來。寶釵更有一層苦楚：想哥哥也在外監，將來要處決，不知可減緩否；翁姑雖無事，眼見家業蕭條；寶玉依然瘋傻，毫無志氣。想到後來終身，更比賈母、王夫人哭得更痛。」自家敗，婆家敗，丈夫瘋傻，自己終身當如何？悔悔悔！錯錯錯！莫莫莫！

第一〇九回過門一年之後，「寶玉因心中愧悔（即勾引極像晴雯的丫頭五兒），寶釵欲籠絡寶玉之心」，至此二人方同房，但寶玉依舊無法忘記林妹妹。第一一〇回賈母亡故，寶玉看見穿孝服的寶釵更有一番雅致，由梅花自然聯想到黛玉：

> 他心裡想道：「所以千紅萬紫終讓梅花為魁，殊不知並非梅花開得早，竟是『潔白清香』四字是不可及的了。但這時候若有林妹妹也是這樣打扮，又不知怎樣的風韻了！」想到這裡，不由地心酸起來，那淚珠便直滾滾的

下來了，趁著賈母的事，不妨放聲大哭。

（四十四）寶玉因癡心而精神分裂　佛教「作假」臆造「真如福地」

前此已敘「通靈寶玉」是封建禮教、佛教、族權的象徵。賈母暗自定親寶釵，通靈寶玉發出喜信紅光，使得賈母「賞花妖」。為避免被抄檢，「撮合」金玉良緣，撕裂木石前盟，它就失蹤，形質歸一，回到和尚手裡。第一一五回因思戀黛玉幾次瘋癲的賈寶玉（假寶玉）再受甄寶玉（真寶玉）的打擊。

甄寶玉原本反正統在第二回有間接敘述。冷子興說賈寶玉的孩子話：「女兒是水作的骨肉，男人是泥作的骨肉。我見了女兒便清爽，見了男子便覺濁臭逼人。」賈雨村提及金陵甄家甄寶玉所言與寶玉完全一致：「這女兒兩個字，極尊貴，極潔淨的，比那阿彌陀佛、元始天尊的這兩個寶號還更尊榮無對的呢！」第五十六回甄寶玉再次間接出現。江南甄府家眷進京朝賀，來賈府送禮請安，對賈母說到自家十三歲的哥兒也叫寶玉，也是「因長得齊整，老太太很疼」，「天天翹課」。甄寶玉與賈寶玉「模樣一樣，淘氣也一樣」，「一般行景」。當時寶玉心中疑惑，回房昏昏睡去，夢見甄寶玉也說男人「臭」，女兒「潔」。

第一一四回原本被革職抄家的甄家「遇主上眷念舊臣，賜還舊職」，甄應嘉進京陛見，來賈府拜會賈政，見到寶玉。他說寶玉與他兒子甄寶玉面目、舉止相同。這使得寶玉特別想找一個反正統，追求自由清純，拒絕功名仕進的「同類」，故而第一一五回回目之二就是「證同類寶玉失相知」。開篇賈政逼寶玉溫習文章，學幾篇文章，寶玉只好回自己房中作文章。此時甄家太太帶著甄寶玉來了。文中說「賈寶玉見了甄寶玉，想到夢中之景，並且素知甄寶玉為人必是和他同心，以為得了知

己。」然而甄寶玉一番家業衰敗後反省，歸入「祿蠹的舊套」，再加以賈環一番「文章經濟」的「酸論」，使寶玉失望：

> 甄寶玉道：「弟少時不知分量，自謂尚可琢磨；豈知家遭消索，數年來更比瓦礫猶賤。雖不敢說歷盡甘苦，然世道人情，略略地領悟了些許。（此世道人情之些須，即『文章就是經濟』可重整家業。）世兄是錦衣玉食，無不遂心的，必是文章經濟高出人上，所以老伯鍾愛，將為席上之珍。弟所以才說尊名方稱。」賈寶玉聽這話頭又近了祿蠹的舊套，想話回答。賈環見未與他說話，心中早不自在。倒是賈蘭聽了這話，甚覺合意，便說道：「世叔所言，固是太謙，若論到文章經濟，實在從歷練中出來的，方為真才實學。在小侄年幼，雖不知文章為何物，然將讀過的細味起來，那膏粱文繡，比著令聞廣譽，真是不啻百倍的了！」甄寶玉未及答言。賈寶玉聽了蘭兒的話，心裡越發不合，想道：「這孩子從幾時也學了這一派酸論！」便說道：「弟聞得世兄也詆盡流俗，性情中另有一番見解。今日弟幸會芝範，想欲領教一番超凡入聖的道理，從此可以洗淨俗腸，重開眼界。不意視弟為蠹物，所以將世路的話來酬應。」甄寶玉聽說，心裡曉得：「他知我少年的性情，所以疑我為假。我索性把話說明，或者與我作個知心朋友，也是好的。」便說：「世兄高論，固是真切。但弟少時也曾深惡那些舊套陳言，只是一年長似一年，家君致仕在家，懶於酬應，委弟接待。後來見過那些大人先生，盡都是顯親揚名的人；便是著書立說，無非言忠言孝，自有一番立德立言的事業，方不枉生在聖明之時，也不致負了父親師長養育教誨之恩。所以把少時那些迂想癡情，漸漸地淘汰了些。如今尚欲訪

師覓友，教導愚蒙。幸會世兄，定當有以教我。适才所言，並非虛意。」（所謂言忠言孝、立德立言，不枉聖明，不負父親師長等等，簡言之就是封建專制皇權、族權文化的「忠孝」規則，故而甄寶玉反省少時叛離，重歸正統「忠孝」，不再有自我的「迂想癡情」。）賈寶玉愈聽愈不耐煩，又不好冷淡，只得將言語支吾。

甄寶玉改過，回歸封建正統，厲行皇權忠義，族權孝順，就是「真寶玉」；私自相愛，拒絕與統治者合作，追求自由清純就是「假寶玉」、「臨殆玉」。本想「證同類」的寶玉大失所望，回家對寶釵挖苦甄寶玉為「祿蠹」，遭到寶釵一頓搶白，說：「一個男人原該要立身揚名的，誰像你一味地柔情蜜意，不說自己沒有剛烈，倒說人家祿蠹。」寶玉便「悶悶昏昏，不覺將舊病又勾起來了，並不言語，只是傻笑」，「那日便有些發呆」。接著王夫人到寶釵那裡，「見寶玉神魂失所」，過了幾天「更糊塗了，甚至衣食不進」，「人事不醒」，大夫「不肯下藥，只好預備後事」。

寶玉因情而神魂失所，賈府悲痛欲絕時，那禿頭和尚拿著「通靈寶玉來了」，果然應了第九十四回李鐵嘴所測「賞」字，即「貝」與「尚」在一起。他不施禮，不答話，走到寶玉炕前：

> 和尚哈哈大笑，手拿著玉，在寶玉耳邊叫道：「寶玉，寶玉！你的寶玉回來了。」（此言說石頭佛才是寶玉，即要情癡也變身石頭。）說了這一句，王夫人等見寶玉把眼一睜。襲人說道：「好了！」只見寶玉便問道：「在哪裡呢？」那和尚把玉遞給他手裡。寶玉先前緊緊地攥著，後來慢慢地回過手來，放在自己眼前，細細地一看，說：「噯呀！久違了。」（果然石頭佛，情癡寶玉心冷而醒。）裡外眾人都喜歡地念佛，連寶釵也顧不得有和尚了。

　　前此已敘，通靈寶玉是佛教、禮教、族權的象徵，為避免被抄檢，「撮合」金玉良緣，撕裂木石前盟，它「失蹤」，回到和尚手裡。當寶玉再因黛玉和自我意志而「瘋魔」時，通靈寶玉回來，寶玉就清醒過來，嚷餓要吃的，似乎佛讓他清醒，然而：

> 麝月忘了情說「真是寶貝，才看見了一會兒就好了，虧得當初沒砸破。」寶玉聽了這話，神色一變，把玉一撂，身往後一仰，復又死去，急得王夫人等哭叫不止。

　　麝月此言必定讓寶玉想起因金玉良緣，導致黛玉疑忌，他多次痛苦摔玉以表己心的情景，癡情蒙心使他又一次昏迷。（第一一六回）寶玉靈魂出竅，夢幻中被送玉的和尚拉著來到「真如福地」，接著又一番「以真為假，以假為真；以有為無，以無為有」荒唐的所謂「紅塵禪悟」：

> 那和尚拉著寶玉過了那牌樓，只見牌上寫著「真如福地」四個大字，兩邊一幅對聯，乃是：
> 假去真來真勝假；無原有是有非無。（此為佛言：人間一切都是「假」，都是「無」，惟有遵循佛教滅「六根（眼耳鼻舌身意）」，去「六識（色聲香味觸法）」，成為沒感覺成石頭才是「真、有」。這所謂「真如福地」對聯「假去真來真勝假；無原有是有非無」即第一回和第五回佛教太虛幻境區額所揭示佛教「假作真時真亦假；無為有處有亦無」。）
> 轉過牌坊，便是一座宮門。門上橫書四個大字道「福善禍淫」。（「福善」即行善有福，但甄士隱行善資助賈雨村上京科舉考試，卻女兒被偷拐，家中起火。賈雨村上任當官第一案就是薛蟠打死買主馮公子，強搶一個十二三

歲的女兒就是甄士隱的女兒甄英蓮，但他沒有仗義執法，報答恩人，反而為討好賈史王薛四大貴族，出賣了恩人的女兒。可見此善無福。此「禍淫」，指「自由戀愛」的男女必定遭遇災禍，而賈府四大色鬼——即爬灰秦可卿的賈珍、淫亂尤二姐的賈珍、賈蓉、賈璉、逼死鴛鴦的賈赦、強搶甄英蓮的薛蟠等等依然安然無恙。這就是佛教。）又有一副對子，大書云：

過去未來，莫謂智賢能打破，

前因後果，須知親近不相逢。

（此為佛教廣告：即便智賢也不能勘破過去，預知未來，惟有佛教操控過去未來；佛教操控命運「前因後果」，自相「親近」戀愛者「不相逢」。）……

（來到一殿宇）抬頭看那匾額上「引覺情癡」，兩邊寫的對聯道：

喜笑悲哀都是假，貪求思慕總因癡。（即：人因情而「喜笑悲哀都是假」，只有石頭佛為真；人貪求愛情，思慕愛情是「癡呆」，惟有佛教石頭佛是聖賢。這就是「引覺情癡」即引導情癡覺悟，拋棄愛情，變身石頭。）

此所謂「真如福地」與第一回和第五回「太虛幻境」牌坊匾額下的對聯「假作真時真亦假；無為有處有亦無」完全一致，說的就是佛教「以假為真，以真為假；以無為有，以有為無」。

在佛教假造的「真如佛地」，因老色鬼賈赦被迫自殺的鴛鴦成了仙女，她不理睬寶玉；黛玉成了神女瀟湘妃子，她絕情不見寶玉，反令因情自刎的尤三姐、因「心比天高，身為下賤。風流靈巧招人怨」而死的晴雯來見寶玉，說要「一劍斬斷你的塵緣」。死去的鳳姐、秦可卿也不理寶玉。寶玉正在著急，送玉來的和尚奉「元妃娘娘旨意」，救他到荒野。和尚說：「世上的

情緣都是那些魔障。」把寶玉一推，寶玉就「死去復生，神氣清爽，又加連日服藥，一天好似一天，漸漸地復原起來。不但厭棄功名仕進，竟把兒女私情也看淡了好些」。紫鵑送林妹妹靈柩回南，他並不傷心落淚，見紫鵑哭也不勸慰，反而瞧著她笑，成了紫鵑所謂「負心人」。

這就是佛教對因情而瘋癲，因自我意志被孤立而癡呆冷漠的寶玉的解釋。佛教「假作真時真亦假」，將寶玉思戀林妹妹而昏死過去，繼而不哭反笑的神經質，日漸清醒過來，最後決定履行自己對黛玉妹妹的諾言，「禪心已作沾泥絮，莫向春風舞鷓鴣」決定出家，解釋為紅塵悟道，而本質真相是：寶玉受盡精神情感折磨，癡癡呆呆變身成石頭啦，最後清醒出家，走向雪野荒原，尋找林妹妹。

（四十五）寶玉科舉考試與出家：佛教再次「作假」

第一一七回和尚又來了，要一萬兩銀子。寶玉前去，與和尚大談「太虛幻境」、「通靈寶玉的來路」、「青埂峰」、「斬斷情緣」，使「寶釵聽了，唬得兩眼直瞪，半句話都沒有了」。王夫人以為他「瘋癲」，寶玉以為自己「正經」，還說「那和尚我原認得的」。和尚也說自己不要銀子，「只要寶二爺時常到他那裡去去就是了」。寶玉看透人間，決意出家，「時常王夫人、寶釵勸他念書，他便假作攻書，一心想著那個和尚引他到那仙境的機關」。後來他參加科舉考試，也是他臨出家之前對賈母這個害了他和黛玉的奶奶的報答。賈母臨終首先提到寶玉，囑咐寶玉：

> 卻說賈母坐起說道：「我到你們家已經六十多年了，從年輕的時候到老來，福也享盡了。自你們老爺起，兒子孫子也都算是好的了。就是寶玉呢，我疼了他一場 ——」說到那裡，拿眼滿地下瞅著，王夫人便推寶玉走到床前。賈母從被窩裡伸出手來拉著寶玉，道：「我的兒，你要爭

氣才好！」寶玉嘴裡答應，心裡一酸，那眼淚便要流下來，又不敢哭，只得站著。聽賈母說道：「我想再見一個重孫子，我就安心了。我的蘭兒在哪裡呢？」李紈也推賈蘭上去。賈母放了寶玉，拉著賈蘭道：「你母親是要孝順的。將來你成了人，也叫你母親風光風光。……」

奶奶臨死要寶玉與賈環科舉仕進，重整家業。因黛玉之死，寶玉怨恨奶奶，但一輩子疼他的奶奶的遺言他能不聽嗎？第一一八回本已決定出家的寶玉之所以參加科舉考試也因為奶奶賈母、母親王夫人的祈望，身為孫子、兒子，他得報答養育之恩。促使他下決心科舉考試是他與寶釵一場爭論。爭論的焦點是古聖賢說過的「不失赤子之心」，但最後促使寶玉參加科舉考試是報答奶奶、父母養育寵愛之恩。

寶玉以老子自然真純思想解「赤子之心」。他以為「我們生來已溺陷在貪嗔癡愛中，猶如污泥一般，怎麼能跳出塵網」，而不負「赤子之心」，「無知無識無貪無忌」，就是道家回歸自然「人品根柢」、「太初一步」。寶釵以禮教解「赤子之心」，她以為「古聖賢以忠孝為赤子之心，並不是遁世離群無關無系為赤子之心」，即寶玉所言「拋棄天倫」。

寶玉又說「堯舜不強巢許、武周不強夷齊」，即堯舜之君，並不強於不願當王的隱士巢父、許由。周武王並不好於不想繼承父業，也不想當官的隱士伯夷、叔齊。寶釵駁斥道：「你這個話益發不是了。古來若都是巢許夷齊，為什麼如今人又把堯舜周孔稱為聖賢呢！況且你自比夷齊，更不成話，伯夷叔齊原是生在商末世，有許多難處之事，所以才有托而逃。當此聖世，咱們世受國恩，祖父錦衣玉食；況你自有生以來，自去世的老太太以及老爺太太視如珍寶。你方才所說，自己想一想是與不是。」

　　提及老太太、爸爸、媽媽的愛，一時間寶玉「理屈詞窮」，繼而寶釵說「你既理屈詞窮，我勸你從此把心收一收，好好地用功。但能博得一第，便是從此而至，也不枉天恩祖德了。」於是寶玉點頭，歎氣說：「一第呢，其實也不是什麼難事，倒是你這個『從此而至，不枉天恩祖德』卻還不離其宗。」

　　於是寶玉苦心攻讀，求博得一第，「從此而至（即考取舉人後，棄世出家），不枉天恩祖德」。寶釵與襲人還真以為寶玉不信和尚，一心功名仕進了。賈府上下皆大歡喜。　然而第一二○回隱世成仙的甄士隱將神瑛侍者賈寶玉與石頭通靈寶玉混淆，說：寶玉出家是情癡神瑛侍者之形與石頭通靈寶玉之質的「形質合一」，之所以參加考試中舉是「稍示神靈，高魁貴子，方顯此玉乃天奇地靈鍛煉之寶，非凡間可比」。佛教道教往往「假作真時真亦假；無為有處有亦無」，將世間一切靈異、奇跡、偉業、偉人都說成佛祖道祖法力無邊的結果，將世間一切災難都說成佛祖道祖對下界不尊佛道的懲罰。

　　（四十六）情癡寶玉雪（薛）中出走，「金簪雪（薛）裡埋」：佛教再次「作假」

　　第一一九回《中鄉魁寶玉卻塵緣　沐皇恩賈家延世澤》寶玉參加科舉考試，告別家人出門，言行體現自己因黛玉要出家，即第五回太虛幻境舞女所唱：「都道是金玉良緣，俺只念木石前盟。空對著山中高士晶瑩雪，終不忘世外仙姝寂寞林。」這「雪」就是冷美人薛寶釵，「林」就是林妹妹：

　　　　寶玉走過來給王夫人跪下，滿眼流淚，磕了三個頭，說道：「母親生我一世，我也無可報答，只有這一入場用心做了文章，好好地中個舉人出來。那時太太喜歡喜歡，便是兒子一輩子的事也完了，一輩子的不好也都遮過去了。」（出家只為情戀林妹妹，臨行應試只為報答父母

生育恩。）王夫人聽了，更覺傷心起來，便道：「你有這個心自然是好的，可惜你老太太不能見你的面了！」一面說，一面拉他起來。那寶玉只管跪著不肯起來，便說道：「老太太見與不見，總是知道的，喜歡的，既能知道了，喜歡了，便不見也和見了的一樣。只不過隔了形質，並非隔了神氣啊。」（心死、身死都是死。賈母身死，寶玉心死，黛玉心身皆死。三魂相見，不知作為奶奶姥姥的賈母有愧悔乎？）……此時寶釵聽得早已呆了，這些話，不但寶玉，便是王夫人、李紈所說，句句都是不祥之兆，卻不敢認真，只得忍淚無言。那寶玉走到跟前，深深地作了一個揖。（從此永別：一切都因為這寶姐姐，但罪魁是賈母、王夫人、王熙鳳，且畢竟也夫妻一場，最後她也要守寡終身。）眾人見他行事古怪，也摸不著是怎麼樣，又不敢笑他。只見寶釵的眼淚直流下來。眾人更是納罕，只聽寶玉說：「姐姐，我要走了，你好生跟著太太聽我的喜信罷。」寶釵道：「是時候了，你不必說這些嘮叨話了。」（寶釵知道一切不可避免，這也是告別。）寶玉道：「你倒催得我緊，我自己也知道該走了。」（此話怨苦深深，情恨深深，林妹妹花落風雨中，我出家尋找她，魂歸花家，都因為你這寶姐姐呀！）回頭見眾人都在這裡，只沒惜春、紫鵑，便說道：「四妹妹和紫鵑姐姐跟前替我說一句罷，橫豎是再見就完了。」眾人見他的話又像有理，又像瘋話。大家只說他從沒出過門，都是太太的一套話招出來的，不如催他去了就完事了，便說道：「外面有人等你呢，你再鬧就誤了時辰了。」寶玉仰面大笑道：「走了走了！不用胡鬧了，完了事了！」（人間無情，留戀人間就是胡鬧。）

眾人也都笑道：「快走罷。」獨有王夫人和寶釵娘兒倆倒像生死離別一般，那眼淚也不知從哪裡來的，直流下來，幾乎失聲哭出。（畢竟母子一場，畢竟夫妻一場，此後一個孤老，一個寡婦，後悔乎？）但見寶玉嘻天哈地，大有瘋傻之狀，遂從此出門走了。（瘋子才出家，寶玉出家前往「假作真時真亦假；無為有處有還無」的「太虛幻境」、「真如福地」尋找林妹妹，他真瘋啦？不！寶玉從無情人間解脫，去找林妹妹，因而嘻天哈地。　）

　　到了出場日期，李紈兒子賈蘭回來哭報：「二叔丟了。」看看與此悲劇有關的眾人的反應：

　　「王夫人聽了這話便怔了，便直挺挺地躺倒床上。虧得彩雲等在後面扶著，下死地叫醒轉來哭著。見寶釵也是白瞪眼。襲人哭得淚人一般」，「襲人痛哭不已」，但寶釵只是「心裡已知八九」，並不流淚。惜春判定二哥哥「勘破世情，入了空門」，「王夫人等又大哭起來，……寶釵聽了不言語，襲人哪裡忍得住，心裡一疼，頭上一暈，便栽倒了。」

　　寶釵冷美人冷香丸冷到絕境啦！

　　第一二〇回《甄士隱詳說太虛情　賈雨村歸結紅樓夢》賈蓉送黛玉靈柩回蘇州安葬。賈政扶賈母靈柩到金陵安葬，乘船回返途中，一路大雪，他得到家中來書，得知寶玉、賈蘭得中，但寶玉走失。停船時他在船上寫回書，猛抬頭看見出家的寶玉。這一情景有象徵意義：

　　　翌日，行到毗陵驛地方，那天乍寒下雪，泊在一個清靜去處。賈政打發眾人上岸投貼辭謝朋友，總說即刻開船，都不敢勞動。船中只留一個小廝伺候，自己在船中寫家書，先要打發人起早到家。寫到寶玉的事，便停筆。抬

頭忽見船頭上微微的雪影裡面一個人，光著頭，赤著腳，身上披著一領大紅猩猩氈的斗篷，向賈政倒身便拜。賈政尚未認清，急忙出船，欲待扶住問他是誰。那人已拜了四拜，站起來打了個問訊。賈政才要回揖，迎面一看，不是別人，正是寶玉。賈政大吃一驚，忙問道：「可是寶玉麼？」那人只不言語，似喜似悲。賈政又問道：「你若是寶玉，如何這樣打扮，跑到這裡？」寶玉未及回答，只見船頭上來了兩個人，一僧一道，夾住寶玉說道：「俗緣已畢，還不快走！」說著，三個人飄然登岸而去。賈政不顧地滑，急忙來趕。只見那三個人在前，哪裡趕得上。只聽得他們三個人口中不知是哪個作歌曰：

我所居兮，青埂之峰；我所游兮，鴻蒙太空。誰與我遊兮，吾與誰從？渺渺茫茫兮，歸彼大荒。

寶玉被癩頭和尚、跛腳道士「夾住」出家，面目「似喜似悲」：喜者，他實踐自己的諾言，為了林妹妹，他出家，「禪心已作沾泥絮，莫向春風舞鷓鴣」；悲者，他依然忘不了林妹妹，無法找到他的林妹妹，一如文中他所唱自己的孤獨：「我所居兮，青埂之峰。我所游兮，鴻蒙太空。誰與我遊兮，吾與誰從。渺渺茫茫兮，歸彼大荒。」當時寶玉年僅十八歲。

賈政回家敘述這情景，不過十九歲身懷有孕的冷美人寶釵方「哭得人事不知」。費盡心力借東風，只得一年多的「舉案齊眉」，自己便要終身守寡，後悔當初不該借東風。第六十二回寶玉就直言警告執意撕裂木石前盟，成就金玉良緣的她：「敲斷玉釵紅燭冷！」結局果然，也如第五回太虛幻境判詞所判「玉帶林中掛（黛玉魂歸林家墳塋）」，「金簪雪裡埋（寶釵被「薛」所埋）」。冷美人終身獨守空閨，冷到絕境啦！她這牡丹花還能做到「任是無情也動人」嗎？既有今日，何必當初！

賈寶玉真的出家遁入空門啦？寶玉因「終不忘世外仙姝寂寞林」而出家，但出家忘了林妹妹？請注意雪芹此回目《甄士隱詳說太虛情　賈雨村歸結紅樓夢》，直言佛教將「真事隱」入佛教捏造的「太虛幻境」，以「假語蠢言」歸結紅樓女兒悲劇。第一二〇回已經修成道教仙長的甄士隱聽癩頭和尚說「情緣尚未完結」即寶玉因思戀林妹妹而沒有出家。在一二〇回結尾，所謂仙長甄士隱與庇護薛蟠強奪她女兒英蓮的被貶貪官賈雨村又一次在急流津、覺迷渡相遇。言談間賈雨村詢問情癡「寶玉」出家事，而甄士隱之回答卻將青埂峰下石頭「寶玉」與西方靈河岸畔神瑛侍者賈寶玉混淆，其言真假混淆，使人真假難辨，即回目所言「甄士隱詳說太虛情（佛教將真事隱入太虛幻情），賈雨村歸結紅樓夢（佛教以假語蠢言歸結紅樓女兒悲劇）：

> 雨村便請教仙長超塵的始末。士隱笑道：「一念之間，塵凡頓易。老先生從繁華境中來，豈不知溫柔富貴鄉中有一寶玉乎？」雨村道：「怎麼不知。近聞紛紛傳述，說他也遁入空門。下愚當時也曾與他往來過數次，再不想此人竟有如是之決絕。（此寶玉即情癡賈寶玉。）士隱道：「非也。這一段奇緣，我先知之。昔年我與先生在仁清巷舊宅門口敘話之前，我已會過他一面。」雨村驚訝道：「京城離貴鄉甚遠，何以能見？」（此言即第一回甄士隱在家門口所見一僧一道攜帶的石頭。石頭就是通靈寶玉。）士隱道：「神交久矣。」（石頭就是佛，甄士隱修煉到可以冷對自己女兒死活，自然與石頭寶玉佛神交。）雨村道：「既然如此，現今寶玉的下落，仙長定能知之。」士隱道：「寶玉，即寶玉也。（此寶玉非情癡假寶玉，是石頭真寶玉，然而此言容易使人以為此佛教石頭寶玉即情癡賈寶玉。真假混淆，真假難辨亦人間原生態。）那

年榮寧查抄之前，釵黛分離之日，此玉早已離世。一為
避禍（免於被抄檢），二為撮合，從此凤緣一了，（為了
撕裂木石前盟，讓寶玉與寶釵成婚，了結佛教禮教族權
命定的金玉良緣而離世。此為佛教、禮教、族權象徵的
石頭通靈寶玉。）形質歸一。（通靈寶玉之形與石頭之質
合一。）又復稍示神靈，高魁貴子，方顯得此玉乃天奇
地靈之寶，非凡間可比。（在此佛教將情癡寶玉絕意履行
對黛玉妹妹的諾言而出家，行前參加科舉考試以報答奶
奶、父母，捏造為佛教石頭「天奇地靈」之神性。）前
經茫茫大士渺渺真人攜帶下凡，如今塵緣已滿，仍是此
二人攜歸本處，這便是寶玉的下落。（即第一回石頭變身
通靈寶玉，由癩頭和尚、跛腳道士攜帶隨同情癡神瑛侍
者降生賈府，此時石頭回到青埂峰下，但情癡寶玉沒
有。）」

　　此為第一回出現的石頭的終結，但所謂佛教仙長甄士隱（真
事隱）將此石頭寶玉與情癡寶玉混淆。佛教「假作真時真亦假；
無為有處有還無」，所以叫做「茫茫大士、渺渺真人、甄士隱
（真事隱）、賈雨村（假語蠢言）」。繼而甄士隱與出賣自己
女兒的賈雨村共食，接著他石頭般冷漠地前往賈府薛家，將死
於難產的女兒甄英蓮靈魂「送到太虛幻境，交那警幻仙子對
冊」，巧遇那一僧一道，目睹通靈寶玉「形質歸一」，重新成
石頭，而此前賈珍政所見風雪中被禿頭和尚、跛腳道挾持的賈
寶玉並沒有來到這青埂峰，他「情緣尚未完結」：

　　　　剛過那牌坊，（即第五回牌坊刻有「假作真時真亦假；無
　　　　為有處有還無」的太虛幻境）見那一僧一道，縹緲而來。
　　　　士隱接著說：「大士、真人，恭喜，賀喜！情緣完結（即

絳珠仙草黛玉與神瑛侍者寶玉的木石前盟。）都交割清
楚了麼？」那僧道說：「情緣尚未完結，（即出家的情癡
神瑛侍者賈寶玉依舊無法忘記林妹妹，他離開賈府那讓
他終生心痛的悲苦地，浪跡天下，前往揚州林家墳地，
尋覓，陪伴妹妹芳魂。一如第五回〈終生誤〉所唱：終
不忘，世外仙姝寂寞林。）倒是那蠢物已經回來了。（此
蠢物即第一回自稱蠢物，和尚也罵為蠢物的女媧煉石補
天剩下的石頭。）還得把他送還原所，將他的後事敘明，
不枉他下世一回。」士隱聽了便拱手而別。那僧道仍攜
了玉，將寶玉安放在女媧煉石補天之處，（石頭通靈寶玉
消滅欲望，回身石頭，形質歸一，重歸來處。）各自雲
遊而去。從此後，「天外書傳天外事，兩番人作一番人。
（即照應第一回，石頭嚮往人間富貴情愛，被和尚化為
佛教、禮教、族權象徵的通靈寶玉與情癡神瑛侍者降臨
賈府，目睹人間情愛悲劇，再次變身石頭，回青埂峰。）」

　　佛教「假作真時真亦假；無為有處有還無」，捏造「太虛幻
境、真如福地」，麻痹人類，要情癡、理癡以為人間萬象為空，
消滅一切生命感覺、欲望，變身石頭，涅槃成佛，石頭就是佛。
然而本質上這一切都是皇權、官權、族權、主子權、夫權製造
的悲劇，血淋淋，淚潸潸，不是空，無法空。受害者荒野孤魂，
作惡者依然青樓燈火，逍遙橫行人間。

　　接著與第一回相照應，空空道人經過青埂峰，見到石頭寫
下的《石頭記》，即石頭寫自己目睹人間悲劇後再次變身石頭的
經歷，名為《石頭記》。然而石頭能寫自己目睹人間悲劇，不得
已變身石頭，此石頭不是石頭啦。只不過，無可奈何，遠離人
間，進入清純自由的自然，清修自然。此為許多人出家原因之
一，因為他們不是石頭，不能石頭般面對人間悲劇、骯髒齷齪。

　　面對同一悲劇處境，不同人格個性有完全不同的反應：生性情癡的神瑛侍者賈寶玉因「終難忘世外仙姝寂寞林」而出家，尋找林妹妹，與佛道相悖；本性石頭的惜春等石頭人目睹人間悲劇，毅然揭開人面，獻身石頭而出家，與石頭佛並肩而立；本性孤傲，清操真純的妙玉，因人間齷齪而出家，雖身在廟宇，然身心皆在情性中；生性奴隸的人們目睹人間悲劇，卻聽信佛道謊言，竭力消除自我生命感覺，合掌瞑目，進入佛道捏造「太虛幻境」、「真如福地」，成了石頭佛的奴隸。

　　情癡無法忘情。文中描述被那一僧一道挾持，雪影中的賈寶玉光著頭，身披斗篷，似悲似喜，告別父親，走向茫茫雪原，他所唱就是尋找發誓終生相伴的林妹妹，尋找自由：

> 我所居兮，青埂之峰。我所游兮，鴻蒙太空。誰與我遊兮，吾與誰從。渺渺茫茫兮，歸彼大荒。

　　然而大荒之中沒有林妹妹，寶玉「終難忘，世外仙姝寂寞林」，他一定會找到林妹妹的花塚，依挨花塚搭架一茅庵，與芳魂詩歌幾個夜晚，然後在花塚旁躺下，割腕。

　　曹翁雪芹《紅樓夢》原生態客觀的描述封建社會皇權、官權、族權、夫權、主子權製造女兒們的悲劇命運而佛教道教禮教卻「假作真時真亦假；無為有處有還無」，故而結尾第一二〇回雪芹先生以《甄士隱（真事隱）詳說太虛情　賈雨村（假語蠢言）歸結紅樓夢》為回目名，點題直言佛教道教將封建社會皇權官權族權夫權主子權製造的人間悲劇「真事隱」入「太虛幻情」，以「假語蠢言」將紅樓女兒萬般悲劇「歸結」為「夢」，揭露專制政權及其宗教文化統治的中國就是一龐大「假語村」，所以在《紅樓夢》結尾，曹翁雪芹先生自題一偈：

> 說到心酸處，荒唐愈可悲。由來同一夢，休笑世人癡。

　　身處皇權、官權、族權、夫權、主子權支配的人間，本已極度悲苦、極度荒唐，而佛教、道教、禮教將「真事隱」入「假語蠢言」，捏造「太虛幻境」、「真如佛地」，以真為假，以假為真，以虛無為實有，以實有為虛無，真假換位，黑白顛倒，使人愈覺人間可悲更荒唐，而被佛教道教蒙蔽人們，卻成癡呆，以人間萬般悲劇為空，如同一夢，不必計較。佛教佛經是特為專制社會製造，麻翻世人進入專制者人肉作坊的蒙汗藥。在專制皇權、官權、族權、夫權、主子權壓迫下，在佛教、道教、禮教文化的麻痺下，人們大多活著是冷面冷身冷心之石頭，死了成骨頭，骨頭就是石頭，就是佛骨舍利，就是佛！此為佛教終極禪悟！

　　寶黛二玉堅守自我清純，因前世情緣而相聚，因今生情戀而相守，因今生情滅而魂靈追尋來世，相互廝守，前世緣，今生戀，死亦戀，此為生命終極禪悟。寶黛二玉真寶玉！

第二節　元春的悲劇：被族權出賣，被皇權禁錮

　　元春是榮國府賈政和王夫人的長女。第五回《賈寶玉神遊太虛境　警幻仙曲演紅樓夢》太虛幻境「薄命司」有關於元春命運的圖畫描述和判詞：

> （寶玉）遂往後看，只見畫著一張弓，弓上掛著一個香櫞。也有一首歌詞云：
> 二十年來辨是非，榴花開處照官闈。
> 三春怎及初春景？虎兕相逢大夢歸。

　　這是元春命運的判詞。畫上的「一張弓」寓「宮」字，「一個香櫞」寓元春的「元」字。香櫞，又叫佛手柑，是常綠小喬木枸櫞的果實。長圓形，黃色，有香氣，果皮可入藥或提制芳

香油。此詩寫如榴花初開的元春因為賈母父母追求榮華富貴被送進宮，為女史，後得到皇帝恩寵被封為賢德妃，使賈府榮耀一時，但元春被禁宮闈，如同「虎兔相逢」，死於虎口而「大夢歸」。接著第五回警幻仙子舞女所唱第三首曲子〈恨無常〉說的也是元春的命運：

> 喜榮華正好，恨無常又到，眼睜睜把萬事全拋，蕩悠悠把芳魂銷耗。望家鄉路遠山高。故向爹娘夢裡相尋告：兒命已入黃泉，天倫呵，須要退步抽身早！

此曲是元春被族權出賣，被皇權禁錮，死後進入黃泉的哭訴。「榮華」與「無常」[15]相伴，賈母、父母就為這榮華，送我進宮，使得我「眼睜睜把萬事全拋，蕩悠悠把芳魂銷耗」。命入黃泉的她呼喊：「須要退步抽身早」──別因求榮華富貴，出賣女兒！

一、被族權出賣的元春

第二回《賈夫人仙逝揚州城　冷子興演說榮國府》元春第一次間接出場。冷子興巧遇在揚州林黛玉家做教師的賈雨村，說到元春：「政老爺的長女，名元春，現因賢孝才德，選入宮中作女史去了。」在封建社會，豪門貴族將自己的女兒作為「秀女」，備皇家選取妃嬪、陪侍、才人、贊善。《紅樓夢》第四回薛姨媽王氏就打算送寶釵進京備選，企求成為皇親國戚。唐貞觀十一年武則天受選入宮，受封「才人」。因行事幹練，善解人意，加上姿色嬌豔，深得太宗喜愛，賜名「武媚娘」。貞觀二十

---

[15] 佛教用語，指世間一切事物忽生忽滅，忽色忽空，變幻無定。

三年（649 年）太宗死，在長安感業寺削髮為尼的武則天，得到太宗第九子高宗李治喜愛，兩年後重召她入宮，晉封為「昭儀」妃。永徽六年（655 年）武則天成為皇后。《紅樓夢》中的才人是宮中侍女，贊善為太子宮中女官名，掌管侍從講授。「陪侍」職責也類似於才人、贊善，都是後宮的侍女。元春「選入宮中做女史去了」。清宮中無女史一職，但從元春由女史而晉升為鳳藻宮尚書，加封賢德妃來看，女史指品級較低的主位，如清宮的答應、常在。

　　元春是奶奶賈母、父親賈政和母親王夫人為求賈府成皇親國戚而被送入宮中，是賈府與皇家權色交易的犧牲品。

二、被皇權挾制禁錮的元春

　　（一）在皇宮中，她必須給自己裝飾「賢德」，即謹遵皇家嬪妃規則

　　元春第二次間接出場，是第十六回賈府得知元春被封為「鳳藻宮尚書，加封賢德妃」。這一情節體現皇家天威不可測。那一天正是賈政生辰，寧榮二府聚集慶賀，忽有門吏報道：「有六宮都太監夏老爺特來降旨。」嚇得賈赦賈政一干人忙止了戲文，撤去酒席，擺香案，啟中門，「跪接」太監夏老爺爺。隨後賈赦賈政等跟太監入朝，弄得「闔家人心惶惶不定」。聽得元春封為鳳藻宮尚書，加封賢德妃，「賈母等方放心神安定，不免又喜氣洋洋盈腮」，繼之按品大裝，入朝謝恩，「於是寧、榮兩處上下裡外，莫不欣然踴躍，個個面上皆有得意之狀，言笑鼎沸不絕」，接著「親朋來賀」。這時賈府上下心中一定輝煌萬般，但沒有人注意這「賢德」的內涵。

　　（二）在皇權禁錮下，面見父母兄弟，她是皇妃，只得抑制其女兒、孫女、姐姐真身，言行體現皇家威權

　　元春第一次露面在第十八回《皇恩重元妃省父母　天倫樂寶玉呈才藻》回家探親。元春雖見父母，但作為妃子，她與父母、弟妹、親友的血脈親情被皇權撕裂：

　　禮儀太監請升座受禮，兩階樂起。二太監引赦、政等於月臺下排班上殿，昭容傳諭曰：「免。」乃退。又引榮國太君及女眷等自東階升月臺上排班，昭容再諭曰：「免。」於是亦退。（長輩、奶奶、父母見女兒，還得「排班」，不可對話，還得宮廷女官昭容「傳諭」。）茶三獻，賈妃降座，樂止，退入側室更衣，方備省親車駕出園。至賈母正室，欲行家禮，賈母等俱跪止之。（身為妃子，不再是奶奶的孫女、父母的女兒啦！）賈妃垂淚，彼此上前廝見，一手挽賈母，一手挽王夫人，三人滿心皆有許多話，但說不出，只是嗚咽對泣而已。（不敢說自己在皇宮的孤苦，只有哭，哭就是說。）邢夫人、李紈、王熙鳳、迎春、探春、惜春等，俱在旁垂淚無言。半日，賈妃方忍悲強笑，安慰道：「當日既送我到那不得見人的去處，好容易今日回家，娘兒們這時不說不笑，反倒哭個不了，一會子我去了，又不知多早晚才能一見！」說到這句，不禁又哽咽起來。（終於能哭，能說出來。「見不得人」是無人可見，不能見人。）邢夫人忙上來勸解。賈母等讓賈妃歸坐，又逐次一一見過，又不免哭泣一番。然後東西兩府執事人等在外廳行禮。其媳婦丫鬟行禮畢。賈妃歎道：「許多親眷，可惜都不能見面！」王夫人啟道：「現有外親薛王氏及寶釵黛玉在外候旨。外眷無職，不敢擅入。」賈妃即請來相見。一時薛姨媽等進來，欲行國禮，元妃降旨免過，上前各敘闊別。

　　為成皇親國戚，元春被父母送進「那見不得人的去處」，賢賢德德，掙得賢德妃，但面見奶奶、父母，一個女兒真身已變形，哭著從皇家讓人窒息的面具中掙脫出來。自古有許多宮女春怨詩詞，說得就是女兒在宮闈的封閉孤淒。再看父親賈政與元春的對話：

> 又有賈政至簾外問安行參等事。（父女只能隔簾對話。）元妃又向其父說道：「田舍之家，齏鹽[16]布帛，得遂天倫之樂；今雖富貴，骨肉分離，終無意趣。」（少女禁錮宮中，嚴守皇家禮節，喜不能笑，怒不可喊，傷心不可流淚，更無人接談，思親想家不能如願，惟有背地裡唏噓愁淚相伴。）賈政亦含淚啟道：「臣草芥寒門，鳩群鴉屬之中，豈意得征鳳鸞之瑞。今貴人上錫天恩，下昭祖德，此皆山川日月之精華，祖宗之遠德，鐘於一人，幸及政夫婦。且今上體天地生生之大德，垂古今未有之曠恩，雖肝腦塗地，豈能報效萬一！惟朝乾夕惕，忠於厥職。伏願聖君萬歲千秋，乃天下蒼生之福也。貴妃切勿以政夫婦殘年為念。更祈自加珍愛，惟勤慎肅恭以侍上，庶不負上眷顧隆恩也。」

　　父親賈政之言，露骨體現臣民奴才卑微，皇權威臨天下的神聖，他之所以賣女兒進皇宮，就為攀附皇權。元春要「天倫之樂」，即骨肉相依相親，相濡以沫，即便「田埂草舍，酸菜鹽水，布衣裹身」，也不願「富貴已極，骨肉各方」，此為人性最基本的需求。自稱「草芥寒門，鳩群鴉屬」的賈政送女兒

---

[16] 齏（jī）鹽：酸菜和鹽。借指貧窮。

進貢，就想僥幸福「得征鳳鸞之瑞」，「上賜天恩，下昭祖德」。這表明元春被送進宮之前，賈母、賈政、王夫人一定找和尚道士算過命，說元春進宮有「征鳳鸞之瑞」，如今果然「得征」。為成皇親國戚，賈母、賈政、王夫人不顧自己女兒生死，將女兒送進皇宮，這時候仍然執迷不悟，要元春「惟勤慎肅恭以侍上，庶不負上眷顧隆恩也」。

元春聽父親說弟弟寶玉能題大觀園各處之名和對聯，體現的姐弟深情：

> 賈政退出。賈妃因問道：「寶玉因何不見？」賈母啟曰：「無職外男，不敢擅入。」元妃命引進來。小太監引寶玉進來，先行國禮畢，命他近前，攜手攬於懷內，又撫其頭頸笑道：「比先長了好些……」一語未終，淚如雨下。

元春與寶玉可是同父同母的親姐弟，而且寶玉是她這姐姐從小攜帶，教養詩書。再看元春送給家人禮物後，探親時限到，元春不忍分離，再回「那不得見人的去處」的淚水：

> 眾人謝恩已畢，執事太監啟道：「時已醜正三刻，請駕回鑾。」元妃不由得滿眼又滴下淚來，卻又勉強笑著，拉了賈母王夫人的手不忍放，再四叮嚀：「不須記掛，好生保養！如今天恩浩蕩，一月許進內省視一次，見面盡容易的，何必過悲？倘明歲天恩仍許歸省，不可如此奢華靡費了。」賈母等已哭得哽噎難言。元妃雖不忍別，奈皇家規矩違錯不得的，只得忍心上輿去了。這裡眾人好容易將賈母勸住，及王夫人攙扶出園去了。

元妃元春不再是父母寵愛的女兒，不再是與弟弟寶玉相擁嬉戲的姐姐，不再是一個活靈靈微笑的姑娘，她被皇權制度化，

只是一幅貴妃畫像。賈政你當讀過許多宮女的宮怨詩詞吧？你曾為自己女兒生命感覺想過？賈母、王夫人，你們也曾是有過青春夢的女孩兒吧，為何要送自己骨肉女兒進囚籠？一切就為了權勢富貴！元春哭泣，賈母、王夫人、賈政都哭泣，似乎他們也有同感。想當初，在女兒與富貴的取捨選擇中，他們送元春進宮，為他們取富貴，而賣了女兒！

三、人之本性的元春

就在第十八回，元春題寫園名「大觀園」，正殿匾額題詞「顧恩思義」以及對聯、絕句都是叩謝皇恩的應景之作，但題寫之館名體現了她的人性欲求：

> 又改題「有鳳來儀」，賜名「瀟湘館」（這一改題體現元春（包括後來居此館的黛玉）對愛情的追求，也預示二人的命運。此館外多竹掩蔽，故名「瀟湘館」。瀟湘竹典故來自娥皇、女英的傳說。堯帝嫁女兒娥皇、女英給舜。舜父母、兄弟多次欲害死舜，均因娥皇、女英相助而脫險。舜接受堯禪讓的帝位後，全力治理天下，巡視南方，來到蒼梧，為民滅九龍，死於操勞過度。娥皇、女英二妃久等舜不回，兩人相攜，一路尋覓，來到蒼梧，見高山疊嶂中一巨大陵墓，墓碑上有舜名，訪問山民，方知舜死於此。娥皇、女英痛哭九日九夜，淚染青竹，竹皮生斑，後人稱「瀟湘竹」。元春、黛玉二絕色女兒，都因情不能如願，淚染青竹成斑。淚盡花落。）「紅香綠玉」改作「怡紅快綠」，賜名「怡紅院」；（此改體現元春以自然之「紅花綠葉」而「怡快」，不屑於追求皇家「紅香綠玉」。）「蘅芷清芬」賜名「蘅蕪院」；（不自誇「清芬」，稱蘅蕪，這就是元春。）「杏簾在望」賜名「浣葛山莊」

（「杏簾在望」暗喻此處有美女，而「浣葛山莊」體現一女子基本欲求：葛、在此指葛之纖維織布，可做成的葛衣褲、葛帽、葛帶等，均為貧民所用。此名體現元春所求不過丈夫吆牛耕田，小孩在家詩書，而她是不時提籃下梯，踏上石墩浣洗葛織衣褲的一村婦。一家三口，茅籬土牆，草綠花紅，其樂融融，但她未能如願。）正樓曰「大觀樓」，（此為曹雪芹借元春題寫：此樓上可大觀園中女子們的命運悲劇。），東面飛樓曰「綴錦樓」（女子夜晚思春難眠，上樓思愛，隱現其「綴錦」。此為元春自畫像。）西面斜樓曰「含芳閣」；（此指自然花草香與女兒自然體香，黛玉、元春有此香，可惜與惜香、愛香者無緣。）更有「蓼風軒」、（蓼、草本植物，葉針形，花小呈白色或紫紅色，多生於水邊、水中。元春自歎不過一蓼花，蕭瑟秋風中。）「藕香榭」、「荇葉洲」。（「藕香」隱指江南採蓮女與捕魚郎的情歌，而「荇葉」來自《詩經·關雎》是部落長老以采荇手法，教導君子追求淑女，先「寤寐求之」，再「琴瑟友之」，最後「鐘鼓樂之」娶她回家。此也為元春渴望，但父母將她賣入冷宮，與君子無緣。）

　　第二十二回《聽曲文寶玉悟禪機　制燈謎賈政悲讖語》元春差人送一個燈謎，要大家猜：「能使妖魔膽盡摧，身如束錦氣如雷。一聲震得人方恐，回首相看已化灰。」謎底是爆竹，隱示元春命運。她被父母送進宮，成為賢德妃，可謂「能使妖魔膽盡摧，身如束錦氣如雷。一聲震得人方恐，」使賈府鼎盛，但沒有多久她就孤死宮中，真個是「回首相看已化灰」。

四、皇權挾制禁錮，元春的悲劇結局

第八十三回元妃生病。賈赦風聞宮裡傳太醫院御醫看病，賈璉遣人往太醫院打聽。打聽著沒回來，宮中倆個內相奉旨傳親丁為生病的娘娘請安。皇家規矩，探病的男丁賈赦、賈政以及文字輩和草字輩都令在宮門外請安，只有賈母、邢夫人、王夫人、王熙鳳進入元春寢宮。這時候的元春是元妃，不是賈母的孫女、賈政的女兒：

> 走至元妃寢宮，只見奎壁輝煌，琉璃照耀。又有兩個小宮女傳諭道：「只用請安，一概儀注都免。」（為了還原為人）賈母等謝了恩，來至床前請安畢，元妃都賜了坐。賈母等又告了坐。（奶奶、母親向元春請安，元春向奶奶、母親賜坐。）元妃便向賈母道：「近日身上可好？」賈母扶著小丫頭，顫巍巍站起來，答應道：「托娘娘的洪福，起居尚健。」（奶奶稱孫女「娘娘」，因為皇后嬪妃「母儀天下」，為天下之母。）元妃又向邢夫人、王夫人問了好，邢、王二夫人站著回了話。元妃又問鳳姐家中過的日子若何，鳳姐站起來回奏道：「尚可支持。」元妃道：「這幾年難為你操心。」鳳姐正要站起來回奏，只見一個宮女傳進許多職名，請娘娘龍目。元妃看時，就是賈政、賈赦等若干人。元妃看了職名，眼圈兒一紅，止不住流下淚來。宮女兒遞過絹子，元妃一面拭淚，（親情被撕裂，元春哭。）一面傳諭道：「今日稍安，令他們外面暫歇。」賈母等站起來，又謝了恩。元妃含淚道：「父女兄弟，反不如小家子得以親近。」賈母等都忍著淚道：「娘娘不用悲傷，家中已托娘娘的福多了。」（進貢元春進宮，就為「托福」。）元妃又問：「寶玉近來若何？」賈母道：

「近來頗肯念書。因他父親逼得嚴緊，如今文字也都做上來了。」元妃道：「這樣才好。」

結局在第九十五回，元春暴病。文中說原因是「元春自選了鳳藻宮後，聖眷隆重，身體發福，未免舉動費力。每日起居勞乏，時發痰疾。……因前日侍宴回宮，偶沾寒氣，勾起舊病。不料甚屬厲害，竟至痰氣壅塞，四肢厥冷」，不能療治，所以傳賈氏椒房進見：

賈母、王夫人遵旨進宮，見元妃痰塞口涎，不能言語，見了賈母，只有悲泣之狀，卻少眼淚。（眼淚都哭盡了。）賈母近前請安，說些寬慰的話。少時賈政等職名遞進，宮嬪傳奏，元妃目不能顧，漸漸臉色改變。（臨死也不能見男人，即便是父親、弟弟。）內宮太監即要奏聞，恐派各妃看視，椒房姻戚未便久羈，請在外宮伺候。（奶奶、父母不能送元春終。）賈母、王夫人怎忍便離，無奈國家制度，只得下來，又不敢啼哭，惟有內心悲戚。（不能哭，不敢哭。）朝門內官員有信。不多時，只見太監出來，立傳欽天監。賈母便知不好，尚未敢動。稍刻，小太監傳諭出來說：「賈娘娘薨逝」……存年三十一歲。賈母含悲起身，只得出宮上轎回家。……到家中……大家哭泣。（回家才能哭，後悔沒有？這些狠心人不會後悔，只是埋怨元春死得太早，賈府沒飛黃騰達，且沒有生下一個皇子。）」

元春被皇權挾制變形，人不成人，淚盡而死。過去見姥姥、媽媽，還能哭訴，這一回只有悲泣之狀，淚沒有，話不能說，年僅三十一歲就走了。回到賈府，你們哭什麼？八十一歲的姥姥，你哭啥？五十歲左右的父親、母親，你們又哭啥？為出賣

女兒，鎖女兒於皇宮牢籠後悔嗎？還是怕女兒死，失去皇權寵愛？可恨的皇權、族權！可恨，沒有女兒權！後來第一〇六回因賈府濫行無道，錦衣府抄檢，主上憐憫賈政和榮國府原因之一是「並念及貴妃薨逝未久，不忍加罪，著加恩仍在工部員外上行走」。賈政這時當想，幸虧我把元春送給了皇上，成了賢德妃，不然……。

在同一處境，人格個性與境遇決定命運，請看同為庶出的「二木頭」迎春與「玫瑰花」探春。

第三節 同為庶出：「二木頭」迎春與「玫瑰花」探春的悲劇

同一處境，個性決定命運。全無自主權女兒的前途，變數多多，完全不由自個。迎春、探春同為庶出，但人格個性迥異，境遇也迥異，結局也迥異，故而一同評說。

據第七十三回邢夫人說二小姐迎春是賈赦與「跟前人（小妾）」所生，而且娘早死。迎春諢名「二木頭」，這是賈璉的心腹小廝賈府著名評論家興兒在第六十五回評說的：「二姑娘諢名『二木頭』，戳一針也不知道哎喲一聲。」她老實無能，懦弱怕事，在賈府面對橫行無道，「木頭」似的沒感覺，沒反應，「事不關己，高高掛起；明知不對，少說為佳；明哲保身，但求無過。」但嫁給狼一樣的丈夫孫紹祖之後，她不是木頭，連連呼救，卻沒有任何人伸出援手，死了，真成了木頭。

《紅樓夢》第五回太虛幻境有關於迎春命運的圖畫描述和命運判詞：

> 後面忽見畫一惡狼，追撲一美女，有欲啖之意。其下書
> 云：

> 子系中山狼，得志便猖狂。
>
> 金閨花柳質，一載赴黃粱。

「子系」合成一「孫」字，指迎春的丈夫孫紹祖。「中山狼」，出自（明）馬中錫《東田集》寓言：趙簡子在中山打獵，一隻狼被趕得走投無路，求東郭先生掩護得救，但趙簡子一走，狼立刻要吃掉東郭先生。這裡指迎春嫁了個無情無義惡丈夫，被辱罵虐待，只一年便被折磨死了。

其後警幻仙舞女所唱第七支曲〈喜冤家〉再說了她的婚嫁悲劇：

> 中山狼，無情獸，全不念當日根由。一味地嬌奢淫蕩貪歡媾。覷著那侯門艷質同蒲柳，作踐得公府千金似下流。歎芳魂艷魄，一載蕩悠悠。

第二十二回元妃製作一個燈謎，差人送回家命家人猜。賈府因此安排了一個猜燈謎遊戲。女兒們製作的燈謎，暗示她們的命運。迎春的「算盤」燈謎，暗示了她的命運：

> 天理人功理不窮，有功無運也難逢。
>
> 因何鎮日紛紛亂？只因陰陽數不同。

女兒就是算盤珠子。珠子怎麼排列，全在陰陽之數，全在族權、夫權撥弄，全由不得珠子自己。這與第五回警幻仙關於迎春命運判詞相呼應，父親賈赦欠了孫家五千兩銀子還不出，就把迎春嫁給孫紹祖，實際上是拿她抵債。出嫁一年，她就被丈夫孫紹祖虐待致死，真可謂「天理人功理不窮，有功無運也難逢。因何鎮日紛紛亂，只因陰陽數不同」。迎春「有功無運」，她被父親冷手推入中山狼口中。

探春是賈政與妾趙姨娘所生，也是庶出，但具有「玫瑰花」

美麗多刺的個性。第六十五回賈璉的心腹賈府著名評論家小廝興兒評論探春說：「三姑娘諢名『玫瑰花』，玫瑰花又紅又香，無人不愛的，只是刺戳手。也是一位神道，可惜不是太太養的，『老鴰窩裡出鳳凰』」。這一評論基本正確，探春「又紅又香」，精明幹練，自尊自愛，但因庶出身份，其個性有些變性變形。

第五回太虛幻境關於探春的命運，雪芹翁用風箏象徵預示：

> 後面又畫著兩個人放風箏，一片大海，一隻大船，船中
> 有一女子掩面泣涕之狀。畫後也有四句寫著道：
> 才自清明志自高，生於末世運偏消。
> 清明涕泣江邊望，千里東風一夢遙。

判詞寫探春雖有「補天」的「才志」，但因生在賈府「末世」而且是「庶出」，根本無法挽救家族的衰亡。詩末一句和畫上的「風箏」、「大海」暗示探春遠嫁海隅，一去不返的結局。探春，就是任人放，任風吹的風箏，完全沒有自主權，就是任憑海浪顛覆的小舟，一去不回，風箏斷線飄，浪打小舟漂，不知結局。高鶚對探春結局作了修改，與曹雪芹原意不合。

這畫上「兩個人放風箏」與第二十二回《聽曲文寶玉悟禪機　制燈迷賈政悲讖語》探春的風箏燈謎一樣，同為探春命運的讖語：

> 階下兒童仰面時，清明妝點最堪宜。
> 遊絲一斷渾無力，莫向東風怨別離。

接著，《紅樓夢》第五回第四支曲子〈分骨肉〉，再具體概述了探春的婚姻命運悲劇：

> 一帆風雨路三千，把骨肉家園齊來拋閃。恐哭損殘年，
> 告爹娘休把兒懸念。自古窮通皆有定，離合豈無緣？從

今分兩地，各自保平安。奴去也，莫牽連。

注意此曲最後一句「奴去也，莫牽連」之「奴」。「奴」是古代女子常用的自稱：對情人自稱奴，對丈夫常自稱奴家或賤妾，對皇上自稱奴婢。女人自古就是奴。奴象形會意字：從女，從又。「女」甲骨文為女子下跪形，「又」為手，伸手緝拿狀，「奴」即男人伸手抓住一女子，跪下，就成「奴」。奴，是女兒的命。此曲寫探春對自己完全不能自主的婚嫁的命運哭訴。自古女兒命運或窮窘，或通達，或聚或離都是皇權、官權、族權、夫權操控的「命」。

注意此曲「告爹娘休把兒懸念」，還有「骨肉」等。這爹是賈政無疑，這娘可不是探春親娘趙姨娘，而是自幼帶她長大成人的王夫人。探春遠離偏房親娘趙姨娘，親近正房王夫人。

一、「二木頭」迎春與「玫瑰花」探春的對比

迎春、探春第一次出場都在第三回。黛玉母親去世後，來到賈府。林黛玉見到迎春、探春、惜春三姐妹：「不一時，只見三個奶嬤嬤並五六個丫鬟，簇擁著三個姊妹來了。第一個肌膚微豐，合中身材，腮凝新荔，鼻膩鵝脂，溫柔沉默，觀之可親。」她就是興兒所言「戳一針也不知哎喲一聲」的「二木頭」迎春。她不但作詩猜謎不如姐妹們，在處世為人上，也只知退讓，任人欺侮。第二個「削肩細腰，長挑身材，鴨蛋臉面，俊眼修眉，顧盼神飛，文彩精華，見之忘俗」。這就是「玫瑰花」探春。與迎春相反，她有思考，敢作敢為，自尊自愛，不欺人亦不容人欺。

（一）迎春乳母賭錢、偷金鳳事件中的迎春和探春

第七十三回寶玉房內丫頭春燕和秋紋夜裡看見有賊從牆上跳下來，寶玉要丫頭們假言他被唬著了，躲避父親賈政催逼讀

書，因此負責看夜，但聚賭的下人倒被賈母處罰。迎春乳母是聚賭的三個「大頭家」之一，「迎春在坐，也覺得沒意思（即沒臉）」，但她不說話，是黛玉、寶釵、探春為她向賈母討情。迎春乳母又賭又偷，也在第七十三回。因乳母聚賭獲罪，丫頭秀橘告訴迎春乳母偷了她的攢珠累絲金鳳去賭錢。看看迎春的反應：

> （迎春送邢夫人出門回房），丫頭綉橘因說道：「如何，前兒我回姑娘，那一個攢珠累絲金鳳竟不知哪裡去了。回了姑娘，姑娘竟不問一聲兒。我說必是老奶奶拿去典了銀子放頭兒（賭錢）的，姑娘不信，只說司棋收著呢。問司棋，司棋雖病著，心裡卻明白。我去問她，她說沒有收起來，還在書架上匣內暫放著，預備八月十五恐怕要戴呢。姑娘就該問老奶奶一聲，只是臉軟怕人惱。如今竟怕無著，明兒要都戴時，獨咱們不戴是何意思呢。」迎春道：「何用問，自然是她拿去暫時借一肩兒。我只說她悄悄地拿了出去，不過一時半晌，仍舊悄悄地送來就完了，誰知她就忘了。今日偏又鬧出來，問她想也無益。」綉橘道：「何曾是忘記！她是試准了姑娘的性格，所以才這樣。如今我有個主意：我竟走到二奶奶房裡將此事回了她，或她著人去要，或她省事拿幾吊錢來替她賠補。如何？」迎春忙道：「罷、罷、罷！省些事罷。寧可沒有了，又何必生事。」綉橘道：「姑娘怎麼這樣軟弱？都要省起事來，將來連姑娘還騙去呢。我竟去的是。」說著便走。迎春便不言語，只好由她。

迎春真是「二木頭」，真能忍，奶娘偷到自己頭上來了，她也能忍。綉橘要她問，她也不問；綉橘自己要去回二奶奶王熙

鳳,她不贊同,說「寧可沒有了,又何必生事。」但繡橘執意
要去,她也「只好由她」。

　　繡橘還未出門,迎春乳母之玉柱媳婦兒因他婆婆聚賭獲
罪,來求迎春討情,正聽見她們說金鳳一事,「素日迎春懦弱,
她們都不放在心上」,因此她與繡橘、司棋就她婆婆偷取金鳳、
聚賭、月銀等蠻橫爭吵開來,「迎春勸不住,自拿了一本《太上
感應篇》來看事」。

　　《太上感應篇》是道教勸善的書,但迎春只勸自己不分黑
白地「善」,更不勸不善者為「善」,只是一味容忍。奶娘媳婦
與繡橘、司棋的爭吵中,多虧「玫瑰花」探春與寶釵、黛玉、
寶琴來了。這一情節完全為了對比迎春與探春個性而設計的:

> 探春從紗窗內一看,只見迎春倚在床上看書,若有不聞
> 之狀。(她被盜,盜賊與旁觀者爭執,她反而事不關己,
> 高高掛起;明知不對,少說為佳;明哲保身,但求無過。)
> 探春也笑了。……那媳婦見有人來,且又有探春在內,
> 不勸而自止了,遂趁便要去。(她不怕迎春,怕探春,要
> 跑,探春沒讓她跑。)探春坐下,便問:「剛才誰在這裡
> 說話?倒像拌嘴似的。」迎春笑道:「沒有說什麼,左不
> 過她們小題大做罷了,何必問她?」

　　探春說「我和姐姐一樣,姐姐的事和我的也是一般,她說
姐姐就是說我」,偏偏追問了她們的爭吵。「這媳婦被探春說出
真病,也無可賴了,只不敢往鳳姐處自首」。恰巧平兒來了,一
頓訓斥,「玉柱兒媳婦見平兒出了言,紅了臉方退出去」。

　　再看二木頭與玫瑰花的個性對比:

> 探春接著道:「我且告訴你,若是別人得罪了我,倒還罷
> 了。如今那柱兒媳婦和她婆婆仗著是媽媽,又瞅著二姐

姐好性兒，如此這般私自拿了首飾去賭錢，而且還捏造假賬妙算，威逼著還要去討情，和這兩個丫頭在臥房裡大嚷大叫，二姐姐竟不能轄治，所以我看不過，才請問你一聲：還是她原是天外人，不知道理？還是誰主使她如此，先把二姐姐制服了，然後就要治我和四姑娘了？」……（平兒道歉，詢問迎春。）當下迎春只和寶釵閱《感應篇》故事，究竟連探春之語亦不曾聞得，忽見平兒如此說，乃笑道：「問我，我也沒有什麼法子。她們的不是，自作自受，我也不能討情，我也不去苛責就是了。至於私自拿去的東西，送來我收下，不送來我也不要了。太太們要問，我可以隱瞞遮飾過去，是她的造化；若瞞不住，我也沒法，沒有個為她們反欺枉太太的理，少不得直說。你們若說我好性兒，沒個決斷，竟有個主意八面周全，不使太太們生氣，任憑你們處置，我總不知道。」眾人聽了，都好笑起來。黛玉笑道：「真是『虎狼屯于階陛尚談因果』。若使二姐姐是個男人，這一家子上下若許人，又如何裁治他們。」迎春笑道：「正是。多少男人尚如此，何況我哉？」

（二）抄檢大觀園事件中的迎春和探春

第七十三回賈母的粗使丫頭傻大姐在園中一山石背後揀到一對男女相抱的鏽春囊被邢夫人發現。第七十四回王夫人氣得流淚，責問鳳姐一番，又有邢夫人的耳目王善寶家的調唆，王夫人先訓斥晴雯「病西施」，「輕狂」，繼而嚴命王熙鳳帶隊抄檢大觀園。看看面對王熙鳳領隊抄檢的「玫瑰花」探春和「二木頭」迎春。

「玫瑰花」的個性表現：

探春冷笑道:「我們的丫頭自然都是賊,我就是頭一個窩主。既如此,先來搜我的箱櫃,她們所有偷了來的都交給我藏著呢。」說著便命丫頭們把箱櫃一齊打開,將鏡奩、妝盒、衾袱、衣包若大若小之物一齊打開,請鳳姐去查閱。(可以如此對三角眼吊梢眉,姑娘們惟有探春。)鳳姐陪笑道:「我不過奉太太的命來,妹妹別錯怪我。何必生氣。」因命丫頭快快關上。(三角眼服硬不服軟。)平兒、豐兒等忙著替侍書等關的關,收的收。探春道:「我的東西倒許你們搜閱;要想搜我的丫頭,這卻不能。我原比眾人歹毒,凡丫頭所有的東西我都知道,都在我這裡收著,一針一線她們都沒的收藏,要搜所以只管來搜我。你們不依,只管去回太太,只說我違背了太太,該怎麼處置,我自去領。(這是向王夫人挑戰。)……真是古人說的『百足之蟲,死而不僵』,必須先從家裡自殺自滅起來,才能一敗塗地。」說著,不覺流下淚來。鳳姐只看著眾媳婦。(三角眼從眾以免閒話。)周瑞家的便道:「既是女孩子的東西全在這裡,奶奶請到別處去罷,也讓姑娘好安寢。」鳳姐便起身告辭。探春道:「可細細搜明白了?若明日再來,我就不依了。」鳳姐笑道:「既然丫頭們的東西都在這裡,就不必搜了。」探春冷笑道:「你果然倒乖。連我的包袱都打開了,還說沒有翻。明日敢說我護著丫頭們,不許你們翻了。你趁早說明,若還要翻,不妨再翻一遍。」(探春直言挑戰三角眼。)鳳姐知道探春與眾不同的,只得陪笑道:「我已經連你的東西都搜查明白了。」(三角眼再次服硬。)探春又問眾人:「你們也都搜明白了不曾?」周瑞家的等都陪笑說:「都翻明白了。」那王善保家的本是個心內沒有成算的人,素日

雖聞探春的名，那是眾人沒眼力沒膽量罷了，哪裡一個
姑娘家就這樣起來；況且又是庶出，她敢怎麼樣。（她不
知探春這庶出比正出屬害。）她自恃是邢夫人陪房，連
王夫人尚另眼相看，何況別個。今見探春如此，她只當
探春認真單惱鳳姐，與她們無幹。她便趁勢作臉獻好，
因越眾向前拉起探春的衣襟，故意一掀，嘻嘻笑道：「連
姑娘身上我都翻了，果然沒有什麼。」鳳姐見她這樣，
忙說：「媽媽走吧，別瘋瘋癲癲的。」一語未了，只聽「啪」
地一聲，王家的臉上早著了探春一巴掌。探春登時大怒，
指著王家的問：「你是什麼東西，敢來拉扯我的衣服！我
不過看在太太的面上，你又有了年紀，叫你一聲媽媽，
你就狗仗人勢，天天作耗，專管生事。如今越發了不得
了。你打量我是同你們姑娘那樣好性兒，（指迎春。）由
著你欺負她，就錯了主意！你搜檢東西我不惱，你不該
拿我取笑。」（這一打一罵是維護自我尊嚴，更是向邢夫
人挑戰。）說著，便親自解衣卸裙，拉著鳳姐兒細細地
翻，又說：「省得叫奴才來翻我身上。」鳳姐、平兒等忙
與探春束裙整袂，口內喝著王善保家的說：「……」。

　自我尊嚴和丫頭們的尊嚴不容侵犯，敢於挑戰賈府威權，
這就是探春。

　「二木頭」的個性表現卻完全相反。來到迎春住所，鳳姐
可沒有客氣。因為迎春丫頭司棋是王善保的外孫女，鳳姐特別
留意搜檢，在司棋箱子裡發現「一雙男子的錦帶襪、一雙緞鞋、
一個同心如意、一個字帖」。這帖子就是司棋表哥的情書。第七
十七回王夫人得知司棋的事「又驚又怒」。與王善保家有仇的周
瑞家的唆使王夫人將司棋「打一頓配人」，也就是說趕出賈府「賞
給她娘配人」。探春有情又剛烈，而迎春有情卻軟弱：

迎春聽了，含淚似有不捨之意，因前夜已聞得別的丫鬟悄悄說了緣故，雖數年之情難捨，但事關風化，亦無可如何了。那司棋也曾求了迎春，實指望迎春能死保救下的，只是迎春耳軟心活，是不能自主的。司棋見了這般，知不能免，因哭道：「姑娘好狠心！哄了我這兩日，如今連一句話也沒有？」……迎春含淚道：「我知道你幹了什麼大不是，我還十分說情留下，豈不連我也完了？你瞧入畫也是幾年的人，怎麼說去就去了？自然不止你兩個，想這園裡凡大的都要去呢。依我說，將來終有一散，不如你各人去罷。」……司棋無法，只得含淚與迎春磕頭，和眾姐妹告別，又向迎春耳根說：「好歹打聽我要受罪，替我說個情兒，就是主僕一場。」迎春亦含淚答應：「放心」。

賈府著名評論家興兒評價探春是帶刺的玫瑰花非常準確，說迎春是針戳也不「哎喲」一聲的「二木頭」不準確。迎春懦弱怕事，把苦藏在心裡。無論大事小事，無論關己或不關己，都要高高掛起；明知不對，少說為佳；明哲保身，但求無過。這就是閨閣中的迎春。

探春為何敢於冷對三角眼率領的搜查隊，挑戰王夫人、邢夫人，打王善保家的耳光，不許搜查，維護自己與丫頭們？一在人的尊嚴，其二也許她知道自己丫鬟私事，故而她寧願搜查她，也要保護丫鬟們。

二、探春的異化變形

探春特別敏感自己庶出身份，不認趙姨娘為娘，認王夫人為娘。趙姨娘成為探春親娘，也是探春的不幸。她身為姨娘心不甘，但其心地猥瑣，言語嫉妒，行為卑劣、粗俗、愚蠢、魯

莽、自私，有時興風作浪卻淹沒自己。有其母必有其子，兒子賈環身為庶子，同樣如此。探春自幼由王夫人撫養，遠離母親，其人格個性與母親弟弟迥異。作為賈府小姐，庶出身份非常尷尬，且趙姨娘和賈環猥瑣、妒忌、卑劣、愚蠢更常令她丟臉。為自我尊嚴，探春遠離親娘和弟弟賈環，但她對親娘、弟弟沒有半句勸告，沒有半點憐憫，真能心冷心硬。喪銀事件最能體現探春尷尬處境與敏感心硬的個性。

　　喪銀事件中探春變形不認娘，主因在母親是姨娘，而趙姨娘也卑劣。第五十五回《辱親女愚妾爭閒氣　欺幼主刁奴蓄險心》當時春節剛過，因為繁忙鳳姐生病，不能理事，王夫人便命探春與李紈和同理府事，又請寶釵協助。探春主政，立志改革，適逢舅舅趙國基死了，關於喪銀的事一則體現趙姨娘的卑劣、自私，更體現探春因庶出身份而尷尬異化變形。李紈說：襲人的媽死了，聽說賞銀四十兩，也賞趙姨娘四十兩。探春要吳家的拿出舊賬看：

> 兩個家裡的賞過皆二十兩，兩個外頭的皆賞過四十兩。外還有兩個外頭的，一個賞過一百兩，一個賞過六十兩。這兩筆底下皆有原故：一個是隔省遷父母之柩，外賞六十兩，一個是現買葬地，外賞二十兩。探春便遞與李紈看了。探春便說：「給她二十兩銀子。把這帳留下，我們細看看。」吳新登家的去了。

　　特殊情況除外，按規矩，賈府奴僕的家人死了，家在附近的喪銀二十兩銀子，家在外地的喪銀四十兩。襲人母親死了，把襲人看作寶玉姨太太的王夫人給襲人辦喪事的喪銀四十兩，沒按規矩辦。探春理家要按規矩，遠比王夫人條清理明，公平公正，但她聽吳新登說自己舅舅趙國基死了，沒有一絲反應，

說道自己親娘趙姨娘應得的喪銀，她冷冰冰地說：「給她二十兩。」真體現探春遠離親娘，不認親娘。接著，因喪銀趙姨娘來了。看看這母女倆：

> 忽見趙姨娘進來，李紈、探春忙讓坐。趙姨娘開口便說道：「這屋裡的人都踩下我的頭去還罷了。姑娘你也想一想，該替我出氣才是。」一面說，一面眼淚鼻涕哭起來。探春忙道：「姨娘這話說誰，我竟不解。誰踩姨娘的頭？說出來我替姨娘出氣。」趙姨娘道：「姑娘現踩我，我告訴誰！」（這「姨娘」、「姑娘」的，可見母女相隔遙遠，趙姨娘自然要哭。）探春聽說，忙站起來，說道：「我並不敢。」李紈也站起來勸。趙姨娘道：「你們請坐下，聽我說。我這屋裡熬油似的熬了這麼大年紀，又有你和你兄弟，這會子連襲人都不如了，我還有什麼臉？連你也沒臉面，別說我了！」探春笑道：「原來為這個。我說我並不敢犯法違理。」一面便坐了，拿帳翻與趙姨娘看，又念與她聽，又說道：「這是祖宗手裡舊規矩，人人都依著，偏我改了不成？也不但襲人，將來環兒收了外頭的，自然也是同襲人一樣。這原不是什麼爭大爭小的事，講不到有臉沒臉的話上。她是太太的奴才，我是按著舊規矩辦。說辦得好，領祖宗的恩典，太太的恩典，若說辦得不均，那是她糊塗不知福，也只好憑她抱怨去。（此話冷，完全把自己與親娘隔開：說我辦得好，是祖宗太太的恩典，別感謝我，與我無關；說我辦得不好，是你自己糊塗，與我無關。）太太連房子賞了人，我有什麼有臉之處，一文不賞，我也沒什麼沒臉之處。依我說，太太不在家，姨娘安靜些養神罷了，何苦只要操心。太太滿心疼我，因姨娘每每生事，幾次寒心。（親近太太，因

太太心疼我；遠離趙姨娘，因她每每出醜讓人無臉而寒心。這也是實情。）我但凡是個男人，可以出得去，我必早走了，立一番事業，那時自有我一番道理。偏我是女孩兒家，一句多話也沒有我亂說的。（她想離開這尷尬處境，但又無法離開。）太太滿心裡都知道。如今因看重我，才叫我照管家務，還沒有做一件好事，姨娘倒先來作踐我。倘或太太知道了，怕我為難不叫我管，那才正經沒臉，連姨娘也真沒臉！」（這就是權力：太太看重，有臉；不看重，沒臉。）一面說，一面不禁滾下淚來。趙姨娘沒了別話答對，便說道：「太太疼你，你越發拉扯拉扯我們。你只顧討太太的疼，就把我們忘了。」（兒女有點權，唯一想的就是用權謀私，此謂國人通病。）探春道：「我怎麼忘了？叫我怎麼拉扯？這也問你們各人，那一個主子不疼出力得用的人？那一個好人用人拉扯的？」（直言：趙姨娘不是一個出力得用的奴才，也不是一個主子眼中的好人。）李紈在旁只管勸說：「姨娘別生氣。也怨不得姑娘，她滿心裡要拉扯，口裡怎麼說得出來。」探春忙道：「這大嫂子也糊塗了。我拉扯誰？誰家姑娘們拉扯奴才了？他們的好歹，你們該知道，與我什麼相干。」（此言毒！在探春眼裡，媽媽趙姨娘就是奴才。）趙姨娘氣得問道：「誰叫你拉扯別人去了？你不當家我也不來問你。你如今現說一是一，說二是二。如今你舅舅死了，你多給了二三十兩銀子，難道太太就不依你？分明太太是好太太，都是你們尖酸刻薄，可惜太太有恩無處使。姑娘放心，這也使不著你的銀子。明兒等出了閣，我還想你額外照看趙家呢。如今沒有長羽毛，就忘了根本，只揀高枝兒飛去了！」（探春不認親娘攀高枝是實

情，趙姨娘想「額外」也是實情。）探春沒聽完，已氣得臉白氣噎，抽抽咽咽地一面哭，一面問道：「誰是我舅舅？我舅舅年下才升了九省檢點，哪裡又跑出一個舅舅來？我倒素習按理尊敬，越發敬出這些親戚來了。（探春不認舅舅，就是不認娘；她自認舅舅是王夫人升任九省檢點的哥哥王子騰，王夫人才是她的娘。）既這麼說，環兒出去為什麼趙國基又站起來，又跟他上學？為什麼不拿出舅舅的款來？何苦來，誰不知道我是姨娘養的，必要過兩三個月尋出由頭來，徹底來翻騰一陣，生怕人不知道，故意的表白表白。也不知誰給誰沒臉？（庶出無臉，就想躲遠一點，但趙姨娘偏偏硬拉她在身邊，就是給沒臉。）幸虧我還明白，但凡糊塗不知理的，早急了。」李紈急得只管勸，趙姨娘只管還嘮叨。

這一段相互指責，內涵豐富，但主旨非常明確：趙姨娘自私卑劣；探春遠離地位低賤的作為姨娘的親娘，攀附王夫人。第七十回詩會中探春的半首〈南柯子〉體現了她的想法：

空掛纖纖縷，徒垂絡絡絲，也難綰系也難羈，一任東西南北各分離。

這就是探春，她想離開這個讓她尷尬難處的賈府。接著姑娘們放風箏，各自預示自己的命運，探春同樣：

探春正要剪自己的鳳凰，見天上也有一個鳳凰，因道：「這也不知是誰家的。」眾人皆笑說：「且別剪你的，看它倒像要來絞的樣兒。」正說著，那鳳凰漸逼近來，遂與這鳳凰絞在一處。眾人方要往下收線，那一家也要收線，正不開交，只見一個門扇大的玲瓏喜字帶響鞭，在半天

如鐘鳴一般，也逼近來。眾人笑道：「這個也要來絞了。且別收，讓它三個絞到一處倒有趣呢。」說著，那喜字果然與這兩個鳳凰絞在一處。三下齊收亂頓，誰知線都斷了，那三個風箏飄飄搖搖都去了。

兩個「鳳凰」與「玲瓏喜字帶響鞭」的風箏絞在一起，斷線飄飄搖搖走了，預告探春婚姻遠離家園。後來果然如此。

三、夫權狼口中迎春的結局：二木頭呼救，但賈府都是木頭

第七十六回色鬼父親賈赦將迎春許與孫紹祖，實因欠孫紹祖五千兩銀子，口頭說：「是世交之孫，且人品家當都相稱合。」賈母心中卻不十分稱意，想來攔阻亦恐不聽，兒女之事自有天意前因，況且是她親父主張，何必出頭多事，為此只說「知道了」三字，餘多不及。賈政又深惡孫家，雖是世交，當年不過是彼祖希慕榮、寧之勢，又不能瞭解之時才拜在門下的，並非詩禮名族之裔，因此倒勸過兩次，無奈賈赦不聽，也只得罷了。

女子出嫁，又叫嫁人，嫁的是人，賈赦、賈母卻全無此考量，而且當年就過門，將迎春接出大觀園。就這樣，迎春全無自主權，就落入中山狼口。

第八十回迎春奶娘回賈府請安，說孫紹祖甚屬不端，「姑娘惟有背地裡淌眼抹淚，只要接來家散蕩兩日」。王夫人第二天打發人接回迎春：

> 迎春方哭哭啼啼地在王夫人房中訴委屈，說：「孫紹祖一味好色，好賭酗酒，家中所有的媳婦丫頭將及淫遍。略勸過兩次，便罵我『醋汁子老婆擰出來的』。又說老爺曾收著他五千銀子，不該使了他的。如今他來要了兩三次

不得，他便指著我的臉說道：『你別和我充夫人娘子，你老子使了我五千銀子，把你准折賣給我的。好不好，打一頓，攆在下房睡去。當日有你爺爺在時，希圖上我們的富貴，趕著相與的。論理我和你父親是一輩，如今強壓我的頭，賣了一輩。又不該作了這門親，倒沒的叫人看著趕勢利似的。』」一行說，一行哭得嗚嗚咽咽。連王夫人眾姊妹無不落淚。

王夫人說賈政也曾勸賈赦不作這門親，最後說「我的兒，這也是你的命。」迎春這時候不是木頭，她不認命，說：「我不信我的命就這麼不好！從小兒沒了娘，幸而過嬸子這邊過了幾年心靜日子，如今偏又是這麼個結果！」

迎春在原住紫菱洲住了三日，「眾姐妹等更加親熱異常」，又在邢夫人處住了兩日，「就有孫紹祖的人來接去。迎春雖不願去，無奈懼孫紹祖之惡，只得勉強忍情作辭了。邢夫人本不在意，也不問其夫妻和睦，家務煩難，只面情塞責而已。」

第八十一回「邢夫人像沒有這事，倒是王夫人撫養了一場，卻深傷感」，也只是「歎息」罷了。適逢寶玉來為二姐姐哭訴，她引用中國民諺，說「嫁出去的女孩兒潑出去的水」。寶玉要借賈母之名接二姐姐回家，不再回孫家，王夫人又引用中國民諺說「嫁雞隨雞，嫁狗隨狗」，說寶玉「混說」。寶玉一肚子氣，一徑往瀟湘館，進門見到黛玉，「便放聲大哭」，黛玉「把頭漸漸低了下去」，悲哀不已。

第一百回賈政、王夫人、賈母為探春定親，說及孫紹祖對迎春的虐待。王夫人說：「時常聽見她被女婿打鬧，甚至不給飯吃。就是我們送了東西去，她也摸不著。近來聽見益發不好了，也不放她回來。兩口子拌起來就說咱們使了他家的銀錢。可憐這孩子總不得個出頭的日子。前兒我惦記著她，打發人去瞧她，

迎丫頭藏在耳房不肯出來。老婆子們必要進去，看見我們姑娘這樣冷天還穿著幾件舊衣裳。她一包眼淚地告訴婆子們說：『回去別說我這麼苦，這也是命裡所招，也不用送什麼衣服東西來，不但摸不著，反要添一頓打。』」

嫁出去的女兒潑出去的水。嫁雞隨雞，嫁狗隨狗。在家從父母，出嫁從夫。王夫人、賈母也沒辦法，夫權規定，她們也成了木頭。

第一〇五回因賈珍「引誘世家子弟賭博」，「強佔良民妻女為妾，因其女不從，淩逼致死」，賈赦「交通外官，依勢凌弱」，「包攬詞訟」，錦衣府趙堂官與西平郡王爺奉旨查抄賈府。眼看賈府一敗塗地，孫紹祖打發人來說「大老爺該他一種銀子，要在二老爺身上還的」，眾人都冷笑說「令親孫紹祖混賬」。第一〇八回賈母拿出一百兩銀子為寶釵過生日，打發人去接回迎春。回家後，迎春說到父親賈赦被貶罰放外疆，自己不能送行：

> 迎春提起她父親出門，說：「本要趕來見見，只是他攬著不許來，說是咱們家正晦氣時候，不要沾染在身上。我拗不過，沒有來，直哭了兩三天。」鳳姐道：「今兒為什麼肯放你回來？」迎春道：「他又說咱們家二老爺襲了世職，還可以走走，不妨事的，所以才放我來。」說著，又哭起來。

孫紹祖完全是個赤裸裸的因勢權變的小人，也體現夫權的霸道，妻子完全是奴，別說休夫離婚，連回娘家省親的權利都沒有。迎春哭，賈母不耐煩，說「你們又提起這些煩事來，又招起我的煩惱來。」迎春等都不敢作聲了。生日後，孫紹祖那邊來人要迎春回去：

> 只見小丫頭進來說：「二姑奶奶要回去了。聽見說孫姑爺

那邊人來到大太太那裡說了些話，大太太叫人到四姑娘
那邊說不必留了，讓她去罷。如今二姑奶奶在大太太那
邊哭呢，大約就過來辭老太太。」賈母眾人聽了，心中
好不自在，都說：「二姑娘這樣一個人，為什麼命裡遭著
這樣的人，一輩子不能出頭。這便怎麼好！」說著，迎
春進來，淚痕滿面，因為是寶釵的好日子，只得含著淚，
辭了眾人要回去。賈母知道她的苦處，也不便強留，只
說道：「你回去也罷了。但是不要悲傷，碰著了這樣人，
也是沒法兒的。過幾天我再打發人接你去。」迎春道：「老
太太始終疼我，如今也疼不來了。可憐我只是沒有再來
的時候了。」說著，眼淚直流。（嫁出去的女兒，潑出去
的水，覆水難收，自知必死。）眾人都勸道：「這有什麼
不能回來的？比不得你三妹妹，隔得遠，要見面就難了。」
賈母等想起探春，不覺也大家落淚，只為是寶釵的生日，
即轉悲為喜說：「這也不難，只要海疆平靜，那邊親家調
進京來，就見得著了。」大家說：「可不是這麼著呢。」
說著，迎春只得含悲而別。眾人送了出來，仍回賈母那
裡。

　　眼睜睜看著迎春走向死亡，賈母無可奈何，因為封建夫權
規定，只有夫休妻，沒有妻休夫。嫁雞隨雞，嫁狗隨狗，嫁給
中山狼，就是它口中餐。

　　第一百零九回迎春慘死。婆子報信說：「姑娘不好了。前兒
鬧了一場，姑娘哭了一夜，昨日痰堵住了。他們又不請大夫，
今日更厲害了」。接著再次傳信來，「姑奶奶死了」。文中說：「可
憐一位如花似月之女，結縭年餘，不料被孫家揉搓以致身亡。」

　　迎春懦弱，本想做一木頭，不自尋煩惱，但她被父權賈赦
砍伐，買給閻王丈夫孫紹祖，墜入夫權狼口，她不想再做木頭，

哭著呼救！但沒有任何回應。該殺的孫紹祖！可惡的下地獄的父權！可惡的下地獄的夫權！

四、探春的婚嫁：因官權要挾，誘惑，被族權「送給」上司親戚的公子

　　探春定親在第九十九回、一百回。定親是父親賈政決定的。第九十九回官任江西糧道的賈政接到鎮守海門等處的總制周瓊的求親公文。周瓊是賈政「同鄉」。賈政當時的看法：「那孩子長得好⋯⋯我看起門戶卻也相當，與探春倒也相配。」正在躊躇，準備書信商議。這時接到節度使的傳辦公文，賈政急忙收拾上省，進節度衙門。出衙門，隨從李十兒忙問有什麼要緊的事，「賈政笑道：『並沒有事情。只為鎮海總制是這位大人的親戚，有書來囑託照應我，所以說了些好話。又說如今我們是親戚了。』」

　　這就是要挾加誘惑。鎮海總制公子看中探春，總制自己公文求親，再要自家親戚節度使幫忙，以節度使「照應」賈政為誘餌，要他答應許嫁探春給他兒子。節度使專門公文召見，直言「鎮海總制是我的親戚，來信囑託，要我照應你。當然啦，我們現在是親戚了。」本來八字還沒有一撇的事，節度使直言已是「親戚」。當然「親戚」就「照應」，非「親戚」就不「照應」而且相反啦。這節度使可是總管一方的封疆大吏，於是賈政心領神會，此「笑」可是非常滿意地一笑，決定「笑送」探春。立刻，賈政打發家人進京打聽薛蟠枉法殺人案的結果，「順便將總制求親之事回明賈母，如若願意，即將三姑娘接到任所」。此事急迫，需將探春「送」到江西，再由江西「送」到鎮海總制所在海隅。

　　第一百回。得知此事，王夫人和賈母一番念叨考慮。王夫

人說:「況且老爺既在那裡做官,上司已經說了,好意思不給麼?想來老爺主意定了,只是不敢作主,故遣人來回老太太的。」於是「賈母道:『有她老子做主,你就料理妥當,揀個長行的日子送去,也就定了這事。』王夫人答應著『是』。寶釵聽得明白,只是心裡叫苦:『我們家裡姑娘們就算她是個尖兒,如今又要遠嫁,眼看著這裡的人一天少似一天了。』」

　　賈政一個「笑」,兩個「送」,王夫人一個「給」,賈母一個「送」,特體現女兒就是一個禮品:上司開口,他們就將探春笑「給」了,笑「送」了,不知落在什麼樣的「女婿」手裡。如此草率,如此倉促,如此無奈,官權、族權決定了探春的命運。

　　對探春即將遠嫁,趙姨娘的反應特體現此娘不是娘,她「只願意她像迎丫頭似的,我也稱稱願」。去見女兒,她假意道喜,「探春聽著毫無道理,只低頭作活,一句也不言語,也不過自己掉淚而已」。文中描述探春本人對此親事「又氣又笑又傷心」,不僅僅是對趙姨娘,也是對官權、族權、夫權的氣、笑、傷心。

五、探春遠嫁:迫於三從四德,變態變形

　　探春動身是一〇二回。帶著簡要的行李妝盒,她告別寶釵、寶玉,不再是過去那個敢對王熙鳳叫板的探春。「寶玉難割難捨」,「探春便將綱常大體的話,說得寶玉始而低頭不語,後來轉悲作喜,似又醒悟之意。於是探春放心,辭別眾人,竟上轎登程,水舟陸車而去」。明知前途多舛,也得遵綱常,服從族權父命,還以此「綱常大體(君為臣綱,父為子綱、夫為妻綱為三綱,仁、義、禮、智、信為五常)」說教因黛玉而瘋傻的兄弟寶玉。沒有送別,沒有祝福,探春獨身出門遠去。風乍起,風箏飄入寒空,何去何往,一切認命。想來獨身前往遙遙海域,探春這一路當憂心忡忡:自己所遇是孫紹祖、薛蟠似的男人?

還是賈璉、賈珍、賈蓉、賈赦似的男人？

　　就在第一○二回立即體現賈政等人將探春「送給」鎮海總制公子的回報。外出的賈璉回來見父親賈赦，說他在大舅（即王子騰）家得知「二叔（賈政）被節度參進來，為的是失察屬員，重征糧米，請旨革職的事」。看看賈赦的反應：

> 賈赦聽了吃驚道：「只怕是謠言罷。前兒你二叔帶書子來說，探春於某日到了任所，擇了某日吉時送你妹子到了海疆，路上風和浪靜，闔家不必掛念。還說節度認親，倒設席賀喜，哪裡有做了親戚倒提參起來的。且不必言語，快些到吏部打聽明白來回我。」

　　賈璉即刻出門，半日回來對賈赦說，二叔果然被參，他推測道：「節度大人早已知道，也說我們二叔是個好人。不知怎麼樣這回又參了。想是忒鬧得不好，恐將來弄出大禍，所以藉了一件失察的事情參的，倒是避重就輕的意思也未可知。」果然第一○四回，賈政回京，「在朝內謝罪」，結果「降調」，「仍是工部」京官。

　　可見「送」探春，就為「賈史王薛」護官符，又多一個鎮海總制「周」、節度使「周」，而且立即見效。從此這護官符就是「賈史王薛周」了。第一百回雪芹翁特意還穿插薛蟠案體現專制社會豪門聯姻，相互勾結，「護官符」的重要。薛蟠打死張三、知縣受賄串供判誤殺一事發作。「賈政因薛姨媽之托曾托過知縣」，再加以賈璉去各衙門花錢打通。此時事發，知縣丟了官，賈政、賈璉卻沒事，但賈政就怕「若請旨革審起來，牽連著自己好不放心」。此時「送」探春「給」節度、鎮海總制，可不是大吉大利？

七、探春婚嫁的結局

第一○二回探春被「送」往海疆。第一○八回賈府被抄檢之後，出嫁的史湘雲回門，來賈府向賈母請安。賈母說到黛玉等的結局，說探春「自從嫁了去，二老爺回來說，你三姐姐在海疆甚好。只是沒有書信，我也日夜惦記」。第一一八回賈政送賈母靈柩回南京，委託甄寶玉寫信給王夫人，說「聞探姐隨翁婿來都」。第一一九回參加科舉考試後寶玉失蹤，一家人正痛苦的時候，探春回來了，文中說：「眾人遠遠接著，見探春出挑得比先前更好了，服采鮮明。」一可見探春應該完全「三從四德」，不再是帶刺的玫瑰花，不然夫權不容。二可見其夫也不是中山狼孫紹祖之流，探春方得如此。

此結局讓人悲喜交加。悲者，因為姨娘所生，生性玫瑰花的探春自幼開始變形，再因節度逼迫，族權將她「送給」鎮海總制的公子，她順從「三從四德」，孤孤獨獨遠嫁海隅一個從未蒙面，不知底細的傢夥，而且要獻身傾心侍奉這傢夥。悲喜交加者，她幸遇一個非中山狼的丈夫，但這丈夫仰仗親戚節度使強娶探春，身在污穢官場一定是貪官，必定好色風流，而探春也只得「夫為妻綱」，其後變形不可避免，就如同第五十八回春燕轉述寶玉所言：「女孩兒未出嫁，是顆無價之寶珠；出了嫁，不知怎麼就變出許多的不好的毛病來，雖是顆珠子，卻沒有光彩寶色，是顆死珠了；再老了，更變的不是珠子，竟是魚眼睛了。」此魚眼睛，可是死魚的眼睛。

第四節　惜春的悲劇：夢想「轉個男身」的小石頭佛

探春本性是美麗帶刺的玫瑰花、迎春本性懦弱怕事，是「針

戳也不知叫一聲」的「二木頭」，後來玫瑰花不再是玫瑰花，木頭不再是木頭。惜春本性完全是一塊只知自保的硬梆梆、冷森森、不考究是非的「石頭」。石頭天生就是佛，但她最後決定出家是希望「轉個男身」。

通觀《紅樓夢》，雪芹翁設計惜春之主要目的在體現一個女人出家做尼姑之原因：其一、女子在人間盡悲劇，因而被佛教所迷惑，出家求來世轉個男身。其二、身心為石頭者才能出家。

惜春是賈珍的妹妹，她父親賈敬一味好道煉丹，別的事一概不管，而母親又早逝。《紅樓夢》第五回太虛幻境有她命運的圖畫和判詞：

> 後面便是一所古廟，裡面有一美人，在內看經獨坐。其判云：
> 勘破三春景不長，緇衣頓改昔年妝。
> 可憐繡戶侯門女，獨臥青燈古佛旁。

三春，春季的三個月，即孟春、仲春、季春。在此指惜春的三個姐姐元春、迎春、探春。緇衣，黑色的衣服，這裡指僧尼服裝。此七絕寫惜春從三個姐姐的悲慘遭遇中「勘破」女兒命運，出家為尼，「獨臥青燈古佛旁」。

其後，太虛幻境第八支曲〈虛花悟〉述說許多人為何出家。此悟，就是誤：

> 將那三春勘破，桃紅柳綠待如何？把這韶華打滅，覓那清淡天和。說什麼，天上天桃盛，雲中杏蕊多；到頭來，誰見把秋捱過？則看那，白揚村裡人嗚咽，青楓林下鬼吟哦，更兼著，連天衰草遮墳墓。這的是，昨貧今富人勞碌，春榮秋謝花折磨。似這般，生關死劫誰能躲？聞說道，西方寶樹喚婆娑，上結著長生果。

〈虛花悟〉說世人被佛教蒙蔽——即以為佛教「西方寶樹喚婆娑，上接著長生果」而出家，但對惜春而言，不准確。從文本考究，同樣的處境，其人格個性不同，其結局也不同。同樣面對「三春景不長」，但賈府小姐中惟有惜春選擇了出家，這與她的人格個性密切相關。惜春她之所以成為石頭佛有三個原因。

一、惜春生性石頭：「心冷口冷心狠意狠」

可以說惜春具有石頭佛的生性。最能體現惜春石頭佛生性是第七十四回《惑奸讒抄檢大觀園　矢孤介杜絕寧國府》。佛教經典《多心經》規定沒有任何生命感覺的石頭即佛：「無眼耳鼻舌身意，無色聲香味觸法，無眼界，乃至無意識界，……遠離顛倒夢想，究竟涅磐。」生性石頭的惜春，要成佛特容易。石頭生性的惜春，再加以母親早逝，父親賈敬一味好道煉丹，夢想飛升成仙，她自幼在榮府賈母身邊長大，使她養成孤僻、冷漠、自保、不考究是非的性格。

第七十四回抄檢大觀園，王熙鳳帶隊搜查：

> 在入畫箱中尋出一大包金銀錁子來，約共三四十個，又有一付玉帶板子並一包男人的靴襪等物。問是哪裡來的，入畫只得跪下哭說：「這是珍大爺賞我哥哥。因我老子、娘都在南方，如今只跟著叔叔過日子。我叔叔、嬸子只要吃酒賭錢，我哥哥怕交給他們又花了，所以每常得了，悄悄地煩了老媽媽帶進來叫我收著的。」惜春膽小，見了這個也害怕，說：「我竟不知道。這還了得！二嫂子，你要打她，好歹帶她出去打罷，我聽不慣的。」（此「害怕」是因為其中有男人的東西，但她不考究原委，叫打，自己只想躲在一邊，特體現她無情心冷心硬，

即石頭。）……（王熙鳳要入畫坦白誰是傳遞人，就饒
了她。）惜春道：「嫂子別饒她，這裡人多，若不拿一人
作法，那些大的聽見了，又不知怎樣呢。嫂子若饒她，
我也不依。」

入畫存放哥哥的財物，這本不是事，只不過未經主子許可
而犯戒。惜春膽小，不考究是非，特無情：她還「聽不慣」挨
打哭聲，要鳳姐帶出去打。她不知所謂「作法」要考究是非，
說什麼「嫂子若饒她，我也不依」。這惜春真是沒有憐憫，不知
好歹一石頭。

二、石頭惜春：想做一乾乾淨淨石頭

佛教禪宗宏忍大師弟子神秀和尚參禪詩說：「身是菩提樹，
心若明鏡台。時時勤拂拭，勿使惹塵埃。」生性石頭的惜春，
特願做一塊乾乾淨淨石頭，故而出家。寧府淫亂無道，她心冷
情冷，故有出家「躲是非」，尋個自身乾淨的念頭，卻不考究是
非。

（第七十四回）接著惜春的嫂子尤氏判入畫收藏哥哥的金
銀錁子為小錯「私自傳送」，但惜春冷心要趕她走，說：「或打，
或殺，或賣，我一概不管。」母親尤氏和奶娘都十分勸，而惜
春這石頭神經質，只想「躲是非」，保自己，尋求自身乾淨，遠
離一切污濁、煩惱，卻完全不考究是非：

誰知惜春雖然年幼，卻生成一種百折不回的廉介孤獨癖
性，任人怎麼說，她只以為丟了她的體面，咬定牙斷乎
不肯。（不辨是非的石頭。此前她說「這些姊妹，獨我的
丫頭這樣沒臉，我如何讓去見人」，而不管此事之是非。）
更又說得好：「不但不要入畫，如今我也大了，連我也不

便往你們那邊去了。況且我每每風聞得有人背地裡什麼多少不堪的閒話，我若再去，連我也編派上了。」（這話指賈珍爬灰秦可卿，勾引尤二姐禍及尤三姐，以及賈赦、賈璉、賈瑞、薛蟠等等淫亂醜行，即回目所言「矢孤介杜絕寧國府」。）尤氏道：「誰議論什麼？又有什麼可議論的！姑娘是誰，我們是誰。姑娘既聽見人議論我們，就該問著他才是。」惜春冷笑道：「你這話問著我倒好。我一個姑娘家，只有躲是非的，我反去尋是非，成個什麼人了！還有一句話：我不怕你惱，好歹自有公論，又何必去問人。古人說得好，『善惡生死，父子不能有所勖助』，何況你我二人之間，<u>我只知道保住我就夠了</u>，不管你們。從此以後，你們有事別累我。」

這就是回目所言「矢孤介杜絕寧國府」，即惜春早洞悉寧國府的醜事，人人皆知。第八回王熙鳳、賈蓉、寶玉從寧國府出門，聽見老僕焦大罵寧國府淫亂無道：「我要往祠堂裡哭太爺去。哪裡承望到如今生下這些畜牲來！每日家偷狗戲雞，爬灰的爬灰，養小叔子的養小叔子，我什麼不知道？咱們『胳膊折了往袖子裡藏』！」秦可卿就因為賈珍爬灰而死（第十六回），還有薛蟠強搶香菱等等。耳聞目睹這一切，故而第二十二回《聽曲文寶玉悟禪機　制燈迷賈政悲讖語》惜春的燈謎，第一次朦朧有出家念頭：

前身色相總無成，不聽菱歌聽佛經。
莫道此生沉黑海，性中自有大光明。
賈政道：「這是佛前海燈嗄。」惜春笑答道：「是海燈。」

她就想做佛前海燈，不屑愛情菱歌，只聽佛經，自以為這就是大光明。

　　其後第四十六回賈赦逼婚鴛鴦。第六十五——六十九回尤二姐、尤三姐死於賈珍、賈蓉、賈璉三大淫棍之手。柳湘蓮在第六十七回說「你們東府裡除了那兩個石獅子乾淨，只怕連狗兒貓兒都不乾淨。」目睹耳聞色情亂象，惜春應該更加確認「前身色相總無成」，儘是悲劇，應該選擇「不聽菱歌（即江南采菱情歌）聽佛經」。她的處境就是「黑海」，而心中的佛燈就是「大光明」。故而惜春「矢孤介杜絕寧國府」。

　　然而惜春知是非，反而損是生非，躲是非。人間就在是非中，不是便非，不非便是；不辨是非就是大非；知是非，目睹是非，躲是非，以是為非，以非為是，故而此社會無是盡非。緊承其上第七十四回引文：

> 尤氏聽了，又氣又好笑，因向地下眾人道：「怪道人都說者四丫頭年輕糊塗，我只不信。你們聽才一篇話，無原無故，又不知好歹，又沒個輕重，雖是小孩子的話，卻又能寒人的心。」眾嬤嬤笑道：「姑娘年輕，奶奶自然要吃些虧的。」惜春冷笑道：「我雖年輕，這話卻不年輕。你們不看書不識幾個字，所以都是些呆子，看著明白人，倒說我年輕糊塗。」尤氏道：「你是狀元、榜眼、探花，古今第一才子。我們是糊塗人，不如你明白，何如？」惜春：「狀元、榜眼難道就沒有糊塗得不成。可知他們也有不能了悟的。」尤氏道：「你倒好。才是才子，這會子又作大和尚了，又講起悟來了。」惜春道：「我不了悟，我也捨不得入畫了。」（了悟就是消滅一切生命感覺，成石頭，石頭就是佛。沒有感情就是「了悟」。）尤氏道：「可知你是一個心冷口冷心狠意狠的人（石頭佛）。」惜春道：「古人也曾說的，『不作狠心人，難得自了漢。』我清清白白一個人，為什麼叫你們帶累壞了我！」（杜絕

寧國府的目的在此，但不辨是非，傷害無辜。）尤氏心
內原有病，怕說這些話，聽說有人議論，已是心中羞惱，
（滿府議論秦可卿、尤二姐、尤三姐之死。）只是惜春
份上不好發作，忍耐了大半。……（尤氏帶著入畫賭氣
走了。）惜春道：「若果然不來，倒也省了是非口舌，大
家倒還清淨。」

惜春想要「清清白白」，不想被「帶累壞了」，故而杜絕寧
國府，了悟成了小石頭佛一個。但她知是非，躲是非，以是為
非，她自身即非。尤氏本人也是非一體，她老公賈珍爬灰秦可
卿，勾引尤二姐，兒子算計尤二姐，丈夫兒子聯手出賣尤二姐，
她自己也身在是非中，耳聞目睹但聽之任之。

因為傻大姐撿到一個繡春囊，王夫人聽信讒言，抄檢大觀
園，趕走了自主戀愛的司棋、完全無罪的入畫，然而這春囊究
竟從何而來，似乎沒有結果。

雪芹翁設計繡春囊，是寧國府男人淫亂象徵。第七十四回
結尾尤氏賭氣離開惜春，（第七十五回）來到王夫人處，正逢因
罪被朝廷抄沒家私的甄家到賈府避難。接著她來到李紈稻香村
洗臉，責備小丫鬟炒豆兒「沒規矩」，說：「我們家下大小的人
只會講外面的假禮假體面，究竟做出來的事都夠使的了。」出
榮國府，雪芹翁特意設計尤氏看見寧國府男人們的濫性濫行，
體現惜春為何「矢孤介杜絕寧國府」，最後「矢孤介杜絕人世」
出家。

尤氏看到大門排列前來賭錢的「四五輛大車」，她悄悄來到
賭場窗下偷聽、偷看，目睹她老公賈珍為頭，還有賈蓉、呆霸
王薛蟠、邢夫人胞弟邢德全等等遊蕩紈絝，他們鬥雞走狗，嗜
酒賭錢、宿花眠柳、酷好男妓。在此只錄她最後聽到的：

因還要聽時，正值趕老山羊者也歇住了，要吃酒。因有一個問道：「方才誰得罪了老舅，我們竟不曾聽明白，且告訴我們評評理。」邢德全見問，便把兩個孌童不理輸的只趕贏的話說了一遍。這一個年少的紈絝道：「這樣說，原可惱的，怨不得舅太爺生氣。我且問你們兩個：舅太爺雖然輸了，輸得不過是銀子錢，並沒有輸了雞巴，怎麼就不理他了？」說著眾人大笑起來，連邢德全也噴了一地飯。尤氏在外面悄悄啐了一口，罵道：「你聽聽，這一起沒有廉恥的小挨刀的，才丟了腦袋骨子，就胡唚嚼毛了。再窩攮下黃湯去還不知嗳出些什麼來呢。」一面說，一面便進去卸妝安歇。

臺上一套，臺下一套；當面一套，背後一套；說一套，做一套，可是專制社會貪官貴族傳統。故而第二天賈珍煮豬燒羊，帶領妻妾，中秋賞月作樂的時候，「忽聽見那邊牆下有人長歎一聲」，這就是回目所言「開夜宴異兆發悲音」，此「異兆悲音」即祖宗寧國公、榮國公目睹孽子們的濫行而悲歎，甄家犯罪被抄，回京治罪也是賈府的預兆。回目所謂「賞中秋新詞得佳讖」是榮國府中秋賞月。寶玉、賈環、賈蘭作詩，賈政對寶玉、賈環不悅，因為寶玉以風流溫飛卿自居，賈環自誇為風流曹植、唐寅在世，只有賈蘭的詩使他「看了喜不自勝」。賈府所有男子只有一個賈蘭，故而也算「賞中秋新詞得佳讖」。

三、勘破三春百花誤，被佛教蒙蔽蠱惑惜春決定出家：「修修來世或者轉個男身」

本性石頭，加以想做一塊乾乾淨淨石頭，惜春有出家的想法，但最終使她決定出家的確實是「勘破三春景不長」。她知道自命「檻外人」的妙玉身心皆在檻內，情念寶玉，她依然選擇

出家。第八十七回廳丫頭彩屏說妙玉「中了邪，嘴裡胡謅強盜來搶她來了」的事。這事的起因在當天下午在蓼風軒妙玉與惜春下棋，巧遇寶玉，惜春目睹言談間妙玉「紅臉」，故而她想：「妙玉生來潔淨，畢竟塵緣未斷。可惜我生在這樣人家不便出家。我若出家，哪有邪魔纏擾，一念不生，萬緣俱靜。」還口占一偈：「大造本無方，雲何是應住。既從空中來，應向空中去。」

此偈平常。從精神分析看，真能「一念不生，萬緣俱靜」出家者，必定是其身心發育不正常的石頭。

接著第八十八回鴛鴦來見惜春。賈母明年八十一歲，許願一場九晝夜的功德，已安排寫三千六百五十一部《金剛經》，而《心經》是最要緊的佛家經典，所以要賈府奶奶、姑娘親手寫三百六十五部。惜春說：「別的我做不來，若要寫經，我最有信心的。」這《心經》全稱《般若婆羅蜜多心經》就是要人們去六根，滅六識[17]做一塊沒有生命感覺的石頭，石頭就是佛。但促使惜春最終決定出家是第一一五回在鐵檻寺做了功德的地藏庵姑子因妙玉引起的一番言談：

> 那姑子道：「妙師父的為人怪僻，只怕是假惺惺罷。在姑娘面前我們也不好說的。哪裡像我們這些粗夯人，只知道頌經念佛，給人家懺悔，也為著自己修個善果。」惜春道：「怎麼樣就是善果呢？」那姑子道：「除了咱們家這樣善德人家兒不怕，若是別人家，那些誥命夫人小姐也保不住一輩子的榮華。到了苦難來了，可就救不得了。只有個觀世音菩薩大慈大悲，遇見人家有苦難的就慈心

---

[17] 其核心句：「無眼耳鼻舌身意，五色身香味觸法，無眼界，乃至無意識界，……遠離顛倒夢想，究竟涅槃。」

發動，設法兒救濟。為什麼如今都說大慈大悲救苦救難的觀世音菩薩呢。我們修了行的人，雖說比夫人小姐們苦多著呢，只是沒有險難的了。<u>雖不能成佛作祖，修修來世或者轉個男身，自己也就好了。不像如今脫生了個女人胎子，什麼委屈煩難都說不出來。</u>（此話打中惜春心坎。）姑娘你還不知道呢，要是人家姑娘們出了門子，這一輩子跟著人是更沒法兒的。若說修行，也只要修得真。那妙師父自為才情比我們強，她就嫌我們這些人俗，豈知俗的才能得善緣呢。她如今到底是遭了大劫了。」<u>惜春被那姑子一番話說得合在機上</u>，也顧不得丫頭們在這裡，便將尤氏待她怎樣，前兒看家的事說了一遍。並將頭髮指給她瞧道：「<u>你打諒我是什麼沒主意戀火坑的人麼？早有這樣的心，只是想不出道兒來。</u>」（皇權、官權、族權、夫權社會就是女子的火坑，但佛廟是水坑啊。）

　　皇權、官權、族權、夫權就是女兒的「火坑」，悲劇一臺臺、一幕幕，皇帝、官員、貴族丈夫等等男子可自由自在往煙花道上走，威權赫赫，故而惜春執意出家，「雖不能成佛作祖，修修來世或者轉個男身，自己也就好了」。為了跳出「火坑」，惜春與尤氏多次發生爭執。（第一一七回）她「和珍大奶奶拌嘴，把頭髮都鉸了，趕到邢夫人、王夫人那裡去磕了頭，說是要求容她做尼姑呢，送她一個地方，若不容她，她就死在跟前」。（第一一八回）尤氏、王夫人、邢夫人無奈，只得把她住的房子算作「靜室」。這就是本性石頭，又想做乾乾淨淨石頭，想來世做一個男人的惜春的人生選擇。

　　跟著她出家的還有忘不了林黛玉的紫鵑。紫鵑因黛寶二玉的癡情悲劇而出家。第一一三回寶玉站在牆外檐下向她哭訴，紫鵑「越發心裡難受，直直地哭了一夜。思前想後，『……算來

竟不如草木石頭，無知無覺，倒也心中乾淨。』」企圖出家成石頭，沒有一切生命感覺，免除一切煩惱，是紫鵑、蕊官等出家的共同原因。

第五回判詞說「可憐繡戶侯門女，獨臥青燈古佛旁」。惜春真是一塊愚鈍的石頭，夢想跳出皇權、官權、族權、夫權的火坑而出家，夢想變男身而出家跳入佛教水坑，終身獨守青燈古佛，做夢去吧！

第五節　史湘雲的悲劇：個性寬宏與命運

史湘雲，史侯家小姐，賈母內侄孫女。原籍金陵，自幼父母雙亡，由叔父忠靖侯史鼐撫養。《紅樓夢》第五回太虛幻境有史湘雲命運圖畫描述和判詞：

> 後面又畫著幾縷飛雲，一灣逝水。其詞曰：
> 富貴又何為？繈褓之間父母違。
> 展眼吊斜輝，湘江水逝楚雲飛。

十二支曲中的〈樂中悲〉更具體敘述地史湘雲的個性和命運：

> 繈褓中，父母歎雙亡。縱居那綺羅縱，誰知嬌養？幸生來，英豪闊大寬宏量，從未將兒女私情略縈心上。好一似，霽月光風耀玉堂。廝配得才貌仙郎，博得個地久天長，准折得幼年時坎坷形狀。終久是雲散高唐，水涸湘江。這是塵寰中消長數應當，何必枉悲傷？

雪芹翁刻意設計與黛玉境遇相似，而個性迥然相反的湘雲，來表達沒有自主權女子的命運悲劇。湘雲人生境遇與黛玉

相似，自幼父母雙亡，寄孤於叔叔嬸嬸家，生活困窘，時常來賈府找樂，但其個性與黛玉迥然不同：黛玉生性癡情敏感而多傷感，其文化品性追求道家自然自由自主、質本潔來還潔去。湘雲則生性曠達快活隨遇從緣，「英豪闊大寬宏量，從未將兒女私情略縈心上」，嬌憨活潑，爽朗率真，「好一似霽月光風耀玉堂」，婚嫁也「廝配得才貌仙郎，博得個地久天長，准折得幼年時坎坷形狀」，但在封建族權夫權制約下，其結局卻也悲慘，落得個「湘江水逝楚雲飛（切『湘』『雲』二字）」，「雲散高唐，水涸湘江」[18]，落得個終身守寡。在封建社會，男子死了妻子，可以再娶，而女子，尤其是貴族女子，死了丈夫，大多守寡終生。可憐的湘雲，不到二十歲，且無孩子。

一、湘雲「英豪闊大寬宏量，從未將兒女私情放在心上」的行為體現

　　湘雲第一次出現是十三回秦可卿亡，她作為接送來賓者：「忠靖侯史鼎的夫人來了。史湘雲、王夫人，邢夫人，鳳姐等剛迎入上房」。正式出場在第二十回：「且說寶玉正和寶釵玩笑，忽見人說：『史大姑娘來了。』寶玉聽了，抬身就走。寶釵笑道：『等著，咱們兩個一齊走，瞧瞧她去。』說著，下了炕，同寶玉一齊來至賈母這邊。只見史湘雲大笑大說的，見他兩個來，忙問好廝見。」

　　接著林黛玉得知寶玉在寶釵家裡玩而吃醋，生氣走了。寶

---

[18] 高唐，戰國楚國台館名。宋玉《神女賦》寫楚王游高唐，夢中與巫山神女相會，後遂用高唐雲雨比喻男女情事。「雲散高唐」說夫婦間生離死別。此指湘雲有幸嫁給如意郎君衛若蘭，然而他卻不幸癆病早死，得一個「雲」散，「湘」涸，終生守寡的悲劇。

玉趕去瀟湘館道歉。史湘雲來了，因她說「愛哥哥」，黛玉吃醋，而湘雲「英豪闊大寬宏量」：

> 二人正說著，只見湘雲走來，笑道：「二哥哥，林姐姐，你們天天一處玩，我好容易來了，也不理我一理兒。」黛玉笑道：「偏是咬舌子愛說話，連個『二』哥哥也叫不出來，只是『愛』哥哥『愛』哥哥的。回來趕圍棋兒，又該你鬧『麼愛三四五』了。」寶玉笑道：「你學慣了她，明兒連你還咬起來呢。」史湘雲道：「她再不放人一點兒，專挑人的不好。你自己便比世人好，也不犯著見一個打趣一個。指出一個人來，你敢挑她，我就伏你。」黛玉忙問是誰。湘雲道：「你敢挑寶姐姐的短處，就算你是好的。我算不如你，他怎麼不及你呢。」黛玉聽了，冷笑道：「我當是誰，原來是她！我哪裡敢挑她呢。」寶玉不等說完，忙用話岔開。湘雲笑道：「這一輩子我自然比不上你。我只保佑著明兒得一個咬舌的林姐夫，時時刻刻你可聽『愛』『厄』去。阿彌陀佛，那才現在我眼裡！」說得眾人一笑，湘雲忙回身跑了。

這就是史湘雲，大度又直率，能自解尷尬，也能解別人尷尬。其後第三十一回借寶釵和周奶娘之口體現她扮男孩找樂的個性：

> 寶釵一旁笑道：「姨娘不知道，她穿衣裳還更愛穿別人的衣裳。可記得舊年三四月裡，她在這裡住著，把寶兄弟的袍子穿上，靴子也穿上，額子也勒上，猛一瞧倒像是寶兄弟，就是多兩個墜子。她站在那椅子後邊，哄得老太太只是叫『寶玉，你過來，仔細那上頭掛的燈穗子招下灰來迷了眼。』她只是笑，也不過去。後來大家撐不

住笑了，老太太才笑了，說『倒扮上男人好看了』。」林黛玉道：「這算什麼。惟有前年正月裡接了他來，住了沒兩日就下起雪來，老太太和舅母那日想是才拜了影回來，老太太的一個新新的大紅猩猩氈斗篷放在那裡，誰知眼錯不見她就披了，又大又長，她就拿了個汗巾子攔腰系上，和丫頭們在後院子撲雪人兒去，一跤栽到溝跟前，弄了一身泥水。」說著，大家想著前情，都笑了。寶釵笑向那周奶媽道：「周媽，你們姑娘還是那麼淘氣不淘氣了？」周奶娘也笑了。迎春笑道：「淘氣也罷了，我就嫌她愛說話。也沒見睡在那裡還是咭咭呱呱，笑一陣，說一陣，也不知哪裡來的那些話。」王夫人道：「只怕如今好了。前日有人家來相看，眼見有婆婆家了，還是那麼著。」

史湘雲天性喜樂，從不自苦。樂，自樂；不樂，找樂。

判詞說史湘雲「從未將兒女私情略縈心上」也在這三十一回。第二十九回賈府前往清虛觀打醮。張道士送禮有一個「赤金點翠的麒麟」，「寶玉聽寶釵說史湘雲有金麒麟，就留下」。繼而雪芹先生刻意設計史湘雲和丫頭翠縷說陰陽，恰好撿到這「赤金點翠金麒麟」：

翠縷又點頭笑了，還要拿幾件東西問，因想不起個什麼來，猛低頭就看見湘雲宮絛上繫的金麒麟，便提起來問道：「姑娘，這個難道也有陰陽？」湘雲道：「走獸飛禽，雄為陽，雌為陰，牝為陰，牡為陽。怎麼沒有呢！」翠縷道：「這是公的，到底是母的呢？」湘雲道：「這連我也不知道。」翠縷道：「這也罷了，怎麼東西都有陰陽，咱們人倒沒有陰陽呢？」湘雲照臉啐了一口道「下流東

西，好生走罷！越問越問出好的來了！」

史湘雲說陰陽，涉及男女陰陽就閉口。接著她撿到寶玉特意為他收藏的雄麒麟，看看她的表現：

一面說，一面走，剛到薔薇架下，湘雲道：「你瞧那是誰掉的首飾，金晃晃在那裡。」

翠縷聽了，忙趕上拾在手裡攥著，笑道：「可分出陰陽來了。」（這陰陽指雄雌男女。）說著，先拿史湘雲的麒麟瞧。湘雲要她揀的瞧，翠縷只管不放手，笑道：「是件寶貝，姑娘瞧不得。這是從哪裡來的？好奇怪！我從來在這裡沒見有人有這個。」湘雲笑道：「拿來我看。」翠縷將手一撒，笑道：「請看。」湘雲舉目一驗，卻是文彩輝煌的一個金麒麟，比自己佩的又大又有文彩。湘雲伸手擎在掌上，只是默默不語，正自出神，（雄雌相配有春心，以為婚嫁之兆？）忽見寶玉從那邊來了，笑問道：「你兩個在這日頭底下作什麼呢？怎麼不找襲人去？」湘雲連忙將那麒麟藏起道：「正要去呢。咱們一處走。」說著，大家進入怡紅院來。襲人正在階下倚檻追迎風，忽見湘雲來了，連忙迎下來，攜手笑說一向久別情況。一時進來歸坐，寶玉因笑道：「你該早來，我得了一件好東西，專等你呢。」說著，一面在身上摸掏，掏了半天，呵呀了一聲，便問襲人：「那個東西你收起來了麼？」襲人道：「什麼東西？」寶玉道：「前兒得的麒麟。」襲人道：「你天天帶在身上的，怎麼問我？」寶玉聽了，將手一拍說道：「這可丟了，往哪裡找去！」就要起身自己尋去。湘雲聽了，方知是他遺落的，便笑問道：「你幾時又有了麒麟了？」寶玉道：「前兒好容易得的呢，不知多早晚丟了，

我也糊塗了。」湘雲笑道:「幸而是玩的東西,還是這麼慌張。」說著,將手一撒,「你瞧瞧,是這個不是?」寶玉一見由不得歡喜非常,因說道……不知是如何,且聽下回分解。(第三十二回)話說寶玉見那麒麟,心中甚是歡喜,便伸手來拿,笑道:「虧你揀著了。你是哪裡揀的?」

史湘雲無意撿到賈寶玉這「文彩輝煌的一個金麒麟,比自己佩的又大又有文彩」。她「伸手擎在掌上,只是默默不語,正自出神」似乎也動情,但一聽說是寶玉的,她「將手一撒」,還給了寶玉。一則因她已經「大喜」定親,二則知道兒女沒有自主婚嫁的權力,故而「從未將兒女私情略縈心上」,以免自找苦吃。

二、湘雲「英豪闊大寬宏量,從未將兒女私情放在心上」的詩歌體現

第三十二回文中借薛寶釵之口說史湘雲寄居叔父家的苦。襲人請湘雲做針線,寶釵責怪她:

> 寶釵聽見這話,便兩邊回頭,看無人來往,便笑道:「你這麼個明白人,怎麼一時半刻的就不會體諒人情。我近來看著雲丫頭神情,再風裡言風裡語的聽起來,那雲丫頭在家裡竟一點兒作不得主。他們家嫌費用大,竟不用那些針線上的人,差不多的東西多是她們娘兒們動手。為什麼這幾次她來了,她和我說話兒,見沒人在跟前,她就說家裡累得很。我再問她兩句家常過日子的話,她就連眼圈兒都紅了,口裡含含糊糊待說不說的。想其形景來,自然從小兒沒爹娘的苦。我看著她,也不覺地傷起心來。」襲人見說這話,將手一拍,說:「是了,是了。

怪道上月我煩她打十根蝴蝶結子，過了那些日子才打發
人送來，還說『打得粗，且在別處能著使罷，要勻淨的，
等明兒來住著再好生打罷』。如今聽寶姑娘這話，想來我
們煩她，她不好推辭，不知她在家裡怎麼三更半夜地做
呢。可是我也糊塗了，早知是這樣，我也不煩她了。」
寶釵道：「上次她就告訴我，在家裡做活做到三更天，若
是替別人做一點半點，她家的那些奶奶太太們還不受用
呢。」

但第三十七回《秋爽齋偶結海棠社　蘅蕪苑夜擬菊花題》
和第三十八回《林瀟湘魁奪菊花詩　薛蘅蕪諷和螃蟹詠》詩會
中她的詩體現其個性寬宏，不把人生窘況、男女私情放在心上
的個性。時值八月暑熱秋季，認寶玉為乾爹的賈芸送來兩盆白
海棠。大觀園姑娘們起詩社，吟詠白海棠。寶玉想起沒請史湘
雲，他賴著賈母，催逼接來湘雲。湘雲詩才敏捷，「一面只管和
人說著話，心內早已和成」兩首吟白海棠詩。白海棠是名花，
耐寒，耐乾旱，易栽種，得到湘雲的讚賞，認同。

其一

神仙昨日降都門，種得藍田玉一盆。
自是霜娥偏愛冷，非關倩女亦離魂。
秋陰捧出何方雪，雨漬添來隔宿痕。
卻喜詩人吟不倦，豈令寂寞度朝昏。

她借白海棠自述。詩中關鍵句是「自是霜娥偏愛冷，非關
倩女亦離魂」，即白海棠是無畏冷霜的霜娥，故而並非倩女也讓
人魂魄離身。白海棠，是「秋陰奇妙的雪」，有秋雨所漬的痕。
最後直接表達她對白海棠的認同，相伴：「卻喜詩人吟不倦，豈
令寂寞度朝昏。」

其二

蘅芷階通蘿薜門，也宜牆角也宜盆。
花因喜潔難尋偶，人為悲秋易斷魂。
玉燭滴乾風裡淚，晶簾隔破月中痕。
幽情欲向嫦娥訴，無奈虛廊夜色昏。

與深陷三角情怨寶黛釵三人不同，第二首湘雲詩述自己是隨緣從境的白海棠，不願做喜潔的花、悲秋自苦的人。這是自述，也是對黛玉的勸告。

第一句「蘅芷階通蘿薜門，也宜牆角也宜盆」寫白海棠不擇生地，安分隨時，能隨遇而安：「蘅芷階」可，「蘿薜門」也行，「也宜牆角也宜盆」。

其後三句以「花」起興，直指黛玉這樣的孤高自傲，目下無塵的情癡：「花因喜潔難尋偶，人為悲秋易斷魂。」也反說自己不過分喜潔，挑剔，當「易尋偶」，不癡情悲秋，當「魂長存」。「玉燭滴乾風裡淚，晶簾隔破月中痕。」此描述癡情者幽思苦。「玉燭滴乾風裡淚」化用李商隱詩句「蠟炬成灰淚始乾」，指時間煎熬，情癡淚盡而身亡。「晶簾隔破月中痕」說陪伴情癡的只有秋夜中被冷冷晶簾隔破而有痕的月，沒有滿月，只有痕月、破月。「幽情欲向嫦娥訴，無奈虛廊夜色昏。」幽情欲向月宮嫦娥哭訴，但月亮被夜雲遮蔽，陪伴癡情者的只有昏昏夜色。反過來說，沒有「幽情」，就無需向嫦娥哭訴，就無「無奈」，「夜色昏」否不關已事！也就是說情癡因情而悲苦，完全是自找！這是自述，也是勸告黛玉。

眾人稱讚，史湘雲自請開詩社吟詠菊花。當晚她與寶釵商議，見其困窘：

> 至晚，寶釵將湘雲邀往蘅蕪苑安歇去。湘雲燈下計議如

何設東擬題。寶釵聽她說了半日，皆不妥當，因向她說道：「既開社，便要作東。雖然是玩意兒，也要瞻前顧後，又要自己便宜，又要不得罪了人，然後方大家有趣。你家裡你又作不得主，一個月通共那幾串錢，你還不夠盤纏呢。這會子又幹這沒要緊的事，你嬸子聽見了，越發抱怨你了。況且你就都拿出來，做這個東道也是不夠。難道為這個家去要不成？還是往這裡要呢？」

一席話提醒了湘雲，倒躊躕起來。

當晚議定，寶釵出錢買了螃蟹和酒，幫她籌辦詩社。第三十八回邀請寶玉和眾位姑娘、賈母等出席。賈母等散後她們吟菊花詩。這解了湘雲之難，博得湘雲愛心，也得到賈母和上下的喜歡。這是寶釵這冷美人的心計用心。但如此困窘的史湘雲，其菊花詩體現「傲世、傲寒」個性。

對菊

別圃移來貴比金，一叢淺淡一叢深。
蕭疏籬畔科頭坐，清冷香中抱膝吟。
數去更無君傲世，看來惟有我知音。
秋光荏苒休辜負，相對原宜惜寸陰。

寶玉因史湘雲舊家有一枕霞閣，為她取名枕霞舊友，但這父母雙亡，家業流失的枕霞舊友不悲秋。對著「別圃移來貴比金，一叢淺淡一叢深」的菊花，她自己「蕭疏籬畔科頭坐，清冷香中抱膝吟」，自認這「數去更無君傲世」的菊花是「知音」。她就是那一朵朵「蕭疏籬畔，清冷香中」的菊花。

供菊

彈琴酌酒喜堪儔，几案婷婷點綴幽。

隔座香分三徑露，拋書人對一枝秋。

霜清紙帳來新夢，圃冷斜陽憶舊遊。

傲世也因同氣味，春風桃李未淹留。

傲寒菊花是知音，她「供菊」自樂，供菊就是敬供自個：彈琴酌酒，几案上婷婷菊花香隔座飄來，她拋書面對這寄寓秋意的菊花，有新夢，憶舊遊，再次認同菊花：「傲世也因同氣味」，歎息「春風桃李未淹留」，即慨歎黛玉這些美豔桃李花，春風一吹，飄散零落。也就是說千萬別做春風桃花，做一秋風不敗的菊花方是我史湘雲之願。

菊影

秋光疊疊複重重，潛度偷移三徑中。

窗隔疏燈描遠近，籬篩破月鎖玲瓏。

寒芳留照魂應駐，霜印傳神夢也空。

珍重暗香休踏碎，憑誰醉眼認朦朧。

菊影一詩，寫湘雲月夜下對菊花的賞鑒，再次認同傲寒菊花。殘月案前的她看見：「秋光疊疊複重重」的夜，月光移動花影「潛度偷移三徑中」。「窗隔疏燈描遠近，籬篩破月鎖玲瓏」，即隔窗望去，微弱燈光之下，菊花遠近形影各別，籬笆篩破月影，鎖得菊花玲瓏花影。

最後兩句她警告菊花：「寒芳留照」但「魂應駐」，即別作魂動傳神之想，因為即便「霜印傳神」，但「夢也空」。故而一定要「珍重暗香休踏碎」。「憑誰醉眼認朦朧」即迷於愛情的醉人醉眼，在朦朧中找不到出路。

總之一句話：菊花就是史湘雲，作秋風中傲世傲寒菊花，顛倒一切夢想，甭生鴛鴦情懷。

三、湘雲找樂的小子個性

　　第四十九回《琉璃世界白雪紅梅　脂粉香娃割腥啖膻》主角就是史湘雲。邢夫人的兄嫂帶了女兒岫煙進京來投邢夫人，可巧鳳姐之兄王仁也正進京，兩親戚一處相幫來了。半路泊船時，又遇見李紈之寡嬸帶著兩個女兒李紋、李綺也上京。三家親戚一路同行。薛蟠之從弟薛蝌，因當年父親在京時已將胞妹薛寶琴許配都中梅翰林之子，正欲進京發嫁，聽說王仁進京，也帶了妹子隨後趕來。四家來賈府，訪投各人親戚。這可是大觀園美女大聚會，而史湘雲是主角之一。當晚與寶釵同住的湘雲對詩迷香菱大談「杜工部之沉鬱，韋蘇州之淡雅，又怎麼是溫八叉之綺靡，李義山之隱僻」，弄得寶釵笑她倆：「呆香菱之心苦，瘋湘雲之話多。」這一回可是史湘雲在孤窮處境中找樂，生動誘人地展示。

　　先看她穿戴不忌諱，讓人樂，自己樂：

　　　　一時史湘雲來了，穿著賈母與她的一件貂鼠腦袋面子大毛黑灰鼠裡子裡外發燒大褂子，頭上帶著一頂挖雲鵝黃片金裡大紅猩猩氈昭君套，又圍著大貂鼠風領。黛玉先笑道：「你們瞧瞧，孫行者來了。她一般的也拿著雪褂子，故意裝出個小騷達子來。」湘雲笑道：「你們瞧瞧我裡頭打扮的。」一面說，一面脫了褂子。只見她裡頭穿著一件半新的靠色三鑲領袖秋香色盤金五色繡龍窄褙小袖掩衿銀鼠短襖，裡面短短的一件水紅裝緞狐肷褶子，腰裡緊緊束著一條蝴蝶結子長穗五色宮條，腳下也穿著麀皮小靴，越顯得蜂腰猿背，鶴勢螂形。眾人都笑道：「偏她只愛打扮成個小子的樣兒，原比她打扮女兒更俏麗了些。」

再看她飲食中不忌諱，想吃就吃，找樂：

（湘雲不顧腥味，吃燒烤鹿肉）那邊寶釵黛玉平素看慣了，不以為異，寶琴等及李嬸深為罕事。探春與李紈等已議定了題韻。探春笑道：「你聞聞，香氣這裡都聞見了，我也吃去。」說著，也找了她們來。李紈也隨來說：「客已齊了，你們還吃不夠？」湘雲一面吃，一面說道：「我吃這個方愛吃酒，吃了酒才有詩。若不是這鹿肉，今兒斷不能作詩。」說著，只見寶琴披著鳧靨裘站在那裡笑。湘雲笑道：「傻子，過來嘗嘗。」寶琴笑說：「怪髒的。」寶釵道：「你嘗嘗去，好吃的。你林姐姐弱，吃了不消化，不然她也愛吃。」寶琴聽了，便過去吃了一塊，果然好吃，便也吃起來。一時鳳姐兒打發小丫頭來叫平兒。平兒說：「史姑娘拉著我呢，你先走罷。」小丫頭去了。一時只見鳳姐也披了斗篷走來，笑道：「吃這樣好東西，也不告訴我！」說著也湊著一處吃起來。黛玉笑道：「哪裡找這一群花子去！罷了，罷了，今日蘆雪庵遭劫，生生被雲丫頭作踐了。我為蘆雪庵一大哭！」湘雲冷笑道：「你知道什麼！『是真名士自風流』，你們都是假清高，最可厭的。我們這會子腥膻大吃大嚼，回來卻是錦心繡口。」

再看她樂中詩，在詩中樂。其後聯詩，湘雲笑鬧中，「不肯讓人」，「揚眉挺身」，直言說寶玉「不中用」，她「仰眉挺身」，獨戰黛玉、寶釵、寶琴，大展詩才，令人讚歎。她生性曠達快活，嬌憨活潑，爽朗率真，才情高妙敏捷，不讓黛釵。此段聯詩，特體現她與黛玉相反個性：黛玉「寂寞對臺榭」，而湘雲則對「清貧懷簞瓢」即她湘雲一身清貧，卻掛著簞瓢兒，浪跡天涯找樂。

第六十二回正值寶玉、寶琴、平兒、邢岫煙生日，在紅香圃祝壽，行酒令再現湘雲快活找樂的個性：

> 湘雲的拳卻輸了，請酒面酒底。寶琴笑道：「請君入甕。」
> 大家笑起來，說：「這個典用得當。」湘雲便說道：「奔
> 騰而砰湃，江間波浪兼天湧，須要鐵鎖纜孤舟，既遇著
> 一江風，不宜出行。」
> 說得眾人都笑了，說：「好個謔斷了腸子的。怪道她出這
> 個令，故意惹人笑。」（此最能體現湘雲個性，即便被「請
> 君入甕」，這「甕」也是她的船，即便禁錮甕中不見天日，
> 她還以占卜為自己不能見天日找理由：甕外「奔騰而砰
> 湃，江間波浪兼天湧」，故而「須要鐵鎖纜孤舟，不宜出
> 行。」故而眾人笑。）又聽她說酒底。湘雲吃了酒，揀
> 了一塊鴨肉呷口，忽見碗內有半個鴨頭，遂揀了出來吃
> 腦子。眾人催她「別只顧吃，到底快說了。」湘雲便用
> 箸子舉著說道：「這鴨頭不是那丫頭，頭上那討桂花油？」
> 眾人越發笑起來，引得晴雯、小螺、鶯兒等一干人都走
> 過來說：「雲姑娘會開心兒，拿著我們取笑兒，快罰一杯
> 才罷。怎見得我們就該擦桂花油的？倒得每人給一瓶子
> 桂花油擦擦。」

再看酒醉的湘雲：

> 正說著，只見一個小丫頭笑嘻嘻地走來：「姑娘們快瞧雲
> 姑娘去，吃醉了圖涼快，在山子後頭一塊青板石凳上睡
> 著了。」眾人聽說，都笑道：「快別吵嚷。」說著，都走
> 來看時，果見湘雲臥於山石僻處一個石凳子上，業經香
> 夢沉酣，四面芍藥花飛了一身，滿頭臉衣襟上皆是紅香
> 散亂，手中的扇子在地下，也半被落花埋了，一群蜂蝶

鬧嚷嚷地圍著他，又用鮫帕包了一包芍藥花瓣枕著。眾
人看了，又是愛，又是笑，忙上來推喚挽扶。湘雲口內
猶作睡語說酒令，唧唧嘟嘟說：「泉香而酒洌，玉碗盛來
琥珀光，直飲到梅梢月上，醉扶歸，卻為宜會親友。」

瞧瞧，美醉又醉美的湘雲。其睡語酒令，也是占卜，但完
全脫離八卦，以飲酒為卦象：「泉香而酒洌，玉碗盛來琥珀光，
直飲到梅梢月上，醉扶歸。」爻義為：「宜會親友。」即親友會
就是酒會，親友就是酒。身處孤窘，曠達快活，找樂，是湘雲
刻意克服自己孤苦的方式。故而在第七十六回，賈府賞月，黛
玉「對景感懷，自去俯欄垂淚」。其他人都散了，只有湘雲勸慰
她說：「你是個明白人，何必作此形像自苦。我也和你一樣，我
就不似你這樣心窄。何況你又多病，何不自己保養。」她建議
黛玉聯句，「明日羞她們一羞」。

繼而倆人賞月，盡展詩才。聯詩中，池塘顯黑影，黛玉怕，
以為是鬼，偏她不怕鬼，拋石打鬼，黑影中飛出一隻白鶴來。
即刻，觸景成句，她聯詩曰：「寒塘度鶴影。」這預示她寒塘孤
鶴的悲劇結局，黛玉應答的「冷月葬花魂」，預示黛玉的命運。

黛玉就是花，過早地在冷月中飄落，死於癡情，悲劇！而
湘雲就是一隻白鶴，雖活著，但寒塘冷冽，孤影，守寡終生，
同是大悲劇！比李紈更慘，李紈有孩子賈蘭，可以慰籍一點孤
苦，湘雲沒有孩子，不到二十歲。

四、湘雲的結局：雲斷高糖，水涸湘江

第一〇五回賈府被抄檢。一〇六回史侯家兩個女人來請
安，對賈母說：「我們姑娘本要自己來的，因不多幾日就要出閣，
所以不能來了。」一心門第相當的賈母只問「家計如何？」兩
個女人回道：「家計倒不怎麼樣，只是姑爺長得很好，為人又和

平。我們見過好幾次，看來與這裡寶二爺差不多，還聽說才情學問都好的。」第一○八回史湘雲出嫁回門，來賈母這邊請安，也說「那裡過日子平安」。就是在這一回賈母「強歡笑」為寶釵過生日，席間鴛鴦投骰子，二女聯句，預示她們的命運：

> 賈母道：「這個令兒也不熱鬧，不如蠲了罷。讓鴛鴦擲一下，看擲出個什麼來。」小丫頭便把令盆放在鴛鴦跟前。鴛鴦依命，便擲了兩個二，一個五，那一個骰子在盆裡只管轉。鴛鴦叫道：「不要五！」那骰子單單轉出一個五來。鴛鴦道：「了不得！我輸了。」賈母道：「這是不算什麼的嗎？」鴛鴦道：「名兒倒有，只是我說不上曲牌名來。」賈母道：「你說名兒，我給你謅。」鴛鴦道：「這是『浪掃浮萍』。」賈母道：「這也不難，我替你說個『秋魚入菱窠』。」鴛鴦下手的就是湘雲，便道：「白萍吟盡楚江秋。」眾人都道：「這句很確。」

「浪掃浮萍」是女兒們的共同命運。賈母給鴛鴦的「秋魚入菱窠」可不是好兆頭。「菱窠」是鳥築於菱間的巢穴，這預示鴛鴦是「秋魚入菱窠」的命。湘雲是「白萍吟盡楚江秋（秋天到，綠萍白，即將消散，消失）」的命，即第五回命運判詞所言「雲散高唐，水枯湘江」。

第一○九回賈母重病，想湘雲，去找湘雲的人回來對老太太身邊的琥珀說湘雲的丈夫「得了暴病」，「這病怕不能好，若變革癆病，還可捱過四五年」。她心裡著急，不能來給老太太請安。第一一○回文中交代說史湘雲因丈夫生病，賈母死後只來過一次。送殯的那天來，她「想起賈母素日疼她；又想自己命苦，剛配了一個才貌雙全的男人，性情又好，偏偏地得了冤孽症候，不過捱日子罷了。愈是更加悲痛，直哭了半夜。」

第一一八回王夫人說到邢岫煙、薛寶琴等婚嫁結局，說湘雲：「就是史姑娘是她叔叔的主意，頭裡還好，如今姑爺癆病死了，你史妹妹立志守寡，也就苦了。」這應了第五回命運判詞：

> 襁褓中，父母歎雙亡。縱居那綺羅叢，誰知嬌養？幸生來，英豪闊大寬宏量，從未將兒女私情略縈心上。好一似，霽月光風耀玉堂。廝配得才貌仙郎，博得個地久天長，准折得幼年時坎坷形狀。終久是雲散高唐，水涸湘江。

湘雲，您還能「英豪闊大寬宏量」否？可憐，可惜！夫權規矩，女子必須從一而終，你真成了「寒塘孤鶴影」。

第六節　晴雯與襲人：「美」而自尊者死；「拙」而奴性者貴

同一處境，個性決定命運。雪芹翁特意將同因家庭窮困而被賣入賈府的晴雯和襲人設計在怡紅院寶玉身邊，就為體現「同一處境，個性決定命運」。在封建族權專制家族，襲人一心想登上寶玉二房姨太太的寶座，她身心皆為奴，一心為主子，順從主子，為主子著想，雖然長相平平，卻得到王夫人讚賞，而晴雯卻無攀附之心，且身為奴但心不為奴，自尊自愛，再加以風流靈巧，必在被主子敵視祛除之列。

晴雯和襲人均因家貧而被賣入賈府作丫頭。第七十七回晴雯被攆出賈府，有關於她來歷的補述：「這晴雯當日系賴大家用銀子買的，那時晴雯才得十歲，尚未留頭，因常跟賴嬤嬤進來，賈母見她生得伶俐標緻，十分喜愛。故此賴嬤嬤就孝敬了賈母使喚，後來到了寶玉房裡。這晴雯進來時，也不記得家鄉父母，

只知有個姑舅哥哥（名叫吳貴），專能庖宰，也淪落在外，故又求了賴家的收買進來吃工食。賴家的見晴雯雖到賈母跟前，千伶百俐，嘴尖性大，卻倒不忘舊，故又將她哥哥收買進來，把家裡一個女孩配了他。……目今晴雯只有這一門親戚，所以一出來就在他家。」第十九回襲人回家探親，母兄將準備贖她回家的打算告訴她，正得意的襲人拒絕，說到她也是被賣入賈府：「當日原是你們沒飯吃，就剩了我還值幾兩銀子，要不叫你們賣，沒有個看著老子餓死的理；……。」

進入賈府後，兩女孩本都服侍賈母。寵愛寶玉的賈母看中她倆，放她倆作寶玉的丫頭，但各有日後打算。

襲人出場的第三回，文中交代賈母用襲人的初衷即因其奴性：

> 原來這襲人亦是賈母之婢，本名珍珠。賈母因溺愛寶玉，生恐寶玉之婢無竭力盡忠之人，素喜襲人心地純良，克盡職任，遂與了寶玉。寶玉因知她本姓花，又曾見舊人詩句上有「花氣襲人」之句，遂回明賈母，更名襲人。這襲人亦有些癡處：伏侍賈母時，心中眼中只有一個賈母，如今服侍寶玉，心中眼中又只有一個寶玉。只因寶玉性情乖僻，每每規諫寶玉，心中著實憂鬱。

可見賈母將襲人給寶玉，因看中襲人「心地純良，克盡制任」的「癡處」：「伏侍賈母時，心中眼中只有一個賈母，如今服侍寶玉，心中眼中又只有一個寶玉。」是一個難得的好奴才。

第七十八回，王夫人將攆晴雯的事告訴賈母，賈母的言談體現她將晴雯給寶玉，其本意今後作寶玉的妾，而王夫人的回答則體現她為何選襲人為寶玉的妾，而驅逐晴雯：

> 賈母聽了，點頭道：「這倒是正理，我也正想著如此呢。

但晴雯那丫頭我看她甚好，怎麼就這樣起來。我的意思這些丫頭的模樣爽利言談針線多不及她，<u>將來只她還可以給寶玉使喚得</u>。誰知變了。」王夫人笑道：「老太太挑中的人原不錯。只怕她命裡沒造化，所以得了這個病。俗語又說，『女大十八變』。況且有本事的人，未免就有些調歪。老太太還有什麼不曾經驗過的。三年前我也就留心這件事。先只取中了她，我便留心。冷眼看去，她色色雖比人強，只是不大沉重。若說沉重知大禮，莫若襲人第一。雖說<u>賢妻美妾</u>，然也要性情和順舉止沉重的更好些。就是襲人模樣雖比晴雯略次一等，然放在房裡，也算得一二等的了。況且行事大方，心地老實，這幾年來，從未逢迎著寶玉淘氣。凡寶玉十分胡鬧的事，她只有死勸的。因此品擇了二年，一點不錯了，我就悄悄地把她丫頭的月分錢止住，我的月分銀子裡批出二兩銀子來給她。不過使她自己知道越發小心學好之意。」

　　王夫人說晴雯「調歪」，「色色雖比人強，只是不大沉重」，說襲人「沉重知大禮」，也就是說，以奴性為尺規，晴雯不及格而被驅逐，襲人則被升格為准妾。

　　同一處境，人格個性決定命運。在專制權柄下，奴性者得意而非奴者死。這就是雪芹翁眼中的晴雯和襲人。

一、晴雯：美而自尊者的悲劇

　　《紅樓夢》第五回晴雯在金陵十二釵又副冊中排列第一：

首頁上畫著一幅畫，又非人物，也無山水，不過是水墨瀚染的滿紙烏雲濁霧而已。後有幾行字跡，寫的是：霽月難逢，彩雲易散。

心比天高，身為下賤。

風流靈巧招人怨。壽夭多因誹謗生，多情公子空牽念。

雨過天晴出現的明月叫「霽月」，點「晴」。「彩雲」寓「雯」字。「滿紙烏雲濁霧」與「霽月難逢」相對，隱指晴雯命途黯淡，橫遭摧殘而壽夭，本為「霽月彩雲」，卻被賈府「烏雲濁霧」所毀滅。

通觀《紅樓夢》，晴雯悲劇之根本在「心比天高，身為下賤」。如果她是千金小姐，「風流靈巧」又兼「心比天高」，必定招來賈府上下欣然，同聲叫好。晴雯「身為下賤」，卻「心比天高」又「風流靈巧」，必定招致上下怨恨嫉妒。

晴雯「心比天高，身為下賤」，此「心」是何心？從晴雯言行分析，這「心高」就是其他所有丫頭不及的自尊、自愛、守身如玉之清高，雖身為下賤，但心不賤，身為奴，但心不為奴，自主且不畏主。她美，但既無襲人、平兒等攀附姨太太寶座之心，也無金釧那樣的寶玉嘴唇胭脂一勾，就順色而上之情。她美，但寶玉可望，不可及。

總之，晴雯悲劇在：身為奴，心不為奴，孤高自許，目下無塵，故而心高心潔遭人恨，美魅誘人遭人妒，性直辭厲人皆怨。

（一）晴雯：身為奴，但心不為奴，自尊自愛

晴雯第一次出現在第八回《賈寶玉奇緣識金鎖　薛寶釵巧合認通靈》，當時寶玉從梨香院喝醉酒回來，她爬高梯，貼寶玉撰寫的字貼。晴雯是一個十分盡職的丫頭，如第五十二回「病補雀金裘」，但她與其他丫鬟不同，身為奴僕沒有奴心，要求平等互尊。

1、晴雯捍衛自我尊嚴，直言揭醜。第三十一回《撕扇子作千金一笑　因麒麟伏白首雙星》中的晴雯。這一天正是端陽節。

王夫人置酒，宴請薛家母女。因為各有心事，大家坐坐就散了：

　　倒是寶玉心中悶悶不樂，回至自己房中長吁短歎。偏生
晴雯上來換衣服，不防又把扇子失了手跌在地下，將股
子跌折。寶玉因歎道：「蠢才，蠢才！將來怎麼樣？明日
你自己當家立事，難道也是這麼顧前不顧後的？」（寶玉
心中悶，罵人泄悶。）晴雯冷笑道：「二爺近來氣大得很，
行動就給臉子瞧。前兒連襲人都打了，今兒又來尋我們
的不是。要踢要打憑爺去。就是跌了扇子，也是平常的
事。先時連那麼樣的玻璃缸，瑪瑙碗不知弄壞了多少，
也沒見個大氣兒，這會子一把扇子就這麼著了。何苦來！
要嫌我們就打發我們，再挑好的使。好離好散的，倒不
好？」（晴雯心比天高，容不得寶玉罵自己「蠢才」，聯
想到寶玉因金釧的事，脾氣大，冒雨回來，敲門，因開
門遲，一腳撩翻襲人，襲人吐血。身心皆為奴的襲人沒
有抱怨，反而安慰寶玉，而身為奴但心不是奴的晴雯憋
氣。這時寶玉罵她，她情不自禁反唇相譏。）寶玉聽了
這些話，氣得渾身亂戰，因說道：「你不用忙，將來有散
的日子！」
　　襲人在那邊早已聽見，忙趕過來向寶玉道：「好好的，又
怎麼了？可是我說的『一時我不到，就有事故兒』。」晴
雯聽了冷笑道：「姐姐既會說，就該早來，也省了爺生氣。
自古以來，就是你一個人伏侍爺的，我們原沒伏侍過。
因為你伏侍得好，昨日才挨窩心腳，我們不會伏侍的，
到明兒還不知是個什麼罪呢！」（襲人責怨晴雯，晴雯自
然不忍。）襲人聽了這話，又是惱，又是愧，待要說幾
句話，又見寶玉已經氣得黃了臉，少不得自己忍了性子，
推晴雯道：「好妹妹，你出去逛逛，原是我們的不是。」

（潛意識真心洩漏：襲人自以為妾。）晴雯聽她說「我們」兩個字，自然是她和寶玉了，不覺又添了醋意，冷笑幾聲，道：「我倒不知道你們是誰，別教我替你們害臊了！便是你們鬼鬼祟祟幹的那事兒，也瞞不過我去，哪裡就稱起『我們』來了。明公正道，連個姑娘還沒掙上去呢，也不過和我似的，哪裡就稱上『我們』了！」（晴雯「醋意」就是看不上襲人想做妾，但不明公正道，與寶玉「鬼鬼祟祟」，不知羞恥。）襲人羞得臉紫脹起來，想一想，原來是自己把話說錯了。寶玉一面說：「你們氣不忿，我明兒偏抬舉她。」襲人忙拉了寶玉的手道：「她一個糊塗人，你和她分證什麼？況且你素日又是有擔待的，比這大的過去了多少，今兒是怎麼了？」晴雯冷笑道：「我原是糊塗人，哪裡配和我說話呢！」（不知攀附，為尊者諱，遮惡揚善，就是「糊塗」。）

繼續爭吵的結果，寶玉要回太太，打發晴雯出去。晴雯哭，但沒有低三下四求饒。襲人與眾丫頭跪下求情，寶玉方饒了晴雯。

晴雯哭為何？因為不容寶二爺辱罵而反唇相譏，因為看不得襲人與寶玉「鬼鬼祟祟」的齷齪事而口吐真言，要被寶二爺趕出賈府。她一個沒爹沒娘的小姑娘，又將如何生存！襲人心雖怨恨晴雯，但也領頭跪求寶二爺。晴雯與其他丫頭不同，就在她自尊自愛，目下無塵，言語直率，「身為下賤」但「心比天高」。

再看當晚撕扇事的晴雯，也可見這所謂「醋意」並非想身臥寶玉褟被之中，而如黛玉潔身自守，拒絕成為男人的玩物。當時寶玉喝酒回來。兩人說和，但晴雯拒絕寶玉色情誘惑：

晴雯道：「怪熱的，拉拉扯扯作什麼！叫人來看見像什
麼！我這身子也不配坐在這裡。」寶玉笑道：「你既知道
不配，為什麼睡著呢？」晴雯沒的話，嗤地又笑了，說：
「你不來便使得，你來了就不配了。起來，讓我洗澡去。
襲人麝月都洗了澡。我叫了她們來。」寶玉笑道：「我才
又吃了好些酒，還得洗一洗。你既沒有洗，拿了水來咱
們兩個洗。」晴雯搖手笑道：「罷，罷，我不敢惹爺。還
記得碧痕打發你洗澡，足有兩三個時辰，也不知道作什
麼呢。我們也不好進去的。後來洗完了，進去瞧瞧，地
下的水淹著床腿，連席子上都汪著水，也不知是怎麼洗
了，笑了幾天……。」

　　寶玉濫情，一心色誘晴雯，而晴雯拒絕，嘲笑，揭露寶玉
借洗澡玩奸碧痕「兩三個時辰」。她知道，寶玉不過把丫頭當作
玩物罷了，故而她清心清身自守。

　　繼而的情節就是名目所言「撕扇子做千金一笑」，即紈絝子
弟玩酷，借扇子向美女晴雯道歉，買她一笑。晴雯撕扇接受這
一道歉，她一撕一笑，笑什麼？笑的就是賈府這為色不惜「千
金」的濫情公子。《紅樓夢》描述「笑」，多沒有用「苦笑、嘲
笑、冷笑」這一類的詞，其「笑」意，得讀者自己去感覺，揣
摩：

晴雯笑道：「我慌張得很，連扇子還跌折了，哪裡還配打
發吃果子。倘或再打破了盤子，還更了不得呢。」（這笑
當有冷嘲意。）寶玉笑（凡美女都生情的寶玉這笑是帶
著歉意的笑。）道：「你愛打就打，這些東西原不過是借
人所用，你愛這樣，我愛那樣，各自性情不同。比如那
扇子原是扇的，你要撕著玩也可以使得，只是不可生氣

時拿它出氣。就如杯盤，原是盛東西的，你喜聽那一聲響，就故意的碎了也可以使得，只是別在生氣時拿它出氣。這就是愛物了。」（玩酷公子的「愛物」理論：千金買色，固有千金美人之說，現在更有萬金美人之說。）晴雯聽了，笑道：「既這麼說，你就拿了扇子來我撕。我最喜歡撕的。」（這一笑當有兩種滋味。自傲：我美，您寶二爺想親近，但甭想。嘲笑：寶二爺千金只買我一笑，我就讓你如願以償。）寶玉聽了，便笑著遞與她。晴雯果然接過來，嗤地一聲，撕了兩半，接著嗤嗤又聽幾聲。寶玉在旁笑著說：「響得好，再撕響些！」正說著，只見麝月走過來，笑道：「少作些孽罷。」寶玉趕上來，一把將她手裡的扇子也奪了遞與晴雯。晴雯接了，也撕了幾半子，二人都大笑。（倆皆大笑，但意味不同。寶玉之笑是如願以償之笑：我揮霍千金，終於買得美女一笑。晴雯是得意兼嘲笑：我一笑果然值千金！）……（麝月干涉）寶玉笑道：「古人云，『千金難買一笑』，幾把扇子能值幾何！」（這就是點題：紈褲賣笑，晴雯賜笑。）

2、晴雯嘲笑以主子賞賜為榮。第三十七回寶玉命秋紋將新開的桂花送給賈母和王夫人賞玩。賈母「喜得無可無不可」，誇寶玉孝敬，賞秋紋幾百錢。接著秋紋送花給王夫人，正值王夫人翻找舊衣送人。鳳姐借此誇讚寶玉孝敬，說了兩車好話。太太自以為增了光，堵了眾人的嘴，將兩件舊衣賞給她。秋紋自言「幾百錢是小事，難得這個臉面」，「衣裳也是小事，年年橫豎也得，卻不像這個彩頭。」聽得秋紋此言，晴雯身為下賤，但有心比天高的自尊，與襲人、秋紋成鮮明對比：

晴雯笑道：「呸！沒見世面的小蹄子！那是把好的給了

人，挑剩下的才給你，你還充有臉呢。」秋紋道：「憑他給誰剩的，到底是太太的恩典。」晴雯道：「要是我，我就不要。若是給別人剩下的給我，也罷了。一樣這屋裡的人，難道誰又比誰高貴些？把好的給她，剩下的才給我，（隱射襲人鑽營得寵王夫人）我寧可不要，衝撞了太太，我也不受這口軟氣。」秋紋忙問：「給這屋裡誰的？我因為前兒病了幾天，家去了，不知是給誰的。好姐姐，你告訴我知道知道。」晴雯道：「我告訴了你，難道你這會退還太太去不成？」秋紋笑道：「胡說，我白聽了喜歡喜歡。那怕給這屋裡的狗剩下的，我只領太太的恩典，也不犯管別的事。」眾人聽了都笑道：「罵得巧，可不是給了那西洋花點子哈巴兒了。」（大家都笑襲人是善於討好主子的西洋花點子哈巴兒了。）襲人笑道：「你們這起爛了嘴的！得了空就拿我取笑打牙兒。一個個不知怎麼死呢。」秋紋笑道：「原來姐姐得了，我實在不知道。我陪個不是罷。」襲人笑道：「少輕狂罷。你們誰取了碟子來是正經。」……晴雯笑道：「我偏取一遭兒去。是巧宗兒你們都得了，難道不許我得一遭兒？」麝月笑道：「通共秋丫頭得了一遭兒衣裳，哪裡今兒又巧，你也遇見找衣裳不成。」晴雯冷笑道：「雖然碰不見衣裳，或者太太看見我勤謹，一個月也把太太的公費裡分出二兩銀子來給我，也定不得。」（又一次隱射襲人的王夫人寵愛，成了准妾。）說著，又笑道：「你們別和我裝神弄鬼的，什麼事我不知道。」（再次隱射襲人和寶玉齷齪事）一面說，一面往外跑了。

襲人以為晴雯「輕狂」。晴雯自尊，其言辭直刺襲人奴性得寵。襲人心中必怨恨。

3、晴雯嘲笑趨炎附勢。第二十四回寶玉要喝茶，但襲人等內房丫頭不在家，外房小丫頭小紅見狀進房為寶二爺倒茶，與二爺交談。這時秋紋、碧痕提水回來，一頓搶白。文中說「心內著實癡心地向上攀高，每每的要在寶玉面前現弄」的小紅，被一通惡話，「心內早灰了一半」。第二十七回她又有了機會，「見鳳姐站在山坡上招手叫，小紅連忙棄了眾人，跑至鳳姐跟前，堆著笑：『奶奶使喚做什麼事？』鳳姐打量一回，見她生得乾淨俏麗，說話知趣。」就要她前去轉告平兒一件事。她撤身去了，回來路逢晴雯、碧痕、秋紋等，晴雯、碧痕等都責問她在外逛，不做院內事：「小紅道：『你們再問問我逛了沒有？二奶奶使喚我說話取東西的。』說著將荷包舉給她們看，方沒言語了，大家分路走開。晴雯冷笑道：『怪道呢！原來爬上高枝去了，把我們不放在眼裡。不知說了一句話半句話，名兒姓兒知道了不曾呢，就把她興頭得這樣！這一遭半遭兒的算不得什麼，過了後兒還得聽啊！有本事從今出了這園子，長長遠遠地在高枝上才算的。』一面說著去了。」

晴雯此言談有多種心理：與碧痕等一樣，她有大丫頭欺下心理，但當小紅有些炫耀地說「二奶奶使喚我說話取東西」，碧痕等都「沒言語了」，偏偏晴雯「冷笑」她「爬上高枝去了」。可見晴雯真「心比天高」，看不得趨炎附勢且以為榮耀的人。然而在各種專制權柄下，一心上上爬的奴才多，自尊自愛者少，晴雯「嘴尖舌利」招人恨。

4、自我尊嚴不可侵犯的晴雯。第七十四回晴雯倒匣。因為賈母粗使丫鬟傻大姐在園中一塊山石背後揀到一繡春囊。大怒的王夫人命三角眼王熙鳳帶隊搜查大觀園各房，嚴查違背封建規則的男女物品。搜查隊先到怡紅院，當時晴雯生病臥床：

到了晴雯的箱子，因問：「是誰的？怎麼不開了讓搜？」

襲人等欲代晴雯開時，只見晴雯挽著髮闖進來，豁地一聲將箱子打開，兩手捉著底子，朝天往地下盡情一倒，將所有之物盡情傾倒。王善保家的也覺沒趣，看了一看，也無甚私弊之物。

這就是身為奴，心不為奴的晴雯。

（二）個性爆炭，遭人恨的晴雯

晴雯孤高自許，目下無塵，個性爆炭。不論誰，對我不尊，她就爆炭似的對付；對不遵職守，有濫行的人，她絕對「爆炭」似的對待，有時顯得非常過分。第四十九回姑娘們聚集蘆雪庵，小丫頭墜兒偷了平兒的金鐲子。第五十二回平兒為了寶玉的聲名和減輕對墜兒的傷害，瞞著晴雯這爆炭，悄悄囑咐麝月只是將墜兒換個地方，別告訴晴雯，說：「晴雯那蹄子是塊爆炭，要告訴了她，她是忍不住的。一時氣了，或打或罵，依舊嚷出來不好，所以告訴你留心就是了。」賈寶玉聽到這悄悄話，很感激平兒，還轉述給當時生病的晴雯，晴雯即刻就氣得「峨眉倒蹙，鳳眼圓睜，即時就叫墜兒」，幸虧寶玉阻止，勸她養病。第三天吃藥不見病退，晴雯先罵醫生，後罵小丫頭，見到墜兒，她目下無塵的爆炭個性發作：

晴雯又罵小丫頭子們：「哪裡鑽沙去了！瞅我病了，都大膽子走了。明兒我好了，一個一個的才揭你們的皮呢！」唬得小丫頭子篆兒忙進來問：「姑娘作什麼。」晴雯道：「別人都死絕了，就剩了你不成？」說著，只見墜兒也蹭了進來。晴雯道：「你瞧瞧這小蹄子，不問她還不來呢。這裡又放月錢了，又散果子了，你該跑在頭裡了。你往前些，我不是老虎吃了你！」墜兒只得前湊。晴雯便冷不防欠身一把將她的手抓住，向枕邊取了一丈青，向她

手上亂戳，口內罵道：「要這爪子作什麼？拈不得針，拿不動線，只會偷嘴吃。眼皮子又淺，爪子又輕，打嘴現世的，不如戳爛了！」墜兒疼得亂哭亂喊。麝月忙拉開墜兒，按晴雯睡下，笑道：「才出了汗，又作死。等你好了，要打多少打不得？這會子鬧什麼！」晴雯便命人叫宋嬤嬤進來，說道：「寶二爺才告訴了我，叫我告訴你們，墜兒很懶，寶二爺當面使她，她撥嘴兒不動，連襲人使她，她背後罵她。今兒務必打發她出去，明兒寶二爺親自回太太就是了。」宋嬤嬤聽了，心下便知鐲子事發，因笑道：「雖如此說，也等花姑娘回來知道了，再打發她。」晴雯道：「寶二爺今兒千叮嚀萬囑咐的，什麼『花姑娘』、『草姑娘』，我們自然有道理。你只依我的話，快叫她家的人來領她出去。」麝月道：「這也罷了，早也去，晚也去，帶了去早清靜一日。」

宋嬤嬤出去喚了他母親來。墜兒母親求告一番不成，只得叩頭帶著墜兒「唶聲歎氣，口不敢言，抱恨而去」。晴雯目下無塵，但個性爆炭，並不如平兒心善，如此為人行事招人怨恨。黛玉同樣孤高自許，目下無塵，但一在心性親柔，二在自守無塵，三在瀟湘館丫頭們清新如竹，故相互無怨。

第五十一回——第五十二回晴雯生病與病補雀金裘。冬夜，麝月出門觀月光掃地，晴雯隨出嚇唬，受寒生病。寶玉尋醫找藥，悉心照料她。五十二回寶玉所穿俄羅斯國雀金裘後襟燒了一塊，府外織補匠人、裁縫鏽匠不敢攬活，怡紅院惟晴雯能補，故她掙坐起身，狠命咬牙補綴，寶玉在旁心痛。寶玉的確愛晴雯，而晴雯的回報只是一種丫頭對主子，一種朋友至交的相互關照，而非男女情愛，濫情公子只是單相思。

（三）太美人嫉妒，過潔世同嫌的晴雯

　　晴雯悲劇一個重要原因是她非常美麗，反應敏銳，人看來就是「風流靈巧」，故而「招人怨」。通觀《紅樓夢》沒見她風流處。佛教八戒，色為第一戒，故而美女就是妖怪；在權貴們看來，子室丫鬟美，會勾引公子，攀援姨太太寶座；同為女人，美女也多招女人嫉妒。晴雯被趕出大觀園主要有兩個原因。

　　1、晴雯太美，遭人嫉妒再加以個性直率，言辭不饒人，得罪人。這很明確地體現在因傻大姐揀到一個繡春囊，第七十四回王夫人命王熙鳳傳周瑞家的、吳興家的、鄭華家的、來旺家的、來喜家的，再加上邢夫人陪房王善保家的查詢。她們對王夫人特別提起晴雯，特別體現「風流靈巧遭人怨」。「因素日進園去那些丫鬟們不大趨奉她，心裡不自在」的王善保家特意提到晴雯。請注意，此風流靈巧是因美而伶俐遭人嫉恨：

> 「別的都還罷了。太太不知道，一個寶玉屋裡的晴雯，那丫頭仗著她生的模樣兒比別人標緻些，又生了一張巧嘴，天天打扮得像個西施的樣子，在人跟前，在人跟前能說慣道，掐尖要強。一句話不投機，她就立起兩個騷眼睛來罵人，妖妖調調，大不成個體統。」（真正「風流靈巧招人怨」。）王夫人聽了這話，猛然觸動往事，便問鳳姐道：「上次我們跟了老太太進園逛去，有一個水蛇腰，削肩膀，眉眼有些像你林妹妹的正在那裡罵小丫頭。我的心裡很看不上那狂樣子，因同老太太走，我不曾說的。後來要問是誰，又偏忘了。今日對了坎兒，這丫頭想必是她了。」鳳姐道：「若論這些丫頭們，共總比起來，都沒有晴雯生得好。論舉止言語，她原有些輕薄。方才太太說的倒很像她，我也忘了那日的事，不敢亂說。」王善保家的便道：「不用這樣，此刻不難叫了她來太太瞧瞧。」王夫人道：「寶玉房裡常見我的只有襲人、麝月，

> 這兩個笨笨的倒好。若有這個，她自不敢來見我的。我一生最嫌這樣的人。況且又出來這個事。好好的寶玉，倘或叫這蹄子勾引壞了，那還了得。」

在王夫人看來，笨笨丫頭襲人、麝月好，美的伶俐的丫頭就是妖精，就會勾引她的寶玉，她可親耳聽到寶玉勾引金釧，而怡紅院也是寶玉勾引了襲人、碧痕，又勾引晴雯，但晴雯並不動心。王夫人命人傳喚晴雯。晴雯來了：

> 王夫人一見晴雯釵鬢松，衫垂帶褪，有春睡捧心之遺風，而且形容面貌恰是上月的那人，不覺勾起方才的火來。王夫人便冷笑道：「好個冷美人！真是個病西施了。你天天作這輕狂樣給誰看？你幹的事打量我不知道呢！我且放著你，自然明兒揭你的皮！寶玉今日可好些？」

此番對話及其後王夫人稱晴雯為「妖精」，可見王夫人妒忌晴雯的美。凡是美女，王夫人都嫉妒。第七十八回她告訴鳳姐撞晴雯的事，同時提及賈蘭的奶子說：「誰知蘭小子這一個新進的奶子也十分妖嬈，我也不喜歡她。我也說於你嫂子，好不好叫她各自去罷。」《紅樓夢》無王夫人肖像描繪，但嫉妒西施者，往往是醜東施，從未漂亮過，如今又醜又老的王夫人，眼見一個西施樣丫頭，必定吃醋。幸虧晴雯靈巧，一聽王夫人之言，知道「有人暗算了她」，隨機應變說自己不大到寶玉房中去，她只是做一些針線，不留心寶玉的事。「王夫人便信以為實了，忙說：『阿彌陀佛！你不近寶玉是我的造化，竟不勞你費心。既是老太太給寶玉的，我明兒回了老太太，再撞你。』」

這就定了晴雯被撞出大觀園的結局。

2、晴雯被撞原因之二是襲人告密。

襲人有告密陷害晴雯的動機：

　　其一、襲人一心想做寶玉的侍妾，而賈母本義用晴雯為寶玉侍妾，且因晴雯特美，寶玉喜愛。為此，第六回她犧牲色相滿足寶玉，得寶玉另眼相看。第三十三回因金釧投井一事寶玉挨打，本與寶玉「鬼鬼祟祟」的襲人反而進言王夫人，說「教二爺搬出園外來住就好了」，「到底是男女之分」等。這得到王夫人賞贊，停了她的丫頭月錢，從公費得二兩銀子，成了寶玉的准妾，是賈府最得意的，但這事並未最終敲定。此前已述第七十八回王夫人將攆晴雯一事告訴賈母，言談體現賈母本義今後晴雯為寶玉的妾，而襲人每日目睹寶玉最愛晴雯，一心做姨太太的襲人，應該特別妒忌。

　　其二、第三十一回，因寶玉罵晴雯，晴雯不甘受辱，直言揭露襲人與寶玉時常幹的「鬼鬼祟祟的事」，弄得怡紅院人人均知。當時襲人「羞得臉紫脹」，一定心虛，恐怕此齷齪事被洩漏給王夫人，那麼金釧就是她的榜樣。只不過作為賈府「頭一個出了名的至善至德之人（第七十七回寶玉語）」，把這怨藏進心底。當時寶玉氣急，執意要回太太攆晴雯出去，她還首先跪下叩求，晴雯方得留在賈府。如果有機會，她不報復？

　　襲人告密更直接的證據有三：

　　其一、第七十七無心攀附姨太太寶座，一臉怒氣，攆走「懨懨弱息」的晴雯，還攆走「背地裡說的，同日生日就是夫妻」的四兒（又叫蕙香）。這是「她素日與寶玉的私語」。誰最可能告密？怡紅院中人均知寶玉最喜愛晴雯，麝月、秋紋不可能告密，而一心成妾的襲人最可能視晴雯、四兒為大敵。

　　其二、在第七十七回從襲人的反應看，晴雯被攆，最合她的意。寶玉悲痛，她卻冷：

　　寶玉哭道：「我究竟不知晴雯犯了何等滔天大罪！」襲人道：「太太只嫌她生得太好了，未免輕佻些。太太深知這

樣美人似的必不安靜，所以恨嫌她，像我們這粗粗笨笨的倒好。」

襲人此言與上述王夫人言語如出一轍，且此言沒有為晴雯辨誣，反而詆毀晴雯，說她「輕佻」、「不安靜」。而第七十八回晴雯死了，秋紋和麝月看見晴雯身前物件悲哀，秋紋「歎道:『真是物件在人去了。』」麝月「歎道:『真真物在人亡了！』」而襲人不見有這樣的反應。

其三、寶玉的懷疑。看文中的描述:

寶玉道:「怎麼人人的不是太太都知道，單不挑你和麝月、秋紋來？」襲人聽了這話，心內一動，低頭半日，無可回答，（心有見不得人的秘密，人言刺激，故心動。這動說明她與晴雯被攆有關，故而「心內一動，低頭半日，無可回答」。）因便笑道:「正是呢。若論我們也有玩笑不留心的去處，怎麼太太竟忘了？想是還有別的事，等完了再發放我們，也未可知。」（皆悲哀，惟有她笑，且此言惶惶，不能蔽身:太太惟獨記得晴雯的不是，而忘了她襲人的不是？）寶玉笑道（冷笑）:「你是一個出了名的至善至賢的人（嘲笑，諷刺。）……四兒是我誤了她，還是那年我和你拌嘴的那日起，叫上來做些細活，眾人見我待她好了，未免奪占了地位，故有今日。（襲人最可疑，她與寶玉形同夫妻，再加以四兒與寶玉同生日，且說同生日是夫妻，怎不吃醋？）只是晴雯也和你一樣，從小兒在老太太屋裡過來，雖然她生得比人強，也沒甚妨礙誰的去處。就是她性情爽利，口角鋒芒，究竟也不曾得罪你們。想是她過於生得好了，反而被這好所誤。」說畢，復又哭起來。襲人細揣此話，好似寶玉

有疑她之意，竟不好再勸，因歎道：「天知道罷了。此時也查不出人來，白哭一會子也無益。倒是養著精神，等老太太喜歡時，回明白了再要她是正理。（此為敷衍話。）寶玉冷笑：「你不必虛寬我的心……。」

其四、就在第七十七回，文中直接描述了襲人妒忌晴雯。寶玉預料孤苦晴雯出去，孤苦無依，一身重病，滿胸悶氣，凶多吉少，繼而提及怡紅院海棠花無故死了半邊，這是預兆，並引證孔廟前的檜樹、諸葛祠前柏樹、岳武穆墳前松樹的兆應，襲人有以下反應：

襲人聽了這癡話，又可笑，又可歎，因笑（帶怒而嘲笑。）道：「那晴雯是什麼東西，就費這樣心思，比出這些正經人來！（罵晴雯不正經！此言與王夫人一致。）還有一說，縱好，也好不過我的次序去。（自以為姨太太尊嚴受到侵犯。）便是這海棠，也該先來比我，也輪不到她，（嫉妒寶玉愛晴雯，深恐晴雯代替她。）想是我要死了。」（吃醋，賭氣。）寶玉聽說，忙捂她的嘴，勸道：「這是何苦！一個未清，你又這樣起來。罷了，再別提這事，別弄得去了三個又饒上一個。」襲人聽說，心下暗喜（寶玉還是喜歡我！）道：「若不如此，你也不能了局。」（此「了局」即惦記我，甭想晴雯。）寶玉乃道：「從此休提起，全當她們三個死了，不過如此。況且死了的也曾有過，也沒有見我怎麼樣，此一理也。（似乎晴雯、麝月、碧痕三個不及襲人一個。此話討襲人喜歡。）如今且說現在的，倒是把她的東西，作瞞上不瞞下，悄悄地打發人送去與了她。再或有咱們常時積攢下的錢，拿幾吊出去給她養病，也是你們姐妹好了一場。（寶玉討好襲人的

真心目的在援救孤苦重病的晴雯。）」襲人聽了，笑道：「你太把我們看得小器又沒人心了。這話還等你說，我才已將她素日所有的衣裳以至各什各物總打點下了，都放在那裡。如今白日裡人多眼雜，又恐生事，且等到晚上，悄悄地叫宋媽給她拿出去。我還有攢下的幾吊錢也給她罷。」（此「笑」似乎歡快輕鬆，但心特冷冽，明知晴雯被驅逐，死定了，如果真憶念都是苦出身的多年姐妹，能笑得出？而不用寶玉吩咐她就打點晴雯衣物、送幾吊錢應該是為了避免寶玉懷疑，晴雯疑怨自己，死後陰魂找她算帳。）寶玉聽了，感謝不盡。襲人笑道：「我原是久已出了名的賢人，連這一點好名兒還不會買來不成！」（此笑得意又輕鬆，似乎怨怪寶玉嘲笑諷刺她是「一個出了名的至賢至孝的人」，但如果她對晴雯真有感情，且晴雯被逐必死，而寶玉反而懷疑是她出賣晴雯，諷刺挖苦她，襲人應當放聲大哭，淚如雨下，而不是接連輕鬆的「笑」。）寶玉聽了她方才的話，忙陪笑撫慰一時。（沒有實證，寶玉讓步。）晚上果密遣宋媽送去。（寶玉目的在此，但心中疑惑依舊。）

可見襲人告密最有可能。晴雯被攆，去她心病，大快其心。

（四）晴雯的結局與權力規則中的女人

晴雯至死都是一個有自我意志的人，一個自尊自愛的人。也在第七十七回當晚寶玉偷出賈府，來到晴雯棲身的姑舅哥哥和嫂子的破房，見到病危的晴雯。晴雯說：「我死也不甘心的；我雖生得比別人略好些，並沒有私情蜜意勾引你怎樣，如何一口咬定了我是個狐狸精！我太不服。今日既擔了虛名，不是我說一句後悔的話，早知如此，我當日也另有一個道理。不料癡心傻意，只說大家橫豎在一處，不想憑空生出這一節話來，有

冤無處訴。」她咬下自己的指甲，送給寶玉作為留念。寶玉也留下自己的襖兒作為信物。

第七十八回晴雯死，悲慘，人間無情。寶玉詢問，一小丫頭轉述目睹晴雯命絕的宋媽媽的話說「晴雯姐姐直著脖子叫了一夜」，「一夜叫的是娘」。「她哥嫂見她一咽氣便回了進去，希圖早些得幾兩發送例銀。王夫人聞知，便命賞了十兩燒埋銀子。又命：『即刻送到外頭發送了罷。女兒癆死的，斷不可留！』她哥嫂聽了這話，一面得銀，一面就雇了人來入殮，抬往城外化人場去了。剩下的衣履簪環，約三四百金之數，她兄嫂自收了為後日計。」唯一有情的寶玉去了，撲了個空，不知化人場，晴雯化灰，灰在何處？另一個丫頭知道寶玉鍾情晴雯，為討好寶玉，騙寶玉說晴雯臨死念著他，又說晴雯自言死後是專管芙蓉花的花神。此體現晴雯並不愛寶玉，雪芹先生更借丫頭之謊言否定第五回所謂太虛幻境，都是丫頭似的騙人謊言。

第五回判詞非常深刻，晴雯慘死悲劇本質是：「心比天高，身為下賤，風流靈巧招人怨」。也就是說身為奴，心不為奴，有一個自尊、自愛的自我者往往被扼殺。黛玉如此，晴雯也如此，鴛鴦也如此，司棋也如此！而專制權柄下一心為奴，且有為奴之才者，大多得到主子賞讚，襲人如此、平兒如此，王熙鳳更如此。

那麼封建皇權、王權、族權、夫權社會，喜歡什麼樣的女人？雪芹先生刻意設計得知晴雯死，寶玉趕去看晴雯撲空，痛心回到賈府，王夫人命他去父親賈政的書房。賈政與眾幕友正在大談完全出於虛假杜撰的成為千古佳談的姽嫿將軍林四娘。出鎮青州的恒王選美習武事，其統領為姽嫿將軍林四娘。恒王被「黃巾赤眉」所殺，青州城文武官員意欲獻城投降，而林四娘報王恩，率眾女將連夜出城，全部陣亡，成就「一片忠義之

志」。賈政感歎「可羨」，眾僚友感歎「可羨可奇」。賈政命賈蘭、賈環、賈寶玉做詩賞贊姽嫿將軍林四娘。寶玉的太長，只錄賈蘭和賈環所賦，特能體現統治者需要的女人。

賈蘭一首七律：

> 姽嫿將軍林四娘，玉為肌骨鐵為腸。
> 捐軀自報恒王后，此日青州土亦香。

賈環一首五律：

> 紅粉不知愁，將軍意為休。
> 掩涕離繡幕，抱恨出青州。
> 自謂籌王德，誰能復寇仇。
> 好題忠義墓，千古度風流。

在封建專制社會忠於主子就是義，一定青史留名，而全無以仁愛、自由、平等、自尊之正義。寶玉應父命為林四娘寫一首詩，是不得已而為之的假詩。出門到園中，因晴雯而「一心悽楚」的他，賦詩《芙蓉女兒誄》悼念僅僅十六歲死於非命的晴雯，才是真詩。他哀贊晴雯：

> 其為質則金玉不足喻其貴，其為性則冰雪不足喻其潔，
> 其為神則日月不足喻其精，其為貌則花月不足喻其色。

晴雯是真女人！而黛玉是真女人之絕色！

二、襲人：奴性寬厚溫順，潛心得寵

第五回《賈寶玉神遊太虛境　警幻仙曲演紅樓夢》中寶玉所見金陵十二釵又副冊中有關於襲人命運的圖畫和判詞：

> 又見後面畫著一簇鮮花，一床破席，也有幾句言詞寫道

是：

枉自溫柔和順，空雲似桂如蘭。

堪羨優伶有福，誰知公子無緣。

　　畫上的「一簇鮮花，一床破席」寓「花襲」二字。此詩歎息襲人「溫柔和順」的奴性沒有得到好報，原本「花氣襲人」，卻「花落破席」。優伶，舊時歌舞戲劇藝人，這裡指蔣玉菡，暗示襲人的結局是嫁給蔣玉菡。注意「溫柔和順」的奴性，在主子看來就是「似桂如蘭」的香。古詩有「香氣襲人知晝暖」，寶玉為她取名「襲人」，即對應襲人能順主侍奉的個性：「知晝暖」且「香氣襲人」。

　　襲人「溫柔和順」的奴性有一個根本的驅動力，即一心攀附寶玉小妾的寶座的理想。這一理想的披露在第三十一回。寶玉冒雨跑回怡紅院，敲門許久，方有人開門。寶玉氣急，對開門者一腿踢去，知道踢中襲人，後悔莫及。當晚襲人哎喲，吐了血。文中說：

　　襲人見了自己吐的鮮血在地，就冷了半截。想著往日常聽人說：「少年吐血，年月不保，縱然命長終是廢人」，想起此言，不覺將素日想著後來爭榮誇耀之心盡皆灰了，眼中不覺流下淚來。

　　所謂「爭榮誇耀之心」就是日後做寶玉的妾，此為襲人「溫柔和順」，寶玉以為「香氣襲人知晝暖」，王夫人以為襲人「沉重知大禮」的驅動力。

　　（一）身心皆奴的襲人

　　晴雯身為奴，心不為奴，襲人則身心皆奴，且特有為奴之才。晴雯一切都在明處，想啥就說啥，而襲人有明暗兩手：暗地裡順從，獻身寶玉；明裡遵從禮教，討好主子。

1、暗地裡順從寶玉，獻身寶玉，傾心為奴。晴雯拒絕寶玉色誘，而襲人獻身寶玉。第五回賈寶玉跟王夫人前往寧府聚會。賈寶玉在秦可卿房內午睡，夢淫秦可卿。回房後換褲子：

> 襲人過來給他繫褲帶時，剛伸手至大腿處，只覺冰冷粘濕的一片，嚇得忙褪回手來，問：「是怎麼了？」寶玉紅了臉，把她的手一捻。襲人本是個聰明女子，年紀又比寶玉大兩歲，近來也漸省人事。今見寶玉如此光景，心中便覺察了一半，不覺把個粉臉羞得飛紅，遂不好再問。仍舊理好衣裳，隨至賈母處來，胡亂吃過晚飯，過這邊來，趁眾奶娘丫鬟不在旁時，另取出一件中衣與寶玉換上。寶玉含羞央告道：「好姐姐，千萬別告訴人。」襲人也含著羞悄悄地笑問道：「你為什麼——」說到這裡，把眼又往四下裡瞧了瞧，才又問道：「那是哪裡流出來的？」寶玉只管紅著臉不言語，襲人卻只瞅著他笑。遲了一會，寶玉才把夢中之事細說與襲人聽。說到雲雨私情，羞得襲人掩面伏身而笑。寶玉亦素喜襲人柔媚嬌俏，遂強拉襲人同領警幻所訓之事，襲人自知賈母曾將她給了寶玉，也無可推託的，扭捏了半日，無奈何，只得和寶玉溫存了一番。自此寶玉視襲人更自不同，襲人待寶玉也越發盡職了。

這樣一來，襲人向姨太太的寶座進了一步。文中說「襲人自知賈母曾將她給了寶玉，也無可推託的」是她給自己行為找的理由，第三回交代，賈母將襲人給寶玉只是服侍寶玉：「賈母因溺愛寶玉，生恐寶玉之婢無竭力盡忠之人，素喜襲人心地純良，克盡職任，遂與了寶玉」。可見當時在寶玉「強拉」之下，她「扭捏了半日」，即在男女色戒、性欲、「日後爭榮誇耀之心」

之間猶豫，徘徊，最後許身，與寶玉「溫存了一番」。第三十一回《撕扇子作千金一笑　因麒麟伏白首雙星》生氣的晴雯指責寶玉與襲人「你們鬼鬼祟祟幹的那些事，也瞞不過我去。」可見，襲人與寶玉經常苟合，就為了「日後爭榮誇耀」，即作寶玉的姨太太。

2、明地裡遵循禮教尊卑。襲人特遵循禮教尊卑，而且面對不同的人有不同的言談心計。

其一、面對下人，直言大禮的襲人。第六十七回。寶玉出門。襲人得空出門看望身子不好的鳳姐，途經沁芳橋，遇見管理果樹的祝媽。祝媽要請她嘗嘗果子，「襲人正色道：『這哪裡使得。不但沒熟吃不得，就是熟了，上頭還沒貢鮮，咱們倒先吃了。你是府裡使老了的，難道連這個規矩都不懂？』」弄得老祝媽非常尷尬，直罵自己是「老糊塗」。瞧瞧，不在主子眼下能自覺「知大禮」，且教訓不知大禮的奴才，主子自然最為放心喜愛。

其二、極有心計規諫寶玉的襲人。第十九回目之一「情切切良宵花解語」主要說襲人對寶玉的規諫。當時襲人母親來賈府接襲人回家吃年茶，言談間母兄說打算贖她回家。一心登上小妾寶座且有希望的她不願意，傷心得「兩眼微紅，粉光潤滑」。正在這時茗煙私下帶寶玉來襲人家探望襲人，倆親親密密，使得一家子大喜過望，不再有贖襲人回家的想法。回到賈府，知道寶玉離不開她，襲人極有心計地借此規諫寶玉。言談說到兩個十七歲的姨表妹將出嫁，她對寶玉說，家裡要贖她回家嫁人，寶玉捨不得。她假言要出去，弄得寶玉痛苦不堪。文中說：

> 襲人自幼見寶玉性格異常，其淘氣憨頑自是出於眾小兒之外，更有幾件千奇百怪口不能言的毛病兒。近來仗著祖母溺愛，父母亦不能十分嚴緊拘管，更覺放蕩弛縱，

任性恣情，最不喜務正。每欲勸時，料不能聽，今日可巧有贖身之論，故先用騙詞，以探其情，以壓其氣，然後好下箴規。今見他默默睡去了，知其情有不忍，氣已餒墮。

第二天見寶玉「淚痕滿面」，襲人笑道：「咱們素日好處，再不用說。但今日你安心留我，不在這上頭。我另說出兩三件事來，你果然依了我，就是你真心留我了，刀擱在脖子上，我也是不出去的了。」襲人就與寶玉約法三事：第一件，不說「化灰」之類的兇語。第二件，為了老爺，讀書求上進。第三件，不可毀僧謗道，調脂弄粉，吃人嘴上擦的胭脂了。

其三、襲人知禮，征服寶釵。第二十一回因史湘雲，寶玉留滯瀟湘館，直到二更天過，襲人來催了幾次方回。第二天一早湘雲、黛玉還在睡覺，寶玉又來了。襲人趕來瀟湘館，喚他回去洗漱，見寶玉已洗漱，只得回來：

> 忽見寶釵走來，因問：「寶兄弟哪裡去了？」襲人冷笑道：「『寶兄弟』哪裡還有在家的工夫！」寶釵聽說，心中明白。襲人又歎道：「姐妹們和氣，也有個分寸兒，也沒個黑家白日鬧的。憑人怎麼勸，都是耳旁風。」寶釵聽了，心中暗忖道：「倒別看錯了這個丫頭，聽她說話，倒有些識見。」寶釵便在炕上坐了，慢慢地閒言中，套問她年紀家鄉等語，留神窺察其言語志量，深可敬愛。
> 一時寶玉來了，寶釵方出去。寶玉便問襲人道：「怎麼寶姐姐和你說得這麼熱鬧，見我進來就跑了？」

這番話，她不對湘雲、黛玉說，只對特知禮的寶釵說。襲人「知大禮」的言行，使謹遵男女禮教的寶釵都覺得「深可敬愛」，且自省她自己一早來探寶玉行蹤不合禮教，所以寶玉一回

來，她就走了。寶玉回來，她又是一番行為和言語怪怨，規諫。

其四、襲人知禮，投合征服王夫人。第三十四回襲人對王夫人一番言談，是她晉升小妾的關鍵。此事起因在第三十一回。因寶釵、史湘雲勸誡寶玉功名仕進，使得寶玉深感自己與寶釵、湘雲心性距離，而與黛玉心性相通相應，故而出門遇見黛玉，第一次情不自禁向她傾述真心，而趕來送扇給寶玉的襲人無意聽到。她著急，又羞又怕，推寶玉走後，「想他方才之言必是因黛玉而起，如此看來，倒怕將來難免不才之事，令人可驚可畏。卻是如何處治，方能免此醜禍？想到此間，也不覺呆呆地發起怔來。」在襲人心裡，似乎自己與寶玉偷情不是「醜禍」，而寶玉與黛玉偷情就是「令人可驚可畏」的「醜禍」。從賈府實情看，已婚男主子與另一女子或丫頭偷情，是司空見慣且合理的事，如第四十四回賈璉與鮑二媳婦通姦，賈母反笑鳳姐「吃醋」，但一個丫頭與未婚公子有韻事，丫頭會被責罰。第三十回寶玉與王夫人丫頭金釧調情，金釧被王夫人打耳光，逐出賈府，導致她無臉見人而自殺（第三十二回），賈政暴打寶玉（第三十三回）。可見，未婚公子與丫頭偷情同樣是「醜禍」，但襲人沒有自省，而在第三十四回，襲人自己揣著「免寶玉與黛玉醜禍」的目的，面見王夫人。可見，襲人此目的在分開寶玉和黛玉：

> （說了一番寶玉的飲食醫療之後）襲人道：「別的原故，實在不知道。」又低頭遲疑了一會，說道：「今日大膽在太太跟前說句冒撞話，論理——」說了半截，卻又咽住。（恐怕不合太太意。）王夫人道：「你只管說。」襲人道：「太太別生氣，我才敢說。」（小心敲定。）王夫人道：「你說就是了。」襲人道：「論理寶二爺也得老爺教訓教訓才好呢！要老爺再不管，不知將來還要做出什麼事來呢。」（大膽實說，但她自己就在「事」中啊。）王夫人

聽見了這話，便點頭歎息，由不得趕著襲人叫了一聲：「<u>我的兒</u>！你這話說得很明白，和我的心裡想的一樣。……」

襲人這一番言語，使王夫人稱她「我的兒！」王夫人傷感，一番自我檢討之後流淚，襲人「陪著落淚」，又說出她聽見寶玉對黛玉真情表白之後的心中盤算，使王夫人又稱她「我的兒！」，且「我索性就把他交給你了」：

「……我還惦記著一件事，要來回太太，討太太個主意。只是我怕太太疑心，不但我的話白說了，且連葬身之地都沒有了！」王夫人聽了這話內中有因，忙問道：「我的兒！你只管說。近來我因聽見眾人背前面後都誇你，我只說你不過在寶玉身上留心，或是諸人跟前和氣這些小意思。誰知你方才和我說的話，全是大道理，正合我的心事。你有什麼只管說什麼，只別叫別人知道就是了。」襲人道：「我也沒什麼別的說，我只想著討太太一個示下，怎麼變個法兒，以後竟還叫二爺搬出園外來住就好了。」（再大膽實說。）

王夫人聽了，吃一大驚，忙拉了襲人的手，問道：「寶玉難道和誰作怪了不成？」襲人連忙回道：「太太別多心，並沒有這話，這不過是我的小見識（此時不說自己所知寶黛真相，以免禍及寶黛，自己身名尷尬。）：如今二爺也大了，裡頭姑娘們也大了，況且林姑娘寶姑娘又是兩姨姑表姐妹，雖說是姐妹們，到底是男女之分，日夜一處，起坐不方便，由不得叫人懸心。既蒙老太太和太太的恩典，把我派在二爺屋裡，如今跟在園中住，都是我的幹係。太太想：多有無心中做出，有心人看見，當做有心事，反說壞了的，倒不如預先防著點兒。況且二爺

素日的性格，太太是知道的，他又偏好在我們隊裡鬧。倘或不防，前後錯了一點半點，不論真假，人多嘴雜——那起壞人的嘴，太太還不知道呢：心順了，說得比菩薩還好；心不順，就沒有忌諱了。二爺將來倘或有人說好，不過大家落個直過兒；設若叫人哼出一聲不是來，我們不用說，粉身碎骨，還是平常，後來二爺一生的聲名品行，豈不完了呢？那時老爺太太也白疼了，白操了心了。不如這會子防避些，似乎妥當。太太事情又多，一時固然想不到；我們想不到便罷了，既想到了，要不回明太太，罪越重了。近來我為這件事，日夜懸心，又恐怕太太聽著生氣，所以總沒敢言語。」

王夫人聽了這話，正觸了金釧兒之事，直呆了半晌，思前想後，心下越發感愛襲人。笑道：「我的兒！你竟有這個心胸，想得這樣周全。我何曾又不想到這裡？只是這幾次有事就混忘了。你今日這話提醒了我，難為你這樣細心，真真好孩子！也罷了，你且去罷，我自有道理。只是還有一句話，你如今既說了這樣的話，我索性就把他交給你了。好歹留點心兒，別叫他遭塌了身子才好。自然不辜負你。」襲人低了一回頭，方道：「太太吩咐，敢不盡心嗎？」說著，慢慢地退出。

　　襲人來見王夫人就為說這一番話，推測其心理，有兩個目的：

　　一則怕寶黛二玉紅杏出牆，賈母、王夫人為避免家醜不得不成就「木石前盟」。她可知道情癡黛玉難伺候，日後自己這小妾難做。如果她無意之間覺察寶玉、寶釵暗通情愫，她一定不會發此讒言，她與寶釵相互欣賞，寶釵做寶二奶奶，她做小妾最好。

二則在冒險博取王夫人歡心，佔據寶玉姨太太的地位。她言語謹慎，只從大理說，沒直言寶黛私情話，既不得罪人，但又達到自己目的，且言談奴性十足，令主子感動。可見在賈府多年，襲人是一個極有心機，言談小心又大膽的女孩兒，且立見功效，得到王夫人許諾：「你如今既說了這樣的話，我索性就把他交給你了。好歹留點心兒，別叫他遭塌了身子才好。自然不辜負你。」

於是第三十五回王夫人打發人「指名」給襲人送來兩碗菜。在場的寶釵說：「這就不好意思了？明兒比這個更叫你不好意思地還有呢。」襲人「自己方想起上日王夫人的意思來」。第七十八回面對賈母，王夫人將晴雯與襲人作比較，說襲人「沉重知大禮」，主因就在這一番話。襲人關鍵一步棋，恰到好處。

第三十六回《繡鴛鴦夢兆絳雲軒　識分定情語梨香院》非常關鍵，襲人姨太太美夢成真。王夫人向鳳姐問到各位姨太太的月例份額之後：

> 王夫人想了半日，向鳳姐道：「明兒挑一個丫頭送給老太太使喚，補襲人，把襲人的一分裁了。把我每月的月例，二十兩銀子裡拿出二兩銀子一吊錢來，給襲人去。以後凡是有趙姨娘周姨娘的，也有襲人的，只是襲人的這一分，都從我的分例上勻出來，不必動官中的就是了。」鳳姐一一的答應了，笑推薛姨媽道：「姑媽聽見了？我素日說的話如何？今兒果然應了。」薛姨媽道：「早就該這麼著。那孩子模樣兒不用說，只是她那行事兒的大方，見人說話兒的和氣，裡頭帶著剛硬要強，倒實在難得的。」王夫人含淚說道：「你們哪裡知道襲人那孩子的好處？比我的寶玉還強十倍呢！寶玉果然有造化，能夠得她長長遠遠的伏侍一輩子，也就罷了。」鳳姐道：「既這麼樣，

就開了臉，明放她在屋裡不好？」王夫人道：「這不好：一則年輕；二則老爺也不許；三則寶玉見襲人是他的丫頭，縱有放縱的事，倒能聽她的勸，如今做了跟前人，那襲人該勸的也不敢十分勸了。如今且渾著，等再過二三年再說。」接著鳳姐打發人來叫襲人，說了這話，叫她前往王夫人房中謝恩。

第五十一回，襲人母死，要奔喪回家。王夫人叫了鳳姐兒來，告訴了鳳姐兒，「命酌量去辦理」。鳳姐兒答應了，吩咐周瑞家的，安排出車回家的排場：「再將跟著出門的媳婦傳一個，你兩個人，再帶兩個小丫頭子，跟了襲人去。外頭派四個有年紀跟車的。要一輛大車，你們帶著坐，要一輛小車，給丫頭們坐。」鳳姐又吩咐襲人裝扮，說：「那襲人是個省事的，你告訴她說我的話：叫她穿幾件顏色好衣服，大大的包一包袱衣裳拿著，包袱也要好好的，手爐也要拿好的。臨走時，叫她先來我瞧瞧。」

半日，襲人穿戴來了，「兩個丫頭與周瑞家的拿著手爐與衣包。鳳姐兒看襲人頭上戴著幾枝金釵珠釧，倒華麗，又看身上穿著桃紅百子刻絲銀鼠襖子，蔥綠盤金彩繡綿裙，外面穿著青緞灰鼠褂。」誇富的鳳姐還嫌素，叫平兒將自己銀鼠大毛褂、石青刻絲八團天馬皮褂子拿出來，與了襲人。等等。這樣一來，車馬吆喝，僕人相擁，襲人穿金掛銀，著錦衣裘，姨太太回家啦，正是「爭榮誇耀」，她如果有文化，有詩才，應模仿漢高祖劉邦賦詩一首與家人齊聲合唱：「大風起兮雲飛揚，請看姨太太兮歸故鄉。」

（二）「至善至賢」的襲人

第七十七回因晴雯被攆，寶玉追究誰出賣了晴雯，說襲人「你是頭一個出了名的至善至賢的人」，是諷刺。襲人至善至賢

有兩個方面：待人善，這是出自本性的善。對爆炭晴雯也能善，則是刻意而為的以柔克剛。也在第十九回，襲人回家去，寶玉特意為她留著元妃所賜糖蒸酥酪。寶玉走後，他的奶媽李嬤嬤來了，見到此酥酪，要吃，聽說是為襲人留的，更賭氣吃了。襲人回來，瞧瞧她小事化無：

> 說著，襲人已來，彼此相見。襲人又問寶玉何處吃飯，多早晚回來，又代母妹問諸同伴姊妹好。一時換衣卸妝。寶玉命取酥酪來，丫鬟們回說：「李奶奶吃了。」寶玉才要說話，襲人便忙笑道：「原來是留的這個，多謝費心。前兒我吃的時候好吃，吃過了好肚子疼，足鬧得吐了才好。她吃了倒好，擱在這裡倒白糟塌了。我只想風乾栗子吃，你替我剝栗子，我去鋪床。」

襲人此番言談，面面俱到，以李嬤嬤吃酥酪是為她解難。

第三十一回自尊自愛的晴雯直言指責罵她「蠢才」的寶玉，而襲人從中周旋勸解，晴雯指責他倆「鬼鬼祟祟」的事。寶玉要去回太太，攆晴雯出去，看看襲人的表現：

> 襲人見攔不住，只得跪下了。碧痕、秋紋、麝月等眾丫鬟見吵鬧，都鴉雀無聞地在外頭聽消息，這會子聽見襲人跪下央求，便一齊進來都跪下了。寶玉忙把襲人扶起來，歎了一聲，在床上坐下，叫眾人起去，向襲人道：「叫我怎麼樣才好！這個心使碎了也沒人知道。」說著不覺滴下淚來。襲人見寶玉流下淚來，自己也就哭了。

對襲人此跪有多種評說，但不合襲人此時心理。自尊自愛的晴雯反擊寶玉的辱罵，直言揭露襲人與寶玉「鬼鬼祟祟」偷情事，她應該忌恨晴雯，寶玉要攆晴雯出去不是正合她的心嗎？

為何跪求寶玉？筆者以為她就怕這一攤，晴雯急了，爆炭一爆，對王夫人揭露此事，自己比第三十回的金釧更慘。金釧僅僅和寶玉說了幾句瘋話，就被打了一個嘴巴子，攆出賈府，何況與寶玉一直「鬼鬼祟祟幹著那事」的她？所以這一跪，是為她和寶玉，故而「見寶玉流下淚來，自己也哭了」。

襲人對晴雯一定懷恨在心，且她與寶玉的事，怡紅院眾人均知，故而她亦得息事寧人為好，但她對晴雯一定懷恨在心。論述晴雯時，筆者推斷是她出賣的晴雯，還有因與寶玉同生日說「同日生日就是夫妻」的四兒。

（三）襲人的結局

小心操舵，本來似乎一帆風順，襲人的結局不是自己造就的，是賈母、王夫人、王熙鳳、寶釵製造的寶黛釵三角悲劇的附帶品。第九十六回元妃死了，王夫人的弟弟王子騰死了，王夫人有些心口疼病了，寶玉「失玉以後神志惛憒，醫藥無效」。賈母叫來賈政，要讓寶釵與寶玉結婚沖喜。當時襲人在場，想起寶玉「初見黛玉便摔玉砸玉；況且那年夏天在園裡把我當作林姑娘，說了好些心裡話；後來因為紫鵑說了句玩話兒，便哭得死去活來。若是如今和他說要娶寶姑娘，就把林姑娘撂開，除非他人事不知還可，若稍明白些，只怕不但不能沖喜，竟是催命了！我再不把話說明，那不是一害三個人了麼？」襲人到王夫人後房，跪下哭著將寶玉素常與黛玉的這些情景說了，要求「想個萬全的主意」。但賈母、王夫人執意「金玉良緣」，撕裂「木石前盟」，導致情癡寶玉出家，寶釵守寡，襲人則被釋放回家，後來還算有幸，嫁給唱戲的蔣玉菡。也就是第五回判詞所描述：

又見後面畫著一簇鮮花，一床破席，也有幾句言詞寫道是：

枉自溫柔和順，空雲似桂如蘭。

堪羨優伶有福，誰知公子無緣。

真可謂費盡移山心力，只落得鮮花置於破席，但襲人並不是清純鮮花，而是族權、主子權力下變形的丫鬟，是人造的假花。

第七節　另類司棋：自主婚嫁，被主子權、族權扼殺的悲劇

司棋者，自由戀愛「死棋」也。司棋本意為伺候主子下棋的丫鬟，但自身私愛成「死棋」。在專制權柄之下，有自我意志，走自己的棋路，死棋也！竹林七賢最為賢德者阮籍「駕車不由徑路，路窮輒慟哭而返」。走自己的路，死路也！籍康寫《與山巨源絕交書》，表達拒絕篡魏立晉的司馬昭而被處死，臨刑一曲《廣陵散》痛煞千古。其後竹林六賢都屈從，跪拜在司馬昭腳下為奴。紅樓一夢中，奴心奴性且有奴才的丫頭，金牌冠軍是平兒，銀牌亞軍非襲人莫屬。此下我們說說另類的司棋。

司棋是迎春的丫頭，所愛對象是表兄，名叫潘又安，同在賈府為一小廝。黛玉是唯一「質本潔來還潔去」敢自由戀愛的小姐，而司棋則是唯一敢自由戀愛的丫頭，故而林黛玉就是「臨殆玉」，司棋就是「死棋」。雪芹翁在第七十二回交代說：

且說那司棋因從小和她姑表兄弟一處玩笑起住時，小兒戲言，便都定下將來不娶不嫁。近年大了，彼此又出落得品貌風流，常時司棋回家時，二人眉來眼去，舊情不忘，只不能入手。又彼此生怕父母不從，二人便設法彼此裡外買囑園內老婆子們留門看道，今日趁亂從外進

來，初次入港，雖未成雙，卻也山盟海誓，私傳表記，已有無限風情了。

二人一心成雙，但「彼此生怕父母不從」，情不可離，只得私下來往，但在封建社會此為死棋。

一、司棋的戀愛恐懼症

孟子說「食色性也。」但中國上古以來規定男女大防，家中有男客來，女子一定要規避等等，更別說自主戀愛婚娶，故而私自戀愛者必患恐懼症。

司棋與表兄第一次約會在第七十一回《嫌隙人有心生嫌隙　鴛鴦女無心遇鴛鴦》賈母八十大壽慶典，回目前者說王熙鳳在人事關係複雜的賈府周旋之苦，後者說的就是鴛鴦夜晚在園中無意驚飛司棋和表兄這對鴛鴦。其他不說，但看這對鴛鴦被發現時表現的羞愧、恐懼。封建社會男女情事，是社會公認的最沒臉的事，大多私刑處死，即或吊死，或沉塘淹死。當時鴛鴦傳賈母關於善待喜鸞和四姐的事，回房已經微月參半，下甬路，行至山石大桂樹，看見兩個人往石後樹叢藏躲，趁月色認出梳鬅頭高大豐壯身材的司棋，她以為玩笑，叫司棋出來：

> 誰知她賊人膽虛，只當鴛鴦看見她首尾了，生恐叫喊起來使眾人知覺更不好，且素日鴛鴦又和自己親厚不比別人，便從樹後跑出來，一把拉住鴛鴦，便雙膝跪下，只說：「好姐姐，千萬別嚷！」鴛鴦反不知因何，忙拉她起來，笑問道：「這是怎麼說？」司棋滿臉紅脹，又流下淚來。鴛鴦再一回想，哪一個人影恍惚像個小廝，心下便猜疑了八九，自己反羞得面紅耳赤，又怕起來。因定了一會，忙悄問：「哪個是誰？」司棋復跪下道：「是我姑

舅兄弟。」鴛鴦羞得一句話也說不出來。司棋又回頭悄道：「你不用藏，姐姐已看見了，快出來磕頭。」那小廝聽了，只得從樹後爬出來，磕頭如搗蒜。鴛鴦忙要回身，司棋拉住苦求，哭道：「<u>我們的性命，都在姐姐身上，只求姐姐超生要緊！</u>」（私自戀愛，冒天下之大不韙，男女舉家沒臉，並以雙方性命為代價。）鴛鴦道：「你不用多說了快叫他去罷，我橫豎不告訴一個人就是了，你這是怎麼說呢？」

話還沒說完，看門人嚷著要鎖門，鴛鴦要走，司棋只得讓她走。（第七十二回緊承其上）鴛鴦出門想：「這事非常，若說出來，奸盜相連，關係人命，還保不住帶累別人。橫豎與自己無關，且藏在心內，不說與一人知道。」

司棋當晚「一夜不曾睡」，「次日見了鴛鴦，自是臉上一紅一白，百般過不去」，「心裡懷著鬼胎」。當晚一個婆子悄悄告訴她：「你兄弟竟逃走了，三四天沒有歸家。如今打發人四處找他呢。」司棋聽了「又氣又急又傷心」，想到「縱使鬧了出來，也該死在一處。他自以為是男人，先就走了，可見是個沒情意的」，「百般支援不住」，「懨懨地成了大病」。

可悲，實在可悲，丫頭、小廝私戀可致人死命，而賈赦、賈珍、賈璉、賈蓉等等公子哥卻可以濫淫無忌，全無人倫。

鴛鴦聽說一個小廝無故失蹤，而園中司棋病重，心知「兩人懼罪之故」。過意不去，她來望侯司棋，發誓說：「我若告訴一個人，立刻現死現報！你只管安心養病，別白糟塌了小命兒。」倆姐妹一番說道，司棋方放心，病才好了。沒想到第七十四回抄撿大觀園，此事發作。

二、臨危不懼的司棋

第七十四回王熙鳳率隊抄檢大觀園各房，來到迎春房內。周瑞家的從司棋箱內掣出一雙男用錦帶襪、一雙緞鞋、一個同心如意、一張字帖。字帖寫道：「上月你來我家之後，父母已覺察你我之意。但姑娘未出閣，尚不能完你我之心願。若園內可以相見，倒比來家得說話。千萬，千萬。再所賜香袋二個，今已查收外，特寄香珠一串，略表我心。千萬收好。表兄潘又安拜具。」

此言彬彬，情深深，障礙重重，鳳姐、周瑞家的一番嘲笑，王善保家的氣得打自己的嘴，眾人「半勸半諷」：

> 鳳姐見<u>司棋低頭不語，並無畏懼慚愧之意</u>，倒覺可異。料此時夜深，且不宜盤問，只怕她夜間自愧去殉拙志，遂喚兩個婆子監守起她來。

第七十七回王夫人將司棋「賞了她娘配人」，也就是說司棋根本沒有自我權利，她是賈府買來做奴的，年紀大了，或配小廝，或收為小妾，或賞給父母配人，根本沒有自主權。迎春「雖數年之情難舍，但事關風化，亦無可奈何了」。

三、司棋的結局：死於族權

第九十二回賈母開設消寒會，王熙鳳未到，主要原因就是司棋母親因司棋之死央求一人來找迎春，迎春要他來找二奶奶。此人補述司棋與表兄慘烈之死：

> 鳳姐道：「司棋已經出去了，為什麼來求我？」那人道：「自從司棋出去，終日啼哭。忽然那一日，他表兄來了。他母親見了，恨得什麼兒似的，說他害了司棋，一把拉住要打。那小子不敢言語。誰知司棋聽見了，急忙出來，

老著臉，和她母親說：『我是為他出來的，我也恨他沒良心。如今他來了，媽要打他，不如勒死了我罷。』她媽罵她：『不害臊的東西，你心裡要怎麼樣？』（司棋母親所言是社會通行的族權規則。兒女婚嫁，父母之命，媒妁之言，逾矩則羞。）司棋說道：『一個女人嫁一個男人。我一時失腳，上了他的當，我就是他的人了，決不肯再跟著別人的。我只恨他為什麼這麼膽小，一人作事一人當，為什麼逃了呢？就是他一輩子不來，我也一輩不嫁人的。媽要給我配人，我原拚著一死。今兒他來了，媽問他怎麼樣。要是他不改心，我在媽跟前磕了頭，只當是我死了，他到哪裡，我跟到哪裡，就是討飯吃 也是願意的。』（司棋以夫權為面具表達愛情：女子從一而終。我執子之手，相惜到老。）媽氣得了不得，便哭著罵著說：『你是我的女兒，我偏不給他，你敢怎麼著？』（母命是天命，此言逼司棋一死。）那知道司棋這東西糊塗，便一頭撞在牆上，把腦袋撞破，鮮血流出，竟碰死了。她媽哭著，救不過來，便要叫那小子償命。他表兄也奇，說道：『你們不用著急。我在外頭原發了財，因想著她才回來的，心也算是真了。你們要不信，只管瞧。』說著，打懷裡掏出一匣子金珠首飾來。她媽媽看見了，心軟了，說：『你既有心，為什麼總不言語？』他外甥道：『大凡女人都是水性楊花，我要說有錢，她就是貪圖銀錢了。如今她這為人就是難得的。我把首飾給你們，我去買棺盛殮她。』（這就是封建社會男女色戒的後果，一如寶玉與黛玉，即使身心相應，但不能身心相通，即警幻仙子所言：可神通而不可語達，相互之間癡心相愛，但礙於男女大防色戒，又不能言語傾述，因此時有相互猜忌。）

那司棋的母親接了東西，也不顧女孩兒了，由著外甥去。（冷心冷腸冷肝冷肺）哪裡知道她外甥叫人抬了兩口棺材來。司棋的母親看見詫異，說怎麼棺材要兩口，他外甥笑道：『一口裝不下，得兩口才好。』司棋的母親見他外甥又不哭，只當是他心疼得傻了。豈知他忙著把司棋收拾了，也不啼哭，眼錯不見，把帶的小刀子往脖子裡一抹，也就抹死了。司棋的母親懊悔起來，倒哭得了不得。如今坊裡知道了，要報官。她急了，央我來求奶奶說個人情，她再過來給奶奶磕頭。」

在封建禮教色戒社會，男女私自相愛，不僅自身蒙羞，連帶家庭家族都無臉見人。司棋與表哥大膽越軌，因此被攆出賈府，鄰裡街坊人人皆知。在門外，司棋所見一定人人白眼斜覷，個個唾沫相迎；在家裡，父母一定白眼辱罵，棍打。司棋一定早有死志，只盼著表哥能回來，兩人在眾人唾罵聲中聯姻拜堂，成親，關門點燈，給白眼們一個好看。然而表哥自己「沒良心」先跑，此時回來「不敢言語」，大失所望，偏偏母親不遂其志，倔傲司棋只有一死。

司棋以死向族權宣戰，真烈女一個！

第八節　鴛鴦：敢拒絕主子，自殺後卻被「殉葬」的悲劇

通觀《紅樓夢》，鴛鴦悲劇有兩點：鴛鴦可佩，她是一個另類丫頭。賈府幾乎所有的丫頭如襲人、平兒、金釧、碧痕、小紅等等都一心高攀，惟有鴛鴦和晴雯屬於少見的另類的堅守自我的精粹純潔的令人讚歎的小丫頭。鴛鴦可悲，生在主子，死也在主子，完全沒有人生自主權。最為可悲的是，她因沒有人

生自主權而死，卻被主子冠以「殉葬」的美名，真是「假作真時真亦假；無為有處有還無」。

一、鴛鴦：堅守自我的另類丫頭

鴛鴦是家生奴，即世代為賈府的奴。她爹金彩與母親在南京看房子。哥哥金文翔，是老太太的買辦，嫂子也是老太太那邊漿洗的頭兒。鴛鴦本人是賈母的大丫頭，賈母平日倚之若左右手。賈母玩牌，她坐在旁邊出主意；賈母擺宴，她入座充當令官。第三十九回有李紈等對鴛鴦的評價：

> 李紈道：「大小都有個天理。比如老太太屋裡，要沒那個鴛鴦如何使得。從太太起，那一個敢駁老太太的回，現在她敢駁回。偏老太太只聽她一個人的話。老太太那些穿戴的，別人不記得，她都記得，要不是她經管著，不知叫人誆騙了多少去呢。那孩子心也公道，雖然這樣，倒常替人說好話兒，還倒不依勢欺人的。」惜春笑道：「老太太昨兒還說呢，她比我們還強呢。」平兒道：「那原是個好的，我們哪裡比得上她。」

因為這個緣故，她在賈府的丫頭中有很高的地位，但她自重自愛，從不以此自傲，仗勢欺人，深得上下各色人等的好感和尊重。第二十四回從刑夫人視角展示了她的美：「蜂腰削肩，鴨蛋臉，烏油頭髮，高高的鼻子，兩邊腮上微微的幾點雀斑」，但最令人讚美的是她少見的另類的堅守自我意志，且決不妥協。與金釧與寶玉相互調戲勾引不同，與襲人順從賈寶玉「強拉」，「同領警幻所訓」不同，鴛鴦從未對賈府男子心存幻想，包括對寶玉。她在第二十四回《醉金剛輕財尚義俠　癡女兒遺帕惹相思》第一次出場就體現其堅守自我的精粹純潔。鴛鴦

奉賈母命叫寶玉：

> 如今且說寶玉因被襲人找回房去，果見鴛鴦歪在床上看襲人的針線呢，見寶玉來了，便說道：「你往哪裡去了？老太太等著你呢，叫你過那邊請大老爺的安去。還不快換了衣服走呢。」襲人便進房去取衣服。寶玉坐在床沿上，褪了鞋等靴子穿的工夫，回頭見鴛鴦穿著水紅綾子襖兒，青緞子背心，束著白縐綢汗巾兒，臉向那邊低著頭看針線，脖子上戴著花領子。寶玉便把臉湊在她脖項上，聞那香油氣，不住用手摩挲，其白膩不在襲人之下，便猴上身去涎皮笑道：「好姐姐，把你嘴上的胭脂賞我吃了罷。」一面說著，一面扭股糖似地粘在身上。鴛鴦便叫道：「襲人，你出來瞧瞧。你跟他一輩子，也不勸勸，還是這麼著。」襲人抱了衣服出來，向寶玉道：「左勸也不改，右勸也不改，你到底是怎麼樣？你再這麼著，這個地方可就難住了。」

寶玉對貴族美小姐雖意淫，但基本能待之以禮，對秦可卿、黛玉、寶釵、湘雲、寶琴、香菱都如此，然而對丫頭這類的美女則如有機會則引誘身淫，對襲人、碧痕、金釧都如此。這類一心向上爬，欲做小妾的丫頭，他一放鈎，丫頭們就上鈎，堅守自我的精粹純潔的另類的少數的晴雯、鴛鴦則拒絕。

第四十六回《尷尬人難免尷尬事　鴛鴦女誓絕鴛鴦偶》雪芹翁特意設計老色鬼賈赦逼娶鴛鴦為妾一案。此案意義一在體現賈赦就是一個色鬼惡鬼老公雞，而邢夫人則是配合這老公雞的老雞婆。二在將鴛鴦與襲人、平兒這類一心想高攀做姨娘者相比較體現鴛鴦自我意志不可侵犯，自守清潔的個性，但她拒絕威逼成功，主要在背後有賈母這靠山。

　　邢夫人先找到王熙鳳，深知賈母對鴛鴦倚賴的鳳姐勸告邢
夫人別自找沒趣，邢夫人反怪鳳姐，鳳姐只得假意奉承一番，
抽身避開。邢夫人決定先誘使鴛鴦同意，然後再稟報賈母。看
看鴛鴦的反應：

　　　邢夫人使個眼色兒，跟的人退出。邢夫人便坐下，拉著
　　鴛鴦的手笑道：「我特來給你道喜來了。」鴛鴦聽了，心
　　中已猜著三分，不覺紅了臉，低了頭不發一言。聽邢夫
　　人道：「你知道你老爺跟前竟沒有個可靠的人，心裡再要
　　買一個，又怕那些人牙子家出來的不乾不淨，也不知道
　　毛病兒，買了來家，三日兩日，又要偷鬼吊猴的。因滿
　　府裡要挑一個家生女兒收了，又沒個好的：不是模樣兒
　　不好，就是性子不好，有了這個好處，沒了那個好處。
　　因此冷眼選了半年，這些女孩子裡頭，就只你是個尖兒，
　　模樣兒，行事作人，溫柔可靠，一概是齊全的。意思要
　　和老太太討了你去，收在屋裡。你比不得外頭新買的，
　　你這一進去了，進門就開了臉，就封你姨娘，又體面，
　　又尊貴。你又是個要強的人，俗話說的，『金子終得金子
　　換』，誰知竟被老爺看重了你。如今這一來，你可遂了素
　　日志大心高的願了，也堵一堵那些嫌你的人的嘴。跟了
　　我回老太太去！」說著拉了她的手就要走。鴛鴦紅了臉，
　　奪手不行。邢夫人知她害臊，因又說道：「這有什麼臊處？
　　你又不用說話，只跟著我就是了。」鴛鴦只低了頭不動
　　身。邢夫人見她這般，便又說道：「難道你不願意不成？
　　若果然不願意，可真是個傻丫頭了。放著主子奶奶不作，
　　倒願意作丫頭！三年二年，不過配上個小子，還是奴才。
　　你跟了我們去，你知道我的性子又好，又不是那不容人
　　的人。老爺待你們又好。過一年半載，生下個一男半女，

你就和我並肩了。家裡人你要使喚誰，誰還不動？現成主子不做去，錯過這個機會，後悔就遲了。」（封建專制社會，人分為兩個階級：主子、奴隸。故而許多奴隸，一心攀高，變形變態，出賣自己，討好主子，乞求成為主子。）鴛鴦只管低了頭，仍是不語。邢夫人又道：「你這麼個響快人，怎麼又這樣積粘起來？有什麼不稱心之處，只管說與我，我管你遂心如意就是了。」鴛鴦仍不語。邢夫人又笑道：「想必你有老子娘，你自己不肯說話，怕臊。你等他們問你，這也是理。讓我問他們去，叫他們來問你，有話只管告訴他們。」說畢，便往鳳姐兒房中來。

邢夫人完全就是一個女流氓。這一番談吐體現有二：「肏鬼吊猴」說那些被賣來的小妾「被鬼肏了，猴似的上吊」，也說明這些小妾遭際之慘。鴛鴦身為賈府的丫頭，一定知道這些殘事的因果緣由。二者體現邢夫人以為任何小丫頭都想做姨娘如襲人、平兒、小紅，但她不知鴛鴦、晴雯屬於賈府另類的堅持清純，拒絕污染的丫頭。邢夫人去找王熙鳳，鴛鴦躲進園子中，遇見已經是准姨娘的平兒、襲人。已經得知賈赦欲望的她倆先是恭賀一番，聽了鴛鴦的述說，很可能，襲人、平兒以為鴛鴦與之所以拒絕，以為她倚仗賈母寵愛，想著年輕的賈璉或寶玉，故而兩人假言賈璉、寶玉娶鴛鴦，以此玩笑試探鴛鴦。鴛鴦急了，她倆就勸鴛鴦低頭順從老色鬼：

鴛鴦又是氣，又是臊，又是急，因罵道：「兩個蹄子不得好死的！人家有為難的事，拿著你們當正經人，告訴你們與我排解排解，你們倒替換著取笑兒。你們自為都有了結果了，將來都是做姨娘的。據我看，天下的事未必

都遂心如意。你們且收著些兒，別忒樂過了頭兒！」二人見她急了，忙陪笑央告道：「好姐姐，別多心，咱們從小兒都是親姊妹一般，不過無人處偶然取個笑兒。你的主意告訴我們知道，也好放心。」鴛鴦道：「什麼主意！我只不去就完了。」平兒搖頭道：「你不去未必得甘休。大老爺的性子你是知道的。雖然你是老太太房裡的人，此刻不敢把你怎麼樣，將來難道你跟老太太一輩子不成？也要出去的。那時落了他的手，倒不好了。」鴛鴦冷笑道：「老太太在一日，我一日不離這裡，若是老太太歸西去了，他橫豎還有三年的孝呢，沒個娘才死了他先納小老婆的！等過三年，知道又是怎麼個光景，那時再說。縱到了至急為難，我剪了頭髮作姑子去，不然，還有一死。一輩子不嫁男人，又怎麼樣？樂得乾淨呢！」平兒、襲人笑道：「真這蹄子沒了臉，越發信口兒都說出來了。」鴛鴦道：「事到如此，臊一會怎麼樣！你們不信，慢慢地看著就是了。太太才說了，找我老子娘去。我看她南京找去！」平兒道：「你的父母都在南京看房子，沒上來，終久也尋得著。現在還有你哥哥嫂子在這裡。可惜你是這裡的家生女兒，不如我們兩個人是單在這裡。」鴛鴦道：「家生女兒怎麼樣？『牛不吃水強按頭』？我不願意，難道殺我的老子娘不成？」

這預示了鴛鴦的悲劇結局。

正說著，只見她嫂子從那邊走來。襲人道：「當時找不著你的爹娘，一定和你嫂子說了。」鴛鴦道：「這個娼婦專管是個『九國販駱駝的』，聽了這話，她有個不奉承去的！」說話之間，已來到跟前。他嫂子笑道：「那裡沒找

到，姑娘跑了這裡來！你跟了我來，我和你說話。」平兒襲人都忙讓坐。他嫂子說：「姑娘們請坐，我找我們姑娘說句話。」襲人平兒都裝不知道，笑道：「什麼話這樣忙？我們這裡猜謎兒贏手批子打呢，等猜了這個再去。」鴛鴦道：「什麼話？你說罷。」她嫂子笑道：「你跟我來，到那裡我告訴你，橫豎有好話兒。」鴛鴦道：「可是大太太和你說的那話？」他嫂子笑道：「姑娘既知道，還奈何我！快來，我細細地告訴你，可是天大的喜事。」鴛鴦聽說，立起身來，照她嫂子臉上下死勁啐了一口，指著她罵道：「你快夾著屄嘴離了這裡，好多著呢！什麼『好話』！宋徽宗的鷹、趙子昂的馬，都是好畫兒。什麼『喜事』！狀元痘兒灌的漿兒又滿是喜事。怪道成日家羨慕人家女兒作了小老婆，一家子都仗著她橫行霸道的，一家子都成了小老婆了！看得眼熱了，也把我送在火坑裡去。我若得臉呢，你們在外頭橫行霸道，自己就封自己是舅爺了。我若不得臉敗了時，你們把忘八脖子一縮，生死由我。」（鴛鴦此話，勘破世情。賈府送元春給老皇作妃子，就為此。）一面說，一面哭，平兒、襲人攔著勸。他嫂子臉上下不來，因說道：「願意不願意，你也好說，不犯著牽三掛四的。俗語說，『當著矮人，別說短話』。姑奶奶罵我，我不敢還言，這二位姑娘並沒惹著你，小老婆長小老婆短，人家臉上怎麼過得去？」襲人平兒忙道：「你倒別這麼說，她也並不是說我們，你倒別牽三掛四的。你聽見那位太太，太爺們封我們做小老婆？況且我們兩個也沒有爹娘哥哥兄弟在這門子裡仗著我們橫行霸道的。她罵的人自有她罵的，我們犯不著多心。」鴛鴦道：「她見我罵了她，她臊了，沒的蓋臉，又拿話挑唆

你們兩個，幸虧你們兩個明白。原是我急了，也沒分別
出來，她就挑出這個空兒來。」她嫂子自覺沒趣，賭氣
去了。鴛鴦氣得還罵，平兒襲人勸她一回，方才罷了。

再看老色鬼賈赦的惡性反應：

邢夫人無計，吃了飯回家，晚間告訴了賈赦。賈赦想了
一想，即刻叫賈璉來說：「南京的房子還有人看著，不止
一家，即刻叫上金彩來。」賈璉回道：「上次南京信來，
金彩已經得了痰迷心竅，那邊連棺材銀子都賞了，不知
如今是死是活，便是活著，人事不知，叫來也無用。他
老婆子又是個聾子。」賈赦聽了，喝了一聲，又罵：「下
流囚攮的，偏你這麼知道，還不離了我這裡！」（「下流
囚攮的」，果然也是「下流囚」，基因本性遺傳。榮寧二
府，四大淫棍都是父子：賈珍與賈蓉、賈赦與賈璉。）
唬得賈璉退出，一時又叫傳金文翔。賈璉在外書房伺候
著，又不敢家去，又不敢見他父親，只得聽著。一時金
文翔來了，小廝兒們直帶入二門裡去，隔了五六頓飯的
工夫才出來去了。

這金文翔是鴛鴦的哥哥。鴛鴦一夜沒睡。次日，他哥哥接
她回家，「只得將賈赦的話說與她，又許她怎麼體面，又怎麼當
家作姨娘。鴛鴦只咬定牙不願意。」他哥哥無法，回覆了賈赦。
色鬼老公雞賈赦威逼鴛鴦的哥哥：

賈赦怒起來，因說道：「我這話告訴你，叫你女人向她說
去，就說我的話：『自古嫦娥愛少年』，（嫦娥愛少年，少
年愛嫦娥，自然；老夫愛嫦娥，自然，但強逼嫦娥嫁老
夫，不自然。）她必定嫌我老了，大約她戀著少爺們，

多半是看上了寶玉，只怕也有賈璉。果有此心，叫她早早歇了心，我要她不來，此後誰還敢收？此是一件。第二件，想著老太太疼她，將來自然往外聘作正頭夫妻去。叫她細想，憑她嫁到誰家去，也難出我的手心。除非她死了，或是終身不嫁男人，我就伏了她！若不然時，叫她趁早回心轉意，有多少好處。」賈赦說一句，金文翔應一聲「是」。賈赦道：「你別哄我，我明兒還打發你太太過去問鴛鴦，你們說了，她不依，便沒你們的不是。若問她，她再依了，仔細你的腦袋！」

賈赦以死相逼，鴛鴦的反應：

金文翔忙應了又應，退出回家，也不等得告訴他女人轉說，竟自己對面說了這話。把個鴛鴦氣得無話可回，想了一想，便說道：「便願意去，也須得你們帶了我回聲老太太去。」她哥嫂聽了，只當回想過來，都喜之不勝。他嫂子即刻帶了她上來見賈母。

可巧王夫人、薛姨媽、李紈、鳳姐兒、寶釵等姊妹並外頭的幾個執事有頭臉的媳婦，都在賈母跟前湊趣兒呢。鴛鴦喜之不盡，拉了她嫂子，到賈母跟前跪下，一行哭，一行說，把邢夫人怎麼來說，園子裡她嫂子又如何說，今兒她哥哥又如何說，「因為不依，方才大老爺越性說我戀著寶玉，不然要等著往外聘，我到天上，這一輩子也跳不出他的手心去，終久要報仇。我是橫了心的，當著眾人在這裡，我這一輩子莫說是『寶玉』，便是『寶金』、『寶銀』、『寶天王』、『寶皇帝』，橫豎不嫁人就完了！就是老太太逼著我，我一刀抹死了，也不能從命！（鴛鴦是一個有自我意志的女孩，自我意志是人的天性，但專

制專權就要你成奴，取消你的自我。）若有造化，我死在老太太之先，若沒造化，該討吃的命，伏侍老太太歸了西，我也不跟著我老子娘哥哥去，我或是尋死，或是剪了頭髮當尼姑去！（自知預後必死。）若說我不是真心，暫且拿話來支吾，日後再圖別的，天地鬼神，日頭月亮照著嗓子，從嗓子裡頭長疔爛了出來，爛化成醬在這裡！」原來她一進來時，便袖了一把剪子，一面說著，一面左手打開頭髮，右手便鉸。眾婆娘丫鬟忙來拉住，已剪下半綹來了。眾人看時，幸而她的頭髮極多，鉸得不透，連忙替她挽上。賈母聽了，氣得渾身亂戰，口內只說：「我通共剩了這麼一個可靠的人，他們還要來算計！」因見王夫人在旁，便向王夫人道：「你們原來都是哄我的！外頭孝敬，暗地裡盤算我。有好東西也來要，有好人也要，剩了這麼個毛丫頭，見我待她好了，你們自然氣不過，弄開了她，好擺弄我！」王夫人忙站起來，不敢還一言。

筆者為鴛鴦一哭。鴛鴦此時不死，只不過賈母視鴛鴦為唯一「可靠」的丫頭罷了，何曾從一個女兒的自我意志與未來想過。看看賈母責怪邢夫人，不答應賈赦，只因鴛鴦是她惟一可心的丫頭：

「有鴛鴦，那孩子還心細些，我的事情她還想著一點子，該要去的，她就要來了；該添什麼，她就度空兒告訴他們添了。鴛鴦再不這樣，她娘兒兩個，裡頭外頭，大的小的，哪裡不忽略一件半件，我如今反倒自己操心去不成？還是天天盤算和你們要東西去？我這屋裡有的沒的，剩了她一個，年紀也大些，我凡百的脾氣性格兒她

還知道些。二則她還投主子們的緣法，也並不指著我和這位太太要衣裳去，又和那位奶奶要銀子去。所以這幾年一應事情，她說什麼，從你小嬸和你媳婦起，以至家下大大小小，沒有不信的。所以不單我得靠，連你小嬸媳婦也都省心。我有了這麼個人，便是媳婦和孫子媳婦有想不到的，我也不得缺了，也沒氣可生了。這會子她去了，你們弄個什麼人來我使？你們就弄她那麼一個真珠的人來，不會說話也無用。我正要打發人和你老爺說去，他要什麼人，我這裡有錢，叫他只管一萬八千的買，就只這個丫頭不能。留下她侍我幾年，就比他日夜伏侍我盡了孝的一般。你來的也巧，你就去說，更妥當了。」

這話就是說，鴛鴦是好奴才，賈母活著，用鴛鴦；她死了，鴛鴦就隨你們的便。可憐的鴛鴦！

接著賈母打牌賭錢，鴛鴦和王熙鳳、薛姨媽配合，王熙鳳輸錢，賈母贏錢，討賈母歡欣。王熙鳳討好賈母，主要在攬權牟利，薛姨媽討好賈母，主要借得賈母這東風，求配女兒寶釵與寶玉的「金玉良緣」，而鴛鴦這樣做只是為了自保。

此事結果是：「邢夫人將方才的話只略說了幾句，賈赦無法，又含愧，自此便告病，且不敢見賈母，只打發邢夫人及賈璉每日過去請安。只得又各處遣人購求尋覓，終久費了八百兩銀子買了一個十七歲的女孩子來，名喚嫣紅，收在屋內。」這女孩真可憐。

第一〇八回賈府被抄檢衰敗，賈母為使寶釵高興，為她過生日。席間鴛鴦投骰子，預示鴛鴦命運結局：

賈母道：「這個令兒也不熱鬧，不如骰了罷。讓鴛鴦擲一下，看擲出個什麼來。」小丫頭便把令盆放在鴛鴦跟前。

　　鴛鴦依命，便擲了兩個二，一個五，那一個骰子在盆裡只管轉。鴛鴦叫道：「不要五！」那骰子單單轉出一個五來。鴛鴦道：「了不得！我輸了。」賈母道：「這是不算什麼的嗎？」鴛鴦道：「名兒倒有，只是我說不上曲牌名來。」賈母道：「你說名兒，我給你謅。」鴛鴦道：「這是『浪掃浮萍』。」賈母道：「這也不難，我替你說個『秋魚入菱窠』。」

　　本來鴛鴦所面對就是「浪掃浮萍」，而賈母給鴛鴦的「秋魚入菱窠」更不是好兆頭。「菱窠」在此可是鴛鴦築於菱間的巢，「秋魚入菱窠」，即賈赦這秋魚蹦跳入菱巢，鴛巢落水，鴛鴦失所。

二、鴛鴦：因無自主權而自殺，卻被「殉葬」的悲劇

　　前此提及，《紅樓夢》第一回甄士隱夢幻中和第五回在賈寶玉夢幻中「太虛幻境」的對聯「假作真時真亦假；無為有處有還無」可是理解《紅樓夢》的關鍵之一。統治者撰史寫書，不顧史實，只是依據自己需要，往往「假作真時真亦假；無為有處有還無」。鴛鴦之死就是如此。

　　賈赦逼娶鴛鴦，鴛鴦不從，全靠賈母，故而第一一〇回賈母死，鴛鴦最為傷心。唯一可保護自己的賈母一死，自知前途可怕，言語中流露出來自己跟著賈母走的意願。第一次她向主持葬禮的鳳姐下跪，要體面辦喪事，言語中有「我生是跟老太太的人，老太太死了，我也是跟老太太的！若是瞧不見老太太的事怎麼辦，將來怎麼見老太太呢？」

　　第一一一回辭靈的時候，女眷都哭了一陣，「只見鴛鴦已哭的昏暈過去了，大家扶住，捶鬧了一陣，才醒過來，便說『老太太疼了一場，要跟了去』的話。眾人都打量人到悲苦，俱有

這些言語，也不理會。」最能體現鴛鴦死因是她上吊前的心理披露：

> 誰知此時鴛鴦哭了一場，想到：「自己跟著老太太一輩子，<u>身子也沒有著落</u>。如今大老爺雖不在家，大太太的這樣行為，我也瞧不上。老爺是不管事的人，以後便『亂世為王』起來了，我們這些人不是要叫他們撥弄了麼？誰收在屋子裡，誰配小子，我是受不得這樣折磨的，倒不如死了乾淨。但是一時怎麼樣的個死法呢？」

丫鬟的命運，全在主子：主子或自收進房，或賜給這小子、那小子，全無自主權。於是，鴛鴦想到秦可卿上吊自殺，她選擇上吊。鴛鴦不是為賈母殉葬，她為自我意志殉葬。她是鴛鴦，求鴛鴦配。鴛鴦之死最該怨怪賈母，鴛鴦跟了她多年，既然心心相映，為何不留心讓鴛鴦有個鴛鴦配？！生在主子，死在主子的鴛鴦。最為可笑的是，賈政為代表的賈府諸位，包括寶玉、寶釵等等，均以為她為賈母殉葬而死，因而痛苦，感動，讚歎。請看鴛鴦上吊自殺被發現：

> 賈政等進來，著實地嗟歎著說道：「好孩子，不枉老太太疼她一場！」即命賈璉：「出去吩咐人連夜買棺盛殮，明日便跟著老太太的殯送出，也停在老太太棺後，全了她的心志。」

賈政所謂「心志」是奴才為主子「殉葬」。

> 王夫人寶釵等聽了，都哭著去瞧。邢夫人道：「我不料鴛鴦倒有這樣志氣！快叫人去告訴老爺。」只有寶玉聽見此信，便唬得雙眼直豎。襲人等慌忙扶著說道：「你要哭就哭，別忍著氣。」寶玉死命地才哭出來了。心想：「鴛

鴦這樣一個人，偏又這樣死法！」又想：「實在天地間的靈氣，獨鍾在這些女子身上了。她算得了死所。我們究竟是一件濁物，還是老太太的兒孫，誰能趕得上她？」復又喜歡起來。

邢夫人所為「志氣」，就是奴才為主子殉葬。寶玉所謂「靈氣」就是「得了死所」，即奴才殉葬主子，故而他「歡喜」。

賈璉想她素日的好處，也要上來行禮，被邢夫人說道：「有了一個爺們就是了，別折受得她不得超生。」賈璉就不便過來了。寶釵聽著這話，好不自在，便說道：「我原不該給她行禮，（我是主子，她是奴才。）但只老太太去世，咱們都有未了之事，不敢胡為，（你們有未了之事，殉葬就是胡為。鴛鴦就沒有『未了之事』？）她肯替咱們盡孝，咱們也該托托她，好好地替咱們伏侍老太太西去，也少盡一點子心哪。」（鴛鴦殉葬是前往陰間服侍賈母，替陽間活著的主子「盡孝」。）說著，扶了鶯兒走到靈前，一面奠酒，那眼淚早撲簌簌流下來了。奠畢，拜了幾拜，狠狠地哭了她一場。

寶釵非常感動，因為鴛鴦上吊自殺，殉葬，進入陰間代替她們這些賈府老爺太太少爺小姐服侍老太太，盡孝。奴才拿出自己的命為她們盡孝，這可是古今中外第一奴才啊！

再看鴛鴦嫂子的冷血、麻木：

王夫人即傳了鴛鴦的嫂子進來，叫她看著入殮，遂與邢夫人商量了，在老太太項內賞了她嫂子一百兩銀子，還說等開了將鴛鴦所有的東西俱賞他們。她嫂子磕了頭出去，反喜歡說：「真真的我們姑娘是個有志氣的有造化的！

又得了好名聲，又得了好發送。」傍邊一個婆子說道：「罷呀嫂子，這會子你把一個活姑娘賣了一百銀便這麼喜歡了，那時候兒給了大老爺，你還不知得多少銀錢呢，你該更得意了。」（偌大賈府唯此老婆子有生命憐憫感？）一句話戳了她嫂子的心，便紅了臉走開了。剛走到二門上，見林之孝帶了人抬進棺材來了，她只得也跟進去，幫著盛殮，假意哭嚎了幾聲。

為主子而死，天下聞名，葬禮隆重，家人後代世襲恩賞，還能「留取丹青照汗青」，此為統治者鼓勵臣民為他們效忠至死的常用方法。果然這一系列的恩賞，讚揚，弄得在場的紫鵑也有為黛玉殉葬的念頭：

> 這裡命人將鴛鴦放下，停放在裡屋內。平兒也知道了，過來同襲人、鶯兒等一干人都哭得哀哀欲絕。內中紫鵑也想起「自己終身一無著落，恨不跟了林姑娘去，又全了主僕恩義，又得死所。如今空懸在寶玉屋裡，雖說寶玉仍是柔情蜜意，究竟不算什麼。」於是更哭得哀切。

平兒、襲人、鶯兒與鴛鴦交厚，知道因賈母阻止，賈赦逼娶鴛鴦未成，賈母死，鴛鴦終生定遭苦厄，故而鴛鴦上吊自殺，故而三人「哀哀欲絕」。而黛玉的丫頭紫鵑不懂鴛鴦，以為鴛鴦「全主僕恩義」，又有「得死所」的排場風光，使得全賈府讚賞，感動，而自己「終生一無著落」，也要選擇為主子殉葬，風風光光。

鴛鴦幽靈，頭戴「殉葬仙子」花冠，哭泣著飄入天堂，目睹一場天堂鬧劇：幾百個天罡地煞奉命下凡做人間國王。他們揚塵舞蹈，五體投地，三叩九拜求取人間統治術。玉皇大帝、如來佛開金口，露金牙，恬不知恥，口吐真言：「假作真時真亦

假，無為有處有亦無。此乃天機秘訣也，切勿洩露！」

鴛鴦驚駭，頭暈搖搖欲倒，頭上花冠落地，她方發現自己冠名「殉葬仙子」。她大怒踏冠，指罵玉帝。玉帝大怒，命眾神拘押她，囚入地獄。地獄裡千千萬萬被冠以「英雄」、「孝子」、「貞女」、「忠臣」的冤魂們在牢獄裡撞鐵門，齊聲怒吼：「全是假的，別上當！」

我們能還歷史、現實以真相嗎？

第九節　甄英蓮（兼論夏金桂）：官權的悲劇　佛道邪說解悲為喜

曹翁設計甄英蓮，專用於體現專制政權腐敗，官權無德，薛家薛姨媽、薛蟠、薛寶釵與賈府賈政、王夫人無德濫行。《紅樓夢》第五回有關於香蓮命運的畫和判詞：

> 畫著一株桂花，下面一池沼，其中水枯泥乾，蓮枯藕敗。
> 後面書云：
> 根並荷花一莖香，平生遭際實堪傷。
> 自從兩地生孤木，致使香魂返故鄉。

這判詞說的就是人間無道造成小香蓮悲苦命運。父母之善「根」，生成「香蓮」，但人間醜惡變換她的命運，剛滿五歲被拐子抱走。繼而在第四回僅僅十二三歲被拐子販賣給馮淵。薛蟠打死馮淵，強搶甄英蓮，但應天府知府賈雨村枉法無道，濫行職權，放縱薛蟠，不救小英蓮，致使小英蓮落入蟠口。來到賈府，英蓮又遭遇夏金桂（兩地孤木）。夏金桂本想毒死香蓮，沒料自己毒死自己。沒有妻子的薛蟠出獄，香蓮成為薛蟠口中物，最後因難產而死。純淨透香的英蓮凋謝於淤塘，她的無辜

真純反襯社會、官權、薛家和賈府的枉法無道。

一、第一次「平生遭際實堪傷」：小香蓮被竊

在第一回，年方三歲的甄英蓮，是姑蘇城十里街仁清巷一鄉宦甄士隱的女兒。士隱心善，認識流落在附近葫蘆廟裡的讀書人賈雨村，主動資助他進京趕考。炎夏一日甄士隱抱著女兒上街玩耍，路遇暗攜女媧煉石補天剩下的石頭蠢物，前往所謂警幻仙宮，跟蹤監視神瑛侍者（賈寶玉）下凡與絳珠仙草（林黛玉）「造歷幻緣」的癩頭僧人和跛腳道士。癩頭僧眼見甄士隱懷中的英蓮「便大哭起來」，說她是「有命無運，累及爹娘之物」。然後念了兩句詩，預示年僅三歲英蓮命運的突轉。佛教以人間惡行為天命，宣揚佛教認為人類生命感覺、情感完全沒有意義的色空觀：

> 嬌生慣養笑你癡，菱花空對雪澌澌。
> 好防佳節元宵後，便是煙消火滅時。

果然，英蓮滿五歲時的元宵節，甄士隱命家人霍啟抱了英蓮上街看社火花燈。霍啟小解，放英蓮在一家門檻坐著，回來卻不見英蓮蹤影。小英蓮被拐子抱走，霍啟不敢面見主人，逃往他鄉。甄士隱夫婦因此生病，不久附近葫蘆廟和尚油鍋失火，燒甄家成一片瓦礫堆。甄家就此衰敗。

二、第二次「平生遭際實堪傷」：落入蟠口，薛家無情

第一、第二回描述，落魄居住在葫蘆廟裡的賈雨村得到英蓮父親甄士隱資助，進京趕考，中了進士，當了官。第三回賈雨村因貪婪被削去官帽，流落在林如海（黛玉父親）家作家教。賈雨村央煩林如海，林如海央煩賈政，賈雨村得以「復職候缺，不上兩個月，金陵應天府缺出」，他就成了應天府知府。第四回

《薄命女偏逢薄命郎　葫蘆僧判斷葫蘆案》賈雨村坐轎到任，下轎就有因人販子賣英蓮（已被拐子改名香蓮）而起的薛蟠人命案。雪芹翁刻意設計薛家公子名叫薛「蟠」。蟠者，蟒蛇也。此薛姓蟒蛇為所欲為，只因賈史王薛四大家族位高權重，相互庇護。請看看新任知府賈雨村聽門子說薛蟠血案：

> 門子笑道：「不瞞老爺說，不但這兇犯的方向我知道，一併這拐賣之人我也知道，死鬼買主也深知道。待我細說與老爺聽：這個被打之死鬼，乃是本地一個小鄉紳之子，名喚馮淵，自幼父母早亡，又無兄弟，只他一個人守著些薄產過日子。長到十八九歲上，酷愛男風，最厭女子。這也是前生冤孽，可巧遇見這拐子賣丫頭，他便一眼看上了這丫頭，立意買來作妾，立誓再不交結男子，也不再娶第二個了，所以三日後方過門。誰曉這拐子又偷賣與薛家，他意欲卷了兩家的銀子，再逃往他省。誰知又不曾走脫，兩家拿住，打了個臭死，都不肯收銀，只要領人。那薛家公子豈是讓人的，便喝著手下人一打，將馮公子打了個稀爛，抬回家去三日死了。這薛公子原是早已擇定日子上京去的，頭起身兩日前，就偶然遇見這丫頭，意欲買了就進京的，誰知鬧出這事來。既打了馮公子，奪了丫頭，他便沒事人一般，只管帶了家眷走他的路。他這裡自有兄弟奴僕在此料理，也並非為此些小事值得他一逃走的。（這就是薛姨媽、薛寶釵、薛蟠一家。）這且別說，老爺你當被賣之丫頭是誰？」雨村笑道：「我如何得知。」門子冷笑道：「這人算來還是老爺的大恩人呢！他就是葫蘆廟旁住的甄老爺的小姐，名喚英蓮的。」雨村罕然道：「原來就是她！聞得養至五歲被人拐去，卻如今才來賣呢？」

門子道：「這一種拐子單管偷拐五六歲的兒女，養在一個僻靜之處，到十一二歲，度其容貌，帶至他鄉轉賣。當日這英蓮，我們天天哄她頑耍，雖隔了七八年，如今十二三歲的光景，其模樣雖然出脫得齊整好些，然大概相貌，自是不改，熟人易認。況且她眉心中原有米粒大小的一點胭脂痣，從胎裡帶來的，所以我卻認得。偏生這拐子又租了我的房舍居住，那日拐子不在家，我也曾問她。（衙門卒子，明知是人販子，還租給房間，聽任這傢夥作惡。）她是被拐子打怕了的，萬不敢說，只說拐子系她親爹，因無錢償債，故賣她。我又哄之再四，她又哭了，只說『我不記得小時之事！』這可無疑了。那日馮公子相看了，兌了銀子，拐子醉了，她自歎道：『我今日罪孽可滿了！』後又聽見馮公子令三日之後過門，她又轉有憂愁之態。我又不忍其形景，等拐子出去，又命內人去解釋她：『這馮公子必待好日期來接，可知必不以丫鬟相看。況他是個絕風流人品，家裡頗過得，素習又最厭惡堂客，今竟破價買你，後事不言可知。只耐得三兩日，何必憂悶！』她聽如此說，方才略解憂悶，自為從此得所。誰料天下竟有這等不如意事，第二日，他偏又賣與薛家。若賣與第二個人還好，這薛公子的混名人稱『呆霸王』，最是天下第一個弄性尚氣的人，而且使錢如土，遂打了個落花流水，生拖死拽，把個英蓮拖去，如今也不知死活。這馮公子空喜一場，一念未遂，反花了錢，送了命，豈不可歎！」

香菱可憐，剛滿五歲被拐子抱走，十二三歲被販賣，本以為「我今日罪孽可滿了」，沒想到遭遇薛蟠呆霸王，「將馮公子打個稀爛」，「生拖死拽，將她拖去」。本想執法的知府賈雨村，

本應報答甄士隱資助他進京科舉考試之恩，拯救英蓮回家的賈雨村，卻因為這薛蟠是賈府的親戚，而自己又是賈政推薦得任這知府，於是遵守「護官符」，不敢觸犯「本省最有權有勢、極富極貴」的賈（寧、榮二公之後）、史（保齡侯尚書令史公之後，即賈府賈母父母家）、王（都太尉統制縣伯王公之後，即賈政之妻王夫人父母家）、薛（紫薇舍人薛公之後，即薛姨媽、薛蟠、薛寶釵）這一權勢集團，「便循私枉法，胡亂判了此案」，判給死者家人一些燒埋銀子，還「急忙作書二封，與賈政並京營節度使王子藤（薛蟠、薛寶釵的母舅），說『令甥之事已完，不必過慮』等語，而薛蟠將「人命官司一事，他竟視為兒戲，自以為花上幾個臭錢，沒有不了的」。就這樣，英蓮就被黑心薛家拖進京城，來到賈家，開始又一段「平生遭際人堪傷」。

來到京城。文中說「薛蟠起初之心，原不欲在賈宅居住，但恐姨父管約拘禁」，一則母親「執意」，二則賈府「十分殷勤苦留」，只得留下。賈宅紈綺子弟，喜與他往來，「今日會酒，明日觀花，甚至聚賭嫖娼，漸漸無所不至，引誘薛蟠比往日更壞了十倍」。文中沒有交代賈政對薛蟠打死人的態度，說「王夫人已知薛蟠官司的事，虧賈雨村維持了事，才放了心。」王夫人的態度就是賈政的態度，就是賈母的態度，就是榮國府、甯國府的態度：利用權勢為非作歹。就這樣，年僅十二三歲英蓮，卻被薛蟠蹂躪，陷入賈府臭泥中。

三、面對無辜香菱：賈府老爺太太無情，下人同情

香菱在賈府出現在第七回。周瑞家就劉姥姥的事的回王夫人的話，來到薛姨媽住宅梨香院，進門見到王夫人的丫鬟金釧「和一個剛留了頭的小女孩兒」一起玩。進薛家門，說叨一番後，薛姨媽要周瑞家的給賈府姑娘們送宮花，聽見薛姨媽叫香

菱拿花。「剛留了頭的小女孩兒」捧了一個小錦匣給周瑞家的：

> 周瑞家的拿了匣子，走出房門，見金釧仍在那裡曬日陽
> 兒。周瑞家的因問她道：「那香菱小丫頭子，可就是常說
> 臨上京時買的，為她打人命官司的小丫頭子麼？」金釧
> 道：「可不就是她。」正說著，只見香菱笑嘻嘻地走來。
> 周瑞家的便拉了她的手，細細地看了一會，因向金釧笑
> 道：「倒好個模樣兒，竟有些像咱們東府蓉大奶奶的品格
> 兒。」金釧笑道：「我也是這麼說呢。」周瑞家的又問道：
> 「你幾歲投身到這裡？」又問：「你父親今在何處？今年
> 十幾歲了？本處是哪裡人？」香菱聽問，都搖頭說：「不
> 記得了。」周瑞家的和金釧聽了，倒反為歎息傷感一回。

這一段間接寫香菱之美，模樣可比秦可卿，也對比體現賈
雨村、賈政、賈母、薛姨媽、薛蟠、薛寶釵等人之冷漠無情。
年僅十二三歲的「剛留了頭」的小香菱被薛蟠糟蹋，周瑞家的、
金釧「歎息傷感」，而薛家薛姨媽、薛寶釵沒有感覺，賈府諸位
老爺、太太沒感覺。第十六回送黛玉前往蘇州奔喪的賈璉回來，
去見薛姨媽，見到香菱，回家後對王熙鳳說到香蓮美麗，只有
一腔強烈佔有欲望，沒有絲毫同情，就是鳳姐說的「眼饞肚飽」，
「吃著碗裡看著鍋裡」罷了。

四、香菱在詩境中得到解救：詩心詩性詩情的香菱

第四十八回薛蟠帶著僕從出門，香菱暫時得到解放。寶釵
知道香菱「心裡羨慕這園子不是一兩日了」，就帶她進園子同住
兼勤雜事務。這是香菱一生中唯一的相對自由的輕鬆解放時
段。雪芹先生設計香蓮學詩，吟詩，就為了體現她詩心詩性詩
情。香蓮要寶釵教她作詩，寶釵笑她「得隴望蜀」。香菱拜黛玉

為師，黛玉非常高興帶領她進入詩門。看看她初讀《王摩詰全詩》的感覺：

> 一日，黛玉方梳洗完了，只見香菱笑吟吟地送了書來，又要換杜律。黛玉笑道：「共記得多少首？」香菱笑道：「凡紅圈選的我盡讀了。」黛玉道：「可領略了些滋味沒有？」香菱笑道：「領略了些滋味，不知可是不是，說與你聽聽。」黛玉笑道：「正要講究討論，方能長進。你且說來我聽。」香菱笑道：「據我看來，詩的好處，有口裡說不出來的意思，想去卻是逼真的。有似乎無理的，想去竟是有理有情的。」（好詩，不同凡俗，進入凡俗未見之境界。）黛玉笑道：「這話有了些意思，但不知你從何處見得？」香菱笑道：「我看他《塞上》一首，那一聯云：『大漠孤煙直，長河落日圓。』想來煙如何直？日自然是圓的：這『直』字似無理，『圓』字似太俗。合上書一想，倒像是見了這景的。若說再找兩個字換這兩個，竟再找不出兩個字來。再還有『日落江湖白，潮來天地青』，這『白』『青』兩個字也似無理。想來，必得這兩個字才形容得盡，念在嘴裡倒像有幾千斤重的一個橄欖。還有『渡頭餘落日，墟裡上孤煙』：這『餘』字和『上』字，難為他怎麼想來！我們那年上京來，那日下晚便灣住船，岸上又沒有人，只有幾棵樹，遠遠的幾家人家作晚飯，那個煙竟是碧青，連雲直上。誰知我昨日晚上讀了這兩句，倒像我又到了那個地方去了。」

詩不同凡俗之美，在詩者不同凡俗之心性感覺；讀詩者領悟其美，其心與詩者通靈，相融，二心和為一心，美甚矣。正說著，探春寶玉來了，聽香菱談詩。寶玉評判說：「既是這樣，

也不用看詩。會心處不在多，聽你說了這兩句，可知『三昧』你已得了。」探春邀請她進詩社。

詩、佛、道皆有三昧。詩家三昧指情真、語淺、味厚醇。佛家三昧是佛經領悟的三種境界：定、正受、等持，即止息雜念，使心專注於一境。道教三昧指昏昏默默神之昧、杳杳冥冥氣之昧、恍恍惚惚精之昧。佛道三昧用於詩則指詩人沉迷自我之詩境而迷醉不出。香菱，詩、佛、道三家三昧皆有，天生詩心詩性詩情。

香菱第一首詩，寶釵、黛玉都判不好。黛玉說「措詞不雅」，要她「只管放開膽子去作」。看香菱進入詩境尋詩，從佛家三昧「止息雜念，使心專注於一境」，進入道家三昧「昏昏默默神之昧、杳杳冥冥氣之昧、恍恍惚惚精之昧」：

> 香菱聽了，默默地回來，越性連房也不入，只在池邊樹下，或坐在山石上出神，或蹲在地下摳土，來往的人都詫異。李紈、寶釵、探春、寶玉等聽得此信，都遠遠地站在山坡上瞧看她。只見她皺一回眉，又自己含笑一回。寶釵笑道：「這個人定要瘋了！昨夜嘟嘟噥噥直鬧到五更天才睡下，沒一頓飯的工夫天就亮了。我就聽見她起來了，忙忙碌碌梳了頭就找顰兒去。一回來了，待了一日，作了一首又不好，這會子自然另作呢。」寶玉笑道：「這正是『地靈人傑』，老天生人再不虛賦情性的。我們成日歎說可惜她這麼個人竟俗了，誰知到底有今日。可見天地至公。」寶釵笑道：「你能夠像她這苦心就好了，學什麼有個不成的。」寶玉不答。（寶釵此言大謬。寶玉苦心可功名仕進，但真詩，乃人之心性，非學可成。）
>
> 只見香菱興興頭頭地又往黛玉那邊去了。探春笑道：「咱們跟了去，看她有些意思沒有。」說著，一齊都往瀟湘

館來。

詩，就是自我詩心的發現。香菱作詩就是她自我詩心的發現，體味。寶釵之言遠離詩心，遠離詩佛道三味，因為「苦心」只能發現自我是否有詩心，並不能造就詩心。

四人一起前往瀟湘館看香菱第二首詩，黛玉評價「過於穿鑿」。看看香菱再次進入佛家三味（止息雜念，使心專注於一境），道教三味（昏昏默默神之味、杳杳冥冥氣之味、恍恍惚惚精之味）：

> 香菱自為這首妙絕，聽如此說，自己掃了興，不肯丟開手，便要思索起來。因見他姊妹們說笑，便自己走至階前竹下閒步，挖心搜膽，耳不旁聽，目不別視。（此佛家三味止息雜念，使心專注於一境。）一時探春隔窗笑說道：「菱姑娘，你閒閒罷。」香菱怔怔答道：「『閒』字是十五冊的，你錯了韻了。」（此道家三味昏昏默默神之味、杳杳冥冥氣之味、恍恍惚惚精之味，即寶釵所言「詩魔」。）眾人聽了，不覺大笑起來。寶釵道：「可真是詩魔了。都是顰兒引的她！」黛玉道：「聖人說，『誨人不倦』，她又來問我，我豈有不說之理。」李紈笑道：「咱們拉了她往四姑娘房裡去，引她瞧瞧畫兒，叫她醒一醒才好。」

雪芹翁神筆。再看「詩魔」回房後夢中吟詩的佛道三味：

> 各自散後，香菱滿心中還是想詩。至晚間對燈出了一回神，至三更以後上床臥下，兩眼鰥鰥，直到五更方才朦朧睡去了。一時天亮，寶釵醒了，聽了一聽，她安穩睡了，心下想：「她翻騰了一夜，不知可作成了？這會子乏了，且別叫她。」正想著，只聽香菱從夢中笑道：「可是

有了，難道這一首還不好？」寶釵聽了，又是可歎，又是可笑，連忙喚醒了她，問她：「得了什麼？你這誠心都通了仙了。學不成詩，還弄出病來呢。」一面說，一面梳洗了，會同姊妹往賈母處來。原來香菱苦志學詩，精血誠聚，日間做不出，忽於夢中得了八句。（詩在夢中，詩即夢。雪芹翁此言道出詩根。）梳洗已畢，便忙錄出來，自己並不知好歹，便拿來又找黛玉。剛到沁芳亭，只見李紈與眾姊妹方從王夫人處回來，寶釵正告訴她們說她夢中作詩說夢話。眾人正笑，抬頭見她來了，便都爭著要詩看。

此為香菱第三首吟月詩，真好詩：

精華欲掩料應難，影自娟娟魄自寒。
一片砧敲千里白，半輪雞唱五更殘。
綠蓑江上秋聞笛，紅袖樓頭夜倚欄。
博得嫦娥應借問，緣何不使永團圓！
眾人看了笑道：「這首不但好，而且新巧有意趣。可知俗語說『天下無難事，只怕有心人。』社裡一定請你了。」香菱聽了心下不信，料著是他們瞞哄自己的話，還只管問黛玉寶釵等。

經過佛家三味、道家三味，香菱詩盡得詩家三味之情真、語淺、味厚醇。香菱借月自述，也是雪芹先生贊香菱：
第一句「精華欲掩料應難，影自娟娟魄自寒。」「精華欲掩料應難」是香菱贊月，更是雪芹翁贊香菱；身心本為月皎潔，但不幸陷身蟠口，呆霸王一走，香菱這月被掩蓋的「精華」就「影自娟娟」，然而細觀這月，身陷蟠口，娟娟月光中「魄自寒」。
第二句「一片砧敲千里白，半輪雞唱五更殘。」我們觀月，

都能感覺「一片砧敲千里白（遠處傳來敲砧報時聲，月光下原野千里白茫茫）」的娟娟之美，然而沒多久，月落天際只剩半輪，五更雞鳴。幻夢醒來，又身陷醒靦人間，只得哀歎「半輪雞唱五更殘」。

「綠蓑江上秋聞笛，紅袖樓頭夜倚欄」說的就是香菱對自由情愛的想望。她化身漁女，身披綠蓑，清江秋風飄霧，吹來漁郎喚歸的笛聲；她又化身為「紅袖樓頭夜倚欄」思戀丈夫的女子。最後漁女、思婦都借問嫦娥，「緣何不使永團圓？」

可憐的香菱，詩心詩性詩情的香菱，你化身聽笛漁女，化身月夜樓頭思女，只是在詩詞中罷了，詩夢醒來，現實中你依舊是被薛蟠搶進賈府的一個淒苦的小妾：「半輪雞唱五更殘。」

詩中一個明月皎潔無塵的香菱，賈府現實中卻是淒苦無依被辱的香菱。王維詩詞山水，清淡自由，但面對王權他不過一奴。陶淵明的桃花源，不過詩文一夢罷了。香菱真是「影自娟娟魄自寒」。

接著在第五十回《蘆雪庵爭聯即景詩　暖香塢雅制春燈謎》香菱還參加了雪景對聯。當王熙鳳開口吟「一夜北風緊」，李紈接著口連道「開門雪尚飄，入泥憐潔白」，香菱立即以「匝地惜瓊瑤。有意榮枯草」相聯，即她憐惜瓊瑤般雪花，落地入泥被污染，又希望自己這枯草有漫天白雪遮蔽滋潤，得以復甦。

五、夫妻蕙：香菱的夫妻夢

第六十二回《憨湘雲醉眠芍藥裀　呆香菱情解石榴裙》，回目前者描述湘雲個性之美，後者說香菱的夫妻夢，但立即消停不敢有此夢想。適逢寶玉、寶琴、平兒、邢岫煙生日，姑娘們在紅香圃聚會祝壽，一片歡樂，香菱也在其中飲酒，作詩。席散後香菱與小螺、芳官、蕊官、藕官、荳官等鬥花草，各自都

說女兒夢，都是香菱的夢，香菱有夫妻夢，但不過就一夢：

> 外面小螺和香菱、芳官、蕊官、藕官、荳官等四五個人，
> 都滿園中玩了一回，大家采了些花草來兜著，坐在花草
> 堆中鬥草。這一個說：「我有觀音柳。」（此指觀音普度
> 眾生，施善人間的淨瓶楊柳。此為女兒夢。）那一個說：
> 「我有羅漢松。」（松，倔傲不屈如羅漢，此亦女兒夢，
> 即希望有這麼一個松似男子為自己頂風傲雪。）那一個
> 又說：「我有君子竹。」（竹，青翠，剛直。這也是女兒
> 夢，希望自己的男人是竹般君子，不染人間淤濁，執手
> 終老。）這一個又說：「我有美人蕉。」（美人蕉，草本
> 花，花可止血。此為女兒夢，美而能有用於世。）這個
> 又說：「我有星星翠。」（草，其花如星。此為女兒自述：
> 我小草，有亮星一顆。）那個又說：「我有月月紅。」（此
> 為女兒夢：我是花中皇后月季「月月紅」，花期 5-11 月，
> 開花連續不斷。）這個又說：「我有《牡丹亭》上的牡丹
> 花。」（此為女兒夢：希望自己這杜麗娘，能夢會柳夢梅。）
> 那個又說：「我有《琵琶記》裡的枇杷果。」（此為女兒
> 夢：自己勤苦侍公婆如趙五娘，能有書生蔡伯喈為夫。）
> 荳官便說：「我有姐妹花。」（屬薔薇科，又名「大葉野
> 薔薇」，常用名為「十姊妹」「七姊妹」，是多花薔薇的變
> 種。此亦女兒夢：希望自己有眾多姐妹相助，同美，同
> 樂。）眾人沒了，香菱便說：「我有夫妻蕙。」荳官說：
> 「從沒聽見有個夫妻蕙。」香菱道：「一箭一花為蘭，一
> 箭數花為蕙。凡蕙有兩枝，上下結花者為兄弟蕙，有並
> 頭結花者為夫妻蕙。我這枝並頭的，怎麼不是夫妻蕙。」
> （這就是香菱的女兒夢，每一個女孩子的夢：雌花雄花
> 並頭生豔。）

　　她們爭論一番，玩笑起來，荳官和香菱滾在草地下。旁邊有一汪積雨，濕了香菱的裙子。荳官不好意思，忙奪了手跑了。眾人笑個不住，也都哄笑一散。接著寶玉來了。看看寶玉對香菱同情以及多情行為引起的共鳴：

　　香菱起身低頭一瞧，那裙上猶滴滴點點流下綠水來。正恨罵不絕，可巧寶玉見她們鬥草，也尋了些花草來湊戲，忽見眾人跑了，只剩了香菱一個低頭弄裙，因問：「怎麼散了？」香菱便說：「我有一枝夫妻蕙，她們不知道，反說我謅，因此鬧起來，把我的新裙子也髒了。」寶玉笑道：「你有夫妻蕙，我這裡倒有一枝並蒂菱。」口內說，手內卻真個拈著一枝並蒂菱花，又拈了那枝夫妻蕙在手內。（香菱有夫妻蕙，寶玉就有並蒂蓮，此為玄機。）香菱道：「什麼夫妻不夫妻，並蒂不並蒂，你瞧瞧這裙子。」（香菱不敢接言。）寶玉方低頭一瞧，便噯呀了一聲，說：「怎麼就拖在泥裡了？可惜這石榴紅綾最不經染。」香菱道：「這是前兒琴姑娘帶了來的。姑娘做了一條，我做了一條，今兒才上身。」寶玉跌腳歎道：「若你們家，一日遭踏這一百件也不值什麼。只是頭一件既系琴姑娘帶來的，你和寶姐姐每人才一件，她的尚好，你的先髒了，豈不辜負她的心。二則姨媽老人家嘴碎，饒這麼樣，我還聽見常說你們不知過日子，只會糟蹋東西，不知惜福呢。這叫姨媽看見了，又說一個不清。」香菱聽了這話，卻碰在心坎兒上，反倒喜歡起來了，（為何歡喜？這是寶琴給的，且她香菱與姑娘寶釵均一件。她第一次享有了平等。）因笑道：「就是這話了。我雖有幾條新裙子，都不和這一樣的，若有一樣的，趕著換了，也就好了。過後再說。」寶玉道：「你快休動，只站著方好，不然連

小衣兒膝褲鞋面都要拖髒。我有個主意：襲人上月做了一條和這個一模一樣的，她因有孝，如今也不穿。竟送了你換下這個來，如何？」香菱笑著搖頭說：「不好，她們倆或聽見了倒不好。」寶玉道：「這怕什麼。等她們孝滿了，她愛什麼難道不許你送她別的不成。你若這樣，不是你素日為人了！況且不是瞞人的事，只管告訴寶姐姐也可，只不過怕姨媽老人家生氣罷了。」香菱想了一想有理，便點頭笑道：「就是這樣罷了，別辜負了你的心。我等著你，千萬叫她親自送來才好。」（此裙代表寶玉的心。）

再看，寶玉為何能動香菱的心：

寶玉聽了，喜歡非常，答應了忙忙地回來。一壁裡低頭心下暗算：「可惜這麼一個人，沒父母，連自己本姓都忘了，被人拐出來，偏又賣與這個霸王。」因又想起上日平兒也是意外想不到的，今日更是意外之意外的事了。（賈府中男人惟有寶玉如此可憐香菱、以為她效力而高興。）一壁胡思亂想，來至房中，拉了襲人，細細告訴了她原故。香菱之為人，無人不憐愛的。襲人又本是個手中撒漫的，況與香菱素相交好，一聞此信，忙就開箱取了出來折好，隨了寶玉來尋著香菱，她還站在那裡等呢。襲人笑道：「我說你太淘氣了，總要淘出個故事來才罷。」香菱紅了臉，笑道：「多謝姐姐了，誰知那起促狹鬼使黑心。」說著，接了裙子，展開一看，果然同自己的一樣。又命寶玉背過臉去，自己叉手向內解下來，將這條繫上。襲人道：「把這髒了的交與我拿回去，收拾了再給你送來。你若拿回去，看見了也是要問的。」香

菱道:「好姐姐,你拿去不拘給那個妹妹罷。我有了這個,不要它了。」襲人道:「你倒大方的好。」香菱忙又萬福道謝,襲人拿了髒裙便走。

香菱見寶玉蹲在地下,將方才的夫妻蕙與並蒂菱用樹枝兒摳了一個坑,先抓些落花來鋪墊了,將這菱蕙安放好,又將些落花來掩了,方撮土掩埋平服。(生同枝並頭,睡同衾,死同穴。情癡賈寶玉,令人感動。)香菱拉他的手,笑道:「這又叫做什麼?怪道人人說你慣會鬼鬼祟祟使人肉麻的事。你瞧瞧,你這手弄得泥烏苔滑的,還不快洗去。」(目睹寶玉情葬夫妻蕙、並蒂蓮,香菱心動而拉手。)寶玉笑著,方起身走了去洗手,香菱也自走開。二人已走遠了數步,香菱復轉身回來叫住寶玉。寶玉不知有何話,紮著兩隻泥手,笑嘻嘻地轉來問:「什麼?」香菱紅了臉只管笑,嘴裡卻要說什麼,又說不出口來。(絕妙深情,但絕對不能出口。)因那邊她的小丫頭臻兒走來說:「二姑娘等你說話呢。」香菱方向寶玉道:「裙子的事可別向你哥哥說才好。」(薛蟠即是原因。)說畢,即轉身走了。寶玉笑道:「可不我瘋了,往虎口裡探頭兒去呢。」(薛蟠就是吞掉香菱的虎口蟒蛇。)說著,也回去洗手去了。

切莫怪寶玉生情憐憫香菱,香菱生情寶玉。封建社會皇權、族權、夫權、男權下,可憐女兒多,而癡情男子絕少,《紅樓夢》中唯一值得讚賞的男子只有寶玉,如賈赦、賈璉、賈珍、賈蓉、薛蟠、賈環之流,不過污泥罷了。

六、香菱與夏金桂:悲劇人的悲劇相對

第七十九回因晴雯死、司棋被攆,迎春將嫁,寶玉在迎春

原住的紫菱洲徘徊瞻顧，悲傷吟詩，巧遇香菱，他高興，香菱也「拍手笑嘻嘻」，說薛蟠娶妻定了「桂花夏家」，說他們是「情人眼裡出西施」，還說夏金桂「出落得花似的了，在家夜讀書寫字」，「我巴不得早些過來，又添一個作詩的人了」。寶玉答言，引起衝突：

> 寶玉冷笑道：「雖如此說，但只我聽這話不知怎麼倒替你擔心慮後呢。」香菱聽了，不覺紅了臉，正色道：「這是什麼話！素日咱們都是廝抬廝敬的，今日突然提起這些事來，是什麼意思？怪不得人人都說你是個親近不得的人。」一面說，一面轉身走了。

此可見她早希望遠離蟠口，來一個夏金桂代替她，非常高興。文中還說，在娶親的日子她「日日忙亂著，薛蟠娶過親，自以為得了護身符，自己身上分去責任，到底比這樣安寧些；二則又聞得是個有才有貌的佳人，自然是典雅和平的；因此她心中盼過門的日子比薛蟠還急十倍。好容易盼得一日娶過了門，她便十分殷勤小心服侍」。

（一）夫權下的妻妾的妒病：金桂與香菱的衝突

寶玉深知妻妾必有爭鬥，而香菱卻沒有此顧慮。純淨的香菱不愛薛蟠，以為夏金桂嫁來能替代她，減輕她的苦楚，還多一個同心詩人，完全沒有想到自己這妾，成為金桂的絞殺對象。

文中說對夏金桂似乎沒有好話，說她具有「盜蹠」品性：「愛自己尊若菩薩，窺他人穢如糞土；外具花柳之姿，內秉風雷之性」，見「香菱這等一個才貌雙全的愛妾」就有「宋太祖滅南唐」之意，「臥榻之側豈容他人酣睡」之心。此為人的性本能反應：任何一個男性、女性都不能容忍自己的性伴侶有多個性對象。因此，夏金桂虐待香菱，始作俑者是秉持夫權的薛蟠。

　　夏金桂先裝病收伏薛蟠，然後第八十回對香菱下手。

　　首先自己這「桂花」香，她不要「香菱」香，要她改名「秋菱」。言談說起香菱的名字，她「拍著掌冷笑道：『菱角花誰聞見香來著？若說菱角香了，正經那些香花放在哪裡？可是不通之極！』」香菱倒沒這樣想，說「我一身一體俱屬奶奶」，順從改名。

　　接著利用寶蟾虐待香菱。薛蟠得隴望蜀，見金桂丫鬟寶蟾「有三分姿色，舉止輕浮可愛」便勾引。金桂見狀欲利用寶蟾滅香菱，然後再對付寶蟾。她故意讓他倆單獨在房中，又命香菱去房中取手帕，使得香菱打散幽會，得罪薛蟠。當晚薛蟠「赤條精光趕著香菱踢打」，「香菱雖未受過這氣苦，既到此時，也說不得了，只好自悲自怨，各自走開」。

　　繼而陷害香菱。其後金桂要薛蟠和寶蟾在香菱房中成親，讓香菱在她的房中睡地板，晚上為她捶腿，倒茶，一夜七八次響鈴，不得片刻穩臥。再接著金桂裝病，製造用針釘心的寫著自己年庚的紙人，誣陷香菱暗用巫術詛咒她，激怒薛蟠抓門閂，「劈頭劈面打起來，一口咬定是香菱所施」，使得薛姨媽要叫人牙子來，賣香菱。香菱「跑到薛姨媽跟前痛哭哀求，只不願出去，情願跟著姑娘，薛姨媽也只得罷了」。在薛家眼裡，香菱不過就是買來的小物品罷了。「自此以後，香菱果跟隨寶釵去了，把前面路徑一心斷絕。雖然如此，終不免對月傷悲，挑燈自歎。」「竟釀成乾血之症，日漸羸瘦作燒，飲食懶進，請醫診視服藥亦不效驗。」而此時金桂又與寶蟾乾柴烈火，互不相容。

　　接著，雪芹先生刻意設計關於女人「妒病」的「療妒湯」。寶玉不懂金桂的妒病，他曾見過金桂，「舉止形容也不怪厲，一般是鮮花嫩柳，與眾姐妹不差上下的人，焉是這種情性，可為奇之至極。」心下納悶，寶玉去西城門外天齊廟燒香還願，結

識賣藥的當家老王道士「王一帖」。寶玉問：「可有貼女人的妒病方子沒有？」王一帖笑說沒有貼，倒有湯藥，說了配方。請看二人對白：

> 寶玉道：「這也不值什麼，只怕未必見效。」王一帖道：「一劑不效吃十劑，今日不效明日再吃，今年不效吃明年，橫豎這三味藥潤肺開胃不傷人的，甜絲絲的，又止咳嗽，又好吃。吃過一百年，任橫豎是要死的，死了還妒什麼！那時就見效了。」說著，寶玉、茗煙都大笑不止，罵「油嘴的牛頭」。

這說的就是性嫉妒不可避免。任何一個男人、女人都不能容忍自己性夥伴有另一個性夥伴，但在中國封建社會，因為男性的需要，規定一夫多妻妾，眾多妻妾必然爭奪這一夫。只不過本性不同，文化品性不同，社會身份不同，其反應行為也不同：個性如王熙鳳、夏金桂者，一定陰謀詭計，辣手對付；個性如王夫人、尤氏、平兒、襲人者就會容忍。「愛自己尊若菩薩，窺他人穢如糞土；外具花柳之姿，內秉風雷之性」的金桂當然有「臥榻之側豈容他人酣睡」之心，「宋太祖滅南唐」之意。

罪不在金桂，罪在夫權，而偏偏薛蟠又是著名色鬼：「薛蟠一身難以兩顧，惟徘徊觀望與二者之間，十分鬧得無法，便出門躲在外廂」，於是金桂與寶蟾翻桌椅，打杯盞，哭天哭地，於是薛姨媽和寶釵出面干涉，相互之間一番關於「規矩」的爭吵，金桂對寶釵直言，她要寶釵理解她：「好姑娘，好姑娘，你是個大賢大德的。你日後必定有個好人家、好女婿，決不像我這樣守活寡，舉目無親，叫人家騎上頭來欺負的。我是個沒心眼的人，只求姑娘說話別往死裡挑撿，我從小兒到如今沒有爹娘教導。再者我們屋裡老婆、漢子、大女人、小女人的事，姑娘也

管不得！」還說：「……行點好罷！別修得像我糊塗行子守活寡，那就是活活兒的現世報了！」

誰願意嫁給薛蟠這樣的無貌無才無德色鬼？

（二）薛蟠命案中的妻妾：金桂精神分裂，香菱受罪

第八十五回末躲避家裡吵鬧的薛蟠外出到南邊買貨，同性戀薛蟠因飯鋪裡一個當槽的「拿眼瞟蔣玉菡」，他用酒碗砸死當槽的，吃了官司。因賈政官升任郎中，賈府慶賀，薛姨媽在賈府看戲，得知這消息趕回家，走到廳房後面，「早聽見有人大哭，卻是金桂」。薛家母女忙著利用賈府的權勢和自家的錢處理這命案，金桂與香菱衝突：

> 那裡金桂抓住香菱，又和她嚷道：「平時你們只管誇他們家打死了人一點事沒有，就進京來了的，如今攛掇得真打死了人。平日裡只講有錢有勢好親戚，這時候我看也是唬得慌手慌腳的了。大爺明兒有個好歹兒不能回來時，你們各自幹你們的去了，撂下我一個人受罪！」說著又大哭起來。

金桂抓住香菱吵嚷沒理。薛蟠第一次打死馮公子，強搶，霸佔小香菱，香菱落入蟠口，也是受害人，絕不會「誇他們家打死了人一點事也沒有」！這類的話一定是薛蟠說的。薛姨媽說親夏家時，媒婆說的。因為婆媳名分，金桂不能抓扯薛姨媽、寶釵吵罵，只能抓比自己名分低的小妾香菱出氣。夏金桂不愛薛蟠，但又怕薛蟠被斬，自己終生守寡，「大爺明兒有個好歹兒不能回來時，你們各自幹你們的去了，撂下我一個人受罪」是她發作的根本原因。

於是夏金桂引誘薛蝌。薛蝌沒受誘惑，一則知羞恥，知道叔嫂之忌諱，二者因已訂親邢岫煙，且兩人相互認同，但他忙

於為薛蟠殺人案運用薛家金錢和賈府的權勢上下周旋，雖迫於勢，也可見是一個昏虯，他將金桂與邢岫煙對比，說「可知天意不均：如夏金桂這種人，偏叫她有錢，嬌養得這等潑辣；邢岫煙這種人，偏叫她這樣受苦。」

薛蝌完全從夫權角度評價金桂，以為她爭奪保護自己性權利是「潑辣」。薛蝌為何喜愛岫煙？薛姨媽在金桂吵嚷時，曾將金桂與岫煙對比，對薛蝌說：「邢丫頭實在是個有廉恥有心計兒的，又守得貧，耐得富。」薛姨媽口中的「廉恥有心計」是禮教規定的婦女之「從一而終」，「嫁雞隨雞，嫁狗隨狗」，不論雞夫、狗夫都「夫唱妻隨」。賈珍的老婆尤氏，聽憑賈珍爬兒媳婦秦可卿的灰，勾引自己同父異母妹妹尤二姐，賈赦老婆邢夫人親自為賈赦說媒鴛鴦，……這樣的老婆，流氓丈夫都喜歡。

夏金桂不能接受一夫多妻不對嗎？但她能打官司保護自己的性權嗎？她能懇求執掌族權的長輩為自己說話嗎？她能離開薛蟠另擇佳婿嗎？她只能吵嚷！香菱無辜，但因其小妾身份也成了夏金桂的對手！夏天金桂，應該美而香；香菱，美香的菱；二美香為何成仇？罪不在你們，在族權、夫權、男權，沒有女權！

第一百回幾乎耗盡家本而弄成的薛蟠誤殺案，遭刑部駁審，依舊定了個死罪，金桂痛苦瘋狂，因為她將終身守寡：

> 她哭喊道：「我的命是不要的了！男人呢，已經沒有活的份兒了。咱們如今索性鬧一鬧，大夥兒去法場拌一拌。」說著，便將頭往隔板上撞，撞得披頭散髮。（已嫁給寶玉的寶釵勸她。）……金桂道：「姑奶奶，如今你是比不得頭裡的了。你們倆口兒好好地過日子，我是單身人兒，要臉做什麼！」說著，便要跑到街上回娘家去，虧得人還多，扯住了，又勸了大半天方住。（出嫁從夫，是夫家

的人，夏金桂落入蟠蛇口，母家不能回啦，一如可憐的迎春。）

在薛家身心孤苦的夏金桂精神分裂。「若是薛蝌在家，她便抹粉飾脂，描眉畫鬢，奇情異致地收拾起來，不時打從薛蝌住房前過，或故意咳嗽一聲，或明知薛蝌在家，特問房裡何人。有時遇見薛蝌，她便妖妖調調，嬌嬌癡癡問寒問熱，忽喜忽瞋。」第一〇三回金桂死後薛姨媽對賈璉說「前幾個月裡，她天天蓬頭赤腳地瘋鬧。後來聽見你兄弟問了死罪，她雖然哭了一場，以後倒搽脂抹粉起來」。一次薛蝌喝酒回來，自說「守活寡受孤單」的金桂情急拉住他。香菱無意走來，「瞧見金桂在那里拉住薛蝌往裡死拽，香菱卻嚇唬得心頭亂跳，自己連忙轉身回去。這裡金桂早已連嚇帶氣，呆呆地瞅著薛蝌去了。怔了半天，恨了一聲，自己掃興歸房，從此把香菱恨入骨髓。」

七、金桂的結局與香菱的結局：官權、族權、主子權操控的人間悲劇，佛教卻教人變身石頭應對

金桂死在第一〇三回。精神分裂以香菱為仇敵的金桂暗自買了砒霜，要毒死香菱。她要寶蟾做兩碗湯，說要與病中的香菱一塊吃。為香菱做湯，寶蟾氣不過，在香菱碗裡多放鹽，回來發現鹽多的那碗在金桂跟前，就偷偷換碗。哪知香菱身前的碗裡已經被金桂放下砒霜。這一換碗，（照薛姨媽說法）金桂「鼻子眼睛裡都流出血來，在地下亂滾，兩手在心口亂抓，兩腳亂蹬」。一直鬧著想弄個明白的金桂母親來到她女孩兒屋裡，「只見滿臉黑血，直挺挺躺在炕上，便叫哭起來。」

金桂最怨誰？「怕見官受苦」的寶蟾說：「我們奶奶天天抱怨說：『我這樣人，為什麼碰著這個瞎眼的娘，不配給二爺，偏給了這麼個混賬糊塗行子。要是能夠同二爺過一天，死了也是

願意的。』」金桂母親對未來女婿德行全無考察，只因薛家有錢有賈府這樣的權貴親戚，就把女兒「給」了呆霸王。此時薛蝌似乎還是個好男人，不理睬夏金桂的誘惑，但他一直為薛蟠殺人案奔走，用賈府的權勢，薛家的金錢周旋於官府衙門之間，身在污泥，他也會化身污泥的。

香菱在金桂精神分裂中受折磨，罪在專制政權貪官無道，夫權無理。就在這香菱悲劇結局的一〇三回，雪芹先生刻意設計徇私枉法的大貪官賈雨村與所謂已經悟道的完全沒有生命感覺的香菱的父親甄士隱在「知機縣、急流津」相遇，意在批判佛教、道教視人間感情為空的冷血。貪官賈雨村升任京兆府尹監管稅務，「路過知機縣，到了急流津」，見村旁有一座小破廟，閒步進廟，他看見茅廬一個合目打坐道士十分眼熟。兩人接談：

> （賈雨村）問道：「君家莫非甄老先生麼？」那道士從容笑道：「什麼真，什麼假！要知道真即假，假即真。」（此為顛倒善惡，混淆黑白的佛理，更為社會現實。）……
> （接著，賈雨村回顧過去表達思念，卻對自己導致英蓮終生苦難全無悔罪。）……那道人也站起來回禮道：「我於蒲團之外，不知天地間尚有何物。适才尊官所言，貧道一概不解。」……

這就是甄士隱，對忘恩負義出賣自己女兒的貪官賈雨村無怨無恨無怒，知道自己女兒在薛家遭受苦難，無情無親冷血，他「於蒲團之外，不知天地間尚有何物」，說「真即假，假即真」即人間真相都是假，佛教假象才是真。甄士隱，將「真事隱」去，聽信佛教「賈雨村（假語蠢言）」。這就是所謂「急流知機」，即身處人間激流，知機應變成石頭，方能穩居中流，苟活於荒野禪林。

　　香菱，至死都沒有自主權。第一一九回因賈寶玉、賈蘭中舉，無道昏君「最是聖明仁德，想起賈氏功勳，就大赦天下」，即因賈氏父輩功勳，為赦免賈赦、賈珍而赦免天下罪犯。賈赦免罪，賈珍不但免了罪，仍襲了寧國府三等世職。第一二○回薛姨媽得知大赦，湊齊赦罪銀子，殺人犯薛蟠就出獄回家：

　　　　且說薛姨媽得了赦罪的信，便命薛蝌去各處借貸。並自己湊齊了贖罪銀兩。刑部准了，收兌了銀子，一角文書將薛蟠放出。他們母子姊妹弟兄見面，不必細述，自然是悲喜交集的。薛蟠自己立誓說道：「若是再犯前病，必定犯殺犯剮！」薛姨媽見他這樣，便要握他嘴說：「只要自己拿定主意，必定還要妄口巴舌血淋淋地起這樣惡誓麼！只香菱跟了你受了多少的苦處，你媳婦已經自己治死自己了，如今雖說窮了，這碗飯還有得吃，據我的主意，我便算她是媳婦了，你心裡怎麼樣？」薛蟠點頭願意。寶釵等也說：「很該這樣。」倒把香菱急得臉脹通紅，說是：「服侍大爺一樣的，何必如此。」眾人便稱起大奶奶來，無人不服。

　　香菱「急得臉脹通紅」，心中一定氣恨，但權力在買主薛家手中，她悲苦難言，只得跟著這毒蟠，無可奈何。

　　第一二○回《甄士隱詳說太虛情　賈雨村歸結紅樓夢》雪芹先生再次設計被貶為庶民的貪官賈雨村，與香菱父親甄士隱又相遇於「急流津覺迷渡」。此前已述，此回一則直言譏諷佛教將人間「真事隱」去，捏造「太虛幻境」、「真如佛地」，以「假語蠢言」歸結紅樓女兒悲劇。二則交代通靈寶玉石頭回到青埂峰，而情癡賈寶玉依然「情緣未了」，「終難忘，世外仙姝寂寞林」。三則體現甄士隱真石頭，看他如何面對自己女兒悲劇結

局：

> 食畢，雨村還要問自己的終身，士隱便道：「老先生草庵
> 暫歇，我還有一段俗緣未了，正當今日完結。」雨村驚
> 訝道：「仙長純修如此，不知尚有何俗緣？」（對害了自
> 己女兒的貪官，士隱彬彬有禮；對自己一生如苦蓮的女
> 兒，士隱卻冰冰無情。）士隱道：「也不過兒女私情罷了。」
> （此言真石頭：父親與女兒私情罷了！）雨村聽了益發
> 驚異：「請問仙長，何出此言？」士隱道：「老先生有所
> 不知，小女英蓮幼遭塵劫，老先生初任之時曾經判斷。（沒
> 有任何責難。）今歸薛姓，產難完劫，遺一子於薛家以
> 承完祧。（此言說女兒英蓮被拐，被薛蟠搶，是命定不可
> 避免一劫難，難產而死就是完劫，留下一子則是禮教所
> 言女子之完祧[19]之責。）此時正是塵緣脫盡之時，只好
> 接引接引。」士隱說著拂袖而起。雨村心中恍恍惚惚，
> 就在這急流津覺迷渡睡著了。這士隱自去度脫了香菱，
> 送到太虛幻境，交那警幻仙子對冊。

　　文中沒有神仙甄士隱與女兒靈魂相見之悲喜，無悲無淚甄
士隱只是把女兒冤魂交給佛教臆造的太虛幻境中的警幻仙子。
這就是塵世「急流」中，被佛教「覺迷」成了石頭的真士隱。

　　此所謂佛道禪悟之「急流覺迷」：世間激流惡浪無情，佛道
以無情順應無情，死就是「度脫」，進入佛教捏造的「太虛幻境」、
「真如福地」，這就是佛理，故而中國的佛教、道教最受專制統
治者喜愛，而宣導平等博愛的基督教成了邪教。

---

[19] 祧 tiāo，即後嗣。完祧即指女子完成生育子孫傳宗接代的責任。

　　可憐的香菱！筆者如果是香菱父親，一定殺了賈雨村，脫下道袍，冒死潛入賈府，殺了薛蟠，救出女兒，隱名埋姓，回歸田園，為女兒說親一書門鄉紳之子，看著女兒女婿琴瑟和諧，躬耕田園，詩歌唱和，一定欣然。

　　甄英蓮的悲劇在政權腐敗，官員、貴族無德，而更悲劇的是道教、佛教將人為苦難血腥判定為天命定的「劫」，要人麻木忍受，只求死後「度脫」，進入佛教、道教編造的太虛幻境、真如佛地：「假作真時真亦假；無為有處有還無！」將人間萬般悲苦「真事隱」入「假語蠢言」！

第十節　妙玉：企圖迴避社會，出家女兒的悲劇

　　《紅樓夢》尼姑妙玉因高潔而避世出家。通觀《紅樓夢》雪芹翁意在以妙玉表達：人間髒亂差，出家躲避，自以為身心在「檻外」，然而沒有「檻外」；身在人世，只能面對，不能回避，無法回避。自命「檻外人」的妙玉清純如水，孤高傲世，在《金陵十二釵》正冊中名列第六，居湘雲之後，迎春之前，有非常重要的主題意義。第五回《賈寶玉神遊太虛境　警幻仙曲演紅樓夢》有關於妙玉命運的畫圖和判詞：

> 　　一塊美玉，落在泥垢之中。其斷語云：
> 　　欲潔何曾潔，雲空未必空。
> 　　可憐金玉質，終陷淖泥中。

　　人間就是泥垢，妙玉「欲潔何曾潔，雲空未必空」，一塊美玉，最終落在泥垢之中是她的結局。《六祖壇經》載六祖惠能與神秀悟道。時五祖弘忍年事已高，急於傳衣缽，命弟子作偈，檢驗他們修煉悟道以決定衣缽傳人。神秀偈曰：「身是菩提樹，心如明鏡台，時時勤拂拭，莫使惹塵埃。」惠能亦誦一偈：「菩

提本無樹，明鏡亦非台，本來無一物，何處惹塵埃。」二偈說悟道參禪在悟「空」，求「潔」。然而你這佛廟所處五湖四海均嚴重污染，即便你神秀、慧能想求潔淨，也不可能。

雪芹先生評斷妙玉，說她「欲潔何曾潔，雲空未必空」。可見他安排妙玉進入《紅樓夢》的意旨：為人身，自有七情六欲，卻想滅絕一切生命感覺，實為妄想；身處人間污濁，卻妄想避身求潔，同為「妄想」。妙玉身在檻內人世，卻自命「檻外人」，「欲潔」，「求空」，但不能「空」而無欲，「潔」而無情，而其結局卻是被強賊所擄，「可憐金玉質，終陷淖泥中」。這是對佛道的否定，也是對惜春等出家結局的暗示。

曲子〔世難容〕再說妙玉的個性和命運：

> 氣質美如蘭，才華馥比仙。天生成孤癖人皆罕。你道是啖肉食腥膻，視綺羅俗厭，卻不知太高人愈妒，過潔世同嫌。可歎這，青燈古殿人將老，辜負了，紅粉朱樓春色闌。到頭來，依舊是風塵骯髒違心願。好一似，無瑕白玉遭泥陷，又何須，王孫公子歎無緣。

「氣質美如蘭，才華馥比仙」的人，往往「目下無塵」，形成「孤高、孤僻」習性，使得「太高人愈妒，過潔世同嫌」，故而出家，自以為遠居自然檻外，遠離檻內人間，本應是尼姑「青燈古殿人將老，辜負了，紅粉朱樓春色闌」的命運，但她卻是「依舊是風塵骯髒違心願。好一似，無瑕白玉遭泥陷」的悲劇結局。此下敘妙玉人格個性與悲劇結局。

一、「過潔」的妙玉

第十七回《大觀園試才題對額　榮國府歸省慶元宵》賈府修建大觀園，準備迎接元妃回家省親。林之孝媳婦敘述準備採

買的尼姑：「外有一個帶髮修行的，本是蘇州人氏，祖上也是讀書仕宦之家。因生了這位姑娘自小多病，買了許多替身兒皆不中用，到底這位姑娘親自入了空門，方才好了，所以帶髮修行，今年才十八歲，法名妙玉。如今父母俱已亡故，身邊只有兩個老嬤嬤、一個小丫頭伏侍。文墨也極通，經文也不用學了，模樣兒又極好。因聽見『長安』都中有觀音遺跡並貝葉遺文，去歲隨了師父上來，現在西門外牟尼院住著。」

　　此言說妙玉自幼出家因為「自小多病」，而第六十三回邢岫煙對寶玉說妙玉之所以進京「聞她不合時宜，權勢不容，竟投到這裡來」說明妙玉之所以進京，來到牟尼院，就因「氣質美如蘭，才華馥比仙」的「孤高、過潔」而被為蟠香寺和蘇州佛教權勢者不容，才進京來到牟尼院。佛廟道觀都不乾淨，《紅樓夢》廟宇就可見一斑：鐵檻寺邪門、清虛觀不清虛、水月庵無水月，「無暇白玉」妙玉當然為權貴不容。故而王夫人要接她來，林之孝家的回道：「請她，她說『侯門公府，必以<u>貴勢壓人</u>，我再不去的。』」。王夫人笑道：「她既是官宦小姐，自然驕傲些，就下個帖子請她何妨。」林之孝家的答應了出去，命書啟相公寫請帖去請妙玉。」

　　妙玉出家起因在「自小多病」，但進京原因在「不合時宜，權勢不容」即憎惡回避權勢，尋求清純。也在第六十三回，賈寶玉評價妙玉個性「她為人孤僻，不合時宜，萬人不入她目」，「超然如野鶴閑雲」，「她原是世人意外之人」。從紅樓夢看，社會世俗百態均髒亂，權勢均無道無德，潔身自好的妙玉必然「為人孤僻，不合時宜，萬人不入她目」。

二、「檻內」的妙玉

　　在賈府妙玉第一次出場在第四十一回。第六回打秋風回家

的劉姥姥帶著孫子板兒又來了，帶來一些新鮮瓜果蔬菜。面見賈母，她一番村野談吐、鄉間趣聞，「合了賈母的心」，再加上她配合王熙鳳、鴛鴦在園子宴席上自稱「老牛」作賤自己，讓賈母高興，逗得眾人噴飯，更討得合府喜歡。賈母帶著劉姥姥來到櫳翠庵。妙玉完全是檻內的女兒。

先看她對賈母：

> 妙玉忙迎進去。眾人至院中，見花木繁盛，賈母笑道：「到底是他們修行的人，沒事常常修理，比別處越發好看。」一面說，一面便往東禪堂來。妙玉笑往裡讓，賈母道：「我們才都吃了酒肉，你這裡頭有菩薩，沖了罪過。我們這裡坐坐，把你的好茶拿來，我們吃一杯就去了。」
> 寶玉留神看她是怎麼行事，只見妙玉親自捧了一個海棠花式雕漆填金「雲龍獻壽」的小茶盤，裡面放一個成窯五彩小蓋鐘，捧與賈母。賈母道：「我不吃六安茶。」妙玉笑說：「知道。這是『老君眉』。」賈母接了，又問：「是什麼水？」妙玉道：「是舊年蠲的雨水。」賈母便吃了半盞，笑著遞與劉姥姥，說：「你嘗嘗這個茶。」劉姥姥便一口吃盡，笑道：「好是好，就是淡些，再熬濃些更好了。」賈母眾人都笑起來。然後眾人都是一色的官窯脫胎填白蓋碗。

妙玉自命「檻外人」，但賈母是櫳翠庵「檻外人」的衣食父母，她以檻內禮儀奉承賈母，「忙接了進去」，「笑往裡讓」，「親自捧了一個海棠花式雕漆填金雲龍獻壽的小茶盤，裡面放著一個成窯五彩小蓋盅，捧與賈母」，還知道賈母不吃「六安茶」，喜歡「老君眉」和雨水泡茶。

次看她對寶釵、黛玉、寶玉的認同，對劉姥姥體現的潔癖：

（承前）那妙玉便把寶釵黛玉的衣襟一拉，二人隨她出去。寶玉悄悄地隨後跟了來。只見妙玉讓她二人在耳房內，寶釵坐在榻上，黛玉便坐在妙玉的蒲團上。妙玉自向風爐上煽滾了水，另泡了一壺茶。寶玉便輕輕走進來，笑道：「偏你們吃體己茶呢！」二人都笑道：「你又趕了來蹭茶吃！這裡並沒你吃的。」妙玉剛要去取杯，只見<u>道婆收了上面茶盞來，妙玉忙命：「將那成窯的茶杯別收了，擱在外頭去罷。」</u>寶玉會意，知為劉姥姥吃了，她嫌醃臢不要了。

對寶釵、黛玉、寶玉，妙玉表現出一種女兒心性感覺的認同，對來自鄉村的劉姥姥則有些<u>嫌醃臢</u>。可見妙玉非檻外尼姑，是檻內小姐。

再看妙玉的收藏：

（承前）又見妙玉另拿出兩隻杯來，一個旁邊有一耳，杯上鐫著「㼟瓟斝」三個隸字，後有一行小真字，是「晉王愷珍玩」；又有「宋元豐五年四月眉山蘇軾見於秘府」一行小字。妙玉斟了一斝遞與寶釵。那一隻形似缽而小，也有三個垂珠篆字，鐫著「點犀𥁕」。妙玉斟了一𥁕與黛玉，仍將前番自己常日吃茶的那只綠玉斗來斟與寶玉。寶玉笑道：「常言『世法平等』：她兩個就用那樣古玩奇珍，我就是個俗器了？」妙玉道：「這是俗器？不是我說狂話，只怕你家裡未必找的出這麼一個俗器來呢！」寶玉笑道：「俗語說：『隨鄉入鄉』，到了你這裡，自然把這金珠玉寶一概貶為俗器了。」妙玉聽如此說，十分歡喜，遂又尋出一隻九曲十環一百二十節蟠虬整雕竹根的一個大盞出來，……。

妙玉給賈母是「成窯」杯子、給寶釵的是本為蘇軾收藏的晉武帝司馬炎舅父王愷的珍玩「𤧙瓟斝」、給黛玉的是「點犀𥂪」，給寶玉的是「一隻九曲十環一百二十節蟠虯整雕竹根的一個大盞」。這是自顯收藏。

成窯是明成化年間官窯燒制的一種瓷器，以小件和五彩的最為名貴。（明）沈德符《敝帚軒剩語·瓷器》：「本朝窯器，用白地青花，簡裝五色，為今古之冠，如宣窯品最貴。近日又重成窯，出宣窯之上。」妙玉拿出的可是「一個海棠花式雕漆填金『雲龍獻壽』的小茶盤，裡面放一個成窯五彩小蓋鐘。」𤧙瓟斝是晉王愷的珍玩。王愷是晉武帝舅舅，一代巨富。他最著名的事蹟便是與石崇鬥富，但此為蘇軾收藏就增加了價值。點犀𥂪則是犀牛角製作的罕見珍貴的茶器。此可見妙玉並非檻外不知世事的尼姑，完全檻內少見的喜愛收藏珍玩的貴族小姐。

三、「檻內」生情的妙玉

人有七情六欲，任誰不可避免。妙玉對寶玉就是如此，而寶玉深知妙玉之妙。第四十一回飲茶開端，妙玉將自用茶皿綠玉斗給寶玉就暗含唇齒相交意：

> 妙玉執壺，只向海內斟了約有一杯。寶玉細細吃了，果覺輕淳無比，賞讚不絕。妙玉正色道：「你這遭吃茶，是托她兩個的福，獨你來了，我是不能給你吃的。」（此為尼姑色戒，說給黛玉、寶釵聽，然此言更體現她對寶玉非尼姑而女兒春心的感覺。）寶玉笑道：「我深知道，我也不領你的情，只謝她二人便了。」妙玉聽了，方說：「這話明白。」黛玉因問：「這也是舊年的雨水？」妙玉冷笑道：「你這麼個人，竟是大俗人，連水也嘗不出來！這是五年前我在玄墓蟠香寺住著，收的梅花上的雪，統共得

了那一鬼臉青的花甕一甕，總捨不得吃，埋在地下，今年夏天才開了。我只吃過一回，這是第二回了。你怎麼嘗不出來？隔年蠲的雨水，那有這樣清淳？如何吃得！」（她一定深知寶黛，此言有醋意。）寶釵知她天性怪僻，不好多話，亦不好多坐，吃過茶，便約著黛玉走出來。

　　這一段特別體現妙玉對黛玉的排斥，對寶玉的欣賞、接近。飲茶時妙玉「將前番自己常日吃茶的那只綠玉斗來斟與寶玉」，而寶玉依據佛理奉承妙玉「把金珠玉寶視為俗器」，「妙玉聽如此說，便十分歡喜」，「尋出一隻九曲十環一百二十節蟠虯整雕竹根的一個大盞」，重待寶玉。寶玉讚茶美，妙玉正色道：「你這遭吃的茶是托她兩個的福，獨你來了，我是不給你吃的」是假話，不過想掩飾自己對寶玉的異性感覺而已。接著黛玉問茶水「也是舊年的雨水？」，妙玉便「冷笑」，說黛玉「大俗人」一個。黛玉被奚落，她知道是因為寶玉的緣故，她沒反擊，只因她是一個尼姑。尼姑妙玉「欲潔何曾潔，雲空未必空」，身心都在檻內中，而情場老手寶玉知道怎麼奉承有潔癖的妙玉：

　　（緊接前）寶玉和妙玉陪笑說道：「那茶杯雖然醃了，白撂了豈不可惜？依我說，不如就給了那貧婆子罷，她賣了也可以度日。你說使得麼？」（寶玉體貼窮人。）妙玉聽了，想了一想，點頭說道：「這也罷了。幸而那杯子是我沒吃過的；若是我吃過的，我就砸碎了也不能給她。你要給她，我也不管，你只交給她快拿了去罷。」（過潔非佛。《紅樓夢》中多次出現的破爛爛癩頭和尚、骯兮兮跛腳道士就是佛教典範。妙玉人心，非石頭佛心。）寶玉道：「自然如此。你那裡和她說話去？越發連你都醃臢了。只交給我就是了。」（寶玉情場老手，他知道怎麼妙

對過潔的妙玉。）妙玉便命人拿來遞給寶玉。寶玉接了，
又道：「等我們出去了，我叫幾個小么兒來河裡打幾桶水
來洗地如何？」妙玉笑道：「這更好了。只是你囑咐他們，
抬了水，只攔在山門外頭牆根下，別進門來。」（在妙玉
看來檻內俗人，會玷污檻外佛門潔淨地。）寶玉道：「這
是自然的。」（寶玉情場妙手，妙玉更會動心。）

　　有潔癖的人往往講求身心、室內室外的整潔。劉姥姥飲過
的杯子，妙玉要摺了，這可是「成窯」瓷杯。寶玉陪笑勸她給
了劉姥姥，她又說「若是我吃過的，我就砸碎了也不能給她。」
這可是小姐潔癖，而非尼姑「悟淨」的潔癖。但她「將前番自
己常日吃茶的那只綠玉斗來斟與寶玉」，寶玉喝過的杯子，她
也保留下來，很可能會唇舌觸含杯沿，品味寶玉的唇舌肉感。
寶玉知她潔癖，要小廝打水洗地。妙玉又「笑」了。不知寶玉
坐過的地方，她是否也坐著參禪？

　　筆者這麼說不是貶損妙玉，而是貶損佛教。佛教不研究怎
樣滿足人類的欲望，而是要人類消滅欲望，說此為「涅磐」。
照此說來，只有走上死路方可成佛，所以佛教禪師死就叫「涅
磐」。

　　第五十回《蘆雪庵爭聯即景詩　暖香塢雅制春燈謎》側面
刻畫妙玉對寶玉潛藏的愛意，而黛玉和李紈都知道妙玉對寶玉
異樣親密。時值冬季，大觀園降雪，寶玉與女兒們賞雪，爭聯
雪景詩，他不是群芳對手，又落第。李紈評詩，罰寶玉去櫳翠
庵取梅花。「李紈笑道：『也沒有社社擔待你的。又說韻險了，
又整誤了，又不會聯句了，今日罰你。我才看見櫳翠庵的紅梅
有趣，我要折一枝來插瓶。可厭妙玉為人，我不理她。如今罰
你去取一枝來。』」李紈、黛玉均知道妙玉暗地裡喜歡寶玉。
寶玉冒雪而去，李紈命人跟著，「黛玉忙攔住說：『不必了，

有了人反而不得了。』李紈點頭說：『是。』一面命丫鬟將一個美女聳肩瓶拿來，貯了水準備插梅，因又笑道：『回來該詠紅梅了。』」

李紈和黛玉都知道妙玉對寶玉情有獨鐘，有人目睹，反而犯戒不成，寶玉獨去必有紅梅來。果然「一語未了，只見寶玉笑欣欣擎了一枝紅梅進來，眾丫鬟忙已接過，插入瓶內。」因為愛寶玉，黛玉小性，敏感，特別容易吃醋，但她在攏翠庵對妙玉說她是一個「大俗人」的冷笑，卻沒有反擊，這一次反而贊成寶玉去攏翠庵取梅花？只有一個答案：她斷定尼姑妙玉只能一廂情願。寶玉也將妙玉看作檻外人，並未生情。請看他在這一回的詩《訪妙玉乞紅梅》：

> 尋春問臘到蓬萊，不求大士瓶中露，<u>為乞嫦娥檻外梅</u>。
> 入世冷挑紅雪去，離塵香割紫雲來。槎枒誰惜詩肩瘦，
> 衣上猶沾佛院苔。

在寶玉眼中，妙玉就是可憐的冷守月宮的嫦娥。的確如此。

第六十三回《壽怡紅群芳開夜宴　死金丹獨豔理親喪》「檻外人」妙玉再次涉身檻內。寶玉生日，早上起床，看見硯臺底下壓著一張紙，晴雯啟硯拿了出來，遞給寶玉看，是一張粉紅箋紙，上面寫著：「檻外人妙玉恭肅遙叩芳辰。」寶玉看畢，直跳了起來，忙問：「是誰接了來的？也不告訴！」……寶玉忙命：「快拿紙來。」當下拿了紙，研了墨，看她下著「檻外人」三字，自己竟不知回帖上回個什麼字樣才相配，只管提筆出神，半天仍沒主意。因又想：「要問寶釵去，她必又批評怪誕，不如問黛玉去。」想罷，袖了帖兒，徑來尋黛玉，卻遇見邢岫煙。妙玉蟠香寺修煉時，岫煙與她一牆之隔，做了十幾年的鄰居。她倆貧賤之交，妙玉又是岫煙識字師。兩人品評妙玉。

　　岫煙評論妙玉生日賀卡「檻外人恭肅遙叩芳辰」之留名:「僧不僧，俗不俗，女不女，男不男。」此評沒理解妙玉。寶玉以為妙玉「她不在這些人中算，她原是世人意外之人」，是對妙玉「檻外人」的確解。然而:

> 岫煙聽了寶玉這話，且只顧用眼上下細細打量了半日，方笑道:「怪道俗語說的，『聞名不如見面』，又怪不得妙玉竟下這帖子給你，又怪不得上年竟給你那些梅花。既連她這樣，少不得我告訴你原故。」

　　岫煙的眼神動作言語表達她對妙玉生日賀卡的看法:妙玉因寶玉外貌而喜歡寶玉，故而過去有梅花獨贈寶玉，今日有生日賀卡，但這只是妙玉鍾情寶玉的一方面。妙玉鍾情寶玉更在唯獨寶玉能理解妙玉，欣賞妙玉。第四十一回在攏翠庵寶玉跟著寶釵、黛玉，與妙玉飲茶。對話中，他依據佛理奉承妙玉「把金珠玉寶視為俗器」，而「妙玉聽如此說，便十分歡喜，遂又尋出一隻九曲十環一百二十節蟠虯整雕竹根的一個大盞出來」，招待寶玉。告別的時候，「寶玉說『等我們出去了，我叫幾個小么兒來河裡打幾桶水來洗地如何?』妙玉笑道:『這更好了。只是<u>你囑咐他們，抬了水，只擱在山門外頭牆根下，別進門來。</u>』<u>寶玉道:『這是自然的。』</u>」可見在妙玉眼中，寶玉如此知心，且形貌含情動人。此可見第三回《托內兄如海薦西賓　接外孫賈母惜孤女》文中描述第一次出場的寶玉:「面如敷粉，唇若施脂，轉盼多情，語言常笑。天然一段風騷，全在眉梢;平生萬種情思，悉堆眼角。」

　　這生日賀卡，體現妙玉相互矛盾的兩面:她自命檻外人，但檻內美男知她心，故而她「檻外人遙叩芳辰」，但這一祝福，卻讓她置身檻內。面對寶玉，她沒有孤僻、乖異、潔癖，全然

女兒風。

四、「氣質美如蘭，才華馥比仙」，體現女兒身心的妙玉

　　第七十六回《凸碧堂品笛感淒清　凹晶館聯詩悲寂寞》。這一回主要表達林黛玉和史湘雲的詩才，也重在體現妙玉身心皆在「檻內」的女兒情懷。本回開端敘述賈母帶著眾人在凸碧館賞月，賞桂花，聽笛，大家淒涼，散去。黛玉傷感孤苦，流淚，湘雲陪她，兩人到凹晶館聯句吟詩，湘雲一句「寒塘渡鶴影」，黛玉一句「冷月葬花魂」，表達女兒之苦，預示二女子命運。這時候妙玉突然出現，她不再是檻外人、畸人，全然回復女兒身心，不再孤僻、乖異，且心性如水：

> 一語未了，只見欄外山石後轉出一個人來，笑道：「好詩，好詩，果然太悲涼了，不必再往下做。若底下只這樣去，反不顯這兩句了，倒弄的堆砌牽強。」二人不防，倒嚇了一跳。細看時不是別人，卻是妙玉。

　　雪芹翁妙筆，檻外尼姑暗夜顯身，突兀進入檻內，回歸女兒身心。接著妙玉邀黛玉、湘雲來到櫳翠庵，請她倆飲茶。自己取出筆硯紙墨，抄寫她倆方才所吟詩句，繼後收尾：

> 黛玉見她今日十分高興，便笑道：「從來沒見你這樣高興，我也不敢唐突請教。這還可以見教否？若不堪時，便就燒了；若或可改，即請改正改正。」妙玉笑道：「也不敢妄評。只是這才有二十二韻。我意思想著你二位警句已出，再續時，倒恐後力不加。我竟要續貂，又恐有玷。」黛玉從沒見妙玉做過詩，今見她高興如此，忙說：「果然如此，我們雖不好，亦可以帶好了。」妙玉道：「如今收結，到底還歸到<u>本來面目</u>上去。若只管丟了真情真

事，且去搜奇檢怪，一則失了咱們的閨閣面目，二則也與題目無涉了。」（「本來面目」即「閨閣面目」也！「閨閣面目」之「真情真事」即女兒情性也！）林史二人皆道：「極是。」妙玉提筆微吟，一揮而就，遞與她二人道：「休要見笑。依我必須如此，方翻轉過來。雖前頭有悽楚之句，亦無甚礙了。」二人接了看時，只見她續道：

香篆銷金鼎，冰脂膩玉盆。

簫憎嫠婦泣，衾倩侍兒溫。

空帳懸文鳳，閑屏掩彩鴛。

露濃苔更滑，霜重竹難捫。

猶步縈紆沼，還登寂歷原。

石奇神鬼縛，木怪虎狼蹲。

贔屭朝光透，罘罳曉露屯。

振林千樹鳥，啼谷一聲猿。

歧熟焉忘徑？泉知不問源。

鐘鳴櫳翠寺，雞唱稻香村。

有興悲何極？無愁意豈煩？

芳情只自遣，雅趣向誰言！

徹旦休雲倦，烹茶更細論。

後書「右中秋夜大觀園即景聯句三十五韻」。

黛玉湘雲二人稱讚不已，說：「可見咱們天天是捨近求遠。現有這樣詩人在此，卻天天去紙上談兵。」妙玉笑道：「明日再潤色。此時已天明了，到底也歇息歇息才是。」林史二人聽說，便起身告辭，帶領了丫鬟出來。妙玉送至門外，看她們去遠方掩門進來，不在話下。

在此，妙玉言談、行為、詩語，完全恢復女兒身心，沒有孤僻、乖異。如她所言「還歸到本來面目」，講求「真情真事」，

即回歸「閨閣面目」，說女兒情事。「嫠婦」即寡婦，這首詩借
寡婦孤獨，表達尼姑之苦：尼姑就是寡婦，春情寂寞難耐。這
回目「凸碧堂品笛感淒清　凹晶館聯詩悲寂寞」所言「淒清、
寂寞」盡在尼姑妙玉詩中，今譯如下：

> 昔日情書火鎖金鼎，水冷香脂膩玉盆。洞簫淒涼尼姑泣，
> 衾被寒，只得喚小尼暖身。帳幔空空，繡懸鳳凰相依；
> 屏風孤立，畫有鴛鴦相偎。夢幻出空門，冷露濃，苔蘚
> 滑，崖路難行；霜霧重重，竹冷，手冷難捫。躊躇疑懼
> 步入曲池彎沼，再回身登上寂寥山頂。石壁峭神鬼相爭，
> 樹林幽虎狼隱身。石龜透曙光一絲，籬笆粘晨露三九；
> 千鳥鳴晨響林木；老猿聲喚蕩幽谷。回家吧，我怎能忘
> 回家的路徑；飲泉吧，我知道，自家泉水清清。櫳翠寺
> 晨鐘叮咚，稻香村雞鳴聲聲。尼姑夢醒，詩興來，為何
> 悲無盡？自言無愁，為何煩心頓生？尼姑芳情啊，惟有
> 自我排遣啊！尼姑雅趣呀，自問又向誰言？天亮了，別
> 說疲倦，烹茶吧，我仁女子細細談論，談談心，論論情。

此詩借寡婦，寫盡孤廟尼姑淒清，寂寞。妙玉為何進京？
此前已述第六十三回岫煙說「聞得她因不合時宜，權勢不容，
竟投到這裡來」，即判詞所言妙玉「太高人愈妒，過潔世同嫌」。
人世髒爛，她自命檻外人，待人孤僻，乖異，有潔癖。第四十
一回賈寶玉進櫳翠庵挑動她女兒春心，這一回冷月聞笛，史湘
雲和黛玉吟詩悲寂寞，使妙得玉「還歸到本來面目」，情不自禁
自敘「真情真事」，回歸「閨閣面目」。真可謂：

> 人世骯髒一糞坑，避身鐵檻，真欲求一身清純。敲鈸念
> 佛，忍檻內淒清，忽聽得檻外笛聲縹緲，又風飄雅女詩
> 聲隱隱。探首檻外，情不能禁，驀然想起：我妙玉呀，

依然女兒身，女兒心。笛聲感淒清，吟詩悲寂寞，歎難遇佳人，情難如願，終身伴古佛青燈？

五、尼姑與女兒衝突：因寶玉而精神分裂的妙玉

十八歲的妙玉有雙重身份，色戒的尼姑與青春女兒，一旦生情，必定衝突。第八十七回寶玉來到蓼風軒，巧逢惜春與妙玉下圍棋：

> 寶玉說著，一面與妙玉施禮，一面又笑問：「妙公輕易不出禪關，今日何緣下凡一走？」妙玉聽了，忽然把臉一紅，也不答言，低了頭自看那棋。寶玉自覺造次，連忙賠笑道：「倒是出家人比不得我們在家的俗人，頭一件心是靜的。靜則靈，靈則慧。」寶玉尚未說完，只見妙玉微微地把眼一抬，看了寶玉一眼，那臉上的顏色漸漸地紅暈起來。

春心頓生，違犯佛教色戒，妙玉「不好意思」，回到攏翠庵，「跏趺坐下，斷除妄想，趨向真如」，一心念佛，克制自己。夜間房上貓兒叫春，又想起寶玉，「一陣心跳耳熱」，「神不守舍」，「禪床便晃動起來」，沉入幻想：許多公子王孫要娶她，媒婆拉扯她，強盜劫持她，「只得哭喊求救」，醒過來。看病的大夫說「走火入魔」。幾天以後，還有些恍惚。

第八十八回妙玉再度精神分裂。水月庵小沙彌、小道士睡覺沒吹燈，妙玉自己起來吹燈，「回到炕上，只見兩個人，一男一女，坐在炕上。她趕著問是誰，那裡把一根繩子往她脖子上一套，她便叫起人來。眾人聽見，點上燈火一齊趕來，已經躺在地下，滿口吐白沫子，幸虧救醒了。」

妙玉夢幻中的一男一女就是寶玉和她妙玉，但作為尼姑此

幻想犯佛教、禮教大忌，故而佛教、禮教的繩索將她勒暈。

六、身在檻內的妙玉結局：被強賊劫持

佛教以世間萬色為空，說教佛徒置身無色檻外，然而只要人活著，身心皆在檻內。賈府被抄檢敗之後的第一一一回妙玉帶一個道婆到惜春那暖香塢飲茶對弈。到四更，準備五更打坐的妙玉正準備回庵，猛聽得一片賊上房的呼喊聲，她從窗戶眼看到賊就在惜春院內。這些賊「現在院內偷看惜春房內，兼有個絕色女尼，便頓起淫心，又欺上屋俱是女人，不足畏懼，正要踹進門去，因聽外面有人進來追趕，所以賊眾上房。」幸虧甄府來的包勇，打死一賊何三，趕走眾賊。

第一一二回，即第二天眾賊聽說何三被打死，已經報了案，將要封關搜查，逃亡之前劫持妙玉。當晚三更夜靜，他們來到攏翠庵，燒悶香使妙玉「手足麻木」，被賊「輕薄了一會子」，便拖起背起來搭軟梯，爬上牆，跳出去，「將妙玉放倒在車上」，與眾賊會面，繼而出城「各自分頭奔南海而去」。文中說「不知妙玉被劫或是甘受侮辱，還是不屈而死，不知下落，也難妄擬」。但以妙玉倔傲孤潔個性說，她一定會投崖或投海而死，惜春也這樣想「她素來孤潔得很，豈肯惜命？！」第一一八回邢夫人哥哥邢大舅、王熙鳳哥哥王仁、趙姨娘兒子賈環與賈府賴尚榮的兒子、林之孝個兒子聚會喝酒，說新聞，說賈雨村貪婪被審。賴尚榮兒子也說自己哥哥貪污「手也長」。最後一個新聞就是被強賊劫殺的妙玉：

> 眾人問：「裡頭還聽見什麼新聞？」兩人道：「別的事沒有，只聽見海疆的賊寇拿住了好些，也解到法司衙門裡審問。還審出好些賊寇，也有藏在城裡的，打聽消息，抽空兒就劫掠人家。如今知道朝裡那些老爺們都是能文

能武，出力報效，所到之處早就消滅了。」眾人道：「你
聽見有城裡的，不知審出咱們家失了盜一案來沒有？」
兩人道：「倒沒聽見。恍惚有人說是有個內地的人，城裡
犯了事，搶了一個女人下海去了。那女人不從，被這賊
寇殺了。那賊寇正要跳出關去，被官兵拿住了，就在拿
獲的地方正了法了。」眾人道：「咱們攏翠庵的什麼妙玉
不是叫人搶去，不要就是她吧？賈環道：「必是她。」

　　被殺的就是妙玉。人間均污泥，賈環自己就是一塊污泥，
只因妙玉見了寶玉「眉開眼笑」，因她「從來不拿正眼瞧我一
瞧」，說「真要是她，我才趁願呢！」這應了第五回關於妙玉命
運的畫圖和判詞：

　　一塊美玉，落在泥垢之中。其斷語云：
　　欲潔何曾潔，雲空未必空。
　　可憐金玉質，終陷淖泥中。

　　可憐，因潔淨而被人世污濁所不容，入空門，到檻外，但
身心皆在檻內，最後被檻內強賊玷污，殺害。可歎！雪芹先生
設計尼姑妙玉，意在警戒世人：沒有檻外，只有檻內，不可避
世，要想清潔，得在檻內清掃污垢。惜春「勘破三春景不長，
可憐公門候戶女，獨守青燈古佛旁」，但能身心為泥佛嗎？寶玉
因「終不忘世外仙姝寂寞林」而出家，但在佛廟裡，能找到你
的黛玉妹妹嗎？

第十一節　李紈：夫權的悲劇寡婦

　　通觀《紅樓夢》，雪芹翁刻意設計寡婦李紈，主旨在表達封
建社會被夫權禁錮的寡婦悲劇。封建社會貴族男子三妻四妾，

青樓風流，而妻子卻完全沒有自己，必須三從：在家從父，出嫁從夫，夫死從子。李紈出場在第四回。當時新來不久的黛玉與姐妹們來到寡嫂李紈處。文中有李紈身世簡歷，她是父親按照禮教、夫權的要求教育的女子：

> 原來這李氏即賈珠之妻。珠雖夭亡，倖存一子，取名賈蘭，今方五歲，已入學攻書。這李氏亦系金陵名宦之女，父名李守中，曾為國子監祭酒，族中男女無有不誦詩讀書者。至李守中繼承以來，便說「女子無才便有德」，故生了李氏時，便不十分令其讀書，只不過將些《女四書》（即東漢班昭著《女誡》、唐女學士宋若莘撰著《女論語》、明儒士王相之母劉訓所作《女範捷錄》、明成祖許皇后編著《內訓》。以男尊女卑為禮，女子柔順為德，以女子守身為貞烈　），《列女傳》（西漢劉向編撰，隨收錄通才卓識、奇節異行女子，但主講女子節烈孝義），《賢媛集》（不見史載，應講女子賢德。）等三四種書，使她認得幾個字，記得前朝這幾個賢女便罷了，卻只以紡績井臼（即女子紡織、廚房事務）為要，因取名為李紈（取薄綢細緻潔白意），字宮裁（即女子房中剪裁。）因此這李紈雖青春喪偶，居家處膏粱錦繡之中，竟如槁木死灰一般，一概無見無聞，唯知侍親養子，外則陪侍小姑等針黹誦讀而已。

　　李紈就是封建社會禮教、族權、夫權教化的結果。然而，通觀《紅樓夢》，李紈有封建夫權規則中寡婦悲劇的一面，同時又有理解人，幫助解脫人的善心善意的可貴的一面。

一、李紈：封建夫權寡婦悲劇

封建社會夫權規定，男子可以三妻四妾，青樓風流，女子只能「從一而終」，「嫁雞隨雞，嫁狗隨狗。」李紈是一個封建社會寡婦的典型，其命運悲劇預示後來也守寡的史湘雲、薛寶釵，故而她特別具有典型性。《紅樓夢》第五回賈寶玉夢遊之太虛幻境有預示她悲劇的畫和詩：

> 後面又畫著一盆茂蘭，旁有一位鳳冠霞帔的美人。也有判云：
> 桃李春風結子完，到頭誰似一盆蘭。
> 如冰水好空相妒，枉與他人作笑談。

「桃李」一句借「桃李」說李紈早寡。「桃李」藏「李」，「紈」即「完」。她生下賈蘭不久，丈夫賈珠就死了，一如春風桃李，花開果生，但轉眼完。「到頭誰似一盆蘭」說寶玉出家，其餘賈府子孫均不如「賈蘭」。

「如冰水好空相妒，枉與他人作笑談。」直言李紈死守封建節操，品行如冰水，但是不值得羨慕，只是人們飯後茶餘的笑料。當然這是李紈因封建夫權禮法，迫不得已的選擇。

第十二曲〈晚韶華〉評品李紈：

> 鏡裡恩情，更那堪夢裡功名！那美韶華去之何迅！再休提繡帳鴛衾。只這帶珠冠，披鳳襖，也抵不了無常性命。雖說是，人生莫受老來貧，也須要陰騭積兒孫。氣昂昂頭戴簪纓；光燦燦胸懸金印；威赫赫爵祿高登，威赫赫爵祿高登；昏慘慘黃泉路近。問古來將相可還存？也只是虛名兒與後人欽敬。

此曲直言李紈為丈夫賈珠守寡，一心侍親養子科舉成官，

不過「鏡裡恩情，夢裡功名」。李紈空臥「繡帳鴛衾」，守得賈環科舉成官，但無常駕到，雖然「氣昂昂頭戴簪纓；光燦燦胸懸金印；威赫赫爵祿高登」，但「昏慘慘黃泉路近」，留得虛名後人稱羨，然自身空漠，全無意義。

二、李紈：心有暗波的寡婦

賈璉的心腹小廝賈府著名評論家興兒評價賈府諸位小姐、太太，所言多絕妙之處，但獨獨評李紈不準確，他說「我們家這位寡婦奶奶，第一個善德的人。不管事的，只教姑娘們看書寫字，針線道理，這是她的事。」此論表皮，縱觀李紈一生，她立志守寡侍親養子，但心有寡中孤苦；似乎自身槁木死灰，但心中暗有心潮湧動。

（一）禁守身心的李紈

性為人之本能，要壓抑它，表現有多重。心有所欲，方有所抑；壓抑處正是欲望湧動處。第二十三回省親回宮的元春派一太監下諭，命寶釵等姑娘進大觀園居住，寶玉進園讀書。李紈選中「稻香村」，書中第十七回描繪道：

> 倏爾青山斜阻。轉過山懷中，隱隱露出一帶黃泥築就矮牆，牆頭皆用稻莖掩護。有幾百株杏花，如噴火蒸霞一般。裡面數楹茅屋。外面卻是桑、榆、槿、柘，各色樹稚新條，隨其曲折，編就兩溜青籬。籬外山坡之下，有一土井，旁有桔槔轆轤戶之屬。下面分畦列畝，佳蔬菜花，漫然無際。

此景鄉僻村囲，禁守身心，符合李紈克制情欲，守心守寡的心理，一如她在第六十三回《壽怡紅群芳開夜宴》抽的梅花籤上一句詩「竹籬茅舍自甘心」。此句出自（宋）王琪《梅》一

詩：「不受塵埃半點侵，竹籬茅舍自甘心。」但心有所欲，方有所抑；說「甘心」，實則「不甘心」。第三十九回李紈直接體現她內心的孤苦和嫉妒。寶釵為史湘雲買螃蟹、酒菜，籌辦詩社，席間李紈言談甚歡，議論鳳姐「心腹通房大丫頭」平兒、賈母的貼心丫頭鴛鴦、寶玉的丫頭襲人等，她言及自身：

> 平兒笑道：「先時陪了四個丫頭，死的死，去的去，只剩下我一個孤鬼了。」李紈道：「你倒是有造化的。鳳丫頭也是有造化的。想當初你珠大爺在日，何曾也沒兩個人。你們看我還是那容不下人的？天天只見她兩個不自在。所以你珠大爺一沒了，趁年輕我都打發了。若有一個守得住，我倒有個膀臂。」說著滴下淚來。眾人都道：「又何必傷心，不如散了倒好。」說著便都洗了手，大家約往賈母王夫人處問安。

說「何必傷心」者，有後來也做寡婦的寶釵、湘雲。做了寡婦她們當知寡婦身心煎熬的孤苦。兩個小妾「天天不自在」，她李紈能體會，打發出門另嫁，但作為榮國府長孫的大奶奶，她自己卻只能守寡終生。青春空床，半夜醒來，睜眼至窗明幾亮，一天又一天，一年又一年，她怎不傷感落淚？

（二）詩詞中的情欲與夫權理性衝突。

第三十七回《秋爽齋偶結海棠社　蘅蕪苑夜擬菊花題》探春倡議舉辦詩社，本是李紈的主意，她還自薦掌壇，做主持人。李紈詩才詩情非常一般，更非香菱這樣的詩魔，她倡議詩社不過借此姐妹聚會，擺脫孤苦煩勞。她自名詩名「稻香老農」，而且詩社就在稻香村。繼而賦詩後，她評寶、黛、釵、探春四人的《詠白海棠》詩，以寶釵「含蓄渾厚」風韻為第一，而以黛玉「風流別致」為第二，體現她認同寶釵「珍重芳姿晝掩門」

的人格個性。

第五十回李紈的表現也是自守寡婦道，但體貼有情人。自守寡婦不得已，而心中有情為真。即景詠雪，鳳姐起首一句「一夜北風緊」，李紈自己聯道：「開門雪尚飄。入泥憐潔白」，香菱道：「匝地惜瓊瑤。有意榮枯草，……（其後是探春、岫煙等的聯句）」雪芹翁借此聯句詩，刻意寫照李紈與香菱心理，一箭雙雕。

對李紈而言，此詩說寡婦在情欲與夫權中的衝突：「一夜北風緊」，醒來「開門雪尚飄」說的就是封建男權社會寡婦的苦。但如果情欲失拘，又有悖女子從一而終的清德，故而有「入泥憐潔白，匝地惜瓊瑤」的感歎。她只得做族權、夫權規定的寡婦，絕不敢妄想偷情「入泥，匝地」。

對香菱而言，此詩說自己身心被玷污感：「一夜北風緊」，「開門雪尚飄」 就是香菱五歲被拐子抱走，十二三歲被拐子販賣，色鬼薛蟠打死第一個買主馮淵，強搶小英蓮進入蟠口，以至於今的感受。「入泥憐潔白，匝地惜瓊瑤」說的就是身心被玷污的感覺。

當然體現李紈這年輕寡婦心有暗潮的的情節詩詞不多。可見對李紈而言，在青春寡婦的情欲與夫權寡婦理性衝突中，情欲敗於理性。

三、心中自有一桿秤的李紈

薛寶釵是一個地地道道身心皆冷的冷美人。與冷美人不同，李紈身寡心不冷，這特別體現在她為平兒鳴冤，相伴黛玉臨終，為鳳姐鳴不平。

（一）為平兒鳴不平

第四十四回王熙鳳生日宴會。賈璉趁空與鮑二的老婆偷

情，平兒夾身三人漩渦之中，兩口兒不能對打，打平兒出氣。李紈不平，當時顧及賈母，沒有發作。第四十五回李紈等眾姊妹邀請鳳姐做詩社的社監。王熙鳳深知邀請她這沒有詩心詩情的三角眼擔任社監的目的是為了錢，她笑著細細算了李紈的收入，意思在說李紈吝嗇。李紈回應卻把鳳姐咒罵一通，為平兒鳴不平。一則自問有愧，二則李紈身份為大奶奶，王熙鳳也就服軟，出錢兼任詩社社監。請看李紈由此及彼，帶笑的罵：

> 李紈笑道：「你們聽聽，我說了一句，她就瘋了，說了兩車的無賴泥腿市俗專會打細算盤分斤撥兩的話出來。這東西虧她托生在詩書大宦名門之家做小姐，出了嫁又是這樣，她還是這麼著；若是生在貧寒小戶人家，作個小子，還不知怎麼下作貧嘴惡舌的呢！天下人都被你算計了去！昨兒還打平兒呢，虧你伸的出手來！那黃湯難道灌著了狗肚子裡去了？氣得我只要給平兒打報不平兒。忖度了半日，好容易『狗長尾巴尖兒』的好日子，又怕老太太心裡不受用，因此沒來，究竟氣還未平。你今兒又招我來了。給平兒拾鞋也不要，你們兩個只該換一個過兒才是。」說得眾人都笑了。鳳姐兒忙笑道：「竟不是為詩為畫來找我，這臉子竟是為平兒來報仇的。竟不承望平兒有你這一位仗腰子的人。早知道，便有鬼拉著我的手打她，我也不打了。平姑娘，過來！我當著大奶奶姑娘們替你賠個不是，擔待我酒後無德罷。」說著，眾人又都笑起來了。李紈笑問平兒道：「如何？我說必定要給你爭爭氣才罷。」平兒笑道：「雖如此，奶奶們取笑，我禁不起。」李紈道：「什麼什麼禁得起禁不起，有我呢。快拿了鑰匙叫你主子開了樓房找東西去。」

　　這可是李紈唯一一次仗著大奶奶身份指責人的，雖然笑著，但句句為真，足使王熙鳳警醒。

　　（二）送黛玉歸花塚

　　第九十七回《林黛玉焚稿斷癡情　薛寶釵出閨成大禮》第九十六回黛玉從傻大姐口中得知賈母、王夫人、薛姨媽瞞著她與寶玉，定下金玉良緣，焚詩稿，情絕將死。黛玉與寶玉的私情賈府人人皆知，因悖逆男女色戒禮教規則，故而（第九十七回）「賈府中上下人等都不過來，連一個問的人都沒有，睜開眼，只有紫鵑一人。」於是她焚詩稿，絕意離開這無情人間。黛玉病危，紫鵑打發一個丫頭請李紈：

> 李紈正在那裡給賈蘭改詩，冒冒失失地見一個丫頭進來回說：「大奶奶！只怕林姑娘不好了！那裡都哭呢。」李紈聽了，嚇了一大跳，也不及問了，連忙站起身來便走，素雲碧月跟著。一頭走著，一頭落淚，想著：「姐妹在一處一場，更兼她那容貌才情，真是寡二少雙，惟有青女素娥可以彷彿一二。竟這樣小小的年紀，就作了北邙鄉女。偏偏鳳姐想出一條偷梁換柱之計，自己也不好過瀟湘館來，竟未能少盡姊妹之情，真真可憐可歎！」

　　李紈迫於禮教壓力，「自己也不好過瀟湘館來」，但心中並不認同族權獨裁兒女婚嫁。這以後就是李紈一邊哭著，守護黛玉，為可憐的黛玉送終。黛玉臨終時，探春突破禮教以色為恥的封鎖，也來瀟湘館，哭著送黛玉香魂返故鄉：

> 紫鵑見了，忙悄悄的說道：「三姑娘，瞧瞧林姑娘罷。」說著，淚如雨下。探春過來，摸了摸黛玉的手，已經涼了，連目光也都散了。探春紫鵑正哭著叫人端水來給黛玉擦洗，李紈趕忙進來了。三個人才見了，不及說話。

剛擦著，猛聽黛玉直聲叫道：「寶玉！寶玉！你好——」
說到「好」字，便渾身冷汗，不作聲了。紫鵑等急忙扶
住，那汗愈出，身子便漸漸的冷了。探春李紈叫人亂著
攏頭穿衣，只見黛玉兩眼一翻，嗚呼！香魂一縷隨風散，
愁緒三更入夢遙！當時黛玉氣絕，正是寶玉娶寶釵的這
個時辰。紫鵑等都大哭起來。李紈探春想她素日的可疼，
今日更加可憐，便也傷心痛哭。因瀟湘館離新房子甚遠，
所以那邊並沒聽見。一時，大家痛哭了一陣，只聽得遠
遠一陣音樂之聲，側耳一聽，卻又沒有了。探春李紈走
出院外再聽時，惟有竹梢風動，月影移牆，好不淒涼冷
淡。

李紈、探春都是有理性思考，且重情，有肝膽的女人。

（三）為鳳姐抱不平

鳳姐「丹鳳三角眼，柳葉吊梢眉」，善惡參半，陷入夫權、
族權，許多時候也迫不得已，但學界、讀者、《紅樓夢》中人對
鳳姐都贊少貶多。她對想勾引她的賈瑞報復過度，但首罪在賈
瑞自己；對賈璉私娶的尤二姐也過分，但首罪在賈璉，尤二姐
自身水性也是首因。賈府被抄檢，發現鳳姐兒私用賈府的金銀
放高利貸，更引得人人怨恨鳳姐。第一一○回賈母壽終，鳳姐
出面帶病主持喪事，但邢夫人不給錢，「巧媳婦難為無米之炊」，
啥事都得鳳姐親為，啥錯都怪怨鳳姐。除了平兒，唯一理解鳳
姐的就是李紈，而且此番言談兼及理解鴛鴦心中苦，可以說賈
府老爺太太小姐們，惟有李紈心知鴛鴦非為賈母殉葬而自殺，
而是懼怕賈母死後賈赦報復而自殺：

> 獨有李紈瞧出鳳姐的苦處，卻不敢替她說話，只自歎道：
> 「俗話說的，『牡丹雖好，全仗綠葉扶持』，太太們不虧

了鳳丫頭，那些人還幫著嗎？若是三姑娘在家還好，如今只有他幾個自己的人瞎張羅，背前面後地也抱怨，說是一個錢摸不著，臉面也不能剩一點兒。老爺是一味的盡孝，庶務上頭不大明白。這樣的一件大事，不撒散幾個錢就辦得開了嗎？可憐鳳丫頭鬧了幾年，不想在老太太的事上只怕保不住臉了。」於是抽空兒叫了她的人來，吩咐道：「你們別看著人家的樣兒，也糟蹋起璉二奶奶來。別打量什麼穿孝守靈就算了大事了，不過混過幾天就是了。看見那些人張羅不開，就插個手兒，也未為不可。這也是公事，大家都該出力的。」那些素服李紈的人都答應著說：「大奶奶說的很是，我們也不敢那麼著。只聽見鴛鴦姐姐們的口話兒，好像怪璉二奶奶的似的。」李紈道：「就是鴛鴦，我也告訴過她。我說璉二奶奶並不是在老太太的事上不用心，只是銀子錢都不在她手裡，叫她巧媳婦還作得上沒米的粥來嗎？如今鴛鴦也知道了，所以也不怪她了。只是鴛鴦的樣子竟是不像從前了，這也奇怪。那時候有老太太疼她，倒沒有作過什麼威福；如今老太太死了，沒有了仗腰子的了，我看她倒有些氣質不大好了。我先前替她愁，這會子幸喜大老爺不在家，才躲過去了；不然，她有什麼法兒？」

李紈能觀察人，理解人。寶釵、襲人、平兒也如此，但寶釵目的在借東風成就金玉良緣，撕裂寶黛木石前盟，襲人為了攀附姨太太寶座，平兒周旋於各種矛盾衝突之間。李紈理解人目的在脫人之困，出自善心，且見人之未見。此為李紈最為可貴處。賈蘭有李紈這母親，是他的福氣。但作為寡婦，在封建禮教父權禁錮下，她獨伴孤燈幾十年，兒子成人，她命消黃泉。

四、李紈的悲劇意義

　　總之，曹翁設計李紈，意在表達封建社會夫權製造的寡婦悲劇。李紈少才，因禮教規定「女兒無才便是德」。她「在家從父，出嫁從夫，夫死從子」，完全沒有自我，是男人的奴，是封建社會讚賞的妻子典範，但對她自我生命而言，沒有任何意義。一如第五回太虛幻境命運判詞對她的的評述：

　　「桃李春風結子完，到頭誰似一盆蘭」——此為李紈一身唯一的意義：與丈夫桃李春風一番，結果有一個兒子賈蘭，還中了舉。

　　「如冰水好空相妒，枉與他人作笑談」——即李紈自己身心皆冰度過此身此生，讓人可憐，可嘆，可笑，也自悲，自憐，自嘆，自哭。她的命運，也預示寶釵、湘雲守寡的未來。

第二章　在族權、夫權、主子權挾制下變異、變態、鑽營、掙扎的女兒們的悲劇命運

在專制權力下，沒有儒家君子仁德心性、道家自然自由平等心性，或不能堅守者，在生存本能驅動下，大多變形，變異，但境遇不同、個人身份不同、人格個性不同，結局也不同。這樣的人在《紅樓夢》中主要有王熙鳳、平兒、秦可卿、趙姨娘、尤二姐。

第一節　王熙鳳：在族權中鑽營，在夫權中掙扎，變形變態

王熙鳳是第四回「護官符」說的「東海缺少白玉床，龍王請來金陵王」的王家小姐。「這四家皆聯絡有親，一損俱損，一榮俱榮」。王熙鳳嫁給榮國府賈赦的兒子賈璉為妻，她的姑母是

賈政的妻子，即寶玉之母王夫人。《紅樓夢》第五回太虛幻境有關於王熙鳳命運的圖畫和判詞：

> 後面一片冰山，上面一隻雌鳳。其判云：
> 凡鳥偏從末世來，都知愛慕此生才。
> 一從二令三人木，哭向金陵事更哀。

此判詞說王熙鳳命不好。「凡鳥」，就是「鳳」。她秉性聰明，口齒伶俐，精明幹練，賈府無人可比。判詞前所畫一隻雌鳳立於冰山，象徵有「才」的王熙鳳掌榮府管家大權的時候，已是這個家族冰山融化面臨崩潰時期，即她這鳳「偏從末世來」。

太虛幻境十二支曲有關於王熙鳳命運的〈聰明累〉：

> 機關算盡太聰明，反誤了卿卿性命。生前心亦碎，死後性空靈。家富人寧，終有家亡人散各奔騰。枉費了意懸懸半世心，好一似蕩悠悠三更夢，急喇喇似大廈傾，昏慘慘似燈將盡。呀！一場歡喜忽悲辛，歎人世終難定。

此曲說她為聰明所累，實則不夠聰明：機關算盡，鑽營權錢，殫精竭慮而死。王熙鳳是《紅樓夢》中最複雜的人物之一，其行為主要驅動力就是意欲獲得權力，謀取金錢。她的悲劇主要有兩方面：

其一、從其行為分析，在封建族權統治的賈府，為謀取權錢，她在族權中鑽營，掙紮，殫精竭慮，心力交瘁，可悲！在淫棍丈夫賈璉夫權的壓迫下，她為維護妻權，掙扎，變態，殫心竭慮，心力交瘁，可憐！在賈府，操控賈府運轉，平衡各種關係，她也得殫精竭慮，心力交瘁，可歎！此三者是她悲劇的主因。其結局是「機關算盡太聰明，反誤了卿卿性命」，一切都沒有意義。沒有任何意義的人生就是王熙鳳的悲劇。

其二、從其人格個性分析，王熙鳳上述行為以「丹鳳三角眼」個性特徵出現，造成「柳葉吊梢眉」的結局。雪芹先生兩處概述了鳳姐的個性。第六十五回賈璉的心腹小廝賈府著名評論家興兒在第六十五回對尤二姐評價鳳姐個性：「嘴甜心毒，兩面三刀；上頭一臉笑，腳下使絆子，明是一盆火，暗是一把刀；都占全了。」此只是王熙鳳在險惡處境中人格個性反應的一方面。第三回王熙鳳第一次出場，雪芹先生給她描畫一副麻衣神相，概述最好：

> 一雙丹鳳三角眼，兩彎柳葉吊梢眉，身量苗條，體格風騷，粉面含春威不露，丹唇未啟笑先聞。

「丹鳳三角眼」。麻衣神相「丹鳳眼」主「聰明超越」，判詞說：「鳳眼波長貴自成，影光秀氣又神清。聰明智慧功名遂，拔萃超群慶承英」。麻衣神相「三角眼」即蛇眼。蛇眼狠毒，主「無倫悖義」，判詞說：「堪歎人心毒似蛇，睛紅圓露帶紅紗。大奸大詐如狼虎，此眼之人打大爺」。王熙鳳是「丹鳳三角眼」的組合：聰明超越如鳳凰又陰狠歹毒如毒蛇。

「柳葉吊梢眉」。麻衣神相「柳葉眉」主發達，判詞說：「眉粗帶濁濁中清，友交忠信貴人親。骨肉情疏生子遲，定須發達顯揚名。」「吊梢眉」，通行《麻衣神相》大多判為狡點相，但民間相術多以眉梢下吊主短命。王熙鳳是「柳葉吊梢眉」的組合：狡點發達，但骨肉情疏又短命。

通觀《紅樓夢》，王熙鳳「丹鳳」般聰明超越，賈府第一；為了金錢、權利和自我尊嚴，她又是毒蛇「三角眼」，賈府第一。丹鳳三角眼的王熙鳳，在族權中鑽營，掙紮，殫精竭慮，在夫權中掙扎，變形變態，殫精竭慮，時而丹鳳，時而毒蛇，最終落得「柳葉吊梢眉（發達，但骨肉情疏又短命）」的結局。

一、丹鳳眼為陽，三角眼為陰組合的王熙鳳：可佩、可惡又可悲

（一）「丹鳳眼」協理寧國府；毒蛇「三角眼」弄權鐵檻寺

「協理寧國府」，王熙鳳是「丹鳳」。第十三回秦可卿被公公賈珍爬灰，抑鬱成病，最後上吊。賈珍哭著向王夫人央求要鳳姐料理喪事。王夫人「怕她料理不清，惹人恥笑」，「好賣弄才幹」的王熙鳳答應下來，她有丹鳳般聰明超越的才幹：

> 一時女眷散後，王夫人因問鳳姐：「你今兒怎麼樣？」鳳姐兒道：「太太只管請回去，我須得先理出一個頭緒來，才回去得呢。」王夫人聽說，便先同邢夫人等回去，不在話下。
>
> 這裡鳳姐兒來至三間一所抱廈內坐了，因想：頭一件是人口混雜，遺失東西；第二件，事無專執，臨期推委；第三件，需用過費，濫支冒領；第四件，任無大小，苦樂不均；第五件，家人豪縱，有臉者不服鈐束，無臉者不能上進。此五件實是寧國府中風俗，……

瞧瞧，王熙鳳僅從喪事勘察寧府弊病多多，並總結一二三四五等等，一如一朝廷幹員測查一州郡，眼明似夜空貓頭鷹，聰明超越如丹鳳。然後她以事分人，專事專人，各有總領；按數分發各種物品，交發登記，「十分清楚」。此下一段生動體現鳳姐日理萬機，殺伐決斷，獎懲分明，正誤立判：

> 按名查點，各項人數都已到齊，只有迎送親客上的一人未到。即命傳到，那人已張惶愧懼。鳳姐冷笑道：「我說是誰誤了，原來是你！你原比他們有體面，所以才不聽我的話。」那人道：「小的天天都來得早，只有今兒，醒

了覺得早些，因又睡迷了，來遲了一步，求奶奶饒過這次。」正說著，只見榮國府中的王興媳婦來了，在前探頭。

鳳姐且不發放這人，卻先問：「王興媳婦作什麼？」（事有緩急。）王興媳婦巴不得先問她完了事，連忙進去說：「領牌取線，打車轎網絡。」說著，將個帖兒遞上去。鳳姐命彩明念道：「大轎兩頂，小轎四頂，車四輛，共用大小絡子若干根，用珠兒線若干斤。」鳳姐聽了，數目相合，便命彩明登記，取榮國府對牌擲下。王興家的去了。（車轎一事，她一聽就知數目相合。）

鳳姐方欲說話時，見榮國府的四個執事人進來，都是要支取東西領牌來的。鳳姐命彩明要了帖念過，聽了一共四件，指兩件說道：「這兩件開銷錯了，再算清了來取。」說著擲下帖子來。那二人掃興而去。（四件東西，知道兩件開銷錯誤。）

鳳姐因見張材家的在旁，因問：「你有什麼事？」張材家的忙取帖兒回說：「就是方才車轎圍作成，領取裁縫工銀若干兩。」鳳姐聽了，便收了帖子，命彩明登記。待王興家的交過牌，得了買辦的回押相符，然後方與張材家的去領。一面又命念那一個，是為寶玉外書房完竣，支買紙料糊裱。鳳姐聽了，即命收帖兒登記，待張材家的繳清，又發與這人去了。（買辦與做工相互印證。）

鳳姐便說道：「明兒他也睡迷了，後兒我也睡迷了，將來都沒了人了。本來要饒你，只是我頭一次寬了，下次人就難管，不如現開發的好。」登時放下臉來，喝命：「帶出去，打二十板子！」一面又擲下寧國府對牌：「出去說與來升，革他一月銀米！」（真是丹鳳眼，殺伐果斷方能

成大事。）眾人聽說，又見鳳姐眉立，知是惱了，不敢急慢，拖人的出去拖人，執牌傳諭的忙去傳諭。那人身不由己，已拖出去挨了二十大板，還要進來叩謝。鳳姐道：「明日再有誤的，打四十，後日的六十，有要挨打的，只管誤！」說著，吩咐：「散了罷。」窗外眾人聽說，方各自執事去了。彼時寧府榮府兩處執事領牌交牌的，人來人往不絕，鳳姐又一一開發了。<u>那抱愧被打之人含羞去了，這才知道鳳姐利害。眾人不敢偷閒，自此兢兢業業，執事保全</u>。（無丹鳳，無此好結局。）

哭喪秦可卿，王熙鳳是多情丹鳳。五七正五日，佛僧為秦可卿做道場，王熙鳳到寧國府哭喪：

鳳姐下了車，一手扶著豐兒，兩個媳婦執著手把燈罩，簇擁著鳳姐進來。寧府諸媳婦迎來請安接待。鳳姐緩緩走入會芳園中登仙閣靈前，一見了棺材，那眼淚恰似斷線之珠，滾將下來。院中許多小廝垂手伺候燒紙。鳳姐吩咐得一聲：「供茶燒紙。」只聽一棒鑼鳴，諸樂齊奏，早有人端過一張大圈椅來，放在靈前，鳳姐坐了，放聲大哭。於是裡外男女上下，見鳳姐出聲，都忙忙接聲嚎哭。

秦可卿與鳳姐交厚，也知可卿因被公公賈珍爬灰抑鬱致病而死（其後專論可卿有述）這一哭真是丹鳳之哭。然而第十五回送殯來到鐵檻寺，她立馬變成「三角眼」毒蛇王熙鳳。在各種專權領域，權錢互為本質，權就是錢，錢就是權。王熙鳳用權變錢，貪得無厭，不擇手段，為此殺人不眨眼，吃人不吐骨頭，是永無厭足的三角眼巨蟒。

第十五回回目之一就是「鳳姐弄權鐵檻寺」。秦可卿出喪，

鳳姐送殯來到鐵檻寺。長安府太爺的小舅子李衙內看中本縣一張姓大財主的女兒金哥，但金哥已經受聘前長安守備的公子。張大財主企求權勢，與前守備打官司，要退聘禮，將女兒嫁給李衙內，前守備偏不許。世故圓滑的淨虛老尼請鳳姐弄權，逼前守備退婚：

> 鳳姐聽了笑道：「這事倒不大，只是太太再不管這樣的事。」（權柄在手，口氣大。）老尼道：「太太不管，奶奶也可以主張了。」鳳姐聽說笑道：「我也不等銀子使，也不做這樣的事。」（這話說：想錢用，再用權，權就是錢。）淨虛聽了，打去妄想，半晌歎道：「雖如此說，張家已知我來求府裡，如今不管這事，張家不知道沒工夫管這事，不稀罕他的謝禮，倒像府裡連這點子手段也沒有一般。」（老尼非佛徒，且特世俗老道奸猾，懂得請將不如激將。）鳳姐聽了這話，便發了興頭，說道：「你是素日知道我的，從來不信什麼陰司地獄報應的，憑是什麼事，我說要行就行。你叫他拿三千兩銀子來，我就替他出這口氣。」（三角眼王熙鳳，個性強悍好勝，再加上錢，下地獄都無所謂。）老尼聽說，喜不自禁，忙說：「有，有！這個不難。」鳳姐又道：「我比不得他們扯篷拉纖的圖銀子。這三千兩，不過是給打發說去的小廝做盤纏，使他賺幾個辛苦錢，我一個錢也不要他的。便是三萬兩，我此刻也拿得出來。」（假言不為錢，但弄權一為顯威，二為錢。）老尼連忙答應，又說道：「既如此，奶奶明日就開恩也罷了。」

結果在第十六回。因賈府權勢威儡，前守備只得忍氣吞聲解除婚約。張大財主貪財愛勢，女兒金哥卻多情，「聞得父母退

了前夫，她便一條麻繩悄悄自縊。那守備之子聞得金哥自縊，他也是一個極多情的，遂也投河而死，不負妻義。張、李兩家人財兩空，鳳姐卻坐享三千兩銀子」，文中說「自此鳳姐膽識欲壯，以後有了這樣的事，便肆意地作為起來，也不消多記。」不知弄得多少人命赴黃泉，家破業敗，……。

（二）丹鳳管理榮國府，毒蛇私下高利盤剝

鳳姐丹鳳般聰明超越管理榮國府，同時私下悄悄地毒蛇三角眼般放高利貸攢錢，並瞞著丈夫賈璉。

中國古代高利貸年利一般都達 100%，而且是「利滾利」，即借款 100 元一年後還 200 元，如果到期不能歸還，第二年還 400 元，第三年就是 800 元。許多借貸人因此家破人亡，因此朝廷嚴禁高利貸，但民間借貸無門，只能高利貸款，而高利貸高利，故而民間高利貸如陰河流動，無法禁止。通觀毒蛇三角眼王熙鳳，其掌控榮國府財務大權的目的之一就是私下高利貸弄錢。毒蛇三角眼諜戰式放高利貸第一次出現是在第十六回。賈元春晉封為鳳藻宮尚書，加封賢德妃。賈璉帶黛玉回家看望病重父親林如海，此時也恰好回來，夫妻交談，聽見外間有人說話，鳳姐便問：「是誰？」平兒進來說是薛姨媽打發香菱來問話。賈璉走後：

> 這裡鳳姐乃問平兒：「方才姨媽有什麼事，巴巴打發了香菱來？」平兒笑道：「哪裡來的香菱，是我借她暫撒個謊。奶奶說說，旺兒嫂子越發連個承算也沒了。」說著，又走至鳳姐身邊，悄悄地說道：「奶奶的那利錢銀子，遲不送來，早不送來，這會子二爺在家，他且送這個來了。幸虧我在堂屋裡碰見，不然時走了來回奶奶，二爺倘或問奶奶是什麼利錢，奶奶自然不肯瞞二爺的，少不得照實告訴二爺。我們二爺那脾氣，油鍋裡的錢還要找出來

花呢，聽見奶奶有了這個體己，他還不放心地花了呢。所以我趕著接了過來，叫我說了她兩句，誰知奶奶偏聽見了問，我就撒謊說香菱來了。」鳳姐聽了笑道：「我說呢，姨媽知道你二爺來了，忽喇巴地反打發個房裡人來了？原來你這蹄子鬼鬼。」

鳳姐丹鳳般管理榮國府，私下弄權，高利盤剝，真是毒蛇三角眼。第一〇五回錦衣府查抄榮寧二府，在王熙鳳所在的「東跨房」抄出「兩箱房地契文、一箱借票」的「違例取利」的「重利盤剝」。這重利盤剝，還瞞著賈璉，作為私房，可見夫妻不睦，即麻衣神相判詞所說柳葉眉「主發達」，但「骨肉情疏」。丈夫賈璉怨恨她，她死後，弟弟王仁還要賣她女兒巧姐。

（三）籌辦生辰的王熙鳳：對賈母等是「丹鳳眼」；對趙周二位姨娘是毒蛇「三角眼」

賈母是賈府中心，王熙鳳特能討賈母歡心。故而第四十三回。賈母要給鳳姐過生日，要大家湊份子，將賈府「老的、少的、上的、下的」傳來，「烏壓壓擠了一屋」。賈母、薛姨媽各出二十兩。邢夫人、王夫人十六兩。尤氏、李紈出十二兩。賈母可憐李紈「寡婦失業的，哪裡還拉你出這個錢，我替你出了罷」。王熙鳳討好賈母、薛姨媽，逼邢夫人、王夫人為迎春、探春出錢：

鳳姐笑道：「生日沒到，我這會子已經折受得不受用了。我一個錢饒不出，驚動這些人實在不安，不如大嫂子這一份我替她出了罷了。（這討好賈母、大嫂李紈。）我到了那一日多吃些東西，就享了福了。」邢夫人等聽了，都說「很是」。賈母方允了。鳳姐兒又笑道：「我還有一句話呢。我想老祖宗自己二十兩，又有林妹妹寶兄弟的

兩份子。（再討好賈母。）姨媽自己二十兩，又有寶妹妹的一份子，這倒也公道。（討好薛姨媽。）只是二位太太每位十六兩，自己又少，又不替人出，這有些不公道。老祖宗吃了虧了！」賈母聽了，忙笑道：「倒是我的鳳姐兒向著我，這說得很是。要不是你，我叫她們又哄了去了。」鳳姐笑道：「老祖宗只把她姐兒兩個交給兩位太太，一位佔一個，派多派少，每位替出一份就是了。」（打趣邢王二夫人，也是討好迎春、探春。）賈母忙說：「這很公道，就是這樣。」

鴛鴦、平兒、襲人、彩霞等還有幾個小丫頭來，或出二兩，或出一兩。鳳姐不饜足，敲趙姨娘和周姨娘的竹槓：

鳳姐又笑道：「上下都全了。還有二位姨奶奶，她出不出，也問一聲兒。盡到她們是理，不然，她們只當小看了她們了。」（敲竹槓，還說是尊重她倆。）賈母聽了，忙說：「可是呢，怎麼倒忘了她們！只怕她們不得閒兒，叫一個丫頭問問去。」（太太小姐生辰宴會從無她倆座位，出錢卻少不了她們。）說著，早有丫頭去了，半日回來說道：「每位也出二兩。」（半日方回，可見二位姨娘貧苦無奈。）賈母喜道：「拿筆硯來算明，共計多少。」尤氏因悄罵鳳姐道：「我把你這沒足厭的小蹄子！這麼些婆婆嬸子來湊銀子給你過生日，你還不足，又拉上兩個苦瓠子作什麼？」（趙姨娘、周姨娘就是苦瓜，月銀只有二兩，比襲人等丫頭多一兩。趙姨娘衣物補綴，用的都是舊料。）鳳姐也悄笑道：「你少胡說，一會子離了這裡，我才和你算帳。她們兩個為什麼苦呢？有了錢也是白填送別人，不如拘來咱們樂。」

　　丹鳳討好賈母、王夫人、邢夫人等；毒蛇三角眼敲詐苦人為樂。合算起來，共湊了一百五十兩有餘的銀子。次日鳳姐將銀子封好，拿給主持者尤氏，看看她的表現：

> 說著，尤氏已梳洗了，命人伺候車輛，一時來至榮府，先來見鳳姐。只見鳳姐已將銀子封好，正要送去。尤氏問：「都齊了？」鳳姐兒笑道：「都有了，快拿了去罷，丟了我不管。」尤氏笑道：「我有些信不及，倒要當面點一點。」說著果然按數一點，只沒有李紈的一分。尤氏笑道：「我說你猾鬼呢，怎麼你大嫂子的沒有？」（王熙鳳當眾應承替李紈出錢，但陰地裡沒有。）鳳姐兒笑道：「那麼些還不夠使？短一分兒也罷了，等不夠了我再給你。」尤氏道：「昨兒你在人跟前做人，今兒又來和我賴，這個斷不依你。我只和老太太要去。」鳳姐兒笑道：「我看你利害。明兒有了事，我也丁是丁卯是卯的，你也別抱怨。」尤氏笑道：「你一般的也怕。不看你素日孝敬我，我才是不依你呢。」（倆人都人跟前作人，背地裡為鬼。）說著，把平兒的一分拿了出來，說道：「平兒，來！把你的收起去，等不夠了，我替你添上。」平兒會意，因說道：「奶奶先使著，若剩下了再賞我一樣。」尤氏笑道：「只許你那主子作弊，就不許我作情兒。」平兒只得收了。尤氏又道：「我看著你主子這麼細緻，弄這些錢哪裡使去！使不了，明兒帶了棺材裡使去。」

　　尤氏私下還將鴛鴦、彩雲的銀子還了，又將周姨娘、趙姨娘出的銀子還了：

> 因王夫人進了佛堂，把彩雲一分也還了她。見鳳姐不在跟前，一時把周、趙二人的也還了。她兩個還不敢收。

尤氏道：「你們可憐見的，哪裡有這些閒錢？鳳丫頭便知道了，有我應著呢。」二人聽說，千恩萬謝地方收了。

（四）王熙鳳對賈瑞：丹鳳般引誘，三角眼毒蛇似的致死

賈瑞父母早亡，由祖父（賈氏家族私塾教師）賈代儒教養，家道寒薄。第十一回賈瑞見熙鳳起淫心，意欲勾引，鳳姐立生置他於死地的想法：「這才是知人知面不知心呢！哪裡有這樣禽獸的人呢？他如果如此，幾時叫他死在我手裡，他才知道我的手段。」鳳姐嚴守婦道，但她不直言告誡，或婉言說理拒絕，使賈瑞遵叔嫂之份，而是假意對他有情，誘使他上當，足見王熙鳳「丹鳳」面目，毒蛇三角眼之陰毒。

第十二回王熙鳳先誘使賈瑞在穿堂外等了一夜，「臘月天氣，夜又長，朔風凜凜，侵肌裂骨，一夜幾乎不曾凍死」。第二天，賈瑞揣揣不安地與她相見，「鳳姐故意抱怨他失信，賈瑞急得賭咒發誓」。王熙鳳再次約賈瑞在小過道一間空屋等候，賈瑞以為「晚間必妥」。王熙鳳則「點兵派將，設下圈套」，使得賈瑞在冷屋久久等候，來的卻是賈薔、賈蓉。他們嘲笑，恐嚇賈瑞，各敲詐銀子五十兩。出屋門來到大臺階，還有一桶屎尿潑下，使他「滿頭滿臉皆是尿屎，渾身冰冷打戰」，得了病，沒多久就死了。王熙鳳為何毒心弄死引誘她的賈瑞？平兒所言這是「癩蛤蟆想天鵝肉吃」才是原因。璉二奶奶是「天鵝」，父母雙亡，靠爺爺養著的賈瑞是「癩蛤蟆」。

鳳姐真是「丹鳳三角眼」，聰明超越，但陰毒如蛇。

（五）鳳姐丹鳳般展示三角眼之吝嗇

鳳姐不義之財的來路，除了私下放高利貸，還有因賈府用人、辦事而收取賄賂等等。種種不義之財，第一〇六回賈府被抄檢後，賈璉計算自家錢財：「想起歷年積聚的東西並鳳姐的體己不下七八萬金。」貪財者往往吝嗇如葛朗台，當然鳳姐比葛

朗台稍好，也比因燈盞裡燃著兩莖燈草而咽不下氣的嚴監生要好一點。

第六回對劉姥姥。劉姥姥的女婿王成，其祖曾做小京官，與鳳姐之祖王夫人之父同僚，因貪王家勢利，連宗認作侄兒，這幾年沒有來往。家貧，王成自己不好意思，指使岳母劉姥姥帶著孫子板兒，進賈府打秋風。周瑞家的帶劉姥姥進賈府，見鳳姐。劉姥姥一番訴苦後：

> 鳳姐早聽明白了，聽她不會說話，因笑止道：「不必說了，我知道了。」因問周瑞家的：「這姥姥不知可用了早飯沒有？」劉姥姥忙說：「一早往這裡趕咧，哪裡還有吃飯的功夫咧。」鳳姐聽說，忙命傳飯來。一時周瑞家的傳了一桌客飯來，擺在東房內，帶了劉姥姥和板兒過去吃飯。

鳳姐要周瑞家的問王夫人。周瑞家的回來轉告王夫人之言大義是「不可減慢」，要鳳姐自己「裁度」。看看她的裁度：

> 劉姥姥已吃畢了飯，拉了板兒過來，舔嘴咂舌地道謝。鳳姐笑道：「且請坐下，聽我告訴你老人家。方才的意思，我已知道了。若論親戚之間，原該不等上門就該有照應才是。但如今家內雜事太煩，太太漸漸上了年紀，一時想不到也是有的。況是我近來接著管些事，都不知道這些親戚們。二則外頭看著是烈烈轟轟的，殊不知大有大的艱難去處，說與人未必信罷。今兒你既老遠地來了，又是頭一次向我張口，怎好叫你空回去呢！可巧昨兒太太給我的丫頭們做衣服的二十兩銀子，我還沒動呢，你若不嫌少，就暫且先拿了去吧。」

鳳姐特吝嗇，先叫窮，給錢也說是「太太給我的丫頭們做

衣服的二十兩銀子」。似乎自己也窮，給了你劉姥姥，我的丫頭就沒衣服了。這也是拿官費為自己收買人情，如同貪官過年時拿公款訪貧問苦，為自己買政聲。

第九十回對邢岫煙。邢岫煙是寧府邢夫人哥哥的女兒，因家道艱難，哥嫂帶著岫煙進京投靠邢夫人，賈母將她留在大觀園。岫煙有月銀二兩，被邢夫人搜刮一兩，特窮。第九十回回目之「失棉衣貧女耐嗷嘈」指邢岫煙丟了棉衣。當時鳳姐如常到園中巡視，來到紫菱洲，聽見一個老婆子吵嚷，詢問方知原來岫煙丟了一件舊紅襖兒，因婆子的孫子來過這裡，就問了問，婆子不依，就吵開了。「鳳姐把岫煙內外一瞧，看見雖有些皮棉衣服，已是半新不舊的，未必暖和。她的被窩多半是薄的。」鳳姐回去，「叫平兒取了一件大紅洋縐的小襖兒，一件松花色綾子一鬥珠兒的小皮襖，一條寶藍盤錦鑲花棉裙，一件銀鼠褂子，包好叫人送去」。岫煙正因婆子們對自己「言三語四」而「吞聲飲泣」的時候，鳳姐的丫頭豐兒送衣服過來：

> 岫煙一看，決不肯受。豐兒道：「奶奶吩咐我說，姑娘要嫌是舊衣服，將來送新的來。」（吝嗇鳳姐知道小姐心理，即便窮，也不接受施捨，故以「嫌舊喜新」逼她收下。）岫煙笑謝道：「承奶奶的好意，只是因我丟了衣服，她就拿來，我斷不敢受。（不肯承認自己窮。）你拿回去千萬謝你們奶奶，承你奶奶的情，我算領了。」（要體面，領情不領物。）倒拿個荷包給豐兒。那豐兒只得拿了去了。不多時，又見平兒同著豐兒過來，岫煙忙迎著問了好，讓了坐。平兒笑著道說：「我們奶奶說，姑娘特外道得了不得。」（外道即見外，對自家人應不避諱自己的困窘。）岫煙道：「不是外道，實在不過意。」（不過意，是不好意思接受施捨。）平兒道：「奶奶說，姑娘要是不收著衣

服，不是嫌太舊，就是瞧不起我們奶奶。剛才說了，我
要拿回去，奶奶不依我呢。」（逼她收下。）岫煙紅著臉
笑謝道：「這樣說了，叫我不敢不收。」

富姐之王熙鳳以舊衣物施捨小姐岫煙，所言「將來送新的
來」其後無見，可見她吝嗇。

二、柳葉眉、吊梢眉組合的王熙鳳：發達又短命

此前已敘麻衣神相「柳葉眉」主發達，而民間相術「吊梢
眉」主短命，王熙鳳是「柳葉吊梢眉」的結合，發達又短命。
最能體現王熙鳳悲劇主題的是她在族權中鑽營，殫精竭慮，在
夫權中掙紮，變形變態，殫精竭慮，她因二者而死。王熙鳳行
為的驅動力是權和錢。為了權和錢而賭氣爭強，鑽營，殫精竭
慮，追求發達，但短命。第一〇一回病重的王熙鳳對平兒總結
自己的一生說：「我也不久了，雖然活了二十五歲，人家沒見的
也見了，沒吃的也吃了，也算全了，所有世上有的也都有了。
氣也算賭盡了，強也算爭足了，就是壽字兒上頭缺一點兒，也
罷了！」

（一）在族權中鑽營，柳葉吊梢眉的王熙鳳：可佩又可悲

在族權制約下，為了謀取權益，為討好賈母、王夫人，她
可是一個喜劇小品、相聲藝術高妙的好奴才，這可要殫精竭慮。
在此只說經典三例。

第三十九回劉姥姥帶了些鄉野物品再進賈府感謝鳳姐。鳳
姐和鴛鴦配合，事前策劃利用劉姥姥表演小品搞笑。其幕後策
劃，臺前主持配合令人佩服：

只見一個媳婦端了一個盒子站在當地，一個丫鬟上來揭
去盒蓋，裡面盛著兩碗菜。李紈端了一碗放在賈母桌上。

鳳姐兒偏揀了一碗鴿子蛋放在劉姥姥桌上。賈母這邊說聲「請」，劉姥姥便站起身來，高聲說道：「老劉，老劉，食量大似牛，吃一個老母豬不抬頭。」自己卻鼓著腮不語。眾人先是發怔，後來一聽，上上下下都哈哈地大笑起來。史湘雲撐不住，一口飯都噴了出來，林黛玉笑岔了氣，伏著桌子嗳喲，寶玉早滾到賈母懷裡，賈母笑得摟著寶玉叫「心肝」，王夫人笑得用手指著鳳姐兒，只說不出話來，薛姨媽也撐不住，口裡茶噴了探春一裙子，探春手裡的飯碗都合在迎春身上，惜春離了坐位，拉著她奶母叫揉一揉腸子。地下的無一個不彎腰屈背的，也有躲出去蹲著笑去的，也有忍著笑上來替她姊妹換衣裳的，獨有鳳姐鴛鴦二人撐著，還只管讓劉姥姥。劉姥姥拿起箸來，只覺不聽使，又說道：「這裡的雞兒也俊，下的這蛋也小巧，怪俊的。我且肏攮一個。」眾人方住了笑，聽見這話又笑起來。賈母笑得眼淚出來，琥珀在後捶著。賈母笑道：「這定是鳳丫頭促狹鬼兒鬧的，快別信她的話了。」那劉姥姥正誇雞蛋小巧，要肏攮一個，鳳姐兒笑道：「一兩銀子一個呢，你快嘗嘗罷，那冷了就不好吃了。」劉姥姥便伸箸子要夾，哪裡夾得起來，滿碗裡鬧了一陣好的，好容易撮起一個來，才伸著脖子要吃，偏又滑下來滾在地下，忙放下箸子要親自去撿，早有地下的人撿了出去了。劉姥姥歎道：「一兩銀子，也沒聽見響聲兒就沒了。」眾人已沒心吃飯，都看著她笑。賈母又說：「這會子又把那個筷子拿了出來，又不請客擺大筵席。都是鳳丫頭支使的，還不換了呢。」

劉姥姥的傑出表演，王熙鳳私下是編劇、導演。當然劉姥姥心甘情願做個喜劇小品演員，配合對她有恩的王熙鳳。事後

鳳姐、鴛鴦向她賠禮道歉,她笑說:「姑娘說哪裡話,咱們哄著老太太開個心兒,可有什麼惱的!你先囑咐我,我就明白了,不過大家取個笑兒。我要心裡惱,也就不說了。」

第四十七回因賈赦威逼娶鴛鴦為妾,賈母發怒。為使賈母高興,其隨機應變的行為、言談機鋒,令人佩服:

> 一時鴛鴦來了,便坐在賈母下手,鴛鴦之下便是鳳姐兒。鋪下紅氈,洗牌告麼,五人起牌。鬥了一回,鴛鴦見賈母的牌已十嚴,只等一張二餅,便遞了暗號與鳳姐兒。鳳姐兒正該發牌,便故意躊躇了半晌,笑道:「我這一張牌定在姨媽手裡扣著呢。我若不發這一張,再頂不下來的。」薛姨媽道:「我手裡並沒有你的牌。」鳳姐兒道:「我回來是要查的。」薛姨媽道:「你只管查。你且發下來,我瞧瞧是張什麼。」鳳姐兒便送在薛姨媽跟前。薛姨媽一看是個二餅,便笑道:「我倒不稀罕他,只怕老太太滿了。」鳳姐兒聽了,忙笑道:「我發錯了。」賈母笑得已擲下牌來,說:「你敢拿回去!誰叫你錯的不成?」鳳姐兒道:「可是我要算一算命呢。這是自己發的,也怨埋伏!」(配合好,其後隨機應變的口才機鋒特好。)賈母笑道:「可是呢,你自己該打著你那嘴,問著你自己才是。」又向薛姨媽笑道:「我不是小器愛贏錢,原是個彩頭兒。」薛姨媽笑道:「可不是這樣,哪裡有那樣糊塗人說老太太愛錢呢?」鳳姐兒正數著錢,聽了這話,忙又把錢穿上了,向眾人笑道:「夠了我的了。竟不為贏錢,單為贏彩頭兒。我到底小器,輸了就數錢,快收起來罷。」賈母規矩是鴛鴦代洗牌,因和薛姨媽說笑,不見鴛鴦動手,賈母道:「你怎麼惱了,連牌也不替我洗。」鴛鴦拿起牌來,笑道:「二奶奶不給錢。」賈母道:「她不給錢,

那是她交運了。」便命小丫頭子：「把她那一吊錢都拿過來。」小丫頭子真就拿了，擱在賈母旁邊。鳳姐兒笑道：「賞我罷，我照數兒給就是了。」薛姨媽笑道：「果然是鳳丫頭小器，不過是玩兒罷了。」鳳姐聽說，便站起來，拉著薛姨媽，回頭指著賈母素日放錢的一個小木匣子笑道：「姨媽瞧瞧，那個裡頭不知玩了我多少去了。這一吊錢玩不了半個時辰，那裡頭的錢就招手兒叫它了。只等把這一吊也叫進去了，牌也不用鬥了，老祖宗的氣也平了，又有正經事差我辦去了。」話說未完，引得賈母眾人笑個不住。偏有平兒怕錢不夠，又送了一吊來。鳳姐兒道：「不用放在我跟前，也放在老太太的那一處罷。一齊叫進去倒省事，不用做兩次，叫箱子裡的錢費事。」賈母笑得手裡的牌撒了一桌子，推著鴛鴦，叫：「快撕她的嘴！」

第五十四回特為表現鳳姐討好賈母的相聲藝術。當時元宵節看戲，賈母貶斥書生佳人戲劇老套作假，鳳姐見機接談：

鳳姐兒走上來斟酒，笑道：「罷，罷，酒冷了，老祖宗喝一口潤潤嗓子再掰謊。這一回就叫作《掰謊記》，就出在本朝本地本年本月本日本時，老祖宗一張口難說兩家話，花開兩朵，各表一枝，是真是謊且不表，再整那觀燈看戲的人。老祖宗且讓這二位親戚吃一杯酒看兩出戲之後，再從昨朝話言掰起如何？」她一面斟酒，一面笑說，未曾說完，眾人俱已笑倒。兩個女先生也笑個不住，都說：「奶奶好剛口。奶奶要一說書，真連我們吃飯的地方也沒了。」

接著擊鼓傳梅，看看她的相聲藝術：

小丫頭子們只要聽鳳姐兒的笑話，便悄悄地和女先兒說明，以咳嗽為記。須臾傳至兩遍，剛到了鳳姐兒手裡，小丫頭子們故意咳嗽，女先兒便住了。眾人齊笑道：「這可拿住她了。快吃了酒說一個好的，別太逗得人笑得腸子疼。」鳳姐兒想了一想，笑道：「一家子也是過正月半，闔家賞燈吃酒，真真的熱鬧非常，祖婆婆、太婆婆、婆婆、媳婦、孫子媳婦、重孫子媳婦、親孫子、姪孫子、重孫子、灰孫子、滴滴搭搭的孫子、孫女兒、外孫女兒、姨表孫女兒、姑表孫女兒，……噯喲喲，真好熱鬧！」眾人聽他說著，已經笑了，都說：「聽數貧嘴，又不知編派那一個呢。」尤氏笑道：「你要招我，我可撕你的嘴。」鳳姐兒起身拍手笑道：「人家費力說，你們混，我就不說了。」賈母笑道：「你說你說，底下怎麼樣？」鳳姐兒想了一想，笑道：「底下就團團地坐了一屋子，吃了一夜酒就散了。」眾人見她正言厲色地說了，別無他話，都怔怔地還等下話，只覺她冰冷無味地就住了。（似乎冰冷無味，埋伏著熱烙多滋味。）史湘雲看了她半日。鳳姐兒笑道：「再說一個過正月半的。幾個人抬著個房子大的炮仗往城外放去，引了上萬的人跟著瞧去。有一個性急的人等不得，便偷著拿香點著了。只聽『噗哧』一聲，眾人哄然一笑都散了。這抬炮仗的人抱怨賣炮仗的扞得不結實，沒等放就散了。」湘雲道：「難道他本人沒聽見響？」鳳姐兒道：「這本人原是聾子。」眾人聽說，一回想，不覺一齊失聲都大笑起來。又想著先前那一個沒完的，問他：「先一個怎麼樣？也該說完。」鳳姐兒將桌子一拍，說道：「好囉唆，到了第二日是十六日，年也完了，節也完了，我看著人忙著收東西還鬧不清，哪裡還知道底下

的事了。」眾人聽說，復又笑將起來。鳳姐兒笑道：「外頭已經四更，依我說，老祖宗也乏了，咱們也該『聾子放炮仗——散了』罷。」尤氏等用手帕子握著嘴，笑得前仰後合，指她說道：「這個東西真會數貧嘴。」賈母笑道：「真真這鳳丫頭越發貧嘴了。」一面說，一面吩咐道：「她提炮仗來，咱們也把煙火放了解解酒。」

鳳姐千方百計討好賈母，一出於封建禮教孝道尊老，更在謀取歡心，專權謀利，而要製造出上述效果來非殫精竭慮不可，累不累，煩不煩，問問馮鞏、牛群、姜昆、陳佩斯、朱時茂、趙麗蓉等天才搞笑專家，他們一定說：「為了你們笑，我們可累得哭！」故而判詞說「機關算盡太聰明，反算了卿卿性命」！

（二）在夫權中掙扎，變形變性變態，假丹鳳，真毒蛇，最後吊梢眉的鳳姐

在封建社會丈夫可以三妻四妾，妻子只能「從一而終」；男子以青樓嫖妓為風流，女子在紅樓偷鴨就沒命。婦女在家從夫，俗語常說「夫唱妻隨」，「嫁雞隨雞，嫁狗隨狗」，而王熙鳳所嫁賈璉是賈府四大淫棍（賈珍、賈蓉、賈璉、薛蟠）之一。性為人四大本能之一，為維護自己性權利，在族權、夫權禁錮下王熙鳳痛苦，變形變性變態，掙扎。

1、多姑娘事件：王熙鳳受辱變形。第四十四回，因王熙鳳辛勞討好賈母有功，賈母發動榮寧二府為她慶壽。鳳姐酒醉回屋，兩個丫頭見她回頭就跑，她疑心忙叫住，一番逼問，方知賈璉勾引鮑二的老婆多姑娘，正在偷歡。「鳳姐聽了，已氣得渾身發軟，忙立起來一逕來家」，收拾住另一個望風的丫頭後，攝手攝腳地走至窗前。往裡聽時，只聽屋裡交談：

那婦人笑道：「多早晚你那閻王老婆死了就好了。」賈璉

道：「她死了，再娶一個也是這樣，又怎麼樣呢？」那婦人道：「她死了，你倒是把平兒扶了正，只怕還好些。」賈璉道：「如今連平兒她也不叫我沾一沾了。平兒也是一肚子委曲不敢說。我命裡怎麼就該犯了『夜叉星』。」

鳳姐聽了，氣得渾身亂顫，但不敢對丈夫怎樣，回身先把平兒打兩下，一腳踢門進去，抓著鮑二家的撕打，再回身又打平兒。平兒怨苦不已，要尋死，鳳姐便一頭撞在賈璉懷裡，叫道：「你們一條藤兒害我，被我聽見了，倒都唬起我來。你也勒死我！」賈璉從牆上拔出劍來，說道：「不用尋死，我也急了，一齊殺了，我償了命，大家乾淨。」正鬧時尤氏等來了，說：「這是怎麼說，才好好的，就鬧起來。」賈璉反而逞起威風來，作勢要殺鳳姐。在封建夫權社會，男人三妻四妾五奶六奶合於綱常禮教，隔壁偷歡，青樓嫖妓為才子風流，而妻妾必須掩淚裝歡，牽線引路，貢獻臥榻方為賢德，反之則被整個社會唾罵為醋罈子。因此，鳳姐見人來，反而變形變態不敢說話，哭著往賈母那邊跑，見到賈母也不敢直言指責賈璉淫亂：

鳳姐跑到賈母跟前，爬在賈母懷裡，只說：「老祖宗救我！璉二爺要殺我呢！」（就因為他是爺。）賈母、邢夫人、王夫人等忙問怎麼了。鳳姐兒哭道：「我才家去換衣裳，不防璉二爺在家和人說話，我只當是有客來了，唬得我不敢進去。在窗戶外頭聽了一聽，原來是和鮑二家的媳婦商議，說我利害，要拿毒藥給我吃了治死我，把平兒扶了正。我原氣了，又不敢和他吵，原打了平兒兩下，問他為什麼要害我。他臊了，就要殺我。」（不說賈璉淫亂，只說他害我，如果女人因丈夫淫亂而憤怒，是夫權社會不容忍的醋罈子。）賈母等聽了，都信以為真，說：

「這還了得！快拿了那下流種子來！」一語未完，只見
賈璉拿著劍趕來，後面許多人跟著。賈璉明仗著賈母素
習疼他們，連母親嬸母也無礙，故逞強鬧了來。（夫權規
定，女子必須從一而終，而丈夫可以多妻，可以淫蕩。）
邢夫人王夫人見了，氣得忙攔住罵道：「這下流種子！你
越發反了，老太太在這裡呢！」賈璉乜斜著眼，道：「都
是老太太慣的她，她才這樣，連我也罵起來了！」（丈夫
淫亂，妻子罵都不成。）邢夫人氣得奪下劍來，只管喝
他「快出去！」那賈璉撒嬌撒癡，涎言涎語地還只亂說。
賈母氣得說道：「我知道你也不把我們放在眼睛裡，叫人
把他老子叫來！」賈璉聽見這話，方趔趄著腳兒出去了，
賭氣也不往家去，便往外書房來。

　　「孝」象形字，老在上，子在下。有其父必有其子。第四
十六回因為求配鴛鴦不成，老子賈赦就罵兒子賈璉「下流囚攮
的」。賈璉就是賈赦這下流囚攮的，也是下流囚。第四十八回賈
赦看中石呆子的有古人書畫真跡的古扇，叫賈璉去買，石呆子
不賣。賈雨村得知，討好賈赦，弄權詐取古扇，送給賈赦。賈
赦炫耀，賈璉說「為這小事，弄得人傾家敗業，也不算能為！」
就被賈赦「打了個動不得」。兒子孝從父權，但面對妻子，下流
囚攮的賈璉有夫權撐腰。其後賈母、王夫人、邢夫人的言談，
說的就是官府官員、貴族公子淫亂是夫權：

　　這裡邢夫人王夫人也說鳳姐兒。賈母笑道：「什麼要緊的
　　事！小孩子們年輕，饞嘴貓兒似的，哪裡保得住不這麼
　　著。從小兒世人都打這麼過的。都是我的不是，她多吃
　　了兩口酒，又吃起醋來。」說的眾人都笑了。賈母又道：
　　「你放心，等明兒我叫他來替你賠不是。你今兒別要過

去髒著他。」

邢夫人、王夫人所言也與賈母一樣，可見榮國公賈代化、榮國公賈代善、賈敬、賈赦、賈政，所有的貴族公子都如此，男人青樓嫖妓為風流，而女子干涉則是不能容忍的「吃醋」。被鳳姐監管，賈璉飢不擇食，更是憤怒。

2、尤二姐事件，王熙鳳掙扎，變形變態：假丹鳳，真毒蛇。最讓王熙鳳痛苦掙扎，變態變形的是尤二姐事件。第六十五回賈府著名評論家小廝興兒在第六十五回對尤二姐評價王熙鳳：「嘴甜心毒，兩面三刀；上頭一臉笑，腳下使絆子，明是一盆火，暗是一把刀；都占全了。」王熙鳳對試圖勾引她的賈瑞，對賈璉在外買房偷娶的二奶尤二姐的確如此，對其他人則無此表現。從夫權的無理和女權的缺失看，尤二姐一事，賈璉、尤二姐自己是始作俑者，而王熙鳳苦不堪言，變形變態，接近精神分裂。

第六十七回，一個小丫頭聽見兩個小廝議論「新二奶奶比咱們舊二奶奶還俊」，密告平兒。平兒告訴王熙鳳。鳳姐大怒責問賈璉的心腹小廝，得知賈璉在外買房，悄悄娶了尤二姐，她「眉頭一皺，計上心來」即克制痛苦憤怒，變形變態。作為妻子不敢不能責備丈夫有二奶、三奶、四奶，相反應該順從丈夫，歡迎諸奶供丈夫享用，方可贏得夫權們的讚賞，反之則被譴責為「不賢良」、「醋罈子」，如同第六十八回她假心假情地把尤二姐迎接回府後，她對尤氏所言「我既不賢良，又不容丈夫娶妻買妾，只給我一紙休書，我即刻就走。」

在封建夫權社會妻子不容丈夫娶妻買妾是「不賢良」，可以「一紙休書」趕走，鳳姐只得掙扎著變形變態，迎接尤二姐進賈府，然後再想法迫害她，弄死她。王熙鳳知道賈璉在外有二奶時，恰逢賈璉要外出辦事，約一個月後方回。等賈璉走後，

王熙鳳依照正室規格，裝修東廂房三間，然後前往甯榮街後二里遠的小花枝巷，迎接賈璉偷娶的二奶尤二姐。正妻王熙鳳、二奶尤二姐相見，雙方都變形變態：

> 尤二姐陪笑忙迎上來道萬福，張口便叫：「姐姐下降，不曾遠接，望恕倉促之罪。」說著便拜下來。鳳姐忙陪笑還禮不迭。……（雙方一番謙虛禮儀，鳳姐沒有責怪丈夫停妻娶妻，尤二姐不道德，反而自責，懇求尤二姐。尤二姐命丫鬟拿褥子跪行禮儀，口稱奴，言語謙卑，表達歉意。）鳳姐忙下座以禮相還，口內忙說：「皆因奴家婦人之見，（在夫權下的女子就是奴。甲骨文的奴：一「女」一「又」象形會意字，即一手抓住一女子，跪下。）一味地只勸夫慎重，不可在外眠花宿柳，恐惹父母擔憂。（不說自己忌恨，只說父母擔憂，因有父母權，沒有妻權。）此皆是你我之癡心，怎奈二爺錯會奴意。眠花宿柳之事瞞奴或可；今娶姐姐二房之大事亦人家大禮，亦不曾對奴說。（遵夫權說假話：眠花宿柳可，娶三妻四妾為正事，只是別瞞奴家。）奴亦勸二爺早行此禮，以備生育。（不孝有三，無後為大。皇帝三宮六院，一為色，更為皇子皇孫滿天下，貴族富豪也如此。）不想二爺反以奴為那等嫉妒之婦，（嫉妒二字皆以女為偏旁，此表明婦人忌恨男子淫蕩，上古造字時期就有。）私自行此大事，並不說之。使奴有冤難訴，惟天地可表。（妻子不容丈夫娶二奶就是「不賢良」的悖逆天地之罪。）前於十日之先奴已風聞，恐二爺不樂，遂不敢先說。今可巧遠行在外，故奴家親自拜過，還請姐姐下體奴心，啟動大駕，挪至家中。（高傲鳳姐稱二奶「大駕」，自稱為奴，心中當哭。）你我姐妹同居同處，彼此合心勸諫二爺，慎重事務，保

養身體，方是大禮，（妻妾同心侍奉色鬼丈夫，是必須遵
循的「大禮」。）若姐姐在外，奴在內，雖愚賤不堪相伴，
奴心又何安。再者，使外人聞之，說甚不雅觀。（妻不容
妾，世人皆謂不雅觀，原配不賢良，自覺無臉見人。）
二爺之名要緊，倒是談論奴家，奴也無怨。（夫尊至上，
奴家至下，爺的名譽至上，奴家怨苦至下。）所以今生
今世奴之名節全在姐姐身上。（夫尊至上，妻容納妾，是
婦人必遵循的名節。）那起下人小人之言，未免見我素
日持家太嚴，背後加減些言語，自是常情。姐姐何等樣
人物，豈可信真！若我實有不好之處，上頭三層公婆，
中有無數姐妹妯娌，況賈府世代名家，豈容我到今日？
（知道有人背後說自己不容賈璉淫亂，有醋罐子的綽
號，故作狡辯。）今日二爺私娶姐姐在外，若別人則怒，
我則以為幸。（奇怪！為何？）正是天地神佛不容我被小
人誹謗，故生此事。（我可以借你這二奶，洗去我醋罐子
的惡名，故以賈璉娶二奶為幸福。）我今來求姐姐進去
和我一樣同居同住，同份同例，同侍公婆，同諫丈夫。
喜則同喜，悲則同悲；情似姐妹，和比骨肉。（一番族權、
夫權下的美好前景誘惑。）不但那起小人見了，自悔從
前錯認了我；就是二爺來家一見，他作為丈夫之人，心
中也未免暗悔，所以姐姐竟是我的大恩人，使我從前之
名一洗無餘了。（小婦人可以借機洗清自己嫉妒罪名，故
而二奶是「我的大恩人」，如果你不去，我就纏著侍奉
你的奴。）若姐姐不隨奴去，奴亦情願在此相陪。奴原
作妹子，每日服侍姐姐梳頭洗面。只求姐姐在二爺跟前
替我好言方便方便，容我一席之地安身，奴死也願意。」
說著，便嗚嗚咽咽哭將起來。（鳳姐此哭，哭不得不如此

變形變性變態地忍受夫權欺辱。）尤二姐見了這般，也
不免滴下淚來。……鳳姐口內全是自怨自錯，「怨不得別
人，如今只求姐姐疼我」等語。

　　王熙鳳在夫權下變形變態，極端痛苦，處處口稱自個為
「奴」，只因深感自己就是夫權囚禁的奴。此番說辭巧言掩飾自
己不容二奶的真心，但又可以說言之懇懇。於是尤二姐「便認
她作是個極好的人」，「傾心吐膽，敘了一回，竟把鳳姐認作知
己」。王熙鳳為何親迎尤二姐進賈府，因在封建夫權規則中，她
不容賈璉娶二房，賈璉私娶二房在外，是社會不容的不賢良的
「忌妒之婦」。她「丹鳳眼」似的引誘尤二姐進賈府，「毒蛇三
角眼」般地虐待，但身在夫權、族權封建社會中，作為一個女
人她更苦不堪言。

　　就在六十八回，王熙鳳立即唆使原訂親尤二姐的張華狀告
賈璉「國孝家孝之中，背旨瞞親，仗財依勢，強逼退親，停妻
再娶」，然後她大鬧寧國府。尤氏要叫尤二姐出來，仍嫁給原定
親的張華，但王熙鳳卻想借尤二姐之事獲取自己有容許丈夫娶
二奶、三奶的「賢良」，而巧言以維護「咱們家的臉」拒絕。賈
蓉「深知鳳姐口雖如此，心卻是巴不得只要本人出來，她卻做
賢良人」。為了取得容許丈夫淫亂的「賢良」美名，第六十九回
她帶著尤二姐去見賈母，求「老祖宗發慈心，先許她進來，住
一年後再圓房」，果然賈母誇讚她：「既你這樣賢良，很好。」

　　第六十九回賈璉奉父親賈赦之命外出遠差回來，「賈赦十分
歡喜，說他中用，賞了他一百兩銀子，又將房中一個十七歲的
丫鬟名喚秋桐者，賞他為妾。」這一下賈璉就有一妻三妾了，
而「鳳姐聽了，忙命兩個媳婦坐車在那邊接了來。心中一刺未
除，又憑空添一刺，說不得便吞聲忍氣，將好顏面換出來遮掩。
一面命擺酒解封，一面帶了秋桐來見賈母與王夫人等。賈璉心

中也暗暗的納罕」。

接著王熙鳳「借劍殺人」，挑唆秋桐，自己「坐山觀虎鬥」，「等秋桐殺了尤二姐，自己再殺秋桐」。她指使秋桐罵尤二姐「先奸後娶沒漢子要的娼婦」等等，使尤二姐「暗愧暗怒暗氣」，受盡折磨。再加以賈璉喜新厭舊，與秋桐「烈火乾柴」，冷對尤二姐，導致尤二姐生病。接著庸醫亂用藥使尤二姐小產，最後她吞金自殺。可見鳳姐三角眼，的確心狠手辣，然而始作俑者是賈璉的淫亂，是夫權、族權，尤二姐自己的水性和不理智也是原因之一。王熙鳳為維護自己性權利而掙扎變性變形變態，自然「柳葉吊梢眉」，在發達中短命。

王熙鳳不可訴諸規定一夫多妻的封建司法，不可訴諸贊同同一夫多妻的族權，為了維護自己性權利，「丹鳳三角眼」的她只能「嘴甜心毒，兩面三刀；上頭一臉笑，腳下使絆子，明是一盆火，暗是一把刀」。上當的尤二姐苦，王熙鳳同樣苦。就在第六十九回尤二姐吞金自殺，「賈璉進來摟屍大哭。鳳姐也假意哭：『狠心的妹妹！你怎麼丟下我去了，辜負了我的心！』」這淚從何而來？她「假哭」尤二姐，「真哭」自己，心裡話是「我害了你，你也害我啊！」

因此第七十回就說「這一向因鳳姐病了」。第七十二回王熙鳳因周瑞家的事得罪邢夫人，導致病情加重，得了「血山崩」，色鬼賈璉可是主要病因。除了正妻王熙鳳，賈璉在家可有三個女人：通房大丫頭平兒、父親賈赦恩賜的丫頭秋桐、私娶的尤二姐，在外還私通父親賈赦的小妾嫣紅（第六十四回賈蓉所言）、廚子多官老婆「多姑娘兒」，有時用以「出火」的小廝、青樓妓女不在此數。任何女人目睹丈夫如此，心中當苦當哭當煩當痛，何況王熙鳳！可以說夫權保護的丈夫賈璉淫亂是王熙鳳成為陰毒「三角眼」，短命「吊梢眉」的主因。

（三）在賈府人事關係複雜：王熙鳳殫精竭慮，柳葉眉變成吊梢眉

賈府人事關係非常複雜，她殫精竭慮地左右周旋，最後各種矛盾集聚她身上，她真殫精竭慮。

1、鴛鴦事件。第四十六回。公公賈赦看中了賈母丫頭鴛鴦，要收為小老婆，指使邢夫人來找媳婦鳳姐商議。鳳姐聽得，勸誡「別去碰著釘子」，老太太離不了鴛鴦，並且告訴邢夫人，賈母素日常說公公賈赦「左一個小老婆，右一個小老婆放在屋裡，耽誤了人家。放著身子不保養」等等，說「我是不敢去的」。一片好心，反而被婆婆邢夫人「冷笑」。文中說這邢夫人「稟性愚弱，只知承順賈赦以自保，次則婪取財貨為自得」等。鳳姐見她不高興又「連忙陪笑」，自責一番，答應配合引開老太太屋裡人，讓邢夫人對老太太說，討得邢夫人「喜歡」。她又怕自己先過去，如果這事不成，邢夫人「是個多疑的人，只怕疑我走了風聲」，「羞惱變成怒，拿我出起氣來」。她又託辭「不如太太先去，我脫了衣服就來」。

果然邢夫人受到鴛鴦的拒絕。賈赦威逼鴛鴦，鴛鴦來到賈母跟前，跪下哭著說了大老爺賈赦的威逼，賈母「氣得渾身亂顫」。第四十七回賈母訓誡、挖苦邢夫人，使邢夫人「滿臉通紅」。這一次王熙鳳還算逃過一劫。

2、周瑞家事件。第七十一回回目所言「嫌隙人有心生嫌隙」，賈府人事關係複雜，鳳姐無心卻落入嫌隙，苦不堪言。適逢賈母八十大壽，來往賓客多，尤氏幫著鳳姐料理，晚間也不回去。見園中正門與各處角門未關，命丫頭傳管家的女人。丫頭與管家婆子發生口角，婆子被揭短，羞惱激怒，說了什麼「各家門，另家戶」這類的話。尤氏得知，有些生氣，但因賈母千秋也就算了。沒想到丫頭不解氣，把這話告訴周瑞家的。周瑞

家的是王夫人陪房,「原有些體面,心性乖滑,專管各處獻勤討好」,聽得這話,到怡紅院找到尤氏討好一番,出去把這事回了鳳姐。鳳姐既怕干擾賈母生辰,也怕得罪了寧國府太太尤氏,吩咐「記上兩人名字,等過了這幾日,捆了送那府裡憑大嫂開發,或是打幾下子,或是開恩饒了她們,隨她去就是了什麼大事。」周瑞家的「素日因與這幾個人不睦」,立即便命人捆起這兩個婆子,交到馬圈看守起來。兩個婆子的女兒哀求管家林之孝家的求情。林之孝家的要一個小丫頭找姐姐說情。丫頭的姐姐是王夫人費大娘兒子的媳婦。姐姐得知媽媽被捆,和費婆子說了。這費婆子原是王熙鳳婆婆邢夫人的陪房,「常以老賣老,仗著邢夫人,常吃些酒,嘴裡胡罵亂怨地出氣。」如今聽說周瑞家的捆了她親家,越發火上加油,「仗著酒興,隔牆大罵了一陣」,便來求邢夫人。而「邢夫人自為要鴛鴦之後討了沒意思,賈母越發冷淡了她,」這回生辰也有些慢待她,「自己內心早已怨忿不樂」。經嫉妒挾怨的小人一挑唆,她就「著實惡絕鳳姐」。次日這婆婆當眾給鳳姐好看:

> 邢夫人直至晚間散時,當著許多人陪笑和鳳姐求情說:
> 「我聽見昨兒晚上二奶奶生氣,打發周管家的娘子捆了
> 兩個婆子,可也不知犯了什麼罪。論理我不該討情,我
> 想老太太好日子,發狠的還舍錢舍米,周貧濟老,咱們
> 家先倒折磨起人家來了。不看我的臉,權且看老太太,
> 暫且放了她們罷。」說畢,上車去了。

婆婆當眾稱媳婦王熙鳳為「二奶奶」,「賠笑」,「求情」,可是不見天日的刻毒。說鳳姐不知禮,不顧老太太生辰,捆綁兩個婆子,更襯托鳳姐目無尊長。裡外忙亂,完全蒙在鼓裡的鳳姐「又羞又氣,一時抓尋不著頭腦,憋得臉紫脹」。尤氏和王夫

人都說「老太太千秋要緊」，命放了那兩個婆子。「鳳姐由不得越想越氣越愧，不覺灰心轉悲，滾下淚來」。賭氣回房哭泣，眼睛都哭腫了。這事內涵豐富：

做人最難。鴛鴦就此事對李紈評價說：「總而言之，為人是難做得：若太老實了沒有個機變，公婆又嫌太老實，家裡人也不怕；若有些機變，未免治一經損一經」，得罪人。人間世情紛繁複雜，鳳姐千隻眼，萬隻耳朵，百萬隻手，也有眼耳手不到處，哪能全知人與人之間親疏，恩怨情仇及其變化，哪能周旋如意？八卦陰陽，一物降一物。鳳姐厲害，可反受制于婆婆邢夫人。鳳姐的病就此而起，鳳姐的死與婆婆邢夫人直接相關。

因在夫權中掙扎變態變形，在族權中鑽營殫精竭慮，在各種權力關係中殫精竭慮，王熙鳳真的殫精竭慮，身心皆苦，生病了，成了柳葉吊梢眉，發達又短命。

繼而第七十二回《王熙鳳仗恃強羞說病　來旺婦倚勢霸成親》因賈母八十壽辰的忙亂和婆婆邢夫人的當眾羞辱，鳳姐生病。鴛鴦來看望，平兒對她說：「她這懨懨的也不止今日了，這有一月之前便是這樣。又兼這幾日忙亂了幾天，又受了些閒氣，重新又勾起來，」而且「自從上月行了經之後，這一個月竟瀝瀝淅淅地沒有止住」，也就是鴛鴦說的「血山崩」。血山崩中醫名為「崩漏」，現代醫學稱之為「功能失調性子宮出血」。正常月經不會出血很多，50-80 毫升；持續時間在 3-5 天。如果女性月經量增多，經期延長或不在行經期間發生陰道出血，不能自止，又找不到身體部位和生殖器官部位的器質性病變，這類子宮不規律出血就稱為「宮血」。中醫說此病「伏脈千里」，即病因長久，且內憂外困，心力交瘁。封建夫權規定的族權支持的色鬼賈璉與廚子「多渾蟲」老婆「多姑娘兒」偷情、偷娶尤二姐、新娶秋桐當是主要病因。第六十五回賈璉偷娶了尤二姐，

令她在第六十八回酸性大發，忍無可忍，但在夫權、族權規則中，她只得忍辱，「喜迎」尤二姐進賈府，心苦心毒地在第六十九回逼死尤二姐。第七十回就說「這一向因鳳姐病了」，再加上賈府事務煩雜，內外應對，內外交困，病中的鳳姐又不能歇息，故而病上加病。

3、內外應對，內外交困。就在這第七十二回病重的王熙鳳，內外交困，權財競爭，也只有病重。

首先、賈璉要錢來見鳳姐，見鴛鴦在此，說：「這兩日因老太太的千秋，所有的幾千兩銀子都使了。幾處房租地稅通在九月才得，這會子竟接不上。明兒又要送南安府的禮，又要預備娘娘的重陽節禮，還有幾家紅白大禮，至少還得三二千兩銀子用，一時難去支借。」他求鴛鴦暫且將老太太查不著的金銀器物偷運一箱，抵押銀子，支騰過去，半年後贖還。

接著，為王熙鳳私下放貸的來旺的媳婦來求賈璉和王熙鳳，她那個不成器的兒子（據林之孝說「在外頭吃酒賭錢，無所不至」）想要太太房裡的彩霞，說親被拒絕，這時來求王熙鳳和賈璉恩典。賈璉和王熙鳳答應，彩霞父母只好答應。原因就是來旺為王熙鳳在外放高利貸。

賈府的錢，許多被她私自用於高利貸。她瞞上騙下，殫精竭慮，自命「放賬破落戶」，自知「我的名聲不好，再放一年，都要生吃了我呢」。其間還夾雜太監夏爺爺派一個小太監來要銀子，說看中一所房子，短少二百兩銀子，而他借了賈府一千二百兩銀子沒還。鳳姐要手段與旺兒媳婦、平兒配合，假稱用自己金項圈抵押四百兩銀子，給小太監二百兩。賈璉說：「昨兒周太監來，張口一千兩。我略應慢了，他就不自在。」

第七十四回傻大姐拾到香囊袋。把婆婆邢夫人得罪了，「自己反賺了一場病」的鳳姐，本想聽平兒勸告「多一事不如少一

事」，但遭到王夫人一番責難，只得帶病領人連夜抄檢大觀園，奔波勞累，氣虛不攝血，當天夜裡便「淋漓不止」，臥床療治。

　　這樣的王熙鳳，也是最苦的王熙鳳。她得在以賈母為中心的各種複雜的族權網羅中、賈府日常事務中、人事糾葛中盤算、計較、周旋；她得時刻警惕，還得容忍自己丈夫賈璉這個大淫棍，勉強維護自己的性權利，結果「機關算盡太聰明，反算了卿卿性命」。

　　第一○一回王熙鳳心身皆苦，殫精竭慮，一系列精神分裂導致的幻覺：她推門進園前去秋爽書齋瞧探春，月夜下寒鴉宿鳥都驚飛起來。身後唬唬哧哧，她回頭看見「兩隻眼睛恰似燈光一般」的大狗，跑上「大土山上方站住了，回身猶向鳳姐拱爪兒」，即邀請王熙鳳進墳墓。接著出現死去的秦可卿，王熙鳳嚇得跌倒，其病更重，再加上御史參本，說王熙鳳死去的大舅王子騰任上虧空，著落二舅和侄兒王仁賠補，王熙鳳更是愁苦。她前往散花寺求籤，得了一個「第三十三籤，上上大吉」即「王熙鳳衣錦還鄉」：「去國離鄉二十年，於今衣錦返家園，蜂采百花成蜜後，為誰辛苦為誰甜！行人至，音信遲，訟宜和，婚再議」。老尼等都假說好籤，惟獨寶釵以為不妙。

三、王熙鳳的結局：柳葉眉終成吊梢眉且「骨肉情疏」

　　麻衣神相「柳葉眉」主發達，判詞中有「骨肉情疏」。在族權中專營，殫精竭慮，變性變形變態，四面周旋；在夫權中掙扎，變性變形變態，弄得她成了短命「吊梢眉」且「骨肉情疏」。第一○五回，錦衣軍查抄寧國府，起因是「賈赦交通外官，依勢凌弱」，又在王熙鳳的東跨房抄出屬於「重利盤剝」的兩箱地契文和一箱借票。當時重病王熙鳳正陪著賈母吃家宴，「帶病哼哼唧唧地」說笑話，討好賈母、王夫人，使得賈母笑道：「鳳丫

頭病到這樣，這張嘴還是這麼尖巧。」正說得高興，邢夫人那
邊的人、平兒披頭散髮來報：王爺帶人查抄家產。剎那間「王、
邢二夫人等聽的，俱魂飛天外，不知怎樣才好」，「賈母沒有聽
完，便嚇得涕淚交流，連話也說不出來」，「唯獨鳳姐先前圓睜
兩眼聽著，後來便一仰身栽倒在地下了」。

賈府，尤其是丈夫賈璉對她骨肉情疏。此前婆婆邢夫人惡
對媳婦王熙鳳為「骨肉情疏」，導致她生病。第一○六回「王熙
鳳致禍抱羞慚」，「病在垂危」。賈府許多人都抱怨她，尤其是賈
政「埋怨賈璉夫婦不知好歹，如今鬧出放賬取利的事情，大家
不好。方見鳳姐所為，心裡很不受用」。鳳姐「奄奄一息」，平
兒哭著要賈璉請醫生，賈璉啐道：「我的性命還不保，我還管她
麼！」，更是夫妻情薄。

賈府惟獨沒有骨肉情疏的是賈母。第一○七回被抄查一空
的賈府世職被革除，賈赦、賈珍被流放。賈母「將做媳婦到如
今積攢的東西都拿出來」，分給賈赦夫婦、賈珍夫婦、賈政夫婦、
寶玉夫婦等等。鳳姐本以為「賈母等惱她，不疼的了，是死活
由她的，不料賈母親自來瞧，心裡一寬」，「賈母仍舊疼她，王
夫人也沒有嗔怪，過來安慰她」，而且也給她三千兩銀子。

第一一○回賈母病故，鳳姐病中也好強，「先仗著自己的才
幹，原打量老太太死了她大有一番作為」。邢夫人、王夫人因她
曾經辦過秦可卿的喪事，也要她總理，但賈府今不如昔，而且
大家都旁觀，疏遠她，真「骨肉情疏」。當時賈府男僕二十一人，
女僕只有十九人。大家都想體體面面辦這喪事，但沒有錢。婆
婆邢夫人拿著錢，想要「留一點子做個收局」，「所以死拿住不
放鬆」，有錢的奴才早溜了。吃飯吃菜的事都找她，大家都對鳳
姐「死眉瞪眼的」，使得鴛鴦懷疑鳳姐「不肯用心，便在賈母靈
前嘮嘮叨叨哭個不了。邢夫人等聽了話中有話，不想到自己不

令鳳姐便宜行事，反說鳳丫頭果然有些不用心」。於是王夫人晚上責怪鳳姐，要她「替我們操點兒心才好」，而邢夫人在旁說她「打撒手」，使鳳姐「紫漲了臉」，但她「不敢再言，只得含悲忍泣」召集眾人。大家也埋怨，以為錢在賈璉手裡。鳳姐「要把各處的人整理整理，又恐邢夫人生氣；要和王夫人說，怎奈邢夫人調唆。這些丫頭們見邢夫人等不助鳳姐的威風，更加作踐起她來。」邢夫人仗著「悲戚為孝」不管事，「王夫人樂得跟了邢夫人行事，餘者更不必說了」。

> 次日乃坐夜之期，更加熱鬧。鳳姐這日竟支撐不住，也無方法，只得用盡心力，甚至咽喉嚷啞，敷衍過了半日。到了下半天，親友更多了，事情也更繁了，瞻前不 能顧後。正在著急，只見一個小丫頭跑來說：「二奶奶在這裡呢。怪不得大太太說：『裡頭人多，照應不過來，二奶奶是躲著受用去了！』」鳳姐聽了這話，一口氣撞上來，往下一咽，眼淚直流，只覺得眼前一黑，嗓子裡一甜，便噴出鮮紅的血來，身子站不住，就蹲倒在地。幸虧平兒急忙過來扶住。只見鳳姐的血一口一口地吐個不住。

邢夫人說「她推病藏躲」。第一一一回賈府進賊，妙玉被強賊劫持，她也「扶病過來」處理此事。第一一三回邢夫人、王夫人因賈府被抄記恨，丈夫賈璉因尤二姐記恨，都疏遠她，她「只求速死」。臨終前夢見被她折磨自殺的尤二姐，感到「後悔」：

> 只見尤二姐從房後走來，漸近床前，說：「姐姐，許久的不見了。做妹妹的想念得很，要見不能，如今好容易進來見見姐姐。姐姐的心機也用盡了。咱們的二爺糊塗，也不領姐姐的情，反倒怨姐姐作事過於刻薄，把他的前程去了，叫他如今見不得人。我替姐姐氣不平。」鳳姐

恍惚說道：「我如今也後悔我的心忒窄了。妹妹不念舊惡，還來瞧我。」平兒在旁聽見，說道：「奶奶說什麼？」鳳姐一時甦醒，想起尤二姐已死，必是她來索命。

夢見因她鐵檻寺弄權而自殺的兩個情侶金哥和守備的兒子：

平兒只得出來請劉老老這裡坐。鳳姐剛要合眼，又見一個男人一個女人走向炕前，就像要上炕的。鳳姐急忙便叫平兒，說：「哪裡來了一個男人，跑到這裡來了！」連叫了兩聲，只見豐兒小紅趕來，說：「奶奶要什麼？」鳳姐睜眼一瞧，不見有人，心裡明白，不肯說出來，便問豐兒道：「平兒這東西哪裡去了？」豐兒道：「不是奶奶叫去請劉姥姥去了麼？」鳳姐定了一會神，也不言語。

善有善報，此為鳳姐唯一的善，唯一的善報。此時劉姥姥帶著孫女青兒來看她。病臥在床的鳳姐問劉姥姥日子過得如何？劉姥姥千恩萬謝地說：「我們若不仗著姑奶奶──」說著指著青兒說：「她的老子娘都要餓死了。如今雖說是莊家人苦，家裡也掙了好幾畝地，又打了一眼井，種些菜蔬瓜果，一年賣的錢也不少，盡夠他們嚼吃的了。這兩年姑奶奶還時常給些衣服布匹，在我們村裡算過得的了」，因此得知賈府被抄她「幾乎唬殺了」，聽說賈政世襲祖爵，她「又喜歡」，聽說老太太沒了，「大哭了一大場」，女兒女婿也哭了。天沒亮，就趕著進城來了。看見鳳姐病重也「掉下淚來」。

鳳姐死後的骨肉情疏。第一一七回王熙鳳死，冷冷清清辦喪事後，流放在外的賈赦生病，兒子賈璉得去看顧。鳳姐的哥哥王仁、邢大舅、賈芸、賈薔、賈環騙邢夫人，將鳳姐女兒巧姐賣給一個外藩做「使喚的女人」（第一一九回披露），騙邢夫

人說是「郡王」求親,「王府的規矩,三天就要來娶的」。王夫人、平兒勸誡,但冷心冷腸的邢夫人答應了。危急時刻,劉姥姥來了,出主意悄悄用馬車將巧姐和平兒拉到她家所在村子,還「打掃上房,讓給巧姐、平兒住下。每日隨時鄉村風味,倒也潔淨」,叫孫子板兒進城打聽賈府消息。板兒進城,得知因賈寶玉、賈蘭中舉,皇帝「想起賈氏功勳」,「寧榮兩府復了官,賞還抄的家產……」,又眼見巧姐父親賈璉在門前下馬進門,「趕忙回去告訴他外祖母」。劉姥姥和孫女青兒用馬車送巧姐和平兒回賈府,與賈璉相見。

縱觀王熙鳳一生,她本性有「丹鳳眼」之「聰明超越」,毒蛇「三角眼」之「陰毒」。為了權錢,她在族權中鑽營,巧言利舌,討好賈母為中心的賈府眾人,管理榮國府,弄權弄錢,周旋於人際權勢間,變性變形變態,殫精竭慮;為了維護自己的妻權,在夫權壓迫下,她與色魔丈夫賈璉抗爭,她痛苦,變性變形變態,殫精竭慮。在族權夫權之雙重錦套緊勒下,故而有「柳葉吊梢眉」發達又短命且骨肉情疏的人生歷程。可讚歎:她是聰明超越的丹鳳眼、美麗發達的柳葉眉;可恨罵:弄權弄錢弄死人,她又是毒蛇三角眼;可悲憐:為了維護自己性權她又不得不毒蛇三角眼。更可悲可憐,她殫精竭慮,但免不了吊梢眉骨肉情疏又短命的結局。

可讚、可佩、可恨、可悲、可憐,這就是王熙鳳!

第二節　平兒:真心知心奴才小觀音

《紅樓夢》第五回太虛幻境沒有關於平兒命運的圖畫和判詞。平兒,是賈府中最為成功的准姨娘。根本在她的人格個性,真心知心奴才:侍奉主子完全沒有自我,一味順從,忠心耿耿;知主子之心,能料所未料,能行所未行,能平靜地平衡各種糾

葛;更令人感歎的是她本性善,完全是變身丫鬟的小觀音,令
賈府上下都感動,令我們讀者感動。故而雪芹翁為她取名「平
兒」。

真心知心奴才平兒的成功,特別具有典型意義。賈璉的心
腹小廝賈府著名評論家興兒在第六十五回評論王熙鳳之所以容
下平兒說:「那平姑娘又是個正經人,從不把一件事放在心上,
也不會挑妻窩夫的,倒一味忠心赤膽服侍她,才容下了。」

通觀中外歷史,在專制制度下,完全沒有自我,真心、知
心是奴才成功之本:知主子的心才能奉獻自己的真心,效勞主
子,得到主子的讚賞。平兒完全沒有自我,是一個地地道道的
真心知心奴才,是令所有的主子感動的奴才,所以鳳姐死後,
她被感動不已的色魔主子賈璉封為太太。做奴才,完全沒有自
我,真心知心效勞主子,就是為奴者最大的「我」。立志為奴者,
當謹記,謹記!

一、真心知心奴才平兒:王熙鳳心腹

(一)通房大丫頭平兒

平兒第一次出場在第六回。劉姥姥帶著外孫板兒,進城來
賈府打秋風。賈府管春秋兩季地租的周瑞家婆娘帶著她婆孫進
賈府,「先找著鳳姐的一個心腹通房大丫頭名喚平兒的」。「心腹」
方成「通房大丫頭」。「通房」即其臥室與主子寢室相通,主人
性事她得照料;男主子晚上可上她的床,即性事屬於姜,但地
位比姜低,履行正式婚禮之通房丫頭才可稱姜。平兒名為通房
大丫頭,但王熙鳳不許賈璉「通」她的「房」。她「通房」只是
侍奉主子性生活,卻沒見她抱怨。第七回周瑞家的為薛姨媽遞
送賈府各位姑娘宮花,她眼見平兒「通房」:

> 那周瑞家的又和智能兒嘮叨了一會,便往鳳姐兒處

來。……，出西角門進入鳳姐院中。走至堂屋，只見小丫頭豐兒坐在鳳姐房中門檻上，見周瑞家的來了，連忙擺手兒叫她往東屋裡去。周瑞家的會意，忙躡手躡足往東邊房裡來，只見奶子正拍著大姐兒睡覺呢。周瑞家的悄問奶子道：「姐兒睡中覺呢？也該請醒了。」奶子搖頭兒。正說著，只聽那邊一陣笑聲，卻有賈璉的聲音。接著房門響處，平兒拿著大銅盆出來，叫豐兒舀水進去。平兒便到這邊來，一見了周瑞家的便問：「你老人家又跑了來作什麼？」周瑞家的忙起身，拿匣子與他，說送花兒一事。平兒聽了，便打開匣子，拿了四枝，轉身去了。半刻工夫，手裡拿出兩枝來，先叫彩明吩咐道：「送到那邊府裡給小蓉大奶奶戴去。」次後方命周瑞家的回去道謝。

大白天鳳姐與賈璉交媾，不避內外，嬉笑連連，耳聞目睹者反而悄聲不語。平兒卻為兩人事後清洗陰陽拿盆，命人打水。「心腹」奴才才可「通房」。心腹者，主子之心肝也，能料主子所料，能做主子欲做。第三十九回李紈評價平兒為王熙鳳的「總鑰匙」：

> 李紈攬著她笑道：……平兒一面和寶釵湘雲等吃喝，一面回頭笑道：「奶奶，別只摸得我怪癢的。」李氏道：「嗳喲！這硬的是什麼？」平兒道：「鑰匙。」李氏道：「什麼鑰匙？要緊體己東西怕人偷了去，卻帶在身上。我成日家和人說笑，有個唐僧取經，就有個白馬來馱他，劉

智遠打天下，就有個瓜精來送盔甲[20]，有個鳳丫頭，就有個你。你就是你奶奶的一把總鑰匙，還要這鑰匙作什麼。」……「鳳丫頭就是楚霸王，也得這兩隻膀子好舉千斤鼎。她不是這丫頭，就得這麼周到了！」

「總鑰匙」稱呼好，能打開主子所有的門，包括心門，故而王熙鳳視之為「心腹」。

（二）知心奴才平兒：深知鳳姐與賈府眾人，多面目巧妙周旋應對平衡

平兒特能知人之心，巧妙周旋應對，在《紅樓夢》中處處皆有。最為典型的是第五十五回《辱親女愚妾爭閒氣　欺幼主刁奴蓄險心》面對探春的改革舉措。王熙鳳因操勞過度而「小月（小產）」，繼而又生「下紅之症（崩漏）」。王夫人要她養病，令探春為主，李紈、寶釵配合主管家務。剛好趙姨娘因自己的弟弟趙國基死了，探春依據舊例給了二十兩喪銀，而此前王夫人卻給死了娘的襲人四十兩，趙姨娘找到女兒探春，哭鬧一場。這時平兒駕臨，她深知人心，一番巧妙應對之後，回去將探春堅持「舊例」決不姑息趙姨娘的事、減免各種費用的事告訴了鳳姐。鳳姐讚頌探春，其所言「正理」與「私心」正是平兒前

---

[20]　後漢高祖劉智遠少年時曾流落「泉南佛國」古剎白蓮寺，被白蓮寺附近李家莊的李員外收留。李員外見劉智遠知書識禮，便以小女李三娘招為婿。李家在白蓮寺後有一片瓜園。李員外去世之後，哥嫂為獨佔家產，把劉智遠李三娘趕出門。小倆口向白蓮寺僧求情，住在寺內柴房裡。劉智遠看瓜，李三娘拉磨，過著清苦的日子。一天，劉智遠看瓜時大戰前來偷吃的雞精，追進雞精洞，原來是天上的星君，贈送給他青龍劍一支，兵書一同。劉智遠上應天命，告別嬌妻，投筆從戎求取前程，後來果然成就一番大事業。

此所言，所行。

　　先看鳳姐所言心中所想之「正理」和「私心」：「<u>按正理，天理良心上論</u>，咱們有她這個人幫著，咱們也省些心，於太太的事也有益。<u>若按私心藏奸上論</u>，我也太行毒了，也該抽頭退步。回頭看了看，再要窮追苦克，人恨極了，暗地裡笑裡藏刀，咱們兩個才四個眼睛，兩個心，一時不防，倒弄壞了。趁著緊溜之中，她出頭一料理，眾人就把往日咱們的恨暫可解了。」

　　平兒正是鳳姐之心的先行者，且能多身份面目地巧妙應對。起初按人情之常對探春，眼見不對則巧妙變形應對。平兒開了兩扇門：遵舊例的公門、徇私的私門：

> 　　忽聽有人說：「二奶奶打發平姑娘說話來了。」趙姨娘聽說，方把口止住。只見平兒進來，趙姨娘忙陪笑讓坐，又忙問：「你奶奶好些？我正要瞧去，就只沒得空兒。」李紈見平兒進來，因問她來做什麼。平兒笑道：「奶奶說，趙姨奶奶的兄弟沒了，恐怕奶奶和姑娘不知有舊例，若照常例，只得二十兩。如今請姑娘裁奪著，再添些也使得。」（此時平兒是鳳姐協從管家，既說了常例公門，眼見趙姨娘在此，又為權力行使者探春開了方便之私門。這樣賈府上下如有不滿，罪不在我和鳳姐。）探春早已拭去淚痕，忙說道：「又好好的添什麼，誰又是二十四個月養下來的？不然也是那出兵放馬背著主子逃出命來過的人不成？你主子真個倒巧，叫我開了例，她做好人，拿著太太不心疼的錢，樂得做人情。你告訴她，我不敢添減，混出主意。她添她施恩，等她好了出來，愛怎麼添了去。」（探春直言說鳳姐、平兒：樂用公錢買私情。）平兒一來時已明白了對半，今聽這一番話，越發會意，見探春有怒色，便不敢以往日喜樂之時相待，只一邊垂

手默侍。(變身為奴,且心身一體)

接著,因趙姨娘吵鬧,探春哭後要重新洗飾,三四個小丫鬟捧了沐盆、巾帕、靶鏡等物來,給探春洗臉。看看平兒:

> 此時探春因盤膝坐在矮板榻上,那捧盆的丫鬟走至跟前,便雙膝跪下,高捧沐盆,那兩個小丫鬟,也都在旁屈膝捧著巾帕並靶鏡脂粉之飾。平兒見侍書不在這裡,便忙上來與探春挽袖卸鐲,又接過一條大手巾來,將探春面前衣襟掩了。(平兒此時是丫頭。)探春方伸手向面盆中盥沐。那媳婦便回道:「回奶奶姑娘,家學裡支環爺和蘭哥兒的一年公費。」平兒先道:「你忙什麼!你睜著眼看見姑娘洗臉,你不出去伺候著,先說話來。二奶奶跟前你也這麼沒眼色來著?姑娘雖然恩寬,我去回了二奶奶,只說你們眼裡都沒姑娘,你們都吃了虧,可別怨我。」(平兒此時是大丫頭。)唬得那個媳婦忙陪笑道:「我粗心了。」一面說,一面忙退出去。

接著平兒八面玲瓏,巧妙應對:「公私」兩論,既肯定探春改革,又維護鳳姐,照顧下人:

> (緊接其上)探春一面勻臉,一面向平兒冷笑道:「你遲了一步,還有可笑的:連吳姐姐這麼個辦老了事的,也不查清楚了,就來混我們。幸虧我們問她,她竟有臉說忘了。我說她回你主子事也忘了再找去?我料著你那主子未必有耐性兒等她去找。」平兒忙笑道:「她有這一次,管包腿上的筋早折了兩根。姑娘別信她們。那是她們瞅著大奶奶是個菩薩,姑娘又是個醃膕小姐,固然是托懶來混。」(奉承李紈、探春,又迎合探春所言。)說著,

又向門外說道：「你們只管撒野，等奶奶大安了，咱們再說。」門外的眾媳婦都笑道：「姑娘，你是個最明白的人，俗語說，『一人作罪一人當』，我們並不敢欺蔽小姐。如今小姐是嬌客，若認真惹惱了，死無葬身之地。」平兒冷笑道：「你們明白就好了。」（平兒此時為維護探春的大丫頭。）又陪笑向探春道：「姑娘知道二奶奶本來事多，哪裡照看得這些，保不住不忽略。（此言說鳳姐即便有錯也不應責備。）俗語說，『旁觀者清』，這幾年姑娘冷眼看著，或有該添該減的去處二奶奶沒行到，姑娘竟一添減，頭一件於太太的事有益，（此為鳳姐所言「正理」）第二件也不枉姑娘待我們奶奶的情義了。（這就是鳳姐所言「自己抽頭退步，讓人們去恨探春的私心。」但面對探春她將此「私心」變成「姑娘待我們奶奶的情義。」）」話未說完，寶釵李紈皆笑道：「好丫頭，真怨不得鳳丫頭偏疼她！本來無可添減的事，如今聽你一說，倒要找出兩件來斟酌斟酌，不辜負你這話。」（果然三人從此言得到鼓舞。）

　　平兒知己知彼，八面玲瓏，真令人感歎。緊接其上，探春減免寶玉、賈環、賈蘭每人每年上學所用「學裡吃點心或買紙筆」的八兩，共二十四兩銀子。吃午餐時，平兒外出為探春、李紈、寶釵叫餐，面對眾媳婦，她既維護了探春，又使眾媳婦以為護己者：

　　平兒忙答應了一聲出來。那些媳婦們都忙悄悄地拉住笑道：「哪裡用姑娘去叫，我們已有人叫去了。」（「媳婦們悄悄地拉住笑道」以及此下的動作，可見平兒與媳婦們相處非同一般的融洽，媳婦們以她為知己。）一面說，

一面用手帕撐石磯上說：「姑娘站了半天乏了，這太陽影裡且歇歇。」平兒便坐下。又有茶房裡的兩個婆子拿了個坐褥鋪下，說：「石頭冷，這是極乾淨的，姑娘將就坐一坐兒罷。」平兒忙陪笑道：「多謝。」一個又捧了一碗精緻新茶出來，也悄悄笑說：「這不是我們的常用茶，原是伺候姑娘們的，姑娘且潤一潤罷。」平兒忙欠身接了，因指眾媳婦悄悄說道（「悄悄說道」，即以說私房知心話的形式指教。）：「你們太鬧得不像了。她是個姑娘家，不肯發威動怒，這是她尊重，你們就藐視欺負她。果然招她動了大氣，不過說她個粗糙就完了，你們就現吃不了的虧。她撒個嬌兒，太太也得讓她一二分，二奶奶也不敢怎樣。你們就這麼大膽子小看她，可是雞蛋往石頭上碰。」（瞧瞧這話：既奉承支持探春，讓眾媳婦順從探春，也維護眾位媳婦，更讓她們感恩。）眾人都忙道：「我們何嘗敢大膽了，都是趙姨奶奶鬧的。」平兒也悄悄地說：「罷了，好奶奶們。『牆倒眾人推』，那趙姨奶奶原有些倒三不著兩，有了事都就賴她。（此言公正，知人。）你們素日那眼裡沒人，心術利害，我這幾年難道還不知道？……」

平兒此番談話面面俱到，八面玲瓏，既維護探春，又提醒媳婦們，使她們不碰壁。其後平兒阻止怡紅院前來詢問月銀的秋紋，即支援了探春節約的新政，又使得「沒得臊一鼻子灰」的秋紋感激，去「知會」其他丫頭。

平兒回去將探春堅持「舊例」決不姑息趙姨娘的事、減免各種費用的事告訴了王熙鳳。王熙鳳所言心中之「正理」與「私心」正是平兒此前所行：

「<u>按正理，天理良心上論</u>，咱們有她這個人幫著，咱們
也省些心，於太太的事也有益。（此為公。）<u>若按私心藏
奸上論</u>，我也太行毒了，也該抽頭退步。回頭看了看，
再要窮追苦克，人恨極了，暗地裡笑裡藏刀，咱們兩個
才四個眼睛，兩個心，一時不防，倒弄壞了。趁著緊溜
之中，她出頭一料理，眾人就把往日咱們的恨暫可解了。」
（此為私。讓眾人轉移目標，怨恨探春去。）
平兒不等說完，便笑道：「你太把人看糊塗了。我才已經
行在先，這會子又反囑咐我。」（撒嬌：奴才先主子而言
行，故得意。）鳳姐兒笑道：「我是恐怕你心裡眼裡只有
了我，一概沒有別人之故，不得不囑咐。（鳳姐深知平兒
是真心奴才。）既已行在先，更比我明白了。（知心奴才
且能先主子而行，此為平兒超越一般真心奴才之處。）
你又急了，滿口裡『你』『我』起來。」平兒道：「偏說
『你』！你不依，這不是嘴巴子，再打一頓。難道這臉
上還沒嘗過的不成！」（真心知心奴才撒嬌：你就是我，
我就是你。）鳳姐兒笑道：「你這小蹄子，要掂多少過子
罷。看我病得這樣，還來慪我。過來坐下，橫豎沒人來，
咱們一處吃飯是正經。」（此言體現鳳姐是多麼喜歡平兒
這個真心又知心的奴才。面對外人，她倆有主奴之分，
只有她倆，就是姐妹。）

平兒對鳳姐心思瞭若指掌，體貼主子，完全主奴一心，怎
麼不令三角眼吊梢眉感動，認她為心腹？平兒的知人還體現在
第三十六回金釧死後，幾家僕人都給鳳姐送禮，並奉承鳳姐，
一向聰明的鳳姐竟然不知道是什麼原因，經過平兒的點撥，鳳
姐才茅塞頓開，方知「如今金釧死了，必定她們要弄這兩銀子
的巧宗兒呢」。貪財鳳姐「自管遷延著，等那些人把東西送足了，

然後乘空方回王夫人」。第四十六回老色鬼賈赦打鴛鴦的主意，邢夫人來與鳳姐商議，鳳姐從賈母立場建議邢夫人「別碰這個釘子去」，平兒以素日對鴛鴦個性的理解也以為「此事未必妥當」。結果她倆配合默契，沒有陷進去。

（三）王熙鳳高利貸事件中的平兒：明知不對也真心赤膽協助主子

因高利貸，平兒玲瓏應變周旋於王熙鳳、賈璉之間。心腹即主子的腹心肝膽，想主子之所想，行主子之欲行。第十六回披露鳳姐暗地裡將賈府金銀放高利貸，坐收利息，收歸己有。平兒特知鳳姐意，特能應變言說。時逢元春升為賢德妃，賈府上下喜氣洋洋，送利錢的來旺媳婦來了。鳳姐正與久別歸來的賈璉見面交談，聽見外間說話，問「是誰？」文中說「平兒進來回道：『姨太太打發香蓮來問我一句話，我已經說了，打發她回去了。』」賈璉出門後，看看平兒與鳳姐對白：

> 這裡鳳姐乃問平兒：「方才姨媽有什麼事，巴巴打發了香菱來？」平兒笑道：「哪裡來的香菱，是我借她暫撒個謊。奶奶說說，旺兒嫂子越發連個承算也沒了。」說著，又走至鳳姐身邊，悄悄地說道（用賈府銀子放貸，利歸鳳姐，當然得悄悄。）：「奶奶的那利錢銀子，遲不送來，早不送來，這會子二爺在家，她且送這個來了。幸虧我在堂屋裡撞見，不然她走了來回奶奶，二爺倘或問奶奶是什麼利錢，奶奶自然不肯瞞二爺的，少不得照實告訴二爺。我們二爺那脾氣，油鍋裡的錢還要找出來花呢，聽見奶奶有了這個體己，他還不放心地花了呢？所以我趕著接了過來，叫我說了她兩句，誰知奶奶偏聽見了問，我就撒謊說香菱來了。」鳳姐聽了笑道：「我說呢，姨媽知道你二爺來了，忽喇巴兒地打發個房裡人來了？原來

是你這蹄子鬧鬼。」

平兒深知鳳姐，這利錢是鳳姐的體己錢，必定要瞞著丈夫賈璉，但其言談應對玲瓏：並不直言鳳姐隱瞞丈夫，反說「奶奶自然不肯瞞二爺的，少不得照實告訴二爺」，似乎主子夫婦琴瑟和諧，既掩飾王熙鳳夫妻相瞞，又為鳳姐保住體己利錢，免得賈璉「油鍋裡的錢還要找出來花」。這就是「心腹」。怪不得鳳姐「笑」，多次稱她為「蹄子」。她真是鳳姐的「蹄子」，鳳姐怎麼想，她該怎麼踢，她都知道。

因高利貸，應對襲人的平兒。面對襲人，她口吐真言，維護鳳姐。第三十九回：

> 眾婆子丫頭打掃亭子，收拾杯盤。襲人和平兒同往前去，讓平兒到房裡坐坐，再喝一杯茶。平兒說：「不喝茶了，再來罷。」說著便要出去。襲人又叫住問道：「這個月的月錢，連老太太和太太還沒放呢，是為什麼？」平兒見問，忙轉身至襲人跟前，見方近無人，才悄悄說道：「你快別問，橫豎再遲兩天就放了。」襲人笑道：「這是為什麼，唬得你這樣？」（她知此事醜惡，萬一暴露，賈府上下皆怒，故而「悄悄」，故而「唬」。）平兒悄悄告訴她道：「這個月的月錢，我們奶奶早已支了，放給人使呢。等別處的利錢收了來，湊齊了才放呢。因為是你，我才告訴你，你可不許告訴一個人去。」（賈府知名奴才，平兒第一、襲人第二。二奴知心，故相互吐真言。）襲人道：「難道她還短錢使，還沒個足厭？何苦還操這心。」平兒笑道：「何曾不是呢。這幾年拿著這一項銀子，翻出有幾倍來了。她的公費月例又使不著，十兩八兩零碎攢了放出去，只她這體己利錢，一年不到，上千的銀子呢。」

（雙方都是准妾，相互理解，故而「悄悄」說實話。）
襲人笑道：「拿著我們的錢，你們主子奴才賺利錢，哄得
我們呆呆地等著。」（襲人亦知她主子奴才一心，固有此
「笑道」。）平兒道：「你又說沒良心的話。你難道還少
錢使？」（這「良心」指我主子鳳姐和我平兒都對你好，
你可要周全我主子。）襲人道：「我雖不少，只是我也沒
地方使去，就只預備我們那一個。」平兒道：「你倘若有
要緊的事用錢使時，我那裡還有幾兩銀子，你先拿來使，
明兒我扣下你的就是了。」（這樣既維護了主子，又讓襲
人放心。）襲人道：「此時也用不著，怕一時要用起來不
夠了，我打發人去取就是了。」

（四）「多姑娘」事件：平兒周旋於三角眼王熙鳳與淫棍賈
璉之間

鳳姐、賈璉都是主子，都不敢得罪，都得討好，但因賈璉
完全淫棍一根，亂色無忌，而鳳姐性剛不容，身處其中她得巧
妙周旋。

克己順從王熙鳳，又見機庇護賈璉。作為王熙鳳的「心腹
通房大丫頭」，平兒特能順從鳳姐，是心腹，「通房」但不「同
房」以討好王熙鳳。同時她又能見機庇護賈璉，使淫棍賈璉感
動。第二十一回女兒巧姐兒出天花。確診之後，鳳姐「一面打
掃房間供奉痘疹娘娘，一面傳語家人忌煎炒等物，一面命平兒
打點鋪蓋衣服與賈璉隔房」，「賈璉只得搬出外書房來齋戒」。舊
時兒女生病，凡夫妻都要分居，敬奉藥神，求藥神保佑兒女平
安，但賈璉並不以女兒為念，而是濫淫，「將小廝們內有清俊的
選來出火」，然後勾搭下人多渾蟲媳婦，「那媳婦越浪，賈璉越
醜態畢露」。十二日後女兒毒盡斑回，送了痘疹娘娘，闔家祭天
祀祖，還願焚香。賈璉搬進臥室，「見了鳳姐，俗語說『新婚不

如遠別』，更有無限恩愛，自不必說」。此「恩愛」就是獸類交合。

　　第二天一早，平兒收拾賈璉在外居住時期所用衣服鋪蓋，發現賈璉淫亂的證據，她沒有一絲妒意，但不能通報鳳姐，得罪賈璉，只得庇護賈璉，周旋於倆主子之間：

> 　　次日早起，鳳姐往上屋去後，平兒收拾賈璉在外的衣服鋪蓋，不承望枕套中抖出一絡青絲來。平兒會意，忙揣在袖內，便走至這邊房內來，拿出頭髮來，向賈璉笑道：「這是什麼？」賈璉看見著了忙，搶上來要奪。平兒便跑，被賈璉一把揪住，按在炕上，掰手要奪，口內笑道：「小蹄子，你不趁早拿出來，我把你膀子撅折了。」平兒笑道：「你就是沒良心的。我好意瞞著她來問，你倒賭狠！你只賭狠，等她回來我告訴她，看你怎麼著。」（作為「通房大丫頭」，丁點不吃醋，還嬌羞討好。）賈璉聽說，忙陪笑央求道：「好人，賞我罷，我再不賭狠了。」一語未了，只聽鳳姐聲音進來。賈璉聽見鬆了手，平兒剛起身，鳳姐已走進來，命平兒快開匣子，替太太找樣子。平兒忙答應了找時，鳳姐見了賈璉，忽然想起來，便問平兒：「拿出去的東西都收進來了麼？」平兒道：「收進來了。」鳳姐道：「可少什麼沒有？」平兒道：「我也怕丟下一兩件，細細地查了查，也不少。」鳳姐道：「不少就好，可多什麼沒有？」平兒笑道：「不丟萬幸，誰還添出來呢？」（明知故問，假裝天真不懂。）鳳姐冷笑道：「這半個月難保乾淨，或者有相厚的丟下的東西：戒指，汗巾，香袋兒，再至於頭髮，指甲，都是東西。」一席話，說得賈璉臉都黃了。（灰太狼，面對紅太狼。）賈璉在鳳姐身後，只望著平兒殺雞抹脖使眼色兒。平兒只

裝著看不見，因笑道：「怎麼我的心就和奶奶的心一樣！我就怕有這些個，留神搜了一搜，竟一點破綻也沒有。奶奶不信時，那些東西我還沒收呢，奶奶親自翻尋一遍去。」（討好鳳姐，同時遮掩色鬼。）鳳姐笑道：「傻丫頭，他便有這些東西，哪裡就叫咱們翻著了！」說著，尋了樣子又上去了。

平兒指著鼻子，晃著頭笑道：「這件事怎麼回謝我呢？」（討好，目的就是「回謝」，且兼嬌羞色浪。）喜得個賈璉身癢難撓，跑上來摟著，「心肝腸肉」亂叫亂謝。平兒仍拿了頭髮笑道：「這是我一生的把柄了。好就好，不好就抖露出這事來。」賈璉笑道：「你只好生收著罷，千萬別叫她知道。」口裡說著，瞅她不防，便搶了過來，笑道：「你拿著終是禍患，不如我燒了它完事了。」一面說著，一面便塞於靴掖內。平兒咬牙道：「沒良心的東西，過了河就拆橋，明兒還想我替你撒謊！」賈璉見她嬌俏動情，便摟著求歡，被平兒奪手跑了，急得賈璉彎著腰恨道：「死促狹小淫婦！一定浪上人的火來，她又跑了。」平兒在窗外笑道：「我浪我的，誰叫你動火了？難道圖你受用一回，叫她知道了，又不待見我。」（心中有女主子「她王熙鳳」，有男主子「他賈璉」，唯獨沒有自己，且能笑。）賈璉道：「你不用怕她，等我性子上來，把這醋罐打個稀爛，她才認得我呢！她防我像防賊的，只許她同男人說話，不許我和女人說話，我和女人略近些，她就疑惑，她不論小叔子侄兒，大的小的，說說笑笑，就不怕我吃醋了。以後我也不許她見人！」（色賊丈夫反罵妻子為「醋罐」，這是夫權規則。）平兒道：「她醋你使得，你醋她使不得。她原行得正走得正，你行動便有個

壞心，連我也不放心，別說她了。」（真鳳姐心腹通房大
丫頭，此言不假。）賈璉道：「你兩個一口賊氣。都是你
們行的是，我凡行動都存壞心。多早晚都死在我手裡！」
一句未了，鳳姐走進院來，因見平兒在窗外，就問道：「要
說話兩個人不在屋裡說，怎麼跑出一個來，隔著窗子，
是什麼意思？」賈璉在窗內接道：「你可問她，倒像屋裡
有老虎吃她呢。」平兒道：「屋裡一個人沒有，我在他跟
前作什麼？」（知鳳姐忌諱，以此討好鳳姐。）鳳姐兒笑
道：「正是沒人才好呢。」平兒聽說，便說道：「這話是
說我呢？」鳳姐笑道：「不說你說誰？」平兒道：「別叫
我說出好話來了。」說著，也不打簾子讓鳳姐，自己先
摔簾子進來，往那邊去了。（討好沒得認可，反遭懷疑，
忍不住發點脾氣。）鳳姐自掀簾子進來，說道：「平兒瘋
魔了。這蹄子認真要降伏我，仔細你的皮要緊！」（鳳姐
也能忍，因平兒能自動遠離賈璉。）賈璉聽了，倒在炕
上，拍手笑道：「我竟不知平兒這麼利害，從此倒服她了。」
鳳姐道：「都是你慣的她，我只和你說！」賈璉聽說忙道：
「你兩個不睦，又拿我來墊端兒。我躲開你們。」

　　像趙姨娘那樣，既不甘心為奴，但又沒有任何隱忍衡度，
妄性妄行，愚蠢愚昧，處處碰壁，最後精神分裂而死去，是悲
劇。而這平兒，置身倆主子的矛盾糾葛中，她特能容忍且能以
忍為樂，一如八卦周旋於陰陽之間。只有認定自己天生奴才命，
而且心性異常馴順，方能做得如此平和無痕，面無痕，心也無
痕。可以說平兒是一個天生沒有自我感覺、自我意志的奴才，
而這樣的奴才最能得到主子信任，成為親信。這是悲劇？還是
喜劇？此悲即喜，此喜即悲，令人歎息，故而雪芹翁為她取名
「平兒」。平者，因無自我，故心氣平和也。

「多姑娘」事發，置身三者之間的平兒。第四十四回多姑娘事暴露，置身三者之間的平兒成了鳳姐、賈璉的出氣筒，這是平兒猝不及防的唯一一次失敗，但她又能反敗為勝，以自己真心奴性使得王熙鳳感動。此回賈母為首，太太和小姐們為鳳姐過生日。鳳姐酒醉，回家發覺為賈璉望風的小丫頭行為異常，詢問責打，才知此時房中賈璉正與多姑娘偷情。看看夾身其間的平兒：

> （鳳姐）躡手躡腳地走至窗前。往裡聽時，只聽裡頭說笑。那婦人笑道：「多早晚你那閻王老婆死了就好了。」賈璉道：「她死了，再娶一個也是這樣，又怎麼樣呢？」那婦人道：「她死了，你倒是把平兒扶了正，只怕還好些。」賈璉道：「如今連平兒她也不叫我沾一沾了。平兒也是一肚子委曲不敢說。我命裡怎麼就該犯了『夜叉星』。」鳳姐聽了，氣得渾身亂戰，又聽他倆都贊平兒，便疑平兒素日背地裡自然也有憤怨語了，那酒越發湧了上來，也並不忖度，回身把平兒先打了兩下，一腳踢開門進去，也不容分說，抓著鮑二家的撕打一頓。又怕賈璉走出去，便堵著門站著罵道：「好淫婦！你偷主子漢子，還要治死主子老婆！平兒過來！你們淫婦忘八一條藤兒，多嫌著我，外面兒你哄我！」說著又把平兒打幾下，打得平兒有冤無處訴，只氣得乾哭，罵道：「你們做這些沒臉的事，好好的又拉上我做什麼！」說著也把鮑二家的撕打起來。（鳳姐因多姑娘之言誤會而打平兒，故而平兒打多姑娘，她最恨將自己拉入「沒臉的事」。）賈璉也因吃多了酒，進來高興，未曾作的機密，一見鳳姐來了，已沒了主意，又見平兒也鬧起來，把酒也氣上來了。鳳姐兒打鮑二家的，他已又氣又愧，只不好說的，今見平兒也

打，便上來踢罵道：「好娼婦！你也動手打人！」平兒氣怯，忙住了手，哭道：「你們背地裡說話，為什麼拉我呢？」（夫不打妻，可打妾出氣。）鳳姐見平兒怕賈璉，越發氣了，又趕上來打著平兒，偏叫打鮑二家的。（妻不敢打夫，也打妾出氣。）平兒急了，便跑出來找刀子要尋死。（成了色亂雙方出氣筒，平兒苦。）

　　然後賈璉拿劍作勢要殺王熙鳳，此事得賈母干涉並要派人叫賈璉父親賈赦，方得平息。襲人帶著平兒來到怡紅院避難，寶玉心中評價道：「思及賈璉惟知以淫樂悅己，並不知作養脂粉。又思平兒並無父母兄弟姊妹，獨自一人，供應賈璉夫婦二人。賈璉之俗，鳳姐之威，她竟能周全妥貼，今兒還遭荼毒，想來此人薄命，比黛玉猶甚。想到此間，便又傷感起來，不覺潸然淚下」。

　　因夫權，貴族男子淫亂為常事，邢夫人、尤夫人、賈母反怪鳳姐「吃醋」，但責怪平兒時，尤氏對此事看法正確：「尤氏等笑道：『平兒沒有不是，是鳳丫頭拿著人家出氣。兩口子不好對打，都拿著平兒煞性子。』」接著賈母出面，要賈璉向鳳姐賠不是。對賈璉的假道歉，鳳姐沒有原諒的反應。賈母要賈璉、鳳姐向平兒賠不是。對賈璉道歉，平兒沒有反應，但作為一個女子，作為鳳姐的「心腹」，她對鳳姐的理解體貼，讓鳳姐也感動，主奴都流淚：

　　　　賈璉聽說，爬起來，便與鳳姐作了一個揖，笑道：「原來都是我的不是，二奶奶饒過我罷。」滿屋的人都笑了。（旁觀者笑，獨鳳姐、平兒沒笑。）賈母笑道：「鳳丫頭，不許惱了，再惱我就惱了。」說著，又命人叫了平兒來，命鳳姐兒和賈璉兩個安慰平兒。賈璉見了平兒，越發顧

不得了，所謂「妻不如妾，妾不如偷」，聽賈母一說，便
趕上來說道：「姑娘昨日受了委屈了，都是我們的不是。
奶奶得罪了你，也是因我而起。我賠了不是不算外，還
替你奶奶賠個不是。」說著，也作了一個揖，引得賈母
笑了，鳳姐也笑了。（鳳姐不笑，賈母可就「惱」，故而
笑，但平兒並無反應。）

賈母又命鳳姐兒來安慰她。平兒忙走上來給鳳姐兒磕
頭，說：「奶奶的千秋，我惹了奶奶生氣，是我該死。」
（此為奴才真心話，不管怎樣，都是奴的錯。）鳳姐兒
正自愧悔昨日酒吃多了，不念素日之情，（主子與真心知
心奴才之情。）浮躁起來，為聽了旁人的話，無故給平
兒沒臉。今反見她如此，又是慚愧，又是心酸，忙一把
拉起來，落下淚來。（平兒自己被冤，不責主子，反自責，
此為奴本分，真令鳳姐感動。）平兒道：「我伏侍了奶奶
這麼幾年，也沒彈我一指甲。就是昨兒打我，我也不怨
奶奶，都是那淫婦治的，怨不得奶奶生氣。」說著，也
滴下淚來了。（鳳姐因丈夫淫亂而心苦痛，惟有平兒貼心
理解，此為女人對女人，女人知女人心，以心論心。夫
妻見對方違約亂淫，都會氣憤，也是她平素回避色鬼賈
璉的原因，更使鳳姐感動。但平兒僅將罪歸多姑娘而不
罪歸賈璉，因賈璉是主子，且夫權規定丈夫可以淫亂，
此回賈母就反責怪鳳姐「吃醋」。）

接著回到房中，鳳姐向平兒道歉，再接著第四十五回李紈
和眾姑娘來到，說著詩社的事，也為平兒鳴不平，鳳姐當著眾
人再次道歉：

鳳姐兒忙笑道：「竟不是為詩為畫來找我，這臉子竟是為

平兒來報仇的。竟不承望平兒有你這一位仗腰子的人。早知道，便有鬼拉著我的手打她，我也不打了。平姑娘，過來！我當著大奶奶姑娘們替你賠個不是，擔待我酒後無德罷。」說著，眾人又都笑起來了。李紈笑問平兒道：「如何？我說必定要給你爭爭氣才罷。」平兒笑道：「雖如此，奶奶們取笑，我禁不起。」

笑談之中鳳姐可是真心對真心，真心道歉。故而最能讓主子感動的就是奴才完全沒有自我的體貼主子，知主子，愛主子。前此所述賈府著名評論家小廝興兒評論王熙鳳這三角眼之所以容下平兒說「那平姑娘又是個正經人，從不把一件事放在心上，也不會挑妻窩夫的，倒一味忠心赤膽服侍她，才容下了」。此評論好，但還不夠：知主，方能侍主，得主歡心。

二、平兒本性善，賈府中一個小觀音

作為一個奴才，平兒知心、真心，忠心，令鳳姐感動；作為一個女孩，平兒本性善，令鳳姐，賈府上下都感動。平兒天性心善，通觀《紅樓夢》，找不出一丁點歹處。鳳姐本性也有善處，例如對志同道合的被公公爬灰致死的秦可卿，但對與自己相悖者是特歹毒的毒蛇三角眼，對賈瑞、尤二姐都如此，而且弄權弄錢不擇手段，吃人不吐骨頭。平兒本性善，天性小觀音。

（一）平兒體諒偷金的墜兒

第四十九回眾位姑娘聚集蘆雪庵。平兒褪下自己手腕上一對金鐲子，吃完燒烤鹿肉，金鐲子少了一個。第五十二回平兒來到怡紅院，避開人稱「爆炭」的正在生病的晴雯，悄悄將此事及其建議告訴麝月，偷金鐲子的是寶玉房中的小丫頭墜兒。她瞞著「爆炭」晴雯處置這事，不告知賈母、王夫人、二奶奶使寶玉沒臉，襲人也不好看，對墜兒也只是「打發出去就完了」。

　　寶玉聽得這話很感動，因平兒體貼自己，而墜兒處罰也輕。果然晴雯就是平兒所言「爆炭」，聽寶玉說了這事就發怒。後來扯拉墜兒，用一丈青，向她手上亂戳，叫來她母親，將她趕出怡紅院。這也說明平兒特知人，而寶玉相差甚遠。平兒特知人心，超過鳳姐，善心更超越鳳姐。

　　（二）尤二姐之死：善心平兒唯一的失誤、遺恨。尤二姐自身不潔，男人一勾搭就上鉤，先與賈府第一淫棍姐夫賈珍偷情，其後賈璉一逗弄，她不識好歹，聽任賈璉在寧榮街後一里遠的小花枝巷內買房，住進去成了二奶。第六十七回一個小丫頭聽見賈璉的兩個心腹小廝說尤二姐這「新二奶奶比咱們舊二奶奶俊」等，她將此話告訴了平兒，平兒告訴鳳姐，因此尤二姐事件曝光。第六十八回鳳姐生氣「眉頭一皺計上心來」，帶領平兒與其他侍從前往一枝花巷內，一番巧言，騙尤二姐「認她做是個極好的人」，於是跟著她進了賈府。

　　第六十九回鳳姐調唆尤二姐原定未婚夫張華告狀，再唆使賈赦賜給賈璉的小妾秋桐罵尤二姐「先姦後娶沒漢子要的娼婦」，又在賈母面前說尤二姐的壞話，「眾人見賈母不喜，不免又往下踏踐起來，弄得這尤二姐要死不能，要生不得。還是虧了平兒，時常背著鳳姐，看她這般，與她排解排解」。因「茶飯都系不堪之物」，「平兒看不過，在園中廚內另做了湯水與她吃」，鳳姐罵平兒：「人家養貓拿耗子，我的貓只倒咬雞。」為了自保，文中說「平兒不敢多說，自此也要遠著了」。其後庸醫亂用藥，打下尤二姐腹中胎兒，而鳳姐又挑唆秋桐欺負病重的尤二姐。此時平兒非常後悔自己將賈璉偷娶尤二姐的事告訴了鳳姐，導致尤二姐生不如死的苦難：

　　　　晚間，賈璉在秋桐房中歇了，鳳姐已睡，平兒過來瞧她，又悄悄勸她：「好生養病，不要理那畜生。」尤二姐拉她

哭道：「姐姐，我從到了這裡，多虧姐姐照應。為我，姐姐也不知受了多少閒氣。我若逃得出命來，我必答報姐姐的恩德，只怕我逃不出命來，也只好等來生罷。」平兒也不禁滴淚說道：「想來都是我坑了你。我原是一片癡心，從沒瞞她的話。既聽見你在外頭，豈有不告訴她的。誰知生出這些個事來。」（善心平兒哭泣，直言說此番話，只因自覺心中有愧，難過。）尤二姐忙道：「姐姐這話錯了。若姐姐便不告訴她，她豈有打聽不出來的，不過是姐姐說的在先。況且我也要一心進來，方成個體統，與姐姐何干。」二人哭了一回，平兒又囑咐了幾句，夜已深了，方去安息。

就在當晚，尤二姐吞金自殺。「平兒進來看了，不禁大哭」。賈璉知道是鳳姐所為，要銀子辦喪事，賈母只叫「或一燒或亂葬地上埋了完事」，鳳姐只給二三十兩銀子，「平兒又是傷心又是好笑，忙將二百兩一包的碎銀子偷了出來」，悄悄給了賈璉。

此悲劇始作俑者是賈璉，尤二姐自己水性也是原因，平兒之所以將此事告訴鳳姐出於一個丫頭忠心為主子的「癡心」，但沒料到鳳姐如此歹毒「生出這些事來」。這是平兒平生唯一遺恨。平兒生性小觀音。

（三）送衣邢岫煙

第四十九回，眾位姑娘聚會吟詩，雪地裡，不是猩猩氈的，就是羽緞羽紗的，而「岫煙仍是家常舊衣，並無避雪之衣。」第五十一回襲人回家探望病重母親，平兒奉王夫人、鳳姐之命，打扮襲人炫富，回想起昨日雪地裡邢岫煙「穿著那件舊氈斗篷，越發顯得拱肩縮背，好不可憐見的」，自己做主送她一件大紅紗冬裝。鳳姐笑著假意怪她：「我的東西，她私自就要給人」。眾人都恭維平兒知鳳姐，「素日孝敬太太，疼愛下人」故有此行，

鳳姐也說「所以知道我的心的，也就是她還知三分罷了」。

平兒送新衣給邢岫煙，而第九十回鳳姐巡視園中，在岫煙房中見到她的貧困，回來卻「叫平兒取了一件大紅洋縐的小襖兒，一件松花色綾子一鬥珠兒的小皮襖，一條寶藍盤錦鑲花棉裙，一件銀鼠褂子」舊衣送去。平兒大度心善，鳳姐慳吝，對比鮮明。

（四）鳳姐臨終托孤，平兒保護鳳姐和她的女兒巧姐

作為奴，平兒對鳳姐一味順從，知心，真心，令鳳姐感動；作為一個女人，平兒本性小觀音，鳳姐深知，臨終兩次托孤平兒。

第一〇一回在族權中鑽營，在夫權中掙扎的鳳姐病重臥床。晚上因巧姐哭，鳳姐第一次臨終托孤平兒。此為二奶奶對小妾：

> 鳳姐聽見，說：「了不得！你聽聽，她該挫磨孩子了！你過去把那黑心的養漢老婆下死勁地打她幾下子，把妞妞抱過來罷。」平兒笑（這笑是痛心笑，也是勸慰的笑。）道：「奶奶別生氣，她哪裡敢挫磨妞兒？只怕是不提防碰了一下子也是有的。這會子打她幾下子沒要緊，明兒叫她們背地裡嚼舌根，倒說三更半夜的打人了。」（平兒一定知道奶媽打孩子，但不願鳳姐憂心。背著鳳姐，她一定教訓此奶媽。）鳳姐聽了，半日不言語，長歎一聲，說道：「你瞧瞧，這會子不是我十旺八旺的呢！明兒我要是死了，撂下這小孽障，還不知怎麼樣呢。」（此為鳳姐擔憂處。）平兒笑道：「奶奶這是怎麼說。大五更的，何苦來呢？」鳳姐冷笑道：「你哪裡知道？我是早已明白了，我也不久了。雖然活了二十五歲，人家沒見的也見了，沒吃的也吃了，衣祿食祿也算全了，所有世上有的

也都有了，氣也賭盡了，強也算爭足了，就是『壽』字兒上頭缺一點兒也罷了。」平兒聽說，由不得眼圈兒紅了。（平兒心善，見不得人死。）鳳姐笑道：「你這會子不用假慈悲，我死了，你們只有喜歡的。你們一心一計和和氣氣地過日子，省得我是你們眼裡的刺。只有一件，你們知好歹，只疼我那孩子就是了。」平兒聽了，越發掉下淚來。（鳳姐臨終托孤。女子平兒，自知臨死母親之心，故而哭。）鳳姐笑道：「別扯你娘的臊！哪裡就死了呢？這麼早就哭起來！我不死還叫你哭死了呢。」（感動的，勉強的安慰的笑言。）平兒見說，連忙止住哭，道：「奶奶說得這麼叫人傷心。」一面說，一面又捶，鳳姐又朦朧睡去。

天將亮的時候，賈璉一肚子窩囊氣回來。王子騰在海疆虧空，但他死了，朝廷御史上奏要其弟王子勝、侄王仁賠補。王仁是鳳姐的哥哥。爺兒倆找賈璉，賈璉去找總理內庭都檢點「或者前任後任挪移挪移」。去晚了，白跑一趟，回頭見事主王仁一家看戲擺酒，他一肚子氣對鳳姐發作。鳳姐「素性要強」，掙扎起來。此時平兒說話，再次為了鳳姐，指責賈璉：

平兒道：「奶奶這麼早起來做什麼？哪一天奶奶不是起來有一定的時候兒呢？爺也不知是哪裡的邪火，拿著我們出氣，何苦來呢！奶奶也算替爺掙夠了，哪一點兒不是奶奶擋頭陣？不是我說，爺把現成兒的也不知吃了多少，（此說鳳姐弄權弄錢，包括鐵檻寺弄權致死倆情癡、私自用賈府的錢放高利貸，賈璉也吃錢。）這會子替奶奶辦了一點子事，況且關會著好幾層兒呢，就這麼拿糖作醋地起來，也不怕人家寒心？況且這也不單是奶奶的

事呀。我們起遲了，原該爺生氣，左右到底是奴才呀。奶奶跟前盡著身子累得成了個病包兒了，這是何苦來呢！」說著，自己的眼圈兒也紅了。（奴才善心小觀音。）

奴才平兒真心知心護主，任何主子都會感動流涕；小觀音平兒善心對鳳姐，任何人都會感動嗟嘆。此時她的眼淚是觀音楊柳淨瓶中的清露，但平兒對王熙鳳「掙夠了」、對賈璉托人轉移王子騰任上的「虧空」，卻全無正邪善惡衡度。平兒呀，真奴才，心中只有主子。鳳姐一死，從不「吃醋」的平兒扶正了，賈璉可以做一個後院九千二奶的皇上。

鳳姐第二次臨終訴苦托孤。第一○五回賈母擺家宴，鳳姐帶病出席，還「哼哼唧唧」討好王夫人、賈母，使得賈母說「鳳丫頭病到這地步，這張嘴還是這麼尖巧。」接著西平王、錦衣軍趙堂官帶錦衣軍闖進賈府，查抄家產。其他人「魂飛天外」，「獨見鳳姐先前圓睜兩眼聽著，後來便一仰身栽倒在地下了」。放高利貸是罪責之一，賈府上下怪怨恨鳳姐。賈政「埋怨賈璉夫婦不知好歹，如今鬧出放賬取利的事情，大家不好。方見鳳姐所為心裡很不受用」。但因鳳姐「現在病重，知她所有什物盡被抄搶一光，心內鬱結，一時未便埋怨，暫且隱忍不言」。內外交困的賈璉不管她的死活，只有平兒心貼心守護她，此為妹妹對姐姐；鳳姐再次臨終托孤，此為姐姐托妹妹：

> 且說賈璉打聽得父兄之事。（即賈赦為古扇弄權逼死石呆子、賈珍枉法濫行，強佔良民妻子。）不大妥，無法可施，只得回到家中。平兒守著鳳姐哭泣，秋桐在耳房裡抱怨鳳姐。賈璉走到旁邊，見鳳姐奄奄一息，就有多少怨言，一時也說不出來。平兒哭道：「如今已經這樣，東西去了不能復來；奶奶這樣，還得再請個大夫瞧瞧才好

啊。」賈璉啐道：「呸！我的性命還不保，我還管她呢！」
鳳姐聽見，睜眼一瞧，雖不言語，那眼淚直流。看見賈
璉出去了，便和平兒道：「你別不達時務了。到了這個田
地，你還顧我做什麼？我巴不得今兒就死才好。<u>只要你
能夠眼裡有我，我死後你扶養大了巧姐兒，我在陰司裡
也感激你的情</u>。」平兒聽了，越發抽抽搭搭地哭起來了。
（此為女子對女子，姐姐對妹妹：一哭賈璉完全沒有夫
妻情義，二哭鳳姐將去而巧姐無母。）鳳姐道：「你也不
糊塗。他們雖沒有來說，必是抱怨我的。雖說事是外頭
鬧起，我不放賬，也沒我的事。如今枉費心計，掙了一
輩子的強，偏偏兒的落在人後頭了！我還恍惚聽見珍大
爺的事，說是強佔良民妻子為妾，不從逼死，有個姓張
的在裡頭，你想想還有誰呢？要是這件事審出來，咱們
二爺是脫不了的，我那時候兒可怎麼見人呢？我要立刻
就死，又耽不起吞金服毒的。你還要請大夫，這不是你
疼我，反倒害了我了麼？」平兒愈聽愈慘，想來實在難
處，恐鳳姐自尋短見，只得緊緊守著。

　　平兒配合鳳姐放高利貸，賈璉也享用。此時事發，賈璉只
顧自己，不管老婆，惟有平兒守護鳳姐。患難見真心真性真情，
平兒真是小觀音。

三、小觀音平兒的結局：不負鳳姐托孤之重；也得到賈璉感恩，成了太太

　　鳳姐死後的第一一七回，為非作歹流放在外的父親賈赦生
病，賈璉得去看顧。第一一八回，賈環與鳳姐的哥哥王仁、舅
舅邢大舅、還有賈芸、賈薔、賈環商議，欺騙邢夫人，將巧姐
作為民女，賣給一個外藩做「使喚的女人」（第一一九回披露）。

幾人商定，他們騙邢夫人說得「錦上添花」，巧姐的舅舅王仁，更說是「郡王」求親，還說因犯官的孫女，不能舉行婚禮，而且「王府的規矩，三天就要來娶的」。邢夫人答應了，「平兒不放心」，跟蹤監視所謂王府來人，又「留神打聽」，得知真相，求告王夫人救巧姐兒。王夫人找到邢夫人：

> 王夫人知道這事不好，便和邢夫人說知。怎奈邢夫人信了兄弟並王仁的話，反疑心王夫人不是好意，便說：「孫女兒也大了，現在璉兒不在家，這件事我還做得主。況且是她親舅爺爺和她親舅舅打聽的，難道倒比別人不真麼！我橫豎是願意的。倘有什麼不好，我和璉兒也抱怨不著別人！」

王夫人勸告不成。平兒得知跪求王夫人，挽救巧姐兒：

> 王夫人將邢夫人的話說了一遍。平兒呆了半天，跪下求道：「巧姐兒終身全仗著太太。若信了人家的話，不但姑娘一輩子受了苦，便是璉二爺回來怎麼說呢？」王夫人道：「你是個明白人，起來，聽我說。巧姐兒到底是大太太孫女兒，她要做主，我能攔她麼？」

平兒無可奈何。第一一九回賈環、賈芸、王仁等「到那外藩公館立文書對銀子去了」，而邢夫人一心買巧姐，「外藩的規矩三日就要過去」。於是平兒、王夫人、巧姐兒「大家抱頭大哭」。幸虧這時劉姥姥來了，平兒執意要見這巧姐的「乾媽」。她與劉姥姥、王夫人設計，用馬車藏著巧姐送往劉姥姥村莊裡躲藏。馬車出門時，守門的下人「又都感念平兒的好處，所以通同一氣放走了巧姐」。「平兒只當送人，眼錯不見，也跨上車去了」，跟著來到劉姥姥家，保護巧姐兒。直到得到家書的賈璉從外地

趕回，她才帶著巧姐和劉姥姥、與其女兒青兒回到賈府。賈璉
沒有理會無知無情的母親邢夫人，見王夫人，他跪地磕頭，感
謝她救助巧姐兒：

> 賈璉進去見邢夫人，也不言語，轉身到了王夫人那裡，
> 跪下叩了個頭，……正說著，彩雲等回道：「巧姐兒進來
> 了。」王夫人見了，雖然別不多時，想起這樣逃難的景
> 況，不免落下淚來，巧姐兒也便大哭。賈璉謝了劉姥姥，
> 王夫人便拉她坐下，說起那日的話來。賈璉見平兒，外
> 面不好說別的，心裡感激，眼中流淚。自此賈璉心裡愈
> 敬平兒，打算等賈赦等回來要扶平兒為正。

此時的賈璉，是巧姐的父親，對平兒救了自己的女兒，感
動，敬仰。平兒會愛賈璉這個色鬼嗎？不會。與這個淫亂無道
的傢夥同房同床，她的心一定遠遠的，冷冷的，但她不是「熙
鳳王」，她是楊柳淨瓶水小觀音平兒，賈璉玷污了她。可惜！可
憐！可悲！因為他是主子！平兒是奴。

通觀平兒在紅樓一夢中，完全沒有自我，特能順命，平心
服從主子威權，特能真心知心服侍主子，其奴心征服主子，是
最值得主子讚賞的好奴才，此為平兒，令人悲憫的平兒；她生
性善，善待眾生，無論上下、主僕、正邪、老幼，這也是平兒、
小觀音平兒，令人感動的平兒。她征服了丹鳳三角眼柳葉吊梢
眉鳳姐的心，征服了色鬼賈璉的心，征服了我們讀者的心。

第三節　秦可卿：被「爬灰」而死，卻被「情苟卿」

秦可卿是寧國府賈珍長子賈蓉的妻子。《紅樓夢》第八回末

交待了秦可卿和弟弟秦鐘的身份背景。父親秦業「現任營繕侍郎，年近七十」，而且「宦囊羞澀」，秦鐘要跟著寶玉上賈家私塾，見司塾老師賈代儒的二十四兩銀子的贄見禮也是「東拼西湊」而成。秦可卿是秦業在養生堂抱養的女兒，文中說「小名喚可兒，長大時，生得形容嫋娜，舉止風流。因與賈家有些瓜葛，故結了親，許與賈蓉為妻」。

秦可卿因何生病？怎麼死的？她是一個什麼樣的人？《紅樓夢》中敘述描寫隱隱約約，完全迷案一團；讀者評論眾說紛紜，依然迷案一團。這是雪芹翁刻意設計的迷案，筆者學福爾摩斯，來破此案。

前此述及，分析《紅樓夢》主題、人物特別要注意的第一回甄士隱夢幻所見和第五回寶玉夢遊所見「太虛幻境」匾額兩邊的對聯「假作真時真亦假；無為有處有亦無」。此為專制社會世相原生態：假成了真，真卻成了假，虛無成實有，實有卻成了虛無，就看我們是否能辨識？

筆者以為美女秦可卿雖與鳳姐一樣，有得寵掌權之心，但還沒能如願，就因其色而被公公淫棍賈珍爬了一身黑灰，又被社會輿論爬了一身無法洗淨的灰，因此羞辱相伴，抑鬱成病，自殺而死。「假作真時真亦假；無為有處有還無」，真實往往被隱去（甄士隱），留下假語蠢言（賈雨村），而人們以假為真。

一、文本關於秦可卿的判詞與秦可卿言語行為體現的人格相悖

按照《紅樓夢》以名表意，或暗示命運的手法看，紅學批評家大多以為父親秦業、弟弟秦鐘、她秦可卿的姓名與情相關：父親秦業即「情孽」，指因情色而生的罪孽、孽債。弟弟秦鐘即「情鐘」，見色生情，最後因與尼姑智能兒幾度偷情而死。秦可

卿就是「情可傾」，意指秦可卿之死，就因「情色重」，以此名告誡世人「情可輕」！

「秦業」實為「情孽」，與兒子秦鐘、女兒秦可卿因「情」而死相關。秦鐘實為「情鐘」，與文本敘述事實相合。第十五回賈府為被賈珍爬灰而死的秦可卿送殯到鐵檻寺，秦鐘跟著鳳姐、寶玉到水月庵住宿，晚上與久已相戀的尼姑智能兒偷情。第十六回智能兒「私逃進城，找至秦鐘家下看視秦鐘，不意被秦業知覺，將智能兒逐出，將秦鐘打了一頓，自己氣得老病復發，三五日光景嗚呼死了。秦鐘本自怯弱，又帶病未逾受了笞杖，今見老父氣死，此時悔痛無及，更又添了許多症候」，沒幾天也死了。這不是沒旋轉幾圈就停擺的「情鐘」嗎？秦業因女兒被爬灰，兒子偷情，嗚呼哀哉，不是「情孽」嗎？

學界以為秦可卿為「情可傾」，似乎也是雪芹翁的原義。《紅樓夢》第五回關於秦可卿命運的詩畫判詞：

> 後面又畫著高樓大廈，有一美人懸樑自盡。其判云：
> 情天情海幻情生，情既相逢必主淫。漫言不肖皆榮出，
> 造釁開端實在寧。

此判詞與畫配合，說秦可卿上吊自殺，因與賈珍「情即相逢必主淫」，是榮、寧二府破敗的開始。《紅樓夢十二曲》最後一曲〈好事終〉也與判詞相應：

> 畫梁春盡落香塵。擅風情，秉月貌，便是敗家的根本。
> 箕裘頹墮皆從敬，家事消亡首罪寧。宿孽總因情。

「畫梁春盡落香塵」即秦可卿因公公賈珍爬灰而懸樑自盡。其原因是秦可卿「擅風情，秉月貌」使賈珍爬灰，是賈府「敗家的根本」。「箕裘頹墮皆從敬，家事消亡首罪寧。宿孽總

因情」說：簸箕低賤的僕人，裘衣高貴公子全頹廢，墮落，皆因賈敬一味煉丹，不理家。賈府衰敗，第一罪在寧國府賈敬，然而宿命孽債第一罪魁，就是「情」。這情，指賈珍爬灰秦可卿的「淫亂」。

此兩判詞均說秦可卿「擅風情，秉月貌」，使得賈珍爬灰，是榮寧二府「敗家的根本」，但卻與文本中秦可卿言行體現的個性相悖。這就是第一回和第五回所言封建社會禮教佛教「假作真是真亦假；無為有處有還無」。雪芹翁原生態設下此冤案，要我們為秦可卿申冤平反。

通觀《紅樓夢》中秦可卿，她病前出現只見她「形容嫋娜」，並沒見她「性格風流」，「擅風情，秉月貌」。學界一般都以為「在《紅樓夢》寫作過程中，畸笏叟命曹雪芹將本來佔據四、五頁篇幅的『秦可卿淫喪天香樓』情節刪去，把『秦可卿淫喪天香樓』的回目改成『秦可卿死封龍禁尉』。而曹雪芹保留了『秦可卿淫喪天香樓』的蛛絲馬跡，畸笏叟的評語保存了『秦可卿淫喪天香樓』的回目」。實際上，這是曹雪芹故意留下的一個文眼缺口，需要讀者自己進入，閱讀想像、推斷、彌補，使「真假有無」各歸本相，然後歎息，選一個秋雨飄零的夜，為秦可卿的冤魂點一支香，燃一支燭。

這也是雪芹先生對男人的反諷。中國封建社會往往將男子不遵禮義廉恥的好色導致身敗、家破、國亡，歸咎於「紅顏禍水」，以「情苟卿」，「情可傾」國，「情可傾」家。佛教八戒之一是色戒，《西遊記》中凡是美女都是妖精妖怪：「白骨精」、「蠍子精」、「蜘蛛精」等等。

在「假作真時真亦假；無為有處有還無」的太虛幻境、紅樓一夢中，秦可卿被流氓公公爬灰玷污，卻反被社會以「情苟卿」誣衊成「擅風情秉月貌」的「妖怪」，而文本中秦可卿並

沒有「擅風情，秉月貌」，而是截然相反。雪芹先生刻意設計第五回《賈寶玉神遊太虛境　警幻仙曲演紅樓夢》為秦可卿辯誣。她沒有「擅風情，秉月貌」，但寶玉見色生情，夢淫秦可卿。此足證所謂秦可卿「性格風流」、「擅風情，秉月貌」是社會性的誣賴，爬她滿身黑灰。

第五回也是秦可卿第一次出場。時值寧府花園梅花盛開，賈珍之妻尤氏治酒請賈母、邢夫人、王夫人等賞花，寶玉也在其中。寶玉倦怠，欲午睡。秦可卿請示賈母，領寶玉去午睡。賈母「素知秦氏是個極妥當的人，生得嫋娜纖巧，行事又溫柔和平，乃重孫媳婦中第一個得意之人，見她去安置寶玉，自是穩當的」。

請注意，賈母眼中的秦可卿「生得嫋娜纖巧，行事又溫柔和平」，然而這「嫋娜纖巧」的體態，「溫柔和平」的為人，恰恰是男性最喜愛的，故而他們都以為秦可卿「擅風情，秉月貌」引誘男人。真可謂：

　　花不愛人，人愛花；伸手摘花，反怪花。
　　女不愛男，男自愛；非禮辱色，反罵色。

對寶玉夢淫秦可卿，第五回有如下描述。秦可卿引寶玉來到上房內間，見到鼓勵勤學的《燃藜圖》[21]和「世事洞明皆學問：人情練達即文章」的對聯，討厭「國賊祿鬼」的寶玉不願意在此就寢。秦可卿就引寶玉這個小叔叔到自己房間。看看寶玉的感覺：

---

[21] 取自六朝無名氏《三輔黃圖·閣部》太乙神仙燃藜為燈，鼓勵劉向勤學的故事。

說著大家來至秦氏房中。剛至房門，便有一股細細的甜香襲人而來。寶玉覺得眼餳骨軟，（室內香氣使寶二爺如此迷醉？面見東施，進東施房有如此感覺？見西施，進西施臥室，男子必有此感。可見，秦可卿美貌，迷醉了寶玉，非可卿自願。其後寶玉在可卿房中鼻所嗅，眼所見，只是他自己的感覺。）連說：「好香！」入房向壁上看時，有唐伯虎畫的《海棠春睡圖》，兩邊有宋學士秦太虛寫的一幅對聯，其聯云：

嫩寒鎖夢因春冷，芳氣襲人是酒香。（《海棠春睡》畫與對聯配合，隱現美如海棠的女子春閨孤獨：夢斷醒來因春寒，身有芳氣，是昨晚獨飲的酒香。此為秦可卿與丈夫賈蓉的臥室，並不為過。）

案上設著武則天當日鏡室中設的寶鏡，一邊擺著飛燕立著舞過的金盤，盤內盛著安祿山擲過傷了太真乳的木瓜。上面設著壽昌公主於含章殿下臥的榻，懸的是同昌公主制的聯珠帳。寶玉含笑說：「這裡好！」秦笑氏道：「我這屋子大約神仙也住得了。」說著親自展開了西施浣過的紗衾，移了紅娘抱過的鴛枕。

學界大多以為雪芹翁設計秦可卿房內的擺設、器物，體現秦可卿的風流，然而秦可卿不可能有上述擺設、器物。從心理分析論，此為寶玉進入美如西施的秦可卿之臥房，自己情欲激蕩，故而所睹之物皆變性變形為色。

一進秦可卿臥房門，「一股細細的甜香襲人而來」，使他「眼餳骨軟」，自覺秦可卿之美不可抗拒，故而看到《海棠春睡圖》就以為是風流才子唐伯虎所畫，而史實並無此記載；看到「嫩寒鎖夢因春冷，芳氣襲人是酒香」就以為是風流浪蕩子秦觀寫的，但秦觀《淮海集》並無此對聯；看到案上的鏡子，就恍惚

感覺是武則天與面首張氏兄弟淫亂于鏡殿的寶鏡，看到案上金盤，就恍惚感覺是穢亂春宮的趙飛燕舞過的「金盤」；於是盤中瓜也是安祿山觸摸過楊貴妃胸乳的「木瓜」，秦可卿臥床也是南朝美女宋武帝壽昌公主含章殿內的臥榻，帳幔也是唐懿宗掌上明珠同昌公主的連珠帳，被蓋也是美女西施纖纖嫩手洗過的紗衾，枕頭也是紅娘為張生與小姐偷情而安設的鴛鴦枕。

繼而，寶玉睡下，在夢中「悠悠蕩蕩」，跟隨秦可卿來到太虛幻境。警幻仙子出示大觀園眾女兒命運悲劇的畫圖、曲詞以勸誡，寶玉依然沒有覺悟，執意夢淫秦可卿，射精時還喊夢話：「可卿救我！」

此時秦可卿「正在房外囑咐小丫頭們好生看著貓兒狗兒打架，忽聽得寶玉在夢中喚她的小名，因納悶道：「我的小名這裡從沒人知道的，他如何得知，在夢中叫出來？」（第六回）「卻說秦氏因聽見寶玉從夢中喚她的乳名，心中自是納悶，又不好細問」。

注意，雪芹先生獨運匠心，寶玉夢淫秦可卿時「秦氏正在房外囑咐小丫頭們好生看著貓兒狗兒打架」，此設計有言外之意：寶玉夢淫，只是狗兒貓兒打架，與秦氏自身無關。

雪芹翁特意設計這一情節專為秦可卿辯誣。秦可卿「生得嫋娜纖巧，行事溫柔和平」，在男子眼中就是「性格風流，擅風情，秉月貌」。見花美，自己心動神馳，身心皆酥，但花並無誘人動心動手之意。賈寶玉是警幻仙所言「惟心會而不可口傳，可神通而不可語達」的「意淫」者，驚豔秦可卿之美，夢淫一回罷了，而賈珍這類的「皮膚淫濫之蠢物」，自然抵擋不住，即便是兒媳婦，他也要「爬灰」，同時還勾引妻子尤氏的妹妹尤二姐。花自美，觀花者心動，摘花，害了花的命，反怪花美！

秦可卿丈夫賈蓉也美，秦可卿並無性饑渴。賈蓉第六回出

現，到王熙鳳家裡，「只聽一路鞋子響，進來一個十七八的少年，面目清秀，身材俊俏，輕裘寶帶，美服華冠」。更重要的是在《紅樓夢》中秦可卿沒有任何風流言行，而寧國府首席下人焦大罵「爬灰的爬灰」直指賈珍。被公公賈珍爬灰受辱，醜事敗露，再加以社會輿論再爬她一身灰，秦可卿又無臉無言無法可以辯說，因而抑鬱成病，上吊自殺。如果是她與色鬼賈珍兩情色亂相悅而全無禮儀廉恥地偷情，她會抑鬱成病，上吊嗎？

二、秦可卿病因死因分析：賈珍爬灰

秦可卿生病似乎無緣無故，其病因死因成謎，但筆者經過多角度推理分析，可以肯定病因死因都在公公賈珍爬灰。

（一）焦大的直言責罵披露與秦可卿病理分析

秦可卿抑鬱病發在第七回。應賈珍妻子尤氏之邀，賈寶玉跟著鳳姐前往寧府作客。賈寶玉見到秦可卿弟弟秦鐘，約定一同進賈府家塾讀書。其間秦氏接待應酬，也沒有半點風流之態。當日天黑，尤氏要派倆小子送秦鐘回家，總管賴大派焦大。焦大醉了，不服，先罵賴大「沒良心」，眾人無法阻止。賈蓉「忍不得」，便罵焦大，叫人捆起來。接著：

> 焦大越發連賈珍都說出來，亂嚷亂叫說：「我要往祠堂裡哭太爺去。哪裡承望到如今生下這些畜牲來！每日家偷狗戲雞，爬灰的爬灰，養小叔子的養小叔子，我什麼不知道？咱們『胳膊折了往袖子裡藏』！」眾小廝聽他說出這些沒天日的話來，唬得魂飛魄散，便把他捆起來，用土和馬糞滿滿地填了他一嘴。（專制獨裁以真為假，以假為真。你說真話，就要牛糞堵嘴。）
> 鳳姐和賈蓉等也遙遙地聞得，便都裝做沒聽見。（如果此事為假，鳳姐、賈蓉必定不容，一定會重懲焦大，而且

這事一定人人皆知，他們只能裝做沒聽見。）寶玉在車上見這般醉鬧，倒也有趣，因問鳳姐道：「姐姐，你聽他說『爬灰的爬灰』，什麼是『爬灰』？」鳳姐聽了，連忙立眉嗔目斷喝道：「少胡說！那是醉漢嘴裡混唚，你是什麼樣的人，不說沒聽見，還倒細問！等我回了太太，仔細捶你不捶你！」唬得寶玉連忙央告道：「好姐姐，我再不敢了。」（國人常規：目睹上層齷齪，下屬要視若無睹，聽而無聞，更要隱惡揚善。）

　　焦大之「爬灰的爬灰」指明是賈珍。「養小叔子的養小叔子」有先生以為指秦可卿與小叔子賈薔有染。其證據是第八回秦可卿弟弟秦鐘在賈氏家塾讀書，賈薔見賈璜大奶奶的侄兒金榮欺負秦鐘，即挑唆寶玉的書童茗煙，對付金榮。文中說：「賈薔亦系寧府中之正派玄孫，父母早亡，從小兒跟著賈珍過活，如今長了十六歲，比賈蓉生得還風流俊俏。他兄弟二人最相親厚，常相共處。寧府人多口雜，那些不得志的奴僕們，專能造謠誹謗主人，因此不知又有什麼詬誶謠諑[22]之詞。賈珍想也風聞得些口聲不大好，自己也要避些嫌疑，如今竟分與房舍，命賈薔搬出寧府，自立門戶過活去了。」

　　然而這一猜測與上文相悖。文中所言因果邏輯非常明確：賈薔、賈蓉生得「風流俊俏。他兄弟二人最相親厚，常相共處。寧府人多口雜，那些不得志的奴僕們，專能造謠誹謗主人，因此不知又有什麼詬誶謠諑之詞」。此詬誶謠諑之詞直指賈薔、賈蓉同性戀。故而賈珍為避嫌，命賈薔搬出寧府，而與秦可卿無關。

---

[22] 即：辱罵責罵，造謠中傷。

從心理分析，更重要推斷在，如果賈薔真與秦可卿有染，賈珍會應該立即懲辦賈薔，以報奪「灰」之恨，賈蓉會報奪妻之仇，更不會「分與房舍」，厚待賈薔，讓他「自立門戶過活去了」。《紅樓夢》中男子「酷愛男風」，但賈珍與賈薔是否如此，沒有實證，但賈珍「爬灰」秦可卿的確是可以推斷的事實。

就因為焦大罵賈珍「爬灰」，秦可卿抑鬱致病。秦可卿病狀是第十回《金寡婦貪利權受辱　張太醫論病細窮源》通過賈珍太太尤氏交待的。因金榮與秦鐘在賈族學塾爭吵，金榮的姑姑賈璜大奶奶前往寧府找秦可卿問罪。面見尤氏，兩人說道蓉大奶奶秦可卿，尤氏說她的病狀：「她這些日子不知怎麼著，經期有兩個月沒來。叫大夫瞧了，又說並不是喜。那兩日，到了下半日就懶待動，話也懶待說，眼神也發眩。……」

從病理學角度分析，「經期」兩個月沒來，除了器官性疾病，都與精神抑鬱相關：一是因為壓力大，性交少，經血稀少，就以為「經期沒來」。二是因壓力過大、精神過度緊張、恐懼、憂慮以及環境改變，均可影響中樞神經與丘腦下部的功能，引起卵巢功能變化或排卵障礙導致閉經。而秦可卿絕經就在焦大叱罵賈珍「爬灰」之後。經馮紫英介紹，賈珍請來名醫張友士進寧府，摸脈診斷，也斷定病因在心理抑鬱：「據我看這脈息：太太是個心性高強聰明不過的人；聰明太過，則不如意事常有；不如意事常有，則思慮太過。此病是憂慮傷脾，肝木太旺，經血所以不能按時而至。」

對秦可卿而言，這「不如意事」當指賈珍爬灰，而且榮寧二府上下皆知。在第七回那天送鳳姐、賈寶玉出寧府，秦可卿親耳聽到焦大唾罵賈珍「爬灰」，她應該霍然臉色煞白，自覺無臉見人。

第十回尤氏對璜大奶奶說及秦可卿病因，也可證賈珍爬

灰，秦可卿無辜。尤氏說媳婦的病因：「雖則見了人有說有笑，她可心細，心又重，不拘聽見什麼話兒，都要度量個三日五夜才罷。這病就是打這個秉性上頭思慮出來的。」從這話，我們可推定尤氏知道賈珍「爬灰」事，但並非媳婦不良，所以也不怨恨媳婦，但不敢直言指責賈珍，只能裝作不知道。對焦大的指罵，賈府諸人都聽而不聞。專制社會第一規則就是「隱惡揚善」、「為尊者諱」。聽焦大罵，寶玉向鳳姐請教「什麼是爬灰？」鳳姐就喝罵寶玉：「你是什麼樣的人，不說沒聽見，還倒細問！」焦大也知道「胳膊折了往袖子裡藏」的社會規則，但酒後忍不住，撕裂賈府堂皇面具，露出賈府糞坑真相。

第六回《賈寶玉初試雲雨情　劉姥姥一進榮國府》王熙鳳見到第一次出場的賈蓉言談就大有玄機。王熙鳳接待第一次進榮府打秋風的劉姥姥的時候，賈蓉奉父親賈珍之命來借玻璃炕屏。借了玻璃屏風要走：

> 這裡鳳姐忽又想起一事來，便向窗外叫：「蓉哥回來！」外面幾個人接聲說：「蓉大爺快回來！」賈蓉忙復身轉來，垂手侍立，聽何指示。那鳳姐只管慢慢地吃茶，出了半日的神，又笑道：「罷了，你且去罷。晚飯後你來再說罷。這會子有人，我也沒精神了。」賈蓉應了一聲，方慢慢地退去。

這「事」是啥事？鳳姐吞吞吐吐，當場沒有說，文中也沒見賈蓉晚飯後來與鳳姐說這事。接著就是第二天（第七回）鳳姐應尤氏之請，攜帶寶玉到寧府見秦鐘。一出寧府大門就聽見焦大罵賈珍爬灰，而鳳姐聽而不聞，沒有半點吃驚，可見她早聽傳言說「賈珍爬灰秦可卿」，故而見到賈蓉想說說這傳言，其意在要他們父子注意下人的謠言，懲處造謠者，但是她既羞於

出口，又怕如果此事為真，賈珍出醜，賈蓉沒臉，秦可卿更是受辱，自己反而下不了臺面，故而「出了半日神」，終究沒有提及這事，以免自討沒趣。

（二）賈珍爬灰的旁證：秦可卿生病，公公賈珍猴急，丈夫賈蓉冷漠

秦可卿生病，賈珍與賈蓉表現完全換位，賈珍猴急，賈蓉冷漠。第十回賈珍說：「馮紫英來看我，他見我有些抑鬱之色，問我是怎麼了。我才告訴他說，媳婦忽然身子有好大的不爽快，因為得不到好太醫，斷不透是喜是病，又不知有妨礙無妨礙，所以我這兩日心裡著實著急。」賈珍告訴尤氏：馮紫英推薦張友士來診病。尤氏叫來賈蓉，說：「你可將她這些日子的病症細細地告訴他。」賈蓉只是「答應著出去了」，全無傷感，憂慮。次日午後張友士來診病，賈蓉雖有「先生實在高明，如今恨相見之晚」的奉承，但他說：「就請先生看一看脈息，可治不可治，以便使家父母放心。」這體現他對媳婦可卿疾病的冷漠。張友士診脈之後說：「依我看，這病尚有三分治得。吃了我的藥看，若是夜裡睡得著覺，那時又添二分拿手了。」指明這病險惡，但賈蓉沒有任何悲傷。張友士開了藥方：

> 賈蓉看了，說：「高明得很！還要請教先生，這病與性命有妨無妨？」張友士笑道：「大爺是最高明的人。人病到這個地位，非一朝一夕的症候，吃了這藥也要看醫緣了。依小弟看來，今年一冬是不相干的。總是過了春分，就可望痊癒了。」賈蓉也是個聰明人，也不往下細問了。

張友士說「這病非一朝一夕的症候」，說的就是因為賈珍爬灰，秦可卿受辱，寧、榮二府上下，丈夫賈蓉、婆婆尤氏也知，積怨於心，但廳堂上見人會客又得如尤氏所言她得「有說有笑，

會行事」，抑鬱終日，夜不成眠，久而久之而成絕症。但賈蓉並無傷痛，可見他知道父親爬灰自己媳婦的事，但不能自曝此醜，只願秦可卿快死。秦可卿死後，他再娶。

秦可卿死後，賈蓉新娶了媳婦。第五十三回《寧府除夕祭宗祠　榮國府元宵開夜宴》寧府尤氏和賈蓉之妻打點送賈母這邊的禮物，文中說：「一時賈珍進來吃飯，賈蓉之妻回避了。」可見賈蓉一定告誡過妻子：「遠離這不知人倫的豬狗公公。」可見賈蓉知道這醜事，也一定責問過秦可卿，而秦可卿一定哭訴公公爬灰，但賈蓉不敢問罪父親賈珍，只怨恨秦可卿不知「回避」。第十一回寧府賈敬生辰，請來榮府諸人，說到秦可卿的病，王熙鳳也「眼圈兒紅了半天」。她問賈蓉：「蓉哥兒，你且站住。你媳婦今日到底是怎麼著？」賈蓉也只是「皺皺眉說道：『不好麼！嬸子回來瞧瞧去就知道了。』」全沒有夫妻身心一體感覺。繼而鳳姐和寶玉在賈蓉引領去瞧秦氏。鳳姐聽了秦可卿的話「不覺有眼圈兒一紅」，曾經夢淫過秦可卿的寶玉也「如萬箭攢心，那眼淚不知不覺就流下來了」，而賈蓉完全是一塊冰。

（三）賈珍爬灰旁證：秦可卿自殺

因賈珍爬灰，秦可卿抑鬱成病，但她並不是病死在床，而是上吊自殺以求早日結束心中悲苦。證據有三。

其一、第十三回《秦可卿死封龍禁尉　王熙鳳協理寧國府》秦可卿死訊傳來，「彼時闔家皆知，無不納罕，都有些疑心。」可見賈珍爬灰秦可卿，闔家皆知，而秦可卿之死「無不納罕，都有些疑心」。如果真是病死，人們有什麼可以「納罕」的？有什麼可以「疑心」的？可見焦大所罵賈珍爬灰秦可卿的事在寧、榮二府是公開的秘密，而且死的時間出人預料。

其二、第五回太虛幻境描述有秦可卿悲劇結局畫圖，上吊自殺：「後面又畫著高樓大廈，有一美人懸樑自盡」。與此圖畫

相應的更直接的證據是第一一一回賈母死後，鴛鴦上吊自殺前的心理幻覺：

> 誰知此時鴛鴦哭了一場，想到：「自己跟著老太太一輩子，身子也沒有著落。如今大老爺雖不在家，大太太的這樣行為，我也瞧不上。老爺是不管事的人，以後便『亂世為王』起來了，我們這些人不是要叫他們掇弄了麼？誰收在屋子裡，誰配小子，我是受不得這樣折磨的，倒不如死了乾淨。但是一時怎麼樣的個死法呢？」一面想，一面走到老太太的套間屋內。剛跨進門，只見燈光慘澹，隱隱有個女人拿著汗巾子，好似要上吊的樣子。鴛鴦也不驚怕，心裡想道：「這一個是誰？和我的心事一樣，倒比我走在頭裡了。」便問道：「你是誰？咱們兩個人是一樣的心，要死一塊兒死。」那個人也不答言。鴛鴦走到跟前一看，並不是這屋子的丫頭。仔細一看，覺得冷氣侵人，一時就不見了。鴛鴦呆了一呆，退出在炕沿上坐下，細細一想，道：「哦！是了，這是東府裡的小蓉大奶奶啊！她早死了的了，怎麼到這裡來？必是來叫我來了。她怎麼<u>又</u>上吊呢？」想了一想，道：「是了，必是教給我死的法兒。」鴛鴦這麼一想，邪侵入骨，便站起來，一面哭，一面開了妝匣，取出那年鉸的一絡頭髮揣在懷裡，就在身上解下一條汗巾，按著秦氏方才比的地方拴上。

與上述賈府眾人「納罕、疑心」、第五回描述的自殺圖畫相應，鴛鴦私下一定聽某些知情者說過蓉大奶奶上吊自殺情景，故而當自己心生死意時，方才有此聯想性幻覺。病入膏肓的秦可卿為早日結束心中悲苦，最後該在一個深夜，掙扎起身，搖

晃摸索著來到「天香樓」上吊。當然這自殺被人發覺，賈珍立即整理，安排為病死在床。

其三、第十三回。秦氏一個丫鬟瑞珠「見秦氏死了，她也觸柱而亡。此事可罕，合族稱歎」。為何？雪芹先生沒有任何交待，故意留下一個文牆缺口，讓我們彌補。非常可能，她目睹賈珍爬灰秦可卿，悄悄將賈珍此醜行傳了出去，使得闔府皆知，導致秦可卿抑鬱成病，也很可能是她發現秦可卿在天香樓上吊自殺。她一則悲痛，覺得自己逼死大奶奶，而惡人賈珍卻安然無恙，她更怕賈珍報復，故而觸柱自盡。賈母死，鴛鴦不是也怕「亂世為王」，自己「受不了這樣的折磨」而上吊嗎？

其四、與第五回太虛幻境所描繪秦可卿懸樑自盡的「高樓大廈」相應，第十三回秦可卿死後，賈珍停靈四十九日，「單請一百單八眾禪僧在大廳上拜大悲懺，超度前亡後化諸魂，以免亡者之罪」，而「另設一壇在天香樓，是九十九位全真道士，打四十九日解冤洗孽醮」。可見，這天香樓就是第五回所畫「高樓大廈，有一美人懸樑自盡」，是秦可卿死地。賈珍爬了媳婦的灰，為了自己死後下地獄贖罪，他為秦可卿「解冤」，為自己「洗孽」。

其五、賈珍爬灰旁證：秦可卿喪事中賈珍、賈蓉、尤氏的表現，都在第十三回。秦可卿死了，「那長一輩的想她素日孝順，平一輩的想她素日和睦親密，下一輩的想她素日慈愛，以及家中僕從老小想她素日憐貧惜賤，慈老愛幼，莫不悲嚎痛哭者」，而寧國府三人表現不正常：

「誰知尤氏犯了胃痛舊疾，睡在床上」。早不病，晚不病，秦氏死，她就病。可見她知道秦氏死於賈珍爬灰，故而稱病撂挑子。榮府的人，來到寧府，不見賈蓉蹤影，目睹賈珍表演：

> 賈珍哭得淚人一般，正和賈代儒等說道：「闔家大小，遠親近友，誰不知道我這媳婦比兒子還強十倍。如今伸腿

去了，可見這長房滅絕無人了。」說著又哭起來。眾人忙勸：「人已辭世，哭也無益，且商議如何料理要緊。」賈珍拍手道：「如何料理，不過盡我所有罷了！」

賈珍「恣意奢華」辦喪事。看棺材板，幾幅杉木板都看不上，薛蟠就將原本為義忠親王準備，現今封在店裡的檣木獻出，說「拿一千兩銀子來，只怕沒處買去。」這「幫底皆厚八寸，紋若檳榔，味若檀麝，以手叩之，叮噹如金玉」檣木出產于秦嶺原始森林，可是帝王棺槨、寶座所用木材。賈政勸誡：「此物恐非常人可享者，殮以上等杉木就是了」，而「此時賈珍恨不能代秦氏之死，這話如何肯聽」？

為了秦可卿喪事風光，得死後榮耀，賈珍為賈蓉買官。因賈蓉是一個門監，他以為寫在靈幡經榜上「不好看」，秦可卿沒面子，他「心下甚不自在」。可巧大明宮掌宮內相戴權來上祭。賈珍把他請到「逗蜂軒」，花了一千二百兩銀子，為賈蓉買了一頂官帽，於是門外兩面朱紅銷金大字牌、靈幡、經榜，都大書「防護內廷紫禁道御前侍衛龍禁尉」。注意買官的地點在「逗蜂軒」，曹雪芹用這名諷刺賈珍這淫蜂：秦可卿這朵美花，自美卻無意「逗」來他這公公蜂，爬了她一身無法洗滌的「灰」。可見賈珍爬灰地點就在逗蜂軒。「逗蜂引蝶」可是中國封建社會男子顛倒黑白的說法：花自美，蜂采其蕊，蝶舞其花間之色，反怨花；女自美，並無撩撥之意，男子非禮，反責女美。

然後因為來往誥命多，怕虧了禮數，賈珍去請王熙鳳料理喪事。「賈珍此時有病症在身，二則過於悲痛，因拄了個拐進來」，請王熙鳳料理喪事，「說著滾下淚來」。注意，這眼淚是「滾」，因為這一「滾」，王夫人命鳳姐操辦此喪事。

接著賈珍「過於悲痛，不大進飲食」，鳳姐要照料，賈珍「因見發引日近，親自坐車，帶了陰陽司吏，往鐵檻寺踏看寄靈所

在」，並且「無心茶飯」。次日又忙碌。於是秦可卿喪事排場是賈府最奢華的：

送殯的鎮國公、理國公、齊國公、治國公、修國公、繕國公與賈府自家寧、榮二公等「八公」，還有「七侯」、錦鄉伯公子、神武將軍公子馮紫英，「浩浩蕩蕩，一帶擺三四里遠」。各家路祭有東平王、南安郡王、西寧郡王、北靜郡王等「四王」。「手下各官兩旁擁侍，軍民人眾不得往還」，最後「一時只見寧府大殯浩浩蕩蕩，壓地銀山一般從北而至。」而丈夫賈蓉地遁，無影無蹤。

賈珍如此悲痛，如此奢華辦喪事，一在這皮膚淫濫之物的確迷戀秦可卿的肉體。二在害怕秦可卿在地獄向閻王控訴，故而銀錢買神權，安慰秦可卿，求自己得到寬恕。這就是秦可卿悲劇的結束。

三、秦可卿的悲劇：至死也得假言強笑

可憐的秦可卿，被公公爬灰，自己身名被玷污，但死到臨頭也得裝飾兩個面孔。第十一回鳳姐和寶玉去看望病重臨危的秦可卿。她所言幾乎全是假的：

> 秦氏拉著鳳姐兒的手，強笑道：「這都是我沒福。這樣人家，公公婆婆當自己的女孩兒似的待。嬸娘的侄兒雖說年輕，卻也是他敬我，我敬他，從來沒紅過臉兒。就是一家子的長輩同輩之中，除了嬸子倒不用說，別人也從無不疼我的。這如今得了這個病，把我這要強的心，一分也沒有了。……」

秦可卿「強笑」，且言不由衷，臨死都說假話。公公爬自己一身灰，婆婆忌恨，自己抑鬱將死，但還要「強笑」著說：「公

公、婆婆當自己女孩兒似的待」；因為公公爬灰，自己丈夫賈蓉怨恨，恨不得她早死，但她必須「強笑」說「他敬我，我敬他」。身處難堪難言至死之境地，可卿至死也言不由衷，真可悲，可歎啊！第九十六回林黛玉從傻大姐口裡得知賈母、王夫人瞞著她和寶玉，騙寶玉與薛寶釵結婚。她五雷轟頂一般，癡癡呆呆去看望因她而瘋瘋傻傻的寶玉，回到瀟湘館，吐血病倒，一心要死。這時得知她病危的賈母來看她，她明明知道罪魁就是姥姥，但礙於禮教，昏迷中的黛玉「微微睜眼，看見賈母在她旁邊，便喘吁吁地說道：『老太太，你白疼我了！』」黛玉可以手指賈母，痛罵賈府至高無上的姥姥賈母嗎？秦可卿臨死可以向誰申訴，控告公公爬自己一身黑灰？！

　　賈珍、賈蓉、賈赦、賈璉可是賈府淫蕩四個代表。賈珍賈蓉父子倆淫心相通，父親勾引老婆的妹妹尤二姐，兒子也算計自己的姨媽尤二姐。第六十三回賈珍的父親賈敬吃仙丹死了，賈珍本在外參加國喪，星夜快馬趕回。家裡尤氏忙亂，請來自己老娘帶著兩個女兒尤二姐和尤三姐前來照看。賈珍半途聽說尤二姐、尤三姐來了：

> 賈蓉當下也下了馬，聽見兩個姨娘來了，便和賈珍一笑。（此笑心領神會。）賈珍忙說了幾聲「妥當」，加鞭便走，店也不投，連夜換馬飛馳。

　　回京，奔入停放靈柩的鐵檻寺，下馬，賈珍和賈蓉「放聲大哭，從大門外便跪爬進來，至棺前稽首泣血，直哭到天亮喉嚨都啞了方住。」乾嚎似乎悲切不已。隨後他打發賈蓉回家料理事務。「賈蓉巴不得一聲兒，」回去見到他的二姨娘，「嘻嘻地望他二姨娘笑說：『二姨娘，你又來了，我們父親正想你呢。』」然後就是一連串不堪入目的色情嬉鬧調笑，恬不知恥。這以後，

父子倆和賈璉合謀算計尤二姐、尤三姐。秦可卿嫁這樣的丈夫，遭遇這樣的公公，可憐可歎！

　　專制社會往往「假作真時真亦假；無為有處有還無」。雪芹先生刻意設置秦可卿迷案，要讀者為她辯誣，申冤！

第四節　趙姨娘：身份與個性的雙重悲劇

　　趙姨娘是賈政之妾，也是賈探春和賈環的生母，該比同為賈政之妾卻無子女的周姨娘強許多。恰恰相反，趙姨娘算得上賈府中的最大丑角，不僅丈夫賈政、婆母賈母、王夫人遠距離漠視她，女兒賈探春疏遠她、兒子賈環不尊重她，甚至丫頭們也瞧她不上，因為她的確讓人無法尊重。她身為姨娘心不甘，但其心地猥瑣，言語嫉妒，行為卑劣、粗俗、愚蠢、魯莽、自私，有時興風作浪卻淹沒自己。讓人覺得可悲又可鄙，可憐又無法同情，可笑又笑不出。愚魯卑劣使趙姨娘陷身人人白眼的陷阱，弄得身心皆苦，最後精神分裂而死。趙姨娘悲劇與妻妾制度相關，但其愚魯卑劣可鄙的人格個性是造就她被鄙視的處境和悲劇命運的根本原因。

　　《紅樓夢》趙姨娘、賈環每一次出場都有上述個性表演，雪芹先生打翻了一個多味瓶，有酸、苦、辣、臭、冷、澀等等組合味，但絕無甜美、鮮香味。

　　在封建貴族家庭裡，一個奴婢婚嫁出路不外乎三條：一是將丫頭配小廝，但其身份仍是府裡的奴才。二是主子恩典放回家裡由父母作主婚配嫁人。三是被男主子相中收房成為「屋裡人」，這是許多奴婢所夢寐以求的好前程，倘若有幸生下子女，就能被抬舉成為妾室，成為「半個主子」。趙姨娘便是由婢女被賈政納為妾的。文中沒有敘述她為如何成了賈政之妾，她無貌無才又無德，賈政自己、賈母、王夫人、王熙鳳以及賈府長輩

都對她遠距離漠視，可以推定年輕時的賈政一定如第四十四回因賈璉與多姑娘兒偷情，賈母勸告鳳姐所言：「什麼要緊的事！小孩子們年輕，饞嘴貓似的，哪裡保得住不這麼著？從小兒世人都打這麼過的。」

賈母這話說賈府男人色性濫行，其中必定有賈政與趙姓粗使丫頭偷情事。很可能因王夫人有事不能同房，賈政欲火難滅，拉一個粗使丫頭「出火」，沒曾想這丫頭就懷孕了，這時方知她姓趙，迫不得已收她為妾，所以趙丫頭雖然成了妾，生下探春，又產下賈環，但賈母、王夫人都遠距離漠視她。趙姨娘面目一般，更有招致人人白眼的個性，加以年老色衰，賈政一定悔不當初，也遠距離漠視她。善於觀風使舵的三角眼吊梢眉王熙鳳也遠距離漠視她，有時看不順眼還瞪眼訓斥一回，算計一回，欺辱一回。

一、身為妾，趙姨娘貪賤

封建宗法制度規定妻妾地位不平等，妻高於妾。貴族聯姻，門當戶對者為妻；門不當戶不對，但因美色或一時性急而收入房中就是妾，決定了她們地位尊卑。王夫人月錢是二十兩銀子；（第三十六回王夫人與王熙鳳對話交待）趙姨娘和周姨娘是二兩，只比大丫頭多一兩，因賈環月錢二兩，她可領四兩。王夫人有四個大丫頭，每人每月一兩銀子；趙姨娘只有兩個小丫頭，每人每月五百錢。而且妻妾之間是隸屬的主從關係。

首先，趙姨娘的衣食、月錢等都從主子那裡領取，與其他奴才沒有不同，名義是半個主子的妾室，實際上也就是收入比較高的奴才罷了。

其次，趙姨娘手下雖然也有兩三個小丫頭服侍，但這些小丫頭的所屬權並不屬於她，而是和她一樣同屬於主子。所以從

賈府階級地位而言，趙姨娘和小丫頭一樣，都是主子的奴隸。只不過妾室地位高於奴才，有兩三個小丫環服侍，月例也漲到上等丫環的兩倍，是半個主子。

面對奴才，趙姨娘是半個主子；面對主子，她是奴才。她身為姨娘，也要侍奉主子，幹些雜活。《紅樓夢》第三十五回裡有一段描寫：

> 王夫人恐賈母乏了，便欲讓至上房內坐。賈母也覺腿酸，便點頭依允。王夫人便令丫頭忙先去鋪設坐位。那時趙姨娘推病，只有周姨娘與眾婆娘丫頭們忙著打簾子，立靠背，鋪褥子。

打簾子、鋪褥子這類瑣碎雜事，由丫環、婆子、姨娘們一同去做，說明在封建宗法家庭裡，姨娘與奴才都天生卑賤，供主子驅使。第二十三回中還有這樣一段描寫：

> 趙姨娘打起簾子，寶玉躬身進去。只見賈政和王夫人對面坐在炕上說話，地下一溜椅子，迎春，探春，惜春，賈環四個人都坐在那裡。一見他進來，惟有探春和惜春，賈環站了起來。

封建社會皇家貴族十分講求禮儀尊卑。寶玉進門，迎春作為姐姐沒有站起來，其餘弟妹都站起來，以示謙卑，而趙姨娘這個算是寶玉長輩的人卻在屋外給他打簾子。趙姨娘是奴婢出身，儘管當上了姨娘，甚至兒女都是賈府的主子，但是她的丫頭身份仍然不會改變。所以在這個場景下，趙姨娘只是站在屋外為寶玉打門簾的奴才。

在經濟上，趙姨娘每月月錢只有二兩銀子，屬於貧困階層。第四十三回《閑取樂偶攢金慶壽　不了情撮土為香》賈母

提議大家湊錢為鳳姐做生日，府裡上上下下都出了一份子，王
熙鳳敲詐兩個姨娘：

> 鳳姐又笑道：「上下都全了。還有二位姨奶奶，她出不出，
> 也問一聲兒。盡到她們是理，不然，她們只當小看了她
> 們了。」賈母聽了，忙說：「可是呢，怎麼倒忘了她們！
> 只怕她們不得閒兒，叫一個丫頭問問去。」說著，早有
> 一個丫頭去了，半日回來說道：「每位也出二兩。」賈母
> 喜道：「拿筆硯來算明，共計多少？」尤氏因悄罵鳳姐道：
> 「我把你這沒足厭的小蹄子！這麼些婆婆嬸子來湊銀子
> 給你過生日，你還不足，又拉上兩個苦瓠子作什麼？」
> 鳳姐也悄笑道：「你少胡說，一會子離了這裡，我才和你
> 算賬。她們兩個為什麼苦呢？有了錢也是白填送人，不
> 如拘來咱們樂。」

鳳姐敲詐趙、周二位姨娘；尤氏體諒趙姨娘的苦楚。文中
賴大之母與賈母有一段對話，體現了在賈府得寵的有體面的奴
才與趙姨娘之間境遇的極大差距：

> 賴大之母因又問道：「少奶奶們十二兩，我們自然也該矮
> 一等了。」賈母聽說，道：「這使不得。你們雖該矮一等，
> 我知道你們這幾個都是財主，分位雖低，錢卻比她們多。
> 你們和她們一例才使得。」眾媽媽聽了連忙答應。

賴大之母雖為賈府奴才，賈母卻稱其為「財主」，與王夫人
同例，她們出銀十六兩，而趙、周二姨娘卻是「過了半日」，才
回說出二兩，可見姨娘之窘困，故而主持慶壽的尤氏見所受錢
多，將丫頭們出的錢還給她們，也把兩個姨娘出的銀子悄悄還
了。

趙姨娘經濟困窘，捉襟見肘，甚至還比不上下人。看看第
二十五回《魘魔法叔嫂逢五鬼　通靈玉蒙蔽遇雙真》馬道婆來
趙姨娘房中串門所見的情形：

> 因見炕上堆著些零碎綢緞彎角，趙姨娘正粘鞋呢。馬道
> 婆道：「可是我正沒了鞋面子了。趙奶奶你有零碎緞子，
> 不拘什麼顏色的，弄一雙鞋面給我。」趙姨娘聽說，便
> 歎口氣說道：「你瞧瞧那裡頭，還有那一塊是成樣的？成
> 了樣的東西，也不能到我手裡來！有的沒的都在這裡，
> 你不嫌，就挑兩塊子去。」馬道婆見說，果真便挑了兩
> 塊袖將起來。

在這鐘鳴鼎食之家，趙姨娘卻窮得連一塊像樣的布料都沒
有，做姨娘做到這個份上，不得不令人為她鞠一把同情之淚。
如她在第五十五回對不認她這娘的探春哭訴，這樣的日子「熬
油似的熬了這麼大年紀」，故而她貪婪吝嗇，愛占小便宜非常自
然，身為妾心不甘也非常自然，但其人格表現卻讓人無法同情，
反而令人覺得可憐又可鄙，可笑又笑不出來。

二、趙姨娘與兒子賈環愚魯、卑劣，遇事全無衡度

趙姨娘身為姨娘心不甘，但本性愚魯、卑劣，一心成就自
己和兒子又全無心計算度。不自尊者，人不尊；不自愛者，沒
人愛。

（一）賭錢事件

第二十回《王熙鳳正言彈妒意　林黛玉俏語謔嬌音》趙姨
娘、賈環母子倆第一次展示人格個性。這一天賈環到梨香院玩，
正值寶釵和幾個丫頭賭小錢，他也要玩。寶釵並不像賈府中人
因賈環庶出而歧視他，邀請他加入，但他的表現亦體現出為何

賈府上下都看不上她母子的原因：不自尊，故人不尊：

> 寶釵素習看他亦如寶玉，並沒他意。今兒聽他要玩，讓
> 他上來坐了一處。一磊十個錢，頭一回自己贏了，心中
> 十分歡喜。後來接連輸了幾盤，便有些著急。趕著這盤
> 正該自己擲骰子，若擲個七點便贏，若擲個六點，下該
> 鶯兒擲三點就贏了。因拿起骰子來，狠命一擲，一個作
> 定了五，那一個亂轉。鶯兒拍著手只叫「麼」，賈環便瞪
> 著眼，「六——七——八」混叫。那骰子偏生轉出麼來。
> 賈環急了，伸手便抓起骰子來，然後就拿錢，說是個六
> 點。鶯兒便說：「分明是個麼！」寶釵見賈環急了，便瞅
> 鶯兒說道：「越大越沒規矩，難道爺們還賴你？還不放下
> 錢來呢！」鶯兒滿心委屈，見寶釵說，不敢則聲，只得
> 放下錢來，口內嘟嚷說：「一個作爺的，還賴我們這幾個
> 錢，連我也不放在眼裡。前兒我和寶二爺玩，他輸了那
> 些，也沒著急。下剩的錢，還是幾個小丫頭子們一搶，
> 他一笑就罷了。」寶釵不等說完，連忙斷喝。賈環道：「我
> 拿什麼比寶玉呢。你們怕他，都和他好，都欺負我不是
> 太太養的。」說著，便哭了。寶釵忙勸他：「好兄弟，快
> 別說這話，人家笑話你。」又罵鶯兒。

贏錢高興，輸錢著急，人皆如此，窘困賈環如此，這不為
怪，怪在他不守規矩，人眼下撒謊。只因他是「爺」，寶釵偏袒
他，但他值得嗎？真是可憐又可鄙，可悲又可鄙！接著寶玉出
現，一番言語將他說出梨香院，趙姨娘表現也卑劣無道：

> 趙姨娘見他這般，因問：「又是哪裡墊了踹窩來了？」一
> 問不答，再問時，賈環便說：「同寶姐姐玩的，鶯兒欺負
> 我，賴我的錢，寶玉哥哥撞我來了。」趙姨娘啐道：「誰

　　叫你上高臺盤去了？下流沒臉的東西！哪裡玩不得？誰
叫你跑了去討沒意思！」

　　有其母必有其子。賈環撒謊騙娘，趙姨娘不去究根究底，
且對兒子沒有丁點安慰，勸說，鼓勵自強之言，反辱罵賈環出
氣。這話恰巧被從窗外路過的王熙鳳聽見，就有一番對母子倆
的訓斥：趙姨娘不該「說這些淡話」，賈環作為一個「爺」也要
自尊自重，不該「往下流走，安著壞心」。此言耿耿，但其蠻橫
的態度，烈性言辭又充分體現趙姨娘的可悲處境：地位卑賤，
女兒探春、兒子賈環還算主子，但她這母親卻依舊一老奴。

　　（二）喪銀事件

　　探春不認娘，因她是姨娘，更因她愚魯卑劣。第五十五回，
探春授命代鳳姐管家。在探春看來，這是王夫人對她的信任、
器重，是她施展才華的好機會。偏偏在理事的開端，便碰到了
趙姨娘的兄弟趙國基喪銀的事。如果趙姨娘是位通情達理的好
母親，即使無法幫助女兒，也不會給女兒添煩。偏偏趙姨娘不
這樣想，她認為這正是探春拉扯趙家的好機會，大庭廣眾之下
要探春徇私，比照襲人所得喪銀多給趙家二十兩喪銀，給探春
難堪，也難怪探春會親王夫人，疏遠親娘。探春笑著解釋這種
行為是犯法違理，一面拿帳翻與趙姨娘看，又將祖宗禮法說與
她聽，不想趙姨娘不聽其理，以錢為臉面：「我這屋裡熬油似地
熬了這麼大年紀，又有你和你兄弟，這會子連襲人都不如了，
我還有什麼臉？連你也沒臉面，別說我了！」

　　一席話說得探春臉白氣噎，委屈地哭了起來：「依我說，太
太不在家，姨娘安靜些養神罷了，何苦只要操心。太太滿心疼
我，因姨娘每每生事，幾次寒心。……太太滿心裡都知道。如
今因看重我，才叫我照管家務，還沒有做一件好事，姨娘倒先
來作踐我。倘或太太知道了，怕我為難不叫我管，那才正經沒

臉，連姨娘也真沒臉！」

趙姨娘還說：「誰叫你拉扯別人去了？你不當家我也不來問你。你如今現說一是一，說二是二。如今你舅舅死了，你多給了二三十兩銀子，難道太太就不依你？……姑娘放心，這也使不著你的銀子。明兒等出了閣，我還想你額外照看趙家呢。如今沒有長羽毛，就忘了根本，只揀高枝兒飛去了！」

「一人得道，雞犬升天」，可是專制權力常規，何況親娘舅舅。依趙姨娘的見識，探春是她女兒，就得濫用職權拉扯她趙家。

探春氣急，此下一番言辭衝口而出，特體現她因親娘為姨娘不認娘，反以為「奴」，因此也不認舅舅趙國機，反認王夫人哥哥高官王子騰為舅舅：

> 「我拉扯誰？誰家姑娘們拉扯奴才了？他們的好歹，你們該知道，與我什麼相干。……誰是我舅舅？我舅舅年下才升了九省檢點，哪裡又跑出一個舅舅來？我倒素習按理尊敬，越發敬出這些親戚來了。……何苦來，誰不知道我是姨娘養的，必要過兩三個月尋出由頭來，徹底來翻騰一陣，生怕人不知道，故意地表白表白。」

可悲可憐！因為貴族等級尊卑，母女倆針尖相對、互戳心窩。

（三）薔薇硝事件

《紅樓夢》第六十回《茉莉粉替去薔薇硝　玫瑰露引來茯苓霜》主寫小戲子芳官、藕官、蕊官、葵官、豆官等歧視賈環，欺負趙姨娘，也是他們母子倆卑劣人格個性招致的結果。賈環向寶玉討要薔薇硝。芳官因是蕊官所贈，不肯與人，而自己平素所用又沒有了。麝月見狀要她「不管拿些什麼給他們，他們

哪裡看得出來？快打發他們去了，咱們好吃飯」。芳官「便將茉莉粉包了一包拿過來。賈環見了就伸手來接。芳官便忙向炕上一擲，賈環只得向炕上拾了，揣在懷裡，方作辭而去。」這「打發」、「一擲」表明趙姨娘和賈環連一個小丫頭都敢冒犯，讓人同情，氣憤，但其後母子的反應又的確使人感覺愚魯，可悲又可笑。

賈環「興興頭頭」回家，找到他喜歡的丫頭彩雲，方知受騙。趙姨娘不能接受寶玉的丫頭也欺辱自己和賈環，惱恨非常，但自己不敢出面，要賈環鬧事：「有好的給你！誰叫你要去了，怎怨他們耍你！依我，拿了去照臉摔給她去，趁著這回子撞屍的撞屍去了，挺床的便挺床，吵一出子，大家別心淨，也算是報仇……寶玉是哥哥，不敢衝撞他罷了。難道他屋裡的貓兒狗兒，也不敢去問問不成！」賈環便刺激母親：「你這麼會說，你又不敢去，指使了我去鬧。倘或往學裡告去挨了打，你敢自不疼呢？遭遭兒調唆了我鬧去，鬧出了事來，我挨了打罵，你一般也低了頭。這會子又調唆我和毛丫頭們去鬧。你不怕三姐姐，你敢去，我就伏你。」

趙姨娘被兒子奚落，繃不住臉面，便飛也似往園中去。路上遇見藕官的乾娘夏婆子，壞心眼一鼓唆，趙姨娘大膽子一徑到了怡紅院中。瞧瞧，自以為是主子，而言行全是潑婦撒潑：

> 趙姨娘也不答話，走上來便將粉照著芳官臉上撒來，指著芳官罵道：「小淫婦！你是我們家銀子錢買來學戲的，不過娼婦粉頭之流！我家裡下三等奴才也比你高貴些的，你都會看人下菜碟兒。寶玉要給東西，你攔在頭裡，莫不是要了你的了？拿這個哄他，你只當他不認得呢！好不好他們是手足，都是一樣的主子，哪裡有你小看他的！」芳官哪裡禁得住這話，一行哭，一行說：「……姨

奶奶犯不著來罵我，我又不是姨奶奶家買的。『梅香拜把
子——都是奴兒』呢！」……趙姨娘氣得便上來打了兩
個耳刮子。（都是奴兒，這話特刺趙姨娘心。）……芳官
挺了兩下打，那裡肯依，便打滾撒潑，哭鬧起來。口內
便說：「你打得起我麼？你照照那模樣兒再動手！我叫你
打了去，我還活著！」便撞在懷裡叫她打。（都是奴，只
有主子打奴，沒有奴打奴。）

葵官、豆官、藕官、蕊官得訊，跑到怡紅院幫芳官，「豆官
先便一頭，幾乎將趙姨娘撞了一跌。那三個也便擁上來，放聲
大哭，手撒頭撞，把個趙姨娘裹住。」直到趙姨娘被探春接走，
這場鬧劇才收場。趙姨娘本想問罪於芳官、耍耍主子威風，結
果芳官揭了她「都是奴」的底兒。女兒探春責怪她：「這麼大年
紀，行出來的事總不叫人敬服。這是什麼意思，值得吵一吵，
並不留體統，耳朵又軟，心裡又沒有計算。」此言揭示趙姨娘
悲劇的根底，不自尊，故遭人鄙視。

第六十回《茉莉粉替去薔薇硝　玫瑰露引來茯苓霜》專寫
小戲子芳官、藕官、蕊官、葵官、豆官等歧視賈環、欺負趙姨
娘。芳官還倚仗寶玉弄權，驕奢無度之社會性變形、異化，但
接著就被賣出去，選擇出家。第七十七回王夫人「辦咱們家的
妖精」，將芳官、藕官、蕊官全賞給乾娘。她們怕乾娘出賣自己，
自己終生受罪，聽信水月庵老尼智通、地藏庵老尼圓心而被拐
騙出家。小旦齡官不知結局。

三、趙姨娘悲劇結局：死於愚昧

第二十五回《魘魔法叔嫂逢五鬼　通靈玉蒙蔽遇雙真》的
魘魔法事件與趙姨娘精神分裂致死密切相關，故而一併敘述。
第二十五回賈環用蠟燭燙傷寶玉，使趙姨娘受辱。有其母必有

其子。趙姨娘身為姨娘心有不甘，她兒子賈環同樣身為庶出心不甘。王夫人命他抄個《金剛咒》，他就非常得意：

> 那賈環正在王夫人炕上坐著，命人點燈，拿腔作勢得抄寫。一時又叫彩雲倒杯茶來，一時又叫玉釧兒來剪剪蠟花，一時又說金釧兒擋了燈影。眾丫鬟們素日厭惡他，都不答理。

惟一同情他的丫頭彩霞悄悄勸告他。其後鳳姐、寶玉先後來了，寶玉「一頭滾在王夫人懷裡。王夫人便用手滿身滿臉摩挲撫弄他，寶玉也搬著王夫人的脖子說長道短的」。寶玉睡在王夫人身後，與彩霞說笑。彩霞不理，寶玉便拉她的手笑道：「好姐姐，你也理我理兒呢。」賈環吃醋，毒心頓起：

> 二人正鬧著，原來賈環聽得見，素日原恨寶玉，如今又見他和彩霞鬧，心中越發按不下這口毒氣。雖不敢明言，卻每每暗中算計，只是不得下手，今見相離甚近，便要用熱油燙瞎他的眼睛。因而故意裝作失手，把那一盞油汪汪的蠟燈向寶玉臉上只一推。只聽寶玉「噯喲」了一聲，滿屋裡眾人都唬了一跳。連忙將地下的戳燈挪過來，又將裡外間屋的燈拿了三四盞看時，只見寶玉滿臉滿頭都是油。王夫人又急又氣，一面命人來替寶玉擦洗，一面又罵賈環。鳳姐三步兩步的地炕去替寶玉收拾著，一面笑道：「老三還是這麼慌腳雞似的，我說你上不得高臺盤。趙姨娘時常也該教導教導他。」一句話提醒了王夫人，那王夫人不罵賈環，便叫過趙姨娘來罵道：「養出這樣黑心不知道理下流種子來，也不管管！幾番幾次我都不理論，你們得了意了，越發上來了！」

　　寶玉「左邊臉上燙了一溜燎泡出來」，但並沒有怨怪賈環，反而說：「有些疼，還不妨事。明兒老太太問，就說是我自己燙的罷了」。

　　賈環因自己庶出，妒忌賈寶玉，此時因彩霞發作，想「用熱油燙瞎他眼睛」，可見其心毒。從未欺辱趙姨娘母子的王夫人第一次責罵她母子，而賈寶玉的反應確實大度。但趙姨娘和賈環不知悔改，於是有回目所言「魘魔法叔嫂逢五鬼」即馬道婆作法事件。為了害死寶玉，兒子賈環繼承賈府的「家私」和「世襲的前程」，自己則母因子貴，趙姨娘傾其所有，還打了五百兩銀子的欠條，並許諾賈環繼承家業後厚報馬道婆，請她施魔法暗害鳳姐和寶玉。前此論述寶玉、鳳姐時，曾分析寶玉的瘋癲因情癡迷戀林妹妹，鳳姐瘋癲因為太愛錢而瘋魔，而趙姨娘、賈環卻以為是馬道婆魔法有效，母子倆高興，心毒、卑劣又愚蠢：

> 賈母、王夫人、賈璉、平兒、襲人、這幾個人更比諸人哭得死去活來，趙姨娘、賈環等自是稱願。
> 到了第四日早晨，賈母等正圍著寶玉哭時，只見寶玉忽睜開眼向賈母說道：「從今以後，我可不在你家了！快收拾了，打發我走罷。」賈母聽了這話，如同摘取心肝一般。趙姨娘在旁勸道：「老太太也不必過於悲傷。哥兒已是不中用了，不如把哥兒的衣服穿好，讓他早些回去，也免些苦；只管捨不得他，這口氣不斷，他在那世裡受罪不安生。」這話沒說完，被賈母照臉啐了一口唾沫，罵道：「爛了舌頭的混賬老婆，誰叫你來多嘴多舌的！你怎麼知道他在那世裡受罪不得安生？怎麼見的不中用了？你願他死了，有什麼好處？你別做夢！他死了，我只和你們要命。素日都不是你們調唆著逼他寫字念書，

把膽子嚇破了，見了他老子不像個避貓鼠兒？都不是你們這起淫婦調唆的！這會子逼死了，你們遂了心，我饒哪一個！」一面罵，一面哭。賈政在旁聽見這些話，心裡越發難過，便喝退趙姨娘，自己上來委婉勸解。

　　兩人瘋癲，與趙姨娘「魘魔法」無關。兩人病危，賈府悲哀準備喪事的時候，倆和尚來賈府，用通靈寶玉治癒二人瘋癲，和尚說病因是「只因它被聲色貨利所迷，故不靈驗了」即寶玉癡情黛玉，鳳姐癡心貨利。回目所言「五鬼」不是民間五個瘟神，也不是道教「五鬼」，而是佛教「五鬼」。佛教將人「眼耳鼻舌身意」叫「六根」，將因「六根」而生的六種生命感覺（色身香味觸法）叫「六識」。實則「五根（眼耳鼻舌身五種感官）」產生「意（意識）」根，進而「五識（色神香味觸）」產生「法（尋求得到色聲香味觸等感覺享樂的規則）」。

　　趙姨娘以為馬道婆魘魔法使寶玉、鳳姐瘋癲將死，但癩頭和尚、跛腳道士用通靈寶玉治癒二人。迷信的趙姨娘一定驚恐：自己魘魔法是與佛教、道教、天命為敵，她一定惶惶不可終日，從此再也沒有吵鬧，但心中必定驚懼。久而久之，第一一二回《活冤孽妙尼遭大劫　死仇讎趙妾赴冥曹》趙姨娘精神分裂致死。當時賈母死，喪禮後賈府停柩鐵檻寺，守靈完畢，大家準備回府：

　　　都起來正要走時，只見趙姨娘還爬在地下不起。周姨娘打量她還哭，便去拉她。豈知趙姨娘滿嘴白沫，眼睛直豎，把舌頭吐出，反把家人嚇了一跳。賈環過來亂嚷。趙姨娘醒來說道：「我是不回去的，跟著老太太回南去。」眾人道：「老太太那用你跟呢？」趙姨娘道：「我跟了老太太一輩子，大老爺還不依，弄神弄鬼地算計我。我想

仗著馬道婆出出我的氣，銀子白花了好些，也沒有弄死一個。如今我回去了，又不知誰來算計我。」眾人先只說鴛鴦附著她，後頭聽說馬道婆的事，又不像了。邢王二夫人都不言語，只有彩雲等代她央告道：「鴛鴦姐姐，你死是自己願意，與趙姨娘什麼相干？放了她罷。」見邢夫人在這裡，也不敢說別的。趙姨娘道：「我不是鴛鴦。我是閻王老爺差人拿我去的，要問我為什麼和馬道婆用魘魔法的案件。」說著，口裡又叫：「好璉二奶奶！你在這裡老爺面前少頂一句兒罷！我有一千日的不好，還有一天的好呢。好二奶奶，親二奶奶！並不是我要害你，我一時糊塗，聽了那個老娼婦的話。」

趙姨娘以為自己「魘魔法」得罪佛教、道教、上天，幻覺中受到閻王審判，以為病危的鳳姐在閻王殿上告狀，導致精神分裂。

賈政完全視趙妾為無物，聽說趙姨娘「中了邪」，他說「沒有的事，我們先走了」。王夫人「本嫌她，也打撒手兒」，其他人也都走了，只有周姨娘、賈環留下來。其後（第一一三回）因魘魔法，幻覺中她在陰間受到閻王拷打，愚昧、可憐、可悲：

話說趙姨娘在寺內得了暴病，見人少了，更加混說起來，唬得眾人發怔。就有兩個女人攙著趙姨娘雙膝跪在地下，說一回，哭一回。有時爬在地下叫饒說：「打殺我了！紅鬚子的老爺，我再不敢了！」有一時雙手合著，也是叫疼，眼睛突出，嘴裡鮮血直流，頭髮披散。人人害怕，不敢近前。那時又將天晚，趙姨娘的聲音只管喑啞起來，居然鬼嚎一般，無人敢在她跟前，只得叫了幾個有膽量的男人進來坐著。趙姨娘一時死去，隔了些時又回過來，

　　整整地鬧了一夜。到了第二天，也不言語，只裝鬼臉，
自己拿手撕開衣服，露出胸膛，好像有人剝她的樣子。
可憐趙姨娘雖說不出來，其痛苦之狀實在難堪。正在危
急，大夫來了，也不敢診脈，只囑咐：「辦後事罷。」說
了起身就走。那送大夫的家人再三央告，說：「請老爺看
看脈，小的好回稟家主。」那大夫用手一摸，已無脈息。
賈環聽了，這才大哭起來。眾人只顧賈環，誰管趙姨娘
蓬頭赤腳死在炕上。只有周姨娘心裡想到：「做偏房的下
場頭，不過如此！況她還有兒子，我將來死的時候還不
知怎樣呢。」於是反倒悲切。

　　趙姨娘可憐！一則身為姜心不甘，但人格卑劣，魯莽自私，
對人事全無衡量，使賈府上下鄙視。二則愚昧加毒心，用魔法
害人，反因愚昧被封建社會佛道、閻王迷信弄得精神分裂。三
則賈府中沒見某人真心勸告過她，幫助過她，特體現國人常見
的冷漠。女兒探春只是遠離親娘和親弟弟，身為女兒從未真心
善心苦心勸娘；身為姐姐，從未真心善心苦心勸告弟弟，特冷
漠，特變形變態。

　　關於趙姨娘之死，賈府眾人傳說：「趙姨娘使了毒心害人，
被陰司裡拷打死了」。愚昧導致趙姨娘以及賈府眾人「真作假時
假亦真；無為有處有還無」。誰來給趙姨娘畫一幅真相，讓趙姨
娘們明白？

第五節　尤二姐禍及尤三姐：「水性」的悲劇

　　《紅樓夢》第五回太虛幻境沒有關於尤二姐、尤三姐的命
運判詞。雪芹先生刻意設計尤二姐和尤三姐，意在體現在封建
社會，男子水性為風流，女子水性則於世不容，本質卻是封建

社會女子沒有立身之本的悲劇。

尤氏姐妹本不姓尤,這是她倆繼父的姓。母親與前夫生下她倆姐妹後,就做了寡婦。後來改嫁尤家,媽媽稱尤老娘,她們姐妹也改姓了尤。尤家原本有位大姐,所以她倆稱尤二姐和尤三姐。尤大姐嫁給賈珍,人稱尤氏。

尤二姐個性輕浮水性,姐夫賈珍一釣,她上鉤;賈璉再釣,她又上鉤。身為無倚無靠的女子,特想找個可靠男人,但輕易許身的水性又輕信,弄得她靠上淫棍賈璉與三角眼王熙鳳,是她悲劇的根本。尤三姐個性倔傲,堅守清純,但被寧國府的淫窩盛名和姐姐淫蕩聲名所累,弄得自己終生無靠而仗劍自刎。

第六十四回賈蓉對有心勾引尤二姐的賈璉說:二姐原定親許給皇糧莊頭張家張華,指腹為婚,後來張家遭遇了官司,敗落了。據第六十八回賈璉心腹小廝興兒說那張華「如今窮得只好討飯」。據第六十八回交待「張華現在才十八歲,成日在外嫖賭,不理世業,家私化盡,父親攛他出來,現在賭場藏身」,故而尤二姐有「終生失所」之苦怨。

第六十四回交代尤老娘為何答應讓尤二姐作賈璉二奶原因:其一、聽賈蓉說鳳姐身體欠佳,等她一死,尤二姐便做正室。她尤老娘能「養老」。其二、文中說「況平素全虧賈珍接濟,此時又是賈珍作主替聘,而且妝奩不用自己置買,賈璉又是青年公子,強勝張家。」第六十四回交代,尤二姐為何答應做賈璉的二奶:「二姐又是一個水性的人,在先已和賈珍不妥,又常怨恨當時錯許張華,致使後來終生失所。」

古代女子既無立足之地,又無立身之本錢和才能,故而從懂事起有一個終生的懸想:「奴家終生倚靠誰?」

一、尤氏姐妹面對賈珍、賈蓉二淫棍

第六十三回一心成仙的賈敬服用自己所煉丹砂死了。因在鐵檻寺忙於喪事，「尤氏不能回家，便將她繼母接來在賈府看家。她這繼母只得將兩個未出嫁的小女帶來，一併起居才放心。」姐妹再次進入賈府三個臭男人賈珍、賈蓉、賈璉的淫亂中。他們可是賈府臭名昭著的三大淫棍。當時賈珍、賈蓉與賈母等因國喪隨駕在外，得知父亡的消息，皇上恩准，父子星夜馳馬回府。途中得知尤老娘和尤二姐、尤三姐來了，父子倆心領神會，淫心相通地一笑：

> 賈蓉聽見兩個姨娘來了，便和賈珍一笑。賈珍忙說了幾聲「妥當」，加鞭便走，店也不投，連夜換馬飛馳。

來到停放賈敬靈柩的鐵檻寺，賈珍、賈蓉假哭非常專業。「賈珍下了馬，和賈蓉放聲大哭，從大門外便跪爬進來，至棺前稽顙泣血，直哭到天亮喉嚨都啞了方住」，「按禮換了凶服，在棺前俯伏」，似乎非常悲痛。接著賈珍打發賈蓉回家料理停靈的事。爺爺賈敬還在棺材裡，見到二姐、三姐賈蓉淫蕩無忌，而面對賈蓉淫蕩，二姐、三姐的反應截然相反：

> 賈蓉且嘻嘻地望他二姨娘笑說：「二姨娘，你又來了，我們父親正想你呢。」（照應此前父子途中一「笑」。尤二姐與姐夫賈珍有染，沒有羞恥。）尤二姐便紅了臉，罵道：「蓉小子，我過兩日不罵你幾句，你就過不得了。越發連個體統都沒了。還虧你是大家公子哥兒，每日念書學禮的，越發連那小家子瓢坎的也跟不上。」說著順手拿起一個熨斗來，摟頭就打，（中國禮教名言：「為尊者諱」。「隱惡揚善」。對醜事應該視而不見，聽而不聞，故

尤二姐一紅一打。）嚇得賈蓉抱著頭滾到懷裡告饒。（賈蓉趁勢滾入懷裡，可見熟慣。）尤三姐便上來撕嘴，又說：「等姐姐來家，咱們告訴她。」（此後第六十五回三姐與二姐交談體現此時她不知二姐與賈珍有染。三姐自守尊潔，也為姐姐保尊潔。）賈蓉忙笑著跪在炕上求饒，她兩個又笑了。賈蓉又和二姨搶砂仁吃，尤二姐嚼了一嘴渣子，吐了他一臉。賈蓉用舌頭都舔著吃了。（品嘗美女唾沫，真石榴裙下死，糞便也風流。）眾丫頭看不過，都笑說：「熱孝在身上，老娘才睡了覺，她兩個雖小，到底是姨娘家，你太眼裡沒有奶奶了。回來告訴爺，你吃不了兜著走。」賈蓉撇下他姨娘，便抱著丫頭們親嘴：「我的心肝，你說的是，咱們饒她兩個。」（無悲無痛無忌無戒，惟有色。）丫頭們忙推他，恨得罵：「短命鬼兒，你一般有老婆丫頭，只和我們鬧，知道的說是玩，不知道的人，再遇見那髒心爛肺的愛多管閒事嚼舌頭的人，吵嚷得那府裡誰不知道，誰不背地裡嚼舌說咱們這邊亂帳。」賈蓉笑道：「各門另戶，誰管誰的事。都夠使的了。從古至今，連漢朝和唐朝，人還說髒唐臭漢，何況咱們這宗人家。誰家沒風流事，別討我說出來。連那邊大老爺這麼利害，璉叔還和那小姨娘不乾淨呢，（指賈璉與父親賈赦的小老婆嫣紅或通房丫頭秋桐。賈蓉其言是貪官奉行的公理：你淫我也淫，你貪我也貪，大家不要臉，才公平。）鳳姑娘那樣剛強，瑞叔還想她的帳。（指第十二回賈瑞試圖勾引王熙鳳）那一件瞞了我！」

賈蓉只管信口開河，胡言亂道，三姐沉了臉，早下炕進裡間屋裡，叫醒尤老娘。

有其父必有其子。父親賈珍可以爬灰兒子賈蓉的媳婦秦可

卿，嫖宿老婆尤氏的妹妹，賈蓉也就效法。「父為子綱」可是封建社會「三綱」[23]之一。賈蓉一番辯解，說的就是賈府男人淫亂，色鬼別說色魔，彼此彼此都如此。身處其中的女子，想要乾淨都難，而尤二姐水性，見鉤就吞，結果被淫棍賈璉鉤入魚缸，哪知魚缸裡偏偏有王熙鳳這三角眼大鯊魚。

　　文中交代守靈期間，人面前賈珍、賈蓉為禮法所拘，但「人散後，仍趁空尋他小姨子們廝混。」

二、尤二姐輕易許身的水性

　　第六十四回賈璉上場，水性尤二姐上鉤。文中說尤二姐「水性」。水性正對女子而言，即沒腦子，輕易許身。尤二姐就是水中魚，賈珍一釣上鉤，賈璉再釣，又上鉤：

> 卻說賈璉素日既聞尤氏姐妹之名，（人稱尤物，故姓尤。）恨無緣得見。近因賈敬停靈在家，每日與二姐三姐相認已熟，不禁動了垂涎之意。況知與賈珍賈蓉等素有聚麀之誚，（聚麀本意指獸類父子與同一牝獸有性行為。在此指賈璉知道尤二姐與賈珍、賈蓉父子有染，知道尤二姐輕浮水性容易上鉤。）因而乘機百般撩撥，眉目傳情。那三姐卻只是淡淡相對，只有二姐也十分有意，但只是眼目眾多，無從下手。（水性，見鉤心動。）賈璉又怕賈珍吃醋，不敢輕動，只好二人心領神會而已。此時出殯以後，賈珍家下人少，除尤老娘帶領二姐三姐並幾個粗使的丫鬟老婆子在正室居住外，其餘婢妾，都隨在寺中。外面僕婦，不過晚間巡更，日間看守門戶。白日無事，

---

[23]即封建禮教之「君為臣綱，父為子綱，夫為妻綱。」此綱為法則意。

亦不進裡面去。所以賈璉便欲趁此下手。遂托相伴賈珍
為名，亦在寺中住宿，又時常借著替賈珍料理家務，不
時至寧府中來勾搭二姐。

賈珍、賈蓉、賈璉三色鬼包圍尤二姐。賈璉千方百計，利
用賈蓉得到尤二姐。一次同行，他對賈蓉直言誇讚尤二姐「如
何標誌，如何做人好，舉止大方，言語溫柔，無一處不令人可
敬可愛」。賈蓉「揣知其意」，為叔叔做媒，收尤二姐做二房。
賈璉怕王熙鳳，又恐尤老娘不答應。賈蓉要他養為外宅，「生米
做成熟飯」，迫使鳳姐答應。其實他也算計尤二姐：

> 自古道「欲令智昏」，賈璉只顧貪圖二姐美色，聽了賈蓉
> 一篇話，遂為計出萬全，將現今身上有服，並停妻再娶，
> 嚴父妒妻種種不妥之處，皆置之度外了。卻不知賈蓉亦
> 非好意，素日因同他姨娘有情，只因賈珍在內，不能暢
> 意。如今若是賈璉娶了，少不得在外居住，趁賈璉不在
> 時，好去鬼混之意。賈璉哪裡思想及此，遂向賈蓉致謝
> 道：「好姪兒，你果然能夠說成了，我買兩個絕色的丫頭
> 謝你。」

賈珍、賈蓉父子同灰秦可卿，同淫尤二姐，真是古今淫界
之奇絕，再加上賈璉這個叔叔，更是三色魔大淫尤二姐。繼而，
賈璉再見尤二姐，倆淫相映成灰：

> 此時伺候的丫鬟因倒茶去，無人在跟前，賈璉不住地拿
> 眼瞟著二姐。（眼色垂釣。）二姐低了頭，只含笑不理。
> （不上釣，讓你猴急。）賈璉又不敢造次動手動腳，因
> 見二姐手中拿著一條拴著荷包的絹子擺弄，便搭訕著往
> 腰裡摸了摸，說道：「檳榔荷包也忘記了帶了來，妹妹有

檳榔，賞我一口吃。」（言行垂釣。）二姐道：「檳榔倒
有，就只是我的檳榔從來不給人吃。」（就不上釣，讓你
猴急。）賈璉便笑著欲近身來拿。二姐怕人看見不雅，
便連忙一笑，撂了過來。賈璉接在手中，都倒了出來，
揀了半塊吃剩下的撂在口中吃了，又將剩下的都揣了起
來，（吃剩的有美女唾沫香，賈蓉舔吃尤二姐的唾沫，賈
璉也吃，且留下唾沫，回家細細品味，然後作詩一首：
小檳榔小月口，小二姐口齒留。我將口齒印口齒，二姐
色味心中留。）剛要把荷包親身送過去，只見兩個丫鬟
倒了茶來。賈璉一面接了茶吃茶，一面暗將自己帶的一
個漢玉九龍珮解了下來，拴在手絹上，趁丫鬟回頭時，
扔撂了過去。（私物垂釣。）二姐亦不去拿，只裝看不見，
坐著吃茶。（就不上釣，讓你猴急。）只聽後面一陣簾子
響，卻是尤老娘三姐帶著兩個小丫鬟自後面走來。賈璉
送目與二姐，令其拾取，這尤二姐亦只是不理。（就不上
釣，讓你猴急。）賈璉不知二姐何意，甚是著急，只得
迎上來與尤老娘三姐相見。一面又回頭看二姐時，只見
二姐笑著，沒事人似的，再又看一看絹子，已不知哪裡
去了，賈璉方放了心。（逗弄夠了，收網。）

　　賈璉釣二姐，二姐釣賈璉；招數老道，都是老手。賈璉無
須慮及日後，你尤二姐應想想今後啊：奴家終生依靠誰？

　　接著賈蓉面見尤老娘，勸說將二姨嫁給賈璉這姨父，又對
賈珍說了此事。賈珍一句「其實倒也罷了，只不知你二姨心中
願不願意」體現他心中很有一番考量：心有不甘，但如果二姐
願意也無法阻止，其後行為說明他更想借機與尤二姐鴛夢重
溫，於是賈珍「又教了賈蓉一篇話，便走過來將此事告訴了尤
氏。尤氏卻知此事不妥，因而極力勸止。無奈賈珍主意已定，

素日又是順從慣了的，況且她與二姐本非一母，不便深管，因而也只得由他們鬧去了」。尤氏「知此事不妥」，當指鳳姐不好惹。但色魔色急，沒慮及今後。繼而賈蓉一番言辭事成：

> 至次日一早，果然賈蓉復進城來見他尤老娘，將他父親之意說了。又添上許多話，說賈璉做人如何好，目今鳳姐身子有病，已是不能好的了，暫且買了房子在外面住著，過個一年半載，只等鳳姐一死，便接了二姨進去做正室。又說他父親此時如何聘，賈璉那邊如何娶，如何接了你老人家養老，往後三姨也是那邊應了替聘，說得天花亂墜，不由得尤老娘不肯。況且素日全虧賈珍周濟，此時又是賈珍作主替聘，而且妝奩不用自己置買，賈璉又是青年公子，比張華勝強十倍，遂連忙過來與二姐商議。二姐又是水性的人，在先已和姐夫不妥，又常怨恨當時錯許張華，致使後來終身失所，今見賈璉有情，況是姐夫將她聘嫁，有何不肯，也便點頭依允。

注意：這一番言辭說的就是尤老娘、尤二姐、尤三姐為了一個終生倚靠。尤二姐水性，人人都水性，但要看自己這水流給誰：流進一清溪，嘩嘩流，樂終身；流進一糞坑，就完了。賈璉就是一糞坑。

賈璉喜出望外，感謝賈珍賈蓉不盡。於是與賈蓉商量著，使人看房子打首飾，置買妝奩床帳等物。在寧榮街後小花枝巷內買定一所共二十餘間的房子，又買了兩個小丫鬟。本與尤二姐指腹為婚的張華被逼與尤二姐退婚，寫了一張退婚文約。就這樣，尤二姐全無對人對事的考量，八抬大轎來到小花枝巷新房，（第六十五回）「是夜賈璉同她顛鸞倒鳳，百般恩愛」。「顛鸞倒鳳」就是「百般恩愛」。

三、尤二姐：以錢為靠，反省自己「水性」

　　第六十五回《賈二舍偷娶尤二姨　尤三姐思嫁柳二郎》尤二姐肯定知道賈璉色鬼一個，但他是賈府權財俱有的公子，一個貴福帥，因而許身成了二奶。以為自己終生有靠了，尤二姐開始反省收斂自己的水性。

　　賈蓉做成賈璉收房尤二姐，目的在自己可以借此暗占二姐，沒想到爸爸賈珍先動手。兩個月光景，賈珍在鐵檻寺作完佛事，晚間回家要去探望探望尤二姐。「先命小廝去打聽賈璉在與不在，小廝回來說不在。賈珍歡喜，將左右一概先遣回去，只留兩個心腹小童牽馬。」倆人見面，吃酒，賈珍一番誘惑，尤二姐開始自省守身。這守身就是為了自己終生有靠：

> 尤二姐恐怕賈璉一時走來彼此不雅，吃了兩鐘便推故往那邊去了，賈珍此時無可奈何，只得看著二姐兒自去，剩下尤老娘和三姐兒相陪。

　　一會兒，賈璉回家下馬，鮑二女人便悄悄告他說：「大爺在這裡西院裡呢。」賈璉回至臥房，尤二姐見他來了，有些訕訕的，賈璉裝作不知。雪芹翁刻意設計賈珍的馬與賈璉的馬「二馬同槽，不能相容，互相蹶蹄起來」，「尤二姐聽見馬鬧，心下便自不安，只管用言語混亂賈璉」。賈璉半酣，春興發作，掩門寬衣。看看尤二姐自省：

> 尤二姐只穿著大紅小襖，散挽烏雲，比白日更增了顏色。賈璉摟著她笑道：「人人都說我們那夜叉婆齊整，如今我看來，給你拾鞋也不要。」尤二姐道：「我雖標緻，卻無品行。看來到底是不標緻的好。」（尤二姐如此自省也難得，賈府中卻沒有任何一個男子自省，尤其是賈璉、賈

珍、賈蓉、賈赦。）賈璉忙問道:「這話如何說？我卻不解。」（故作不知，因不過一玩罷了，賈珍玩，賈璉玩、賈蓉玩……）尤二姐滴淚說道:「你們拿我作愚人待，什麼事我不知。（如今知道這三個傢夥不過拿自己做玩物。）我如今和你作了兩個月夫妻，日子雖淺，我也知你不是愚人。我生是你的人，死是你的鬼，如今既作了夫妻，我終身靠你，豈敢瞞藏一字？（這個「終生靠」，在尤二姐心中有千鈞重。）我算有依有靠了，將來我妹子如何結果？（妹子還得有靠。）據我看來，這個形景恐非長策，要做長久之計可方。」（長久依靠。）賈璉聽了笑道:「你且放心，我不是拈酸吃醋之輩。你前頭的事我都知道了。你也不必驚慌。你跟了我，大哥跟前自然要拘跡來了，依我的主意，不如叫三姨也和大哥成了好事，彼此兩無拘束，索性大家做個通家之好，你的意思怎樣？」（不過一玩，故而大度不吃醋，你玩我玩大家玩罷了。）尤二姐一面拭淚，一面說道:「雖然你有這個好主意，頭一件三妹妹脾氣不好；第二件，也怕大爺臉上下不來。」賈璉道:「這個無妨，我這會子就過去，索性破了例。」

這一小段，男女心理內涵多多。不講終生相依相愛，男女上床不過互相玩弄，但古時女子終究得有一個男人為終身依靠。尤二姐知道賈珍此時到來只為了鴛夢重溫，但自己已經是賈璉的二奶，如果賈璉知曉，自己必定終身無靠。尤二姐要鎖定男人，讓他終生玩自己，如同古董家的古董收藏，即便他對這古董失去興趣，改玩其他古董，這古董好歹也有一個藏身之所。

四、尤三姐：以情為靠，但受姐姐牽連，沒有靠

接著賈璉去西房見賈珍，倆個臭男人見面，因尤二姐不免有一些尷尬。二人言談，賈璉撮合賈珍與尤三姐，一在感謝賈珍將尤二姐賜給自己，更重要在賈珍有了尤三姐，也許就會免打尤二姐的主意。二馬同槽爭食，踢咬，馬屁股撞馬屁股，終究不妥。對尤二姐而言，一則得免賈珍垂涎自己，自己失去賈璉這個終生依靠，二則妹妹尤三姐也有一個終身依靠。尤三姐可看透了這兩個臭男人：

> 賈璉忙命人：「看酒來，我和大哥吃兩鐘。」又笑嘻嘻向尤三姐兒道：「三妹妹，你為什麼不和大哥吃個雙鐘兒。我也敬一杯，給大哥和三妹妹道喜。」三姐聽了這話就跳起來，站在炕上，指賈璉笑道：「你不用和我花馬吊嘴的，咱們清水下雜麵，你吃我看見。見提著影戲人子上場，好歹別戳破這層紙兒。你別油蒙了心，打諒我們不知你府上的事。這會子花了幾個臭錢，<u>你們哥兒倆拿著我們姐兒兩個權當粉頭來取樂兒</u>，你們就打錯了算盤了。我也知道你那老婆太難纏，如今<u>把我姐姐拐了來做二房</u>，偷的鑼兒敲不得。（三姐有此識見，但二姐沒有，可歎！）我也要會會那鳳奶奶去，看她是幾個腦袋幾隻手。若大家好取和便罷，倘若有一點叫人過不去，我有本事先把你兩個的牛黃狗寶掏了出來，再和那潑婦拼了這命，也不算是尤三姑奶奶！（三姐，你真該割這倆傢夥的狗寶，但此事此時與三角眼吊梢眉無關。）喝酒怕什麼，咱們就喝！」說著，自己綽起壺來斟了一杯，自己先喝了半杯，摟過賈璉的脖子來就灌，說：「我和你哥哥已經吃過了，今日倒要和你吃一吃，咱們也親近親近。」

唬得賈璉酒都醒了。賈珍也不承望尤三姐這等無恥老辣。弟兄兩個本是風月場中耍慣的，不想今日反被這閨女一席話說住。(習慣青樓錢色風月，不習慣女人自守自尊自潔，反以尤三姐為「無恥老辣」。)尤三姐一疊聲又叫：「將姐姐請來，要樂咱們四個一處同樂。俗語說『便宜不過當家』，他們是弟兄，咱們是姊妹，又不是外人，只管上來。」尤二姐反不好意思起來。賈珍得便就要一溜，尤三姐哪裡肯放。賈珍此時方後悔，不承望她是這種為人，與賈璉反不好輕薄起來。

這尤三姐索性卸了裝，脫了大衣服，松松挽著頭髮，身上只穿著大紅襖兒，半掩半開，故意露著蔥綠抹胸，一痕雪脯。底下綠褲紅鞋，鮮豔奪目，忽起忽坐，忽喜忽嗔，沒半刻斯文。兩個墜子卻似打秋千一般，燈光之下，越顯得柳眉籠翠，檀口含丹。本是一雙秋水眼，再吃了杯酒，越發橫波入鬢，轉盼流光，真把那珍、璉二人弄得欲近不敢，欲遠不捨，迷離恍惚，落魄垂涎。再加剛才一席話，直將二人禁住。弟兄兩個竟全然無一點兒能為，別說調情鬥口，一句響亮話都沒了。尤三姐自己高談闊論，任意揮霍，村俗流言，撒落一陣，由著性兒拿他弟兄二人嘲笑取樂。竟真是她嫖了男人，並非男人淫了她。一時她的酒足興盡，更不容他弟兄多坐，攆了出去，自己關門睡去了。

三姐淫戲兩個淫棍，是她倔敖個性的奇異體現。與二姐不同，她知道這兩個傢夥不過視女人為玩物：一「女」一「票」，組合成「嫖」，在封建社會即便結婚，本質就是女票交易。尤二姐「玩」賈珍、賈璉，因為她特別恨這樣的男人，而且她也特老道，特能不顧女子臉面地出手。為何如此，其下有交待。

這以後，尤三姐撕破了臉，玩這些臭男人。動輒「厲言痛罵」賈珍、賈璉、賈蓉，「仗著自己風流標緻」，「另式做出許多無人可及的淫情浪態來」，使得賈璉等等風流公子「動心」，然而「及至到她跟前，她那一種輕狂豪爽，目中無人的光景，早又把人的一團高興逼住，不敢動手動腳」。母親和尤二姐勸她，她反說：「姐姐糊塗。咱們金玉一般的人，白叫這兩個現世寶玷污了去，也算無能」。她知道鳳姐是一個「極厲害的女人」，今後「勢必有一場大鬧」，「趁如今我不拿他們取樂作踐准折，到那時白落個臭名，後悔不及」。她天天挑揀吃穿，要銀要金，要珠子寶石，不如意則推倒桌子，剪碎衣服綾緞。

我為三姐歎息：明知賈珍賈璉是「現世寶」，二奶路徑邪惡且險惡，但她沒有權利和能力阻止。姐姐賣身，她心憂心恨，但最多能「拿他們取樂作踐」為報復。家境衰敗，尤老娘、尤二姐、尤三姐沒有立足之地，沒有立身之本，沒有立身之技，一家三口此前倚賴賈珍，如今依靠賈璉，買的就是尤大姐、尤二姐的身體。

因為尤三姐，「賈璉來了，只在二姐房內，心中也悔上來。無奈尤二姐倒是個多情人，以為賈璉是終生之主，凡事還知痛著癢」。與鳳姐比較，尤二姐「若論起溫柔和順，凡事必商必議，不敢持才自專，實較鳳姐高十倍；若論標緻、言談行事，也勝五分」，於是賈璉「不提往日之淫，只取現今之善」。但尤二姐之所以這樣，主要在「以為賈璉是終生之主」。

接著尤二姐、賈璉為尤三姐說親。尤二姐說：「留著她也不是一個常法子，終究要生出事來。」於是二姐備酒，請來三姐。倆姐妹一番言談，與姐姐相同，三姐也想有一個終生依靠，但又與姐姐不同，請注意她為何哭：

　　至次日，二姐另備了酒，賈璉也不出門，至午間特請她

小妹過來，與她母親上坐。尤三姐便知其意，剛斟上酒，也不用姐姐開口，先便滴淚泣（誰能體會三姐哭？）道：「姐姐今日請我，自有一番大道理要說。但妹子不是那糊塗的人，也不用絮絮叨叨提那從前的醜事，我已盡知，說也無益。（一哭：「已盡知」二姐與賈珍醜事，說明以前她不知，也說明前此為何她戲弄賈珍、賈璉。）既如今姐姐也得了好處安身，媽也有了安身之處，我也要自尋歸結去，方是正理。（二哭：她也得與姐姐一樣，找個靠是「正理」。女子就是藤，必須攀樹。）但終生大事，一生至一死，非同兒戲。（求生同室，死同穴。這才是三姐。）。想來人家看咱娘兒們微細，都不知安的什麼心，<u>所以我破著沒臉，人家才不敢欺負</u>。（可知三姐為何「嫖淫」般戲弄賈珍賈璉等等臭男人，此為三姐之三哭。）如今要辦正事，不是我女兒家沒羞恥，<u>必得揀一個素日可心如意的人方跟他去。若憑你們揀擇，雖是富比石崇，才過子建，貌比潘安的，我心裡進不去，也白過了一世</u>」。

三姐是倔傲剛烈情種，她講求「可心如意」人，而不是錢富貴，而這「素日可心可意」的人，就是「五年前」愛上的柳湘蓮。

第六十六回尤二姐盤問妹子。三姐敲斷頭上的玉簪為誓，非柳湘蓮不嫁，然後就「非禮不動，非禮不言」。尤三姐，要「可心如意」愛情！二姐只要錢富貴。第二天午後尤二姐將三姐誓言轉告賈璉：「這人一年不來，她等一年；十年不來，等十年；若這人死了再不來，她情願剃了頭當姑子去，吃長齋念佛，以了今生。」

五、尤三姐的悲劇結局：可靠男人少；不靠湘蓮，終生

無靠

接著遠差外出的賈璉在平安州大道巧遇柳湘蓮。柳湘蓮暴打勾引他同性戀的薛蟠，後來途中遇見薛蟠被打劫，他又仗義出手救薛蟠，真是一個好漢。接著賈璉為尤三姐說親柳二郎。聽賈璉說「內娣的品貌是古今有一無二的了」，柳湘蓮「大喜」，以自身佩劍「鴛鴦劍」為定情信物。賈璉到平安州辦完公事，回去先探尤二姐，將鴛鴦劍給了尤三姐。「三姐喜出望外，連忙收了，掛在自己繡房床上，每日望著劍，自喜終生有靠。」沒想到柳二郎因為賈璉偷娶尤二姐心生懷疑，詢問寶玉得知尤三姐是賈珍的姨妹：

> 寶玉道：「她是珍大嫂的繼母帶來的兩位小姨。我在那裡和她們混了兩個月，怎麼不知？真真一對尤物，她又姓尤。」湘蓮聽了，跌足道：「這事不好，斷乎做不了！你們東府除了那兩個石獅子乾淨，只怕連貓兒狗兒都不乾淨。我不做這剩王八。」

然後他急忙來到賈璉新房，索要定禮：

> 那尤三姐在房分明聽見。好容易等了他來，今忽見反悔，便知他在賈府得了消息，自然是嫌自己淫奔無恥之流，不屑為妻。今若容他出去和賈璉說退親，料那賈璉必無法可處，就是爭辯起來，自己豈不無趣？一聽賈璉要同他出去，連忙摘下劍來，將一股雌劍隱在肘內，出來便說：「你們不必出去再議，還你的定禮。」一面淚如雨下，左手將劍並鞘送與湘蓮，右手回肘只往項上一橫。可憐「揉碎桃花紅滿地，玉山傾倒難再扶」。

可憐尤三姐，自知口說無憑，只得以死明心。此時湘蓮方

知尤三姐真純淨而剛烈，正該兩手相牽，相依到老。他扶屍痛哭，撫棺慟哭，出門猶想尤三姐：這等標緻，這等剛烈，自悔不及，（第六十七回）癡情眷戀，削髮出家，「不知何往」。

我為情癡尤三姐哭：自身清純，反被淫污所累。我罵湘蓮：不知也有出污塘而不染的荷花乎？我罵賈赦、賈珍、賈璉、賈蓉、賈雨村這些雜種，只因權錢色，污染了原本純淨的人。我想對尤三姐說：「男人不愛，我自愛！不靠男人，靠自己！」

此時窗外有哭聲，是雪芹先生為尤三姐哭，他說：「小子，那時女孩兒無自主權，無立身之本，無立身之技，只有以男子為終身之靠啊！但這樣的男人只有一個柳湘蓮，你叫情癡終生依靠誰？自古紅顏多薄命，只因男人不可靠啊！小子，你可靠嗎？」我開窗大喊：「雪芹先生，現今與你們清朝大不相同，流行『三靠』。第一靠：高富帥與富白美靠肩，搭背，靠上床。第二靠：窮美男靠老醜富婦。第三靠：窮美女靠老醜富男。一切都靠錢，靠色。」

至今，黑漆曠野沒有回應，無月無星，似有尤二姐、尤三姐的哭聲。

六、尤二姐悲劇結局：沒有識見，「靠」上一對淫夫毒婦

尤三姐輕易許身賈璉，一沒想色鬼是否靠得住，也沒想偷娶為二房，一旦王熙鳳這個三角眼吊梢眉知曉，將何以堪？第六十五回賈璉心腹小廝曾告誡二姐：「我告訴奶奶，一輩子別見她才好。嘴甜心苦，兩面三刀；上頭一臉笑，腳下使絆子；明是一盆火，暗是一把刀；都占全了。」第六十七回平兒從一個小丫頭口裡得知兩個小廝議論「新二奶奶」，賈璉私娶二姐的事敗露，三角眼大怒，「眉頭一皺，計上心來」，二姐中計死去。

第六十八回，鳳姐等賈璉走了，佈置三間新房，親身前往，一番言語眼淚哄騙，「口內全是自怨自錯」，尤二姐便輕信，以為三角眼是「極好的人」，前此興兒之言是「小人不遂心誹謗主子」，就輕易隨同進身賈府。三角眼虐待她，同時唆使張華狀告賈璉「國孝家孝在身，停妻再娶」，然後借此大鬧寧國府，同時又在尤二姐面前裝扮好人，說自己怎麼「救下眾人無罪」，使尤二姐感激不盡。

賈璉辦完事回來，賈赦說他「中用」，將房中一個十七歲名叫秋桐的丫頭賞給他。接著三角眼明是一盆火，暗是一把刀，借二姐過去的事與秋桐一起詆毀二姐，而「這秋桐自和賈璉有舊，從未來過一次。今日天緣湊巧，竟賞了他，真是一對烈火乾柴，如膠似漆，燕爾新婚，連日哪裡拆得開，那賈璉在二姐身上之心也漸漸淡了」。再經三角眼挑唆，秋桐誹謗二姐，弄得「賈母不喜」，眾人「又往下作踐」。於是二姐慚慚得病，晚上妹妹托夢，體現她內心激烈的矛盾痛苦：後悔聽信三角眼「花言巧語」，進賈府；三角眼「外做賢良，內藏奸滑」，要弄死她才會甘休；後悔自己品行虧敗，故有今日之報。繼之庸醫胡亂用藥，打下腹中胎兒。就這樣在難堪折磨中，尤二姐與唯一同情她的平兒痛哭一場之後，晚上她吞金而死：

> 這裡尤二姐心下自思：「病已成勢，日無所養，反有所傷，料定不能好。況胎已打下，無甚懸心，何必受這些零氣，不如一死，倒還乾淨。常聽見人說，吞金子可以墜死，豈不比上吊自刎又乾淨。」（回顧自身，只想「乾淨」。）想畢，硬撐起來，打開箱子，找出一塊生金，也不知多重，哭了一回，（二姐，誰能品味你的淚。）外面將近五更天氣，那二姐咬牙狠命含淚便吞入口中，幾次狠命直脖，方咽了下去。於是趕忙將衣服首飾穿戴齊整，上炕

躺下了。當下人不知鬼不覺。到了第二日早晨，丫鬟、媳婦們見她不叫人，樂得自己去梳洗。鳳姐和秋桐都上去了。平兒看不過，說丫頭們：「你們只配沒人心的打著罵著使也罷了，一個病人，也不知可憐可憐。她雖好性兒，你們也該拿出個樣兒來，別太過逾了，牆倒眾人推。」丫鬟聽了，急推房門進來看時，卻穿戴齊齊整整，死在炕上。（二姐，我懂你呀，你反悔自己的一生：別水性，應該齊齊整整做人，找一個齊齊整整終生可靠的丈夫。）

進賈府，二姐半年就死了。二姐死，對賈璉沒有任何眷念。臨死，二姐哭，哭自己輕易許身於色鬼，而色鬼見色忘情。賈璉迷二姐，忘了三角眼鳳姐和平兒；迷秋桐，忘了苦難中的二姐。臨死，二姐穿戴「齊齊整整」，一定後悔自己起初沒有齊齊整整做人，更應嫁給一個齊齊整整的男人。一步走錯，步步錯，錯錯錯！

二姐的喪事，三角眼不給錢，是平兒偷出二百兩碎銀。做佛事，賈母吩咐不許送往家廟，於是賈璉將她安葬在她妹妹尤三姐的墳塋旁。

野草荒野，姐妹魂靈相見，哭著該說些什麼？

本書結語和全套書綜述

一、本書結語

　　總之，封建專制社會就是一將「真事隱（甄士隱）」入「假語蠢言（賈雨村）」的假語村。

　　從原生態客觀主義文學與雙重主體論，雪芹翁依從封建專制社會與其佛道文化，神化美化佛道，將其色空觀形象化神秘化，同時原生態全面刻畫展示封建社會被皇權、官權、族權、夫權、主子權操控的各種女兒們的淒慘的命運悲劇，深刻揭露批判佛教色空觀：「假作真時真亦假；無為有處有還無」，捏造「太虛幻境」、「真如福地」，欺騙麻痺眾生，「滅六根」，「去六識」，滅絕一切生命感覺欲望，服從皇權、官權、族權、夫權、主子權，以求死後進入「太虛幻境」、「真如福地」。人世悲劇重重，佛教道教禮教謊言累累，真假難辨，黑白顛倒，而受其蒙蔽，被麻木的人們石頭般癡呆，雪芹翁依照這原生態客觀，寫下這《紅樓夢》，故而第一二〇回雪芹翁寫出自己撰寫《紅樓夢》

的「緣起之言」：

> 說到辛酸處，荒唐愈可悲。由來同一夢，休笑世人癡！

此言說的就是封建皇權、官權、族權、夫權、主子權枷鎖籠罩的社會悲劇重重，千紅一哭，萬豔同悲，而佛教道教卻「假作真時真亦假；無為有處有還無」，捏造「太虛幻境」、「真如福地」，要人們消滅一切生命感覺，變身石頭，忍受一切苦難，他感到「辛酸」，「荒唐愈可悲」，而人們卻因受佛教蒙蔽而「癡」，以為人生「由來同一夢」，不值得計較。以人間萬般悲劇血色為空，為夢，真人間絕頂第一癡也！此「休笑」，就是苦笑、嘲笑、冷笑，又哭又笑，又笑又哭。

人世悲劇重重，佛教道教禮教謊言累累，真假難辨，黑白混淆，而受其蒙蔽，被麻木的人們石頭般癡呆，雪芹翁依照這原生態客觀，寫下這《紅樓夢》，而那些受蒙蔽自以為開悟的癡人們反笑雪芹「癡」，故而與上述第一二○回相照應，在開篇第一回他痛吟道：

> 滿紙荒唐言，一把辛酸淚；都云作者癡，誰解其中味？

雪芹先生原生態客觀地描述人間真相：世間皇權、官權、族權、夫權、主子權製造種種悲劇，而佛教、道教、禮教卻「假作真時真亦假；無為有處有還無」，梵樂聲聲將世間悲劇化為「太虛幻境」，鼓琴齊鳴將荒塚孤魂挾持進入「真如福地」，弄得人間「滿紙荒唐言」，弄得情癡「一把辛酸淚」，而被佛教禮教蒙蔽麻木的癡人們卻「都云作者癡」。雪芹翁孤零零，前不見古人，後不見來者，哀聲長歎：「誰解其中味？」

讀紅樓，深感此夢非夢，但又有一些不知底裡，似乎無法解釋的似真似假的夢幻。紅樓非夢？非夢即社會現實悲劇，誰

製造了這些悲劇現實？紅樓有夢？誰製造了那些似真似假的夢
幻？目的何在？這就是主題所在。細細品讀，解此夢之味，慰
藉雪芹先生吧。雪芹不癡，世人癡，我也自以為不癡，小詩一
首，慰雪芹，想黛玉妹妹：

> 舉世愚昧，您獨醒；舉世混濁，您獨清；舉世淫蕩，您
> 癡情；舉世卑劣，您獨尊。清茶一盞又一盞，油燈燃盡，
> 開窗借月燈；時光一年再一年，茅屋竹門，繩床瓦灶，
> 石桌石凳，您拈墨小篆，滴淚寫下這千古獨絕女兒夢吟。
> 千紅一哭，最哭林妹妹；萬顏同悲，最悲林妹妹。情不
> 能禁，我大放悲聲：
> 林妹妹，你我無緣，不能你吟我和，詩歌一生；你我無
> 幸，不能琴瑟彈唱，知己知音；你我無份，不能小樓暮
> 色送雁歸，晨風門前觀燕來，田野青草牧牛，一同晨光
> 水露粘身。更莫想，相伴邁克爾清晨聞雞再搖滾，與麗
> 君小姐同舟清唱：蒹葭蒼蒼，白露茫茫，有位佳人，在
> 水一方……
> 撫書呼喚，絳珠仙花從字間現身歌吟，千萬黛玉迷撫淚
> 同聲。《紅樓夢》永遠活著，就因為雪芹！真是雪中之芹
> 啊，雪野冰峰一獨芹，才情高絕，情癡心性，唱出千古
> 紅樓夢非夢，花葬花，你我淚葬花，淚葬花，淚葬花，……

　　雪芹翁，我讀懂您了嗎？得解此夢之味嗎？拜託給我一
夢，咱倆說說女兒夢、男兒夢、社會人生夢、世界大同夢。

二、全套書綜述

　　文學是訴諸語言的形象的人格展示學。

　　文學寫作的關鍵在：理解人，洞察人及其社會、歷史、文

化，提煉主題；設計人物與其個性，設計線索，安排情節展示
個性以吸引受眾，表達主題。文學批評主題分析的關鍵在：找
准作品的主題性人物，對人物在某種處境中的表現進行人格分
析，發現其促使情節發生，推動情節發展，導致故事結局的種
種人格因素。這些人格因素與處境就是主題所在。主題性人物
是促使情節發生，推動情節發展，導致故事結局的人物。

　　從中國史傳文學傳統論：四大古典名著依據歷史、社會現
實設計眾多的原生態的主題性人物，原生態的人格個性，多線
索連鎖形式，全面鋪展，深入描繪展示原生態客觀的社會政治、
歷史文化、人生悲劇。古今中外，只有曹翁雪芹先生、施翁耐
庵先生、羅翁貫中先生、吳翁承恩先生。筆者名之為原生態客
觀主義文學。

　　從雙重主題論：在古典四大名著中，曹翁雪芹先生、吳翁
承恩先生、施翁耐庵先生、羅翁貫中先生刻意設置了明性主題
與原生態客觀隱性主題，各有其奧妙。明性主題體現封建社會
統治階級主流思想文化，而原生態客觀隱性主題則是封建社會
政治、歷史文化的原生態客觀真相，是統領文本全篇的真正的
主題。明性主題正是隱性主題全面揭露，嚴厲駁斥，深刻批判
的對象。最後，明性主題轟然倒塌，原生態客觀隱性主題卓然
而立。如此卓絕地形象地廣泛深入地批判，論證，古今中外，
惟有曹翁雪芹先生、吳翁承恩先生、施翁耐庵先生、羅翁貫中
先生。設身處地，應該理解，在專制獨裁社會，他們要批判獨
裁者之統治制度及其統治文化，只得選擇此寫作方法把自己與
觀點隱蔽起來，一如英國電影《Ｖ字仇殺隊》中Ｖ先生所言：
「政治家用謊言掩蓋裝飾真相，文學家用謊言揭露批判真相。」

　　從主題論：原生態地全面地展示封建專制社會奸雄政治，
古今中外只有羅翁貫中先生。原生態地令人觸目心驚地展示封

建專制王朝黑道匪道官道組合之江湖社會，古今中外只有施翁耐庵先生。以神話魔幻形式原生態地令人觸目驚心地展示封建專制政權及其宗教文化且如此深刻，古今中外只有吳翁承恩先生。原生態地全面地展示封建社會女兒們的人格個性及其淒慘命運，血淚控訴皇權、官權、族權、夫權、主子權，深刻揭露佛教、道教、禮教「假作真時真亦假；無為有處有還無」，古今中外惟有曹翁雪芹先生。毫無疑義，曹翁雪芹是女權主義奠基人，《紅樓夢》是女權主義文學奠基代表作。

　　從表達方法論：古典四大名著是原生態客觀主義與魔幻現實主義的結合，只不過二者組合多寡有異，匠心不同。對《三國演義》、《水滸傳》而言，原生態客觀描繪刻畫為主，原生態的魔幻描述刻畫為輔，只是人們意識現實的一部分。對《西遊記》而言，原生態的魔幻就是原生態的封建專制政治、宗教文化；魔幻就是扭曲變異的社會現實，現實社會就是扭曲變異的魔幻。對《紅樓夢》而言，魔幻即是佛教、道教「假作真時真亦假；無為有處有還無」製造的「太虛幻境」、「真如福地」，是佛教、道教專為封建專制製造的令人迷幻麻痺，消滅一切生命感覺，皈依佛教、道教、禮教，順從皇權、官權、族權、夫權、主子權，進入人肉作坊的蒙汗藥。

　　原生態的主題性人物設計，原生態的人格個性刻畫，原生態的多線索形式地全面鋪展，表達原生態的社會政治、歷史文化和人生悲劇主題，原生態客觀主義與魔幻現實主義結合，而且如此卓絕，古今中外，惟有我們中國古典四大名著：《紅樓夢》、《西遊記》、《水滸傳》、《三國演義》。

　　在此，筆者感謝退休的何元智、朱興榜教授夫婦，他們首先審讀論著初稿並鼓勵了我。感謝重慶師範大學王于飛教授、

本校鄧齊平教授，他們審讀初稿，並推薦為市重點項目，雖未成功，但感激更多。感謝本校李偉民教授，感謝本校中文系古典文學教研室的同事羅燕萍博士、王慧穎老師、段麗惠博士、王曉萌博士、張紅波博士，他們都審閱了拙著，鼓勵了我。我們是一個很好的學術團隊。

　　感謝中文系研究生陳思楊、楊嬌，她們為樣書做了最後的審校，幫了我大忙。

參考文獻：

1. 袁行霈主編《中國文學史》（第四卷）高等教育出版社。2005 年年 7 月第二版。

2. 劉大傑《中國文學發展史》（下卷）復旦大學出版社。2006 年 1 月第一版

3. 朱一玄、劉毓忱主編《三國演義資料彙編》（中國古代小說名著資料叢刊第一冊）。南開大學出版社 3003 年 6 月第一版。

4. 孫遜主編《紅樓夢鑒賞辭典》。漢語大詞典出版社。2005 年 5 月第一版。

5. 朱一玄、劉毓忱主編《水滸傳資料彙編》（中國古代小說名著資料叢刊第二冊）。南開大學出版社 3003 年 6 月第一版。

6. 《紅樓夢資料研究彙編》。中華書局。2004 年。

7. 朱一玄、劉毓忱主編《西遊記資料彙編》。南開大學出版社 2003 年 6 月第一版。

國家圖書館出版品預行編目資料

「紅樓」夢醒/孫定輝著. --初版 -
臺北市：蘭臺, 2016.3
面；　公分
ISBN　978-986-6231-92-6
1.紅學　2.研究考訂
857.49　　　　　　　　　　　　　　　103015884

古典文學研究叢刊 11

「紅樓」夢醒

作　　者：孫定輝
編　　輯：高雅婷
美　　編：高雅婷
封面設計：林育雯
出 版 者：蘭臺出版社
發　　行：蘭臺出版社
地　　址：台北市中正區重慶南路1段121號8樓之14
電　　話：(02)2331-1675 或(02)2331-1691
傳　　真：(02)2382-6225
E—MAIL：books5w@yahoo.com.tw 或 books5w@gmail.com
網路書店：http://bookstv.com.tw/、http://store.pchome.com.tw/yesbooks/、
　　　　　　http://www.5w.com.tw、華文網路書店、三民書局
總 經 銷：成信文化事業股份有限公司
電　　話：（02)2219-2080　　　　傳　真：（02)-2219-2180
劃撥戶名：蘭臺出版社　帳號：18995335
網路書店：博客來網路書店 http://www.books.com.tw
香港代理：香港聯合零售有限公司
地　　址：香港新界大蒲汀麗路36號中華商務印刷大樓
　　　　　　C&C Building, 36,Ting, Lai, Road, Tai,Po, New,Territories
電　　話：(852)2150-2100　　　　傳真：(852)2356-0735
總 經 銷：廈門外圖集團有限公司
地　　址：廈門市湖裡區悅華路8號4樓
電　　話：86-592-2230177
傳　　真：86-592-5365089
出版日期：2016 年 3 月 初版
定　　價：新臺幣 800 元整
ISBN：978-986-6231-92-6